海明威全集

海明威新闻集（上）

Ernest Hemingway News set

〔美〕海明威 著

舞 阳 译 俞凌婍 主编

中国出版集团 现代出版社

图书在版编目（ＣＩＰ）数据

海明威新闻集：全2册 ／（美）海明威著；舞阳译.
— 北京：现代出版社，2018.6（2023.7重印）
（海明威全集 ／ 俞凌娣主编）
ISBN 978-7-5143-7127-7

Ⅰ. ①海… Ⅱ. ①海… ②舞… Ⅲ. ①新闻—作品集—
美国—现代 Ⅳ. ①I712.55

中国版本图书馆CIP数据核字（2018）第109927号

海明威新闻集

著　　者	（美）海明威
译　　者	舞　阳
主　　编	俞凌娣
责任编辑	杨学庆
出版发行	现代出版社
地　　址	北京市安定门外安华里504号
邮政编码	100011
电　　话	010-64267325　64245264（传真）
网　　址	www.1980xd.com
电子邮箱	xiandai@cnpitc.com.cn
印　　刷	三河市金元印装有限公司
开　　本	880mm×1230mm　1/32
印　　张	23.5
版　　次	2019年1月第1版　2023年7月第3次印刷
书　　号	ISBN 978-7-5143-7127-7
定　　价	85.00元

目　录

（上）

画作轮流欣赏 ································· 1

免费剃须 ·································· 3

爱好体育的市长 ······························ 6

和平中受欢迎的人——战争中的逃兵 ·················· 8

商店小偷的把戏 ······························ 9

钓　鱼 ··································· 11

拔牙并不是万灵药 ···························· 13

中尉的胡子 ································· 15

时尚的坟墓 ································· 17

钓鱼注意事项 ································ 18

阻止浪费 ·································· 20

汽车的威风 ································· 22

观看职业拳击赛的女人们 ························· 25

骰　子 ··································· 28

肖　像 ··································· 30

养　狐 ··································· 32

酒品走私 ·································· 33

哈密尔顿滑稽剧 ······························ 35

野外露营 ·································· 37

特德的蚊子 ································· 40

捕钓虹鳟的最佳方式 ⋯⋯⋯⋯⋯⋯⋯⋯⋯ 42

加拿大人：野蛮人／文明人 ⋯⋯⋯⋯⋯⋯ 44

卡尔庞捷和登普西 ⋯⋯⋯⋯⋯⋯⋯⋯⋯⋯ 46

西大荒：芝加哥 ⋯⋯⋯⋯⋯⋯⋯⋯⋯⋯⋯ 49

记者的口袋 ⋯⋯⋯⋯⋯⋯⋯⋯⋯⋯⋯⋯⋯ 51

室内钓鱼 ⋯⋯⋯⋯⋯⋯⋯⋯⋯⋯⋯⋯⋯⋯ 52

普通级别与高级别刺杀，400 美元起价 ⋯⋯ 55

商界名流 ⋯⋯⋯⋯⋯⋯⋯⋯⋯⋯⋯⋯⋯⋯ 57

我们的秘密度假指南 ⋯⋯⋯⋯⋯⋯⋯⋯⋯ 59

投票子弹 ⋯⋯⋯⋯⋯⋯⋯⋯⋯⋯⋯⋯⋯⋯ 61

芝加哥最潮湿的一天 ⋯⋯⋯⋯⋯⋯⋯⋯⋯ 63

压缩经典 ⋯⋯⋯⋯⋯⋯⋯⋯⋯⋯⋯⋯⋯⋯ 65

马斯尔肖尔斯：便宜的硝酸盐 ⋯⋯⋯⋯⋯ 67

关于结婚礼物 ⋯⋯⋯⋯⋯⋯⋯⋯⋯⋯⋯⋯ 70

游人罕至的瑞士胜地 ⋯⋯⋯⋯⋯⋯⋯⋯⋯ 72

1000 美元在巴黎生活一年 ⋯⋯⋯⋯⋯⋯⋯ 73

普恩加莱的蠢行 ⋯⋯⋯⋯⋯⋯⋯⋯⋯⋯⋯ 75

西班牙的金枪鱼捕钓 ⋯⋯⋯⋯⋯⋯⋯⋯⋯ 76

克雷孟梭的政治死亡 ⋯⋯⋯⋯⋯⋯⋯⋯⋯ 78

德国出口关税打击奸商 ⋯⋯⋯⋯⋯⋯⋯⋯ 79

巴黎到处都是俄罗斯人 ⋯⋯⋯⋯⋯⋯⋯⋯ 81

罗马教皇的民意测验：幕后 ⋯⋯⋯⋯⋯⋯ 82

滑雪橇的刺激 ⋯⋯⋯⋯⋯⋯⋯⋯⋯⋯⋯⋯ 84

瑞士的旅馆 ⋯⋯⋯⋯⋯⋯⋯⋯⋯⋯⋯⋯⋯ 85

妻子为法国丈夫买的衣服 ⋯⋯⋯⋯⋯⋯⋯ 87

每次都要给邮递员小费？ ⋯⋯⋯⋯⋯⋯⋯ 88

普恩加莱的选举承诺 ⋯⋯⋯⋯⋯⋯⋯⋯⋯ 89

巴黎林荫大道上的麻雀帽 ⋯⋯⋯⋯⋯⋯⋯ 90

瑞士无舵雪橇 ⋯⋯⋯⋯⋯⋯⋯⋯⋯⋯⋯⋯ 91

黑人小说风暴中心 ················· 93

在巴黎的美国流浪汉 ··············· 94

巴黎的疯狂夜曲 ··················· 97

骗子的圣地 ······················· 99

让人胆战心惊的戴布勒 ············· 100

95000 人戴荣誉勋章 ··············· 102

积极的法国反酗酒联盟 ············· 102

加拿大承认俄罗斯 ················· 104

契切林在热那亚会议上的讲话 ······· 104

意大利总理 ······················· 105

契切林希望把日本排除在外 ········· 105

热那亚会议 ······················· 106

反对盟军计划 ····················· 109

俄罗斯的声明 ····················· 110

巴黎人的粗鲁 ····················· 110

女人的参与 ······················· 113

俄罗斯人阻碍进展 ················· 113

德国的马基雅维利主义 ············· 115

巴尔都拒绝参加会议 ··············· 115

热那亚的俄国女孩儿 ··············· 116

巴尔都反对契切林 ················· 118

保加利亚的斯坦波利斯基 ··········· 120

肖伯总理 ························· 122

超凡的俄罗斯人 ··················· 124

热那亚的德国代表团 ··············· 125

热那亚澡堂大冒险 ················· 127

守卫森严的俄罗斯代表团 ··········· 129

奇怪的德国记者 ··················· 132

新赌博游戏：网球塔姆布雷罗 ······· 134

劳合·乔治的魔法 ················· 135

于隆运河垂钓 ··················· 138

法西斯党人数近 50 万 ············· 140

意大利黑衫军 ··················· 143

老兵参观老前线 ················· 145

辛克莱·刘易斯的骑马经历 ········· 149

"开胃酒"的大丑闻 ··············· 150

普恩加莱是否在凡尔登的墓园中大笑？ ··· 152

巴黎的毛皮地毯小贩 ············· 155

阿尔萨斯、洛林旧秩序的变化 ······· 157

塞纳河上的家 ··················· 160

德国人对马克的绝望 ············· 161

在巴登钓鱼的美妙经历 ··········· 163

德国的旅馆老板 ················· 166

一趟巴黎到斯特拉斯堡的飞行 ······· 170

德国的通货膨胀 ················· 173

英国人能拯救君士坦丁堡 ········· 177

丈夫优先，妻子靠边站！ ··········· 177

德国暴动 ······················· 179

英国飞机 ······················· 181

英国政府勒令凯末尔撤离查纳克 ····· 181

哈灵顿并未要求土耳其撤离 ········ 182

土耳其红新月会的传道总会 ········ 182

哈米德老爷 ····················· 183

土耳其军向君士坦丁堡逼近 ········ 184

巴尔干半岛地区：一幅和平而不是战争的画面 ··· 186

基督教教徒离开色雷斯前往土耳其 ··· 188

君士坦丁堡的白是弄脏的白色，既不耀眼也不恐怖 ······· 189

等待一场邪恶狂欢 ··············· 192

一次沉默可怕的行进 …………………………… 195

俄罗斯破坏法国的好戏 ………………………… 196

土耳其人怀疑凯末尔 …………………………… 198

近东审查员如此之"周密" ……………………… 200

古老的君士坦丁堡 ……………………………… 202

阿富汗——英国的心腹大患 …………………… 204

希腊起义 ………………………………………… 207

凯末尔的一艘潜艇 ……………………………… 209

来自色雷斯的难民 ……………………………… 212

墨索里尼:欧洲最会吹嘘者 …………………… 216

一个俄国玩具大兵 ……………………………… 221

法德情形 ………………………………………… 224

法国保皇党 ……………………………………… 227

政府给新闻报刊报酬 …………………………… 230

奥芬堡的"战役" ………………………………… 234

比利时女士和德国劲敌 ………………………… 238

进入德国 ………………………………………… 241

100 万马克很容易花完 ………………………… 247

视野之外的饥饿者 ……………………………… 251

鲁尔区里的怨恨是真的 ………………………… 254

法国的工作进度,如同一部影片闪现 ………… 259

欧洲国王的事务 ………………………………… 263

寻找萨德伯里煤矿 ……………………………… 270

日本地震 ………………………………………… 279

别根海特法官 …………………………………… 286

劳合·乔治要作万人演讲 ……………………… 291

劳合·乔治抵达 ………………………………… 291

这个可爱的威尔士人登陆了 …………………… 293

劳合·乔治奇妙的声音 ………………………… 299

梅根・乔治小姐的重击 …………………………… 301

和劳合・乔治在剧院 ……………………………… 302

赫斯特报社没有见到劳合・乔治 ………………… 303

民众中的一员 ……………………………………… 306

阿波尼伯爵和他的借款 …………………………… 307

斗牛的悲剧 ………………………………………… 311

7 月的潘普洛纳 …………………………………… 319

欧洲的狩猎 ………………………………………… 328

未走向干涸的湖 …………………………………… 333

在欧洲垂钓鳟鱼 …………………………………… 337

石像鬼的象征 ……………………………………… 343

赛　马 ……………………………………………… 344

一位美食家的野味烹饪冒险之旅 ………………… 345

山上的豪华舞会 …………………………………… 351

坦克雷多已死 ……………………………………… 352

诺贝尔得主叶芝 …………………………………… 355

改变了的"信仰" …………………………………… 358

银行金库 VS 夜贼 ………………………………… 359

（下）

德国马克和通货膨胀 ……………………………… 369

出售战争勋章 ……………………………………… 373

欧洲夜生活：一种病症 …………………………… 377

甲状腺肿与碘酒 …………………………………… 384

我喜欢美国人 ……………………………………… 387

一个盲人的圣诞夜 ………………………………… 390

世界各地的圣诞节 ………………………………… 392

W. B. 叶芝—— 一只夜莺 ………………………… 400

年轻的共产党员 …………………………………… 401

多伦多赌注 ·················· 408

麦科恩 1914 大狂欢 ·················· 413

现代业余冒牌货 ·················· 416

瑞士的雪崩 ·················· 422

鸟瞰芝加哥 ·················· 429

弗莱堡软呢帽 ·················· 430

古巴的来信——莫若马林鱼 ·················· 432

西班牙的来信之西班牙之友 ·················· 439

巴黎的来信 ·················· 448

坦噶尼喀的来信 ·················· 452

第二封坦噶尼喀的来信之是射击还是运动 ·················· 455

第三封坦噶尼喀的来信之危险游戏 ·················· 460

古巴的来信之出海 ·················· 465

古巴的来信 ·················· 472

基韦斯特的来信之猎鸟回忆 ·················· 479

基韦斯特的第二封来信之白头街见闻 ·················· 485

墨西哥湾的来信之再谈射猎 ·················· 491

严肃的信之下一场战争 ·················· 497

海上的来信之大师的独白 ·················· 505

第二封严肃的信之权力滥觞 ·················· 514

秃鹫的来信之翅膀掠过非洲的天空 ·················· 522

墨西哥海湾的来信之蓝色的大海 ·················· 528

最后一封信之海上大鲸鱼 ·················· 537

战争的第一瞥 ·················· 548

炮轰马德里 ·················· 550

一种新的战争 ·················· 552

马德里的司机 ·················· 558

死神擦肩而过 ·················· 563

特鲁埃尔的陷落 ·················· 565

难民的逃亡 ·· 569

轰炸托尔托萨 ·· 571

托尔托萨冷静待战 ···································· 574

美国的现实主义 ······································ 576

事情的真相 ·· 581

怀俄明州的克拉克斯叉谷 ······························ 584

拉尔夫·英格索尔对海明威的访谈 ······················ 586

苏日中立条约 ·· 597

荷兰东印度殖民地的橡胶供应 ·························· 601

日本必须攻克中国 ···································· 603

美国对华援助 ·· 605

日本在中国的地位 ···································· 607

中国的空军需求 ······································ 609

中国建设机场 ·· 611

驶向胜利 ·· 615

伦敦大战敌机 ·· 632

为巴黎而战 ·· 639

我们如何到达巴黎 ···································· 648

士兵与将军 ·· 657

蓝色大河 ·· 665

枪　击 ·· 677

圣诞的礼物 ·· 686

形势报告 ·· 727

序

　　众所周知，海明威是一个生活经历异常丰富的知名作家，同时也是一个在世界上享誉盛名并且写作风格鲜明的文学大师。海明威复杂的生活经历描绘了他所有作品的故事曲线，也构成了他作品中丰富多彩的主题。

　　首先，就个人浅见，有必要剖析一下海明威的成长经历。海明威出生于美国芝加哥以西的一个郊区城镇，人口并不密集，因此给了海明威一个平静、安逸的童年生活。幼时的海明威喜欢读图画书和动物漫画，听稀奇百怪的故事，也热衷于缝纫等各种家事。少年时期，他更喜欢打猎、钓鱼，内心充满了对大自然的好奇与敬畏，这一点在他多部作品中都有体现。在初中时，海明威为两个文学报社撰写了文章，这为他日后成为美国文学史上一颗璀璨的明星打下了基础。高中毕业以后，海明威拒绝上大学，他到了在美国媒体具有举足轻重地位的《堪城星报》当了一名记者。虽然他只在《堪城星报》工作了 6 个月，但这 6 个月的时间，使他正式开始了写作生涯，并且在文学功底上受到了良好的训练。1918 年，第一次世界大战爆发，海明威不顾家人反对，毅然辞掉了工作，去战地担任了一名救护车司机。战场上的血流成河，令海明威极为震惊。由于多次目睹了战争的残酷，给海明威的创作生涯提供了丰富的素材和灵感。在他早期的小说《永别了，武器》中，他进行了本色创作，揭示了战争的荒唐和残酷的本质，反映了战争中人与人之间的相互残杀以及战争对人的精神和情感的毁灭。1923 年海明威出版了处女作《三个故事和十首诗》，使他在美国文坛崭露头角。1925 年，海明威出版了《在我们的时代里》这一短篇故事系列，显现了他简洁明快的写作风格。继而海明威出版了多部长篇小说和大量的短篇小说，令他成为了美国"迷惘的一代"作家中的代表人物。《老人与海》获得了 1953 年美国的普利策奖和 1954 年的诺贝尔文学奖，将海明威推上了世界文坛的制高点，可以说，《老人与海》是他文学道路上的巅峰之作。

其次，海明威的感情生活错综复杂，给海明威的作品增添了大量的情感元素。海明威有过四次婚姻经历，这些经历赋予了海明威不同寻常的爱情观。司各特·菲茨杰拉德曾打趣道："海明威每写一部小说都要换一位太太。"连他自己都没有想到，竟然一语成谶。世人皆知，海明威有四大巅峰之作，分别是《太阳照常升起》《永别了，武器》《丧钟为谁而鸣》和《老人与海》，在时间上，他的确先后娶了四位太太。据考证，1917 年海明威和一位护士相爱，但是不久后，这位护士便嫁给了一位富有的公爵后代。海明威对爱情始终抱有完美主义，所以这样的结局令海明威无法接受，甚至愤恨。因此，海明威常常将女人比作妖女，这一点在他的多部作品中有所反映。1921 年，海明威与他的第一任妻子哈德莉结婚，但是婚姻观的差异最终使两人分道扬镳。不得不说，哈德莉对海明威的文学创作起到了至关重要的作用。在她的帮助下，海明威学会了法文并结识了著名女作家斯泰因。这段时期，海明威佳作不断，哈德莉却毫无成长，这促使了两人的婚姻关系更加恶劣。1926 年海明威出版了《太阳照常升起》，这部小说使他声名大噪，也间接宣告了海明威与哈德莉婚姻关系的破裂。1927 年，海明威与第二任妻子宝琳结婚，两人在佛罗里达州和古巴过了几年宁静而美满的婚姻生活。海明威在这几年中完成了他的不朽名作《永别了，武器》。然而，没过几年，海明威对宝琳开始厌倦，他遇见了他的第三任妻子——战地女记者玛莎。最开始，海明威以玛莎为荣，并为她创作了《丧钟为谁而鸣》，令人叹息的是，这对最为相配的夫妻也在 1948 年结束了婚姻关系。海明威的第四任妻子维尔许是一名战时通讯记者，研究分析政治和经济形势，为三大杂志提供背景资料。婚后，维尔许放弃了自己的工作，专心照顾家庭，但这仍未给两人的婚姻关系带来一个美满结局。1961 年，海明威在家中饮弹自尽，享年 62 岁。

对大自然的喜爱之情和对生命的敬畏丰富了海明威小说五彩斑斓的主题，纷然杂陈的情感生活和不同寻常的生活环境造就了海明威作品中跌宕起伏的故事情节。因此，海明威的每篇长篇小说、短篇小说、新闻及书信都有着鲜明的个人风格。海明威用最简洁明了的词汇，表达着最复杂的内容；用最平实轻松的对话语言，揭示着事物的本来面貌。他的每部小说不冗不赘，造句凝练，丝毫没有矫揉造作之感。即使语言简洁，但是海明威的故事线索依然清晰流畅，人物对话依然意蕴丰富。海明威曾这样形容自己的写作风格："冰山在海里移动之所以显得庄严宏伟，是因为它只有八分之一的部分露出水面。"这无疑是个非常恰当的比喻，十分形象地概括了海明威对自己作品的美学追求。海明威最开始创作了众多短篇小说，使他在文坛新秀中占有一席之地，后来《太阳照常升起》的出版，奠定了他在"迷惘的一代"代表作家中的超然地位。"迷惘的一代"是美国两次世界大战期间涌现的一类作家的总称，他们共同表现出的是对美国社会发展的一种失望和不满。他们之所以迷惘，是因为这一代人的传统价值观念完全不再适合战后的世界，可是他们又找不到新的生活准则。海明威将"迷惘"这一形容词表现得淋漓尽致,他用深刻而典型的对话将第一次世界大战后青年的彷徨与迷惘的心声书写出来。可以说海明威的大量文字都散发着战时与战后美国青年对现实的绝望。海明威不只竭尽所能地发挥着对"迷惘"的认知,同时也表现着海明威内心的"硬汉观"。海明威一向以文坛硬汉著称,他是美利坚民族的精神丰碑,代表着美国民族坚强乐观的精神风范。在《老人与海》中海明威用风暴、鲨鱼等塑造了一个"人可以被消灭,但是不可以被打败"的硬汉形象,同时也反映了海明威英勇、坚定的生活态度。海明威的众多作品中不仅充斥了"迷惘""硬汉"等思想,不可忽视的还有他对自然与死亡的理解。作为一个对生命有着独特理解的文学大家,海明威形成了对死亡的坦荡、豁达的人生态度。《午后之死》就明确指出:"所有的故事,要深入一定程度,都以死为结局,要是谁不把这一点向你说明,他便不是一个讲真实故事的人。"海明威想要表达"死亡是人生的终点,任何人不可逃避"这一观点。《老人与海》中也有海明威对自然生态的想法,海明威利用圣地亚哥、环境、鱼类的关系形象地阐述了:人不能过于追求物质享乐,要尊重自然、节省资源、保护生态环境,才能达到人与自然的和谐。总之,海明威光彩夺目的主题思想和艺术风格都在探究着人类文明进程中对生命的思考。

海明威的创作经历了一个复杂的发展变化过程。在海明威早期的作品中,海明威表达对西方资本主义日趋腐朽的绝望和内心痛恨战争的不满情绪,文字中蕴藏着一种悲观和颓废的色彩。海明威在创作中期才改变了这种思想,开始对西方资本主义和战争的本质有了新的认识,这是海明威心理历程上的一个重大发展。海明威的后期作品依旧延续着早、中期的写作风格和迷惘情绪,但是却比早、中期的作品反映的情绪更加明显。值得一提的是，海明威的创作中也充斥了大量的意识流和含蓄表达，从而使读者在真假变换中感受到人物或强烈、或浪漫的内心世界。

为了方便海明威文风的欣赏者了解海明威，我们特出版海明威全集系列丛书，内包含海明威的多部小说、书信、新闻稿、诗等作品。读者可从中感受到海明威享受心灵的自由却求索不得的无奈，也可感受到海明威对内心对生命最强烈的回响。海明威的作品无论在中心思想层面，还是语言风格都有其独到之处，因此他的作品读来令人回味无穷。对于欣赏者来说，要具备独特的艺术鉴赏力和审美修养才能发掘海明威"海面下的宏伟冰山"，从而产生更多对生命的思考。

画作轮流欣赏

《多伦多星报周刊》1920 年 2 月 14 日

一幅伦勃朗[①]的风俗画，米勒[②]的现代照，又或是塞尚[③]或者说莫奈[④]的照片，它们富有浓郁的生活气息及鲜明的时代特征，它们能否给你的房子增添一点点艺术的气氛？如果真的不能，单就评价哪件作品，这件作品或许非常有特色，或许就成了某个特定时期的最具价值的珍藏品。

多伦多有一位名叫 W. 戈登·米尔的女士。去年春天，她去加拿大拜访了一位艺术家，这位艺术家倡导"艺术应该体现人内心的愤怒和情感"，她的艺术理论在当时是相当著名的。起初 W. 戈登·米尔也只是想欣赏艺术家的画作，但是在聊艺术的过程中相谈甚欢，二者对艺术有很多相同的看法。于是 W. 戈登·米尔夫人顺其自然就生了合作的想法，想要和艺术家一起讨论办"轮流画廊"，艺术家也欣然同意。现在"流通画廊"或者说画作的流通工作正在积极准备，这当然受到很多人的青睐尤其是有艺术热情的人。画作轮流欣赏运动就这样被法恩海路发起。

其中住在西布洛尔街 152 号的肯尼斯·T. 杨夫人，她是一位艺术人士，在和其他的流通者们进行讨论时，就艺术家署名进行了一番激烈的讨论。她们认为如果发表作品署名或者艺术家署名的话，"流通画廊"就会变得非常商业化，"流通画廊"最终可能进行不下去，名誉也会被毁。因为当你想到有可能有你讨厌的人

① 欧洲 17 世纪最伟大的画家之一，也是荷兰历史上最伟大的画家。
② 现实主义绘画大师，是法国近代绘画史上最受人民爱戴的画家。
③ 后期印象画派的代表人物，是印象派到立体主义派之间的重要画家。
④ 法国画家，印象派代表人物和创始人之一。莫奈是法国最重要的画家之一，印象派的理论和实践大部分都有他的推广。

物是这样一幅精彩画作的主人，那么你就不想挂在家里，你的心情也会变得不太高兴了。不然你可以换个角度想想，如果是公立图书馆里的《依兰》没有几个人去欣赏，那将让人怎么想，那将会是怎样的感受……所以"流通画廊"现在是一个紧密合作的企业。

据本报记者调查发现，"流通画廊"是这样运作的：年轻的主妇们先去挑画，被选择的画的艺术家不见得就是有名的，他们有的一贫如洗，有的也只是能勉强糊口，但这并不代表他们的画作没有吸引力，至于具体选谁的画作，这取决于艺术家的人气以及艺术家背后团队的推广能力。然后，被选上的艺术家的画作，都会有画作价值的百分之十的利润收入，而且他们的画作能够挂在墙上六个月。而且每个年轻主妇都可以任意带两幅画带回家中。直到她们对这些画作失去兴趣，或者有别人强烈要求进行画作的交换，那年轻的主妇们就把自己手中的画作与他最近的画作进行交换。

假如说某个画家画了一幅画，正如别人说的"一幅体现内心抑郁的画作"，那么这幅画挂起来就会让人感到非常有压迫感。所以挂了几天，主妇们在丈夫的要求下，就会把这样的画作和别人手中的画作进行交换。

如果有一幅画作体现的是美好的田园风光，这样的画作就很可能把丈夫的眼光强烈吸引住，所以祝福你不会把这样的一幅画继续挂在家里。因为丈夫迷上了田园画也就没法再管理家务事。所以夫妻之间可能会因为这幅画而产生矛盾，时间长了，例如穿衣服、买帽子的小事都会致使他们吵架。

这样的一个流通的过程，让艺术家们得到了不少的好处。更有收获的是他的名气也会大大增加，他的画作会被更多的人欣赏。这样就不止六个月，画作仍然挂在墙上为艺术家所有，并能被别人观看，最大的好处，艺术家可以把画作卖出去。这样的话，"流通画廊"的商业化就不可避免了。

免费剃须

《多伦多星报周刊》1920 年 3 月 6 日

美国以南某个共和国非常勇敢，他们喜欢用一些词汇形容自己的国家，例如一些人民"免费的国度""勇敢者的家园"等词语。其实这个国家并没有什么东西是免费的。因为就算你去吃饭，你也要交上一定的钱。要交钱的地方还是有不少的。但是真正免费的地方还是有的，那就是理发师学校。理发师学校所有的东西都不用花钱，但是你需要十足的勇敢。如果你每个月想省刮脸的钱或是剪头发的钱，但你一定要带上勇气。因为这样的学校你一旦去了就会饱受耻辱，而且脸皮一定要非常厚，这样的道路其实无异于一条死亡之路。如果感觉很夸张的话就跟我一起去理发师学校的初级部去看看，我真的去过。

我当时怀着忐忑不安的心情进入理发师学校，刚走进大楼，就能看到一个理发店。这里是快要毕业的学生们实习的地方。在价格方面，刮胡子 5 美分，剪头发是 15 美分。

一个理发师学校的学生叫道："下一个。"

其他的人则是一脸的期待表情。

我说："不好意思，我想去楼上。"

顿时，理发店鸦雀无声。

"楼上可以免费理发刮脸，因为一些理发店的初学者在那儿打点。"一个店里的员工说。

"那我就去楼上看看。"当时我轻声地说。

说完后，然后他们又开始你看看我、我看看你，大家貌似都能心领神会。

我淡定地登上了楼。

楼上的人很惊讶。一群年轻小伙子，他们穿着统一的白色的外套，然后站得也很有规律。椅子靠墙排成一排，前面也围了一圈。

"你们大家都过来，这又来了一个。"一个站在椅子旁边穿白外套的年轻人喊道。其他人则没有动。

"爱谁去谁去。"另一个年轻人回应道。旁边的人都立定站好。因为这是没有小费的，所以也都不争着抢着地干了。但是是政府把他们送到这里来的。所以还是有人过来了。

一个年轻人，红头发，皮肤白白的，顺手推了一张椅子到我面前，我很自然地便坐下了。

他的剃须技术很不错。我们于是就热聊了起来。

我开口问道："你们来这儿很长时间了？"不让自己再去想那些折磨人的事。

"不是很长时间。"他回答得也很坦然。

我又问："你还要多长时间才能够去楼下工作？"

他一边给我的脸抹上肥皂，一边笑着说："哦，我现在已经在楼下工作了，我出了点事故，所以就在这儿工作。"他一边回答，一边继续给我的脸抹肥皂。

红头发的理发师说，有时候，每天过来免费剃须剃头的人有上百个。

"他们并不都是穷鬼，有的人士非常富有，但是其中很多人都只是小心眼，想趁机占便宜，他们都想反正不要钱，时间长了可以省很多钱。"

当然，多伦多在免费方面提供很多服务，涉及很多行业，不仅仅只提供免费理发服务。因为假如你去位于休伦街或者学院路的皇家学院，皇家学院的牙科分部就一定会帮你检查牙齿，帮你治疗牙科疾病。这对于到处找便宜货的人们来说应该很有吸引力。所以他们收费收得特别少，也只收取治疗所用的材料费。

如果你准备洗牙，如果是去私人牙医诊所的话，这通常都要花费 10 美元或许是更多的钱。但是到这种提供免费服务的场所，全面洗牙的费用也就是 50 美分或许是更少。如果你去其他地方拔牙，通常牙医每拔一颗牙会收取 3 美元的费用。但是这种专门提供免费服务的就不一样了，他们甚至可以免费，如果你用当地的一种麻醉药，这样的拔牙都是可以免费，他们也只收取 2 美元的燃气费。在皇家学院的牙科部，就算你把 30 颗牙全部拔掉，同样也只收 2 美元。据诊所监察部部长 F. S. 贸曼博士说，目前已有大约 1000 个人得到此项优惠治疗。所有的治疗工作都是由学院的大四学生在牙科特别专家的指导下进行的。

修整牙齿细缝也是一样的。更不可思议的是，皇家学院还可以为你镶金牙，在病人赞同的情况下，费用也在 1 美元到 2 美元之间。格譬斯医院位于休伦街牙科学院的对面，那儿有一个免费的诊所，每个月平均要接待 1241 位病人，专门为有需要的穷人提供免费的医疗服务。

牙医学院从来不会将任何人拒之门外，不管你是有地位的人还是没地位的人，不管你是富翁还是平民。只要是来看病的，就算病人们没有能力支付最少的那一部分，他们还是会给予无微不至的照顾和对病人细致的治疗的。所以即使真的不想拿钱，那些小气的抠门的人这样算来可以省下不少的钱。

这项服务针对的是有需要的"极其穷困"的穷人。但是有些人虽然穷，但没有被社会护理服务部认定是"极其穷困"，所以要想获得格雷斯医院提供的医疗服务，还得需要从自己的腰包中掏钱。根据格雷斯医院的数据调查，上个月接受治疗的病人一半以上都是犹太人。其他的还有苏格兰人、意大利人、英国人、马其顿人，除此之外，还有一些国籍不明的病人。

对于这种免费的服务有很多都是你想不到的，例如位于皇后贾维斯街的弗雷德·维克托教堂不仅提供免费的信教，他们还提供免费的食物，而且想吃多少吃多少。但是后来却慢慢地取消这种服务了，因为人们对于他们的供给不再需要了。因为在严打政策以及战争时已经解决了先前的流浪汉难题。相对于流浪汉以及一些穷人们会在维克托教堂前面排长长的队领取免费的用餐券，现在的话基本没有这种情况，有的时候也只是一两个人。

当然，免费的服务还有，如果你还想要免费的房子、免费的交通或者是免费的医疗救助，最直接的办法就是——朝一个最魁梧的警察大步走去，接着毫不犹豫地一拳打在他的脸上。

爱好体育的市长

《多伦多星报周刊》1920 年 3 月 13 日

切尔奇市长是一位热爱体育的人。对体育的各项竞赛都非常酷爱，尤其是拳击、曲棍球。只要举办男子运动会，不管规模怎样，他都想去。当然任何可吸引投票人的活动，作为观众的体育赛事如弹子游戏、青蛙跳和"井"字游戏竞赛有投票年龄的市民观看，市长一定会热情出席。但是市长有时候不能出现在一种运动场所，由于年龄的限制。

这是一场精彩的拳击比赛。市长毋庸置疑地出现在比赛场上，当然他是独自去的。他给我留下来深刻的印象。因为他向所有的朋友和那些知道他的人鞠躬。他与身边的每个人都郑重地握了手。似乎他并不清楚比赛什么时候结束，因为在最后一场结束钟声响起的时候，他依然在与人握手。

"那是谁？"我旁边的人问。

"市长。"

旁边的人大声呼喊道："他不就在前面吗？"

在休息期间，市长还站起来看了下人群。

他的确太喜欢这场竞赛了。

"他在干什么，数人数？"旁边的人问道。

我略微猜测地说："不是吧，或许是因为自己太爱体育了，想让别人都了解他，认识这位爱体育的市长。"

"就在前面！"身旁的人带着粗鲁的语气大声说道，同时还指了指市长。

市长由于这种举动让很多人认识了他，他也认出了人群中的很多熟人。他很兴奋，手舞足蹈，向他们所有人挥手喝彩。更为搞笑的是，他在不停地握手，在这期间，他还与所有穿制服出席的士兵们一一握手。一些人甚至握了两三次。

赛事很精彩，掌声与喝彩声不断，斯科蒂·利斯纳进行了一场异常艰苦的战斗。市长也会拼命地鼓掌，但他的眼睛从未在拳击台上停留过。

兴趣高昂时，他会去询问旁边的人。利斯纳是否正在进攻。进攻的情况怎么样，他都仔细打听。但是旁边的人也只是可怜巴巴地望着他有时说话，有时停顿。

市长满意地点点头说："我认为利斯纳是更好的拳击手。"与此同时，他又有了想要握手的念头，估计都握过了手，所以他又开始寻觅身边可以握手的人。

拳击比赛结束，利斯纳的对手胜利。这是市长所猜测不到的，但是市长还是站了起来。或许他认为利斯纳胜了。

旁边的人这时都怀疑地问这真的是市长吗？没错，我的回答是"对，这就是爱好体育的市长"。

人群中这时又出现了喊叫声。"就在前面！就在前面！"

最后一场比赛还是让市长大感兴趣的。当然，他依然选择去握手，握手的过程中如果发现比赛精彩的话，他还会时不时地发出喝彩声，当然有时候是喝倒彩。大家都在猜测，他一定有一种能力，因为他能够轻易并且优雅地把嘘声转化为喝彩声。

市长喜欢在比赛结束时心不在焉地说声散会。因为他感觉像是在参加市委常委会。然后骑上摩托车就走了。

市长的体育爱好如此多，他对曲棍球的兴趣与对拳击的兴趣也是一样的。如果有哪次比赛很精彩，例如斗蟋蟀或者澳大利亚的飞镖，市长都会出现在前台上。因为市长喜爱所有的体育活动。

和平中受欢迎的人——战争中的逃兵

《多伦多星报周刊》1920 年 3 月 13 日

在与德国进行战争的过程中，已经到了最后冲突阶段，一些服兵役的年轻人表示仍要努力奋斗，争取自己多为国家献一分力量，也希望在战争方面多多展示自己。于是他们迁移到美国，努力研制弹药。这一些爱国举动让他们积累了大量货币。因为想帮助那些勇敢地支持战争的人们，对于"胆小鬼如何受人欢迎"我们准备了一系列的建议。

首要解决的是加拿大远征部队的海外徽章这个问题。"你为什么不戴徽章？"这样的话会时常被问到，但是我们有着很自豪的答案，那就是，我并不需要为我的军队打广告。这种回答让一部分人很支持，但是对于那些曾离开军队的人，他们这时候如果再戴着徽章就会让人感到可耻。

"你在法国是否见过英国皇家空军的史密瑟斯中尉？""你是否见过麦克斯韦尔少校？"当这样的问题被问起时，一个"没有"，并且伴有一种冷漠的语调，就能让别人无言以对。

你曾当过兵？这让别人怎么信任？放心，办法还是有的，那就是走入一家经营二手军用物品的商店，买一件军用风衣。买不到军用风衣就可以购买一双军用鞋子。这样就可以让你博得市内电车上的所有人相信，而且对你会有一种敬意。

当然还有一个更妙的计划，那就是学习你当兵的曲子，《来自阿尔芒蒂耶尔的姑娘》和《玛德琳》的曲调最能够让你回忆起你在军队时的情景。不信，那就吹一曲，站在街道电车后的平台上吹响这些宗教曲子吧，没有人否认你是退役军人，或许有人为你喝彩。

这是我们从战争中获得的主要成果，因为军用风衣以及军队发放的鞋子会让你立即融入备退役士兵的同志深厚情谊中，那些令人熟悉的曲调唱响时也会让你倍感荣耀。那么，你不会后悔的，因为你进入美国的深谋远虑的判断证明是明智的，你会得到很多益处而没有一点坏处。

还有更好的计划，那就是购买或者借阅战争历史书籍。实际上，退役老兵有时候在追忆往事时都有可能说谎，所以请你仔细研读，这样的话你就能够更加优雅自信地谈论前线的很多事情，你甚至可以说那些老兵是在胡言乱语，说他们在撒谎。因为普通士兵对好多名字和日期都把握不准。所以请仔细精读书籍，你只要稍微精读就能够证明经历两次伊普尔战役的人的信息。在招募新兵时，招募者经常会这样描述："在部队中的每一天都生活得很单调，犹如周日待在农场中一样。"所以军队中日复一日的枯燥乏味的生活也对你有很大的帮助。

计划如果能够打造你成为前部队军人，有的甚至有英雄的身份，接下来你所要做的事或许就很简单了。保持温和谦逊的态度，你就很顺利了。假如办公室中有人猜测称你为"少校"，你应该保持淡定，略微摇摇头然后笑着说："我还不是少校呢。"有可能别人认为自己真的错了，那次过后，或许就有人称呼你是上尉。

你成功了，在某个晚上你独自回到你的寓所，然后从桌子里拿出银行存折，仔细看一下，再小心翼翼得放回去。接着站在镜子前，想象你的福大命大，因为有 5.6 万加拿大人死在了法国和佛兰德斯，最后乐呵乐呵地关灯睡觉，沉浸在自己甜美的梦乡里。

商店小偷的把戏

《多伦多星报周刊》1920 年 4 月 3 日

多伦多一家大型商店的主管说过，商人目前的一大难题是入店行窃或随便偷盗。这名主管说，由于偷窃对商店影响很大，每年由于柜台被窃而遭受的损失都几乎占销售额的3%。

在某些时候，你真的就被认为是小偷。例如你去商店购物，你或许拿着拿着一把伞，拎一袋糖果或许或推着婴儿车，这时候店员或巡视员就会喊"二十"，没错，你就已经成为怀疑目标。而且你会发现你早被很确切地认为是小偷了。为什么呢？一些很小的东西，例如糖果袋、雨伞和婴儿车，它们是小偷偷东西的一些常用标准工具。或者我们称它们为道具。这就引起了好多人的注意，而且会被死死盯着。

我们首先来谈谈雨伞。雨伞行窃很简单，有它自己的空间，所以去商店时把空雨伞装满就行。

再谈谈糖果袋。在利用糖果袋偷东西时，商店里的一名女子看起来是在等人，这个举动很简单，但是她的手已经伸向了装有珠宝的柜台，而且不时把手伸进糖果袋装作拿糖果的样子。随后她的手再伸到嘴里，当手在落下时，柜台里的东西就不见了，不用怀疑，东西已经进入袋子里了。一般人是无法察觉到的。直到后来被发现，所以拿糖果袋的人就会提起人的警觉。

对于婴儿车行窃有这样的故事。一名女子假装推着婴儿车进入商店，边推婴儿车还边哄着婴儿。另一名女子更是悠闲，拿柜台上的物品想让一起来的另外一名女子看看，这样的举动看似平常。但是在他们离开时你就会发现婴儿车里装了很多东西，所以婴儿是无辜的，因为他们根本不知道发生了什么。因为推他们的女子在离开时依旧高高兴兴地推着婴儿车，镇定地走出了商店。

"二十"听起来很有意思，不知道的人以为是一个人的名字，其实它只是一种暗号，意思是告诫店员或是巡逻的人员必须做到"两只眼睛盯好她的十个手指"。

大型商店还会遇到窃贼团伙的问题，相对于个人偷窃更严重了。像这类窃贼团伙基本由四人组成。

这些盗窃者手段也更加高级，他们有一套运行的程序。他们先等大商店招聘店员。被招聘进去就一切都简单了。剩下的就只是演戏了，他们往往会非常成功。

当然，面对如此猖狂的偷窃行动，商店巡视员和商店经理也会有他们的对策。俗语说："做贼心虚。"他们就看如果店员的眼睛总是飘忽不定或者总是盯着巡视员，为防止受到意外惊吓，防止偷窃，这样的人就会被解雇。

根据调查发现，偷东西的人群还有好多种，例如不只是女孩子偷东西，男孩也占了其中的一部分。男孩会偷他自身感兴趣的东西。

"没有人天生就喜欢偷东西。偷东西的人之所以会偷，是因为他们没有他们所需要的东西。"一家商店的店主分析说。

"我所遇到的小偷没有真正是天生的，没有偷窃狂，小偷分为业余小偷和专业小偷。我们往往会给业余小偷一次机会。我们也会竭尽全力地将专业小偷送进监狱。"

钓 鱼

《多伦多星报周刊》1920 年 4 月 10 日

春天一到，万物复苏，人也要抖擞一下精神，我们已经没有煤炭账单了，但是小车还是需要两个新的车罩。妻子的一顶复活节的帽子和一身春装没买，我们今年也不打算买，那就再撑撑吧。孩子们正在街上高兴地玩弹子游戏和跳绳。一个新的季节就这样顺其自然地开始了。

春天也就只是春天。但是对于那些喜欢钓鱼的人们而言，春天就不止如此，春天是兴趣施展的地方。因为这是重新开始钓鳟鱼的季节。

到了那里，见他们一个个都拿起钓鱼竿，装线，挂饵，动作一气呵成，最后抛饵入水。

如果你是普通的钓鱼者，那样你就会被悬在河上的树干下方的黑暗深洞所吸引。过了一会儿，小溪里的水就消失在那里的黑色漩涡中。一会儿有人钓起一条大鱼，让人看了格外眼红。你神情专注，蹲在远处河岸上，将虫子放到一棵树的枝干上。然后你拿着鱼竿轻轻摇动钓钩，接着甩进水里，把钓竿降低，就这样诱饵沉到雪松树下的漩涡中。没过多长时间，线被猛然拉直。你处事不惊地抓住鱼竿，把它摇向后方。就这样经过一番争斗，鳟鱼就被拉上了岸。

想要钓到大鱼，你就得需要有完整的装备，装备最少也价值10美元。好的钢竿约花费5美元。6条接近0.9米长的肠线钓鱼线价值1美元。当然得购买一条长的不错的诱饵线。一个质地优良的线轴价值约2美元。有了这些诱饵装备，钓鱼才可能有更大的动力。引诱作为一个技术名词。不管你在哪条小溪上钓鱼，你都必须将鳟鱼"引诱"出来。

诱饵可以有很多种，例如面团，例如水草，当然虫子也可在春初做诱饵，但是要用很多虫子，这些虫子还要保持很高的新鲜度。

用饵钓鱼的最好季节一定是春初，然而那些飞钓者，则最好选在夏季。好多用诱饵钓鱼的人会将鱼钩直接绑在线上，鱼钩上有时候会挂着虫子，但是会让人认为钓鱼线看起来太假。有了钓鱼线就代表着会钓到品种更好更大的鱼。钓鱼线是透明的，一般放在水中让人看不见。但是那些狡猾的鱼貌似精明得很，它们想法子只吃鱼钩上的诱饵，却不上钩。

不过，有时候，鱼儿看到一些令人着迷的小溪，也开始变得有些躁动，最终就成就了垂钓者的快乐。

小溪既清澈又宽敞，水底的鹅卵石一望到底，水则充斥着一片蔚蓝。经过弯道后，小溪就变窄了，水流也会顺其自然变得很窄。小溪中间会有一个大圆石。当水流流动时，石头底部就形成了漩涡。

这里出现了一个飞钓者，他穿着长靴，戴着黑色的鸭舌帽，拿着渔网以及其他的渔具，正在仔细研究着一个貌似像绿色摩洛哥皮夹子的东西。这个皮夹子就是有关于钓鱼的一本书。鸟儿自由自在地飞翔，一会儿停在鹅卵石上休息，一会儿飞得很高，但也丝毫没引起渔民的注意，因为他正在研究世界上最重要的事，研究在哪里下网可以钓到更多的鱼。

经过一番调查研究，他最终锁定了一对飞蝇。他们分别在线的两端。这就是假蝇饵和麦金蒂。但多伦多的每个飞鱼渔民都会对选择有所争议。毕竟人的探究结果是不一样的。不管怎样，能钓到鱼最重要。

这位飞钓者开始了自己的钓鱼计划。他先前后挥动鱼竿，然后利索地甩出，没过多长时间，鱼竿一紧，就知道有好戏了，这就是他这一季钓到的第一条鳟鱼。这当然是两种钓鳟鱼的方法。

我会继续多写一些，例如钓鱼在哪个地方更好一些，我们必须得承认安大略湖是使用这两种方法钓鱼的最合适的地方，包括多伦多也是钓鱼的好地方，因为那有太多钓鳟鱼的渔民，可想而知，城市以后应该会瘫痪。城市发展不好，人类发展的结果就可想而知了。所有的一切都会乱成麻团，当然会危及城市经济的发展。

爱钓鱼的人都去钓鱼吧。

拔牙并不是万灵药

《多伦多星报周刊》1920 年 4 月 10 日

俗话说，身体是革命的本钱。越来越多的人注重自己的身体，越来越多的人在选择职业方面更倾向于医学，医学实践于是被一系列的潮流所掌控。阑尾炎是我们身边的常发病。现在人体的抵抗能力也成为关注的对象。有人现在开始去发掘身上的潜在病毒，甚至有人认为血压可以控制一切。他们把所有的弊病都追溯到牙齿。

这样看来，我们已经度过了阑尾炎和扁桃体炎盛行的时期。

现在重点要度过的时代，应该是 X 射线和拔牙的时代。

美国有一个牙医组织，名字很好听，叫"百分百俱乐部"，该组织有两个极端行为，一是牙医会拔掉全部根部受到感染的牙齿。二是有些牙医会拼命留住每颗受到感染的牙齿。

多伦多有一名相当出名的牙医说："所有的行为都好像钟摆。走到一端以后回到另一端。最妥当的计划就是使用自己的经验和聪明的大脑。"针对具体情况保留那些能保留的牙齿，实在没有办法时才拔掉牙齿。

"身体的所有感染中，大多数都出现在脖子以上。在我们的医院中，所有牙根受到感染的牙齿都应该被拔掉，这样就可以消灭所有可能的感染。"罗契斯特市里世界上著名外科医生梅奥兄弟曾经说过。

身体感染经历了这样的一个过程。它们最早开始于牙齿外的一个胶质小球。这种东西非常微小，所以在刷牙时最初不能将细菌除去。慢慢地，这种十分活跃的细菌群产生的废物将会形成乳酸，乳酸和细菌溶解生物组织，最后会把牙齿腐蚀。细菌慢慢地侵蚀，最终会进入牙根，在那里形成一个囊，被称为稀疏区。

那么这种稀疏区也是有很多细菌的，牙医可通过 X 光定位这些细菌。

据牙医称，不是所有的先进科技都能信得过，其中包括 X 射线并非绝对可靠。但很多牙医会对 X 射线图很信赖，他们会把 X 射线图作为最终方案，然后定夺是否拔出牙齿。根据 X 光的拍摄角度以及读图的牙医而定，这张图差不多能够显示出大部分牙齿的好坏情况。

牙齿的稀疏区真的发现有细菌，牙齿也只能被全部拔掉。用医生的解释说就是因为他发现这些囊中的细菌正在慢慢地进入人的身体，更严重的是说已经进入血液循环。最后侵蚀到人身体的各个部位，十分恐怖。如果是选择性细菌，它们有可能有选择性地进入身体的某个特定的部位，侵蚀身体的某个局部器官。有的牙根底部的脓袋几乎会令细菌进入血液中，袭击肾脏、心脏或脾脏。最终对人的生命造成影响。

当然也会有非常谨慎的牙医，他们和其他牙医不一样，如果发现 X 射线显示出有区域受到感染，他们会再三确认牙根是否死亡。假如牙根还活着，他就不选择把病者的牙齿拔掉，而是选择通过排灌系统清理牙根的感染，然后对牙囊进行冲洗来挽救牙齿。

口腔就像一个战后的战场，堆满了好多细菌，所以现在有好人都喜欢买一些口腔清理剂，例如漱口剂，当然牙医建议我们可以用杀菌剂来杀死口中的细菌。不得不说这是一个杀菌剂的时代，总体健康是对抗感染的最强大的武器。

现在社会发展速度快，我们吃的东西是越来越丰富，可以说细菌总会无处不在。其实我们放进口中的任何东西，都不足以杀死口中的细菌。因为细菌很顽强，这些细菌甚至可以在沸水中坚持 10 分钟都不被杀死。

所以身体对于我们来说很重要，我们要过健康的生活就必须保持我们的抵抗力，抑制细菌的生长。一是保证生活的每一个小细节，二是保证心理的健康。不得不说，健康生活是抵抗所有疾病的方式。

中尉的胡子

《多伦多每日星报》1920 年 4 月 10 日

大街此时人烟较为稀少，一群工人拆着国王街上的一座建筑。有两名退伍军人笔直地站着，看似对那些工人非常厌恶。

一名退伍军人说："他们的干活效率太低，已经在那里轰轰隆隆弄了两个星期了。"这个人衣服穿得十分整齐，领子上还别着一枚有枫叶画像的第一师的徽章。他边抱怨，边在街上吐了一口口水。

"战争应该会教他们一些东西，杰克，斯托克斯炮会立刻完成这项工作。"另一个老兵衣衫同样很整齐，他看着工人把砖一块一块卸下说道。

"如果在建筑物旁边放一个炮筒，那么这个工程应该很快就完成了，他们这是浪费功夫。"

杰克立刻生了一个好点子。

"其实我们也不是真正的拆房工作者，假如我们干起活来，效率也不会这么高。是哦，应该用炸弹，等到晚上夜深人静时，稍稍扔两枚炸弹，一切问题都就解决了。我看到德国佬过来了——"比尔真是有些怀旧了。

杰克说："战争是让我们怀念的，但是除了中尉的胡子，我们貌似并没有从战争中得到永恒的东西。是呀，中尉的胡子的确让人记忆深刻，它们有很多意义。"

"加拿大人都是突击士兵。因为我记得有一次在维米——"比尔反驳说。

车子来了，二人一同上了车。

杰克说："在战争中他们被很好地保存了。你记得那能装70个人或10匹马的车厢吗？"

比尔突然打断，朝电车大喊：

"我肯定不会忘的。为什么一离开火车我们——"

"那天月色相当温柔，杰克。有一个退伍的年轻军人去了我妹妹家。他这个人看上去有点压抑，有点失落。我在另一个屋里读着报纸，因为眼熟我却不认识他。我妹妹的朋友也在，我听到他与我妹妹的朋友在聊天。'贝蒂，这就是我的感觉。'他略微有点悲伤说。后来他背诵了著名作家吉卜林的著作。后来的事情可想而知。再到后来，他又坚定说道：'我坚持到最后——'最终我很高兴地猜测出来他是谁了，你知道吗？"

"他会是谁？"

杰克回过头大声喊道。

"他就是曾经在布伦铁路运输总部的勤务兵。"

比尔嘟囔道。

时尚的坟墓

《多伦多星报周刊》1920 年 4 月 24 日

大型百货公司是可以盈利很多的，但是同样它们也有自己的弊端的，因为它们无法获得时尚变化险。所以假如它们有些东西自己都无法预料，又受大众口味变化的影响，他们有些东西就会滞销。例如"海林"大衣、"平奇巴克"西装的滞销。这样的时尚将会过去，所以剩余的东西会让商家非常苦恼。

当然，虽然有人追求时尚，但是很多人还是想买碰巧合适的衣服，例如某款自己喜欢的大衣。采购人员也会有自己的问题，他们的老式、过时的和无人问津的货物怎么处理？这样的衣服是不是都能卖掉，或者会不会全部再上市。最终的答案是所有的东西都被送到乡下。每个大服装店都会在林区或乡下的小城市中设有销售店。因为他们实在无法把握城里人的时尚度。

像萨德伯里这么近的城镇，服装店会宣传称它们的所有货物都直接来自多伦多，它们那里的衣服可能会有一点时尚度，有的可能只是有一点儿过时。真正出售过时衣服的地方，在那些更偏远的地方。

的确是，过时的衣服不可能完全销毁，萨德伯里人和其他人会以为他们买的是多伦多的最爆款，但是他们真正买到的却是城里服装店中最终卖不出去的衣服。在那里，你可能会看到一家小店，宣称与芝加哥、多伦多甚至是纽约等大型时尚广场有直接关系，它们的新广告语可能是"百老汇的穿着类型"或是"纽约最流行喇叭裤"这样的小商店，才可以更好地销售掉过时产品，它们是过时产品的真正坟墓。

钓鱼注意事项

《多伦多星报周刊》1920 年 4 月 24 日

钓鱼现在已经是一个风尚，当然，美国的体育杂志现在正形成一个潮流，绅士钓鱼是有条件的。就是把钓鳟鱼归为富人等级的活动。

广告商发布有些适合钓鱼的地方被人过度垂钓，这就得适当改进了，所以对于钓鱼很受欢迎的小溪现在只能进行飞钓。这样的话体育杂志作者会竭力宣扬那些很遥远以前是无人问津的小溪，如伊斯普斯的小溪，这些小溪也是很出名的小溪，早在 30 年前就是人们比较惦记的垂钓之地。对于用诱饵方式钓鱼的人作者是非常反对的。

其实用诱饵钓鱼才是最普遍的做法，这种方法所钓的鳟鱼比飞钓钓的鳟鱼更大。当然有时候与任何自然诱饵相比，苍蝇都是更具杀伤力的诱饵。在某些小溪上，苍蝇只能抓住小的鳟鱼。蠕虫、蛆、甲虫、蟋蟀和蚱蜢是最好的鳟鱼诱饵，但蠕虫和蚱蜢是使用最广泛的。老辈人喜欢钓鱼的往往都是看看钓鱼的新闻，他们坐在椅子里，读着那些关于美国人钓鳟鱼的批判文章，轻蔑地笑了。因为现在钓鱼实在有太多规定了。

钓鱼的诱饵很多，大家最熟悉的少不了蚯蚓。对于蚯蚓我可以做一下简单介绍。蚯蚓分三种。有两种很适合钓鳟鱼，第三种绝对不用。那么抓蚯蚓也得需要技术。蚯蚓夜晚从草丛中的洞里爬出来，这时候只要一把夜灯就足以抓满一大罐。它们更适合做鲈鱼的诱饵，它们也受很多钓鲈鱼的人喜欢。在季节方面，春天或许更好地找到蚯蚓。如果逮了更多的蚯蚓无处安放，这样就可以找一个可以储存的方法。养在大盒子中，在需要时拿出来使用，放心，一定会完好无损。

那么需要怎么放呢？其实很简单，将大量蚯蚓装在盛满潮湿饮料瓶的易拉罐中。易拉罐中是需要保持水分的，这样的效果超好。但是如果保持不当，潮湿度不够，例如水分太多或太少，都会很快致使蚯蚓死亡。另外保存的时候易拉罐得适当地通风透气，以保持蚯蚓的新鲜。

那么对于虫子的使用需要怎样的技巧呢？是的，钓鳟鱼的新手在使用虫子钓鱼时需要了解一些最基础的规则。当然钓鱼需要人的运气，他的运气会因每条小溪的不同有所不同。

不过还是得有所注意，钓鱼到底是需要一些规则的：千万不要将影子投射到洞口上；小心谨慎接近洞口，以免惊吓到鳟鱼；使用足够的诱饵，隐藏好钓钩的尖和杆。务必将诱饵放在洞口前一点的地方，然后放低杆端，使水流将诱饵自然冲入洞中。

一定要注意，放入诱饵最困难的地方，可能就是钓住大鳟鱼的地方，因为越是难的问题，解决了越能体现你的能力，会有更多的收获。一定要盯好杆端的线，一旦稍稍拉紧感受到力量，手腕就要发力。

蚱蜢也可以用来钓鱼，在能跋涉的小溪中，蚱蜢是首选的诱饵，有些人钓鱼只专注于用蚱蜢来钓鱼。它们最像飞钓，除非你尽力减小甩竿的力度，避免甩出诱饵。当然还有很多的钓鱼的诱饵，只能在岸边钓鱼时，用它们要优先用蚱蜢。这样一来，鳟鱼就会捕食小溪中自由的蚱蜢。拴在引线上的蚱蜢是不可取的。

如果你想要确保钓到大鳟鱼，那么就在钩上放三只大的蚱蜢。将钩放在蚱蜢串下面，然后通过蚱蜢腔绕回。鳟鱼更容易跃起捕食蚱蜢，而非飞蝇，而且往往会是更大的鳟鱼。一个三只蚱蜢的诱饵太大，较小的鳟鱼无法食用，只会吸引大鳟鱼。

当然，用蚱蜢钓鱼也会有它的困难。最大的困难是捕捉到它们的确很难，但也不是没有方法。最简单的方法就是早早起床，在天比较冷的时候，在太阳没出来之前就来抓蚱蜢。蚱蜢比较僵硬，因为它们跳得距离也很近，树林里、草丛里或许都会有蚱蜢。

雅克·墙蒂科斯特是古时北部沿岸一位钓鳟鱼的老手，他所发明的一种捉蚱蜢的方法为人们所模仿。用雅克的方法能够捉到很多的蚱蜢。两个人先去空地，带着蚊帐，然后分别抓住一张 10 米长的蚊帐的一端，跑向风中。蚊帐鼓起，顺风飞行的蚱蜢很快就会落入网中（网距地面仅几厘米）。这时候你就会看到很多蚱蜢，这种捉蚱蜢的方法会的确很省力气。

钓鱼的诱饵真是太多了，搅泥小鱼、杜父鱼、小平头鱼可以做诱饵，只不过它们生活在水流湍急的石头下面，有时难以捕捉到，另外，蛆、各种甲虫、鸡或鸭的肝脏也都能用作应急诱饵。

诱饵现在非常的充足了，当然所有这些诱饵都足够诱捕到鳟鱼，就看你幸运不幸运。小时候钓鱼还是有趣事的，用非常小的罐头瓶子，鱼竿和鱼线都是自己最简单的搭配，一根绳和一条棍，里面放上面团，有时候你也会钓到鱼的，这是钓鱼的一种乐趣。更专业点，如果你用轻竿或鱼线钓鱼，那么鳟鱼会像你在飞钓时一样，一样拥有逃跑的机会。此外，你至少不要让鳟鱼轻易得逞——如果它跑了，那么它就吃了一顿大餐。

阻止浪费

《多伦多每日星报》1920 年 4 月 26 日

拉尔夫·康纳布尔是加拿大伍尔沃斯公司的主管。这个人曾经说过："目前加拿大太平洋铁路公司的工程师为自己的发动机所使用的煤炭、水和石油进行谈判。"其实这是对采购物资的政府体系的一个最好的形容。

战争采购委员会的意思是，现在的采购部的数据反映，他们政府的采购部工作效率实在是太低，需要进行一步一步地调整，进一步提供业务处理方法。

据康纳布尔反映，海关部、司法部、邮政部和民兵部或许都忙碌着在采购自己的装备。但是有的部门不知所措，完全不知道自己需要做什么，更不明白需要购买什么。虽然他们也有自己的打算，在不断商议着。铁道部部长在开着会，为购买做打算，所以各个车站站长也都忙于采购自己的肥皂、牙刷或者是毛巾，忙着印刷自己的时间表，最好的一点是建造他们最喜欢的类型的车站。

铁道部这些举措不得不说很有建设性，但是这都是在浪费钱。因为他们在盲目地购买着，没有收获到更好的更先进的经验，只是图一时表面的繁华，这是在劳民伤财。赞助系统中的这些弊端让公众付出了数千亿美元的代价。然而这种情况可以通过集中采购来解决。

集中采购有它自身的优点，因为这样能将所有所需物资集中起来，把各部门的采购统一起来，正好凑成足够的数量，再去统一谈判，这样就可获得最低的批发价格。因此每个部门都能够要求使用统一的规格尺寸。这种统一的标准就可节省大量资金。这样的话部门就不会胡乱争夺物资了，物价相对来说也就更稳定了，更不会出现上涨的迹象。对于各个部门都有益处。

康纳布尔同时设计了更加有利的计划。那就是呼吁组建中央采购小组。这些人员可在年初处理各部门预算中所要采购的所有物品。每个部门都应该相互协作，处理紧急订单，并充当部门和委员会之间快速沟通的桥梁，使他成为委员会的雇员。所以，他们对市场情况的利用，就如同所有的大商号一样。

即使每年支付采购委员会负责人 10000 美元至 25000 美元的薪金，仅通过阻止当前无节制的浪费采购体制，也能获得数以百万计美元的净收益。有必要为以上人员支付足够的薪金，使他们抵御政治和赞助的影响。

咨询委员会有时候能起到一个很好的作用。先前成立了很多的有名的委员会。刚开始成立时，委员会应该无偿向新委员会提供经验。这种合理化的管理，让当前杂乱、浪费公款的采购部门，迅速地转变为紧凑的商业组织，节省了每一美元，推动了利益的最大化。

汽车的威风

《多伦多星报周刊》1920 年 5 月 1 日

　　写这篇文章之前，不如先谈谈"另一半"，不要误会，就是指我们现在所处的社会阶层。这篇文章就是写"另一半"的。在文章方面有《"另一半"生命应该如何存亡》《"另一半"生命的吃吃喝喝》《"另一半"还是要活下去》等杂志文章。应该有很多人都在记录"另一半"的事情。

　　生活在当前的社会，很多人都会有不同的意识，因为最根本的是因为人们的生活状态不同，有的丰衣足食，有的生活拮据，有的正期望成功，有的就已经成功了。那么，那些成功的人士有什么标志呢？在我们看来，有钱应该算一方面吧。映入我眼前的一个词就是——百万富翁。

　　百万富翁需要怎么做呢？新崛起的百万富翁所做的首要事情差不多就是获得族谱。这相当贵，但它一定是用皮革包起来的，题为《卡勒家族史》。当然，这本书记载了族谱学家为百万富翁所选的适当先辈的一系列经历，所以虽然华丽但从来没人读过。

　　族谱对于百万富翁来说绝对是好东西，因为他能证明有比他更伟大的曾祖父。所以，这个自己父亲有可能是个修鞋匠的百万富翁，会认为自己不过是家中出现了一些事故才成了无人关照的绅士。

　　对百万富翁而言，世上有两类人，他和其他人。我们都是"另一半"。但是对我们而言，人类不止两类，人类被分成了更多等级。目前社会又是怎么分级的呢？不得不说，当前的社会等级似乎是由机动车决定的。

　　在多伦多这个繁华的城市里，人基本上分两类，分为有车一族和无车一族。相对于那些有车一族，没车的就是"另一半"。

书籍中许多时候会提到车子，在各种"另一半"的书中提到了很多有车一族的人们。

车子在以前是怎么分等级的？在新的封建制度中，福特车主位列第一等级。这样说来福特车主是社会主权竞争的赢家。

每一个福特车主都有同一个愿望，那就是不再拥有福特车。不是因为福特车不够好，而是因为所有的福特车主都害怕一种同样的称呼，都会被拥有不同类型车的人视为"另一半"。

当然也有人认为这非常好，一种厚脸皮的福特车主认为这种小车让他可以渡过一切难关，不会让人费尽家产来买新的汽缸。他没有体现他价值的豪车，但当一辆 McSwizzle① 四人无舵车驶过时，就能偷偷看一下他当时的眼神。

脱离了福特车主的级别，这个人就会发生变化，很快地，他就会迷失。之后他就会进入一个疯狂的竞赛，内心一直奔一个念想，直到他能获得一辆"劳斯莱斯"，或者他最后直接驶进坟墓。曾经的福特车主并不会气馁，他在比赛中勇往直前。即使有最谨慎的赌徒会以 30:1 的赌注买他输。

当然这种人也有最轻松的时刻，那就是他处在中等价位车主等级当中。好多的车都属于一个价位。而且那些拥有 Choochoolay② 的夫妻，会感觉他们与那些拥有"海外飞镖"③ 和其他同等价位的车的人属于同一阶层。

琼斯还算富有，他拥有一辆 McSwizzle 六人无舵车，完全出乎意料的。他开着不错的旧 Choochoolay 从办公室回到家时，十分悠闲自在，随之就发现面临了已经命中注定的事实。这时琼斯已经开始了比赛。或许是琼斯太太把他带入了比赛，但不管怎样任何拥有 Choochoolay 的人都不会再把心放宽了。

走出 Choochoolay 级别的人，日子或大或小会发生变化，或许就再没有平静可言了，除非他自身获得一辆很高级的车子，例如

---

① 当时的一种品牌豪华车。
② 一种品牌车。
③ 原名为"Overseas Darts"，也是一种品牌车。

"劳斯莱斯" 又或是 RoseHill① 买一辆名称为 McSwizzle 的无舵车，之后就像踏进了尼亚加拉河中的湍流一般。一旦踏入，你就必须每天很快地奔驰。

当然，他也有胜利的时刻，就像他第一次拥有一辆 Delusion - Demountable② 一样。把 Delusion - Demountable 和 ComplexCollapsible③ 比，要便宜 400 美元，而且布朗兄弟正好刚买了一辆 Complex。Complex 是一款好车，而且其与第一辆车相差很大。因为男人会随着车而改变，所以他会变的。经过自身的努力，钱挣得越来越多。所以他必须得这样做，不然就要面临破产。事实上他非常成功，一天晚饭后，他和太太开始商讨 Pierced - Sparrow④ 的问题。

Pierced - Sparrow 是成功的标志。在现在社会发展的过程中，Pierced - Sparrow 销售量很大，几乎占据了主要的位置。另外这款车的竞争力很大，比其他车的优点要多得多，所以谁拥有这样的车，谁就会很自豪。

他想：如果自己也有一辆 Pierced - Sparrow，那么就太幸运了，是上帝的宠儿。

果不其然，他生了买一辆 Pierced - Sparrow 的想法。后来由于一件事，让自己打消了这个念头。因为他发现好多人都拥有这样的车，还有就是竟然还有人对拥有这种车感到不屑。后来他奋力进行了最后一搏，竭尽全力地摆脱了"另一半"的称谓。后来，他还是买了车，他买了一辆"劳斯莱斯"。但这是获得自尊的必需品，尽管他无法去承担。

如果这是部轻喜剧的话，我们会享受里面的笑点，我们也希望他在"劳斯莱斯"中幸福地度过一生，过后让很多人很尊敬他，让他拥有成功后的真正喜悦。他什么也不缺，他的儿子女儿每天会了解更多的东西。他的司机有时候都会开他的车，这样的

---

① 一种品牌车。
② 一种品牌车。
③ 一种品牌车。
④ 一种品牌车。

结果让人羡慕，但这却是悲剧。

《"另一半"如何生活》的悲剧最后落下帷幕。相信在坟墓的这一边，他并没有平静。因为消息更新得太快了，英格兰那边传来了更让人觉得兴奋的消息，或许是更让人感到靠谱的消息，一种更加豪华轿车上市了，而价格至少是"劳斯莱斯"的四倍。

观看职业拳击赛的女人们

《多伦多星报周刊》1920 年 5 月 15 日

多伦多这个城市还是有很多人喜欢体育的，这不，上周六晚，女子职业拳击赛首次出现在城市赛事里。现场媒体机构繁多，光是专席就有很多，将近 700 个，其中女子观看的专席就将近 300 个，他们邀请的全是社会名流人士。

对于没有参加拳击赛的多伦多女子，她们就是看她们所看到的，或许表面上是来看乔治斯·卡尔庞捷的拳击表演的。但是实际上，她们就是来看一场场激烈的战斗，看到对方相互厮杀，然后观看者在整个战斗过程中微笑鼓掌。当然也正是她们的表演方式。

在比赛的地方当然也会有很多男人，他们的位置在竞技场地板的中央，是一个用绳子围成一个方形的突出的空间，其中只坐了一些女子，但是更多的女子则坐在拳击场边上的专席中。其中我就坐在两名女子中间。女子的护卫坐在旁边边看边给解释。

比赛开始了，一个壮实的男孩儿很容易就把旁边的那个小孩击倒了。其实大家看得很清楚，输掉的男孩太瘦、太小、太弱了，明显是缺乏经验的，所以这个小男孩儿也找不到任何反击的机会。这名小男孩真是受到了严重的打击，一直处于被动状态，一直处于防守的状态，最终被打得躺到了地上。当然大家看得都心惊胆战，好像已经不是一场比赛，而是一个弱小者在被欺负，当然大家认为这并不是技能的展示，也不会是胆量的展示。只能说，是一个更大、更强的孩子把一个更小、更弱的孩子打倒的范例而已。所以在场的观众看着一阵又一阵地发出唏嘘声。这致使在场的人都也很失望，尤其是一些女子。

第二场开始，持续时间变得更短了。这场与上一场有明显的区别，这个拳击手，面目狰狞，满身壮实的肌肉，看起来就会觉得很厉害，身姿让人害怕。还有一名非常高大的男子，但是长着非常多的肥肉，好像没有任何比赛的经验，在打的过程中，懦弱的选手试图举起双手，一头撞进了松香帆布中，当他转身回到角落时，帆布已把他半边脸上的皮磨掉了，所以最终以失败告终。肌肉男击败了他，一脸得意。然后走出场地，爬下了拳击台。

所有在场的人都很兴奋，场面响起了轰轰烈烈的掌声，包括那些女人们。

一名女子说："这场面太无情了，太残酷了。"

她的同伴却一点都不失落反而很高兴地说："我很开心地告诉你，是的。"

在运动场的角落里，那位被击败的拳手的教练正在对他的伤势进行处理，先是擦去脸上的血迹，后来又用冷水使他清醒过来。围观的人让这个失败的人有点尴尬，这个场面并不怎么好看。

已经到了第四场比赛了，是多伦多"小战斗机器"本尼·古尔德对决来自布法罗的一个年轻人。本尼·古尔德非常健壮，充满着战斗力，然而那个年轻人则是一位病号，很紧张又患有血友病，所以这一对力量的悬殊引起了人们的注意，尤其是其中的女人们的注意力。

比赛开始，布法罗男子打出了最具战斗力的第一拳，台下有人尖叫，响起了一片掌声。较瘦弱的拳手虽然实力不够强，但是也是会猛烈地进行反击，很快古尔德的脸上就流血了。有经验的拳击手肯定是非常占有优势的，古尔德持续出击，最后战斗结束。

后来又来了一拨人，这是由多伦多名人组成的拳击团，他们坐在了专席上。竞技场中的女人们都想快点确认这些名人到底是谁。

比赛依然正在进行，社会拳击团在整个比赛中都始终微笑着鼓掌。专席中的女人们却时刻都在笑，因为他们看到的就仅仅是表演。但拳击场边上的粉丝却有不一样的举动，他们没有笑，表情很严肃。因为他们知道比赛输掉的人会遭受更严重的惩罚。古尔德越打越上瘾，他的手在不断击打男孩已经流血的鼻子。

在古代罗马的圆形角斗场中有这样一个现象，当一个人的三叉戟与对手的短剑相接时，观众可能会大声喝彩，但是当他用矛的刺结果了对方时，有些人虽然鼓掌但绝对不会笑。因为他们知道结果是什么。或许笑声是留给身份尊贵的人的。他们喜欢拿着别人的伤疤开玩笑吧。

欧洲的冠军和法国的偶像进行了一场比赛，他们与拳击对手回旋了四个回合。拳击伙伴很明显是经过挑选的，他名叫拉尼尔斯，裁判员宣布了拉尼尔斯在这个娱乐过程当中。他让 M. 卡尔庞捷打了他约 251 次。

穿礼服的女士们会让卡尔庞捷非常有感觉，因为这些女士长得非常好看。当然在拳击的过程中，卡尔庞捷会更加讲究技术，然后他会让在场的女性看到他的最完美的表现。两只手速度相当快，像眼镜蛇一样猛烈打击，他进入拳击场时，会场里放着《马赛进行曲》，听得兴奋时或许会跳起舞来，然后在四个短短的回合中，他拍击、猛戳、猛刺、颠簸、钩住并击打拉尼尔斯。最后他洒脱地离开拳击的场所，准备回家。但是这些看表演的女人们会回家吗？不会的，她们都在欢呼喝彩。

当来自海弥尔顿的鲍比·埃贝尔猛击来自多伦多羽量级对手，他们一个强壮，一个幽默，这些女人们都在为他们欢呼喝彩。毫不夸张地说，有名女子看到有人被对手激烈地拳击时，激动得大喊大叫，都快晕过去了。

历史学家赖基说，古代大多喜欢观看斗剑的都是女人。

是不是这种竞技的魅力已经将女性带回到古罗马时期的特

性？不过，卡尔庞捷夫人并不在那里。因为她的丈夫是一个战士，她知道战斗的结果意味着什么。所以她还是选择在家里等乔治斯安全回来。

骰　子

《多伦多星报周刊》1920 年 5 月 22 日

很久以前，密西西比的弹子游戏是不错的金钱转移游戏。后来，扑克牌备受关注，因为它是将钱从一个人的口袋转入另一个人的口袋，而且还是唯一被认可的方式。直到现在多米诺骨牌会进入鼎盛期，这一切都是大人们能想象到的。多伦多人们的体育领域是很受欢迎的。当然要选最具人气的并且精英喜欢的帕次西游戏加入他们之中。总之，多伦多社会正在掷骰子。

游戏的引进是需要特殊人员的，这位特殊人员就好像一个活动管理者。慢慢地，游戏就会被民众所接受，规则也就随之出现了。起初这是一种贫民游戏。因为他在英格兰当兵时，发现了士兵玩骰子的方式。后来等到规则全部完善时，于是他引入了这种游戏。直到现在游戏已经变得根深蒂固，人们也无人不知，无人不晓。

这最初是密西西比沿岸黑人玩的一种游戏，但现在已经遍及到世界各个地方，也许现在已成为最受欢迎的赌运游戏。

骰子的游戏目标是猜两个骰子投出的点数。所以人们对骰子的定义是，只有运气才能完胜的游戏。即使这样，但现在这种游戏已经属于国际性的。所以无论美国人走到哪里，口袋里都会带着骰子。而且他们既然带骰子过来，就不能只是简单地带着，他们会时不时拿出来玩一把，这样的话，就会将骰子独特的魅力传播到世界的各个地方。

后来，有关于骰子的文学渐渐兴了起来，好多大作家也会接连不断地出版一些有关于骰子游戏的作品，如大作家约瑟夫·赫格斯海默开始写有关于投掷骰子的故事，像刊登得十分出名的《读数和哭泣》，这可使许多不赌博的读者掌握到了不少有关赌博的知识。有的作家出于爱好，但有的作家纯粹只是出于文学目的。

那么有关于骰子游戏的基本常识你了解吗？下面我来介绍一下：

首先是要摇骰子先下注，然后对手下更大的注，接着开始摇骰子。

输掷是两颗骰子的点数加起来是 2、3 或者 12，也就是说他第一次就输了。

但是如果骰子点数加起来是 7 或者 11，那么他就赢了第一次。

作为一个真正的摇骰手必须明白，这只不过是摇骰子的表层学问。要想赢得游戏，更深一层的研究是一种心理学研究、判断测试和一种平均率学问。

掷骰子并不仅是一种机会游戏，如果你不信，那么你可以向那些经验丰富的玩家试一下你的运气。不到六轮的时间里他就会让你相信，这是一种技巧游戏。关于"如何摇骰子"并没有专门的理论，但要将一个起点如此之低的游戏传播到上流社会，其中的非凡方式确实值得一提。

还有关于骰子的故事。有人专门讲了这样的事情。进入高屋顶的餐厅，首先映入眼帘的墙上的闪闪发光的东西，这是该团光辉历史中获得的战利品。

餐厅里有三个人坐在地板上，他们分别是帝国兵团的少校，中尉，还有年轻的少尉。

上校这时心不在焉，正在玩着他手中的游戏，正判断他手中的骰子的点数。

正在这时上校喊道："琼西发烧了，让他赶紧去看看医生吧。"正在这时，骰子上出现了五点。

上校面色凝重，使劲摇着手中的骰子。然后将它们掷到地板上。显示是 10。"死了！"领队高兴地说。

"输了，输了！"他和领队捡起了上校丢在地上的骰子。

后来游戏被重复了很多遍。

又到 10 点钟，领事很疲惫了，踮着脚尖默默地离开了房间。他想自己应该回家了，真心输不起。

多伦多社会玩骰子玩得太多，太普遍了，不需要担心，他们玩骰子有足够的先例。但是只是作为一种游戏，我还是不希望这种游戏能够影响到政治人的看法，更不能涉及人的利益。所以在玩游戏的时候，你就简单地测测自己的运气怎么样，其他的也就不要再管了吧。

肖 像

《多伦多星报周刊》1920 年 5 月 29 日

拍照对每个人来说应该都很有意义，现在对于很多上等人物来说，拍照的确可以纪念一些东西。那么在多伦多，你也可以随意拍照，你可以拍出任何你所想要的照片。

但是，现在流行一种迹象，那就是，你要求得越模糊，费用就越高。要求越精确，收费就会越少。例如，行走在多伦多的大街上，你可以花 20 美分，然后就能买到一张不错的画廊肖像。很奇怪的是，每个面部特征都会非常清晰明显。所以这就是一种对人的精确重现。其实我们并不是美丽的人种，因为我们需要修饰，所以就出现了艺术摄影师。

艺术摄影师一般情况下是非常讲究审美的，他们在拍摄时所宣称的目标是摆出风格拍，当然这话一听也是含有奉承的意味。

我们会看到长得漂亮的人他们会摆出很好看的姿势，露出迷人的笑容这也是摄影师所需要的。所以，有的时候我们的个性在拍摄的时候也会展现出来。但是说实话，真正花一点钱就能照出好看的照片也没有这么简单，除非你的人长得特别精致好看。但如果照片真正能显示出真正的人像，那么也值了。

现在的社会照相，最基本的要求就是要要显示人像有很高的清晰度，然后人物的脸要照得很迷人很清秀，如果是不合适的背景一定记得虚化。照相是照不出我们的个性的，因为我们会把人物最好的一面展示出来，这样的话，我们的个性就掩藏在了我们自己的脸后，我们有时认为适当的掩饰个性还是非常不错的。所以照相时，我们对照片还是满怀期待的，总想象出现意想不到的效果。在照相之前多照照镜子，或许这样就会更自然。

接着就是样照来了，我们没有个性。这只是一张脸，而且脸上的表情让你觉得很尴尬，甚至不想看到自己的面容。所以，一定要强烈要求摄影师进行美化，进行艺术性的虚化，但仍是那张和原来一样的脸。同样丑陋而诚实的面容，我们这时就会用非常欣赏的眼光来看待。

所以真正当我们夹着我们的人物样照走出去时，我们不会怀着欣赏的眼神去看着墙上那些好看的人们。因为我们心里很清楚，显然摄像师在上面做了些手脚。

多伦多现在引进了一种新颖的摄影方式，是从相片中绘出的，价值约为200美元至500美元。这款最新，它可以使不自信的人最终也充满自信，并且对照相也充满自信。

因为这款微型照相能让你找到照相的自信。你可以提出任何意见，如果你的片子不是你喜欢的，那请你告诉艺术家你的想法，这样就可以在微型画中加入你喜欢的鼻子或者是你喜欢的嘴巴。如果你发现你的眼睛太小，那么向艺术家建议把你的眼睛放大。也可以选择你自己喜欢的嘴形。这样一来，我们就能够得到真正能让我们高兴的图像了。

　　这就是摄像，有时候让人烦恼，有时候你又会感到快乐，这样的摄像或许让你的生活变得丰富多彩吧。

养　狐

《多伦多星报周刊》1920 年 5 月 29 日

　　加拿大有专门饲养银狐的饲养场，最近一段时间，日本和美国政府将要对其进行考察。饲养场是大家都需要关注的东西，它将会在很多国家内落脚。加拿大最大的一家养狐场场主说，这给了英联邦自治养狐场极大的刺激。

　　关于饲养银狐的饲养场，美国政府就首先做了一系列很实实在在的报告，把饲养场的各州名单给列举了出来，过几天或许就会出现在美国的加利福尼亚州，或许是美国的比较大的州。在加拿大这个国家，差不多所有的银狐饲养场都位于爱德华岛，因为那里的气候太适合饲养银狐了。据调查，加拿大第一个饲养场在 1902 年成立，可是发展得一直不太景气，这一行业直到 1909 年才发展起来，也是在同一年成立了一个有组织的饲养场。

　　饲养银狐应该是一个很不错的致富项目，当然也吸引了很多人的目光。正是因为此种情况，所以有很多的诈骗机构用人们的心理进行诈骗，这些公司将银狐饲养业搞得声名狼藉，只有合法养殖者仍在继续他们的养殖业。后来出现了一场正义的战斗，在这场"战争"中，假冒企业消亡了，现在的养狐者绝对不是股票浮动企业的管理者。

　　现在的狐狸是真实养起来的，而不是纸上谈兵，这种行业需要很大的一笔投资。在爱德华岛，光是养殖场就好几百家，公司也有好几家，吸纳的资金从 13 万美元到 27 万美元不等。

　　话说银狐也是一个很奇怪的品种，它的出现是那些养殖者无法预料的。因为它最初是由红狐演变过来的。例如一只红狐生出的幼崽中可能会有一只银狐，但银狐的所有幼崽都会是银狐，如此说来银狐作为狐狸的一种，将来一定会繁衍得越来越多。

那么这些小狐狸到底吃什么呢？主要食物是蛋和奶。再大一点的狐狸可能会吃上一点肉，要么是鸡肉、羊肉，要么就是牛肉，有时候水果也是得吃的。

饲养狐狸最近几年面临的最大的问题就是盗窃问题。有一次，有个岛上的养殖场出现了盗窃案，名贵的银狐都被偷走，损失了不少钱。所以现在每个养殖场都有自己的武装看守员和猎犬，连夜有人看守。还有更好的办法就是每个养狐场的狐狸都有自己的标记，以便能够确认。这些标记一般做在不很明显的足垫或牙齿上。一个名叫"爱德华岛养狐联盟"的养狐场还负责立法，为饲养主提供帮助。

酒品走私

《多伦多星报周刊》1920 年 6 月 5 日

艾奥瓦州小镇上有这样一种现象，买了 12 箱加拿大威士忌，总共花了 300 美元，它们都是用一种特殊的车购来的，当然还有更多买这种酒的，他们都是提前订购。其实在密歇湖边境的差不多所有城镇中，都能够买到加拿大威士忌。即使价格再高都没有问题，因为也有足够的购买者，所以一切都不是问题。其实这就提到了酒品走私这个问题。

关于酒品走私，这个规模非常庞大，因为它包括跨界有组织团体和无组织团体，于是他们的收益非常大。

走私的过程是这样的，他们首先将酒运到他们在温莎和附近城镇建立的据点，然后小心翼翼地通过河运往美国。这段路虽然小，却是世界上最昂贵的路段之一。一瓶威士忌就得零售 88 美元。在这个路段，它们被运达美国海岸，因为这之间又经历了一段路程，所以酒的价格自然会抬高，后来威士忌的最低价格都会自动上升到 140 美元。可想而知，真正去走私这些威士忌会收益多少。我将通过一个事例告诉大家。

在从多伦多到温莎的火车上，我看到一名男子，后来与他聊了一番，他带着 30 箱威士忌准备去温莎。这些酒品如果到达美国，可以获利将近 1700 美元，这不禁让人感叹。当然，他也谈到了他们比较冒险的运输方式，他们每次运酒都是通过小船运输，而且都是选择在晚上进行，这样才能避开税务员的摩托艇巡逻队。

这名男子还说了一些新闻记者的白日梦，称电子鱼雷里面装满了威士忌。进入底特律的酒品太多，所以税收人员必须在其他地方找到托词，所以编造了这样一个鱼雷的故事。底特律另外一个走私贩询问我两省之间批准酒品进口的时间的长短。因为时间过长的话会就能够退出。

对于酒品走私涉及好多地方并非只在城市。你是否听说过苏必利尔湖山上有个小棚里也存在很多酒品？据说那里有很多箱威士忌。在这些酒品上进行投资的人，也是准备把这些酒品偷偷运输到美国然后把它销售掉。很多外国的酒品走私犯也在进行着种种的交易，他们为了赚更多的钱也在进行偷偷的运输。有些城市已经沉寂了 30 年，自第 18 条修正案通过后，这些城市就迅速地崛起成为走私城市。

例如加拿大和美国之间的酒品交易，加拿大和菲律宾之间的酒品交易，菲律宾和美国之间的酒品交易。我在菲律宾的宾馆旁边看到了一个瘦瘦的小孩子，他的身旁有两位年龄与他相仿的小孩子，他们的面容看起来很吓人，内心也充满了恐惧。因为他像一个十足的病人，他们的脸色蜡黄，全身无力，时而自己的身子还颤抖着。我感到很好奇，就想问他到底怎么样了。

"他偷了别人的东西，被打得很厉害。"小孩子回答道。

"是因为他买了走私犯的昂贵的酒。"另外一个小孩子回答道。

其实这并不是说教，只是指酒品从加拿大进入美国的一些事实。

走私犯很多，同时酒的量也很大，好像是没有穷尽，能进入纽约等不同的地方。前几天在纽约，一辆大篷车成功地从哈利法克斯走私了大量酒品，让走私者发了财。加拿大和美国之间有一段很长但却没有守卫的边界，只要酒品被允许运入边境省份，那么他们就能够找到方法进入美国。这样的事多了，所以只要真的有勇气，就能够取得胜利，最起码可以赚到钱。

哈密尔顿滑稽剧

《多伦多星报周刊》1920 年 6 月 12 日

如果你是一个高雅的人，你就会时不时欣赏一些优雅的曲子，然后去剧院看。

经常去多伦多戏院，你会有什么感受？你是否会以冷静的头脑参加音乐会？你或许是一个不懂音乐的人，可能不知道音乐的调子，当然歌词对你来说也是新的。但是或许你会是一个首席演奏者，听完后效果应该是让你保持冷静，让你的大脑保持清醒，而且越听越入迷。

这就是上演多次的多伦多哈密尔顿滑稽剧。通常它是这样上演的。

"你在这个城市里居住吗？"第一个演员问。

"不，我住在哈密尔顿。"第二个演员回应说。

当遇到这种情形，人们一定会捧腹大笑，因为这人一定不是本地人，或许他是从别的地方来的访客。于是我们得出了结论，这一定是他第一次来参加多伦多的音乐表演会。这种笑话很多，并且多次出现在多伦多。但是当 30 年出现了这个笑话，当地的人一定会嘲笑的。因为这是他们的错误认识，或许会形成一种传统，现在如果想要保证笑话能惹人发笑，就应该要提到一些关于多伦多和哈密尔顿的事情。

所有的笑话刚开始听都非常有趣。就如刚开始讲述邻居家患小儿麻痹症的孩子的事情，但是有的笑话不能反复地说，因为后来就没有什么搞笑的了，这时就应该让人们换换口味。

在这个时候，喜剧似乎发生了变化，这就让人们得出结论。

喜剧真正的本质似乎是一个或两个喜剧演员承受严重的肉体痛苦。如果一个胖小子摔倒，或许会有很好的逗乐效果。那么一个胖子掉进盛着热水的浴缸里，那么掌声就会更加热烈。大家再想想，如果更胖的人掉进盛有更多水的地方，这种情况的喜剧效果又会变得有多强烈呢。如果安排一个非常非常胖的胖子掉进海里。那么舞台上产生的这种效果肯定会更加成功，这就是这个时代中喜剧的最大胜利的标志。

这些喜剧相对来说已经成为一种喜剧暴力。这种暴力性的喜剧如果加上当地的一些活泼的地方方言，外来滑稽演员如果想成功，就应该加上一些有些特色的东西，例如能够将那些有用的"本土"材料添加到他们的表演中，而无须再用以前的老套。

想让滑稽剧更好地发展，不少人给滑稽剧或正剧演员提了一些非常可靠的建议，这会增加滑稽剧的效果。

"这里有厂长吗？"一个演员说。

"这是水果吗？"接着第二个演员回应道。

接着第一个演员和第二个演员打了起来。第二个演员把第一个演员追出舞台边缘。这样的效果或许能更好，能吸引更多人的目光。

还有更猛的笑料，让观众笑得更灿烂。

"你听说过新联合站里的新工人吗？"第一个演员猛拍第二个演员的背。

"这是一个很孤独的话题。"第二个演员用棍子敲他的牙。

这样的话题很可笑，所以很容易引起人的笑点。当然后面还有两个笑话。所有的喜剧演员都很欢迎这两种荒诞而又滑稽的台词。到那时，我们还可以动脑子再想想。但让我们先把哈密尔顿的笑话丢掉吧。

野外露营

《多伦多星报周刊》1920 年 6 月 26 日

夏令营是暑假期间提供给儿童及青少年的一套受监管的活动，参加者可从活动中寓学习于娱乐，具有一定的教育意义。现在不只是年幼的人去参加夏令营，其实大人们也很热爱，他们更倾向于野外露营。

今年夏天，会有很多人到森林里去度假。例如有些提供户外拓展训练，以训练体能和团队精神；有些则提供语言、艺术、音乐等的训练。那些可以带薪休两周假的人们，可以利用这段时间钓鱼和野营，也能省下将近一个月的生活费。他应该每晚睡得都很舒服，每天吃得也还不错，最后精神十分饱满地回到城市中来。

但如果他想做饭，就带着炒锅进入森林，在生存时又不考虑那些苍蝇、蚊子、臭虫，而不会做饭的话，那么他回来时的情况就迥然不同。他回来的时候情况会更糟糕，因为他们的背上和脖子上会有好多蚊子咬的包。在野外所吃的东西又是乱七八糟的，这样的话，他的肠胃就非常的不好，最终他的消化能力也会下降。当然，他的睡眠质量也会降低。这就让他以后再也不想去夏令营了。

田野的呼唤是很好的，但日子并不好过。他两只耳朵都听到了文明的呼唤。

首先他忽视了虫子。苍蝇和蚊子以及一些有毒的虫子，迫使人们生活在城市中。生活在城市中，对于大自然中的野虫，人们能想尽办法去解决它们，可以轻轻松松地应付这些东西。正是这些野虫的存在，让很多人讨厌生活在森林。如果小虫子都消失了，每个人都可以生活在丛林中，甚至可以辞掉工作，去寻找更原野化的生活。

至于对付猖狂的虫子，还是有很多方法可以应付的，例如药水，最简单的就是茅香油。茅香油的味道对人并无刺激，闻起来就像炮油一样，但虫子们的确很讨厌这种味道。这种东西能够很轻易地买到，你可以随意进到药店，然后在药店里买两瓶，然后有空的时候就去喷一喷，这样一来，泛滥的虫子最终就会被消灭。

药水的用途还有很多，例如钓鱼时就能用到。

开始钓鱼前，在你的脖子后面、前额和手腕上撩上一些这种药水，苍蝇和蚊子就会远离你。

蚊子还有一个特点，那就是很讨厌清凉油和桉油精。所以这三种油是很多必备物品的基础，依我之见，直接买茅香油相对来说更便宜、更好。夜晚睡觉前在帐篷外的蚊帐上抹一些，然后就请你安心入睡吧。

为了真正得到休息和享受好假期，人们必须每天晚上都能睡好，而首要的必需品就是有足够可以盖的东西。在丛林里，夜晚要比我们想象的冷得多，带的被褥最好比所需的多出一倍。带一床被子，这和两条毯子的暖和度是一样的。

野营的人需要了解做床的过程，这是很浪费时间的。对于睡眠质量要求高的人来说，你需要搭好帐篷，然后再把帐篷里的地方弄得非常平整，如果你想睡得更柔软的话，那就多放一床被子。

最困难的就是做饭问题了。对于现在经常做饭的人来说，炒锅是所有旅行中最必需的物品，当然，电饼铛等东西你如果想要，那就带上吧。煎锅的话可以考虑一下，因为有时候需要煎鱼。

煎鱼的话，如果是新手的话，就应该把鱼和熏肉带着，然后准备足火。如果熏肉被烤得卷起来，说明火候够了，如果鱼的外面已经发黄里面也发黄的话，说明鱼熟了，但如果鱼的外面焦了里面还是生的，说明火候是不够的。这种情况如果连续两周吃下去，最后就会弄得消化不良了。

那么防止把鱼烤焦的正确方法就是在炭上烤。之前先准备几罐黄油或者耗油，把油抹在熏肉上面，然后把肉放进去，煮到半熟时，再慢慢地放在热油脂上，然后将熏肉放在鱼上，最后在慢慢烤的时候涂上奶油。在这个过程中间，还能干好多的事情，例如煮杯咖啡，或者吃块饼干，或者在更小的煎锅里煎个鸡蛋饼。

当人们差不多吃够了鸡蛋饼时，鱼和熏肉也就可以食用了。抱着一种很高兴的心情吃鱼了，看看吧，鱼的外面很脆，里面的肉也新鲜可口，熏肉好了，味道正宗而浓烈。这样的鱼和熏肉，估计没有人吃过吧。

烤炉的功用很多，可以烤面包，烤馅饼，即使是不太爱干家务的男人也能够做出自己喜欢的东西，甚至可以做出符合在丛林中食用的馅饼，这样就能填饱肚子。比如做馅饼。

这是让男人头痛的一个话题，当然做馅饼听说有一个很大的秘诀，其实没有，我们都被玩弄了太多年。只要智商正常，就可以做出好吃的馅饼，有的男人做的馅饼有时比他的妻子做得更好。因为有个说法，男人只要努力起来，做饭方面也会比女人要强得多，不然怎么会说真正的大厨都是男人呢。

我们来讲讲做馅饼的步骤。万事开头难，首先准备一杯半面粉、半杯猪油、半勺盐和冷水。然后和面，和面的时候把盐与面粉混合，这时候就可以顺势在面粉中倒入猪油，用凉水将面粉和成团，面团用凉水和的话会更劲道。接着取一些面粉，保证是干的，用干面粉拍打面团，保证不粘板子，随后用你喜欢的圆瓶子擀面，直到把面碾平。边碾边放猪油，这样面里面就裹着一层一层的油。

把面摊在烤盘里，我喜欢那种底下带花的形状的。然后放入浸泡了一整晚的苹果干、桃干、杏干，色泽应该特别好，将烤炉调至低火，约40分钟后取出。这样的话，你就尽管尽情地吃吧。

丛林生活有时候很难，但是做起来有时候又真的很简单。真正在丛林生活的人才是真正的人生的强者。

特德的蚊子

《多伦多星报周刊》1920 年 8 月 7 日

它属于昆虫纲双翅目蚊科，全球约有 3000 种。是一种具有刺吸式口器的纤小飞虫。除南极洲外各大陆皆有蚊子的分布。其中，以按蚊属、伊蚊属和库蚊属最为著名。它的嗅觉非常灵敏，它远远地就能嗅到人的味道。然后再去吸人的血。但它并不是吸血蝙蝠。它是蚊子。

多伦多这个城市是个让人感到舒适的地方，因为那儿几乎没有蚊子。所以好多居民选择不在夏季度假，他们都会很开心，会笑得很高兴，为那些去森林度假的人感到悲催，随后他会带着对多伦多满腔的热爱进入娱乐场所。最终我们还是很无奈地选择进入了丛林。我们进入了高而茂密的森林，那里面静悄悄的甚至都没有回声。慢慢地，回声也消失了，最终归为一片死寂。

我们入住在这里，那里刮着北风，很冷，但是我们睡得很熟，第一天夜晚还是相当美妙的。没有一只蚊子。

但第二天夜晚温暖的南风来了，很不幸的是，把蚊子也带来了，而且是成群结队来的。它们就像一团尘土。但是这一团里面都是蚊子。这是你受不了的，看到此场景我都全身冒冷汗，全身不舒服。

在搭帐篷的一瞬间我的鼻子上就被咬了个包。特德点了蜡烛，想要消灭帐篷中的蚊子，但是真是一个艰难的过程，一个蚊子被消灭掉，另外一只又来了。我们清除了帐篷中的蚊子，但是静下心来，又来了一拨蚊子，它们的吸血管又肆意侵略了我的脸庞。

第二天晚上，我发现特德在寻找什么东西，后来发现是他把防蚊液给弄丢了，我们一起寻找起来，后来我热得全身都湿透了。那时，我终于明白了一个道理，那就是恺撒在看到布鲁图将他的折叠刀插进身体的那种感受，以及当鸟妈妈发现没有一些玉米可吃的感受。

我们总共出去了两周。我们的蚊帐只是起到了辅助性的作用，它根本挡不住蚊子的侵蚀，可气的是，特德还丢了防蚊液。

那时候的风是温暖的南风，那时候当我们的帐篷充斥着蚊子，一个接着一个，甚至可以说一团接着一团。眼尖的人能够看到成群的尘埃从沼泽上飞来。

点火堆是一个很好的办法，其间我们点起了两个熏烟火堆。在火堆之间坐下。蚊子就在周围飞着飞着，但是一会儿就冲进了烟雾中，大概是被烟雾熏死了吧。

后来我们又点起了四个火堆，果然效果更好了，坐在火堆中间，蚊子飞进烟雾中更是明显，死的也更多。我们感觉自己像烟熏火腿，很有意思。

在那样一个过程中，我给特德提了很多建议。

"假如蚊子像一头猪一样大会怎样？"

"像猪一样的蚊子对于我们来说会是怎样？"

"假如它们吃我的小宠物怎么办？"他一直没有回答。

"我们要感谢自己的成长。"我说。

"就不要再提及往事了。"他不耐烦地说。

"有时我们也很绝望，特别在野外生存的时候。"特德说，"如果长期吃我做的饭，我们也会成为蚊子的毒药。"

他告诉我应该拿蚊帐。

他说自己该保管好自己的防蚊液。

说话之余他扔给了我一个煎饼。

后来，北风吹来，吹了几天，我们就再也没有看到蚊子了。

最后几天，我们都说对方很幸运。

总结上述的经验，我们应该用粗布来代替今年出售的蚊帐。而且要带很多瓶防蚊液。

捕钓虹鳟的最佳方式

《多伦多星报周刊》1920 年 8 月 28 日

每个人都在生活，但是生活方式有所不同。正如职业乒乓球比赛不同于业余乒乓球比赛一样，虹鳟与溪红点鲑的捕钓方式也是不同的。有些人为我们捕捉到的鱼胡乱取名，把虹鳟称为"虹彩鳟鱼"。虹鳟生存在加拿大水域。当前，捕钓虹鳟的最佳地点就在加拿大苏运河的急流中，这在世界当中都是非常有名的。

逮虹鳟的过程异常的艰苦，是相当费时的。举例来说 7 千克左右的虹鳟被顺着急流的独木舟拖走，后来由欧及布威族和齐佩瓦族船夫截住，他们费了很大的劲，累得满头大汗。因为虹鳟体型太大，所以船夫实际上占不到任何便宜。这些鱼的力气也非常大，一旦被逮住，它们都会迅速撕破很长很长的网线，后来就躲到大岩石的底部生闷气，对于船夫则任由欧及布威族人在那大骂。在这种情况下，要将一条真正很大的虹鳟带上岸，有时候得花两三个小时。

苏运河是捕鱼者都爱去的地方，因为这是捕钓的绝佳之地，只不过要想捕捉到大鱼过程相当折磨人。在费力程度上，仅次于捕捉金枪鱼。

苏运河的虹鳟很好、很大，但是它们的牙齿也非常厉害，它们会咬假蝇，但是，要在那种水流大的水域中轻易应付假蝇捕钓者的最爱，绝非简单之事。在这最佳的水域捕钓，仍需要完美的道具，那么独木舟就是一种必需品。

这是项剧烈、棘手且具伤害性的运动，一定需要捕捉者的一种很完美的心理素质，这种心理平衡度也得很强。有一名优秀的钓客，他的名字叫杰克塔尔，当他去世时，为了能让他的灵魂安然进入瓦尔哈拉殿堂①很多人也算很关心、很关注。

在离苏运河很近的地方有一口泉，这口泉也可以称作河流。河流的宽度和离苏运河差不多，比一般的河流要深一些。如要看得更加真切，你的脑海必须不断地出现以下情景：

峭壁上长了一棵松树，整体造型很美，但是十分险峻。因为峭壁一直向上延伸，到达了光亮处。后来峭壁下有一小段沙地突然滑进河流，后来突然间来个大拐弯，最后流入了水塘。

以上为背景。

想象一下，画面中有两个人，走路蹒跚，衣衫褴褛，他们沿着河岸的小径向上一直走，背负的东西特别多，让一匹马驮着都应该会感到疲劳。他们在头上扛着重物，这其实是不对的。因为他们干事太费劲。如果这两人稍微向前倾斜，小丘的路线就会变得很通畅。后来他们实在撑不住了，将包裹重重地放在了地上。

走着走着，其中一个人停下了脚步，抬头仰望，发觉峭壁在顶端变得相对平缓了。于是就可以用一块好地方用来搭帐篷。另一个人开始休息，仰面躺在地上，眼睛直直地看着天空。第一个人手脚麻利伸过手来，捉住一只蚱蜢，把它扔进了水塘。或许是夜晚的露珠使蚱蜢变得很不灵活。蚱蜢随之消失。

"你看到了吗？"扔掷蚱蜢的那人惊叫道。

这个问题还真是等于白问。

我们决定钓鱼。用一只假蝇饵作为饵料。我们开始了第二次的抛竿，这时候水面产生了一个漩涡，感觉旋涡很深很神秘。我们的钓丝绷得紧紧的，猛地投入水中，钓丝被拉扯出去，直至露出卷盘中心。鱼跳跃着，每次投入水中时，我们都祈祷一定要成功。最后，鱼跳了一下，我们好像感觉到了鱼的动静，杰克斯异常激动开始收绕钓丝。我们以为鱼已经脱钩了，但是当挑起鱼线时我们发觉鱼还在鱼钩上挣扎。动作如此之快，让我们都以为它逃跑了。

---

① 瓦尔哈拉殿堂为北欧神话主神兼死亡之神奥丁接待英灵的殿堂。

这时差不多天黑了。我们把鱼钓了上来，经测量，它体长 77 厘米，重约 4.4 千克。

这就是虹鳟捕钓的艰难而又让人欣喜的过程。

比起饵料，虹鳟更愿咬假蝇。所以应该将其系在八号或十号鱼钩上。

稍小的假蝇有它自身的好处，它能引来更多的鱼。但是假蝇太小，所以承受不了真正的大鱼。虹鳟和溪红点鲑所栖息的流域虽然相同，但还是有不同的地方被发现。

因为溪红点鲑和斑点鳟还是有它们的不同之处，所以杂志作者和杂志报道都持相反意见。他们认为溪红点鲑或者是斑点鳟上钩后，会有一种条件反射，要在急深水流中与大量的钓丝纠缠，所以它们不会立即跳出水面。但是如果将钓丝绷紧，这些鱼还是会在水流的冲击下，突然露出水面。

虹鳟的跳跃能力很强，无论钓丝是紧还是松。它的跳跃有时候是完全高于其他鱼的，因为真正地跳出水面，不同于只是露出水面，有时候都会达到 2 米，更厉害的一次达到了 4.4 米，与水面平行。这些数据听起来不可思议，但真是事实。

或许你不会相信，把一条鱼放入急流中，尽力追赶它。如果它有 3.3 千克的重量，可能还会把人拉倒。

加拿大人：野蛮人／文明人

《多伦多星报周刊》1920 年 10 月 9 日

别人如何看待我们这是我们无法掌控的。因为那是别人的眼光，或许他们看待我们自己很有趣，或许有时候看我们很有趣。

还能回忆起你在裁缝的三面镜子当中无意中看到自己的轮廓吗？或许你记不起，男人是记不起来的，但是女人们会至少能每天都照照自己的脸、照照侧面以及她们背后的头发，这是很正常的。

在威廉姆·史蒂文森·麦克纳特的《矿工》一文中，十分形象地描述了加拿大人对美国人的想法。即美国实习新闻记者所说的路人对加拿大人的评价。对于在美国或英联邦自治领土内的路人而言，这种情况有点夸大其词，但是根据法语说法来说，它几乎能够适用于街道上的所有人。

一个普通市民，应当被视为为了吃速食而搭电车的人，即使很正直的人也有畏惧警察的心理。但是在一般的交通工具上，美国人对加拿大人是模糊不清的。因为他们无法理解加拿大就是西北的骑警、冬天的运动场、满是哈士奇狗的开放雪场。温莎的比赛报道、加拿大人的威士忌、苏格兰人和英格兰人，时常带有一种坚定而强烈的情感。

他记得当塔夫脱担任总统时有很多人对互惠政策有疑问，他都不确定这是怎么一回事。或许也听说过前总理博登，但牛奶生产商却会让他感到迷乱。这涉及他对加拿大政治的误解。

加拿大的战争史会让美国感到骄傲，这让很多加拿大人意想不到。在加拿大部队服役的美国人，很可能会被他的同胞视为英雄，当作了不起的人。

但是美国人也会将加拿大人适当地分为野蛮人和文明人两类。

那么野蛮的加拿大人和文明的加拿大人有什么区别？

野蛮的加拿大人意味着穿整齐的牛仔衣、戴着皮帽子，脸上长有茂密的胡子，但看起来很稳重，却经常引起皇家西北山地的警察的注意。

但是文明的加拿大人却有所不同，因为他们喜欢穿鞋罩，取而代之的是留小胡子，看起来很幽默，又非常聪明有礼貌。

"野蛮和文明的加拿大人与普通的嚼着花生米的美国人会形成鲜明的对比。"这是一个英国人所评论的。

对于英国来说，他们的居民分为粗鲁的英国人、板球运动员和贵族三类。

首先谈谈粗鲁的英国人，他们的特点是喜欢说话时带有脏字，比较粗鲁。他们平时喜欢戴布帽，吃生鲱鱼。

那时威廉·赫斯特创造了一种英国人正是因为美国人的消费，暂时把娱乐放一边，加拿大和美国之间确实缺少人与人之间的相互理解。正如罗伯特·萨维斯说："一般美国人缺乏对加拿大人的理解。"

其实美国人是非常尊敬加拿大人的。他们对加拿大人没有一点反对的情绪，反而对加拿大人的野蛮非常喜爱。但你无法理解加拿大人是如何理解美国人。

当赫斯特死后，也许战争就更遥远了，国家与国家的交流也会回到常态，例如加拿大和美国大学之间就会有交流体系。国与国之间会越来越懂得尊敬。如果真的有战争的话，国与国之间都会正义感十足，就算有其他国家的加入，也许都会成为交流伙伴。

卡尔庞捷和登普西

《多伦多星报周刊》1920 年 10 月 30 日

加拿大每个男人、女人和孩子都会打赌这个问题，大家的重视度不仅仅是身份的关系，这到底是一个什么情况？原来是乔治·卡尔庞捷能否在战争中打败杰克·登普西，成为尤文图斯世界级重量级冠军？

最终得到的答案是，看这场打斗，比任何一场冠军争霸赛都要好看。卡尔庞捷有着绝好的机会打败登普西。

对于拳法不够了解的人，他们能够多去了解左勾拳，了解所有的内幕消息，方便了解卡尔庞捷得到更多的机会。全美国的拳击专家都对登普西一致抱着同一个看法，实际上他应该会是卡尔庞捷的灾难。

我们应该相信专家的看法以及西美国新闻报纸的一些新闻报

道。乔治·卡尔庞捷和杰克·登普西在同一个拳击俱乐部，他们在一起比拼无异于有一个自杀。登普西如果打他一次，卡尔庞捷的所有一切就结束了。因为登普西势力太强大，他将成为最伟大的重量级拳击手。卡尔庞捷相对来说就更显着悲催。

去年有一个场景，是首次了解拳击内幕消息的人可能会模模糊糊记得，专家们赌杰西·威拉德一定会在对抗中打败登普西。大多数拳击作者会支持威拉德，认为威拉德实力强大，所以当时的威拉德赌注赔率是6：5。

专家有时候这只是分析比赛的赛情，或许精准或许就有失误，有时候的分析都是没道理的。他们都是"冠军主义"的受害者。拳击手无论谁碰巧保持了冠军，都会一直是最伟大的，应该在当时会盛名一时。因为他们的舆论宣扬，登普西最终成为超人。

杰克·登普西行动缓、思维慢，比较差劲的他，未进行过真正的打斗。他曾打败过威利·米汉，但是米汉对于大多数人来说不过是个二流拳击手。

当时的威拉德才37岁。过了几年悠闲松散的生活，他会经常喝烈性酒，所以他的拳击技术怎么也提不上去。或许威拉德并没有参加过真正的激战，他的行为习惯差，所以也不被人看好。

登普西是一个非常有实力的年轻强大的拳击手，不论天热不热，他都可以进入托莱多的拳击场，他有耐心地等着，等到威拉德伸出他行动缓慢而又长长的左手。他首先击中了威拉德的下颌，后来又来了一个左勾拳打到了威拉德的后脑部位。

威拉德很被动也很悲惨，不幸地摔到地板上，登普西实力强大地站到了他身上。裁判员应该是看得很投入，没有阻止登普西，接着对威拉德计数，但在绕场时略有顾虑，内心很不安定。

威拉德被打得不知所措。手一离开地，他就自觉性地准备站起来，登普西又开始做出攻击，对他未作保护的下颌打了重重一拳。威拉德倒下后，他只是做一番试图性的站立。登普西的攻击性越来越强，他会继续击打。在场的观众看了一阵喧哗。

第三轮拳击赛结束了，登普西大口喘着气，身心疲惫，威拉德反倒看起来更加的充满活力，或许内在的潜力还没被激发出来，因为在作战，他的教练知道，短期内他并不能克服之前被打击的劣势，无奈之下扔给了他毛巾。登普西最终以自己独有的优势夺得了世界重量级冠军，赢得了在场观战的观众的阵阵掌声。

登普西后来只参加过一次比赛。那是与他亲密的朋友，现在那朋友被打得受伤了，就一直在医院养病。因为登普西击败了嗜酒徒和一个长期患病的挚友，所以杰克·登普西成了当时评论专家们所说的最伟大的拳击手。

比利·米斯克是登普西的一个老朋友，虽然之前战斗时没取得过优异的成绩，但是在第一回合时他就得到承诺，会得到20000美元。拳击开始前，他对登普西目不斜视，就好像看着任何一个普通的拳击手一样。但登普西依然拿出自己最强的实力，没有给米斯克一丝机会，米斯克被他打倒，甚至打趴。米斯克有时候试图站起来，但是他抬起手时，就又被登普西打倒，直到比赛结束。

其实，评论家们称卡尔庞捷是没有技巧的，只会卖弄技巧。评论家们都一致认为卡尔庞捷是有机会赢登普西。因为卡尔庞捷重约77千克，登普西重约64千克，卡尔庞捷以前击败过登普西这一类型的人。

庞巴迪·威尔斯曾两次被卡尔庞捷打败过，当时他算是最聪明最有技巧的拳击手和最快最利索的骑手。

1914年，甘伯特·史密斯曾在加利福尼亚与杰西·威拉德大战好几十回合。最后击败了他。他们当时打得十分猛烈，威拉德不得不请求他住手。

卡尔庞捷由于国家形式在战争中服役，并且获得了相当高荣誉，战争结束后，又继续了他的拳击赛，当时打得非常猛烈，只一轮就把英国冠军乔·贝克特打败了。

现在他回到了美国，并与美国重量级拳击手贝特令·莱温斯基进行交涉。在第一轮中，卡尔庞捷采取的主要是保守政策，主要是谨慎防守。在交手的过程中，他摸清了对手莱温斯基的优缺点。接着他就开始反攻，他放下了所有的顾虑，开始随意攻击莱温斯基。

外行可能看的只是精彩，但是内行的专家则认为这种表现还能体现一个拳击手的心理素质，让大家都相信他，相信他的实力，承认他一个无可匹敌的拳击手。

但仍旧有持反方理论的评论家认为，他虽然是一个伟大的拳手，但是他也有很多的缺点，严重点说，他只是徒有其表。登普西一定会干掉他。

西大荒：芝加哥

《多伦多星报周刊》1920 年 11 月 6 日

加拿大是一个奇怪的国家，这时不得不引入"西大荒"这个词语，因为加拿大从来没有西大荒。只要因为有人跨过边境，渐渐地，如果发现在西大荒有人在走动，西北山地警察就会把他们都送进监狱，于是这样的人就不会再害任何人。因而有人说，加拿大没有西大荒的存在。

但是不同的是，现在美国有西大荒。如同电影一样，美国的西大荒有法罗牌，有骰子。那是一座开放的城镇，穿礼服大衣的赌徒，歧视和歧视杀戮，还有所有的能够娱乐的象征。

就是相对于美国以前的情况，那就是旧的秩序已经不见了，取而代之的是新秩序。

西大荒并依然存在着，只是换了地方。芝加哥位于密歇根湖的西南端，那里整个地方高楼林立。

墨西哥显然是个非常糟糕的地方。这个地方每年都会有某个国会议员或参议员站到美国国会去，报告说墨西哥一年当中有 28 到 33 名美国人被当地人杀害，这种令人惊讶的消息让所有国会人员都在颤抖，为之感到惊悚。所以针对这种情况应该要实施一些举动了，这不能再继续了。关键时刻措施必须得拿出来。

芝加哥真是一个动乱的地方，今年从 3 月到 12 月期间芝加哥总共出现过 140 次命案。这意味着杀人犯在芝加哥很泛滥。的确，与内达华采矿城镇的记录相比看起来并不太坏。据称内达华非常动乱，当时每天都有人被杀，执行法官基本上每天都在逮人。但是芝加哥当地提供的数字却是空空如也的，毫无谋杀记录。但是正是警方提供的数据，能够证明芝加哥每天都有人杀人。

芝加哥走私酒品也非常泛滥，作为一个被禁酒的城市，酒品却不在阳光下出现。如果花 30 美元能够买到威士忌，当地人是非常乐意的，而且即使被禁酒总是能如愿。现在大多售卖的威士忌都会被贴上标签，所以加拿大威士忌不会太便宜，在加拿大还有很多人出售美国酒。

加拿大也是赌博非常昌盛的地方，不是在故意贬低某个城市，但是加拿大再次繁盛起来是真的因为赌博业。赌博不受警察的限制，除非你在警察局赌博，所以这种游戏不需要任何器械，不费劲，只需要人力，因此在哪里都能够进行。

在赌博运转的过程中，轮盘仅代表着一件事情，因为你无法藏匿轮盘，并且也不能将之扔出窗外。因为轮盘很贵，很大也很重，所以这对于警察来说是一个好事。不管谁在秘密进行赌博，在一场赌博决定转动轮盘时，只要有警察来时，你都无法及时隐藏装备。现在经常会报道加拿大一个地方的赌窝被端，就是因为赌坊中存在轮盘。这里和西大荒一样，有的时候会出现谋杀，有的时候会出现饮酒。

针对芝加哥城市当时的一些现象，多伦多有一支举世无双的有组织且高效的部队专门针对芝加哥的坏现象。骗子们会躲开多伦多，因为他们明白这支部队的强悍，因为他们的声誉可与英联邦自主领土的西北山地警察相媲美。

芝加哥的犯罪记录非常精确记述了该城的警察部队。就算能够躲开所有的故意犯罪，也会有其他事故。光是去年一整年，芝加哥共有 420 人死于汽车之下。

记者的口袋

《多伦多星报周刊》1920 年 11 月 6 日

目前一名工厂制造商对他们的员工进行抽查，发现了自己的员工身上的平均零花钱为 28.5 美元。后来有记者评论员对此做了分析，他们要求我们意识到 1000 万员工，如果每个人仅仅拥有 20 美元零花钱，这就支出 3 亿美元，足以开始工作。得出这样的数据都让社论作者有点过于担心了。因为虽然工作雇员或许每人口袋里有 28.5 美元，但我们得考虑一下这些剩余的人。

想把它作为比较的基础，想法以高价获得了大量相同职业人员口袋中物品的一系列综合照片。例如，新闻评论员就是其中之一。在一般评论员（未婚和已婚）的口袋中，有以下物品：

一包好看的纸巾。

两支铅笔。

两张电影院的票。

许多自己收集的邮票。

五封来自其女朋友的信（现在不是自己的女朋友，很快要与有钱人结婚），大量自行车车票，2.85 美元现金。

新闻评论员记者（已婚）的口袋中有：

汇到不同地方的汇款单。

一张卡片（自己的朋友送给自己的明信片，它有很大的意义，能够引起人的回忆）。

一张妻子最年轻靓丽的照片。

购买午餐的钱。

最初来工作的评论员记者的口袋中包含：

一本剪报册。（这里应该都是该记者自己写的报纸上的一些评论，利用这些评论积累自己的经验。它能够积累经验，同时这些评论语能够显示其在处理重要新闻时的杰出能力。通常还有一部分该记者写的短篇专题报道，描述王后上街疯狂买东西的情景。这篇文章太短而被主编插到周五的报纸中了，或许这位主编也是没有任何经验的新手。）

当然，通过一个人所装的东西可以发现这个人的身份，假如警察发现尸首的口袋中装了很多剪报的话，他们或许就知道这应该要么一个年轻的记者要么是一个演员。通常有一种非常有趣的情况那就是记者总是活着呢？相反来说演员总是死着呢。

此外，这些记者的口袋中还有许多其他物品：或许是来自前女友的一封信，或许是大量的邮票，又或许是自己保存的一包精致的香烟，所有的这些，都不能让社论记者担心了。只要还有债券推销员、汽车推销员等类似职业，就可能缺乏足够的零用钱，来平衡工厂过多的员工。

室内钓鱼

《多伦多星报周刊》1920 年 11 月 20 日

陈旧的假蝇钓鱼竿仍旧挂在阁楼，在垂钓季节出现的一些苍蝇，它们曾打开垂钓季节，算得上是一些"老兵老将"了。以前钓鱼穿的靴子现在不见了，新买的渔网也不见了，看起来好像垂钓的季节已经过去了。但事实并非如此，这个季节仍在继续。

这个故事说的是室内垂钓时节的来临。

每年这个时候，好多人喜欢在俱乐部钓鱼，在这里钓鱼的数量有时候比在加拿大尼皮贡河钓的还要多。加拿大的国王大街上，很多餐馆提供的自助餐有鳟鱼，这种概率比体育杂志提供奖品的还大。多伦多是一个钓鱼的好地方，这个范围内失去的鱼应该比基督教国家所有鳟鱼河中失去的鱼还要多。所以在室内垂钓会比室外垂钓的优势更大——那就是价格不高鱼也大。

　　加拿大有个奇怪的现象，那就是人们都不喜欢听有些人谈论高尔夫球运动。虽然，大多数加拿大男性仍然用大部分工作时间来谈论打高尔夫球的技巧。

　　那么其他人喜欢这样吗？答案是不喜欢，因为他们很讨厌这个，唠叨不已的傻瓜，并希望会尽快结束。高尔夫球运动相对于其他运动来说，它只是针对自身而言，所以外界影响不大。

　　相对于高尔夫球，谈论钓鱼就不同了，垂钓者非常喜欢朋友与朋友期间谈论自己钓鱼的经历。因为垂钓者想要提高自己的垂钓能力就需要从外界获取钓鱼的经验，他在听别人谈论时，自己貌似也懂得了不少。他们会好奇于对方在哪里钓鱼，那里都有什么鱼种，有没有特大的鱼，等等。接下来，我们来谈谈钓虹鳟鱼。

　　通常我们钓虹鳟鱼，钓鱼的地方有一条小河汇入一条湖泊并且沿湖岸形成一条水道。它们相互追逐着，不管是淡水鱼还是幼小的青鱼，你可以清清楚楚地看到它们的脊翅露出水面。每过一段时间，一条大鳟鱼都会跳出水中，那种声音，如同人们将浴缸抛入湖中所激起的声音。

　　这些大鳟鱼在诱饵方面还是非常挑剔的，它们从不会碰苍蝇做的饵，所以，我们会用小淡水鱼做饵，其次我们使用一个阿伯丁优质鱼钩，一个非常优质的蚊钩和很长的测试线。四倍的卷轴和一根鱼竿。

　　既然把淡水小鱼作为鱼饵，那就将这些小鱼先抛入水中，接着让它沉入水底，接下来等的就是好消息了。等的同时，你不是完全被动的，你可以拉动卷轴，把一块厚板放到垂竿顶端的最下方，并且时常观察小鱼的动向，例如有没有吸引住大鱼。

　　有些湖泊中的虹鳟鱼通常不足 2 千克，当有鱼上钩时，卷轴就会发出声响，鱼竿末端也会猛地下沉，你抓住鱼竿，拉锯战此时就开始了。就因为钓鱼的这个过程，我们损失了许多蚊钩，我们也从未钓过重量足以拉断鱼竿的鱼。

　　刚刚入秋的一天，天有些凉，我去湖泊钓鱼，我先把鱼饵抛入河里，鱼竿也顺势放入水中，此时卷轴已打开。拿着鱼竿钓鱼，鱼竿下沉很多。甚至在水面上呈扁平状。

我立即奔向鱼竿。发现湖中水花翻滚，鱼竿处的钓鱼线都断了。我跳入湖中，线已经消失不见了。

想知道那条鱼有多大吗？我只想说，我也不知道，因为鱼竿在没有绷紧的情况下，鱼刚上钩，线就断了。这的确是一次钓鱼的经历，很值得回味。原因我到现在没有找到。

我有一个好朋友他的名字叫乔克，他与我一样也有让人印象深刻的故事。

有一天，乔克全身湿透地来到帐篷，因为他的鱼竿在第二个节点处断掉，最后连渔网也不见了。而且他说了一个令人无法相信的故事。

有一次，他感觉自己钓到一条特别沉的鱼，于是内心非常喜悦，但是经过一番艰难的拉动后。他只看到一条非常短的鳟鱼，鱼的长度只不过半米长。但是，这条鱼太难拉，太灵活，他被这条鱼拉得不得已迅速向河里移动。把渔网都给挤掉了。他不敢过于用力地拖鱼竿。害怕会隔开蚊钩。

巧合的是，这条鱼会向前冲并跳起来，每一次跳跃都让乔克的心提到了嗓子眼。乔克说，这条鳟鱼跳跃时会发出的声音有时候就像海狸潜水时的声音，非常独特。

这是一场独特却又充满无奈的战斗。但是回想整个过程，如果真的有浅水区，乔克可能有机会将鱼拖上岸。但是河水得好几人深，并且水流很急。乔克眼中的神情让人相信那是真的。

乔克称，他与这条鱼大战了太长的时间，这条鱼的速度之快，以及所花时间之长令人难以置信。

一个月后，有人在该河上的大坝网罗了一些鳟鱼，其中最大的重 10 千克，后来这些虹鳟鱼被放生到上游。还有一只鳟鱼看似不算大，但是太狡猾，目前没有人抓到它，它仍在水中。

普通级别与高级别刺杀，400 美元起价

《多伦多星报周刊》1920 年 12 月 11 日芝加哥

这是来自美联社的新闻报道，一批来自美国的杀手们正被送入爱尔兰执行枪杀行动。结果已经得到证实。

据纽约和芝加哥的小道消息，这批杀手很猖狂，他们会到各个地方，据说开往英格兰的船上都有一两名杀手前往暗杀地。他们先被运往英格兰，接着就消失在利物浦的海滨城市，有时候潜入爱尔兰。

一般在执行任务时，他们会首先在红岛接受了暗杀任务，然后收到了合同中的钱，最后又潜回英格兰。一次普通枪杀基本上价格为 400 美元。记得纽约战前的刺杀老价格是 100 美元，在那个时候费用貌似不低，因为杀手是技术活，既需要勇气还得需要能量，所以价格和那些职业拳击家要求的一样会越来越高。

对于那些杀手，各地风气是不同的，在爱尔兰，一些家伙肯定正在拣软面团抢。在那个国家，抢劫则如同获得糊状物。①

的确，巴黎这个夏秋季，有了越来越多的美国下等人，也就有了更多的杀手。他们说，如果你往巴黎外郊扔石头，或许你就会打到一个美国枪手、扒手或是身强力壮的大骗子。

枪手是非常喜欢赌运气的。刚在爱尔兰获得的大量的酬金最终又会流到一些赛马或者其他娱乐性事业上。因为他们也能够意识到自己干杀手这一行业的残酷性，所以他们相信只要自己能赢回充足的赌注，就一定会收手不干。但是除了职业拳击赛外，他们就没有别的长处了，所以能收获丰厚的行业寥寥无几。

39 岁左右的蒙混者说我是他的熟识，所以他什么话都给我

---

① "软面团"和"糊状物"为比喻义，分别指易得手的事物和较难得手的事物。

说，这让我深感荣幸，他告诉我他已金盆洗手，脱离了那些喧嚣。他长得非常的帅气，手很漂亮，看起来就像一个充满艺术气息的艺术家，或者称他为稍微超重的赛马骑师。或许对他的描述还是不要太多，因为那会让他得到更多的吸引力，以至于登上多伦多的报纸。后来他因为国家颁布禁酒令让走私酒成了一项最能赚取利润的门路时，放弃了刺杀这一行业。但是，比起顶风冒险运送威士忌来说，从肯塔基州的一个大仓库运货整体来说更好。所以，他常常会受到镇里各位债券推销员的拜访。

在一个特殊的时间，我也学到了这一行业的很多东西。在爱尔兰，存在一些美国的相当厉害的杀手，他本人从事这个行业他应该认识不少。因为在爱尔兰，他明白谁站在正义的一边，他很清楚，这都发生在纽约以外，而你是在利物浦以外的地方工作的。不错，杀英国人这种事是不能引起他的特殊关注的，总有一天他们都会死的。

他听说，很多枪手都移居到美国，这些人是移居美国的南欧黑肤人。南欧人枪手很多，他们一般成对行事都会成为很厉害的枪手。他们动手的地方差不多都是在美国的一辆汽车旁，或许交通方便更方便跑路。跑得慢的是一种缺点，因为这有关于生命，所以逃跑是干这行的关键。逃离的过程讲究快、齐，在某个指定路口会有专门的司机带他们逃跑。因为如果司机跑得慢，杀人计划也就泡汤。

枪杀爱尔兰人是一种赚钱方式，或许这对那些有胆量的人来说。

如果按照文武双全来选择的话，这些枪手也算得上英雄，只是影响力不如英雄，甚至并不能引人注目。现在的他貌似不再过问枪手的事情了，他只是弓身坐着，有时喝着几杯威士忌，忧心如何进行投资，任由自己的大脑思绪飞扬。祝那些家伙好运吧。因为有些家伙似乎正拥有好运，朝着美好的幸福生活奔去。

商界名流

《多伦多星报周刊》1921 年 2 月 19 日

闲暇之余，你任意拿起一份报纸，读读时事新闻。在将有特色的公共资产贸易国际化时，或许会发生这样的事情：

教堂转变

2 月 6 日，多伦多不知名的党派完成了德国汉堡与多伦多市议会的协商，用市长托马斯·丘奇交换 3 万吨的德国船舶。汉堡现在非常需要重建人文事业与工业，顺其自然地求助于丘奇市长，在多伦多取得的非凡成就让他得到了国际的高度认可。而多伦多已经获得了发展的潜力，多伦多急于通过拥有几艘船只增加其实业用来惠及其新的港口。在一次确认该交易的采访中，"我觉得本市人民将会拥有无上的荣誉因为这个进一步推进多伦多公有制计划的进行。"这是丘奇市长所说的话。

交换发言人

克雷孟梭曾经是国际上知名的"法国之虎"。2 月 14 日，法国巴黎有报道称，法国现在要寻找政治家来代替乔治·克雷孟梭，重新实行新的政治。可是克雷孟梭还有几年的政坛生涯，即使面临挫折也会继续当政下去。根据当前新闻播报，许多国家都会努力争取他。

对于像多伦多这样的社区人们来说，这应该是天大的好事！多伦多公民对继续参选的官员很熟悉，但是其他的却也不了解。

正如在这件事中：那些报纸吗？文化影响力呢？2 月 10 日，英国伦敦在认识到共同需要以后，当局者也改变了自身的想法，在用报纸方面，英国伦敦与多伦多的市政府已经同意把英国《泰晤士报》换成《多伦多电报》。

在消息方面，小说家与文人通常会带来相当好的贸易材料，抄写员是必须得包装的。

美国华盛顿在1月30日进行了在10年来最大的一次文学交易，把法朗士、卢梭与伏尔泰的作品航空运输到美国，以换取很多名人的作品，他们还制作了一些协议，例如用90万美元黄金作为协议的签署金。这次交易也是有目的的，因为目前法郎汇率较低，所以对法郎汇率做了一个调整。事实上，卢梭与伏尔泰已经去世了，后人再也无法知道他们的名字以及了解他们的故事了。

请看《纽约论坛报》上刊登的这个小故事，这就证明了有时候，交易或许并不能完成得很彻底。

这个故事应该叫"加拿大藐视我们的杰克"。故事是这样的：在1月7日，加拿大渥太华，在昨天，加拿大放弃了用杰克·登普西与40万美元换取马尼托巴省的提议，准确地说应该是拒绝签协议。这样看来，登普西将成为加拿大冠军。

大家再来听一个故事，我们最好给这个故事新闻起名为"莎士比亚的新美国人"。2月20日，在英格兰斯特拉福，进行了一场令人印象深刻的仪式，据说这个仪式是纪念莎士比亚的美国公民身份。

当时，英国小镇装饰着美国国旗，现场很隆重，所有建筑也都张贴了海报。

海报上的经典或许还在于他的标语。例如"伟大的莎士比亚——百分之百的美国人"。游行的花车上不仅挂着花，还画着莎士比亚的画像，而且还穿着美国当时最流行的西装，这让人不禁感到好像这个活动应该由美国服装公司赞助支持的吧。

在活动当中，一名不愿透露姓名的美国人说道："如果有必要，我们也会购买培根的公民身份。"他的话为在莎士比亚取得美国公民的身份中起了很大作用，当然在谈话时也涉及培根，这个人的反响在当时很受人支持。

2月21日，意大利那不勒斯——邓南遮在埃特纳火山和维苏威火山居住过。"如果无情的瑞典人真的碰了这些山中圣洁的硫黄，我希望在这两座火山上光荣地死去。"这是一名诗人昨夜写的。

2月23日意大利罗马举办了本年最大的一场贸易，并且在此签署了条款。活动中瑞典将凭借20年的诺贝尔和平奖头衔，换取意大利维苏威火山和埃特纳火山将近100年的租借期。其实，瑞典就租借这两座火山进行双方会谈已有一段时间，其真正原因是硫黄的短缺，所以这次也以缓解国家火柴工业目前硫黄短缺为目的。

我们的秘密度假指南

《多伦多星报周刊》1921年5月21日

"他20年来没有度过假"这句话让人感觉太熟悉不过了，因为这是经常读讣告的人都相当了解的。当然这句话也是经常形容人的生活态度的。

有时候，这个时间也没有严格具体的规定。因为死者可能是10年来、20年来或者自从当市长以后，他都没有心思再去度假，以后他的一生都没度过假。其实这都反映了一个虚假的道德理念。看起来好像可以理解为，如果他度假了，或许就不是这么可怜了，他可能活到今天，或许他会活到更大的岁数。

有人会说："他每个秋天都在米尔克吐萨湖泊度过或者死者习惯9月还在哇哇湖度过。"诸如此类声明会澄清事件。这种理解都是大错特错的。因为报纸上对此也没有做严格的申明，还有就是报纸没有将这种声明作为印刷的惯例。

报纸读者在读的时候也会产生歧义，他们会让人意识到人生的前20年来放弃度假是为了仔细保养自身。其他的人在29岁结束时或者市长任期结束时和整整一生结束时，就像熟透的葡萄一样落下。这方面的原因即为以下事实：他们之前没有到过美丽的湖泊，更没有机会看过美丽的风景。他们想去的地方要么没有条件去，要么去几次后就能让他们英年早逝。

那么为了避免遗憾，如果你一定要度假，就请看看这个机密指南，这样就能去一些该去的地方，从而避免去一些不该去的地方。要郑重地告诉各位，这份指南的撰写费了很大功夫，浪费了很多精力，更重要的是首次公布。或许只要远离以下地方，就能避免伤心。至于出发到加拿大安大略普西达勒酒店的路程，我们也不会感兴趣，因为对于我们来说这个酒店不重要。

我们先来看看美景，看了后先不要激动。

首先是温柔灿烂的哇哇湖。

哇哇湖作为一个湖泊，它是有生命的，因为它总是微笑着，这就让整天抑郁寡欢的人看完后顿时神清气爽，马上就能在岸边昂首阔步地走过。它知道这些人来自于一个叫作狄格令皮策的酒店。哇哇湖看着他们驱散一群群苍蝇，看到这些人因营养不足而憔悴的脸庞中又对美好生活的渴望。微笑的哇哇湖有它自身的神力，好像它知道他们在想什么，这样它就能为人们解忧。

接下来到了美妙的波佐沙滩。

热情美好的波佐沙滩位于美洲在陆上最大的内陆淡水湖旁边。波佐沙滩就会是小舟的天堂了。你能够把沙子装入小舟，还能够将小舟放入淡水湖中，过后用撑篙把它们钩回来。这是一种怎样的美好清静？

再来说说美丽的弗莱布罗湖。

北部树林的中心那边如果你进入，就立马感受到美丽的弗莱布罗湖，它的周围耸立着巍峨雄壮的高山，仙气缭绕。湖上方是浩瀚博大的苍穹。湖岸则堆积着死鱼相比它们是因安乐而死。

还有风景秀丽的布姆景观。

人们都说伊利湖上较为安静的度假胜地就是布姆景观，你去过吗？不过你可以尝试一下，累了吧？可以在这好好休息一次。

整个人与大自然融入在一起，这是由贾维斯经营的。这份圣地想必让你去感受到实实在在的舒适与宁静。

每天凌晨 2 点，贾维斯的公鸡就开始打鸣，宣布要天亮了。之后，天亮了，贾维斯的公鸡再次叫起来，其他鸡也群起应和。厨房中也出现了锅碗瓢盆的声音。员工已经开始在辛勤劳作。这是人们更加迷恋的生活。

后来，太阳正烤着当地人家，松香开始融入墙上一簇簇的毒芹中。是的，布姆景观是有点太热了，所以娱乐生活只能在家看看书。当然，他们可以选择在门廊的阴影处休息。这是唯一一块比较凉爽的地方。人们能够在这里看书，因为这里有供人看书的设施：一个吊床比较以及几张不舒适的椅子。这时你可以看你想看到的任何书籍，还是比较惬意的。

到处都热的天气就会让客人前往房间的后院，因为这时这里的阴影正开始出现，当然你也可以在草坪上栖息。他的睡眠很好，只要一会儿他就能睡着。直到更多的昆虫爬到他身上，他还会不在意，他还在睡，其实他也是出于无奈。后来直到整个下午结束之后。整个夜里他又都醒着。这时或许就不是惬意，他认为这样的日子就不能再继续了，因为再这样生活下去不再是享受生活，而是自己找罪受。因为虫子咬得都快要人命了。

投票子弹

《多伦多星报周刊》1920 年 5 月 28 日

安东尼·德安德烈是芝加哥黑手党首领，但是在芝加哥竞选市议员时失败。由于心情的抑郁，他走出来时手里拿着一支自动手枪，面色凝重，极度小心地往后退。

后来就听到一声可怕的巨响，他感觉自己的身体受到非常短小的猎枪子弹的袭击。这次审判也算到此结束。这次结束可谓影响了芝加哥的家家户户，并引发了芝加哥史上最致命的政治斗争。

战斗还未结束，虽然德安德烈的身体受到了摧残，但是他的意志力还在，他继续用膝盖爬行，眼神坚定，突然间，他的自动手枪开了 5 枪，最终结束了他的生命，这种死让别人感觉到了他的尊严。

其实德安德烈也早已预想到会有如此结果，所以在家中就准备好了自己的手枪。他也早已预想到自己的生命快要结束，虽然想要对该裁定提出抗议，但是却无能为力。他曾经在巴勒莫大学接受成人教育，后来便放弃了一个教堂的职位前往美国。

安东尼·德安德烈于 1899 年成为一名美国公民，后来几年中他开始尝试着不同的事业。房地产事业，面粉经营，通信，银行他都做过，而且做得也非常出色。在芝加哥，他兼职做一些富裕家庭孩子的外语老师，但是，时隔几年，他的家被一些秘密特工给洗劫了，或许因德安德烈自身名声不够好，被人说是把 10 美分的假币引入芝加哥。这样他就受到制裁，最终判处有期徒刑，直到罗斯福总统把他赦免。后来，他进入了政界，但是作为一名市专员候选人失败了。

自从从事政治后，他的权力欲就不断上升，所以他的谋害者就出现了，他就是鲍尔斯。

鲍尔斯的坚定支持者因为德安德烈的安排也在沙龙中被杀害。所以在一次选举时，鲍尔斯的家中发生了爆炸。后来鲍尔斯与德安德烈又发生了一系列的争斗与争执，相互之间也发生了一系列的伤害，鲍尔斯与德安德烈的亲信也受到很多的伤害。据统计，一份暗杀名单上有 25 名鲍尔斯的支持者，鲍尔斯也曾说过："德安德烈是将死之人了。我不能再使我们的支持者们处于危险之中。"

埃斯坡思托坚定支持鲍尔斯的想法，但很多是也经历了痛苦，他因为在市中心骑了一辆摩托车，身上中了很多枪。拉布里奥拉作为法院法警，后来他在前往法院的路上受到多人的围攻和

枪击。后来他倒下了，身上伤痕累累。同日，还有好多人被
杀害。

　　只要经历过政治，经历过当时社会的动荡，就不要再说你会
一路顺风，你的亲人、你的朋友，甚至与你有一丝联系的人都会
受到牵连。作为政治家更不要提了，当然也有德安德烈的好多亲
人，这无疑对他们是很大的伤害。

　　如今德安德烈已死亡，在杰斐逊公园医院还有他的尸体，如
果你是他亲近的人，细细数一下，他的身上有 12 个伤口，这对
他来说不只是生命的结束，还是一个时代的结束。

芝加哥最潮湿的一天

《多伦多星报周刊》1921 年 7 月 2 日

芝加哥

　　在颁布禁酒令一段时间后，芝加哥对酒的渴望又处处可见。
那些狡猾的找酒人已习惯于向仔细观察的酒保做出暗示，他们比
画着手势来吸引酒保的目光。在以前，能够明白这种手势意思的
人心里是很得意的。

　　现在，只要你在芝加哥想要喝酒，那你就得到酒吧那买酒，
并且要花费 75 美分才能获得一些酒。没有人在芝加哥和沙龙的
距离超过三个街区，而沙龙出售的威士忌和杜松子酒可要比酒吧
更为公开。

　　美国其他地方到这参观的人对此无比惊讶，这似乎让人难以
置信。但是，这就是真的，而且理由很简单。因为在芝加哥，城
市警察是没有执行禁酒令的责任的。芝加哥总是湿的，而芝加哥
的警察也总是以美国"牛市"的思想，把其视为潮湿。

　　在芝加哥有禁酒令的执法官员总共有 8 人。其中四人在办公
室做文书工作，另外四人负责保卫一个仓库。其实除了酒的价

格，该城市与禁酒令颁布前变化不大，这在美国其他地方也是这样。

接下来说说啤酒的事。圣路易斯是美国最大的啤酒城市。在实施禁酒令时，圣路易斯的啤酒厂都认为已经到了啤酒业时代结束的时候了，并立刻着手把自己的大酒厂变成为软饮料加工厂。芝加哥看到了这些，但并不像圣路易斯的做法那样。在他们关闭了啤酒厂一段时间后又忙着制造酒精度更高的啤酒——这在禁酒令颁布之前很长一段时间是允许的。

而现在有趣的画面发生了，圣路易斯啤酒厂竟然为了让禁酒令快点实施而异常努力。这都是因为，来自芝加哥啤酒厂的大量啤酒的流通已经大幅下降了附近的啤酒需求。

当这些啤酒厂首次开始进行禁酒令之前计划好的生产时，该城市还有许多啤酒，但是价格为 50 美分一品脱。之后，一些酒吧和饭店削减了价格，目前整个城市真正的啤酒价格在 30 美分一品脱——15 美分一杯或 50 美元一桶。

在不久前的一天，我在一家饭店里面放着许多一升啤酒的桌旁看到三个骑警在那儿，他们的马拴在饭店外。当我们坐下一会儿后，服务生领班不好意思地上前，请求我们能够谅解并移走了桌子。我们配合地站了起来，桌子就被推到一边，这时一个活板门被打开了。4 个穿着白制服的酒保，推着 12 桶啤酒，从活板门走了出来。在这些酒桶在地板上滚动，经过警察的桌子时，这三名骑警深情地看着这些棕色的大木桶。

其中一位赞叹道："这可真是地道的陈酒啊。"

这就是所谓的警察执行禁酒令。

当然，要是哪个公开运营的酒保不向警察交保护费，那么就有可能被彻底搜查。因此，酒的价格很高。为了与该必要性抗争，出现了"体育俱乐部"酒类关税增高的情况。

诺瓦塔体育俱乐部就是这类机构，它的存在就是为警察把每周的非法资金清除。至今来看一切都很成功。

门口站着一位目光犀利、面红耳赤的观察者在摆弄着一个电铃。你只有经过他的允许才能进入，然后爬上三楼到达俱乐部聚会室。这只是个形式而已，你只需等他检查过卡片，就能获准进入了。

该俱乐部里面有很多的桌椅。当你一坐下后，就会有一名黑人服务生端着几杯饮料出现，数量刚好和在场的男性一一对应。这些饮料并不贵，只要 50 美分，而且这里的威士忌也比隔壁酒吧卖的更陈一些。

这名服务生接到指示喊道："弗莱德，这里有几名先生想要成为会员。"

弗莱德不卑不亢地答道："是吗？他们要是能在这张纸上把名字写上就太好了，我会给他们会员卡的。"

不久，这些会员卡就给送了出去，这也意味着该俱乐部的成员又增加了。

在诺瓦塔俱乐部，还没见过拒绝一个人去该俱乐部，目前其成员已过千，有成为芝加哥最大俱乐部的机会。

该俱乐部大部分成员都是芝加哥金融中心证券公司的股票经纪人、董事会经营者和其成员。

芝加哥目前的情况持续不下去。政府会派出更多的禁酒令执法人员，或者加强管理使之正规和严肃起来，但是，目前的情况却十分奇怪—— 一个在法律上不允许喝酒的城市，却靠着卖酒发展着。

压缩经典

《多伦多星报周刊》1921 年 8 月 20 日

他们是一群热诚的缩写者，压缩经典的工作也已接近尾声。传闻资助他们的是美国钢铁大王安德鲁·卡内基，过去 5 年一直在努力将世界文学缩减为适合疲劳商人阅读的少量消费品。

《悲惨世界》被减少到了只有 10 页，《堂吉诃德》据说只用了一个半专栏就写完了。莎士比亚的戏剧每部将减少到 800 个单词。《伊利亚特》和《奥德赛》也正在着手要减少到约每本一页半。

当然，把这些经典著作给疲劳或退休的商人看确实是件好事，既节省了他们的阅读时间，又增加了文学气息。但是却毁坏了名著作品的真正内涵。不过让忙碌的人去阅读还有更快的方式：把所有文学著作都简化为报纸头条，下面就给大家介绍一番，跟着短小的新闻报道，列出作品中的要点。

比如，《堂吉诃德》：

疯狂的武士之间进行的古怪搏斗

西班牙马德里（经典新闻社）——战争的歇斯底里是堂吉诃德行为古怪的原因所在。他是一名当地的武士，在昨天早上正和风车搏斗时被抓。他也解释不了自己的行动。

英国诗人布莱克会做好这个缩写工作：

火焰中的大猫

火焰带来的蛮荒使整个丛林处于恐慌之中

6 月 15 日，印度拉杰普塔纳（经典新闻社）——今天，英国诗人威廉·布莱克深入拉杰普塔纳地区，开始了丛林冒险。可是迷了路，没有衣食被困了 11 天。

布莱克很激动地叫道："老虎，老虎，在夜里的森林中闪着绿光的眼睛。"

当地狩猎者全体出动去寻找该野兽。最后才发现这个"森林"指的是位于拉杰普塔纳附近的一条小溪——尼特河。

接下来还有英国诗人柯尔律治：

《古丹子咏》

老水手对禁酒令的尖锐讽刺

6 月 21 日，威尔士加的夫——"水，虽然遍地都是水但却只能干看着无法享用"就是老水手昨天在英国预备学校前对现有禁酒令的个性描述。老水手的发言还得到了鸟类援助学会一委员的大力赞赏。

戏剧的内容稍微长了点，例如，列昂卡瓦洛歌剧《丑角》，甚至值得用一个大的头条。

西西里动乱，2 死，12 伤

6 月 25 日，西西里首府巴勒莫——昨夜，当地剧院发生暴乱，致 2 人死亡，12 人受伤。而策划此次暴乱者之一自杀身亡。

很显然，莎士比亚很啰唆，并且情节也过于煽情。以下是《奥赛罗》的大意：

杀害了他的白人新娘

一位嫁给黑人战争英雄的女孩子被发现勒死在床上。

警方断定奥赛罗夫人的死因是情愁爱恨所致。

在两年多前，奥赛罗刚刚退役。他的胸前佩戴着一位君王授予的勋章。每当看到这荣誉，他的脸上不自觉地露出幸福的笑容。

当然，可能性还很多，莎翁毕竟还是有些含蓄的。奥赛罗的缩写在报纸中所占空间能和斯蒂尔曼的专栏相当。其中报纸的一大部分被特别文章、精神分析家的报告以及女性作家对异族通婚的讨论占据。莎翁的文章可能已经浓缩至极了。

马斯尔肖尔斯：便宜的硝酸盐

《多伦多星报周刊》1921 年 11 月 12 日

马斯尔肖尔斯意味着平静的浅滩，但实际上，就算是对大多数加拿大人或美国人来说，如果不是亨利·福特把该名字从战争的泥淖中拖出来，那么人们就不会这么认为了。

福特先生重新让亚拉巴马州的马斯尔肖尔斯获得公众的关注。在几个月前，福特先生提议美国陆军部购买或租借国家政府在马斯尔肖尔斯的盐厂，租借期为 100 年。

马斯尔肖尔斯是亚拉巴马州中部田纳西河中一块多岩石的浅

滩，美国政府在这里建造了一个生死攸关的工厂。这本来是一个死亡工厂，美国最大的大坝跨河而建，借用水力生产硝酸铵——烈性炸药的基本组成成分。然而，科学家们在休战以后致力于把这个可怕的战争工厂向一种援助设施转变，现在，这个工厂已是商业氮的一个生产地。氮是北美和世界农作物生长时，土壤中必要的元素。

多年来，工程师一直提议在该浅滩处建造一座跨田纳西河的大坝。因为马斯尔肖尔斯的岩石的阻挠，汽船在该浅滩处根本无法顺利通行。

几年前，这种主张使该浅滩的邻近国家受到调查。伴随着美国参战，迫切需要硝酸盐制造大量炸药，有些人就向威尔逊总统施压，提议将马斯尔肖尔斯作为电站，并通过他去说服国会同意在亚拉巴马州距该浅滩三英里的设菲尔德建立一个硝酸盐工厂。之后，为了更好地为该硝酸盐工程提供动力和使河流能够通行，美国政府下令在该浅滩建立一个大坝。

最终，美国政府在三思后，决定建立工厂借助氰氨法大力生产硝酸盐，并通过蒸汽产生的电力在大坝完成后来运营。实际上也确是如此，在签署停战协定的两个月前，该工事已完成并正式投入使用。

这样的局面十分有趣，也让美国不得不在马斯尔肖尔斯建立硝酸盐工厂。氮不仅是所有炸药的基本元素，同时也是世界的主要农作物如玉米、小麦、谷物和草坪肥料，不可或缺的元素。

英国科学家克鲁克斯在 23 年前就发出一份声明，让世人震惊不已。即他认为世界正迅速走向饥荒。克鲁克斯分析了其中的缘由：城市因为大量人口的拥入，而导致粮食需求的倍增。他还指出，土壤的养分正被人类的饮食习惯迅速夺去，照着这样的速度发展下去，耕地的维持恐怕连几十年都达不到。而想要转变这种饥荒的局面，就只能积极开发氮的新来源和发现新方法将这种气态元素用于新耕地中。

虽然克鲁克斯的预测（他预测到 1933 年会出现普遍饥荒）

过于悲观，但却让世界通过对"固定"氮供应问题的关注，发生了一次有价值的转变。

"一战"之前，智利北部和秘鲁干旱沙漠高原中的钠山矿床是世界的氮供应来源。德国在发起战争之前，自信地认为其"智利硝酸盐"的供应充足。可是，德国是那么看重智利的来源，导致其在福克兰群岛沿岸失去了其舰队的一部分——当时，英国海军把其冯·施佩巡逻中队全部歼灭。

之前，美国的硝酸盐都是从智利进口过来的，并每年只把进口的 60 万吨硝酸盐的 1/6 发放给农民使用。而商业硝酸盐需求的突然增加，使得美国政府开始建立马斯尔肖尔斯工厂。

威尔逊水坝还有几个月就完工，为该工厂的运行提供动力。届时它也将会成为世界上除了埃及尼罗河上的阿斯旺大坝，以及还有可能的威尔士崴姆威大坝外，最大的水坝。

虽然马斯尔肖尔斯巨大的水力会带来许多的附属工程，但该大坝的根本目的就是制造氮。所以福特先生以及最近的其他机构也提议把该浅滩从政府手中接管过来。然而，美国政府迫于压力，拒绝向威尔逊水坝拨款——这也是整个工程的生产核心。

该大坝已经建成一半，因此，每年在折旧和利益方面的损失比起完成该大坝所需的拨款要多。如果以当前速度继续进行建造，整个大坝应该能在 22 个月后完成。

而到时完成后，不管控制人是谁，马斯尔肖尔斯工厂都将为整个北美带来巨大的积极作用，将会给农场提供价格低廉的硝酸盐，而不用依靠智利进口，并且其成本会因美国的本土生产而大大削减。削减硝酸盐的成本也是降低所有谷物生产成本的一个关键步骤。因此，也会成为降低当前面包价格的捷径。

不过把一个在田纳西河浅滩上战时的大坝，转变为一个降低面包价格的措施的路程还很长，假设马斯尔肖尔斯工厂能够继续建造并完成，那么无疑会让这条路更加容易走。

关于结婚礼物

《多伦多星报周刊》1921 年 12 月 17 日

四只旅行表

嘀嗒

在壁炉台上

停顿

但年轻人仍在挨饿

这是 1921 年年末一首诗的开始部分，但是剩下的部分可能永远都不会完成了。这首诗的主题太悲凉了，它是一首关于结婚礼物的诗。我期待着那一天的到来，当我能够听到"结婚礼物"后再没有急促不安的感觉，不会再有像不小心踩住大猫的尾巴，同时将手无意识地伸向紧紧蜷着的响尾蛇的那种感觉。但那一天终究没有来临。

故事是从我们的有钱朋友开始的。大多数穷人并不只有穷亲戚，也有一些富裕的朋友。我们也是如此。有一个有钱的朋友，你可能就会时常产生一种模糊的感觉，如当你这个很有钱很亲密的朋友突然走到生命的尽头时，可能会给你一个惊喜，为你留下一笔财富。或者当你结婚时，你最有钱的朋友可能会出不少钱。

我所有的朋友都这么做了，他们都给了我们旅行表。现在一只旅行表就会让人雀跃不已，两只旅行表会让人心满意足，不过三只旅行表就没有必要了，四只旅行表就显得无比滑稽了。不过，很显然，旅行表作为结婚礼物还是最时尚的。我们有四只，那应该是最时尚的了。

我们急需的东西有很多，我们会用到的东西也很多。我们需要新的毛巾和汤勺。那些旧的汤勺已经开始生锈，不小心就会划到客人的嘴，而且我们需要很多的钱。

当家人朋友们把物品单拿来时，这些蓝色纸条应该是唯一可以体现他们个性的物品，起初这看起来有点让人难过。后来，当我们发现大的蓝色闪光水果盘是唯一可以体现我们80%朋友个性的物品时，我们改变了原有的想法。当然，有一些朋友会让我想到大的蓝色闪光酒杯，但这些朋友只是很少的一部分。

我曾经有一个朋友，他总会让我想到大的蓝色旅行酒器，但还并没有哪个朋友能让我想起皮革旅行表。虽然我有很多算得上很完美的画的朋友，但却没有一个朋友能用完美的画框来比喻。那种礼物可以表示个性的说法就是个大谬论。一只漂亮的汤勺或银色菜盘能把什么样的个性展示给我们呢？这礼单只能说明你的朋友是地主、雇工或者是来自电话公司和杂货店等。

这一切似乎听起来是对朋友的不尊重，但以个人的方式来写，其实是对把结婚礼物作为制度的一种抗议。一些关于局限的讨论，应限定将结婚礼物送给新郎或新郎的父母亲。

比如，我们的楼梯。我们房东是一个浪漫主义者，当他把公寓对外出租时，称它为"三层楼公寓"，宣称公寓外的风景无比浪漫。我们的房东能够用他的想象把维苏威火山顶处的别墅描绘成："位置理想，采暖很好，中间还有一段令人愉悦舒畅的攀登后就能到达，距那不勒斯只有28分钟的车程。"

公寓的第一层称为底层。第二层我认为是一个夹层。在这两层之后，才是严格意义上的楼层。我们住在第三层。

当送货员用一种菲律宾说法把包裹放在底层时，会大声喊道："1-80-9！"意思是你必须向送货员支付1美元89美分。这并不是一笔小数额。我个人还从没有看到过价值1美元89美分的结婚礼物。当然，这只是个人看法。

在你和送货员达成协议后，你会抱着盒子爬上五段楼梯。这些盒子不仅大而且很重。最容易攀爬的是第一段楼梯。当你大步往上攀爬时就和一个爬山者一样。而当你攀爬第二段楼梯时，就会想到珠穆朗玛峰，这时你就知道盒子到底有多重了。在第二段之后，你只能继续忍着向上爬。

最后，你终于可以拿刀把盒子打开后，你会发现你的礼物被很多刨花纸覆盖着。然后把刨花纸散一地，伸手在刨花纸中搜寻礼物。这感觉就像在杂草堆中寻找一个鸡蛋。接着你历经千辛万苦终于发现一个漂亮的碎碗，你知道这来自乔治叔叔。你丧气地把碎碗扔进垃圾箱，继续努力工作，迎接下一次的门铃响声。

昨天总共收到了 22 个盒子，都是从远方的城市转寄来的，其中一个里面有两条很漂亮的毛巾，它们没有坏也没有用刨花纸包着。我仔细地看着，抚摩着它们。我们猜不到它们代表谁的个性，但我肯定他一定是一个十分可爱有趣的人。

游人罕至的瑞士胜地

《多伦多每日星报》1922 年 2 月 4 日

瑞士莱萨翁

因为瑞士法郎的价值还是 20 美分左右，所以该国正在快速贫化。瑞士的主要收入来源一直依靠旅游业，而现在游客们正在观察汇率的变化，而现在 1 美元只能换到 5 法郎，所以游客们都不再考虑到瑞士游玩了。所以，战前曾到处能看到旅游者的地区，现在看来和内华达州荒芜的新兴城镇已经没什么区别了。

瑞士的几百家旅馆已经濒临倒闭或者已经停止营业，和战前一片繁荣的景象相比实在是无法想象，这使得旅馆的人都十分沮丧。瑞士的富翁会选择奥地利的蒂罗尔州去度假，因为在那里，他们的法郎能够换成很多奥地利旧金币。可是，法国人却根本不会去瑞士。

一家大旅店的经理说："等瑞士法郎降到和法国货币相同价值时，那么一些现在来欧洲的旅客一定不会首先考虑来我们这里的。这里的价格水平和法国阿尔卑斯山类似的度假胜地一样低，但所有的游客都希望他们能够用相同的美元兑换到尽可能多的法郎，所以他们都不来这里。"

而实际上，游客在法国所做的事，同样能在瑞士做。因为法国和意大利的大旅店会相应提高价格来平衡汇率。在瑞士一家还算不错的旅馆，大概需要 15 法郎到 25 法郎的房间和餐费，即 3 美元到 5 美元。而在法国一家同等级别的旅店，按照汇率应需要 35 法郎至 55 法郎，即 7 美元到 11 美元。

游客们应当记住的是，欧洲所有涉及来自美国和英国游客的旅店管理者，都会紧盯汇率，把其房间价格相应调整至战前的美元价格。所以瑞士的价格和其他的地方一样便宜，但游客却不知道这一点。

1000 美元在巴黎生活一年

《多伦多星报周刊》1922 年 2 月 4 日

巴黎

巴黎的冬季雨水很多、天气寒冷、美丽而且物价很低。但同样，这里也十分嘈杂拥挤。你在这里能用最便宜的价格得到你想要的任何东西。

美元是通往巴黎的有效的钥匙，不管是加拿大的加元还是美国的美元，都十分有效。1 美元价值 12.5 法郎，1 加拿大元的报价超过 11 法郎。

按照当前的汇率，一个年收入大约在 1000 美元的加拿大人能在巴黎舒舒服服地生活一年。如果按照正常的汇率，这个加拿大人就有可能会饿死。汇率就是有这么神奇的作用。

我们两个人住在雅各布街上一个舒适的酒店里。这家酒店就在艺术学院的后面，距杜乐丽学院只有几分钟的路程。房间费用为每天 12 法郎，而且房间十分干净和温馨。同层中还有热水、冷水和浴室，一个月的租金只需要 30 美元。

我们两个的早餐费是 2.5 法郎，一个月共 75 法郎，大约合 6 美元 3 到 4 美分。在波拿巴和雅各布待的角落里，有一个味道价格都很不错的餐馆，那里点餐的方式是照单点菜。汤的价格为 60 生丁，一条鱼 1.20 法郎。饭菜种类丰富，有烤牛肉、炸牛肉、羔羊肉、牛排，同时还有只有法国人才能够做出的土豆。一顿饭大约花费在 2.40 法郎左右。嫩汤菜蘸黄油、奶油菠菜、豆类、精选豌豆和菜花等，价格从 40 生丁到 85 生丁不等。沙拉是 60 生丁，甜品是 75 生丁，有时要 1 法郎。红酒一瓶 600 生丁，啤酒一杯 40 生丁。

那里饭菜的做法和质量和美国最好的餐馆相比一点也不逊色，我和妻子在那吃得十分满意。在晚餐后，你只需要花 4 美分就能乘地铁到任何的地方，或同样花 4 美分乘车去城市中更远的地方。是不是听起来让人不敢相信，但这只是价格比率未与美元增值相应的一个例子。

但这并不是说巴黎所有的地方都是如此便宜，歌剧院和马德琳附近的大酒店可要比以往任何时候都贵。一天，我们在卢森堡花园散步遇到两个来自纽约的女孩子。我们的情况一样，她们住进了一家规模很大、已经做过很多广告宣传的酒店。她们的房费是每人每天 60 法郎，其他费用的比例也是这样。她们一共住了两天三夜，最后支付了 500 法郎，即 52 美元。她们现在换了塞纳河左岸的一家酒店居住，同样的条件 500 法郎能在那里维持两个星期的生活，而且那里和她们之前所待的酒店一样舒适。

那些在巴黎大酒店居住的旅客们会抱怨说巴黎的生活成本很高，而大酒店的负责人也会尽可能开高价。但是巴黎各个地方还有几百家小型酒店，在那里，美国或加拿大人同样可以住得无比舒适，可以在不错的餐馆吃饭。而且一天也只要 2.5 美元到 3 美元，就能玩得很好。

普恩加莱的蠢行

《多伦多每日星报》1922 年 2 月 4 日

巴黎

加拿大人从来都很讨厌讨论欧洲的政治，对旧世界中的混乱极度厌烦。但所有处于战争中的人们对事件转变的内在原因都兴致浓厚，这些事件引起了法国对世界的同情。

自从休战，所有国家的最高道德立场几乎都被法国所占领。人们在平时会谈论"法国的灵魂"，认为法国的一切都是完美无瑕的。然后凡尔赛和平会议到来了。

世界对法国在和平会议上的态度很是理解和宽恕，因为法国在这场战争中遭受了很多磨难，所以要求更持久的和平是能够理解的。这是克雷孟梭的和平，他最后的凶猛举动，现在克雷孟梭是法国最无趣的名字。但由于战争的临近，这种和平被看作一种可以理解的和平，一种可以谅解的和平。

如今，凡尔赛和平已经持续了很长的时间，战争已经结束。德国正在致力于建设自己的国家，赔偿盟国的欠款。英国正努力帮助德国偿还可能支付的赔款。而法国所在意的是，想要欧洲恢复正常，那么德国的经济必须要恢复。但法国有一支庞大的常备军，反对德国，通过接受普鲁士对潜艇的态度和未来战争的对话，破坏了华盛顿对限制军备会议的效果。

在和这场战争有着关系的人，没有人希望再谈论另一场战争。至少目前法国是最不希望再爆发战争的，法国人民也不希望有战争。然而，法国人民根本左右不了政府的思想，这就是整件事情的秘密。

在战争一年后，法国通过投票选举选出了下议院，大部分由旧的保守派控制。他们认为，只要他们能够对德国构成威胁，就能从德国那里得到想要的钱，否则什么好处也不能获得，只能导致最终破产。他们只想着占领鲁尔盆地，却忽略了占领这一地区所花的钱要远远多于从这里的矿产中所得的钱。他们已经被时代所淘汰了，缺乏对新事物的足够了解，根本没有能力再代表那些选举他们的人的利益。

这些保守政客对白里安总理十分不满，因为他的态度太温和，所以只能被俄罗斯愚弄。而且白里安对温和的美国不够慷慨，所以他们逼他赶紧辞职。最后也如他们所愿，然后由普恩加莱接任总理的职位。

现在是普恩加莱和盲目的保守派掌权，他们正在做他们认为值得做的事。甚至当前下议院的多数愚蠢的专业政客们还认为，是他们成就了现在的法国。当然他们不会坚持太久，等到下一次选举时，他们就会被赶下所谓的神坛。那时法国才会致力于恢复自己的国家地位，将不再是一个由暴躁的老绅士们所主导的军事国家。

而现在法国的发展全靠一直努力工作和思考的法国人民，如果没有他们那么努力的（法国的失业率几乎为0），这些顽固的保守派可能已经早就被当前下议院赶出去了。

西班牙的金枪鱼捕钓

《多伦多星报周刊》1922 年 2 月 18 日

西班牙比戈

鹅卵石街道，白色和黄色的抹灰，这是一个看起来很不结实的村庄。它建立在一个几乎为陆地所包围的大港湾旁，这一港湾大到能容纳整个英国的海军。被晒干了的褐山像疲惫不堪的老恐龙那样向海洋沉重压下。海水的那种蓝就和那不勒斯湾的一幅彩色石印画一样。

在山顶上，你能看见一座灰色的带双子塔的教堂。还有一座色彩单调且阴沉的堡垒，小镇建立在山上，面临蓝色海湾。当岸上的旗帜顺着北部的水流方向飘扬，鳟鱼在有浮冰的深水塘面对面栖息时，深知门道的渔夫就会立即动身。因为这就预示着在这一幅明亮的、蓝色的彩色石印画般的海湾里充满了鱼。

海湾里会出现各种奇怪、扁平且带虹彩的鱼类，这里是成群的长窄形马加鱼以及名字奇怪、轻柔的厚肩形大海鲈的乐园。但是，它主要容纳的是所有鱼的王，渔夫的"瓦尔哈拉殿堂"的统治者。

渔夫乘一艘棕色的大三角帆船从海湾出发，船东倒西歪地倾斜，但决然前进着，产生了一种撇取浮沫的力。他用一种银色的胭脂鱼做诱饵，将线拉出去开始钓鱼。当船向前行进时，为保持鱼饵不露出水面，船会被牢牢地拖着。这时，银色的水花在海面飞溅，就像水中被投进了众多的大型铅弹一样所产生的冲击力，这时候一种沙丁鱼一跃而出。因为一条大金枪鱼正迫使它们离开水面。它突然猛烈地撞击一次，使得 6 英尺的鱼身全都破水而出，射向空中。当金枪鱼发出马嘶声，头朝下从码头处返回水中时，尾部也迅速没入水中。渔夫可十分不喜欢它的这一喜好。

大金枪鱼的颜色为银色和石板蓝色，当它从船的附近跃入空中时，看上去就和瞬息万变的炫目闪光一样。它的重量大概有300 磅左右，在一条巨大的虹鳟的渴望和残暴驱使下上下跳跃。在比戈湾，你有时能看见五六条金枪鱼同时跳跃出水面的景象，当它们迫使沙丁鱼聚群时，就会像海豚一样冲出水面，然后做一个巨大的、漂亮的、干净利落的跳跃。

如果你想要带一个西班牙船夫一起去钓鱼，那么你每天就需要支付 1 美元的酬劳。很多的金枪鱼会食饵。所以就算你拿着一支像锄头柄一样的钓竿，也会腰酸背痛不已。但是如果你能在六个小时的人鱼搏斗较量中，在身体对不断地拉扯感到恶心后，还能捕到一条大金枪鱼（它在平静的海水中呈碧绿色和银色），并最终将它带到船边，那么你会感到无比的痛快，会自豪不已，会惹人羡慕和钦佩，那时你就可以光明正大地参加有众资深神级人物的场合。他们会对你无比欢迎。

这些快乐的、棕色脸庞的神级人物把此地断定为乐园，他们在这古老而又不结实的山上快乐地生活，这些山给明亮的蓝色比戈湾设立了天然的屏障。他们在那生活，也一直在思考为什么那些技术很棒但又死板的渔夫不到比戈湾来，这里可有乐园在等待着他们呢。

克雷孟梭的政治死亡

《多伦多每日星报》1922 年 2 月 18 日

巴黎

没有什么能比得上一只死老虎更沉寂，而乔治斯·克雷孟梭就是一只十分了不起的老虎，所以他十分沉寂。

在加拿大，新闻的头版仍被克雷孟梭的采访所占据，所以发现曾经的法国之虎遭遇和前法国总统一样政治死亡时，实在让人震惊。没有人引用克雷孟梭的话，也没有政府访问克雷孟梭征询意见。当你说"克雷孟梭"时，人们也只是微微一笑不予理会，最终使得克雷孟梭不得不做起了小报纸，在公众面前阐述自己的观点。

如果你想知道克雷孟梭作为一个政治人物的没落，那么你可以到两个地方去。你可以去找那些谈论凡尔赛、赔偿问题、公开外交、热那亚、鲁尔盆地和基马尔主义的政治家们。或者你可以去咖啡馆寻找真相。因为如果人民想了解一个人，没有一个政治家能够逃离公众的视线。

咖啡馆是一个讨论时事的绝佳去处，法国人在那所说的话并不会造成什么得失，所以他们可以尽情在那里畅谈所有的事情。当然，如果他们在咖啡馆坐得太久，他们有时所说的要远多于他们所认为的。所以你如果在咖啡馆里碰到一个法国人待的时间足够煮开咖啡，那么你就可以在咖啡开始煮开并溢出之前，了解到他对克雷孟梭和其他事情的真实看法。如果你在法国不同的地方遇到很多的法国人，那么你就会得到国民的看法。真正国民的意见会在选举的报纸报道中反映出来。

"人们其实对克雷孟梭所说的并不认同，或许他的这些话在曾经是真理，但现在并不再适用。"一个法国人告诉我。

"难道所有人都把他在战争中所做的忘记了吗？"我问。

"战争已经结束了，他在战争中像一头猛虎，但在战争后他仍希望是猛虎。而在战争结束后，猛虎就会成为国家发展的障碍。国家现在所需要的认真工作的劳力和骡子，而不是唯我独尊的老虎。人们现在对克雷孟梭已经厌倦了，如果他想再现以前的辉煌，那他必须等，等到死，转世再成为伟人。"

这是许多法国人对克雷孟梭的看法。从这些话语中可以看出，法国人现在迫切地期盼着一种新型的政治家的出现。法国需要的是建设者，而不是战士，需要一个向前看而不是向后看的人，因为战争已经结束了。公众的无情使法国已经放弃了克雷孟梭。他在工作完成后，又活了太久，而且现在，正像咖啡馆里的法国人所言："他必须等，等到死，然后转世再成为伟人。"

德国出口关税打击奸商

《多伦多星报周刊》1922 年 2 月 25 日

瑞士巴塞尔

德国新通过了一项对出口产品征税的法律，这也使外国人无法大量购买德国产品，更不用说能通过德国马克的低价，获得400%或500%的利润了。

现在，一旦你要进入德国，就首先需要向德国海关官员出示一份携带进入该国的物品清单。这包括袜子、内衣、衬衫甚至手帕，没有任何个人的服装能够除外。而当离开德国时，你所有的物品都必须经过严格的检查。只要查出来你比入境时多了一件衬衫，那么你就要为此支付巨额的出口税。

当你从德国回到瑞士，你还得再次出示你在德国的物品清单，会对你带出德国的所有东西征收进口税。这是物品来来去去的一个很好的例子。

德国和瑞士都采取这种措施来保护自己的利益，因为它们的货币价值实在差异太大。可是在出口和进口税开始生效之前，德国是瑞士汇率获利的快乐园地。一个拿瑞士10法郎钞票的人，可以换来半篮子的德国马克。这也给生活在德国边境的瑞士人一个很好的获益机会。

比如在德国边境小镇上的一家德国服装店，店里的衣服都以马克标价，价值和生产衣服的德国人的工资相应。这时，挣了两个星期瑞士法郎工资的瑞士人就可以把法郎换成马克，然后到商店买走店里所有的东西。然后他们驾车把衣服运回1千米外的瑞士边境，在自己的国土那里开一家自己的商店，但是价格却只为瑞士竞争者标价的一半。

正是因为这种抢劫式的汇率兑换，影响了两个国家的发展。不禁破坏了瑞士正常的产品市场，还让在边境处的德国乡村根本买不到任何衣服，因为衣服都流往了瑞士。因此，两国政府都通过了目前严格的海关法。

当然，这并不能完全禁绝走私货物的交易，仍有人在冒险走私。但可以肯定的是，像以前那些瑞士人只需花在本国买一双鞋的钱就能买光所有服装商店，然后高兴地等着回国大赚一笔的日子已经不复存在了。

巴黎到处都是俄罗斯人

《多伦多每日星报》1922 年 2 月 25 日

巴黎

巴黎现在已经是俄罗斯人的天下了，随处都能看见他们。俄罗斯以前的贵族遍布欧洲各地，在罗马开餐厅，在卡普里开茶馆，在尼斯和马赛做旅馆搬运工，在地中海航运中心做劳工。但那些设法带着钱或财产来的俄罗斯人，似乎都默契地来到了巴黎。

在他们的眼中，巴黎是一个充满梦想和实现梦想的地方，那里的一切都很好。初次到巴黎时，他们对巴黎所有的一切怀着好奇和兴趣，但几个月之后，就变得十分沮丧了。没人知道他们是怎么生活的，在革命之前，他们变卖了逃到法国时随身携带的珠宝、金饰和传家宝。

据和平街上一家大珠宝店的老板说，俄罗斯难民向巴黎珠宝买家出售了大量漂亮的珍珠，已经导致珍珠的价格下跌很多。事实也确实如此，如今很多俄罗斯人在巴黎生活得无比奢侈，他们在逃亡途中变卖了很多随身携带的珠宝。

你可能会好奇巴黎的这些俄罗斯人在变卖或典当他们所有的珠宝后，会发生什么情况。一般来说，这么一大群人靠借钱过日子基本是不可能的，不过少数人还是能够暂时借到钱的。当然，最好的情况就是俄罗斯的国内情况发生的一些有利情况，可能会对俄罗斯人聚居区有利。在蒙帕那斯区的一个咖啡馆中，每天都会有很多俄罗斯人聚在一起，无所事事地等待奇迹的发生，同时回忆他们伟大的沙皇时代。但实际上奇迹或意外的事情并没有发生，最终他们也和世界其他地方的人们一样，为了生活去工作。这对这样一群人来说，看起来有些可怜。

罗马教皇的民意测验：幕后

《多伦多星报周刊》1922 年 3 月 4 日

巴黎

每一周，那些住在巴黎的英美报刊记者会聚会一次，谈论本职工作。如果能在房间里安装一台录音机，那么就能把欧洲政客的观点、会议、就职以及其他世界事务偷偷记录下来。

整整一周，记者们一直在发布邮件或电报报道，阐述他们对事件的看法，看上去他们是训练有素的专业观察人员。他们还会在每个星期三花几个小时，暂时抛弃自己是带有证件的记者的身份，以普通人的身份进行一些讨论。

"他们为坐在普通松木宝座上的教皇加冕。"一名在罗马待了 21 天，报道前教皇死亡和新教皇加冕的记者说。

"这让我想起了我的同人，一天前我亲眼看到了宝座，还看到他们对这一场景进行了现场报道。"

随后，约翰逊和我与加斯帕里红衣教主进行了对话，讨论他们为什么不等美国教主。

"我们这里做事都很快。"加斯帕里对约翰逊说。

"阁下，您确实对美国人和加拿大人做得有点儿太快了。"约翰逊对他说。

"我们必须要十分谨慎对待你们这些新闻记者。"加斯帕里红衣教主对约翰逊说。

他其实并不叫约翰逊，而是一个大新闻集团的记者。

"阁下，如果你能自信点，也许就会改变对我们的看法。"约翰逊回答说。

"那有趣的小胖子是谁？"加斯帕里问他的一个侍从。

"阁下。你居然说我胖。"约翰逊说。

这次教皇和媒体之间的对话并没有在任何新闻报道中出现。没有任何新闻报道会提到记者在罗马进行报道方面的困难。

所有的电报都是从邮局发出去的，那里有三个房间供新闻记者使用。在其中一个房间里面还有一台能够使用的打字机。如果再多几台打字机，那么噪声就会太大，就会影响意大利记者的思考。而当美国人和英国人准备使用时，那你就会看到一场热闹的争吵。

电报局一半的人都在赌新教皇的投票结果，当一名美国记者从电话机旁边穿过人群，准备写电报时，那些说着德语、法语和意大利语的人们就会像发现新大陆似的，兴奋激动好奇地喊叫着围过来，想要了解他的新闻内容。

教皇已经制定了严格的检查制度，凡是电报内容涉及某些主教姓名都会自动被发报机关拦下。最后，这种检查制度保护了一些了解选举"绝对可靠消息"。知道某个主教绝对不会成为教皇的记者发出的宣布选举的电报。

因为举行教皇加冕，罗马挤满了看热闹的人，但里面仅有约50名新闻记者。这是在前教皇死亡后选举新教主期间计算的，没有时间计算从海外报道这一事件的人员。

"我找到了能够从拥挤人群中穿过的方法，"一个美国记者说，"在意大利，外交官是唯一戴丝绸帽子的人，所以我买了一顶大礼帽，只要我想穿过什么地方时，我就把它戴上，这方法的确有用。"

凭着大礼帽、贿赂、推挤、代理意大利人翻译的意大利新闻，记者们等到了新闻，有时是从电报里得到的。当你在读这些新闻报道的时候，你根本无法想象出它们是在什么情况下写出来的。

滑雪橇的刺激

《多伦多每日星报》1922 年 3 月 4 日

瑞士冒萨凡

如果你想要找那种惊险刺激的感觉，不妨去尝试一下在山路上以每小时 80 千米的速度滑雪橇吧。

一个雪橇能够承载两个人。雪橇上有一两个像面包圈那样大的方向盘，可挂住前面的人，后面小雪橇两侧各有一个钢闸，可供后面的人扶住稳住身躯。当你在雪橇坐下，后面的人开始推你，然后在你所坐的地方 15 厘米之下，就开始了滑雪之路。在一个冰封的陡坡上，雪橇的速度就能够和你在按动扳机后，子弹的飞行速度相媲美。

你挂到轮盘上，看一旁像放电影一样的道路和高山从你眼前闪过。人坐在雪橇上飞驰，当碰到凹凸不平的地方时，就会像是飞驰的骏马一样跃起再落下。转一个弯，道路转向一段更低的路，雪橇从冰上飞过。左面有一个大雪谷，另一侧是锯齿形的高山，但你只能在雪橇转弯时用眼瞥一下。你现在能做的就是在雪橇向前俯冲时，紧紧抓住它。你可能会突然听到身后"嘎"的一声，透过森林，你能看到一个大的八人雪橇，正飞驰在跃下森林道路的坡上。雪橇上每个人都在竭力向你呼喊，让你向右边转过去，好能防止碰撞顺利通过。但是，这时的速度可不是你能决定的，路上的冰太多，你的速度太快，新降下的雪减慢了他们的速度，所以他们再次落在了你后面。在雪橇滑板并列的情况下，你滑到了另一个坡，然后在一个宽的拐弯处，他们超过了你。

这里的道路的陡峭度缓了一些，你把你的速度降低至约每小时 20 千米，一只手进行转向，把眼里风吹出的眼泪擦去，然后转身看夕阳给白雪覆盖的山披上了粉红色的外衣。这只是匆匆一瞥的时间，因为道路又转向了另一段，你踏上了通往车站的最后一个陡坡。那里被穿着厚衣服的人们挤满了，正在等待列车的人把他们带上山去。天气实在寒冷难耐，你用力跺脚取暖，拍掉从后面扬起的雪和冰。在你等车的时候，你可以从向着滑雪橇的人们叫卖的那个小男孩那里买一个火腿三明治，然后观赏太阳从白雪覆盖的地方慢慢落下，想着人们来棕榈滩或海滨度过冬天的时光的原因。

瑞士的旅馆

《多伦多星报周刊》1922 年 3 月 4 日

瑞士莱萨旺

瑞士是一个地形十分陡峭的小型国度，不仅侧斜，而且还有很大的起伏。这里的旅馆数目实在太多，几乎在每块十分倾斜的地头上都立有一家旅馆，所有的旅馆看起来都像是被同一人用同一把钢丝锯切割而成的。

先沿着一条有些荒凉的路走，穿过覆盖着山侧面的一片幽深的森林，查看着雪上鹿的脚印，还会有一只大乌鸦在一棵松树的高枝上来来回回地摇摆着，看着你查看这些足迹。底下是一个已开始在融雪的山谷，大雪把锯齿般的山峰包裹严实，呈现一片白色，侧面还有一片和加拿大落基山脉一样天然的松树林。然后再转过一道弯就能在山的侧面，看见四家大得有些古怪的旅馆，猛一看起来和一个大孩子的游戏屋差不多，风格就和那个在草坪前安放铁狗年代的加拿大建筑一样。

这种时尚的旅馆在瑞士随处可见，就像铁路右边的广告牌似的那么常见。到冬天时，里面会住满了年轻有活力的青年，他们身穿衣领可翻转的白毛衣，头发梳得光溜溜的，在惬意地打着桥牌。这些年轻男子可不是聚在一起玩桥牌，他们一般是和老得能当他们妈妈的女士一起玩，女士们玩牌的圆胖手指上还戴着闪闪发亮的白金戒指。我也弄不清楚这局面是怎么形成的，但是年轻的男子们看起来很是满足，而那些女人明显也都玩得很开心。

接下来是法国贵族阶层。这可不是以前那些奢侈贵族中那种牙齿掉光了的老女士，或者那种在巴黎的圣奥诺雷法布街为不断上涨的价格做最后抵抗的白胡子老男人。他们都是一些年轻有活力的青年贵族，他们有着十分古老的姓氏，穿着紧紧的马裤，行为端庄而优雅。他们是法国少部分拥有高贵姓氏的人。在战争中，通过田产或者其他铁、煤方面的产业发了财，能够和那些卖毛毯和葡萄酒给军队的人住同样的旅馆。当这些有古老姓氏的年轻人走入一间满是投机商的房间内，和他们那赚钱前所娶的老婆和赚钱后所生养的女儿坐在一块儿时，这场面看起来就和一头瘦狼走入一圈肥羊中一样。这似乎有损于投机商称号的价值。不管他们是哪国人，都有着胖胖的身材和一副局促不安的神情。

除了那些之前当过舞男，之后会再当的打桥牌的人，还有新老贵族之外，这些大旅馆中还住着气色红润的英国家庭，他们整天都在滑雪坡和长橇道上度过；有面色苍白的人，他们不得不住在这，是因为一旦离开，就得在疗养院度过以后的岁月；有上年纪的女人，她们在旅馆间穿梭，填补着内心的寂寞；还有少量来这单纯旅游的美国人和加拿大人。不过说来也奇怪，瑞士人分不清加拿大人和美国人。我还并曾好奇地问过一个旅馆经营者，问他能不能分清这两个国家的人身上的不同点。

"先生，"他说，"加拿大人说英语，而且在任何地方待的时间都要比美国人多两天。"人们时常说，旅馆经营者都有着聪明的头脑，但是就我目前所了解，所有的美国人都在忙着学习说英语。哈佛大学就是出于这一目的而创立的。希望聪明的旅馆经营者们能找出一些新的检测方式。

妻子为法国丈夫买的衣服

《多伦多星报周刊》1922 年 3 月 11 日

巴黎

人们多年来一直都对法国工人身上穿的那种肥肥的、裤边处很紧以便能够拉到脚上的裤子，充满好奇。现在这种裤子已经过时了，但他的妻子还在给他买这种裤子。

最近每天下午，会有很多人在法国工厂中卖男式衣服，有大衣、裤子、帽子和鞋，这其实是对女权主义的反抗，因为法国工人的妻子早就已经给丈夫买好了所有的衣服，现在法国的男人们开始抗议这种情况。

两名曾在同一个军团服役的法国人，自复员后就再也没见过面。一天，他们很幸运地再次在车上遇到了，之后便是满腹的抱怨。

"你的头发怎么啦，亨利？"一个人说。

"我妻子剪的。但你的头发也有点糟糕啊！"

"哎，也是我妻子剪的，她说理发师价格太高，但她给我理完发后，还得要我给她和理发师一样多的小费。"

"头发还是小事，那么鞋子呢。"

"我可怜的老朋友！这种鞋是不是出乎人想象？"

"也是我妻子的杰作。她到商店说：'我需要给丈夫买一双鞋，但不要贵的。丈夫的脚比我的长，大概有这么宽。那双就不错。包起来吧。'真是太可怕了！"

"我的遭遇也是如此。衣服都是些不好看的便宜货。我的妻子只是要求它便宜就好。而且她还是一个不错的厨师，厨艺无与伦比。我的老朋友，你能猜出她做的是什么吧？"

"我深有体会，因为我妻子也是。无与伦比的一流的厨师。

这样看来衣服又算得了什么?"

"是的，是的! 这都是小事。"

虽然这些工厂的交易仍在继续，零星的抗议也仍在继续，但仍然阻挡不了女权主义的统治的继续。

每次都要给邮递员小费?

《多伦多星报周刊》1922 年 3 月 11 日

巴黎

如果你想确保你的信件能顺利到达西班牙的某处，那你必须要做的就是给邮递员小费。

邮递员从街道上走来，手里挥着一封信。"给先生的信。"他喊着，然后把信递给你。

"很不错的信吧，先生? 是我给你带来的哦。一个好的邮递员给你送来了这么好的一封信，是不是要给点什么奖赏呢?"

你不得不十分感谢地向邮递员付小费。他很开心看到比预计要多一点的小费。

邮递员说:"先生，我是一个诚实的人，我很感动您的慷慨。这还有您的一封信。我本来想留到明天再给您以便再得到一笔小费的，但现在给您吧。我希望这封信和上一封信一样好!"

邮递员诚恳地鞠了个躬，然后离开了。这时你只要已经在西班牙待了很长的时间后，就不会大发雷霆，就能克制住自己的脾气。这是他们那里的风气，你生气也没用。西班牙的生活是很柔和的，那里的风气也是如此，似乎不值得驳回邮递员的请求。

上面的故事是真实发生过的，而且还被一名曾在西班牙马略卡岛画画的艺术家原封不动地带回了巴黎。因为他在那里收到的所有美国杂志，都被人故意裁掉了里面的插图，而且所有的图都是在当地的邮局被裁掉的。

当艺术家气愤地质问邮递员关于杂志的事时，只见他无所谓地回答说："我们能读的东西实在是太少了，这个小镇实在是很无聊。您是一个有很多这种东西的绅士，一定不会因此事向我们抱怨的，对吧？"

艺术家说："一段时间后，我竟然就习惯了这里的方式，那里的方式实在让人感到无奈和有趣。"

这显然就是那里一贯的风气。

普恩加莱的选举承诺

《多伦多每日星报》1922 年 3 月 11 日

巴黎

不管你对当前的政治持有什么看法，你都肯定会对前总统，即新上任的法国总理雷蒙·普恩加莱管理政府的方式十分认同。

普恩加莱正承担着一项艰巨的任务，而且这项任务会越来越难。在他重新掌权很长一段时间前，他就对外说明了他掌权后的具体做法。可是突然之间，他就必须要履行他还是旁观者时所提议做的一些事情。这种情况带来了很多困难。

显然，之前作为旁观者提建议是件容易的事，但现在作为实施者，实行起来就困难重重了。目前普恩加莱既没有占领任何领土，也没有派法国部队进入任何新的领土。但他和他的政府已经开始进行研究。管理多个部门，这引起了外界很大的钦佩。各部门负责人每周都要召开会议进行商讨，下属要经常进行磋商。这种做事效率和白里安政府形成了鲜明的对比。白里安政府的各个不同分支之间恰好缺少沟通。

财经事务每天都在好转，纸币膨胀的现象也已经停止。失业人员每天都在减少，法国的出口贸易也在蓬勃发展。目前已修改日程中的德国赔款会议也是一个稳定因素。

当然，法国的预算还远远不能达到平衡的状态，国家还有三个月到一年期的国债需要支付。官方公报最近宣布，不会再发行债券。这就意味着最晚要在一年内支付那些已发行的债券（据报告称约有 680 亿法郎）。政府可能计划把这些债券转变为长期债券，但已经购买债券的人民的理解是，他们要在一年内收回资金。作为法国人，他们会在三个月月末、六个月月末或年末有一个很大的机会，他们将要求兑换现金。这可能会导致再次启动纸币印刷机。

不过在此期间，普恩加莱政府一切都运行得很好。一天，一名在法国生活多年的美国作家对我说："法国原本已经快病入膏肓了，试过各种药，用过各种偏方都没用，最后在普恩加莱的出现后，带来了转机。普恩加莱可谓是一个秘方。"现在，这种秘方仍然正在发挥药效。

巴黎林荫大道上的麻雀帽

《多伦多星报周刊》1922 年 3 月 18 日

巴黎

巴黎的女帽小贩最后终于发现了家麻雀的一种使用方法。麻雀帽开始出现在了林荫大道上，这种不受欢迎的小鸟也终于实现了自己的价值。

这种帽子是棕色的，蘑菇状的帽顶和环绕带，是家麻雀材料的。小贩告诉我，这种帽子现在很受人们的欢迎，销量很大。看起来就好像是麻雀在帽檐上做了巢，一顶帽子上大概能容下 15 只麻雀。

目前街上的小贩都在卖力推销这种帽子。而且你永远不会知道，猴毛是经历多久才流行起来的，但当猴毛快要用完的时候，就结束了猴毛一统天下的局面。因为这种特定的长毛猴只能从非洲和南美进口，而且现在数目越来越少，变得十分稀有，但是麻雀就永远不会存在这种问题。

瑞士无舵雪橇

《多伦多星报周刊》1922 年 3 月 18 日

瑞士蒙特勒近郊尚碧

无舵雪橇充当着瑞士汽车工具的角色，十分便宜，还相当于瑞士的独木舟、马、小机动车、婴儿车，还是骑乘马和的士的结合体。雪橇的发音为"loge"，是用山胡桃木制作的短而坚固的雪橇，借鉴了加拿大女士雪橇的样式。

在一个明媚的周日，当你看到上自白发苍苍的老奶奶、下至街头顽皮的儿童的时候，你就能对瑞士的无舵雪橇有全面的认知。他们从陡峭的山路上小心翼翼地滑下来，坐在那些升离地面的平坦雪橇上，一脸紧张兮兮的样子。他们将脚往前直伸，用于掌控，以每小时 19 千米到 20 千米的速度从一段 19 千米高的雪道上滑下来。

日内瓦湖边上的蒙特勒山和桑鲁普山之间，还专门为滑雪橇者安排了火车，后者为一座海拔 1.2 千米高的山。周日一天有 12 趟车来往，每一次都是满座，里面是一家家的人和他们的雪橇。他们自带午餐，买全天票，这票适用于在曲折上升的伯尔尼—奥勃朗特铁路上的多次乘车。之后，他们一整天都在结冰的长山路上尽情地滑雪。

掌控无舵雪橇的时间和学自行车的时间其实是差不多的。坐上雪橇，向后倾斜，雪橇开始在结冰的路上往下滑。如果它开始向右边转向，就放下左腿，如果向左边滑得太快，就让右脚在地上拖拉。将脚伸在前方。掌控的方法很简单，但关于如何保持镇静的方法还有很多。

你如果沿着一段长长的、陡峭的路滑行，在你的左侧是一段190米长的降斜路，右边是一排树。起初，雪橇会滑得很快，过一会儿，会冲得比你曾感觉过的任何事物都要快，风驰电掣般。你坐在那，身边没有任何支撑，离冰面只有3米高，道路不断退往身后，感觉就像一场电影一样。所坐的雪橇只够一个座位，正以汽车的速度冲向一个急弯处。如果你的身体朝急弯处的反方向倾斜，将右脚放下，会连走带爬地滑过急弯处。在下一个斜坡停止下行。如果你在拐弯时过于慌乱，就会冲到一个防雪堤，或是直冲下雪道，平躺着身体滑动。

不管是干草雪橇还是木头雪橇，对滑雪橇的人来说都存在着一定的风险。这些雪橇有很长的上弯型滑行装置。夏天，在山地草原将干草割晒，然后用雪橇把它们拖下来，或是用雪橇去森林运载大量的柴火和柴草。这些都是大型的雪橇，滑行速度不快，由驾驶者拖拉着。当上长坡时，人就在路旁拉，如果往下滑行遇到最为陡峭的斜坡时，他们就坐在装载物前，把自己往上带。

由于滑雪橇者很多，所以即使听到有人滑着雪橇冲下来，嘴里大声喊着让道时，这些驾驶干草雪橇或木头雪橇的人也懒得去理会他们，因为他们实在不想再次把自己的装载物拉到一边。因为没有刹车，就只能用脚，一个每小时30英里的滑雪橇者就会有撞击前方雪橇或冲出雪道两种可能。有人还把撞到一个木头雪橇视为不祥的兆头。

在贝拉里亚，有一块位于瓦莱州的英国侨居地，离韦威不远。在日内瓦湖上，他们所居住的两栋公寓楼在山脚下，英国人雪橇滑行时的速度都异常迅速。他们可能会离开贝拉里亚，因为这里没有雪以及温和的微风。他们搭乘火车，在半小时内就到了山上，此处有结了冰的快道，地表有76厘米高的积雪，阳光明媚，不过空气却十分干燥清冷。当贝拉里亚人在半山腰的尚碧等待到桑鲁普的火车时，他们下午可以在户外穿着没运动服厚的衣服，惬意地品茶。

从尚碧到蒙特勒的路十分陡峭，对于滑雪橇来说很是危险。然而，这却是来自贝拉里亚的英国人最喜爱的一段路径。每晚回家时，他们都会驾着雪橇滑回到在湖上的舒适的公寓楼，这就会产生一些有趣的画面。因为这段路只有那些最勇敢的雷橇滑行者在使用。

其中最精彩的一个场景就是，一位喀土穆前军队首长坐在看起来差不多和邮票大小的雪橇上，两腿朝两边伸直，手放在背后，将一片杂乱的冰碴儿冲向旁有高墙的陡峭道路。脖子上的围巾被风吹得在身后伸得直直的。当蒙特勒所有的街道顽童向围墙散去，看着他经过时大声欢呼时，他的脸上洋溢着可爱的笑容。

当你看过那些英国人滑无舵雪橇后，那么，就能很容易地理解为什么他们会有如此强大的统治力了。

黑人小说风暴中心

《多伦多星报周刊》1922 年 3 月 25 日

巴黎

《巴图阿拉》的作者是勒内·马朗，他是一名黑人。该小说荣获当年青年作家中的最佳小说奖，并凭此获得了价值 5000 法郎的龚古尔奖。目前这一小说仍是一系列谴责、愤慨和赞扬的中心。

马朗出生在马提尼克岛，在法国接受教育。他无情地批判法国下议院、批判法国，他控诉法国帝国主义对法国殖民地的影响，并因此遭到了一些法国人的指责。当然也得到了一些人的鼓励，要求政客将小说作为一种艺术，序言只是对书的一种宣传。

而勒内·马朗并不理会他的书所引起的社会风暴。他在驻中非的法国政府部门工作，距巴黎有 7 天的路程。他所在的地方没有电话和电报，所以根本不知道自己的书已经获得了著名的龚古尔奖。

小说的序言中描述了法国的殖民统治是如何让非洲中部10000人的和平社区减少到1000人的。这是一个痛苦的经历，他是以目击者的角度，以平实、冷静的语言来描述事实的。

通过阅读小说内容，读者能够看到非洲当地人所能看到、感受到的画面。你会闻到所有的气味，吃到他们的食物，以黑人的观点来感受白人看黑人的眼光，你与他们一同生活在村落里，然后死在那里。这就是整个故事，但你读这个故事时，你会看到造就了这一部伟大的小说的主人公，巴图阿拉。

故事是以巴图阿拉开始的。巴图阿拉是一个村落的首领，早晨的寒冷和身下的蚂蚁把他弄醒了。他重新点燃熄灭的火，坐下，将冰冷的身体靠近火源获取温暖，想着是回去睡觉，还是起床。

故事的结尾是，年老的巴图阿拉遭到豹子的袭击，躺在小屋的地上。村里的巫师离开了他，村子重新产生了更年轻的首领。巴图阿拉躺在那里，发着烧，嘴唇发干，就快要死了。他那条满身疥疮的狗正在舔着他的伤口。当他躺在那里的时候，你能感觉到他发烧和口渴的感觉，及狗那又硬又湿的舌头。

这本书不久后可能会有英文版本，但如果想要翻译得准确，就需要有另一名生活在那个国家的黑人，而且要像勒内·马朗精通法语那样精通英语才行。

在巴黎的美国流浪汉

《多伦多星报周刊》1922 年 3 月 25 日

巴黎

纽约格林尼治村的社会渣滓已被清除出去，现在大量都集中在毗邻洛东达咖啡馆的巴黎地区。而新的下等人的出现，取代了他们原先的位置，但是那些最老、最下等、最令人恶心的已经通过某种方式漂洋过海了。他们每天只在上午和晚上露面，已经使洛东达咖啡馆成为让旅游者寻求氛围的拉丁区主要展示地。

挤在中央咖啡馆桌子旁的是一类做着行为奇怪、长相怪异的人。他们都身着奇装异服，彰显着自己的个性，似乎在故意追求一种古怪感。如果你是第一次来到这种烟雾缭绕、高屋顶、满是餐桌的"洛东达"室内，那么一定会产生一种走进动物园的错觉。这时似乎有人在大声抗议，声音惊人、沙哑，还带点混音，之后这抗议被许多服务员给打断，他们来来往往穿梭在烟雾中，看起来就像很多只黑白喜鹊。桌子通常都坐着满满的人，有的人甚至没占到座位，被挤了下来，挤作一团。有东西被打翻，越来越多的人出现在那转门口，另一名身穿黑白色服装的服务员在朝向门口的餐桌前旋转，大声叫着客人朝他背后的餐桌入座，客人则看着身边的一个个人。

一晚上，你只能在洛东达见一定数量的人，如果达到限额时，那你就得清楚地意识到自己必须要离开了。当然有一个十分确切的时刻，可用于判定洛东达里的客人已多到让你必须离开的地步。如果你想知道有多明确，那就尽量把一壶变酸了的糖浆喝光。一些人会认为你喝第一口时就不能再进行下去了，其他一些人忍耐力强一些，但是对所有正常的人来说，这都是有限度的。那些聚集在洛东达咖啡馆桌子周围的人做事情都十分明确，开不开心，饱没饱腹永远占据着考虑的第一位。

假如你是第一批洛东达的客人，你就能注意到这样一个女人：身材矮矮胖胖的，金黄色的头发被剪成"吉荷兰牌洗涤剂"广告上的那种发型，脸庞粉红得像涂了珐琅的火腿片一样，圆圆肥肥的手指，从一件中式罩衫的蓝色丝质长袖子中伸出来。她弓起身子坐着，倚着桌子。正吸着一根烟，烟嘴部分有 60 厘米长，扁平的脸上看不到任何表情。

她表情淡然地欣赏着自己那幅挂在咖啡馆白石膏墙上的杰作，墙上还有大约 3000 幅其他人的作品，这是仅供客人参观的洛东达沙龙的一部分。她的作品看起来就像一块红色肉馅饼从楼梯上滚下来。每个下午和晚上，你都会看到这个面无表情但心存敬慕的画家，态度虔诚地坐在这幅作品的座位前。

看完这个画家和她的作品后，你可以稍微把头扭转，就能看到一个淡色头发的壮女人，她和三个年轻男子正坐在一张桌子前。这个女人戴着一顶《风流寡妇》时代的女用宽边花式帽，和身边的人开着玩笑，笑得歇斯底里。每当她笑时，那三个年轻男子也都跟着大笑。服务员拿来了账单，这个女人爽快地付了账，用稍微有些颤抖的手定了定头上的帽子，然后和三个男子一起走出去。当她走出门口时，又大笑起来。三年前，她和丈夫从所住的康涅狄格州的一个小镇来到巴黎，她的丈夫在这个州画了 10 年的画，日益成功。去年，他独自一人返回了美国。

这是挤在洛东达 1200 人中的两个人。你能够在洛东达找到任何你想找寻的东西，除了严肃的艺术家。那些来拉丁区旅游的人会顺道拜访洛东达，把他们所看到的错认为是巴黎真正艺术家的一个集会。这的确是件麻烦事。我在这纠正一下，因为那些从事体面工作的、真正的巴黎艺术家对洛东达这群人很是厌恶和鄙夷。

12 法郎比 1 美元的汇率的确吸引了洛东达的客人和其他许多人过来，一旦汇率恢复正常，那么他们一定会返回美国。他们大都是些游手好闲的人。当真正的艺术家们把精力都用在创造新作品中时，他们则在高谈阔论打算做什么，并对那些已获得认可度的艺术家的作品大肆批判和嘲讽。和真正的艺术家对自己作品充满满足感一样，这些人在谈论艺术时也有着同样的满足感。因为他们也一直以艺术家自居。

继夏尔·波德莱尔引领着一只系在皮带上的龙虾穿过老拉丁区这种美好的往昔后，在咖啡馆内所写的好诗歌就不如以前了。即使这样，我猜想，波德莱尔是趁看门人躺下时，把龙虾放在第一道门口，把用软木塞塞住的三氯甲烷瓶放在脸盆架上，流着汗，和所有的艺术家从古至今创作的方式一样，用他的思想和稿纸创作出《恶之花》的。但是聚集在蒙帕尔纳斯大道和拉帕伊林荫上的这伙人没时间去做其他任何事情，他们整天就是在洛东达百无聊赖地消费日子。

巴黎的疯狂夜曲

《多伦多星报周刊》1922 年 3 月 25 日

巴黎

在开启第三瓶的木塞后，美国人已经在爵士乐乐队的带领下，进入了一种兴高采烈的状态。他开始随着音乐轻轻摇摆，并会沙哑而坚定地说："这就是巴黎！"

这种说法并不是没有道理可言的，这的确就是巴黎。巴黎有旅馆、女神游乐园和奥林匹亚、林荫大道、马克西姆纪念所。到处可见蒙马特尔式的夜生活。这里是狂热的巴黎，通过娱乐赚取很大的利润，那里的游客在喝点酒后，会失控地用任何价格来买任何东西。

买者都把巴黎视为一个超级邪恶的地方，一旦酒精使他们放弃了对《圣经》的坚持，他就愿意为理想买单。他的确是为理想埋单了。因为巴黎各个圣地的要价已经让午夜活跃起来了，只有那些发了战争财的人、巴西的百万富翁或出外游玩的美国人才能买得起。

在下午，任何地方的香槟还都是 18 法郎一瓶，但在 10 点之后，价格就一下飙升到了 85 法郎到 150 法郎，其他东西的价格也会成比例上涨。夜晚，外国人进入一家时尚的舞厅的要价至少是800 法郎。如果一个寻乐者的玩乐项目还包括享用一顿晚餐，那他就不得不消费上千法郎才能走出去。和他在一起的人都很优雅，在喝过第一瓶过后，他还会将此视为一种殊荣，可是到第二天早上盯着惊人的账单时，他才会清醒过来。

司机在时尚酒店前接到美国客人，会自己将计米表上的价格上调 5 法郎，而那些工作到最后的服务员，如果找回的钱低于 5 法郎，就不会再找钱，学习向那些寻欢的有钱外国人要钱的行为已经成为一种艺术。但不管游客这时付了多少钱，都看不到他真正想要的。

他希望看到巴黎夜生活的真实面貌，可是呈现在他眼前的的确是一场特别表演。一场无聊但要有钱的很多很多人的戏剧表演，他们已经表演了好几年，戏剧的名字就是《愚弄游客》。在他买香槟和听爵士乐的时候。地痞与他们的女友在拐角处的地方有一个小舞厅，坐在一个小屋里的长椅上，正随着弹手风琴的人随音乐跳舞。

在节日的夜晚，舞厅会有鼓手，但手风琴弹奏者的脚踝处戴着一圈铃铛，当他在地板上摇晃时，跺着他的靴子，和着节奏。去舞厅的人们并不需要爵士乐来助兴他们跳舞，他们是为了取乐。因为这很简单，很让人兴奋，而且也划得来。因为他们都年轻、强壮、享受生活，他们有时并不遵守调子，有时打击得太重，有时太快，那时生活就会变成一件很严酷的事。

不过，游客有时也能接触到真正的夜生活。在凌晨 2 点左右，沿着孤独的大街走下安静的山，他看到两个孩子走出一个胡同，他们和那些他刚刚接触过的那些圆滑的人很不同。两个孩子在街上四处张望，看周围有没有警察的身影，然后走近正在走夜路的游客，之后便是突然的猛击。这就是游客花了这么多钱寻找的，接触到的真正的夜生活。

"只有 200 法郎吗？"吉恩在黑暗中的地下室说。他们点亮了一根火柴，乔治借着光看着钱包里的东西。

"红磨房困住他会比我们所做的使他更糟吧，是吧？我的老朋友。"

"是，不过明天早上他还是会头疼。"吉恩说，"快点回舞厅去吧。"

骗子的圣地

《多伦多每日星报》1922 年 3 月 25 日

巴黎

巴黎毫不夸张地说，是从音乐到拳击比赛等各行各业骗子的圣地。在这里，你会发现很多著名的美国舞蹈员，可是在美国压根没人听说过；很多著名的俄罗斯舞蹈员，但是得不到俄罗斯人肯定；很多拳击赛冠军，可是在渡过大洋来到巴黎前，大多数还只是个单纯的孩子。在巴黎，你能看到比世界上任何地方都多的这种情况。

这种情况之所以存在，是由于法国人民极端粗鄙，以及法国媒体的轻信。加拿大每个人都知道几个法国士兵和发言人的名字，而法国人却没有人能够告诉你加拿大将军或发言人的名字，也说不出当前加拿大政府的首脑是谁。不管是普通人、商店店主、旅店店主，还是一般的资产阶级，都没有一个人知道。例如，我的女佣昨天就被吓到了，当时我告诉她加拿大和美国下了禁酒令。她问："我们怎么从来没有听说过。这是法律吗？那如果有人喝酒会怎样？"

最近，一名美国女孩子在巴黎音乐厅标榜自己为"美国最知名和最受喜爱的舞蹈员"，可是从美国到巴黎根本就没人知道她，但仍阻挡不了巴黎人的热情，都蜂拥前去看这个美国"明星"。实际上，她只是几年前曾在美国一场音乐会上担任过一个小角色而已。

巴黎也有很多俄罗斯人。他们几乎可以随心所欲，因为他们可以任意编排自己在俄罗斯的地位，也没办法查证他们的声望。所以我们就有了伟大的俄罗斯舞蹈员，伟大的俄罗斯风琴家、演奏家、作曲家、管风琴家，等等。

杰克·克利福德是法国最近的名人，他自称在美国和加拿大是著名的轻量级拳击冠军。他避免和任何拳击手的会面，而且打拳击要求巨资。不过他对外宣布，只要价钱合适，他愿意和卡尔庞捷碰面。虽然根本没有一个美国人听说过他，但欧洲人却很相信他的话。

克利福德在维也纳落败了，因为他在那里遇到了一个三流、连名字都无人知道的奥地利拳击手，克利福德被打得面目全非，惨不忍睹。打到第三轮就停赛了，以免进一步继续被打。克利福德几乎整晚都被打得躺在地板上，根本连业余拳击知识都不懂。那些在他身上押了大价钱，等看他成为冠军的人们十分愤怒，并试图用绳子把他勒死在拳击台上，最后是警察及时救了他一命。他在当晚就立即逃离了维也纳。

目前还有一个情况类似的多伦多拳击选手，他现在是欧洲观众关注的焦点，他就是琼斯。琼斯被巴黎媒体誉为"加拿大重量级冠军，从未倒下过的人，赢得过85场比赛，是加拿大最好的拳击手"。

目前琼斯在英格兰，但他的经纪人已经向巴黎发出媒体内幕，这些消息被登在巴黎的英文报纸上，然后法国报纸则会复制这些消息。多伦多人想到了去年一天晚上发生的事，当时琼斯不理会警告，与哈里·格雷布进入了拳击场。这些多伦多人都知道在国外成为"冠军"是件很容易的事。你只需要选一个非常远的国家当冠军，然后再离开那个国家。这也就是那些小提琴手、拳击手、画家和舞蹈家们此时正在做的。

让人胆战心惊的戴布勒

《多伦多每日星报》1922 年 4 月 1 日

巴黎

说起法国最让人害怕的人，应该非戴布勒莫属了。戴布勒生活在巴黎郊外，身材高大，看起来让人觉得十分可怕。他的邻居们和司法部都有着某种关系，在他生活的凡尔赛宫街上，他们并不惧怕戴布勒，因为他们对戴布勒很熟悉。

几乎每隔一段时间，戴布勒和三个高大的男子就会来一次神秘之旅。有一辆棚车与他们同行，如果你看了车上的东西，会不禁毛骨悚然。也正是这些旅程，使戴布勒成为法国最让人胆战心惊的人，因为棚车就是一个断头台。

戴布勒的职业是法国固定的刽子手。他收取固定的薪水和费用，并给三个强壮的助手支付薪水。其中一个助手还是他的女婿，他开着一家小咖啡馆。当没什么事时就会去店里经营生意。

戴布勒有两个断头台。其中一个很大，当囚车驶过戴安娜街的鹅卵石窄道时，它会站立在协和广场上。大断头台是用于在巴黎执行处决的。另一个断头台要小得多，装在一个特制的盒子里，随时准备与戴布勒和他的三个助手前往全国各地。

按照法国的法律，要到死囚死的一个小时之前才会告诉他要执行死刑。死刑的执行时间是黎明。这时囚犯就会被叫起，签署一些文件，有人给他烟和饮料，会有理发师给他理发。然后死囚走出去见戴布勒，监狱门外就是断头台。还有士兵会把所有人隔离在 100 米之外。这就是法国的法律。

当一切都结束后，戴布勒和他的三个助手会拆下断头台，然后回到巴黎。在那里，女婿会对咖啡馆的收据进行整理，戴布勒会回到他的家里。凡尔赛大道上的人们看到他回来十分开心，他是一个让人看起来很高兴的人，他的邻居说："戴布勒回来了。他又为政府出差了。不过，我想知道这个戴布勒到底是做什么的？"

95000 人戴荣誉勋章

《多伦多每日星报》1922 年 4 月 1 日

巴黎

你有没有荣誉勋章？如果没有，那么可没有多少机会能得到它了，因为它的繁盛时期已经过去了。

在法国国会上，M. 雷纳尔迪对一直运转很好的荣誉勋章颁发工作提出了一些问题。他向正在考虑在莫里哀诞生 300 年纪念日上颁发奖章的委员会提供了一些数字。

雷纳尔迪的数字表明，自休战后，已经颁发了 95000 枚荣誉奖章。这其中有 72000 是专属军队的，23000 枚授予在战争中进行过工作的平民。毫不夸张地，只要你走在林荫大道上，每隔 18 米就会看到有人别着熟悉的红色勋章。

在看到雷纳尔迪的数字后，委员会一致拒绝了在莫里哀纪念日上授予任何新勋章的建议。

积极的法国反酗酒联盟

《多伦多每日星报》1922 年 4 月 8 日

巴黎

大量遭到破坏的大脑和肝脏的模型、彩色的图表。海报上，一个父亲一手挥舞着酒杯，一手拿着一个黑色瓶子，踢打着屋里的孩子。人们看着圣日耳曼大道临街的窗前的这一切，不禁目瞪口呆。

好奇的美国人看着展览，觉得不寒而栗。他们害怕这是在预示着欧洲文化黄金时代走向灭亡的开始，也预示着在法国的酒保幸福时光即将走向结束了。这一切都是因为反酗酒联盟的这次展览。

该联盟并不是严格的禁酒组织，只能算得上是一个反酗酒联盟，受到了很多法国人民的支持。其在法国已经具备一定的影响力。该联盟的海报在所有火车站和公共场所都进行了展览，它起到的最大的实际用处就是使苦艾酒远离了法国。该联盟海报的大体内容是：

（1）您知道烈酒是肺结核的最大诱因之一吗？

（2）您知道开胃酒是最致命的毒药吗？

（3）您知道饮用匹康酒往往会导致精神失常吗？

但在海报的底部，用小字体写着该联盟的声明，它并不希望人们只喝水，还可以喝法国葡萄酒和啤酒。联盟还解释说明了一些很有吸引力的效果，吸引读者在读完海报后进入酒吧。法国人仍把水看作只不过是用来洗东西和在桥下流淌的东西。

双偶咖啡馆，招商基金区最著名的一家咖啡馆，位于该联盟办公室的正对面。在这里，你会看到学生们喝着会导致肺结核的利口红烈酒、畅饮着等同于致命毒药的开胃酒、喝着会导致精神错乱的匹康酒。但他们的目光偶尔会投向联盟的窗前，当他们走进林荫大道的时候，会担忧地看着那些展示人类肝脏因饮酒过度而显现的恐怖情况的模型。这个窗口似乎对他们有着某种吸引力。

一场教育活动需要数年时间，但我相信除葡萄酒、啤酒和北方的苹果酒外，法国的酒精会从此开始走向消亡。我并不是无原因这样想的，看看当那些学生们离开联盟窗前时脸上的表情你就能知道。实际上，苦艾酒已经消失了，反酗酒力量是有组织的，而消费人群是无组织的。这最后就只是时间早晚的问题罢了。

加拿大承认俄罗斯

《多伦多每日星报》1922 年 4 月 10 日

热那亚

查尔斯·戈登在抵达热那亚后说："加拿大在热那亚会议上主要关心的是俄罗斯的认可问题，加拿大准备要向俄罗斯出口很多收割机械，所以很希望俄罗斯被承认，从而打开这一市场。"

查尔斯说，加拿大将与帝国代表团作为整体共同行动。这一点使得他的发言具有十分重要的意义。

契切林在热那亚会议上的讲话

《多伦多每日星报》1922 年 4 月 10 日

热那亚

热那亚十分拥挤，一群汗流浃背的翻译正在努力试图把来自 40 个不同国家的人们聚集在一起。狭窄的街道上，上千意大利士兵指挥着拥挤的人们井然有序地通过。今天，记者们都离开了热那亚，去到 18 英里之外的拉帕洛，采访来自苏联代表团的契切林。只见契切林一头金发，穿着崭新的柏林服装，戴着大红色方形徽章，看上去和商人无异。由于牙齿缺了几颗说起话来有些漏风。

他看到大批记者，说着各自不同的语言。守卫们在查看几百个摄影师的摄像机里是否藏有炸弹。

契切林对我说："我们不会插手所有的债务问题。外资权利会得到很好的保障，但俄罗斯会坚定地、毫不留情地打击所有试图将俄罗斯殖民地化的财团。"

当被问到在审的苏联革命者和温和社会主义者是谁时，契切林说："社会革命党人没有受到迫害，他们是因真正的罪行而被起诉的，如炸银行、射杀列宁、炸毁弹药库以及试图炸毁托洛茨基的列车等行为。我们正在改变我们的监狱制度体系，教育和改造罪犯。"

当被问到饥荒问题时，契切林说："40 年的封锁造成了饥荒。政府正在征税来缓解饥荒，运输系统的运行也很好。"

苏联代表团的 80 名成员坐在一张普通的桌子旁，由士兵、荣誉军团和意大利共产党人志愿兵围成数圈进行守卫。由于代表团住宿的地方距热那亚很远，苏联对此颇有微词。

意大利总理

《多伦多每日星报》1922 年 4 月 10 日

热那亚

法克塔总理开幕仪式上，致辞说："华盛顿军备会议的精神必定会让这次会议为之一振。由于军备会议的限制，笼罩在太平洋上方的阴霾已经消散了。"他的发言引起了下面阵阵掌声。他说："现在我们在热那亚必须用同样的方式为欧洲的和平而努力。"

契切林希望把日本排除在外

《多伦多每日星报》1922 年 4 月 11 日

热那亚

在法国，路易斯·马尔都和苏联代表团团长契切林在开幕式上的激烈场景过去后，热那亚经济会议仍在和平地进行。

契切林今天又上演了一幕小插曲，他对日本和罗马尼亚出席热那亚会议持反对态度。日本代表团的石井说，不管契切林是否喜欢，日本都会坚定地留在这里。

负责商讨俄罗斯问题的委员会包括七大国和瑞士、瑞典、波兰以及罗马尼亚。代表团还会进行选举，与美国以及加拿大形成抗衡。

热那亚会议

《多伦多每日星报》1922 年 4 月 13 日

热那亚

意大利早已对邀请苏维埃代表团参加热那亚会议的危险性做了预测和准备，早早地从意大利其他地区挑选出 1500 名宪兵调往热那亚，一旦出现共产党或反共主义的骚乱，就立即进行武力镇压。

不得不说这次行动很有远见。这可能得益于意大利政府从过去两年在法西斯党和共产党人之间的好几百次流血冲突得到的经验教训，所以对会议过程中将要发生的小内战心存担忧。

他们面临一个十分实际的危险。在意大利区域的托斯卡纳区和北方，已经在过去几个月中发生过针对共产主义的血战、谋杀、激战和报复性劫掠事件。因此，意大利当局十分担心，当他们友好接见、恭敬招待来自苏联有 80 位代表的代表团时，会对热那亚的共产党产生影响。

当是总人数的 1/3 热那亚的共产党看到俄国共产党时，能够想象出他们会感慨流涕、欢呼、比画手势，提供葡萄酒、白酒、劣质雪茄，向对方、广大世界和意大利其他具有同样狂热性质的人展示大游行、高呼万岁、发布宣言等活动。他们还会激动地互相亲吻脸颊。在咖啡馆聚会，为列宁干杯，为托洛斯基呐喊，每

隔两三分钟，就有三四次受到共产党的高度启发，企图组织一次
游行，喝大量的基安蒂红葡萄酒，全体大喊："法西斯党该死。"

这是所有意大利共产党爆发开始的方式，想阻止他们也并不
难，只需要关掉咖啡馆就可以。这些意大利共产党人还没有被他
们国内葡萄酒产品所影响，还无法在示威时体现出任何热情。只
要关闭咖啡馆，那么高呼"万岁"的声音也会逐渐缓和，不再那
么热情。直到某一天，人们不再提及游行者，那些已经抵达爱国
主义巅峰的共产党人也很快在咖啡馆的桌子下睡大觉，再开始
营业。

一些脸色微微发红的共产党人回到家，用粉笔在墙上歪歪扭
扭地写下："列宁万岁！托洛斯基万岁！"然后政治危机宣告结
束。当然，如果他们中间遇到过一些法西斯人，那么状况又会再
次不同。

法西斯党人是一伙 1920 年散布于各地的"龙牙"，当时的形
势是意大利可能布尔什维克化。这一名称意为组织，法西斯党成
员为法西斯分子，他们是年轻的退伍兵，组织起来保护意大利的
现任政府。反对任何形式的布尔什维克阴谋或侵害。简单来说，
他们就是反革命分子。在 1920 年，他们使用炸弹、机枪、匕首，
用煤油罐引火烧了共产党的开会场所，当看到共产党人出来时，
用箍有重铁的棍棒猛烈锤击他们的脑袋，从而镇压了共产党人的
起义。

法西斯党目标十分坚定和明确，只要看到任何的类似的革命
萌芽，他们就会镇压下去。他们很明显是受到政府心照不宣的保
护的，如果没有政府的积极支持，他们镇压共产党也不会如此顺
利。但是，他们喜欢根据自己的喜好做些不受刑的非法行为和谋
杀，以及享受。随意的制造暴乱。因此，如今他们对意大利和平
的威胁和共产党曾经带来的威胁一样严重。

当法西斯分子只要听到有共产党示威游行，虽然我早已说
明，在意大利，每 100 次共产党游行当中，有 97 次都是小打小闹
型，根本没那么严重，但这些人会以国家保护者的身份，在国家

陷入危难时刻有责任挺身而出，将共产党人杀死。如今，意大利北部的共产党就好像一个家庭的家长，每周有六天在努力工作，第七天谈论政治。它的领导者已正式抵制苏联共产党，现在它和一些加拿大组织一样为自由组织斗争，或是让整个世界信仰共产主义，不过只是停留在讨论再讨论的阶段，就如同一直以来所做的那样。

在法西斯党眼里，社会主义者、共和党员或是合作社成员都是一样的性质，都是危险的共产主义者。只要他们得悉共产党在召开会议，就会戴上长长的黑色穗帽，用皮带绑好双刃短刀，在自己的地盘上装载好军火弹药，高唱着法西斯赞美歌《青年》①迈向共产党会议处。这些法西斯主义者都是些退伍的年轻人，无所畏惧和热情洋溢，有强烈的爱国心，外表还都不错，带有南部种族的青春英俊，而且坚定地认为自己这边是正义的。

这些法西斯主义者就像一个排一样沿着街道巡行，突然发现三个共产党人正在这条小街的一个高墙上用粉笔写宣言，四个戴黑色土耳其帽的年轻人立即逮住这几个人。在一番扭打之后，一个法西斯人被刺伤。他们杀了这三个俘虏，在三四个小时内，尽数散开在全街道搜捕共产党人。

一个冷静的共产党人从高处的窗户狙击了一个法西斯人，法西斯人愤怒地把房子烧为平地。

你可以每两三周就能从报纸上看到类似的报道。伤亡状况共有 10~15 名共产党人被杀，20~50 名受伤，两三个法西斯人被杀或受伤。这种时断时续的游击战一直在意大利持续了一年以上。上一次的大战役是几个月前在佛罗伦萨发生的。但之后又爆发过好几次小型战役。

为防止热那亚的法西斯和共产党发生任何冲突，这 1500 名宪兵已经到位。这其中，没有一个是热那亚的当地人，所以能够保证公正地射击任何主动出击的一方。在会议期间，意大利决定

---

① 意大利语为"Giovinezza"。

实行治安管理。这些宪兵头戴三棱状的拿破仑帽，身背卡宾枪，胡子高翘，他们号称是意大利最勇敢的军队，并有最佳神枪手的记录。他们两人一组，昂首阔步地在街道上行走。由于宪兵有可以自由射杀的命令，所以那些任意妄为的法西斯人也对他们有所畏惧，而共产党人又对法西斯分子十分畏惧，三方相互制衡，倒是个绝佳的维持治安的策略。

反对盟军计划

《多伦多每日星报》1922 年 4 月 13 日

热那亚

契切林今天声明，盟军提议试图将俄罗斯降级到土耳其的水平。

俄罗斯领导人宣布，反对盟军专家向会议分部提交的作为欧洲复兴的计划，并要求在 24 小时内做出正式的否定答复。

热那亚会议今天提到了工作的基本原则。昨天四个委员会，即政治、经济、金融和运输委员会已经详细考虑了专家向他们提出的建议。盟军领导人预计，俄罗斯的拒绝会影响会议的和平进程。盟军关于俄罗斯的提议比预想的更为极端，建议包括承认俄罗斯、承认沙皇和临时政府债务、承诺不侵犯和保卫在俄罗斯的外国人的安全。这些都是预料当中的，但专家的计划中还包括法国一项关于在俄罗斯境内建立外国法庭，以及采取措施监督俄罗斯国内事务的提议。契切林直接予以否定，并指出俄罗斯决不会同意最后一项提议。他宣布他的代表团愿意以政府的名义提供财政和其他保证，但这不可能批准特别法庭，这简直是对俄罗斯主权赤裸裸的侵犯。

今天，俄罗斯发言人根据以下项目准备了一份反建议名单：

（1）俄罗斯得到 5 亿美元贷款。

（2）俄罗斯会保证境内外国人的安全，以换取其他国家对其境内俄罗斯人的保护。

（3）俄罗斯将同意承认沙皇和克伦斯基政权的债务，但要求延期支付，并要求盟军制裁支持袭击苏联的弗兰格尔，邓尼金、高尔察克和其他指挥官并赔偿造成的损失。

（4）俄罗斯将坚持要求绝对主权，绝不允许盟军干涉其国内事务。

契切林今天说，盟军的意图很显然是想在俄罗斯境内建立一个傀儡政权。德国对盟军专家提出的关于财政的提议持反对意见，德国也将在今天提交答复。

俄罗斯的声明

《多伦多每日星报》1922 年 4 月 14 日

热那亚

俄罗斯代表团今天发表声明称："没有国家愿意去支付战争债务。法国并不打算向美国赔款；向盟军支付索赔的赔款将会让俄罗斯成为一个傀儡国家；俄罗斯不会同意支付四年的战争赔款；我们必须找到共同基础。"俄罗斯的反对要求成为会议的第一个重要阻碍。俄罗斯将对各个盟国的要求提出反驳。

巴黎人的粗鲁

《多伦多星报周刊》1922 年 4 月 15 日

巴黎

阿尔方和加斯顿的时代已经画上了句号。法国的礼貌也走上了与苦艾酒、战前物价和其他传奇事物相同的道路。法国的尚礼之风正在逐渐消失，法国报纸甚至开辟了专栏，用于讨论怎样才能让法国恢复他们之前处于世界最有礼貌民族的地位。

在这个曾经的礼貌之城，地铁拥挤不堪，公交车上有人和妇女抢座位。暴力事件和物价同等飙升，有人不知羞耻地公开索要小费。那些了解战前巴黎的人们，看到这些可能会感到十分恐怖。现在的巴黎和以前的已经大不相同。从前的法国，人人都是绅士淑女，都很亲切和友好，并在全世界都享有盛名。

当然，这其中并不包括那些粗鲁的出租车司机，不过这也能找到原因。因为在一个有上万辆出租车的城市中，他们估计永远不会见到同一个乘客，而且他们有一个共同目标：看到底能从这一趟中拿到多少钱。

可以这样说，没有任何一个讲法语的人会按照计价表上的金额来付钱，总会加上10%的小费，而且送他到目的地的司机还会咒骂说自己被骗了。就这样，出租车司机会发现在这种情况下，他得到的小费和开车的钱差不多一样多。

巴黎最缺乏礼貌的地方非公交车莫属。当你在车上站起，绅士地要给一位妇女让座时，一个长着络腮胡子的男人会立即去抢这个座位，最后你只得和那位妇女一同站着。如果你胆敢对那男人说什么，他可能会对你叫嚷："有本事就把我拉起来，你试试！敢动我一根手指，我就让你见警察！"

实际上，他有一种很强的根深蒂固的地位。无论在法国遇到什么样的挑衅，外国人都必须要克制自己的脾气。法国人彼此之间的争吵十分激烈，不过也仅限于言辞之间。只要你动了手，不管当时的情况多让人恼火，你最后都会因为犯殴打罪，最多可能会坐6个月的牢。

除了公交车和地铁外，那些低级政府官员对礼貌之风的破坏性也是很大。这里指的是公园和博物馆中的人，并不是警察。因为警察即使在艰难的情况下，也总会彬彬有礼、礼貌、乐于助人。

比如，在巴黎的大动物园中有一个爬虫馆。当我走进去时，其他的人正要出来。爬虫馆的标牌上写着开馆时间是11—15点。而此时正是中午12点。

"是爬虫馆关闭了吗?"我问。

"关了!"门卫说。

"不是还没到时间吗?"我问。

"关了!"门卫不耐烦地喊道。

"那你能告诉我什么时候开吗?"我仍然客气地问道。

门卫朝我吼了一声,什么也没说。

"你能告诉我会在什么时候开放吗?"我耐着性子又问了一次。

"关你什么事?"门卫说,然后砰的一声关上了门。

再有就是你办理离开巴黎护照的办公室的墙上有一个很大的标示,特别指出工作人员有自己的薪水,禁止给他们付小费。护照的成本约2法郎40生丁。我给了柜台后面的工作人员5法郎,但之后他并没有给我找零。我纳闷地站在那里等着找零,他看见后嘲笑我说:"哦,你是在等我找钱给你吗?"然后生气地把钱摔在了柜台上。

你在巴黎每天都会遇到这样的事情。马塞尔·布朗热在法国周刊《费加罗》强烈谴责法国现在的无礼之风,但他仍然满怀希望:

我相信在一个良好社会环境中,每个人的灵魂最深处仍是好的——显然是在最深处——这种灵魂依然十分优雅。

三个世纪的文明和精神不会在四五年中突然消失殆尽,没有任何东西能够不经历磨难。从人们介绍一个名人之子的方式中就能看到,没有人会一口气说道:"某某先生。著名的某某先生的儿子。"这句话似乎是在说明这个儿子存在的理由就是被笼罩在他的名人爸爸的光环下。相反,有人在介绍他时会说:"某某先生。"然后在片刻之后,他会微笑着说,"某某先生是著名的某某先生的儿子。"幸好中间的停顿,使得对话能够在有礼貌的氛围中进行,似乎你是在祝贺某父亲能够有这样一个儿子。

女人的参与

《多伦多每日星报》1922 年 4 月 15 日

热那亚

热那亚会议中几乎看不到女人的身影。在 34 个代表团中，没有一个是由女人担任负责人员的。这种现象遭到俄罗斯女权运动领袖，亚历山大·克伦台的抗议，不仅会议秘书没有任何女性成员，就连德国和中欧国家的女性领导人也曾受到过歧视。但在这些大多由男性组成的代表团中，各种人员和抄写员中都会有几名女性的身影。奥利瓦·罗塞蒂·阿格雷斯蒂是这些代表团聘请的首席翻译，负责在重要会议中将意大利语翻译为英语。她是诗人但丁·加百列·罗塞蒂的孙女，引起了很多人的关注，她还拥有一种十分特殊的能力，就是不管演讲词有多长，她都能够记住，并立即将其翻译为另一种语言，而且根本不需要记笔记。

意达莉·加里波第是曾参加过华盛顿会议的著名爱国人士加里波第的孙女，是意大利代表团的随行人员。意大利对外办公室已命她前往协助俄罗斯代表团。

而温加雷蒂女士是意大利政府宣传工作的重要成员，她负责向日本和美国的新闻记者提供新闻信息。

俄罗斯人阻碍进展

《多伦多每日星报》1922 年 4 月 17 日

热那亚

热那亚在等待俄罗斯的回复。但是在星期四之前，布尔什维克代表团不会对盟军的建议作出正式答复。同时，会议也因此没有什么进展。

在欧洲的复活节期间，很多代表团回到了各自的国家庆祝，今天只有两个小组委员进行会晤。

今天热那亚讨论的事情涉及俄罗斯承认债务以及盟国对俄罗斯的认可等问题十分关键。由会议领导组成的政治委员会正在处理这一事务。

苏联代表团似乎将要做出让步，正在和莫斯科布尔什维克政府进行商讨。但是这并不是什么好迹象，会对取得进展十分不利，因为国内的苏联领导人可要比参加会议的人更加固执。

俄罗斯的困难如下：

（1）按照英国首相劳合·乔治的提议，俄罗斯和盟国已基本从原则上同意以下几点：①俄罗斯承认战前（沙皇）债务；②制定方法调整战争债务和反诉；③如果以上事务进行了规划，盟国将放下布尔什维克的过去，承认俄罗斯。

（2）难点在于，虽然俄罗斯获得了盟国关于邓尼金、弗兰格尔和其他人对苏联造成破坏试验协议，但苏联的索赔数额太多，超过了俄罗斯的全部战争债务，最终盟国还欠俄罗斯的钱。

（3）除此之外，苏联代表团首先要考虑的是确保大规模贷款，盟国并不同意这一点。

在这里，苏联的情况取决于苏联代表团之后的说法。如果他们拒绝了盟国专家的建议，那么会议就得必须与俄罗斯重新慎重处理这一问题。

此次会议是由主席意大利总理法克塔，紧急召集热那亚的各国首脑在下午3点召开的。据悉，紧急号召的原因是宣布签署俄德协议。

会议的目标是通过商议，调整盟国对俄罗斯问题的态度。日本也在受邀之列。

德国的马基雅维利主义

《多伦多每日星报》1922 年 4 月 18 日

热那亚

这次会议就像海面上在风中漂泊不定的船一样，俄罗斯——德国条约实际上是一个政治同盟，盟国认为这一条约回到了德国的马基雅维利主义。

巴尔都拒绝参加会议

《多伦多每日星报》1922 年 4 月 18 日

热那亚

法国代表今天宣布，如果不立即把契切林与拉特瑙在拉帕洛签署的协议废除，那法国就会退出有俄罗斯或德国参加的热那亚会议。

盟国领导人在 11 时进行了会晤，经过权衡，考虑到俄德协议决定的重要性，其他委员会会议也被取消。

消息灵通的观察家指出，盟国领导人认为拉帕洛条约对整个会议的顺利进行会起到阻碍的作用。

当盟国代表团团长进入会议时，巴尔都已得到政府指示，称在拉帕洛签署的协议明显违反了《凡尔赛和约》。

人们在焦急地等待着英国首相劳合·乔治的声明。乔治向法国承诺，现有条约不应被热那亚的任何行动所废除。法国希望英国总理呼吁德国和俄罗斯也放弃拉帕洛条约。

意大利一直支持劳合·乔治，公开反对俄德条约的存在。

热那亚的俄国女孩儿

《多伦多每日星报》1922 年 4 月 24 日

意大利、热那亚

热那亚会议是在圣乔治宫酒店举行的，其只有多伦多美西厅的一半大小，一座哥伦布的大理石雕像高耸在上面，雕像中的哥伦布坐在一张灰色大理石王座上，王座深深地陷入墙内。

哥伦布雕像以及大厅另一端的议会新闻记者席，在一些铺有绿色桌布的长方形的桌子上方，这些桌子排成酒宴、旅舍、基督教青年会（Y. M. C. A.）宴会和校友联欢会的形式。每张桌子上面都有一沓纸，从记者席看去，这些纸就和桌布一样。在会议开幕前的两个小时，一个头戴浅橙色帽子的女人在反复摆放长矩形桌上的油墨缸。

在雕像左方的墙上安装了一块 12 英尺高的大理石匾，上面的内容是马基雅维利历史记录的引用语，讲述着圣乔治银行的创建历程，就是当前酒店的所在地，是世界上历史最悠久的银行。马基雅维利在他那个年代写了一本书，可用作所有会议的教科书，而从所有现有结果来看，一直有人在潜心研究这本书。

在十分豪华的哥伦布大理石雕像的左边，是另一块尺寸与马基雅维利引用语那块差不多大小的匾，上面刻有哥伦布分别写给西班牙女王和热那亚公社的两封信，语气都十分乐观。

代表们开始分组进入大厅，他们找不到桌子旁的位置，只能站着进行交谈。那些保留给所邀客人的成排的轻便折椅，早已经被戴着高帽的白胡子议员，还有戴着巴黎帽，身穿一身贵气裘皮大衣的女人坐满了。这些裘皮大衣可算得上是大厅内的一抹亮丽抢眼的风景了。

在桌子的上方有一个巨大的枝形吊灯，灯泡和英式足球一样大。它由大量缠结的狮鹫和无法辨别的野兽图形组成。当把这些吊灯打开时，曾有一瞬，记者席上的每个人都被亮光刺得睁不开眼。大厅墙壁的周围是各种灰色大理石雕像，有身强体壮、正与巨浪搏斗的海盗，有当意大利所有的城市陷入激烈斗争时，使热那亚昔日成为一股势力的商人。

记者席已经坐满，英美记者从远处的一端进入大厅时，点着雪茄，相互辨认着各个正在鞠躬的代表。先入场的是波兰和塞尔维亚代表，他们成群结队地进入，手拿八角的丝质帽。马塞尔·卡山是《人性》杂志的编辑，该杂志发行量为 25 万，他也是法国共产党的领导人。他一走进来就坐在了我身后。他的脸松弛下垂，红色的胡子有些杂乱，黑色玳瑁眼镜一直架在鼻尖上，看着就像快要滑落了一样。在他旁边坐着的是《大众》的编辑，麦克斯·伊斯特门，他正在为一家纽约报纸写一系列特稿。他身材魁梧，看起来就像是一名乐观的中东部大学的教授。但是他和卡山似乎交流得并不是很顺利。

摄影师在一个安在壁龛内的热那亚英雄雕像的鼻子下端架起一个相机。这个大理石雕像俯瞰着相机，表情冷酷，一脸的不满。身着紫红色长袍和红色头冠的热那亚大主教正站着和一位意大利老将军交谈，他的脸尽是皱纹，上面留下了五条伤纹。他是贡扎加将军，骑兵部队的司令官。他打量着脸庞凹陷、眼神亲切的阿提拉，胡子不断地抖动。

大厅就像是在开茶话会一样热闹非凡。记者席里的记者已坐满，它只可容纳两百人，却有七百五十名申请人，所以很多后到者找不到座位只好站着。

当大厅差不多满员时，英国代表团进场了。他们乘坐汽车穿过有部队站岗的街道，神采飞扬地进了场。他们绝对可以评得上是着装最佳的代表团。加拿大代表团的领队查尔斯·布莱尔·戈登先生白肤金发碧眼，面色红润，显得有些拘束不安。他在长桌上的位置位于劳埃德·乔治左边第四个。

会场中，沃尔特·拉瑟努的头顶最为光秃闪亮，他长了一张看着就像科学家的脸，和他一同进场的是德国大臣维尔特博士，他看起来就像一个德国乐队的大号手。他们正向一个长桌走去。拉瑟努还是一位富有的社会学家，他被认为是德国最有能力的人。

会议由意大利总理法克塔主持，他的政治生涯曾十分暗淡低调，当意大利的内阁无法组成时，他作为一名折中调和的总理出现在公众的视线中，意大利政府将他的传记分配给所有的报界人士。

现在除了俄国人，所有人都到场了。大厅内由于挤满了人，很是闷热。苏维埃代表团的四张空椅子是我见过的最空的位置。每个人都在心里纳闷他们还会不会出现。最终，他们走进门口，开始在人群中穿行。劳埃德·乔治用手指推了推眼镜，神情专注地看着他们。

里特维诺夫领先，他的脸就和一个大火腿片一样，胸前佩戴着一个红色的矩形徽章。跟随其后的是契切林，面相有些模糊，颤抖的手暴露出他的紧张。他们被枝形吊灯的灯光晃得眯了眼。之后是克拉辛，他的面相十分刻薄，下巴上的胡子被精心剪成短尖髯，就像一名成功的牙医。最后是乔夫，他的胡子又长又窄，上圆下尖，如铲形，戴着一副镶有金边的眼镜。

紧随俄国代表之后的是一群秘书，其中有两位女孩儿，面容清新，头发束成由艾琳城堡兴起的发型，身穿剪裁时髦的套装。她俩绝对是会议厅内最漂亮的女孩儿。

俄国代表们纷纷落座，有人嘘声示意安静。法克塔先生开始了他沉闷的演讲。会议也正式开始。

巴尔都反对契切林

《多伦多每日星报》1922 年 4 月 24 日

热那亚

在热那亚会议开幕式上，出现了一个引起轰动的事件，甚至要比国务卿休斯在华盛顿的演讲更具轰动效果。不过这一事件是在所有既定演讲结束后，大多新闻记者离开大厅，正准备通过电报把会议开幕情况发回的时候发生的。

在屋子里，人们听了四个小时的演讲后，疲惫不堪，这时突然出现了一阵骚动。苏维埃代表团团长契切林刚刚落座在方桌旁，他看起来就像一个杂货店老板，留着杂乱的胡子，说话还发出咝咝的声音，议会记者几乎都不明白他说的是什么。

会议主席法克塔用法语问："还有人想要发言吗？"

一名方脸的女英文翻译官说："主席问是不是还有人想要发言。"

这时，法国代表团团长巴尔都站了起来，做了激情洋溢的发言。就在他边走边慷慨激昂地发言时，原本氛围沉闷的会议大厅像突然出现了一道明亮的闪电，新闻记者们开始疯狂地记笔记；那些靠在椅子上，想要在会议中稍作休息的代表团人员突然正襟危坐，集中注意力。契切林放在桌子上的手开始颤抖，劳合·乔治开始在前面的纸上画一些没有任何意义的图案。

当巴尔都停止发言时，所有"明智"的记者都纷纷离开了大厅。只有少数几个仍希望看到最后的记者留在那里。

巴尔都停止了讲话，翻译开始把他的话翻译成英文。"如果提出裁军问题，法国绝对、断然以及肯定会拒绝讨论，不会在任何全体会议或委员会上进行讨论。我以法国的名义明确提出抗议……"

翻译官完成了翻译。

只见契切林站了起来，他的手在颤抖，用法语开始讲话。由于一次意外，他掉了半颗牙齿，所以说话有些咝咝声。翻译员以响亮的声音开始翻译。在他停顿期间，屋里除了能听到意大利将军移动胸前佩戴的奖章发出的声音外，再也没有任何声音。的确，你只能听到那些金属奖章所发出的微弱的声音。

翻译官翻译契切林的话说："在裁军方面，俄罗斯与白里安在华盛顿讲话时的法国的态度一致。在那次讲话中，他表示法国在面临俄罗斯庞大军队这一威胁的时候，必须保持武装，俄罗斯希望能把这种危险消除。"

"关于一系列的会议中，我仅引用劳合·乔治对英国议会的讲话。普恩加莱已经说明，热那亚会议的目标极其模糊。这里讨论的几个问题并没有包括在日程当中。如果会议的总体意愿是不讨论裁军问题，那么我会服从会议的精神。但裁军对俄罗斯来说是一个十分重大的问题。"

翻译坐了下来，劳合·乔治站了起来。会议一度陷入混乱，法国代表似乎随时会离开。劳合·乔治抓紧时间发言。他以自己柔和的方式敦促契切林不要在热那亚上提出之前的问题来进行讨论。

他说："除非热那亚会议决定裁军，否则就是失败的。但我们必须首先做好准备，我们必须首先解决其他问题，契切林先生要保持冷静，让我们一步一步来。我建议我们目前暂且先放一放这一问题。"他在继续发言消磨时间，试图挽救此次会议。

他用散漫而温和的语调说："热那亚会议的日程是以世界上两种最美的语言——英语和法语进行的！"他的话似乎对代表团产生了一种催眠效果，此时意大利代表显得不妙，劳合·乔治今天早些时候小心奉承的效果也遭到了破坏。

最后法克塔建议休会，打断了仍试图发言的巴尔都和契切林。"结束了，你们已经发过言了。我们必须宣布休会！"这样，第一天的会议才免于遭到彻底的破坏。

保加利亚的斯坦波利斯基

《多伦多每日星报》1922 年 4 月 25 日

热那亚

在热那亚会议桌旁一排排的白色面孔当中，保加利亚总理亚历山大·斯坦波利斯基的红色脸庞异常突出。

斯坦波利斯基身形矮胖，脸色发红，长着黑色的胡须，看起来像一个军长。他只能听懂保加利亚语，此外，他听不懂任何语言。他曾用保加利亚语进行过 15 个小时的发言，他无疑是欧洲最强硬的总理。

作为农民党派多年的领导人，斯坦波利斯基一直在努力避免使保加利亚卷入各种巴尔干战争中。他认为保加利亚是一个农业国家，国家的存在之道是农业，而非战争。他坚决反对保加利亚站在德国一边加入欧洲战争。

他曾向国王费迪南吼道："这种措施会让你掉脑袋的。"之后费迪南气愤地把他关进了监狱。战争期间，由于他的态度，曾两度被判死刑。但政府缺少对斯坦波利斯基执行死亡的勇气，因为他是占保加利亚人口的 85％ 的农民的偶像。

在休战后，军队开始撤回，革命委员会担任了各个军团的首脑，保加利亚似乎很快就接受了布尔什维克主义，国王费迪南把斯坦波利斯基叫到跟前。

当时斯坦波利斯基已经被判了死刑。他问斯坦波利斯基："如果我让你做总理，你能掌控局面吗？"

斯坦波利斯基喊道："我是不会与你共事的，永远不会。你现在只能做一件事，就是赶紧从国内逃离！"费迪南果真认真考虑了一下情势，并很快逃离了。

费迪南的儿子鲍里斯想和父亲一起离开，但斯坦波利斯基阻止了他。斯坦波利斯基说："如果你想离开保加利亚，我就会立即把你逮捕起来。你现在是新国王。"

所以现在鲍里斯这个光鲜、幽默的年轻人成了国王，一个给斯坦波利斯基充当翻译角色的国王。斯坦波利斯基会经常离开农场到首都索菲亚去，以确保政府运行正常。有时，他会在农场停留两三个星期的时间。那里还没有通电话，大使要等两三个星期才能见到他。然后，他来了，叫鲍里斯给他翻译，告诉大使他希望什么，不希望什么，会做什么，不会做什么，之后再回到农场。

保加利亚的内部问题并不存在，也没有少数民族的问题。农民党派——实际上他们就是农民，他们会穿着羊皮大衣和沾着泥的靴子出席会议——有 150 名代表。其次是共产党，有 50 名成员。其他仅有的成员是两名资产阶级代表。

就是在这次农民党派会议上，斯坦波利斯基发表了著名的 15 小时的演讲，这次讲话伤了共产党人的心。

保加利亚的情况要比塞尔维亚好很多。塞尔维亚有一支大型军队，使得该国麻烦的"新塞族人"能够守秩序，这些人当中很多并不希望成为塞尔维亚人。因为斯坦波利斯基一直在坚守保加利亚的农业，所以才能让保加利亚人过上丰衣足食的日子，而该国周围的欧洲则食不果腹。

在会议上，斯坦波利斯基坐在椅子上，身体前倾，眼睛看着天花板，大吊灯的灯光照在他闪亮的蓝色西装上熠熠生辉。他的脸上偶尔会闪过一丝稍微舒缓的表情，这也是他最接近微笑的表情。而当他做出这种表情时，就表明斯坦波利斯基正在思考：在热那亚会议进行的时候，保加利亚的人民正在耕种。

肖伯总理

《多伦多每日星报》1922 年 4 月 26 日

热那亚

奥地利现任总理肖伯，是一个头发花白的老贵族。在奥地利几乎一个月就会换一任总理，在总理和所得税收税员一样不受人欢迎的时候，他出任了总理。他其实并不想担任这一职务，但公众意见使他不得不接受了这一职位，而且自从他就任后，奥地利获得了自休战后在中欧最稳固的地位。

在热那亚会议上，肖伯总理是除劳合·乔治外唯一以总理视角来看待那些不切实际观点的人。他的仪态庄严，举止优雅，有着一张贵族的脸，前额突出，额头上的白发全部梳向后面。

40 年来肖伯一直听命于皇帝弗朗茨·约瑟夫和他的儿子卡尔。卡尔在马德拉流亡，刚刚去世。肖伯是奥地利警察部门的首脑。当新奥地利社会党对他们的政治领导人厌倦了，希望有新的管理者领导政府时，他们选择了肖伯。

在整个欧洲都在进行轰轰烈烈的改革的时候，奥地利也进行了革命，之后奥地利重组了军队。当时是社会主义党人在执政，所以那些想要参军，但不是社会党人的人们往往会被外科医生宣布患有扁平足、腰椎缺陷、菜花耳或类似的其他身体疾病，而无法入伍。因此在成立的军队中 99% 的人都是社会党人，而剩下的 1% 也会因为散光、近视、智齿太多或类似情况而被取代。

社会党军队的兵和乡村俱乐部无异，有很多的休闲和娱乐时间，吃得好玩得好，而且还能完全控制国家。当肖伯上任后，试图通过一种十分简单的程序而把一切混乱恢复正常时，也就意味着在奥地利，即将开始一场保守党和军队之间的某种游击战。

肖伯有 40 年的警察工作背景，他着手组建了一支政府警察队。对所有的违法者严厉惩治，不管他们的政治信仰是什么。他凭借所拥有的经验，精挑细选并训练了 12000 人，直到他们具备和皇家西北山地警察一样的士气和精神风貌。在很短的时间内，奥地利就恢复了井然有序的社会秩序。如果有人在社会党军队行军经过时扔砖头，那么肖伯的人就会立即行动逮捕这个人。如果社会党军的成员威胁或殴打任何人时，肖伯的人也会立即逮捕这名社会党士兵。警察的行动都十分出色。肖伯的公平公正的做法赢得了人们的欢心。

奥地利人早就受够了这一连串的总理，他们会因作出获得盟国信贷的承诺而很快走进办公室，但之后也会因为无法获得信贷而很快走出办公室。于是共和党政府转而向肖伯，这个君主制主义者求助。

上任总理曾有一个不太确定的计划，即把国家所有艺术珍品对外卖出，并出租所有的博物馆，抵押政府所有财产，以换取资金。肖伯在阻止君主派和社会党派的斗争时阻止了这一计划的实施，并开始重新商讨，为奥地利争取信用。结果奥地利获得了信用，并开始重新站稳了脚跟。这也是奥地利的金融状况首次让公众看到希望的曙光。

超凡的俄罗斯人

《多伦多每日星报》1922 年 4 月 27 日

热那亚

俄罗斯在热那亚的大使言行举止都很像商人，而且他们还有一种奇怪的超凡的感觉。

契切林是代表团的团长，他有一张看起来有点虚弱，轮廓不太明朗的脸，留着没有什么特色的胡子，说话时发出"咝咝"的声音，总体上并没有给人留下深刻的印象。然而当你阅读他的发言并进行分析后，你会看到他的观点十分有力、清晰。当契切林讲话时，他的思想就像是来自天上的马克思，向下俯看着遥远的地球。虽然地球看起来很小，但在契切林的眼里，却把什么都看得一清二楚。

约菲留着窄窄的胡须，克拉辛留着凡戴克式的胡须，利特维诺夫金发碧眼，脸上很干净，这些人看上去都有一种超然的感觉——但所有人的程度都比不上契切林，他的表情就像是从那些经历过长期战争的人的脸上看到的表情一样。他们的人格似乎高于这个普通的世界。

其中罗森堡是一个例外，他的个子较小，神色时刻都是紧张、总是控制不住情绪歇斯底里，负责管理俄罗斯的媒体机构。现在我并不反法、反犹太人、不反对任何人。我也不亲布尔什维克、不亲爱尔兰、不亲意大利。我是公平公正的，没有任何的偏好。我只是在努力公正地把会议上的情况记录下来，但并不会进行任何形式的宣传。依照我的观点来看，俄罗斯人之所以失去了在第一天提出问题时所获得的舆论同情，那么这纯粹是因为缺乏判断，缺乏对他们与媒体关系情况的深入了解。

成群的新闻记者整天都在拉帕洛和圣玛格丽特之间来往奔波。他们要么骑着摩托车，吸着尘土，要么坐在脏乱的火车上经过约三十条隧道才会到。当他们到达位于圣玛格丽特帝国旅馆的俄罗斯总部时，就算遭到俄罗斯人的拒绝接见，他们也会有很多的机会。

有一天，我等待了一个小时，守卫带着强烈的怀疑眼神看着我，还一起盘问我，不过这并不会对我有什么影响。我还是会继续进行公正的报道，但其他一些记者说："好吧，我们今晚就写报道谴责他们。让他们知道得罪媒体人的下场。"而且麻烦的是，世界的观点都是由这些记者们所写出的。

伦敦的《每日先驱报》和巴黎的《人道报》记者开始请求罗森堡换一种不同的态度，但他只是一个卑微胆小的人，这种要求对他并不合适。所以最后俄罗斯人遭殃了。俄罗斯政府忽视了媒体的重要作用，而这也正是由于苏联代表团重要人物的这种超然所造成的。

热那亚的德国代表团

《多伦多每日星报》1922 年 4 月 28 日

热那亚

德国在热那亚会议上的立场可谓是十分艰难。德国并不想来热那亚，因为德国认为什么也得不到，只会输。法国总统普恩加莱称，如果会议提出赔偿问题，或修改《凡尔赛和约》，那么法国就不会为难会议。德国认为法国的这种声明恰恰剥夺了德国可能从热那亚会议上得到的一切好处。

总理沃斯在开幕式上的讲话机智而友好，但实质上却都只是些客套话。这只意味着德国必须通过自己的表现给各国留下好印象，抱最好的希望，做最坏的打算，或许可以通过帮助中立国而努力减少赔偿。可是法国表示，如果减少赔偿，法国就会离席——情况也的确如此。

值得注意的是，德国代表团中并没有出现胡戈·斯廷内斯①的代表。沃尔特·拉特瑙是德国代表团的重要人物之一，他是斯廷内斯主要的对手和商业竞争对手，他的出席可能说明斯廷内斯并没有加入代表团。

另一种解释是，如果斯廷内斯出席，那么就很难将会议进行下去，他完全打破了德国伤感主义所抱有的打造友好国家的幻想。当斯廷内斯在旁边时，很难出现这种友好的景象。当提到斯廷内斯的名字时，也会让德国代表团感到尴尬。他们希望人们都忘记他的存在。

斯廷内斯不仅是德国当今的工业独裁者，还操纵着媒体言论。他是世界上最富有的人之一，是德国的一种宝贵的财产。他掌管着德国的运行，只要德国能运行，他就能挣钱。但他却并不善良和宽容。

破坏法国北部工业的计划正是由斯廷内斯提出的，他提议建立纯粹的工业区，大规模破坏法国的制造业。用一种完全超然的态度。或亲德的观点来看。如果战争的胜利方由法国换成德国，那么很难想象斯廷内斯会对法国做出什么。所以，德国代表团没有让斯廷内斯出席热那亚会议是一个明智的决定。

德国有更友好的来自德国南部的沃斯和冷静机智的拉特瑙代

---

①　德国当时的工业独裁者。

表。但斯廷内斯的阴影仍然会偶尔闪过，让你感觉就像看到了黑鹰旗帜就飘扬在热那亚的德国领事馆上方。

热那亚澡堂大冒险

《多伦多每日星报》1922 年 5 月 2 日

热那亚

劳合·乔治称会议比战争的代价要低得多、好得多。但据我所知，劳合·乔治从未受到过意大利人满为患的洗澡堂的考验。而我们之间的不同点之一就是，我接受过这种考验。

进入一个到处都是人的洗澡堂是一件很烦人的事，你会感觉你完全暴露了出来。我对在战壕中被炸伤并不太介意，因为这有好的一面，就是你得离开战壕，然后到医院去，之后你会痊愈，甚至可以以此炫耀一番自己的战绩。但在洗澡堂就十分糟糕了，你会很快离开那里，这里受的伤可是对尊严的伤害。

我进入洗澡堂，原本以为会很温暖，里面会有着友爱的意大利人。但最后我是带着现实离开的，并开始讨厌所有的意大利人。

这是一个温暖的深浴池，气体从墙上伸出的铜质加热器中喷出。我舒服的躺下来，愉快地擦着香皂。或许我应该在这儿做一些铺垫，来使故事说得好听点儿，但这个故事很短。

突然加热器开始咝咝地喷水，然后蒸汽就像被堵住一样，加热器爆炸了。爆炸产生的震动把我震出了浴缸，甩向了门边。我此时赤身裸体靠着门。

在从浴缸摔到门上的过程中，我似乎还撞到了浴缸和柜子。因为在我右小腿上有一条 20 厘米长的口子和左髋关节上还有受伤的瘀青。我的右手腕撞到了门，扭伤了，当我努力站起时，我手掌上的皮都快脱落了。加热器的底部已经破裂了。

一名服务员急匆匆地冲进了蒸汽中，关上了加热器，其他人用一条大毛巾将我包住。爆炸波已经使我快不能呼吸了，只能以微弱的气息说话。

这时听到动静的宾馆老板也来了，我开始以微弱的气息用意大利语跟他对话。

"你会说法语吗？"他问。

"一点儿。"

"好，那么我们用英语交谈吧。"他挥了挥手，"先生有什么麻烦吗？"

"难道我看起来很高兴吗？"我一边虚弱地说着，一边穿起浴袍。

"但你的确应该高兴，因为你还活着。你可真是一个幸运的人！"他面露喜色地说。

"难道在这家宾馆里面没被爆炸炸死的客人就是幸运的吗？"我愤恨地低声说。

"是的，先生。你本来可能会丧命的。你真的很幸运。"他耸了耸肩。

我问："那我的腿呢？这也是幸运？"

"是的，先生。本来情况可能会更糟的。我给你些碘酒擦擦。"他说完就离开了。

后来，从宾馆的擦鞋童那里，我知道了这里时常发生事故。他微笑着用意大利语向我解释说："先生你看，那些给浴缸放水的男孩儿在安全阀上放了一个小木塞，一个很旧的木塞。这样做是为了让水热得更快，我们经常这么做。那个放水的小男孩儿，是个很可爱的小男孩儿。估计是大意忘了拔掉塞子，所以保险杆仍被堵着。"他最后微笑着说，"正如先生所看到的，意外情况是绝对难以避免的。"

现在，我只是在等着看宾馆老板会不会无耻地把给我的那瓶碘酒算在我的消费账单上。

守卫森严的俄罗斯代表团

《多伦多每日星报》1922 年 5 月 4 日

不管他们在热那亚会议上有没有取得什么成就，俄罗斯代表团无疑是工作最认真、最卖力的代表团。

在重复的例会、"会谈"或委员会会议结束后，其他国家的代表，穿着华丽晚礼服，悠闲地喝着利口酒或者在各个酒店惬意地听管弦乐队的演奏，可是俄罗斯人却恰恰相反，他们仍旧围坐在圣玛格丽特帝国酒店楼上房间里的一个圆桌边，继续认真讨论、研究或者思考大量文件和图表直到凌晨三四点。

俄罗斯代表团总是被一种神秘的氛围笼罩着。首先，这是由负责保护代表们的意大利秘密警察的举止和方法造就的。在他们同意来热亚那之前，俄罗斯人强烈要求得到意大利政府的严密保护；在他们到达之后，意大利人当然要实现承诺，保护他们的安全。而实际上，如此细致到位、完美彻底、毫不妥协的保卫工作，以至于使得俄罗斯人在大约一天之后，就对这种保护感到不耐烦了，后悔不应该要求这么严密的保护。

意大利保护苏联代表的第一招是，给他们提供圣玛格丽特的帝国酒店作为住处。该酒店的院落四周有高大、陡峭的围墙，这些围墙远离酒店本身，如果想要扔炸弹进来，那就必须要越过一个贝比鲁斯博物馆的距离才行。毋庸置疑，没有比帝国酒店更安全的了。唯一的弊端就是它距离热那亚实在太远，以至于每天要在来回的路上花费四个小时。

在意大利将俄罗斯代表安顿在圣玛格丽特后，他们在该酒店周围、花园和入口处安排了大量的皇家警察，老鼠想进来都困难。然后，在唯一的允许的入口处，一条陡峭、蜿蜒的车道脚下，安排一个秘密警察专员在此驻扎。而且假如圣彼得的文件有微小的瑕疵，就让他待在天堂之门外面，更重要的是让他觉得，在天堂毫无权利可言，并且如果逃跑没有被抓到，将是一件无比幸运的事。

这位专员很有刚果监工的特质，有着被太阳晒得黝黑的皮肤，稀稀拉拉的几根头发在光秃秃的头上耷拉着，脸是我见过的最邪恶的一张脸，用意大利语重复一句最常用的话："这些文件不行。"偶尔，也能看到他和蔼的一面，告诉你酒店里没人，而且他不知道他们什么时候回来或者他们去了哪里，他不会让你得到任何信息，他不知道列车什么时候开，等着见任何人都没有用。这是在他心情好的时候才会有的待遇。要是在平常，他只会冷漠地告诉你，你的文件不行，你在大门外等着吧。

我最终抓住了"契卡"① 中一个皮肤较黑、面相喜人的年轻的俄罗斯小伙，嘴角带着消除敌意的笑容，他穿梭在帝国酒店的房间和奢华的花园中，一个看上去正常、帅气的身影，裤子口袋呈扁平状隆起，口袋上的这块布因兜里的自动手枪而绷紧。

"想从那些意大利秘密警察在这获取新闻是不可能的。"我微笑着对他说道，"我想要一张可以在大门那允许我进入的通行证，这样当我长时间出去的时候，就不用再在那站着等两三个小时，然后被撵走了。我想把你和你们代表团的真实情况告诉给加拿大人，这样我就不用从墙外对真相进行猜测，我想你肯定也不希望我这样做。"

他只是笑了笑，然后就走开了。过了一会儿，他拿着一张蓝色的卡片回来了，上面用意大利语写着：

　　　11 号
　　　俄罗斯代表团驻热那亚会议
　　　个人身份证明
　　　自由进入帝国酒店

---

① 苏俄秘密警察组织、间谍组织。

俄罗斯代表团在圣玛格丽特的席位给予

欧内斯特·海明威

圣玛格丽特 1922

记者——永久——有效

代表团内务部主管

签署

　　这张通行证真的是我最珍贵的奖状之一。在大门口的那一瞬间以及当汽车卸下风尘仆仆的记者在外面等候时，我却能进来。通行证是 11 号，这是该会议的最后一张通行证，会上有 700 名新闻工作者。

　　只要进入空旷、像马棚一样的帝国酒店，很容易看到任何人。当你要求与契切林见面时——这位神秘的经济学家带领着该代表团——如果他在的话，你就能和他进行交谈。如果不在，他们会派其他人来与你交谈。之前，我曾描写过契切林。

　　利特维诺夫可谓是俄罗斯最有意思的领导人中的一位。他看起来和像米沙·埃尔曼非常相像，比埃尔曼的特征再稍稍粗犷一点，苍白一点，但是看上去却很健康。脸庞大而粗糙，且个头比一般人稍微高一点，穿着裁剪粗糙的德国制造的制服，开口较低的蝙蝠翼领子，一条灰色的活结领带，这条领带一定被戴了很多次，因为领带结下面都褶皱了。他与人握手时很是有力。

　　你在看马克西姆·利特维诺夫说话时，就只能看到他不断动的下嘴唇。他用一种德国口音（或许是俄罗斯口音）讲着英语，代表团所有的成员都讲着不同口音的英语。他是从俄罗斯被流放的，之后成了学徒，并在英国成为了一名排字工人。战争期间，他在一些较小的政府部门任职，在那里，他的语言发挥了作用。多年来他一直是革命领导人之一，不过他至今仍在英格兰生活。1918 年，在俄罗斯革命后，他被任命为苏俄驻英国大使。

　　他在被任命为大使后，就开始满口大话了，愚蠢至极。1918

年，在被任命为大使后不久，他便被逐出了英国。现在他与劳合·乔治坐在同一张桌旁，是参加国家会议的平等的代表。

这就是俄罗斯代表团的神奇之处。四年前，他们都还是流亡的人。契切林曾因为煽动行为被关在布里克斯顿监狱，其他人也都被驱赶到不同的地方，可是现在他们都神奇地代表各个大国（除美国外）坐到了桌旁。他们带着很多的文件，有世界最强大的军队在背后支持。他们说："俄罗斯要做这，俄罗斯要做那。"这些在四年前根本无法在俄罗斯立足的人，现在竟然掌控着整个俄罗斯。或许你对他们做的事和他们所代表的政府体系没有任何好感，甚至是讨厌至极，但是在知道他们的经历遭遇后，你一定会从心里钦佩他们的。

奇怪的德国记者

《多伦多每日星报》1922 年 5 月 8 日

热那亚

如果想用更滑稽的视角来看新闻记者，那么热那亚会议上会有很好的机会。

按照这个规则，德国人一定是世界上最伟大的新闻人。同样是按照同样的假设，那么一个德国记者，他拥有很好的良知，对于拿钱这件事会很羞愧。这种人会一直困扰着我。关于这一点，我宁愿他继续困扰着我，也不想打扰他。

大约 300 名记者和 600 名的随行人员坐在所谓的媒体屋里，敲着小型打字机，站起来透过另一人的肩膀询问另外一个人。"德格尼斯酒店有什么消息？"他们在柜台对面向意大利电报员大声嚷嚷着，看起来比栅栏更像栅栏——德国人的站姿更是如此。

他的头发是红色的，像一棵燃烧的铁杉树，面色苍白，穿着灯笼裤。无论发生了什么事，不管是德国和俄罗斯条约的爆炸性新闻引来无数记者站在电报柜台前，还是盟军对德国的谴责，让会议几乎无法继续时，这个德国人始终超然物外地站着。他凌驾于斗争之上，凌驾于利益之上，凌驾于所有的一切之上。我只听到过一次他说话，他的声音和孔雀的声音一样。

无论他报道任何的德国新闻，在《柏林日报》的编辑西奥多·沃尔夫那里都能找到极端对立的观点。沃尔夫的头发花白，嘴唇突出，永远都是阴云满面，胡子虽然经过整理仍然外翻凌乱。他整天都对着电报空白处紧皱着眉头，用小拳头握着笔写个不停。但是瘪脸和短头发的德国记者却把沃尔夫的高效率全部消解了。

那个瘪脸的德国人，看起来就像一张煎饼，似乎被拳头狠狠打过。他戴着钢框眼镜，紧盯着周围。当我用包带着一份俄德条约的附件从电报局来到楼上时，他担忧地看着我。"你知道些什么？"他问。"什么也不知道，只知道条约。"我回答说。

"明天条约就会发布的。"他说，"我可以向你保证，它直接来源于我们的代表团。"

这份条约是俄罗斯人通过复写格式发出来的，英国记者已经对它仔细研究分析了两个小时。我拿条约给他看时，他悲哀地说："现在想来，我们的代表团又错了！"

剪短头发的德国人前面有刘海儿，长着圆脸、圆身子、圆头。他在周围徘徊着，他显然是无害的；但对于那些在喧闹的屋子里集中关注文章的记者们来说，让他们抬头看到那个瘪脸或是那个肥肥的德国人似乎太难了。那张脸好像被打过的德国人和那个短头发的德国胖子就在他们的打字机前面。

他们两个都穿着灯笼裤。我曾经很喜欢德国的灯笼裤，它们确实很舒适，会令你感到放松。但现在我的感觉彻底变了，那种感觉永远消失了。

新赌博游戏：网球塔姆布雷罗

《多伦多每日星报》1922 年 5 月 9 日

热那亚

一则古老的关于赌博的格言这样说：永远不要口头打赌。这个格言早晚有一天会进入意大利，到那个时候，网球塔姆布雷罗，即意大利最新赌博狂潮就会被毁。

与此同时，比起利古里亚里维埃拉沿岸的轮盘赌场和巴卡拉纸牌赌场，网球塔姆布雷罗游戏中的流动资金更多。但是，除了网球塔姆布雷罗赌场外，美洲大陆上最糟糕的赛马场都充满了正义与荣誉。

这个赌场一端挂着一块大型的正方形帆布，上面有 25 个方块，每个都标有数字。另一端是书商矩形的摊位，这里也可以开赌局。七名穿着布制裤子、白色衬衫，佩戴着有些脏了的彩色腰带的人，无精打采地坐在靠窗帘的椅子上。一旦听到铃响，他们就走出来，一次一个，并且十分严肃地用球拍把一个男人打来的球击到房子一端的帆布上。

击球者用一个铃鼓击球，或让球缓慢做环形运动，或让球直线飞向帆布。击球者获得的分数取决于球击中了哪个方块。例如，第一个击球者出来，击中后球反弹，球击中的是数字 6。之后，这个人退回屏幕，第二个人出来，他击中的是方块 18。游戏就这样进行下去。

打赌可选择这 6 个击球者当中的任何一个，你可以打赌这个人击中最高的数字或最低的数字。投注赔率是 6∶1，无论你用什么方法。但是，赛马场上有 7 匹马，而你只能在选其中的 6 匹之一进行赌博，如果第七个击球者赢了，钱就归赌场。

意大利的夜生活为这个游戏疯狂了。人们不需要到赛马场，因为，这个游戏带来了和赛马场一样的刺激。热那亚大多数人的一天就在结束这个游戏时开始的，他们蜂拥在塔姆布雷罗的赌场，在他们的最爱出来时，表达他们的支持。如果警方想要找什么人的时候，他们就前往这些赌场，他们在这里一定能找到要找的人，或者找到其所有的哥们兄弟。这个游戏还充斥了许多城市从凌晨1点到早上7点的夜生活。这些城市是我在纽约和巴黎6天的自行车比赛中发现的。

这个游戏赌注很大，参加的人也是一些穿着晚礼服、喝着香槟的人们，从而让这个游戏风靡起来；这个游戏普通的支持者就是夜生活中用5里拉下注的人们。

当任何一个击球者被下了大赌注之时，通知这个人上场并关闭赌局的铃声，和第一击球者之间出现了极短的极难察觉的暂停。这是为了抽出时间获得指示，并且这个被下大赌注的击球者赢的概率就只有1/100。

数字25涂成了红色，处在帆布的中央，并且如果击球者低声说出不能赢的指示，他还不能让球偏离中央的位置，那么这场游戏就很糟糕了。右下角是较小的数字，并且每一夜，你都可以看到一个黑人击球者把球轻易而优雅地打入右下角的角落里，就如同杰克·谢弗简轻松把台球打进袋中。这就是文章一开始古老格言的来源，这也是金钱消失的地方。

劳合·乔治的魔法

《多伦多每日星报》1922年5月13日

热那亚

走进皇家宫殿凉爽的大理石入口，这位身穿华丽制服的意大利宪兵立刻挺立，庄严地敬礼。一辆大型的豪华轿车静悄悄地驶入，沿着停在宫殿庭院的一列汽车向前行驶。三名摄影师蹲下来，手中的照相机瞄准汽车，而大卫·劳合·乔治梳着整齐的头发，带着自信的笑容上了车，向后靠，并鞠了鞠躬。车子沿车道而下，驶入大街。

我站着，看着这个代表团其他人从台阶上下来，上了汽车。汽车门关上后，直接进入了大街。其中的法国人巴尔都长得很像史密斯兄弟牌止咳药水中左手边的那一个；捷克斯洛伐克总理贝奈斯完全就像一位秃顶且黝黑的理发师；保加利亚的斯坦波利斯基则像一只体形硕大、毛发浓密乌黑且正在咆哮的野牛比尔；日本的石井菊次郎身材矮小，穿着一件晨礼服，头戴一顶大礼帽；沃尔特·拉特瑙是一名出色的科学家，衣着讲究，表情严肃，自信甚至有些自负，他是一个自我主义的人。

这是一个大场面。结束之后，最后一辆车驶入骄阳下拥挤的街道，而且这名意大利宪兵停止敬礼，彻底回到之前放松的状态下，所有政治家中只有一个带了魔法，这就是已经乘车离去的劳合·乔治。

然而，对他拍照的摄影师并没有捕捉到任何魔法，因为，劳合·乔治和他的照片不太相像。这是照得最好的一张平凡的脸，如果你不相信，拿出50名电影明星之一的特写，或者回忆一下你对最喜爱女孩的照片表示失望，这是非常常见的。劳合·乔治的脸没有明星相，他的魅力，他精神饱满的肤色就像刚从军官学校毕业的年轻军官的神态，看起来几乎有些女孩儿气了。他强大的自信让他看起来非常高大，直到你看到他和一个中等身材的人站在一起，还有亲切的眼神，这一切照片都无法显示。

在公共场所，他的工作人员称他为首相或劳合·乔治先生，但私底下他们提到他时就用他名字的简写 L. G. 。过去4年里，兢兢业业、衣衫褴褛的英国作者们追随着首相围绕欧洲参加了很多会议，并称他为乔治。把劳合·乔治称为乔治是缺乏经验的表现。

其中一个热切的作家说道："乔治现在一定处于困境之中，我不知道他的下一步是什么。"这些作者一直在戛纳、斯巴（比利时）、圣利摩（意大利）、华盛顿、布伦（法国）和热那亚的会议记载着一个新时代的开启。当俄罗斯和德国签署条约时，L. G.欺骗了自己。他没有采取任何行动。协约国和德国出现明显僵局时，在双方语言上的激烈交锋后，L. G.只认为这件事结束了，也确实是这样。所有火焰都平息了下来，会议继续发挥作用。

在所有国家参加的记者招待会上，我站在劳合·乔治身后。此次会议是他在德俄条约受到争议时要求召开的。关于这次会议，有很多不切实际的谣传。一些人声称 L. G.即将声明把俄罗斯和德国从协议商谈驱逐出去，并且正呼吁我们共同发表解体的宣言。会议在协议商谈开始的圣乔治亚宫大厅举行，当他进入会议室之后传言就立刻破解了。L. G.面带微笑，以会议最重要的调停者的身份进入会议室。在一个半小时里，他回答了 400 名记者所上交的书面问题。这些记者有的坐在代表团席位上，有的围着大厅挤成一团。

这些清晰明确的答案被翻译成了法语和意大利语，我看到他正在研究眼前的一堆纸上的问题，之后在记者交给他的问题上草草写几个字。面对着 L. G.，他仔细梳理至耳后的白发看起来不长，他的外表有着浓浓的男子气概。但是从身后看，他的头发却看似很长。就在他的衣领上方，头发十分浓密，如果不仔细梳理就会很难看。

我看着劳合·乔治研究要求他回答的问题，他回答了 100 或更多问题之中的 6 个，当然都是精心挑选过的。比如"什么样的人厌恶这次协议商谈？""首相是否认为俄罗斯和德国是在试图毁坏该协议商讨？"一名意大利年轻画家正在为他画素描。当他结束回答，微笑着经过人群的时候，这名画家举起画像请求他签名。

劳合·乔治微笑着看着画像并用画家的蜡笔签名，胡子和眼角都显出皱纹。

"这样可以吗？"他把画交给画家时问道。

画家回答道："非常感谢您，先生。"

那幅画我也看到了，画得还不错，但却没有显示出劳合·乔治的个性。画中唯一生动鲜活的就是那个签名，透露出勇敢、健康的精神，是那么栩栩如生，不经意间却出色至极。这个签名完成只在一瞬间，却会永远存在。比起画中死气沉沉的标题——劳合·乔治让它更为卓越。

于隆运河垂钓

《多伦多每日星报》1922 年 6 月 10 日

瑞士日内瓦

午后时分，隆河谷吹起一阵来自日内瓦湖的微风。在这个时刻，你可以在河的上游垂钓，微风拂过你的脊背，太阳晒着你的脖子上方，白色的高山耸立在绿色河谷的两侧，假蝇钩漂亮地落在远处的水面。在这个叫作隆运河的细流的河岸边缘，运河宽度只有一码，水流速度快而且平静。

在那里我曾经钓到一条鳟鱼。它一定是对奇怪的假蝇感到诧异，所以进行了虚张声势的袭击，没想到被钩住了。它跳入空中，然后反反复复地翻转，投入水流底部的杂草中，最终我把它拉到了岸边。

这条鳟鱼漂亮极了，所以我没有怎么限制它，反而拿来欣赏。最终，天气变得非常炎热，我坐在水流后方的一棵松树的下面，把鳟鱼完全解开，吃了一纸袋的樱桃，开始阅读被鳟鱼弄破的《每日邮报》。绿色河谷的路上有一排树，天气虽然炎热，但是我的视线能穿过河谷。我看见一条瀑布从褐色的山上倾泻而下。这条瀑布来源于一座冰川，它从高处倾泻下来，流向一个有四户灰色房屋和三座灰色教堂的小镇。小镇处于山的另一侧，看起来很坚固。在你看到之前，瀑布一直是流动的。最后它似乎平静下来，明灭可见。我很好奇住在那四户房屋里有什么人居住，还有谁会到那三座有锋利石尖塔的教堂去。

此刻，假如你一直等到太阳从法国与瑞士相接壤处的萨瓦——

阿尔卑斯山的山肩处落下来，隆河谷的风向就会改变，清凉的微风从山上吹下来，河水随着风向流入日内瓦湖。当微风吹来，太阳西下之时，山上会投下巨大的阴影。人们开始赶着套有铃铛的母牛沿着小路走着，这个时候你就可以在下游垂钓了。

水中有一些假蝇，每隔一会儿，一些大鳟鱼就会跃起，扑通一声落到树木茂密的岸边。你可以听得到扑通声，然后沿着背后的河流上游看去，你会看到鱼跳跃的水面产生一圈圈涟漪。我用报纸重新包好鳟鱼，然后把裹在报纸中的鳟鱼放入夹克口袋中。报纸上印刷着诺思克利夫勋爵的最新演说，报道非常详尽；合并案的即将终止事件；爱开玩笑的伯爵和庄重的孀妇之间紧张的故事；供在回家火车上阅读的（霍雷肖）博顿利（欺诈）案例的挽救情况。

在河流的边缘慢慢地钓鱼，向后抛钓鱼线的时候，要小心避开水边的柳树，还有沿着曾经是老运河岸的上边缘的松树，把假蝇甩入水中，寻找好的位置。如果你够幸运，水面早晚会有一个漩涡，或是双漩涡，这就显示鳟鱼碰了鱼饵，然后放开，接着又触碰了一下。接下来就是不变的持续刺激，杆尖一个劲地向下坠，时不时地沉浮、旋转，鳟鱼破开水面冲向空中，展开了一场搏斗。无论何时和地都会是这样。河流非常清澈，而且鱼一旦上钩，就很难再脱钩了。因此你只要引着它逆流，它就会慢慢疲惫，然后当它展现出白色鱼肚的时候，你就能把它拉到岸边，用握住导渔网的手把它拽上岸。

通往艾格勒的那条路很适合散步。路旁有七叶树，它们的花很像蜡烛，因为吸收了太阳的热量，空气都温暖起来。这条路布满了白色的灰尘，这令我想起拿破仑的大军①，他们在圣伯纳德山口和意大利的行军途中就从这条布满白色尘埃的路走过。拿破仑的勤务兵可能在太阳升到露营地之前就起床了，从隆运河偷偷钓到一两条鳟鱼给小伍长②做早餐。在拿破仑之前，罗马人就已

---

① 拿破仑于 1804 年组成的军队以及 1812 年的远征军。
② 拿破仑一世的绰号。

经在河谷出现，修了这条路。一些修路队中的赫尔维西亚①人或许曾经趁着黑夜从露营地偷偷溜走，企图在柳树下的某水塘中钓到一条大鱼。在罗马时代，鳟鱼或许没有现在那么多戒心。

所以，一整夜我都在这条通往艾格勒的白色直路上走着。对那些一定有时间试着在白天沿河流走，但却选择轻型快速行走的大军、罗马人和匈奴人感到非常不解。我很快就到达了艾格勒，这很不错。我以前没有来过艾格勒小镇，它沿着山坡分散开来。不过，车站对面有一家咖啡馆，顶端有一个腾飞样式的金马，有一棵非常茂密紫藤葡萄树，它分生出枝条，垂下的成束的紫色花朵在入口处投下阴影，蜜蜂整天在其间飞进飞出。雨后，花朵闪闪发亮；桌子椅子都是绿色的，还有酒精度为 17% 的黑啤酒。啤酒泛起厚厚的泡沫，从一夸脱装的大玻璃杯中溢出，这样一份价格是 40 生丁。女招待微笑着询问你近来是不是好运。

在艾格勒，常常至少两小时才有一趟火车，那些等在车站餐室②的人提醒了你。希望他们从没来过。

法西斯党人数近 50 万

《多伦多每日星报》1922 年 6 月 24 日

法西斯运动头目贝尼托·墨索里尼坐在他的办公桌后，位于他在整个意大利北部和中部建造的重要弹药库的导火线之上，他时不时抚弄一只小猎狼犬的耳朵。这只小幼崽看上去很像一只耳朵较短的长耳朵大野兔，它在他大办公桌旁边的地板上玩弄报纸。墨索里尼脸盘很大，有着褐色的脸膛和高高的前额，一张慢吞吞的略带微笑的嘴，以及一双大而富有表现力的手。

---

① 赫尔维西亚为古国名，现在的瑞士西部。
② 顶端有金马，入口处垂有紫藤的咖啡馆就是一个车站餐室。

他对我说："现在法西斯党有 50 多万人。我们的政党就像一支军队一样。"

用意大利语慢腾腾地说着并反复斟酌他的用词，由此使他确信，我能明白他所说的一切。他继续讲述法西斯党的 25 万名士兵如何组织成黑衫军小队，成为该政党的突击队。他极不赞成地笑道："加里波的曾经指挥红衫军。"

墨索里尼非常谨慎地用单音节词语解释说："我们绝对没有试图反对任何意大利政府。我们更没有违法。"他靠在他的编织座椅椅背上，用他那双棕色的大手强调他的观点。"但是，"他非常缓慢，也非常认真地说，"任何试图反对或摧毁我们的政府，我们有足够的军队去推翻。"

我问："那皇家卫队如何？"①

墨索里尼说："皇家卫队永远都不是我们的对手。"

现在应该有一个详尽的检查和对比。法西斯党政纲极其保守。想象一下加拿大保守党有全副武装的 25 万人，"一个政党像军队那样组织起来"，而且他们的领导人还声称，他们拥有足够的部队以至于能够推翻任何反对他们的自由党人或其他政府。此时你再想象一下，已经创建一支特殊的军事警察部队来防止保守党党员在大街上和自由党人冲突，那么你会对意大利现在的政治局势有一个很好的了解和认识。墨索里尼是一个大惊喜。

他不像人们所说的那样，他不是一个怪物。他的脸上满是冷静和理智，这是一张典型的"狙击兵"的脸，肤色是棕色的，脸形宽大类似卵形、目光深邃、嘴巴很大，说话时总是慢条斯理的。墨索里尼经常被认为是一个"社会主义叛徒"，但是他有非常充足的理由退出该政党。

他于 37 年前出生在罗马涅区弗利省的一个小镇，在革命的温床上开始了自己的人生。在他出生地附近，爆发了 1913 年的

---

① 皇家卫队是由前总理尼蒂当时在意大利南部刚刚组建的一支部队，旨在发生内战时维护和平。

革命。在"红色加法"叛乱中，意大利著名的无政府主义者马拉泰斯塔尝试建立一个共和国。墨索里尼不到20岁以教师的身份开始了他的职业生涯。后来，他转战新闻界，第一次卓越登台是在利伯塔广场作为塞萨尔·巴蒂斯蒂的同伴。塞萨尔·巴蒂斯蒂是一名被奥地利人打伤并逮捕的意大利人，当时他是阿尔卑斯山地师的一名军官，被绞死在特兰托城堡，因为他出生在被奥地利人控制的意大利地区。

1914年战争爆发时，墨索里尼成为《前进报》的编辑，这份报纸是米兰的一份社会主义日报。他十分强烈地为支持并加入协约国的意大利工作，最后导致自己被解雇。墨索里尼创立了自己的报纸《意大利人民报》来表明自己观点，他把所有的钱投入到这份事业上。意大利参战之后他就加入了训练有素的"狙击兵"部队，成了一名战士。

在卡尔索高原战斗中，他被授予重任，几次被授予英勇勋章。墨索里尼，首先是一个爱国者。1919年他看到他所认为的意大利胜利果实被共产主义浪潮一扫而空，这次浪潮席卷了整个意大利北部，威胁所有的私有财产权利。为了反抗这场运动，他组织了法西斯党、反共产主义突击部队。他此后两年活动的历史经常被提到。

现在，墨索里尼作为领袖，领导了超过50万成员的组织。这个组织几乎囊括了意大利每一个行业的人，其中有数万名厌恶共产主义的工人。这个组织逐渐变为法西斯党，作为一支武装力量它能够做许多事情。因此，法西斯主义进入其第三个阶段。首先，它是一个反对共产主义者示威的反击者的组织；其次，它成为一个政党；现在，它是一个政治和军事党派。它可以让任何一个意大利人入伍，并侵犯了劳动组织的领地。它现在统治了意大利——从罗马到阿尔卑斯山。

现在的问题是，坐在《意大利人民报》办公室的办公桌后面并抚摸着小猎狼犬耳朵的墨索里尼，打算用他的"像一支军队一样组织的政党"去干些什么呢？

意大利黑衫军

《多伦多每日星报》1922 年 6 月 24 日

法西斯党或极端民族主义者，就是那些穿着黑衫、拿着匕首、挥舞着大棒、飞速奔跑、19 岁便肆无忌惮射击爱国者的人，它在意大利所受到的欢迎如今已经被法西斯党耗尽了。银行和大型商业机构曾经捐献发起反对法西斯运动的经费，这项运动是反对共产主义革命的一种保护措施。现在，这些机构已经索回了它们原本的支持，而且大多数意大利媒体开会一致反对法西斯党。与此同时，有坚实组织的法西斯党正在向政党转变。通过一系列持续的暴行，意大利此时正处于一种阶级战争的状态。

6 月 1 日，法西斯党为了展示它们的力量，决定夺取波洛尼亚市。借口是，波洛尼亚市地方长官对激进分子太友好。贝尼托·墨索里尼这个社会主义的背叛者、米兰的社会主义者报纸《前进报》的前编辑、决斗者、战斗英雄、意大利众议院现任成员，下达了从罗马开始占领城市的命令。15000 名法西斯党，平均年龄 20 岁，"夺取"该镇。烧掉了电报机和邮局，痛打任何一个反对他们夺取波洛尼亚市的人，然后撤退。同时宣布，下次他们示威会是 50000 人而不是 15000 人。而且他们会被打死而不只是被打一顿。

正是这种示威，在意大利其他数百个城镇反复上演。这让法西斯党付出了他们从前广受欢迎的代价。因为法西斯党带来的麻烦，以及紧随其后的政治稳定性的丧失，使得里拉①长时间处于低汇率的状态。商人的经济收益受到了很大打击，而且他们现在愿意拿出比当初捐献给这支中产阶级突击部队更多的钱，只想把他们

———————————

① 意大利货币。

— 143 —

赶走。现在很多情况下，他们付给这些人保护费来预防他们闹事。

他们一直使用的违法手段也让法西斯党真正付出了受欢迎的代价。战后，在意大利北部，商人、制造业者和专业人员的妻子在任何公共场所四处走动时不可能不受到各种人的骚扰，从帽子被掀掉到脸部被抓伤再到被当作"贝佳斯"① 的不满的唏嘘声，任何一个在意大利火车上购买一等或二等座位的人始终不知道他们会不会被一些拿着饭盒的工人赶出座位，这些工人早就认定他们应该拿着三等的车票而坐在一等座上。随着其在意大利北部一些小镇的停留，流氓团伙向火车上一拥而上，等到赶出一等包厢的"贝佳斯"后，扬扬得意地坐几站，还要剪下所有的座位上用作纪念品的红色毛绒。

当贝尼托·墨索里尼组织法西斯党像三K党一样打击此类恐怖主义的时候，他得到了人们的前所未有的支持。法西斯党由中层和上层社会家庭的热爱刺激的年轻人组成，并且开始打击工人的反恐怖主义运动。他们穿着开领黑衫，绑着黑色绑腿，穿着军人马裤，戴着黑色毡帽，拿着大棒或左轮手枪，和工人展开了一些非常漂亮的战役，并实施了一些非常漂亮的突袭。工人们发现，离一个人可以拿着一张三等票坐一等包厢座位的太平盛世，距离还很远，于是就安下心来重新开始工作。虽然看起来事情全部解决了，法西斯党可以回家脱掉黑丝衬衫，放上樟脑丸保存起来了。

当法西斯党拒绝考虑该事件已经解决的时候，发生了一次急刹车。他们品尝到了在警察的保护下杀人的滋味，他们爱上了这种感觉。比起上学或者在他们父亲的办公室里工作，他们更享受追捕活的共产主义者，所以他们打算继续下去。所以。法西斯党继续不断地战斗、纵火、掠夺任何他们可以找到的与共产主义相关的东西。因为整个意大利北部都用某种形式多少染上了共产主义色彩，法西斯党开始了一项毕生的事业。

---

① 意大利贵族。

法西斯党的领导人看着他们组建秩序井然的团伙，开始膨胀他们的政治野心，并希望由他们的追随者组成稳固的政党。其他党派的政治家对此非常担心，也愿意为此采取一切措施来粉碎这一运动。同时，共产主义者厌倦了法西斯党绝不停止追捕他们的现状，开始组织人民突击队。这些人穿上红色衬衫来反对法西斯党的黑衫，同时接受巷战训练。

商人们希望通过停止他们的资金供应来遏制法西斯党。政府已经组建起一支被称为皇家卫队的特种部队，这个部队由来自阿布鲁齐和南部山区的人构成，目的在于在战时与红衫军和黑衫军双方战斗。整个商业界在一个 3 岁的孩子都能玩耍蛋形手榴弹的情况下，看上去却十分安宁祥和。

老兵参观老前线

《多伦多每日星报》1922 年 6 月 22 日

巴黎

不要回去参观老前线。假如你的脑海里有帕斯尚尔战役或者维米岭战役的一些场景，不要有任何到前线去验证的念头和想法，这没有一丝一毫的好处。这些前线和过去已是完全不同，就如同你的小腿（现在已有了一个小疤）与大腿的区别。当时，你坐下来，用止血带包住伤口，此时血已经渗透绷带，并渗入了你的靴子里。所以当你站起来后，只能一瘸一拐地蹒跚着走向医务室了。

如果你愿意的话，到一些别人的前线看看吧。在那里，你的想象会解救你，你也许能想象出事情当时发生的场景。但是永远不要回到自己的前线，因为任何事物和最高、最致命、最孤独的单调性改变，以及曾经布满弹穴，而且战壕与铁线交错的战场会让你相信，所有曾经对你而言极为重要的地点和事件只不过是狂热的幻想，或者是你曾告诉过自己的谎言。这就好像你走进一个空空荡荡、只有女清洁工在打扫的剧院。我知道这些，是因为我回到了我自己的前线。

战场不仅质量和感情发生了变化，而且已经回到了一种绿色的状态：弹穴填满了，战壕消失了。碉堡被夷为平地，铁丝被卷起来堆到某处生锈。这些都是可以预想到的。当那些让战场神圣而真实的死者被挖掘出来，并且被重新埋到距离战场几英里以外的大型的、整齐的墓地时，人们对战场的感情必然会发生某种变化。你所在的城镇，还有没有留下战争痕迹的城镇，它的变化对你的打击是最大的。因为，你可以喜爱许多小城镇，但毕竟，除了参谋外没有人会喜爱战场。

有些城镇可能处于加拿大老前线后方；有些城镇名字是奇怪的法兰德斯语，并且拥有狭窄的卵石街道，它们仍然拥有无限的魅力。这类城镇应该存在。不过，我刚从斯基奥回来。在我记忆当中，它是战时最好的城镇。但是我现在已经认不出它来了，并且我希望自己从未来过。

斯基奥是世界上最好的地方之一，它是阿尔卑斯山肩下的一个小镇，它拥有人们希望有的一切美好的欢呼、娱乐和放松。我们过去住在这儿时，每个人都能够满足，并一直在讨论战后的斯基奥的生活会多么美好。我记忆犹新的是一个一级宾馆，名为"双剑宾馆"，这里的食物超级棒。此外，我们当时称我们居住的工厂是"斯基奥乡间俱乐部"。

过去的某一天，斯基奥似乎缩小了。我走在长而窄的主街道的一边，看着橱窗里苍蝇围绕着短裙、低廉的陶瓷盘子，还有七种不同的、画着年轻男孩女孩脉脉相望的明信片，还有苍蝇打转的硬糕饼，以及一片片大又圆的酸面包。街道的尽头是高山。但是就在上周，我走过了圣伯纳山隘和这些高山。当时，山顶没有积雪，只有雨水留下的水沟。仅仅是这些小山，但是我依然看了很久。然后我走到街道的另一边，来到酒吧。因为天降小雨，店主把门前的百叶窗降下了一些。

我对一位红着脸，露出不满表情的黑发女孩儿说："这个小镇战争后就变了。"她正坐在酒吧后面的凳子上织毛衣。

她一针也没漏地说道："是吗?"

我大胆地回道："打仗时，我在这儿。"

她平静又带着一丝讽刺的语气说："其他人可能也是一样。"

当我付钱并走出酒吧时，她机械且漫不经心地说道："谢谢了，先生。"

这就是斯基奥。然而，还有很多事实令人心痛，"双剑宾馆"已经变成一个小旅馆，我们曾住过的工厂此时不断发出轰鸣声。其中，我们过去的入口已经被砖头堵住，并且我们曾经游泳的河流被黑色的淤泥污染了。所有的乐趣都已经消失了。第二天一早，我从糟糕的睡眠中醒来后，在雨中离开了。

斯基奥还有一个花园，墙上爬满了紫藤，我们曾经在炎热的夜晚在此地喝啤酒。当时，大大的法国梧桐在月华下形成各种阴影，映在桌子上。下午逛完后就清楚地知道，我用不着试图寻找这个花园了，可能它早就不存在了。

斯基奥的附近可能从来没有发生过战争。我记得当时我躺在旅馆的床上，试图借着高高的天花板上挂着的灯所散发出来的微光来读书，接着关了灯，在窗户前看着路面弧光灯在雨中散发出朦胧的光影。1916 年，各营队在这条路上行军，尘埃在空中飞扬，其中有安科纳队、科摩队和托斯卡纳队，还有其他来自卡尔索的 10 个队。他们的任务是阻止奥地利部队的进攻，而后者已经攻陷特伦蒂诺的峭壁，并且已经开始穿过通向维也纳和伦巴第平原的山谷。在那些日子里，他们是优良部队，在初夏的尘雾里进军，抵御前线的进攻。在山间的战壕中，特伦蒂诺的松树林中牺牲，尸体被荒芜的岩石掩盖，并在初夏帕苏比奥冰雪融化后被找到。

也在这一条路上，其中一些队伍在 1918 年 6 月再次行进，赶往皮亚韦河去阻止另一场进攻。他们其中最好的士兵在卡尔索、戈里齐亚战场、圣加布利尔山、格拉巴失去他们的生命。这些士兵死亡的地方甚至是大部分人从来没有听说过的。1918 年，士兵前进的热情已经比不上 1916 年，其中一些因为身体太过虚弱，这些营队经过时，你甚至会看见步行的可怜士兵在路边稍作休息，他们背着包裹和步枪汗流浃背，并且在意大利毒辣的阳光下缓慢行进。

因此，我们来到皮亚韦河大型铁路终点站之一的梅斯特雷，一列火车搭载着满满一车厢前往威尼斯度假的意大利奸商。我们在梅斯特雷雇了一辆汽车，前往皮亚韦河。我们坐在后座上时，学习并且研究地图和沿着河流的村庄。这些村庄建立在一系列有毒的亚得里亚海绿色沼泽地之中。威尼斯所有沿岸都是这样的沼泽地。

在皮亚韦河下游三角洲部分的锡拉库扎附近，奥地利人和意大利人在齐腰深的水中进行了一场战斗。我们的车停在了路边的一片荒地，这条路就像是一条穿过绿色沼泽地的堤道。车子必须进行一次长时间的设备涂油工作。就在司机工作的时候，手指扎到了一个钢铁碎片。我的妻子用针把它挑出来。当时，太阳炙烤着我们。然后，一阵微风吹来，吹散了亚得里亚海上的雾气，我们也因此看到了威尼斯矗立在沼泽和海洋之外，看起来就像一座童话中的城市。

最后，司机把最后一点油擦到了自己浓密的头发上，接着发动汽车，我们就沿着这条路穿过了这个沼泽似的平原。在我记忆中，目的地萨尔塔是一个被炸成碎片的小镇，就连老鼠都无法居住。这个地区战时遭到奥地利迫击炮长达一年时间的攻击，而在平静时期，奥地利炸毁了所有的一切。在主动攻击时期，这是奥地利在皮亚韦河威尼斯岸占据的第一个阵地，也是奥地利最后一个被赶出和追踪的地方，许多人死在充满瓦砾废墟的街道中。

我们把车停在萨尔塔，并下车散步。然而，所有破败、悲惨的景象都不存在了。我们看到的是一个整洁的新世界——大量丑陋，漆成蓝色、红色和黄色的灰泥房子。我现在认不出萨尔塔了，即使过去我看了它不下于 50 次。新建的灰泥教堂是最丑陋的。曾经分裂和受伤的树木如果仔细看，你还是可以发现伤痕，并且外表看起来非常羸弱。但是，如果你只是路过，你很难发现这一点，除非你知道，它们曾经受过怎么样的伤害。此时，一切看起来都那么翠绿和繁荣。

我爬上绿色的山坡，俯瞰下面的道路。我试图寻找一些过去的痕迹，但是满眼都是绿色。在一丛厚厚的树篱中，我们发现了一块生锈的炸药碎片，我从碎片的表面辨认出它是一块毒气弹碎片。这就是前线留存下来的仅有的东西。

在返回汽车的路上，我们谈论了萨尔塔的重建是多么令人高兴，能重返家园的家庭一定非常幸福。我们为意大利人的秘密重建家园而感到自豪，然而同时其他国家却把被毁的城镇用作名胜和索要补偿的工具。这类行为都是思想高雅之人所做的，说到这里我们就停了下来。我们没什么可说的了。这很让人难过。

因为，一个重建的城镇比一个被毁的城镇更让人悲哀。事实上，人们永远不可能回到自己的家园。他们拥有的是新家。孩提时代玩耍的家园、晚上睡觉的房间、他们的壁炉、他们结婚的教堂、他们的孩子逝去的房间，所有的一切都消失了。在战争时期被毁的村庄总会有一种尊严，虽然它因为某些事被毁掉，为了一些事而消亡，但是另一些更好的事物也会到来。这都是属于伟大的牺牲。然而，如今这个丑陋的新世界却没有任何的价值。所有的一切就是表面呈现的那样，只除了它有一点糟糕。

因此，我们走过我目睹好友被杀的街道，经过丑陋的房子，然后走向我们的车子。假如没有战争，车的主人将永远不会有这辆车，这笔买卖似乎并不划算。我已经试图为我的妻子重建一些东西，但是完全失败了。我们无法改变过去，追逐过去只会让人陷入失望。如果你还是不相信的话，你可以回到自己过去的前线去证明我所说的一切。

辛克莱·刘易斯的骑马经历

《多伦多星报周刊》1922 年 8 月 5 日

他们正在巴黎传播一个有关辛克莱·刘易斯，也就是《大街》的作者的故事。这个故事没有提到刘易斯先生，但是却非常奇怪的有些真实。

据这个故事所说，刘易斯最近去了伦敦，并一直在这里写一部即将在今年秋天出版的新小说。当时，他表示想在海德公园的骑马道上骑马。他非常惊讶于这条马道是如此之短，并和陪伴他的马夫聊了很多。

这位马夫有一段时间悲伤痛苦地看着刘易斯坐在马背上，然后厌恶地停下来。

他非常傲慢地说道："先生，你不能期待这里像大草原一样。"

"开胃酒"的大丑闻

《多伦多星报周刊》1922 年 8 月 12 日

巴黎

目前正让巴黎骚动不安的"开胃酒"大丑闻已经把法国最喜欢的机构之一彻底毁灭了。

开胃酒是指在午餐和晚餐前一个小时，忙碌的服务生从两三个酒瓶中倒出鲜红或黄色的饮品。此时，所有的巴黎人都聚集在咖啡馆中喝着毒药，在吃正餐之前痛快地畅饮。这些开胃酒是有专利的混合物，酒精和苦啤酒的含量较高，味道大致类似于黄铜门把手，而且名字一般是像圭亚那、安妮丝·黛拉瑟、苦彼功、比赫和其他 20 个名字之类的。如今开胃酒在巴黎风靡一时，形势凶猛不输于新香烟在多伦多流行的时候。这就是因为有许多人都热衷于品尝新事物。

第一个丑闻是在警方发现苦艾酒正在用安妮丝·黛拉瑟的名义大量售出，但是这种酒早在 6 年前就已经被废止。和二流诗人在世界最干旱的角落所歌颂的美丽绿色不同，苦艾酒制造商把它生产为一种浅黄色糖浆。然而，它的味道很像欧甘草，并且加水之后会变成乳白色。它含有最高浓度的啤酒，效果缓慢，会让戴着新草帽的闲荡人士喝了三杯后想要兴奋地跳跃，在林荫大道上兴奋地发出尖叫。短短几天之内，人们口头上的广告就已经让这种酒成为巴黎最受欢迎的饮品。这种情况仍在继续，直到警方查禁了苦艾酒的制造。

但安妮丝·黛拉瑟仍被继续制造。这种酒依旧含有欧甘草的味道，但喝酒者再也找不到那种想要迅速爬上埃菲尔铁塔的兴奋感觉了。因为，这不再是苦艾酒。

这次大丑闻和 7 月 14 日有关。巴士底日是法国的重大节日。今年该节日于周三即 7 月 12 日晚开始，并将持续整个夜晚和周四、周五、周六、周日全天。从周三下午至周一中午，所有重要的商业会所、百货商场和银行都会关闭。这将需要 8 个紧密集合类型的专栏才能公正评判这个节日。

每两个街区就会举行一场舞会，参加人员是这一地区的居民。街上挂满了装饰彩色灯笼和旗帜，还有由市政当局提供的音乐。这一切听起来温顺而安静，但事实不是这样。当局下令公交车和出租车都不能在舞会举行时行驶。所以街上没有交通。

我们公寓下面这条街的舞会乐队由两个鼓手、一个风笛手和一个喇叭吹奏者组成。这四个人勇敢地坐在一辆由 4 个葡萄酒桶支撑的马车上，不知疲倦地演奏着。这辆马车的车顶由公园的一些破树枝提供阴凉。他们就坐在这片阴凉之下，喝着、吃着、弹着、唱着，从晚上的 9 点，直到第二天早上 8 点，而人群仍然在不断地旋转舞蹈。

连续四个夜晚都是这种情景。这个地区的居民只在白天小睡一会儿，其他时间就在街上拥挤着跳舞。这是一个美妙的场景，在跳了一整晚以后，又有约 20 到 30 对舞者上午 11 点在大街上愉快地跳着舞。需要说明的是，这些不是学生、艺术家或此类疯狂的人，而是售货女孩儿、肉商、面包师傅、工人、电车操作员和洗衣女工以及书商。这是一个盛大的聚会，但不能在水上进行。

现在我们聊一聊这个丑闻。法国政府花了数百万法郎举行这些聚会。人们通常认为，政府花费金钱是为了鼓励爱国主义。法国国旗四处飘扬、一直在燃放焰火，上午 8 点在隆尚，还有一场大型阅兵式。跳了一整晚舞并且在草场睡着的数千人观看了这场阅兵。一位摇摇晃晃的年轻共产主义者错把庞加莱认定为一位巴黎警察局局长而遭到爱国人群的攻击。每个人都知道庞加莱的生命确实是在 7 月 14 日被救，因为没能在一夜狂欢后做出正确推测。这是一个很好的庆祝。

这个丑闻由以下事实构成：在所有举行舞会的地方、在所有音乐家的上空，政府都插上了法国的国旗，并花费大量金钱带来音乐进行装饰，是一些各种开胃酒品牌广告的巨大横幅。在舞会上，两边插着三色旗，上面有巨大标语"喝艾默瑞特"。在该地区另一个地方，人们在"安妮丝·黛拉瑟万岁——世界上最棒的开胃酒"的标语下跳舞。

晚会期间，没有人注意到这些标语，但是舞会结束之后，有一个疑问就值得怀疑：政府为什么花 100 多万法郎给开胃酒制造商提供价值 100 万美元的广告。几家巴黎报纸已经出面反对这类的节日再次举行。但是，现在仍然有可怕的丑闻，并且疑问仍在继续。

普恩加莱是否在凡尔登的墓园中大笑？

《多伦多每日星报》1922 年 8 月 12 日

巴黎

美国政府在装饰凡尔登这座历经战争的城市时，法国总理普恩加莱是否真的在该城市的墓园中大笑？

不管普恩加莱先生是否笑了，当时他的照片引发了法国共产党对该总理的激烈攻击，得到普恩加莱先生的强烈否认，引发了法国下议院的争论，让法国陷入一场混乱之中，并使明信片在该国大量出现。

该文章出版时附加的照片是由法国共产党用明信片的形式发行的，第一次于周日在巴黎郊区召开的共产党例会上公开亮相。照片中显示了普恩加莱先生和美国驻法大使赫里克共同走在凡尔登的墓园，并且两人都明显笑得非常开心。法国共产党员始终指责普恩加莱要对凡尔登战役负一大部分责任。所以，发行了带有该照片的明信片，上面题写着"大笑的人"，还写道："普恩加莱和其他谋杀者一样，回到了犯罪现场。"

短时间内，共产党总部售出了10多万张明信片，该事件在法国下议院中达到了紧急关头。当时，一名年轻的共产党员对普恩加莱有关共产党在北非法国殖民地的宣传做出的评论露出笑容。

普恩加莱说道："你笑啦？"

这位共产党员叫作伐扬·古久里，是法国一位著名的战争英雄之一，说道："是的，我笑了，但我没有在凡尔登的墓园中笑。"

普恩加莱气得脸都白了，并指责说这张明信片都是在捏造，要求通过质询澄清整个事件。随即，共产党员应公开在下议院进行控告，然后他做出回答。

普恩加莱明确否认了这项指控，并表示："在凡尔登的墓园中笑过这件事情我从未做过。"他解释说，事实上，因为太阳光映到我的眼里，使我的脸变形，这才形成我笑的错觉。

他一直坚持这个解释。

多伦多似乎对整个事件有一个有趣的角度。7月22日，《多伦多每日星报》在出现争论或在共产党发行其明信片之前，出版了这张图片。这是在普恩加莱和该大使参加同一个仪式时拍摄的，也因此引发了巨大风波。照片显示出美国驻法大使非常明显地笑了，但是普恩加莱是否笑了就要留给读者自行判断了。

根据法国的报纸，这个驻法大使针对这个事件做出两个解释。其一，他没有笑。照片出来后，他又说："或许因为我说了什么，引得普恩加莱先生笑了。"

现在已经有了两个不同的解释。普恩加莱先生称他没笑。驻法大使称可能他对普恩加莱说了什么让他笑了。

现在又出现了一个解释。一名当时在场的电影摄影师声称，他正扛着摄像机的三脚架急忙走到两位名人前方的时候，脚下滑了一下，非常不雅观地摔倒在地上，普恩加莱和大使因为看到他的滑稽行为才笑的。

无论怎样解释，这个事件、下议院的争论和明信片都引起了法国的骚乱。该明信片共售出 20 多万张，目前售出量为每天15000 张。共产党指控称，邮寄的明信片都应该被销毁，但是熟悉法国政治言论自由政策的人很怀疑这一点。不论如何，这些明信片在英国出现了。

许多人都会问："普恩加莱在墓园笑了又怎么样？每个人都有可能在不经意的时候发笑。人们的骚乱究竟是为了什么？"

要理解这些，你必须意识到法国人对死者的态度。可以说，现如今法国任何活着的人受到的尊敬都绝对比不上死去的人多。

如果他们沿香榭丽舍大街走两个街区，福熙元帅、法朗士、巴比塞、普恩加莱或主教中的任何一个，永远不可能获得所有人的尊敬。在法国，有太多的人拥有太多不同的政治、宗教和民族看法，所以没有人能够成为完完全全的民族英雄。但是，公共汽车上的每一个人，不管宗教或政治信仰如何，在汽车经过灵车时都会脱帽，就算只是一个邋遢的黑色灵车，只有一名悼念者跟在后面。在遇到葬礼时，乘客和司机甚至都要下车。

正是这种对死者的敬畏精神，加上凡尔登的重要性，这才让普恩加莱是否大笑的问题引起了整个国家的注目。

巴黎的毛皮地毯小贩

《多伦多每日星报》1922 年 8 月 12 日

巴黎

只要在巴黎的咖啡馆前连续坐上 20 分钟，不管是从听觉上还是视觉上，一定会引起别人的主意。毛皮地毯小贩长着一张黝黑发亮的面庞，头上戴着一顶污脏的红色毡帽，肩上搭着一捆皮子，手里拿着一只红色的摩洛哥皮钱夹。毛皮地毯小贩是巴黎很早就有的特色之一，类似一边喘着粗气一边飞驰而过的大型绿色公共汽车，还有在车水马龙中时停时走的小型、老式、红色单缸出租车，或者是那些在每个守门人窗户下晒太阳的又胖又懒的猫。

地毯小贩经过路边，笑着看着每一张桌子，然后铺开他很得意的那张毛皮毯子。此时此地，如果你说出如下的话，尊敬的雷尼先生一定会把他的脸紧绷起来。比如，他收到年轻男子赛马协会代表团的邀请，要求他捐助一些坐垫，供赛马场座位上使用。同时带着嫌弃恶心的表情对卖毯子的小贩说，你讨厌所有的地毯，而且你因为在蒙帕纳斯的斜坡杀死了毛皮地毯小贩而蹲了 20年牢，才从监狱出来，他可能会转向下一桌。

但实际情况是，20 个小贩中有 1 个可能会惧怕他所说的话。情况更可能是他用忧伤的褐色眼睛盯着你，说道："先生，请您不要拿我漂亮的毯子开玩笑。"

现在，如果你站起来用你强壮的大脚踢地毯小贩，同时用咖啡桌子猛打他的头，嘴里还大声喊："去你的强盗和地毯小贩！"那么，他意识到你并不打算买毯子而且准备转向下一个桌子的可能性很小。然而，更有可能的是，他会蹲下来，一只手抓住你的脚，把头埋在袭击他的桌子下面，耐心地说："先生您打我骂我都是因为我的漂亮毯子。"

面对这种情况你也无可奈何，只能选择帮助他，问："多少钱？"

地毯小贩会从他肩膀取下来一块看起来很像高贵的孟加拉虎皮的东西，并且深情地打开："先生，您如果要，这个 200 法郎。"

你仔细查看这块高贵的"孟加拉虎皮"，认定这不过是一块经过精心缝制和染色的山羊皮。

你说："这是块山羊皮？"

小贩则会用沉痛的语气说："啊，先生。这是一块真正的虎皮。"

你会严厉地呵责说："这绝对是山羊皮。"

"啊，是的，先生。这是一块真正的虎皮。我可以对着真主起誓。"毛皮地毯小贩把手放在心脏处。

你再次说道："你别再撒谎了，这就是山羊皮。"

毛皮地毯小贩低下头承认："是的，先生。这是一块真正的山羊皮。"

"这块山羊皮质地一般、染色不均、味道刺鼻，你要多少钱？"

"先生算是给您的礼物。100 法郎。"

"40 法郎。最后的出价。"你冷冷地说。

地毯小贩把地毯搭到肩膀上，有些怨恨遗憾地离开了。"先生，您真会拿我的漂亮毯子开玩笑。这笔买卖咱们不能做。"

这时你开始假装阅读手里的报纸，但是很快你闻到一股熟悉的气味。你抬眼一看，还是那个地毯小贩。他再次拿出那张所谓高贵的"孟加拉虎皮"："我折本卖给您。因为您那么尊贵，我就收您 50 法郎。"

你故意忽视他。他又走开了，但是又回来了。他欢快地说："45 法郎，送给世上独一无二的您。45 法郎，先生就会拥有这块漂亮的虎皮。"

"我已经用 40 法郎的价格买了 1000 块和这块一样的了。"你回答道，然后继续看报。

"这个是您的了。您就花 40 法郎买了它，一块漂亮的虎皮。"

这块漂亮的虎皮现在躺在了您的椅子背上，而且它也立刻开始了往您衣服上掉毛的毕生事业。你把两张 20 的纸币递给小贩，他深深地鞠了一躬。他没走开多远，你发现他在瞄你。他回来了。

他说："或许您会喜欢这其中的一只漂亮的摩洛哥钱夹。"他愉快地微笑着。

你还能怎么办呢，只好离开咖啡馆。

某个财团雇用了几百个毛皮地毯小贩，这个财团制造死亡动物的毛皮地毯和钱夹，付出的酬劳是每人一天 5 法郎的工资以及从最低价格中获得所得的一切。毛皮地毯常常开始要价 200 法郎，最低价格通常为 45 法郎。大部分推销员是阿拉伯人。

很多毛皮地毯制作精良，看起来很高档，45 到 55 法郎是比较便宜的。游客通常以 75 到 150 法郎的价钱购买，而且总是对它们很满意，除非羊皮在炎热的天气里出现返祖现象。遇到这种情况无计可施。

阿尔萨斯、洛林旧秩序的变化

《多伦多每日星报》1922 年 8 月 26 日

法国斯特拉斯堡

在阿尔萨斯，你要特别小心语言问题。当《芝加哥每日新闻报》记者威廉·E. 纳什问一位司机会不会讲法语时，这位司机口音是完美的巴黎腔调："是的，先生！你呢？"我们都嘲笑他。

我们问纳什："阿尔萨斯和洛林都是法国的省份，难道你连这都不知道吗？""你希望他讲什么语？日语吗？"

当我用法语问一位出租马车车夫到克勒贝尔广场怎么走时，这次嘲笑的人轮到纳什了。

他操着莱茵口音的德语回答我说："先生，您怎么能认为我会说法语呢？您觉得我是做什么的？大学教授吗？"

这个事实非常奇怪，出租车司机都讲法语而出租马车车夫都只会说德语。这一点和旧制度很不同。

斯特拉斯堡是一座很古老的镇子，但非常漂亮。街道上的房子很像老式的德国房子，当你抬头望着烟囱时可以寻找到鹤巢。小河穿城而过，小河上的码头热热闹闹的，男人们在那钓鱼，女人们弯着腰洗衣服。从男性的角度来看，这样分工再合适不过了。但是我认为妇女们在报仇。因为我从来没看到有哪个男人真的钓上鱼来。而且鱼不咬钩的原因就是肥皂沫。

你可以在镇上的任何一个角落看见教堂的仅有的一座尖塔。教堂建设得非常精致。教堂使用的砖头是微红色的，如果你盯着它看，你会有它逐渐变大的错觉。观察这座教堂的最佳地点是面向教堂的咖啡馆露台。在这个位置，你可以舒适地靠在椅子上，目光从一个高大啤酒杯慢慢移到教堂。斯特拉斯堡拥有世界上最高最细的啤酒杯。

我在咖啡店问服务员，啤酒杯这么高这么牢固的原因，她说它们自始至终都是这样。然后，我问了下一桌一位面目和善的年轻牧师一模一样的问题，他笑着喝了一口杯中的啤酒，说道，杯子或许是被教堂高高的尖塔影响了。

教堂左边是卡梅泽尔府邸酒店，据记载它建于 1472 年，看起来很像格林童话里的旅馆。酒店一共六层，每一层都有一个餐馆，我们在第一层一个低矮的木板房间里吃饭，这里的空气中弥漫着大桶麦芽酒的浓烈味道，匕首插在桌子上，喧闹的兰登堡，女人裹着像个傻瓜帽，面纱轻垂下来。

在一只佛日山的新鲜烤溪红点鲑后，端上来一盘烤鸡，里面还有嫩绿色豆子以及一盘生菜沙拉，再接着是一块美味的蛋糕和一杯咖啡。当然，还有一个又长又细的瓶子，里面装着清冽的莱茵干红。这个瓶子比啤酒杯还要细，高度大约等于体操用的瓶状棒。很显然这是受了斯特拉斯堡教堂尖塔的影响。最后还会有一杯名叫凯曲的烈性甜酒，是由山上果园里大个蓝莓提取的。据说大蓝莓尝起来很像李子，但我从来没吃过。

其他几个楼层的餐厅是什么模样，我们从来都懒得去发现。

我们暂时居住在一家叫作巴黎酒店的大饭店里，一支伤感的管弦乐队呜咽地演奏着浮士德和普契尼，这让大半个夜晚都变得糟糕至极。尤其在休息时间会变得痴迷，但到了晚上就会变得有些恐怖。因此我们搬到了一家石膏墙的老式小旅店，这个小旅店朝向路德教会教堂所在的广场。那里非常安静，我们的房间的面积是之前酒店的两倍，价钱却只有那的三分之二。但是有一个晚上我们错误地在那吃了晚餐，因为觉得早晨有加黄油美味面包卷、上等咖啡和鲜美多汁的橘子很不错，但是发现晚餐却普通极了。

他们宣传时说，晚餐有冰镇蜜桃，但是我们最后吃到的却是受潮的苹果馅油煎饼。当海明威女士问服务员时，他回答说镇上无论如何也找不到冰镇蜜桃了，这个回答花掉了他一半的小费。几分钟后我们在下一桌看到一些客人。可是在这种情况下，即便我们能记住这个大房间和广场上的优美景色，以及制作我们的靴子的绝佳方法，还有无数的大床，也很难让我们点名推荐这家旅店。

这座教堂拥有世界上最大最精致的喜剧性的钟。十二信徒每天中午出现，一圈又一圈地走，一只大公鸡报晓并拍打它的翅膀。我们没能看到这个奇观。说实话，路德教会教堂根本没有钟。

我们离开这个小镇时是早晨五点，两位男士坐在其中一条小河边的一块潮湿的石头上钓鱼。他们可能起得很早，想要赶在洗衣女工工作前钓鱼。

塞纳河上的家

《多伦多每日星报》1922 年 8 月 26 日

巴黎

不是为了推动人们回到陆地上，巴黎的公寓的紧缺状况正在迫使公寓里的居民住到水上。

一个在社会上颇有名气的巴黎人，发现租约期满时租金涨了三倍，于是就拒绝在新租约上签字，开始了新的运动。他购买了一艘老式运河驳船，把它改造成一个超级舒适的寓所。这艘驳船既大又宽敞，木工活只花了增涨租金的一小部分，而且驳船居民变成时尚的前沿，因为它可以在塞纳河中心停泊。船上有 4 个卧室，一个客厅、厨房、餐厅和桌球室；船主现在正在斯特拉斯堡避暑中，他通过马恩河、马斯河和摩泽尔河的水道系统，舒适而惬意地游遍了法国。

一些亲民的"平板船"定期下水，有传言说一家公司正计划用平民的价格推出标准化水上住宅，这主要面向那些对巴黎的住房短缺绝望的人。

就在几天前，一位巴黎看门人的匆忙显示了住房紧缺的严重状况，这位看门人通过官方途径打出了一间公寓的出租广告。早晨 9 点钟。这位看门人告诉警察，某大楼中有一间空闲公寓，年租金为 1800 法郎。下午 5 点钟，该公寓就已经租出去了。

第二天的公报出现了一则公告，这间公寓供出租。快到中午的时候，聚集了 4000 人来察看该公寓，场面看起来很像暴动。这位看门人呼叫警察，警察驱散人群并帮看门人写了一块大公告牌：该公寓已出租。

德国人对马克的绝望

《多伦多每日星报》1922 年 9 月 1 日

德国弗赖伯格

德国人看着他们的货币值骤跌，内心郁闷极了。

去年 11 月，德国马克对美元的比率还是 800∶1。现在已经跌到了 22000∶1。这就是为什么德国报纸每天在头版最明显的位置公布马克币值。

马克币值的大幅下跌似乎极大地改变了德国人看待外国人的态度。一年前，马克对美元为 120∶1，当时德国对外办公室会向英国、加拿大和美国记者提供各种特别设施。德国人讨厌法国，更会尽可能地为难法国，但是会把其他国家视为德国未来可能合作的伙伴。如今任何人都不再有这种特权，所有的外国人都是陌生人和敌人。因为德国处于崩溃的边缘，而德国现在唯一期望的是能够将一个或两个财政状态较好的国家一起拉下水。

德国货币贬值导致的一个奇怪的现象就是货币短缺。货币印的越多，需要的就更多。因此，银行常常出现没钱的状况，因为那些按周发工资的工厂厂主会一次性取走很多马克。每个商场都必须要准备很多袋 50 到 100 马克的纸币，用来找零。为了应对纸币短缺问题，政府已经印刷了 500 马克的"临时"钞票。政府在空白的银行支票上印刷着欠款字样，持有者可在 1923 年 1 月凭借支票获得 500 马克的钞票。

据说这种疯狂购买的情况是因为德国人已经不愿意再看到他们的货币持续贬值，所以他们都在购买珠宝、皮衣、汽车和其他真正有价值的物品。

你会经常在德国的报纸上看到这种疯狂的消费现象，但是你很难遇到。因为这些现象只存在于柏林、汉堡或其他类似于大型中心城市的地方。在弗赖伯格这种小城镇，你能看到的只有顽固的商人拒绝面对马克贬值的现实。

我们四个人在弗赖伯格的宾馆中住了四天，费用大概是 2200 马克，约合每人每天 20 美分。每天消费不到 15 美分，这其中还包括小费。

弗赖伯格表面上很正常。城中每个宾馆的每个房间都有人居住。城中每天都会有背着背包的德国旅行者经过，前往黑森林。清澈的溪水流过街道两旁的排水沟，红色石头教堂的尖顶高高耸立。周六的早上。市场也挤满了头戴白色手帕的女人，从全国各地用货车运来的水果和蔬菜在这里贩卖。所有的商店都照常营业，东西的价格非常低。这里看起来是那么的平静、幸福、惬意。

我们看到咖啡店中有一个女孩在吃早餐，包括冰激凌和椒盐卷饼，她对面是一个穿着制服的长官，胸前戴着铁十字勋章。我们还看到妈妈们喂着她们的孩子。

我们没有发现任何恐慌的迹象，也看不出人们营养不良。每个人看起来都很好，没有恐慌，没有快乐，波澜不惊。每个旅店和酒吧都贴着弗雷德里克、巴登国王及其王后的图像。

然而贸易中最乱的地方就是德国商人出售货物的方式。现在他们货物的售价还不到成本价格的一半，然后再以批发价购买。

一家店主对我说："我们也毫无办法啊，如果我们要的价格高，人们就不会买。可我们必须要卖。"

这种解决问题的方式很难让一般的经济学家理解。当德国的店主们必须以成本价的一半来销售，然后再去进货，最后的情况显而易见了。

大甩卖不会永远持续下去。虽然还在继续，但德国的店主们已经对那些购买他们东西的外国人表现出了愤怒，他们即使不会驱赶他们，但会用最恶劣的态度对待这些外国人。他认为这些外国人是引起抛售的罪魁祸首，但他意识到自己是店主，必须要向这些人抛售物品。这就是他的态度，就是用尽可能恶劣的态度。

在巴登钓鱼的美妙经历

《多伦多每日星报》1922 年 9 月 2 日

德国巴登区特里贝格

如果你想在黑森林①钓鱼，那么你一定要在雄鸡唱晓的前四个小时就出发。因为你至少需要四个小时来穿过各种复杂的地形才能在天亮前到达那里的小溪。

首先，黑森林很容易让人误以为是一片大森林，但是实际上只是一连串的山脉，中间有铁路、长满了土豆的山谷、牧场、褐色的木屋，还有铺满碎石的小溪。那里有很多由德国化的瑞士人经营的宾馆。在那里，每天清晨当你醒来时，持续贬值的马克已经再次降低你的账单，一星期只要 3.75 美元，而且黑麦威士忌的价格仅为 90 美分一瓶。

旅馆老板可能会提高房间价格，但马克贬值的速度甚至比经营有道的店主提价的速度还要快很多。瑞士宾馆店主和快速下跌的马克之间的赛跑，这种场面估计会很壮观。

所有这些都和在黑森林垂钓有关系，但却也可以说没什么联系。特里贝格有一条很长的街，街上有着成片的高高的宾馆。这里的山谷非常深邃，寒风刺骨。据说冬天的山谷，风大得令人难以置信。然而不会有人会真的在冬天到格里贝格验证这种传说，但那些处于酷热中的游客一定会虔诚地祈祷冷风来袭，他们言之凿凿地说，那里夏天一丝风都没有。

我们从弗赖伯格坐了五个小时的火车，到特里贝格下了车。我们原来的计划是徒步穿过黑森林，但当我们看到成群的德国游客进进出出那些通往森林的公路时，还是放弃了。第一件令我们

---

① 德国西南部的山林地区。

大失所望的事情就是发现黑森林并不是真实意义上的森林，而只是很多长满树的山和已开发的山谷。第二件让我们感到失望的事是，在路上几乎每走十五码，我们就会遇到六到八个德国人，他们剃着光头，露着膝盖，背着很多铝制的炊具。在走路的过程中，这些东西会一直碰他们的腿。

上面已经说过，我们是在特里贝格下车的。我们中间倒了两次车，车程一共五个小时。其中有四个小时我们只能在过道中站着。高高壮壮的德国人和他们的妻子一次又一次地从我们身边挤来挤去，不停地说着抱歉，我不知道他们到底想要干什么。

宾馆服务员说："老板会安排你们的，他有个朋友开渔场的。"

我们进到了酒吧，那里那个开渔场的朋友和六个朋友正坐在一张桌子旁，好像在玩扑克牌。服务员走过去和那个朋友说了几句话。那个朋友的发型是时下最流行的刺头，他的拳头不断捶着桌子，而桌子旁边的人则大笑不止。之后服务员回到了我们的桌旁。

他说："他们都在开玩笑。他说如果你给他 2 美元，你就可以一辈子在那里钓鱼。"

现在我们对德国人都非常了解了，当他拿美元开玩笑的时候，表明他想要用美元支付。这种手段很低级。如果放任这种行为，很快所有加拿大和美国人就会回家。所以对这种手段必须严厉回绝。他和他的朋友们再也笑不出声了。我们都越来越严肃，越来越沉默。服务员开始调解。气氛变得更加紧张。我们最后还是退让一步，同意支付 1200 马克来随意钓鱼。我们高兴地回房上床睡觉，我们拥有了黑森林的渔场。我们穿着酒店豪华的睡衣在床上滚来滚去，将被子踢到地上。毕竟，世界还是有点公平的。

早上，我们准备好钓具，然后去吃早餐。另一个看起来像德国人的瑞士服务员走了过来。

"我告诉你一个不太好的消息。如果你想要钓鱼，必须要获得警察的许可，你还必须获得钓鱼证。"

接下来的两天，我们是在巴登的办公室里度过的，整个过程就像在做生意，我们进行的对话如下：

我们进入一个办公室，那里的职员们都坐着，表情严厉的士兵站在那里。

我们（威廉姆·伯德和我）问："市长在哪里?"

职员们看看我们，继续低头写着什么。士兵们则转头看着窗外。最后。一个职员抬起头来，指了指里面一个房间。门外有一排人。我们站到了最后面，最后终于进去了。

伯德和我说："你好市长先生，我们需要钓鱼证，我们要去钓鱼。"

市长看看我们，说："不行。"我们只听懂了这一句。

"只是钓鱼证。"我们解释说。

"不行。"他说，然后指了指门。

我们只好离开，但事件还在继续。

我们跟踪那个渔场的主人到达他的工厂。他正在那里安装避雷针。我们最终发现了渔场的位置。有人告诉我们，在特里贝格获得钓鱼证的想法是不现实的，最好放弃。他建议我们去纽斯巴赫，但我们并不知道纽斯巴赫在哪里，估计是没有希望了。我们决定去钓鱼。

小溪很美。那个拥有这个渔场的朋友显然一直在自己的工厂里忙碌，从未钓过鱼。当你一下杆，那里的鳟鱼很快就会上钩。我们得到了我们想要的，第二天也是这么过的。第三天，我的良心开始困扰我。

"我们应该去纽斯巴赫，弄到钓鱼证。"我提议说。

通过地图我们最终找到了纽斯巴赫。但是好像没有人知道市长办公室在何处。最后，我们在街对面的一个小屋里发现了他。我们被告知在没有钓鱼证的情况下钓鱼会被罚很多钱，私自钓鱼的惩罚会更加严重。

伯德对市长说他叫比尔。他会说德语，但他认为自己不会。相反，我根本不会德语，但我觉得自己说得还不错。所以，我一般会负责进行对话。伯德说，我们的德语口音听起来就像带着意大利口音的英语。

"我们希望获得钓鱼证。"我鞠了个躬说。

市长从眼镜上方看了看我。

"是吗?"他说。

"我们希望获得钓鱼证。"我非常肯定地说，给他看了那朋友给我们的用于指出渔场所在地的黄色卡片。

"好。"他说，检查了一下这卡片，"这个地方很不错。"

"我们能在里面钓鱼吗?"我问。

"能。"市长回答说。

"走吧，比尔。"我说，"咱们走。"

从此之后我们就在那片水域钓鱼，再也没有人阻止我们。如果有一天我们被抓，我们会向纽斯巴赫的市长请求帮助，他是个好人，我记得清清楚楚他同意我们可以在这片水域的所有地方钓鱼。

德国的旅馆老板

《多伦多每日星报》1922 年 9 月 5 日

黑森林内的奥贝普勒奇托小镇

我们沿着又高又陡的岩石小径滑着，穿过松树遮挡的投射光，走到一块令人炫目的空地，这里有一家锯木厂和一家刷成白色的旅馆，沐浴在璀璨的阳光之中。

一条德国警犬对着我们狂吠。一名男子从旅馆的门口探出头来，看着我们。我们不能确定这里是不是我们的目的地，所以我们沿着穿过空地的道路又往前走了一段，看是否能看到别的旅馆。但我们只看到了山谷、白色道路、河流和树木繁茂的陡峭小山外，除此以外别无他物。我们从清晨走到现在，肚子早就饿得不行。

在旅馆内，我和比尔·伯德发现老板和他的妻子正坐在一张桌子旁喝汤。

"请问有两间双人房吗？"比尔问道。

老板的妻子开始回答，老板怒气冲冲地看着她，洋葱汤从他的胡子上滴下来。

"今天、明天，或者任何一天，你们都住不到房，外国人！"她咆哮着说。

"是特里贝格的特林克勒先生推荐我们来这钓鱼的。"比尔说道，尝试着让他们平静下来。

"特林克勒？"他抬起下嘴唇，舔去了一些胡子外的洋葱汤，"特林克勒，嗯？这家店的老板特林克勒。"他继续喝着汤。

我的妻子和比尔的妻子都在外面的空地等着，她们两人在离这大概还有四英里的山路小径上时就已经饿了。我也饿得厉害，腹部开始咕噜作响，几乎翻江倒海一样。比尔身形瘦削、优美，带有很浓的意大利早期艺术家的气质。但是他吃东西的时候就像个鸵鸟在吞食一个棒球。他看起来瘦了很多，我们都很有礼貌。

"我们非常饿。"比尔说道，我看得出他的确如此，"这里距离下一个旅馆还有多远？"

老板重重地敲了下桌子，说道："你们自己找去。"

道路滚烫，远望去白茫茫一片，我们在整整走了 4 英里以外的地方找到了旅馆，它看起来并不怎么样，和大多黑森林的旅馆一样，它起名为"小马旅馆"。矮种马是黑森林旅馆老板最为喜爱的象征。不过也有很多用老鹰和太阳命名。

所有这些旅馆外墙都刷成白色，看起来干净整洁，内部则有的地方整洁，有的地方脏乱。床单很短，羽毛铺盖凹凸不平，床垫是大红色的，啤酒尚可，葡萄酒质量很低劣，正餐在中午吃，你尤其要小心翼翼地挑选黑面包，因为一不小心就会拿到酸的。老板绝不会听你说什么，老板娘围着围裙扭动着，摇摇头，一些工人穿着汗衫和吊裤带，嚼着大块的黑面包，他们用小折刀切下一块黑面包，用带酸味的葡萄酒冲洗一下就塞入口里。天花板的横梁黢黑一片，空气中弥漫着烟雾，小鸡在前院抓挠地面，粪肥堆在卧室的窗户下面，缓缓地冒着烟。

上面我所说的一切，在我们居住的"小马旅馆"都具有，而且不止于此。它的饭菜做得很可口，有炸小牛肉片、土豆、生菜沙拉和苹果派，这些都是看起来像老牛一样迟钝的老板亲手做的。有时，他手端一盘汤停下来，望着窗外，眼神空洞无神。老板娘的脸型就像一头骆驼，独有的抬头方式，还有那种麻木迟钝的表情，只属于这一"骆驼"人——南德的农妇。

屋外非常炎热，但是旅馆内却阴暗凉爽。我们把帆布背包堆在一个角落里，吃了一顿大餐。角落的一桌德国人一直偷偷看着我们。在我们喝第二瓶啤酒，吃最后满满一脸盆的沙拉时，一个黑发的高个子女人来到我们的桌旁，问我们是否在讲英语。

这个问题很容易回答。我们了解到她是一名美国歌唱家，现在在柏林学歌剧，大约 45 岁。但是就如同她最终发现的所有好歌唱家一样，她之前走的道路有误，方向错误，都是因为老师教导不好，如今终于找对了方向。现在教导她的是艾尔莎·塞姆布里，这位老师非常用心。塞姆布里重大的奥秘是有关于声门和会厌软骨的，我也说不清具体的位置，但是它的确带来了巨大的改变。它让某人沮丧，让他人振奋，就是这样。

我夫人和伯德夫人走上楼，来到一间白色粉刷的小房子里。她们之前走了十五英里，很快在吱吱作响的床上睡着了。比尔和我继续沿着路找寻奥贝普勒奇托小镇，并想办法获得钓鱼许可证。我们在太阳旅馆的前面，和老板进行了一场紧张的对话，说话中只要不涉及德国人，对话就非常顺利。这时那个歌唱家出现了，她胳膊下夹着一个笔记本，外表看起来非常容易相信别人。

她的嗓音，似乎——你明白，她和我们说话的时候，用一种完全不带个人感情色彩的腔调，和所有歌唱家讲述他们嗓音时一样——是花腔女高音，曾经有人把她和澳大利亚花腔女高音歌唱家梅尔巴、意大利裔美国籍女高音歌唱家帕蒂相比，获得交口称赞。

"盖蒂·卡萨扎说过，我还需要再多一些修饰。"她解释道。"因此我到这里来。不过你应该听过我的颤音。"她从鼻腔轻柔地发出颤音，说道："我觉得加利·库尔奇并没有那么厉害，你知道吗？她根本算不上真正的歌唱家。请听听这个。"她再次发出颤音，这一次的声音比之前的要高，鼻音更重了。我被震撼到了。我从来都没有听过任何从鼻腔发出的这么轻柔，或是这么大声却清澈无比的颤音。这是一次全新的体验。

之后，她跟我们说玛丽·加登不会唱歌，伊冯娜·高尔是个寄生虫，泰特拉齐妮是个失败者，梅布尔·加里森始终是一副没睡醒的样子，就像漏气的轮胎。在这样对人评头论足之后，她再次谈论起自己和帕蒂、梅尔巴之间的不可区分性，声音里不带感情色彩，冷酷极了。然后我们沿着大路走回旅馆。

晚餐时，我们又遇到第二例德国人的龌龊事。我们待在黑森林的两周只遇到两例。旅行此时还没有结束，但这些已经足够多了。

我们的桌子可以坐五个人，这个歌唱家加入了我们。当我们在这个旅馆餐厅坐下之后，我们注意到有两个金发德国人坐在离我们非常近的那张桌子的一头。为了不影响到他们，我的妻子围着桌子走了一圈。这时，他们换了位置，伯德夫人不得不绕着桌子的那一边走了一圈。当我们在吃饭时，他们一直在用德语对我们这些外国人恶语相向。然后他们站起身准备离开。他们开始是经过我们桌子的一头，我站起身，把椅子向前移动一些。以便让他们通过，但是空间还是太狭窄了。桌子另一头则有足够的空间供人通过。但是，他们抓着我的头发，扯了扯，我只好站起来让他们过。到现在我一直都后悔我那么做了。

刚结婚时，我意识到婚姻幸福的秘密并不是在小旅馆参与争吵。

"我们是德国人。"其中有一个人这么说，语气充满了轻蔑。

"你比猪狗还不如。"这话肯定不合文法，但是似乎还可以理解。比尔抓着一个杯子的上端，亲眼看着一场国际争端就要上演。

他们在门边站了一分钟，但是彼此的胜算概率几乎差不多，坐在旁边一桌的工人好像是我们这一方的。

"倒爷"其中一人看着门边那两个身穿运动装、头部圆圆的人。"倒爷"意思为投机倒把分子。

他们关门离开了。

"如果我会说德语就好了。"我愤恨地说道,"当别人咒骂自己时,拥有大量的词汇却没能派上用场。无法正常阻止语言的感受真实糟糕透了。"

"你知道你应该和他们说什么吗?"歌唱开导的话语中隐约带着教训的语气,"你应该问他们'是谁赢得了战争',或者说'是的,你们很明显就是德国人'。我希望我会想起说自己所考虑的事情。"

我们讨论了一段时间,然后她开始用颤音歌唱。当我们坐在烟雾缭绕的旅馆的时候,她用颤音唱了很多歌剧。那个晚上,我们大家全部都出去沿着道路散步。这条路在长有黑松的小山中,天空的月亮就像瘦削的指甲薄片,这个歌唱家踩到了一个水坑。第二天,她声音嘶哑了,不能接着再唱了。但是她竭尽全力向伯德夫人展示了声门的作用,其他的人都去钓鱼了。

一趟巴黎到斯特拉斯堡的飞行

《多伦多每日星报》1922 年 9 月 9 日

法国斯特拉斯堡

我们当时待在所有降价饭店中最便宜的一家饭店,它在嘈杂的巴黎的"小香榭丽舍"街上。

我们一行人包括我夫人、威廉·E.纳什、纳什的弟弟,还有我。纳什先生在吃龙虾和炸板鱼的空隙说,他准备第二天去慕尼黑,计划从巴黎飞往斯特拉斯堡。我夫人在香菇炒腰子出现之前一直在反复思量这件事。然后她问道:"我们为什么不到处飞行呢?为什么其他人总是在飞来飞去,而我们则总是待在家里?"

　　这个问题我无法用语言来回答。我和纳什先生走到佛朗哥——罗马尼亚航空公司分别买了两张票，记者可以半票，一共120法郎。这是巴黎到斯特拉斯堡的单程票。这样的距离最快的火车需十个半小时，坐飞机则只要花费两个半小时。

　　当我了解到我们要飞过孚日山脉，而且在早上5点整到达巴士底歌剧院外面的公司办事处的时候，我那种一旦飞行就油然而生的忧郁就更深切了。公司名称中的罗马尼亚也无法让我放宽心，但是柜台的职员向我保证没有罗马尼亚飞行员。

　　第二天早上5点整，我们抵达办事处。为了确保不出问题，我必须4点起床穿戴，收拾行李，在黑暗中敲响附近唯一一个拥有的士的业主，叫醒他。业主就像在奏乐舞厅的手风琴演奏者一样，因为夜晚工作而提高了一倍的酬金。

　　当他换轮胎的时候，我们在街上等待，同时在和道路角落经营熟食店、已经起床去见送奶工人的那个男孩儿开玩笑，这个杂货店男孩儿给我们做了两三个三明治，告诉我们他在战争期间曾经当过飞行员，然后问我在昂吉安第一次竞赛的状况。的士司机要我们进屋喝杯咖啡，询问我们是不是更喜欢白葡萄酒。喝着暖热的咖啡，嚼着肉馅三明治，我们沿着巴黎早晨空荡荡的灰色街道正式出发。

　　纳什一家在办事处等我们，他们已经步行拖着两只沉重的旅行箱走了两三英里。因为他们不认识任何的士司机。我们搭乘一辆大豪华轿车来到勒布尔热机场，这是巴黎最丑的交通工具。我们在机场外的一个小屋内又喝了一些咖啡。一个穿着油质工作服的法国人拿了我们的票，撕成两半，告诉我们要坐两趟飞机。透过小屋的窗户，我们可以看到飞机就停留在窗外，体积很小，颜色是银灰色的，秩序井然，位于机场的前方，在清晨太阳的照耀下显示出耀眼的光芒。我们是唯一的乘客。

　　我们的箱子放在飞机上的一个座位下，位于飞行员座位的旁边。我们向上爬了一段距离，进入到一个有些闷热的小客舱，机修工递给我们一团棉花让我们把耳朵堵住，然后锁了门。飞行员爬进他的座位，处于我们所坐的封闭式座舱的后面。机修工把螺旋桨拉下来，引擎开始发出巨大的轰鸣声。我看着飞行员，他的身材很矮小，帽檐朝后，穿着一件有油渍的羊皮大衣，戴着一副大手套。随后，飞机开始沿着地面移动，一路颠簸不停，像机动车在马路上行驶一样，接着缓慢升入空中。

飞机差不多是向巴黎东部直线行进，在半空上升时，给人的感觉仿佛处于一条大船之中，被一些巨人高举着缓慢前行，下面的地面渐渐变得平坦。它看起来被切割成棕色、黄色和绿色的几块方形，还有几大块平坦的绿色，那是一片森林。这时，我开始明白什么是立体派画了。

飞机飞得极低的时候，我们能够看到路上骑自行车的人，他们很像是在一条狭长的白色带子上滚动的便士。飞机上升的时候，整个地面的风景则会尽收眼底。烟雾弥漫，干扰了我们的视线，它使整个陆地看来平坦而且无趣至极。还有总是向外的强烈轰鸣声，我们可以清清楚楚地看到身后的驾驶舱里飞行员宽大鼻子的鼻梁，他的羊皮大衣，还有在操控杆上左摇右摆的脏手套。

飞机飞过大森林，它看起来就像丝绒一般柔软，我们经过巴勒迪克和南锡这两个红色屋顶的灰白色小镇，经过圣·米耶勒①。在这片空阔的区域，我能看到旧壕沟曲曲折折地在有弹痕的场地延伸。我大声呼喊妻子让她向外看，可是她似乎没有听见。她的下巴垂到新皮毛大衣的衣领处，睡得香甜极了。她之前就是想在第一次飞机旅行时穿这件衣服。5点整的飞机让人忍受不了。

飞过这个1918年的前线之后，我们遇到了一场风暴。飞行员把高度降到极低，我们顺着下方一条运河的方向飞过下雨区。在飞过一个平坦、无趣的乡村很长一段距离之后，我们越过孚日山脉的山脚，山脉努力向上伸展，似乎想和我们来一次亲密接触，然后闪开覆盖山脉的森林，山脉似乎耸入云霄，最后在飞机下方的朦胧烟雨中逐渐消失。

---

① 此地曾发生第一次世界大战中首次由美军组织实施的大规模进攻战役，为"一战"最大规模的空中作战行动。

飞机向上拉升，飞出风暴区，沐浴在明媚的阳光里，我们看到莱茵河就在我们的右下方，看起来就像一条平直的缎带，沿岸长满了树。飞机升得更高了，来了一个长长的左拐弯，随即就是一个长长的极漂亮的俯冲，我们仿佛搭乘电梯急速下降，此时心脏已经到了嗓子眼。接着，当飞机从地面上方再次急速上升时，再次俯冲，然后机轮着陆，飞机颠簸着前进，最后，就如同所有的机动车一样，沿着平稳的机场轰鸣着到达飞机库。

为我们接机的是一辆豪华轿车，载我们到斯特拉斯堡。我们走进乘客室，等候下一班飞机。小吃店的那个男人问我们是不是去华沙，言谈自由随意，也非常愉悦，唯一美中不足的是引擎内的蓖麻油散发的气味着实令人厌恶。因为飞机很小，速度又快，而且因为我们是早晨飞行的，没有人晕机。

"这里上一次的飞行事故是什么时候？"我问在柜台后面的这个男人。

"去年7月中旬。"他说道，"有三个人丧生。"

但就在那个早上，法国南部，一辆缓慢行驶的朝圣列车从一个陡坡顶端倒滑，撞上正在爬坡的另一辆列车，两个车厢被撞成碎片，三十多个人死亡。在7月事故以后，巴黎—斯特拉斯堡线路的生意滑落了很多，但是乘坐火车的人似乎并没有减少。

德国的通货膨胀

《多伦多每日星报》1922年9月19日

德国凯尔

我们走进斯特拉斯堡的一家汽车经销处，询问里面那个男孩儿关于过境的要求。他说："是的，从这过境进入德国很轻松的。你们只需过桥就行了。"

"你们不需要办理任何签证吗？"我说。

"不用，只需要拥有从法国进入的一个许可印章就行了。"他从口袋拿出他的护照，给我们展示背面盖满了的橡皮图章。"看到了吗？我就在那里居住，因为那物价更便宜。这也是一种赚钱的方法。"

这些话说得没错。

从斯特拉斯堡的中心到莱茵河有 3 英里的电车的距离，当抵达这条路线的尽头时，大家都一股脑地挤下车，乱哄哄地拥向一条长长的用尖木桩围成的栅栏，这条栅栏通往大桥。一个携带步枪带刺刀的法国士兵在道路两边来回走动，透过蓝色钢盔看着在围栏处的女孩子们。桥的左边是丑陋的砖式海关大楼，右手边一间小木屋里一个法国官员坐在柜台后面，正在给护照盖章。

莱茵河是黄色的，泥泞混浊，水流迅速，河岸较低的地方是绿色，河水打着旋转，冲击着长铁桥的混凝土桥墩。在桥的另一头，是并不美丽的凯尔小镇，看起来就像多伦多登打士街的某个沉闷区域。

如果是一名持有法国护照的法国公民，柜台后面的人只是在其护照上盖上"过桥，前往凯尔"，就可以通过桥到达被占领的德国。

如果是其他同盟国的公民，官员则会充满怀疑地看着你，仔细询问你从哪里来，到凯尔是为了做什么，准备停留多久，然后在你的护照上盖同样的章。如果你恰巧是在斯特拉斯堡出差的凯尔公民，回家吃饭——如同所有郊区和他们所附属的城市关系一样，凯尔人喜欢和斯特拉斯堡的同行来往，只要有业务，不管做什么，都一定要去斯特拉斯堡出差——在队伍中排 15 到 20 分钟。他们在一张卡片索引上搜寻你的名字，看你是不是曾经讲过反对法国政权的话，他们记录下你的谱系，还会问你各种各样的问题。最终你也得到同样的许可。每个人都可以过桥，但是面对德国人，法国人让它变得复杂多了。

穿过泥泞的莱茵河，你就会站在德国的土地上。在德国土地的桥头上，有两三个德国士兵守卫，他们是你见过的所有的德国士兵中最温顺、沮丧的。两个携有步枪带刺刀的法国士兵踱来踱去，而两个德国士兵没有什么武器装备，他们靠在墙上旁观着。法国士兵则全副武装，头戴钢盔，但德国士兵穿的是旧旧的宽松束腰外衣，戴的是和平时代帽舌高高的帽子。

我询问一位法国人，德国守卫有什么职能和责任。

"他们就站在那里呀！"他回道。

在斯特拉斯堡，我们没有马克，几天前，汇率的一再上升让银行家们都纷纷逃离。所以我们在凯尔的火车站兑换了一些法国货币。10 法郎兑 670 马克。10 法郎大约相当于加元的 90 分。那 90 加元是我们夫妻二人花费较多的钱。一天过完了，我们只剩下 120 马克！

第一样物品是从凯尔大街旁边的一家水果摊买的，一个老妇人在卖苹果、桃子和李子。我们精挑细选了五个看起来很不错的苹果。给了这个妇人一张 50 马克的纸币，她找回我们 38 马克。一位长得非常英俊的白胡子老先生看到我们买了苹果，举了举帽子。

"很抱歉，先生。"他有些羞怯地用德语问道，"你这苹果多少钱？"

我数了数零钱，告诉他为 12 马克。

他笑着摇摇头说："我买不起，太贵了。"

他就像旧时期的白胡子先生一样在所有乡村走过，沿着街道走了很远很远，但是离开之前用非常渴望的眼神看着苹果。我真希望当时我能送几个给他。12 马克，在那个时候，还不到 2 分加元。这个老人应该和大部分无产阶级一样，把毕生的积蓄都投在了德国战前和战时的债券上，以至于付不起仅仅 12 马克的费用。他所属于的这一类人，收入没有随着马克和克朗①购买价值的下降而增加。

当马克和美元的汇率为 800 马克兑 1 美元，或者说 8 马克兑 1 美分时，我们在凯尔不同商店的窗口问物品的价格。豌豆是每

---

① 德国旧金币单位。

磅 18 马克，菜豆 16 马克，一磅恺撒咖啡豆①要价 34 马克。格斯滕咖啡豆并不是真正的咖啡豆，而是烘焙了的大麦，一磅卖 14 马克。牯蝇纸一袋 150 马克，一个镰刀刀片也是 150 马克，或说 80 分，啤酒则是 10 马克一品脱。

凯尔最好的旅馆看起来棒极了，它供应五道菜的份饭，价格是 120 马克，相当于我们的 50 分。在斯特拉斯堡执行不下去，三英里之外还要 1 美元。

因为海关对待从德国返回的人规定极其严格，法国人无法在这里大量购买他们想买的一切便宜物品，但是他们可以过来吃。每天下午，一大群人冲进德国糕点店和茶馆，这已经形成了一大风景。德国人做的糕点美味可口。其实，按照现在暴跌之后的马克汇率，斯特拉斯堡的法国人只需要花费不到 1 苏的钱就能买到一份，而这是法国最小的钱币单位。这种汇率造成了一种非常奇特的场景，斯特拉斯堡小镇的年轻人拥进德国糕点店，吃撑得差点吐出来，狼吞虎咽涂满奶油的松软德国蛋糕薄片，每片 5 马克。一个糕点店不到半个小时就被一扫而空。

我们去的那家糕点店，系着围裙，戴着蓝色眼镜的男士似乎是老板。店员是一个有典型德国兵特征的德国人，留着小平头。各种年龄和各种类型的法国人挤满了蛋糕店，每个人都在大口地吃着蛋糕。一个有着消瘦漂亮的面庞，戴着珍珠耳环，身穿粉红连衣裙、丝质长袜的女孩儿，点了很多份水果和香草冰激凌。

她好像一点也不担心自己能不能吃完所有的东西。镇里有士兵在巡行。她一直看着窗外。

老板和他的助手面部一直绷得紧紧的，当蛋糕卖光后，他们没有显示出丝毫的开心之意。他们烘焙蛋糕的速度远远赶不上马克贬值的速度。

同时，街道上一辆很有意思的小火车晃晃悠悠地开过，车上坐着拿着饭盒的工人们，他们这是要回小镇郊区的家。"倒爷"们的

---

① 在德意志共和国仍有很多"恺撒"的牌子。

汽车飞奔而过，尘土在车尾飞扬，树上、所有建筑物的前面都落满了灰尘。糕点店内，几个轻浮的法国年轻人咽下最后的蛋糕。法国妈妈们擦拭着小孩黏糊糊的嘴巴。这是关于汇率的另一个场面。

傍晚，喝茶的、吃糕点的穿过大桥，前往斯特拉斯堡，第一批不辞劳苦，特地到凯尔来吃便宜晚餐的人纷纷抵达，他们贪图的是汇率带来的便宜。两股人流在桥上交叉而过，两名看起来郁闷愁苦的德国士兵在一旁看着。汽车经销处那个男孩所说的再精辟不过了："这也是一种赚钱的方法。"

英国人能拯救君士坦丁堡

《多伦多每日星报》1922 年 9 月 30 日

君士坦丁堡

君士坦丁堡嘈杂、燥热、多山、肮脏，这并不能掩盖它的美丽。制服和流言包围着它。

现在，足够数量的英国军队进驻君士坦丁堡，准备防止基马尔主义者入侵。

然而，外国人很紧张，他们依然牢记士麦那的命运，并预定了未来好几周内出发的列车。

一切都在等待安哥拉国民议会对和平条约的答复。此时议会应该正在讨论巴黎的建议，他们的决定预计下周三公布。

丈夫优先，妻子靠边站！

《多伦多每日星报》1922 年 9 月 30 日

科隆

现在，在德国旅行的乐趣就和在林荫大道高峰时段的汽车里抓着吊环一样。铁路系统运营的每一辆火车都在亏本，反而数量最少的汽车却承载了最多的乘客，他们拥挤在过道里，很像是堆在桶里的铁钉。昨天早晨6点在法兰克福，有一大群人，人多到可以装满一趟列车，全都在调车场转换的阿姆斯特丹快车。当这列快车进站时，只有等到乘客下车后人群才可以上车。过道里依然塞满了人，每个座位都有人。但是他们还是不知道用了什么办法全部挤了上来。

无论你对赔偿问题有什么看法，也无论你觉得允许德国再次恢复繁荣来确保欧洲的稳定的必要性有多大，德国男人对待他们妻子的方式都很难令你喜欢、欣赏。为了避免以偏概全的嫌疑，我可以这么说："过去4个星期，我在德国各个地方见到了德国男人。"

这就一个案例。火车上的男招待宣布餐车开始提供服务。卧车包厢里的一位德国绅士站起来，递给妻子自己刚刚看的说明书，接着消失在餐车的方向。一个半小时以后，他浑身酒味，晕乎乎地回来了。他带回了几块卷着点儿奶酪的面包卷给他的妻子。妻子接过后狼吞虎咽地吃起来。

还有一位德国绅士伸手拿他的帆布背包。背包从行李架上跌落，打到他妻子的头部，他的妻子立刻疼得泪水满眶。这位德国绅士看上去很是恼怒，他对妻子说："你又没受伤。"他或许担心，如果他不再一开始就阻止这种事情，他妻子会感觉自己哪里出了毛病，不能拿背包了。

当然，那时还有一位德国绅士决心在拥挤不堪的头等车厢里找一个座位。一等车厢每侧有3个座位。这是一等车厢的独特之处，二等车厢每侧有4个，三等车厢则有6个，而四等有8个。

在这种特殊情况下，所有座位都有人，但是有一位挨着窗户坐的老妇人站了起来，看着窗外。我们甚至动都动不了，部分车厢已经驶离车轨。这位德国绅士进来了，后面跟着他的妻子，他坐在了老妇人的位置上。随后，这位老妇人要坐下，因为眼神不好，她不知道有人已经坐了她的位子，结果她坐在了这位德国绅士的腿上。

他的面色丝毫不改，只是稳坐不动。这位老妇人惊得跳起来，神色惊慌地看着他。这位德国绅士的妻子羞愧极了，转身离开包厢。他还是纹丝不动，表情冷漠得像一块冰冷的火腿，这位老妇人看着窗外，嘴唇不住地颤抖。

我想起了尼亚加拉有一句谚语，如果一位法国妇女生气，她发泄怒火的方法是撕碎一头巨大的野兽。但是这位老妇人没有，她只是被吓到了。显然，她过去有过类似的经历。

在德国面对这种情况：外国人不会先开始争吵。他们极力忍受这些屈辱以避免惹来群殴。我自己的看法是，如果德国人能够毫无顾忌地杀死沃尔特·拉特瑙，那么他们也会毫无顾忌地杀死我。我被轻轻地践踏了。包厢里事态的发展到这种地步。我想知道，就一个网球拍的构造而言，它究竟能成为一个什么样的武器，演练出 11 种变化中最好的一种方式是来使一个人致残。

当然，招惹麻烦最简单明显的方法就是站起来给这位老妇人让出我的座位。这经常被德国有轨电车每一个坐着的男人当作开战的理由。就在此时，这位德国绅士的妻子打开包厢门，她已经在较远的一节车厢找到了她的座位。这位德国绅士仍然坚持坐了几分钟，只是为了显示只要他愿意，他就能继续坐着。然后他终于走了。这位老妇人非常庆幸地坐下了。

德国的家庭生活应该是非常精致完美的。这样美丽的场景：父母和小孩子聚在一起喝啤酒，孩子可以做这些亲密的行为，比如为爸爸拿拖鞋，为爸爸点烟斗，等等。但是在公共交通工具上所展现的这部分，在某种程度上失去了其魅力。

德国暴动

《多伦多星报周刊》1922 年 9 月 30 日

科隆

从西里西亚回来的英国官员说，公民投票后英国部队必须护送法国部队离开该国，来避免可能导致的流血袭击事件。

这种做法是为了防止发生暴动。但德国对法国的憎恨实在是太强烈了，他们甚至会对报复那些对侵略军过于友好的本国人。那些与法国官员关系较为密切的德国女孩子，会被抓起来扯去衣服，削掉头发，然后驱逐出所在城镇。

威廉·墨亨索伦的庞大骑马雕像就屹立在莱茵河上美丽的霍亨索伦桥的科隆一侧。它记载了最近一个时期的所有痕迹。德国宣示它是多么强大的时期。雕像上两只大铁靴的靴刺被折断了，而且剑上的刃也已经消失了。这些都是在科隆一些市民试图推翻大雕像的一次行动中被打碎的。这次行动开始于革命，结束时却只是一场小暴动。

在袭击雕像期间，有一名警察试图安抚狂躁的市民。民众把这名警察扔进了河水里。警察被莱茵河湍急的漩涡冲到了桥基，挂在了一个桥墩上，他呼喊人群中他认识的人，并说要惩罚他们。所以民众一起拥挤下去，想要把警察推入水流中。这代表着他们想要淹死这名警察，但警察死死抓住桥墩不放。民众们用敲击雕像的短斧狠狠砸他的手指，最终松开了他的双手。

这是德国警察和德国暴民，而且德国警察和德国暴民之间的冲突并不稀奇，到处都是。在北方，反对高生活费的暴动在警察的机枪下平息了。在南方，慕尼黑支持霍亨索伦、鲁登道夫和恢复君主制的暴乱示威中，意见不同的共和党人也在警察的棍棒下平息了。

同时，为了不让双方投机商人所花的钱从手中溜走，史且尼斯和一群法国承包商达成了一项协议，即所有德国向法国供应的用于重建的材料，都应由雨果·史且尼斯经手。他同意他经办的一切事物，都会收取6%的费用，这是整个暴力交易的最后修正。两国投机商因此聚集到一起，组成了投机商托拉斯，所以根本不可能有任何东西从他们手中流出。很多人开始悄悄议论遭重建破坏严重地区的重大丑闻，而后来一次前所未有的大丑闻也在慢慢靠近，它让巴拿马运河丑闻和马可尼丑闻都黯然失色。

英国飞机

《多伦多每日星报》1922 年 10 月 30 日

君士坦丁堡

数千支英国增派部队鼓舞了驻扎在君士坦丁堡的希腊士兵和美国士兵，他们丢掉红圆帽，重拾传统的西方帽子。在眼下困境发生之初，每个希腊人和美国人都为自己准备了一顶红圆帽，一直戴着直到他认为土耳其的占领危机过去。英国飞机今天在首都君士坦丁堡上空飞过，给斯坦布尔带来了一阵激动与欣喜。这次的空中策略让人们相信，英国已经做好了面对这次不测的准备。英国武装力量的不断到来降低了城内暴动升级的危险，同时也检查了基督徒们用于逃往周边国家的航班。

英国政府勒令凯末尔撤离查纳克

《多伦多每日星报》1922 年 9 月 30 日

君士坦丁堡

英国和土耳其之间的战争一触即发，现双方于中立区处于僵持状态。英国军队总司令哈灵顿将军，今天派发了一封最新急件给穆斯塔法·凯末尔，要求他从查纳克地区撤离。

心照不宣的是急件中没有规定撤离的时间。

这封急件是最新通牒，紧接着英方就收到了凯末尔的回复，信中要求英国撤离亚洲的海峡。

凯末尔的答复被认为怀有非常明显的敌意。

一位高层英国官员表示，这样的答复关上了通往和平的大门。

哈灵顿并未要求土耳其撤离

《多伦多每日星报》1922 年 10 月 2 日

君士坦丁堡

英国陆军总司令今天发布声明，不承认来自英国方面关于上将哈灵顿即将要求土耳其部队在 24 小时内撤离达达尼尔海峡海滨的报道。按照声明中所说，这个问题将会在穆达尼亚进行讨论。

联盟军今晚会前往穆达尼亚。参与讨论的人员分别是大英帝国的哈灵顿上将，法国的夏皮上将和意大利的迈姆贝里上将。

土耳其红新月会的传道总会

《多伦多每日星报》1922 年 10 月 4 日

君士坦丁堡

穆达尼亚会议将会决定英国与土耳其之间是战是和的问题。上将哈灵顿对和平的愿望有明显增长的迹象，但是土耳其的集合部队在（博斯普鲁斯）海峡和君士坦丁堡优越的战略地理位置让他们在表达意愿时态度更加强硬。然而，从哈灵顿杰出的军事判断力和法国与土耳其的协议来看，可以带来一个让双方都满意的解决方案。

色雷斯，一个贫瘠的蛮荒之国是形势发展的关键。对于重组的希腊政府来说，色雷斯是另一个马恩省，必须要保护好，才有可能变得伟大，希腊才会被世人认同。

土耳其红新月会（相当于红十字会）就希腊在色雷斯的暴行做出报告，指出作为红新月会的领导，君士坦丁堡头领凯末尔的威信必然会遭到损害，并且需要说明的是红新月会的官方报道仅仅是一种宣传手段，是被土耳其人用作防止他国直接侵略色雷斯的教会利用了。

因为一些不好的情感，土耳其人想要拿回他们的吉都阿德里安堡，并且色雷斯的地理优势给了他们在欧洲的有利立足点。清除色雷斯的希腊军将可以联合保加利亚和土耳其，并将战场推向巴尔干半岛地区的中心。

哈米德老爷

《多伦多每日星报》1922 年 10 月 9 日

君士坦丁堡

俾斯麦曾说过，在巴尔干半岛地区，凡是把衬衫塞进裤子里的人都是骗子。当然，农民的衬衫一定是露在外面的。不管怎样，我发现作为奥斯曼帝国银行（一家法国资本化机构）的管理人哈米德老爷（居于凯末尔之后，也许为安哥拉政府最有权势的人）在他的斯坦布尔办公室（他指挥欧洲凯末尔政府的地方）拿着高额薪酬的时候，衬衫就是塞进裤子里的，因为他穿着一件灰色的西装。

哈米德老爷的办公室坐落在一座陡峭小山的山顶，远处是一座古老的宫殿和红新月会的房子，这一组织和我们的红十字会大致相同。哈米德老爷是其中一位领导人，身穿红新月会卡其色服装的护理人员执行安哥拉政府的命令。

"当凯末尔进入君士坦丁堡时，加拿大非常担心会发生基督教徒大屠杀。"我说道。

哈米德老爷块头很大，行动笨拙，胡子是灰色的，头发直竖着，他戴着眼镜，衣领外翻，开口说了就是法语。

"为什么要害怕基督教徒？"他问道，"他们有武器，而土耳其人已经被解除武装，屠杀根本不可能发生。在如今的色雷斯地区，事实是希腊的基督教徒屠杀土耳其人。这就是我们为什么必须占领色雷斯，我们要保护人民。"

来自克里米亚半岛、开罗的暴徒们聚集在君士坦丁堡，希望凯末尔取得胜利后的爱国式狂欢让他们可以对着易燃的木屋纵火，烧杀劫掠。在这个时候，除了同盟国的警察外，这是保护君士坦丁堡的基督教徒的仅有的保障了。同盟国的警力紧密且效率高，但是君士坦丁堡人口多达 150 万，秩序杂乱，满是让人绝望的因素。

而且凯末尔进入这个城市之后，在苏伊士东部某个地区引起一种渴求的人将无法在君士坦丁堡使它平息的情绪。一位安那托利亚政府的成员告诉我，君士坦丁堡将和土耳其的亚洲部分都一样无聊枯燥，后者禁止进口、制作或是售卖酒精。凯末尔还禁止玩牌、夕阳双陆棋，布尔萨的咖啡馆晚上 8 点整就必须打烊。

这位提倡者对法规的信仰无法阻止凯末尔本人和他的职员对酒的嗜好，就如同那位到达士麦那保护美国烟草行业的美国人所发现的那样，当他喝完八瓶干邑白兰地的时候，他就成为凯末尔总部在小亚细亚最受欢迎的人。

凯末尔的法令阻止了美国酒精原料的大宗进口，它们一般是用金属铜装载，用船运送到君士坦丁堡，上面贴上"药用"标签。这种原料被制作成酒精饮料，味道很像苦艾酒。土耳其人坐在咖啡馆内的时候，噗噗地吹着他们的水烟管，就小口抿着这种酒。

土耳其军向君士坦丁堡逼近

《多伦多每日星报》 1922 年 10 月 9 日

君士坦丁堡

今天，土耳其武装部队在中立区伊斯麦德撤军。

上面提到的军事调遣或许应该理解为土耳其军方已经从中立区伊斯麦特撤军。据说在下面的军事调遣中，哈灵顿上将已经警告了伊斯麦德帕夏（帕夏：旧时对土耳其大官的尊称）务必执行撤军令。

基马尔武装军队今天已经在君士坦丁堡行军一整天，也就是和亚洲边界的博斯普鲁斯海峡邻接的地方，并且用联盟军的身份在穆达尼亚会见了伊斯麦德帕夏，并且提出要重新努力解决近东问题。

土耳其骑兵部队已经抵达十垒和亚米斯，这两个地方都属于位于马尔马拉海右边的博斯普鲁斯海峡附近的中立区。亚米斯和君士坦丁堡的距离仅有一天的行军路程。土耳其骑兵同时也在接近凯拉亚克比，而凯拉亚克比也在相同的区域。

据报道，土耳其非正规军夜间已经开始活动，昨天下午已经距离贝克斯很近了。贝克斯在亚洲边界的博斯普鲁斯地区内，是君士坦丁堡的一个郊区。英军则一直在侵犯贝克斯地区周围。

土耳其非正规军、少部分的游击队和一些土匪频繁触碰先前土耳其军队划定的警戒线，它们都在亚洲边的君士坦丁堡领土范围内。

昨天，英方做了最后的军事防卫的准备工作，架起了防护桥和交叉逃生通道。

周日，一艘英军的驱逐舰在黑海海岸的十垒抛锚。军舰指挥官上岸后见了当地的民族独立主义官员，要求他撤离军队。土耳其方面回应要求他遵守上级的指令，因此英方指挥官公然宣布他也有要执行的命令，于是下令在更靠近海岸的地方下锚。

据报道，一整支分出来的土耳其军队已经进入死亡中立区。而且据说哈灵顿上将已经警告过伊斯麦德帕夏，除非基马尔撤军，否则他将有责任对土耳其军队两翼进行军事示威。基马尔代表据说已经做出承诺：这样的军事发展态势将会停止，并且今后不会再次发生这种军事事变。

为了保卫君士坦丁堡，哈灵顿上将已经下令暂停横穿博斯普鲁斯海峡和马尔马拉海的渡船服务。据说现在已有 12500 个基督教徒聚集在英国航线外的伊斯麦特地区，同时几千名甚至更多教徒在航线之内，不断转移到设计好的营地内，他们将直接穿越君士坦丁堡境内。

此时，土耳其军队集中在查纳克的邻近的死亡中立区，并连续向这个地区转移。此地的步军已经代替了骑军，这个举动意味着土耳其军方准备挖战壕占据己方的军事位置。

巴尔干半岛地区：一幅和平而不是战争的画面

《多伦多每日星报》1922 年 10 月 16 日

保加利亚首都索菲亚

只要 20 分钟就能赶上辛普朗的东方快车，离开在巴黎另一头的里昂车站。去君士坦丁堡只需要搭乘一辆出租车。

一辆出租车的确足够，但问题是我坐的这辆出租车的司机喝醉了。

我们的车子一路上摇摇晃晃地在巴黎 7 点钟拥挤堵塞的车辆中撕开一条出路。我悬在出租车后座的一边，紧紧地在司机背后注视着他通红的脖子，祈祷我们不会撞到东西。

快要到达车站前的大广场的时候，醉醺醺的司机在挤满大型载人绿色公交车和此起彼伏的喇叭声中抓了一个车流中的小缝隙，迅速穿过然后死死刹住车。

"瞧！"司机大喊，似乎还想做出更加夸张的动作，然后提起我放在他座位旁边的大手提箱伸出窗外在人行道上，上下挥舞。

我终于理解到那些笨拙粗陋的作家写的"惊悚得连一句话都说不出"是什么意思了。

因为手提箱中是我的打字机，而对一个记者来说，对打字机的爱意丝毫不逊色于母亲对孩子，或者是一个汽车车主对他的福特汽车，又或像一个球类运动员对他的右臂那般。

"醉鬼！我的机器在那里面。"我发怒地说着，但这没有任何意义。

司机终于平息了他想做出什么英勇行为的心思，情绪渐渐变得平和。他试着用手摇晃我。

"先生你能向我索要1000只骆驼或是猪，我理应受到这样的惩罚，但是我太兴奋了！"

我接下来也只能是赶火车了。我跟着一个服务员走进了一个又长又脏的火车站，与此同时那司机仍然在大喊大叫："我没喝醉，我只是太兴奋了！"

结果跟预想的一样。打字机的齿轮卡紧了，不能动了，到了君士坦丁堡一定彻底报废了。

所以当这辆长长的、棕色的东方快车在欧洲大地匍匐穿行的时候，我只能用铅笔涂涂画画，越过那非常虚幻的边界地区，穿过高山和水平面上收获的田地，驶向君士坦丁堡和斯库塔里。那里有一个个子不高、古铜色脸庞、满头金发的土耳其人。他有一支由30万人组成的经验丰富的军队，还有一个团结的民族。他可以直接命令军队对抗两年前像土匪一样追捕他的同盟军。

和我共享房间的是一个年轻的塞尔维亚人，他曾去过波士顿的学校。他说的话有些就像下面这样：

"说什么，瓦达雅认为我在巴黎买的这沙发？150法郎，这还算好？哈？想看我照片上的女孩儿？还是多个女孩儿？哈？我是交了个更好看的女朋友，但她的照片在我箱子里。你说，看着那个意大利的军官，是不是很像一个女人？我敢打赌他穿了紧身内衣。难道穿成这样还能打仗？你说他是不是很滑稽？"

上面提及的意大利军官，他戴了一个单眼镜片，身上绕了三条包扎伤口的绷带，除此之外还戴着国家授予他的英国战功十字勋章。

"我说他们就应该像那样把鸟带出去然后射击。"这个塞尔维亚小伙子说。

我写出的情况和他们所做的事情几乎丝毫不差。

我们穿过平坦、富饶、充满绿色和棕色的伦巴第平原，伦巴第白杨守卫着它，浓密的桑葚树篱把它切割成很多块。随着火车的通过，眼中除了富饶的土地，还有铺满像鸡蛋一样白白胖胖的鹅卵石的干涸河床，还有那顶端带着白色杆子的干净钟楼映着太阳，满是灰尘的路上牛儿在缓慢前行，一只蜥蜴急速地穿过墙面等景色。

整个欧洲大地是一幅收获的画面，有绿色和金色。我们穿过的一部分塞尔维亚地区，看起来很像是尼亚加拉半岛。晚九月的薄雾笼罩着大地，因为我们是清晨穿过克罗地亚边界的，所以我们在移动的火车上看到的这个乡村，他静谧得像东部的安大略湖一样。很难相信这个富饶，让人心情愉悦的乡村是没有任何希望的巴尔干地区。正因为如此，当你乘车穿过它时，才会真正明白，这是一片令人热爱的土地，也因此才会有人甘愿为它奉献。战争的问题是因为领土和长满谷物和金黄马铃薯的田地，毛茸茸的绵羊和成群的牛，在沉甸甸摇晃着的谷子地里的大量的黄色南瓜，成片的山毛榉树林和冒着烟的烟囱。

这就是我们的问题，这也是所有战争爆发的原因，在巴尔干地区只要一个人掌管了另一个人的土地，和平就绝对不可能存在，无论是什么可能的政治原因。

基督教教徒离开色雷斯前往土耳其

《多伦多每日星报》1922 年 10 月 16 日

君士坦丁堡

今天有数千名的基督教教徒，他们当中很多人仍在忍饥挨饿，但是他们还是把所有尘俗的财物压在他们背上，步履艰难地离开了色雷斯，奔向土耳其。还有很多年老的男人女人带着孩子走向巴尔干地区，永远离开了居住多年的家。

一些人用手推车装着他们家用的东西。还有些人丢了所有的东西逃离，离开困了他们 15 天的色雷斯。姆丹尼尔会议上，同盟军的将军和土耳其代表制定了他们撤离的时间。

大部分色雷斯的火车已经被希腊政府征用来运送士兵，当他们到达港口就会被载上送往战地，而平民们只能推着摇摇晃晃的手推车或是步行去土耳其。

邻近巴尔干半岛的洛多斯托滞留了很多难民。饱受苦难，忍饥挨饿的希腊人和亚美尼亚人热切盼望能有好的办法把他们带到希腊。

可以预想的是，当这些难民到达希腊后不会得到很好的或者足够的救济。数千的难民一拥而入，但都只是依靠政府和慈善机构的救助，食物的供应显然不够。

还有一件事，希腊人刚刚离开之后，就有四个英军的营队、三个法军的营队紧跟着到达了色雷斯。

君士坦丁堡的白是弄脏的白色，既不耀眼也不恐怖

《多伦多每日星报》1922 年 10 月 18 日

君士坦丁堡

君士坦丁堡并不像电影中展现的那样，不像照片和图画上所画，也不像其他一些东西描述的那样。

首先你乘坐的火车像蛇一样在被太阳晒干的、没有树遮挡的平原上起伏着到达大海，它沿着海滨蜿蜒前行，在那孩子们正在游泳嬉戏的地方。越过蓝色的大海，你会看见一座大的棕色的海岛，还能隐约看到棕色的亚洲海岸。然后火车会咆哮着通过在高高的石墙间，并且在你从石墙那儿出来的时候，会摇摇晃晃地经过木质的住宅公寓。

"那是斯坦布尔。"同你坐在一起看向窗外的法国人对你说。

根据我看过的所有关于斯坦布尔的电影,我觉得它应该是白色的、耀眼的、恐怖的,但这些建筑和那画得不切实际的房子图纸、干燥易燃的东西完全不一样:它们散布在城镇上,颜色古旧,铁路栅栏饱经风霜,高耸的尖塔上满是小窗户。它们看起来很脏,白色的蜡烛围绕着它们。

火车经过古老陈旧的、微红色墙壁,接着又进入一条隧道。出来后,你会看见闪着灯光的航船尾部,在角落里如雨后春笋般冒出来的带着弄脏的白尖顶的清真寺。在君士坦丁堡的每一样白色都是被污脏了的白色。你在 400 年后欣赏到的白色尖塔,就如同你在 24 小时后再看到的白衬衫的颜色一样。

在车站,你能到看到的是堵塞的门房,旅馆的行李滑行装置,像英国人一样的黎凡特绅士的轻微脏污的白衣领,严重被弄脏的白裤子,粗重混浊的呼吸以及展现礼貌渴望被任命为翻译的人。他们因为通行证有问题而无法离开君士坦丁堡,他们褪下手上的护腕清理他们的白色鞋子,希望能立即遇上再来镇上的观光者。同时他们还做其他工作来赚钱,而这些报酬都很低。

法国人给我推荐了一名搬运工帮我运送行李。我把包给他并告诉他:"伦敦旅馆。"我们去找出租车,这时一个穿白裤子的人上前来,脸上的笑有些不自然。

"啊。你要去伦敦旅馆哪。我刚从那儿来,我可以和你一起去并照看你的行李。"

"上车。"我回答。

我们在拥挤的道路上行驶,然后上了一座长桥。穿白短裤的人给了土耳其警官一张又皱又脏的纸币,接着我们越过两边乱作一团的船舶。因为路上都是船,所以你只能看到一点点露出的水面。

"那是什么,金色号角吗?"我问他。实际上它看起来更像芝加哥河。

"是。"白短裤回答,"靠左边的是去博斯普鲁斯海峡和黑海的，在右边的是给去王子岛的短程旅行使用的。"

我们在一条坡度很大的街上边谈边笑。经过商店橱窗、银行、饭店，以及用四种语言来印刷他们国家标志的大厅。穿着商业装的人潮，他们戴着圆边帽或是编织帽，每分每秒都在为了生计忙碌着。

我们路过方形的美国大使馆，它看起很像卡耐基图书馆。还有一个黄色的方形的是联合警署，它看起来也像卡耐基图书馆。还有黄色方形的英国大使馆，比那两个建筑更像卡耐基图书馆。我们当时在培拉（君士坦丁堡的一个区）。

培拉是欧洲人的住宿聚集地，它的位置在山上，地势比商业区加拉太还高，但是这两个地方所处的街道都有共同的特点，那就是狭窄肮脏、坡度陡峭、铺满鹅卵石、充斥着有轨电车。在培拉的所有公共建筑都是统一的，和广场上的非常相似，一样是如同包成盒子形状的卡耐基图书馆。这种建筑会让每个州的人产生在家中的错觉，因为它们就像美国邮局的复制品，小镇的议员们卖了本地地产来确保他们能长期参选。

罗马尼亚和美国的领事馆很容易辨别，因为它的门前排着长长的队伍。这些办签证的人就像在冰球竞技场等着买票时一样，队伍延伸出很长很长。美籍犹太人和罗马尼亚人正办理离开君士坦丁堡的手续，他们不计代价地卖出财产。政府证券行发表声明试图说服他们不要再做不理智的事情，政府方面会采取措施保证他们的居住地安全，加强巡逻确保安全。但亚美尼亚人、犹太人和罗马尼亚人早就听说过类似的声明了，或许声明有些道理，但是他们不想冒险，因为凯末尔的军队进入君士坦丁堡只是早晚的事情，战争也早晚会发生。亚美尼亚人、犹太人和希腊人不能忘了士麦那的经验教训，所以他们选择离开。一个1000年的屠杀历史的阴影深深印刻在他们的内心当中，对这样一个种族来说，不管是什么样的承诺，平静对他们来说都太困难了。

但希腊人的处境却有所不同，他们受到民族道德的谴责。因为那些死去的希腊军队在安纳托利亚做出的摧毁行为和在土耳其村庄烧毁田地、谷地的行为都是不容置疑的事实，他们必须要为自己的所作所为承担应有的责任。美国救济的那些在村庄生活的工人和教徒可以为此做证，因为他们都是在希腊撤退之时留下的人。

对这个问题，稍后当我拿到基督教徒和土耳其人的证据和证词后，会向读者做出详细的介绍。现在还不是要点。事实是自从特洛伊围攻之后，在这些城市中只要出现暴行，反暴行就一定会出现，但这些都会有无辜之人忍受。因为只要有犯罪者的暴行，牺牲者的报复就必定存在。这就是希腊人为什么全都离开君士坦丁堡。

当我收拾好旅馆之后，我站在培拉堆满垃圾的山坡上，俯视着避难所。那里有草木庇护，黑烟从烟囱滚滚而出，越过灰色的山坡。那一边就是土耳其人的城镇：土灰色的房子，摇摇欲坠的住宅，还有带着灰白尖顶的房子，就像这堆房子中的灰白纤细的灯塔。我还看见一艘意大利轮船正要离开港口，航线上挤满了希腊难民。透过眼镜，我清楚地看出他们脸上的迷茫神色。

这一切都似乎显得有些虚幻，但对于那些离开他们家乡、工作、协会和营生的人来说，一切都是千真万确的。因为他们惧怕等待，惧怕遇到那些棕色皮肤、戴着毡帽、背上背着卡宾枪、骑着短粗毛山地马的土耳其人。而他们此时就要从斯库台湖的渡口穿越狭窄的海港登岸了。

等待一场邪恶狂欢

《多伦多每日星报》1922 年 10 月 19 日

君士坦丁堡

现在君士坦丁堡用电压力有些紧张。那种情况，只有没受到过侵略破坏，居住在城市的人才有过体会。

我们可以把这种压力看成一个首次参加职业棒球大赛的投手在进场时的感觉，并且随着他距离接球线跃进，这压力就会越来越大；也像是在多伦多赛马场时，在比赛信号发出后，观众的紧张心情；或者像是你在楼下来回徘徊等待爱人时那种害怕、发冷的感受；又像是医生和护士在屋里抢救而你什么都做不了的感受。这些情况下的感受你都可以拿来和君士坦丁堡的紧张氛围对比。

我们这些通讯员在危险中得到私家的世界大赛激动时刻的报道，就在那种情况下，我也从来不会为此睡不着觉。我睡不着的原因是太热了，只有这个原因。因为像在纽约和芝加哥，在最好的旅馆里，我不用和蚊子还有臭虫战斗。

我现在待的地方就是杀人犯、土匪、恶棍和黎凡特海盗的聚集地，他们有的从巴统到巴格达，有的从新加坡到西西里岛，最后在这里聚集，带给英国人巨大的恐慌。他们期待着开始抢劫，并且已经做好了充分的准备，他们认为只要穆斯塔法·凯末尔·阿塔蒂尔克的军队成功占据这里，暴乱和狂欢就可以开始了。他们可以烧毁木质租赁区那些像被汽油漫过的像火柴盒一样易燃的房子。

如果同盟军和土耳其警方能够阻止这场为了凯末尔的胜利进军而策划的狂欢，那简直就是世界上最棒的成就。因为所有的近东地区、巴尔干半岛各国、地中海地区，都像豺狼一样虎视眈眈地紧盯这里，等着狮子张开血盆大口，开始杀戮。

各地频发的让人厌恶的残酷的暴动，元凶是亚美尼亚人、希腊人和马其顿人。他们都是无法逃走或者被迫留下来的。他们武装自己，并且绝望地谈论着形势。

我所住的旅馆老板是一个希腊人。他花光他所有的财产买下这个旅馆。世界上的每一种事都会让他充满兴趣，而我现在是他旅馆里唯一的客人。

"我想告诉你，先生。"他昨晚说，"我要去参战了。我们武装好了，并且还有很多武装好的基督教徒。这是我毕生的事业，我也很不想离开，但是法国人强迫同盟军把君士坦丁堡让给了土匪凯末尔，他们怎么能这样处理它？我们希腊人在战争中和同盟军同一战壕，但现在他们舍弃了我们。我怎么也想不明白。"

像这样谈论的希腊人还有很多，并且那些留下的人都参加了战斗。当然，那些非正常出现的危险和麻烦还会延续。但如果希腊人还用紧张不安、歇斯底里的方式肆意抨击那些土耳其庆祝者，那么情势就如壶中的水一样瞬间沸腾溢出。

另一个受凯末尔军队入侵影响巨大的群体是俄国难民。对那些从俄国旧政治体制下逃出的苏联人来说，君士坦丁堡已经是很好的避难所了。

这些俄国难民有的一旦被移交给苏联政府，等待他们的就是死刑的执行。凯末尔和苏联已经协商好了，军队进入君士坦丁堡之后他就会立即清理俄国人的避难所。

在街上你看到穿制服的四分之一都是俄国人，其他是古帝国的军队或是弗兰格尔、邓尼金、尤登尼奇军队的，因为他们穷得实在没有钱买其他的衣服穿。但凯末尔和他的同盟军契卡警方将如何处理这些穿着长筒靴、宽松女士衬衫和磨损的俄国军服的人们呢？这些人已经和苏联共同战斗过了，这是无法否认的事实。这个问题实在无法让人感到高兴。

我讨厌凯末尔拥有那么多取胜的威望，但这些问题都亟待解决。所有的东方人都说凯末尔是一位伟人，至少他是一个成功的人，但他进军君士坦丁堡的行为多少已经显示出他的军队声望有减退的迹象。所有声誉都是在第一次失败中被摧毁的，而伟大的人处理事情的权力是由胜利赋予的。

在君士坦丁堡的情势对凯末尔来说非常不利，但是如果他能采取和平的方式，控制好他的军队，而且不实行恐怖统治，那对土耳其人来说将是比在色雷斯取得的胜利更伟大更永久。

一次沉默可怕的行进

《多伦多每日星报》1922 年 10 月 20 日

阿德里安堡

在一次没有终止、蹒跚的行进中，东色雷斯的基督教徒挤满了通往马其顿的道路，穿过阿德里安堡马里查河的主纵队有 20 英里长。母牛、小公牛和侧腹满是泥泞的水牛拉着运输车，筋疲力尽、脚步蹒跚的男人、女人和小孩们用毯子罩住头，带着财产在雨中摸索着向前进。

队伍在不断壮大，他们来自各个偏远地区，不知道要到哪里去。当听说土耳其人要来时，他们告别了自己的农场、蔬菜和成熟的褐色田地，加入了难民的队伍。当身上满是泥点的希腊骑兵像赶牛人驱赶公牛一样驱赶他们时，他们只能在这可怕的行进中找到立锥之地。

行进队伍沉默无言，甚至没人发出咕哝声，大家唯一能做的事情就是一直向前走。身上色彩鲜明的农家服被雨水打湿。一旦有什么东西阻塞了队伍，牛犊子就用鼻子擦着在拖拉的母牛。一个老人弯着腰走着，背上是一头小猪，手里是一把镰刀和一把枪，镰刀上还系着一只小鸡。一个丈夫把一张毯子展开盖在正在一辆运输车里分娩的女人身上，挡住大雨。她是唯一发出声音的人。她的小女儿看着她，惊恐不已，然后开始大哭。队伍仍在继续前进。

在队伍经过阿德里安堡地区时，完全没有近东地区的那种轻松。他们在海岸上的洛多斯托工作做得非常好，但是只能得到些皮毛。

单单从东色雷斯撤离的基督教难民就有 25 万人。保加利亚的边境不对他们开放，只有马其顿和西色雷斯接收土耳其"回报"给欧洲的"礼物"。现在差不多有 50 万的难民在马其顿，没有人知道要怎么养活他们。但在下个月，所有的基督世界都会听到这样的呼喊："来马其顿帮帮我们吧!"

俄罗斯破坏法国的好戏

《多伦多每日星报》1922 年 10 月 23 日

君士坦丁堡

穆达尼亚是马尔马拉海的一个又热、又脏且又严重破损的二线港口，西方军和东方军在此处会合了。英方铁公爵军事手腕极其强硬。无论英方的舰船还是带着同盟军的将军们来和伊斯麦特帕夏进行协商，西方军的目的是维持和平，而不是用强硬的态度逼迫签署条款。

因为某个负责消息机密的海军陆战队中校的态度，所以新闻工作者被禁止旁观这次会议，这位中校还认为军队决定世界方面的事，个人是不能做的。虽然没有人允许提及这次会议，但是好像还没有人承认西方军来寻求和平这件事。尽管如此，这次会议还是意义重大，因为它标志着欧洲在亚洲的统治开始终结。

现在土耳其民主主义者和基马尔主义者都同样受到法国的影响，这种情况的原因简单又完美。大约两年之前，穆斯塔法·凯末尔帕夏被巴尔弗伯爵公然批评为强盗，并且放出狂言，要抓住凯末尔然后卖给出钱最多的投标者。法国人买下了。法国人提供武器、弹药和钱给他，作为回报，法国人得到了小亚细亚的石油开发特许权。

英国人想控制小亚细亚的石油，但是凯末尔绝对不是轻易屈从的人。因此他们转而支持希腊人，希腊人似乎是一个更好的棋子。但是，就像一些下议院的人所说，劳埃德·乔治先生下错了赌注。

众所周知凯末尔打退了希腊人。但你应该清楚的是，同他交战的希腊士兵讨厌为了那种贫瘠的地方打仗。他们认为那种地方起码要松土九年。他们不像某些人那样想控制小亚细亚，他们从心底里厌恶打仗，并且对于一个时刻要上战场，随时迎接死亡的人来说难免会感到迷茫。他们会感觉就算做到那样并不是一个高尚的军事成就。凯末尔的军队是一群狂热的爱国者，强烈的渴望驱逐当时进犯自己国家的侵略者，这一点你要尤其清楚。

狂热爱国的土耳其军战斗力很高，他们拥有良好训练、良好装备。面对军心涣散缺乏强有力指导而且有思乡情绪的征召侵略者打仗，在一些方面土耳其军可以以一当十。然而就当英国人支持希腊时，没有人知道基马尔主义效应就要到了。

现在，在凯末尔凯旋时，法国的影响到达顶峰。但我认为，它已经到了顶端，而且从此开始走下坡路。再加上凯末尔已经和苏联达成同盟，所以法国迟早会将自己引入困境，还有来自回教和基督教的影响。可以预见世界的和平将会受到有史以来最大的威胁。

下一个对土耳其有统治影响的国家或许是俄国，因为每个迹象都显示出这一点。在沿着黑海大弯角，存在着苏联共和国的亲苏国。格鲁吉亚和南苏俄之间，有一个很大的弯角穿过海峡。一直延伸到保加利亚的巴尔干半岛地区，那里才是这个角的尖端，从而在南斯拉夫和罗马尼亚之间形成了一条裂痕。

如果固执地坚持所谓的欧洲式和平，那么一定会威胁到巴尔干半岛地区，那就如同上床睡觉，床垫和弹簧之间却有着开始倒计时的炸药。当然，短时间内还没什么事，但是安全是绝对无法保证的。

另一个危险是海峡。在黑海和爱琴海之间的海峡是属于俄罗斯的天然出口线路。就像你们心里所想的那样，是君士坦丁堡在最后的战争时对俄罗斯的承诺。那场争夺海峡的战争，只有负责某支英国骑兵团的人和某个负责护理工作的护士知道。但是，对于海峡到底是由俄罗斯人统治，还是由凯末尔统治，这根本就没什么区别。

在这些情况下，不管凯末尔发出了多少关于他已经认识到海峡归属权的声明，英国迟早会意识到他们统治的海峡已经对他们彻底关闭。到那个时候，我们就又要为加利波利而战了。

土耳其人怀疑凯末尔

《多伦多每日星报》1922 年 10 月 24 日

君士坦丁堡

在几个月之前，穆斯塔法·凯末尔·阿塔蒂尔克被穆斯林们认为是新一代的萨拉丁。他准备领导穆斯林和基督教徒进行战斗，并且在整个东方大地上进行一场圣战。现在东方国家的人已经有些不信任他。真主呀，我要说："凯末尔正在背叛我们。"圣战的说法是不存在的。

因为凯末尔开始的事件，或直白地说成战争事件已经显示出他作为商人的秉性。现在从某种程度看，他的地位几乎等同于在临死前征服了爱尔兰的亚瑟·格里菲斯和迈克尔·科林斯。而且，他已经确实得到了盟国所给他的，而他的妥协却让全体穆斯林蒙羞，并让他们开始训斥他的战利品。总是在政权巩固的时候，开始贪图更多的东西。

目前，土耳其的统治者还没有选出，但是如果他继续玩拖延的把戏，选出一个统治者只是时间问题。土耳其军队可能分裂的迹象或许就是因为西方国家对东方统治力量的减少。

西方注意力减少的原因之一就是现在土耳其民族主义者首领发起的运动。这个运动应该被人们始终记住是基马尔人的派对，他们中很多是无神论者，再加上法国互济会会员，这个数量远比土耳其虔诚的教徒多。当伊斯兰教徒谈论小道消息时，你就会听到这些之前把凯末尔当救世主的土耳其人，其实现在开始对凯末尔的言论已经越来越不信任了。

犹太人提出来凯末尔是犹太人。他们从他单薄、紧张、严肃的脸上可以得出他是犹太教徒的结论，而且犹太人还提出布里埃尔·邓南遮、克里斯多弗·哥伦布和距今约 1000 年前的亨利·福特也是犹太人。但无论如何，这些谣传都对凯末尔没有带来任何伤害，而且没有任何证据。但是无神论者却是更加危险了，一些土耳其人认为他们会获罪，而另一些土耳其人认为在真主存在的世界里不存在不可饶恕的罪。

基马尔主义者与布尔什维亚政权的俄罗斯存在条约和同盟关系。他们和法国也有类似于同盟关系的条约。正如我之前的文章所说，基马尔主义者一定会履行这其中一项条约。无论履行哪一项条约，土耳其人绝不会说清楚事实。因为基马尔主义者最大的目的，而且他们现在饱受非议的原因是条款中的要求没有得到满足。这个目的虽没有出现在任何公开的条约中，但人们都知道是美索不达米亚的所有权。土耳其人在拥有美索不达米亚的权利上受到了约束。如果法国是它的同盟国，当法国离开之后，或是和法国关系破裂，美索不达米亚就会被法国索回，而且它就仍处于危险之中。如果因为美索不达米亚，在英国和土耳其之间发生战争，我觉得穆斯塔法·凯末尔将还会在引起这场战争之前，先花 12 个月来巩固政权，那会是在开始圣战前的一把火，害死所有期盼驱逐西方侵略者的穆斯林。在那时，凯末尔的同盟国——法国将会中立，而俄罗斯就不会中立了。

凯末尔和其他国家想要的是美索不达米亚的石油，而石油也是英国拒绝交出美索不达米亚的原因。由于凯末尔不想加入有利于东方国家的圣战，所以东方及各国家对于他当领导人都感到十分失望。

近东审查员如此之"周密"

《多伦多每日星报》1922 年 10 月 25 日

君士坦丁堡

现有的审查机制既严格又死板，禁止所有电报或其他媒介报道任何有关近东地区的境况，这种做法非常无知。并且，它也在某种程度上导致国内媒体不能准确地报道近东事宜，直接导致了整个事件缺乏可信度。其实，面对一定的危机，对于政府来说，号令掌权者派遣军队是轻而易举的一件事。然而，掌权者却对危机一无所知。在他们得知官方通告允许他们触及的底线之前，他们将很难知道究竟发生了什么。

君士坦丁堡是一个很简单的城市，审查员轻易就玩弄它于股掌之间。而且最令人难以置信的是，这里只有一家电报公司，而它竟然只有一间办公室可以发布电报。显而易见的是，审查员地位卓然，而且消息非常灵通。无人担心 9 月 20 日的通知会被搁置，我们也会自然地认为审查员会尽职尽责地待在公司办公室里，等候通讯记者从前方发回的报道，为他们提供便利的消息。这些工作应该很简单融洽。

曾经有一次，有人发现审查员一天中连续三四个小时都不在，并且在此期间没有人接管他的工作。先前的想法破灭了，人们开始怀疑审查员的工作。在他外出期间，"紧急"电报在他的桌子上不断堆积，而电报中的事件包含的成本高达两三百美元。

对一位检察官来说，四个小时或许很短，但对一家日报或新闻机构却可能意味着永远。有一点值得了解，审查员在外出喝茶之前，竟然有误传竞争对手的新闻或新闻服务的事，这个传言让电报公司陷入更窘迫的境地。最终，通讯人员发出联合声明，指出审查员玩忽职守的行径，要求寻找可令人信赖的审查员。

信息传递的中断，或许仅是偶然，没有明显的企图或目的。只是，不负责任的审核员在审核信息时，态度是不客观的，他们认为每份信息都应有所删减。这导致了重重的麻烦。几天之内，我们了解自己传递出去的信息究竟经历了什么。它们将在人与人之间传递着，而从我们上交的那一刻开始，它的命运就不由我们所能掌控了。

一天清晨，纽约报纸的一位记者通过便条得知，他昨天下午发出的电报被审查员通过，刊登在报。不过，电报中有关哈林顿领导力问题的叙述却被全部删除，理由是：这是对一位军官人物的不正当评价。当天，展示出来的信息就成了——哈林顿将军具有良好判断力。我要明确指出，在穆旦尼尔会议之前，土耳其人就凭借和平手段渗透中立地带。在海峡和君士坦丁堡之间聚集了10万多战士。因此他们的位置变得更强大。有了这批军队，他们就不会受制于同盟国。因为，只要他们愿意，完全有能力占领最有利的地理位置。然而，审查员却把这一切彻底删除。

针对这种情况，我和审查官据理力争。最终，他同意了我的说法：土耳其人对军队的控制，使得他们处于强势地位。修订后的文件与先前传达文件的细微差别是，前者精确，而后者虽然包含相同信息，却可能让人陷入尴尬局面。

最令人发狂的是，一位审查员通过了某位记者的稿件，而另外一位值班的审查员可能会全部否定，即便它们的内容几乎完全相同。

还有一例也可以说明审查员删除或禁止坏消息的情况。那是在穆旦尼尔会议上。有一份稿件提到：穆旦尼尔，这座拥有6000多移民，距离君士坦丁堡47英里的城市，正处于和平与战争的边缘，一直没得到解决。尽管这则信息可能对英国或其他公众产生破坏性影响，审查员却只字未提，实在让人出乎意料。另外有稿件指出，凯末尔已经把侵略者彻底赶出国境。尽管世界上其他报纸几周内已经刊登了该信息，但这个消息仍然被删掉了。

就个人形象而言，值班的两位审查员衣着十分漂亮得体。我们接触时总是喜欢使用最好的措辞。我很喜欢他们。但是我更喜欢和认真负责的人打交道，外表是否丑陋，脾气是否暴躁，是否患有疾病都不是我在意的。我希望他们能够明确自己的职责，而不仅仅是传递文件，删除信息。

古老的君士坦丁堡

《多伦多每日星报》1922 年 10 月 28 日

君士坦丁堡

清晨，当你醒来，看到薄雾笼罩下的哥登峰，数座细长整洁的光塔从薄雾中射出，直耸云端。宣礼员召唤祈祷的声音就好像来自一场俄罗斯欧剧的咏叹调一般上扬、下沉时，你一定能感受到东方的魅力。

当你从窗户照镜子，发现脸上布满了红色的小斑点时（为前一天晚上发现你的昆虫所叮咬），那么你的确已经身在东方了。

东方式皮埃尔·洛蒂（法国著名文学史家朗松把他归结为危机夏多布里昂式的浪漫派作家）的故事和东方日常生活当中可能存在一个平衡点，但只有一种人能发现，他看待事物是睁一只眼闭一只眼，从不在意吃到嘴里的是什么，也不受蚊虫叮咬的影响。

君士坦丁堡里有多少人似乎没人知道。老一辈的人总是称它为君士坦，就像你不把直布罗陀称为直布的话，一定是一个新来的。这里从来没有实行过人口普查，估计居民为 150 万。这不包括几百辆破旧的福特车，4000 名穿着各式破烂的沙皇军队制服的俄国难民。与这个数量大致相同的身穿便服的凯末尔军人已经渗入这个城市当中，目的是确保无论和平谈判结果如何，君士坦丁堡最终都归属凯末尔。

如果君士坦丁堡无雨，一条狗顺着与培拉区山腰平行的道路奔跑的时候，每当它的爪子碰到地面，就会像一颗子弹冲击一样扬起一阵尘土。你应该能够想到尘土的厚度。它差不多没入人的脚踝处，风将尘土吹得漫天飞扬，形成旋涡。

一到下雨之时，那就会泥泞不堪。人行道非常窄，每个人都必须走在街上，而街道如同河流。交通规则是不存在的，汽车、电车、出租马车和背上背着大量重物的搬运工都堵成一团。只有两条大街，其他都是小路。大街和小路相比，也好不了多少。

火鸡是土耳其的民族菜。这些鸟禽类日子过得非常充实，它们在小亚细亚阳光覆盖的山上追食蚱蜢，差不多和赛马一样不屈不挠。

所有的牛肉都非常低劣，因为土耳其几乎没有牛。一块牛腰肉，可能不是某一满身泥泞、眼神悲伤、牛角向后、沿着街道拉运输车的黑色水牛的最后一次露面，就是凯末尔铁马的最后一次任务。我的腭肌开始凸起，就像一条斗牛犬没有土耳其肉咀嚼似的。

鱼肉很棒，但是鱼肉是对大脑很好，任何人只要摄取了一种健脑食物，就会立刻离开君士坦——即使是只能游泳离开，也一定会这样做。

君士坦丁堡的法定假日有 168 天。每周五都是伊斯兰节日，每周六都是犹太人假日，而每周日都是基督教节日。除此之外，在工作日期间，还有天主教、伊斯兰教和希腊节日，更不用说犹太人的赎罪日和其他犹太人假日。因此在君士坦，每个年轻人的人生目标就是到银行工作。

在君士坦丁堡，那些装模作样遵照习俗的人晚上 9 点之前是不会进餐的。电影院 10 点还营业。夜总会凌晨 2 点尚未关门，这还是比较正经经营的。不正经的夜总会在凌晨 4 点都还在营业。

所有腊肉肠、炸薯条和烤栗子的宵夜摊都在人行道上生起炭火，专门招待那些出租司机。他们的车排成长长的线，通宵招揽那些寻欢作乐之人。在凯末尔帕夏进城之前，君士坦丁堡这个城市似乎在跳着某种死亡之舞，凯末尔发誓要禁止所有的酒宴、赌博、跳舞俱乐部和夜总会。

从港口到半山腰的加拉太地区有一个区域，比起老巴巴里海岸最污秽的时期还要可怕得多。那儿日益恶化，所有同盟国的士兵和所有国家的水手都陷入困境。

土耳其人坐在狭窄的死胡同街的小咖啡馆前，吧嗒吧嗒地吸着水烟管，喝着丢思。这种场景时时刻刻都能看到。丢思是一种极具毒性、会让胃腐烂的饮料，比苦艾酒的后劲儿大得多。因为它实在太烈了，如果不吃点开胃小菜，无法单独饮用。

在日出之前，可以穿过打磨光滑的君士坦黑色街道，你会看到匆忙溜走的老树，在排水沟嗅着垃圾的流浪狗。一扇百叶窗的裂缝透出一束光，你能听到喝醉的人大笑的声音。那种醉酒的笑声就像宣礼员召唤祈祷时一样美妙悠扬，而又和有些忧郁的声音形成对比。清晨的君士坦丁堡里滑溜、散发着垃圾臭味的黑色街道就是东方神秘的真实刻画。

阿富汗——英国的心腹大患

《多伦多每日星报》1922 年 10 月 31 日

君士坦丁堡

凯末尔和他的东部同盟联合，精心打造了阿富汗的军事形势，要将它作为抵抗大英帝国的武器。一年多以来，军官们一直集中精力训练阿富汗人的军队，时刻备战。此时，他们蓄势待发。

我恰好了解一些当时阿富汗的内部情况，比如它的目标以及仇恨。这就必须提到穆罕默德可汗。他曾经在罗马生活了一段时间，现在是阿富汗作战指挥大臣。

可汗是阿富汗人的后缀，代表着君主。穆罕默德人高马大，满头黑发，表情严肃。除了拥有阿富汗人标志性的鹰钩鼻，还有笔直的身躯和略带灰色的眼睛。他看起来像从文艺复兴时期走出的人，尽管他的祖先是闪族人。

阿富汗最早的首领是阿波德若曼可汗。他一辈子憎恶英国人，痛恨他们让阿富汗成为印度和俄国的缓冲器，并且严重不满他们禁止阿富汗与除英国外的国家建立外交关系。穆罕默德的故事继续上演着。

他是一位伟人，在政治上颇有远见，而且非常强势。他花费毕生精力巩固本国强势地位，并且训练儿子成为一位领军人物。他的儿子继承了父亲的事业，继续同英国战斗。

父亲死后，他的儿子哈比布拉可汗成为首领。英国人邀请他到印度参观，于是他依约前往，希望看看他们将如何招待他。他们对他开始是友好的，热烈欢迎他的到访，还教他喝酒。我并未有意批判他的奢靡效仿，只是认为他已经不再像一个阿富汗人。

1918 年，刚刚休战之后，他回到了喀布尔，后来被阿富汗人刺杀身亡。当时，人们在喀布尔举行议会，穆罕默德的孙子再一次引发争议，受到质疑。

他们问道："如果你被选中国王，你会保卫阿富汗吗？"

他回答："我会保卫阿富汗。"

"你会向英国开战吗？"

"我会尽力。"

他们请他离开会议大厅。

阿米娜拉，穆罕默德的另一个孙子，走了进来。

他们询问了同样的问题。他答道，我会做两件事，一是保卫阿富汗，一是向英国开战。

所以，他们选定他做国王。几周后，他率领军队攻向印度。这就是穆罕默德的故事。

很少有人记得在休战后，曾经还有一次阿富汗战争。皇家空军在战事后方轰炸阿富汗城市，摧毁要塞。因为阿富汗人从来都没有和飞机作战的经验，最终战败。但无论如何，正如人们所说的，英国取得了胜利。

但是，在签署和平协议的时候，英国交出了在阿富汗的所有特权。其他国家可以和阿富汗建立外交关系，可以在阿富汗驻大使馆派遣代表。阿富汗可以进口武器，甚至可以从印度进口。这次战役的胜利者是英国，但真正的赢家应该是阿富汗。阿富汗人一直都憎恨英国人，但是现在他们鄙视英国人。

所以现在所有的阿富汗城市里都建有苏维埃领事馆，阿富汗人拥有现代先进的武器，还有训练有素的军官。人们称阿米娜拉是一位伟大的国王，他实现了自己的诺言，同英国战斗到底，并没有被印度奢靡的物质生活冲昏头脑。

当凯末尔袭击亚洲西南部的时候，他早晚会拥有一支训练有素、装备齐全的阿富汗军队。他们会一直进军到开伯尔山口，肯定不会再像1919年那伙山丘上未受过训练的小兵一样了。他们欢呼基马尔主义者的胜利，他们威胁着英国法规在印度的存在和影响。为了避免其他地方出现矛盾，英国只得放弃提出一系列不合理要求。

阿富汗人的使命就是抗争到底。穆罕默德的精神将永远激励着阿富汗人奋勇前行。

当天我从国会上回家，也就是在这个会议上我们决定进行最后一次战役。我的妻子和女儿为我准备好了手枪和作战工具。

我问道："这是什么？"

我的妻子答道："作战的工具。战争就要爆发了，不是吗？"

"是的。但我是这场战役的指挥官，但我不用去前线。战争的指挥官是不参与战斗的。"

妻子摇摇头，"我不明白。"她很不屑地说，"如果你作为战役的指挥官却不参战，那你还是辞职吧。如果你不去，我们会蔑视你的。"

这就是基马尔主义军官的训练。俄罗斯人帮助塑造的视死如归的英勇精神是一种典范。

希腊起义

《多伦多每日星报》1922 年 11 月 3 日

东色雷斯穆拉迪

正如我所写的那样，希腊军队正准备撤离东部。他们穿着合身的美国军服，正在慢慢行军，穿越这个国家，骑兵们在前面放哨。士兵们在行军过程中，突然会成了分散的小队，他们偶尔会和我们说笑，因为我们给他们一些大烟。他们已经切断了大量的电报线，它们在洞里悬挂起来就像是五朔节花柱丝带一样。他们已经放弃了他们乱蓬蓬的小屋，假装放枪的地方，机关枪的掩体，还有所有电线、毒品、坚固的山脊。他们原本想要把那作为长时间抵抗土耳其的阵地。

长着后偏的犄角的水牛拖着重轮行李推车，在满是灰尘的路上缓慢地前进着。一些士兵躺在行李堆上，而其他人在玩弄水牛。行李车前前后后都是兴奋的军队。这是大希腊军事冒险的结局。

糟糕的事情早就该结束了，就像希腊军事力量的撤离很令人伤心，但是希腊普通官兵不应该被责备。即使是撤离，希腊士兵也是非常杰出的军队。他们的坚持不懈，对土耳其意味着艰难的时刻，即使凯末尔的军队为色雷斯而战，而不是在穆旦尼尔作为赠礼投降了。

希腊战争的时候，印度骑兵的上将维特尔，曾经在安纳托利亚用一个观察者的身份和希腊军队还有凯末尔联络过。他告诉我，希腊军队在小亚细亚崩溃时的内部阴谋。

"希腊军队是最勇猛的战士。"上将维特尔说道，"他们的管理者非常优秀，这些人在萨洛尼卡为英国和法国服务，并且他们比凯末尔的军队要好得多，我相信他们一定会收复安哥拉。如果他们不背叛军队，战争的胜利就一定属于他们。"

当君士坦丁政权执政的时候，战场上所有的军队首领都突然放弃了，包括总司令和其他一些司令。这些长官们会按级别提拔他们中的很多效忠的士兵和尽职的领导。他们被调动并且他们占领的地方到处都是蒂诺党（君士坦丁）的新首领，他们大部分都在瑞士或者德国作战，连炮弹声都没有听过。这导致了军队的全线崩溃，并且这也是希腊战败的主要原因。

上将维特尔告诉我那些没有任何经验的炮兵首领是如何指挥作战，并且致使他们自己的步兵彻底失败的。他说道，步兵首领用面粉，而不是枪粉，还有胭脂，忽视对罪犯的工作是重大的过失。

"在安纳托利亚的一次战争中。"维特尔说道，"希腊步兵的这次进攻非常强势，并且他们的炮兵当时也参与其中。上校约翰逊（另一个英国的观察员，之后在君士坦丁堡和新闻媒体一起作为一个联络者）是个好枪手。上校约翰逊曾呼吁那些枪手为他们的步兵做了很大贡献。他有很大野心接管炮兵，但是有一件事他不能做。我们有命令去维护严格的中立性——这件事他就绝对不能做。"

那是与君士坦丁君主有关的希腊军队背叛的故事。而且，在雅典的革命不仅仅是像人们所说的仿造品那样，一个军队只有和背叛它的人斗争到底，才会不断上升。

老将领在革命后回来了，他在东色雷斯重组了军队。希腊仰视着色雷斯，就像一处可以作战，并且可以作最后的挣扎，并走向灭亡的地方。军队冲进来了，然后穆旦尼尔的炮兵越过东色雷斯走向土耳其。并给希腊军队三天时间离开。

军队等待着，认为他们的政府不会签订穆旦尼尔公约，但是政府真的这样做了。

一整天我都和他们在一起，他们衣衫褴褛，疲惫又邋遢。坚韧不拔的士兵们在荒凉的色雷斯乡村，走过褐色的土地，沿着踪迹摇摇晃晃地徒步走着。没有娱乐和救济组织，离开的区域除了虱子、脏毯子、晚上的蚊子什么都没有。他们是希腊最后的光荣了。这是特洛伊第二次围攻的结局。

凯末尔的一艘潜艇

《多伦多每日星报》1922 年 11 月 10 日

君士坦丁堡

在英国舰队驶进马尔马拉海之前，君士坦丁堡处于大混乱之中，土耳其受到了重创，欧洲人高度警惕，并且到处流传着惨败的谣言。

然后有一天壮观的灰色舰队驶进来了，这个城镇得到了解放。惨败的谣言彻底消失，因为谣言是为了让省长哈米德认识到，他是凯末尔在君士坦丁堡的代表。

或许那是因为纳粹党对战地记者的方式，所以有效地保护了美国海军，他和战地记者的联系方式非常牢固，他把他们分成朋友和敌人。敌人们接受处理的方式和那个《每日邮报》的记者对在北克利夫的约翰·杰里科被袭击后报道接受的处理一样。约翰是纳粹的偶像人物。他和他的每一个士兵同甘共苦，爱戴他就如同爱戴自己的父亲。《每日邮报》出版了报道了他被袭击的消息，不久之后那个人被派到了联合舰队。这名记者到达的时候拿着一封信，信的内容是关于海军部命令所有船只的指挥官放行，无论他想去哪里。他向一个海军司令介绍自己。

"你不能上船。"海军上将说道。

《每日邮报》的那个人拿出他的信。海军上将读完信，"好吧。"他大叫着。"这个命令非常明确。你想去哪。什么时候出发？"

《每日邮报》的那个人告诉了他。

"好吧。"上将说道，"派人去叫中尉威尔逊来。"

中尉威尔逊来了，对上将敬礼。

"这个人有一封海军部写给我们的信，命令我们放行。这是个明确的命令，但是舒适度、帮助或其他的一些都没有提及。你就带着他在你的驱逐舰上到他想去的地方吧，但是不允许他走下甲板，或到军官室里。"中尉威尔逊又敬了一次礼。

当记者上船后，没有人和他说话，除了支出费用的军官："哇，顺便说一下，潘道科（那不是他的名字），这封信没说你的食物问题，如果你想找吃的话，最好自己挖一些岸边的食物，然后带上船。"

那就是纳粹对待敌人的方式，而对他的朋友，则会尽可能的全力地讨好，以至于他们只是记住了旅行中的一些模糊的、田园式的画面。

凯末尔唯一的一艘潜艇有原则性问题，并且还有欢乐的君士坦丁堡的舰队。这艘潜艇是由苏联赠送的，从奥德萨市出发。海军上将本意不想离开，布尔什维克主义者告诉他，如果他回到奥德萨市却没有击沉一艘英国的战船，他就会被绞死。

有人建议英国海军情报机关的军官，命令海底船只离开，并且下令发现它时立即击沉。不用问为什么或是得到什么答复，当它穿过黑海进入博斯普鲁斯海峡的灵活的界线的时候，驱逐舰的司令也命令这条界线决不能有一点延伸。

潜水艇被发现之后，两艘驱逐舰就进入黑海，紧追在后，不让它回头。其他的四艘潜水艇是沿着博斯普鲁斯海峡的狭窄航道前进的，它们按照一定的规则被放进海里。

驱逐舰是在六个不同的场合看到潜水艇的，但是它总是在大海的远处，所以它很难被追上。之后，潜水艇就消失了。

上将接下来出现在特拉比松，作为一个完备的盗权者，停着船只，寻找着乘客和船员，做着很好的生意。他仍旧在海盗旗下，上将打赌得到的战利品足够他退休了，如果他在奥德萨市从绞刑架逃走的话。六艘倾斜的灰色驱逐舰在博斯普鲁斯海峡来回巡航，等候他的出现。

驱逐舰巡逻队在博斯普鲁斯海峡也有令人激动的时候。一次在穆旦尼尔会议期间，一艘驱逐舰正在沿着海峡在亚洲的一边夜巡。任何人都不能确定是战争还是和平，驱逐舰一直在收取载有土耳其人的小船只，他们正准备去君士坦丁堡。

他们的探照灯显示了在贝尔克的小湾里发生了一些可疑的事情。距离君士坦丁堡不到 12 英里的地方有一艘小船在岸边观察着。

当小船靠近海滩的时候，它被炮击了。但它仍然继续前进，在第一次狂轰滥炸后，就不再射击了。当小船到海滩"我们是凯末尔骑兵的一支分队"。他说道，负责那艘小船的军官可以看到在小山北面挤成一团的马。"我们抵达了这里。这就说明只要我们想做，我们就可以做到。现在我们回来了。"

英国司令已经无事可做了。骑兵在 30 英里中立区域。但是那些天所有的英国军队和纳粹的努力避开了开战的挑衅，直接避免了战争。司令和他的小船一起回到了驱逐舰。

又一个晚上，在别克的郊区附近，有个驱逐舰的巡逻队，在满载土耳其妇女的船边停下，她们在摆渡后正准备从小亚细亚通过。当她们被搜查武器或者走私品的时候，结果发现所有的妇女都是男人。而且他们都全副武装，随后证实是凯末尔司令派他们去组织在郊区的土耳其人的，防止对君士坦丁堡的袭击。

但是他们是不是正在检查凯末尔军队的渗透力量，有没有利用俄罗斯金制的卢布和广阔的宣传，沿着海峡在巴统的旧渔业区进军，或者只是看到了土耳其的小船开着它的右灯，还是驱逐舰小舰队只占了美国海军的一部分。现在，随着审查的消逝，这是他们第一次真正的活动，或者是凯末尔布尔什维克的潜水艇让人悲哀的一生。

来自色雷斯的难民

《多伦多每日星报》1922 年 11 月 14 日

保加利亚首都索菲亚

我坐在一辆舒适的火车上，但色雷斯人大撤离的惨状仍然令我难忘，它已经开始显得有些不真实。万幸的是我的记忆保存下来。

我已经在从阿德里安堡发往《多伦多每日星报》的电报中描述过那次撤离事件，再复述一次毫无意义。撤离仍然在继续。无论这一信函到多伦多要多长时间，当你在《多伦多每日星报》上读到时，可以明确的是，在马其顿那充满泥泞的路上，同样连绵不断的队伍在继续前行。他们被迫离开家园，蹒跚行进，状况惨不忍睹。25 万的人在进行很长时间的迁移。

阿德里安堡并不讨人喜欢。晚上 11 点整下火车，我发现车站挤满了士兵、包裹、床垫弹簧、缝纫机、婴儿和破运输车，火油光照亮了这一切，全都处于泥泞和毛毛细雨之中。站长跟我说，那天已经运送了五十七车的撤离部队到色雷斯西部。电报线都被切断了。还有更多的部队滞留此地，没办法撤离。

站长说，对男人来说，"玛丽夫人家"是镇上唯一能睡觉的地方。一个士兵带着我沿着黑暗的小巷子到了"玛丽夫人家"。我们走过泥潭，绕着泥沼费力行走，它们那么深，通过太难了。"玛丽夫人家"很昏暗。

我用力敲门，一个光着脚、没穿长裤的法国人开了门。没有空房间了。不过如果我自己有毯子，可以睡在地板上，这简直糟糕透了。

这时，外头出现一辆车，两个摄影师和他们的司机走了进来。他们有三张简易床，允许我把毯子铺在一张床上，司机睡车里。我们都睡简易床，那两人中被称为"矮子"的那个高个子告诉我说，在马尔马拉海边的洛多斯托地区，他们经历了一场可怕的旅行。

"今天拍到了一个着火村庄的镜头，非常棒。"矮子脱下一只靴子，说道，"太壮观了——一个燃烧着的村庄，就如同一个被踢翻了的蚁丘。"矮子脱下另一只靴子，又说道："我们从两三个方向进行拍摄，它看起来就像一座着火了的最普通的村庄。天啦，我好累！难民这些事情真是要人命啊。这个国家的人肯定看到过这些可怕的事情。"两分钟后，他即鼾声大作。

凌晨1点时我被刺骨的寒冷冻醒，我在君士坦丁堡所得的疟疾也是原因之一，蚊子在我脸上吸了太多的血，结果飞不动被我打死了。我耐心地等待着寒气结束，服用了大剂量的阿司匹林和奎宁之后继续入睡。一整晚就这样反复。然后，矮子叫醒了我。

"天哪，你看胶片盒。"我看了看，有虱子在上面爬行，"肯定是饿了，追着我的胶卷走。它们肯定饿坏了。"

简易床上到处是虱子。在战争期间，我身上长过虱子，但从未见过像色雷斯这样的。如果你看任何一件家具，或者盯着墙上任意一处看一会儿，你都能发现它们在爬行，准确地说是在油腻腻的小微粒里移动。

"它们不会伤害人的。"矮子说，"它们只是些小家伙。"

"这些家伙倒没什么，你应该看看布尔加斯卢莱那些真正的成年品种。"

玛丽夫人是个邋里邋遢的保加利亚胖女人，她在一间空房子内给我们准备了一些咖啡和馊了的黑面包，房子是用来做餐厅、客厅、酒店、写字楼和业务室的。

"我们房间有很多虱子，夫人。"为了进行桌边闲谈，我故意装作愉快地说。

她摊摊手，说道："比起睡到大街上，已经好多了吧？嗯，先生，你说是不是？"

我承认的确如此，随后我们离开，夫人站在那目送我们。

外面下着毛毛细雨。在这泥泞的巷子尽头，我再次看到不断前行的队伍，他们沿着大碎石路缓慢移动。这条路从阿德里安堡途经马里查河谷，到达卡拉噶奇，然后分成其他的路，穿过丘陵地区，进入西色雷斯和马其顿。

在回洛多斯托和君士坦丁堡的途中，矮子和同伴沿着这条路开了一段，在经过难民队伍到阿德里安堡的石路搭载我这一段。所有缓慢的公牛、水牛大轮车流和颠簸的骆驼队，还有浑身湿透了的逃难农民都在向西行进。但是有一些土耳其人在逆行。他们驾着空车，衣衫褴褛，被雨淋透了，戴着脏兮兮的土耳其帽子。土耳其人的每辆车子上都有一个希腊士兵，坐在驾驶人的后面，膝盖之间夹有一把步枪。他们的披肩向上翻起，围在脖子周围，避免雨水渗入。这些车被希腊人征用了，用于返回色雷斯的农村，装载难民的物品，帮助其撤离。土耳其人看起来很不开心，非常恐惧。这个也很正常。

在阿德里安堡石路的分岔口，一个希腊骑兵安排所有的运输工具向左走，他坐在马上，卡宾枪挎在背后，只要有马或公牛向右转，他就用皮条鞭无情地抽打它们的脸。他对着其中一辆由一个土耳其人驾驶的空车打出手势，示意他转向右边。这个土耳其人驾车转弯，结果公牛进入混乱场面当中。坐在后面监视的希腊士兵被惊醒了。当他看到土耳其人转向大路时，他站起身，用步枪枪托狠狠击打他那瘦小的背部。

这个土耳其农民衣着褴褛，面带菜色，他从车上跌落下来，脸朝地。他爬起来，一脸惊恐，然后像兔子一样顺着路向前跑。一个希腊骑兵看到了，猛踢了一下马，很快就赶上了他。两个希腊士兵和这个骑兵逮住他，猛击好几次他的脸，在此期间他一直狂叫不止。之后他被带回到车上，强迫继续驾驶，他的脸血淋淋的，眼神狂乱，不知道为什么会这样。这样的插曲根本没有人会留意。

我沿着这条路，和难民队伍一起走了 5 英里，一路上躲避那些摇摇摆摆、咕哝作响的骆驼。牛车上面高高地堆着寝具、镜子和家具，猪被平放着绑住。妈妈们抱着孩子在毯子下挤成一团，老人和女人们靠在水牛车的后面，腿脚像机器一样移动，低头看着路面，装载弹药的骡子和装载成堆步枪的骡子被系在一块，就像一捆捆的麦子。有时还会有一辆破旧的福特汽车，上面坐着希腊那些非军事工作的军官们。他们因为睡眠不足，眼睛红通通的、脏兮兮的。行动缓慢吃力，又被雨淋透的色雷斯农民遍地都是，他们在雨中沉重缓慢地走着。家园逐渐在他们的身后消逝。

我穿过马里查河上的桥，当时有四分之一英里范围都是红砖色洪水。昨天这河床还是干涸的，很多难民的运输车停留在上面。我向右转，走小路回到"玛丽夫人家"，给《多伦多每日星报》发电报。所有的电线都被切断，我最终找到一个意大利陆军上校，他正和某联盟国委员会返回君士坦丁堡，他向我保证，第二天会在电报局帮我发送电报。

我的高烧越发严重，玛丽夫人给我一瓶令人作呕的甜色雷斯葡萄酒用以服奎宁。

"土耳其人什么时候来我完全不在乎。"玛丽夫人说道。她挠了挠下巴，肥胖的身躯坐在桌子旁。

"为什么不在乎呢？"

"他们都是一样的。希腊人、土耳其人，还有保加利亚人，他们都是一样的。"她接过我递的一杯葡萄酒，说道，"这些人我都见过。他们都来过卡拉噶奇。"

"他们当中谁最好呢？"我问道。

"没有谁。他们都是一样的。希腊军官在这儿睡，之后就是土耳其军官来了。某天希腊军官又会回来。他们都付给我钱。"我帮她把酒杯盛满。

"但是穷人睡在路上。"20 英里长队伍的那种恐怖场景刻在我的脑海里，无法褪去。那天我千真万确已经见过一些可怕的事情。

"嗯。"玛丽夫人耸耸肩，说道，"人总是这样的，都是一样的事情。你知道吗？土耳其人有一句格言，他们有很多精辟的格言，'不仅仅是斧子的错，树本身也有错'。这就是他们的格言。"

这的确是他们的格言。

"先生，虱子的事我很抱歉。"在酒精的影响下，玛丽夫人已经原谅了我，"但是你能有什么奢望呢？这不是巴黎。"她站起身，庞大又邋遢，但又聪明，如同那些在巴尔干获得智慧的人们一样。"先生，再见。是的，我知道 100 德拉克马银币的账单是太多了，但是这里只有这家旅馆，它总比街道要好，嗯？"

墨索里尼：欧洲最会吹嘘者

《多伦多每日星报》1923 年 1 月 27 日

瑞士洛桑

乌契城堡非常丑陋，如果把密歇根皮托斯基地区的奇怪的大厅和它比较，前者都显得像帕台农神殿。洛桑会议就在这里召开。

乌契的发音是"ooshy"，不是"ouchy"，大约 60 年前，它原本是一个小渔村，房子因为长时间的日晒雨淋而变了色。有一家白色墙壁的舒适旅馆，前廊有树荫遮挡，拜伦曾常坐在这里，把他那条带有残疾的腿放在椅子上休息，放眼远望碧绿的日内瓦湖，等着晚餐铃声响起。湖水边缘的芦苇处露出一座破败的塔。

瑞士人已经拆除了钓鱼建筑，在旅馆的前廊钉了一块板子，把拜伦的椅子硬塞进一家博物馆。他们在洛桑的斜坡上修建了很多又大又空的旅店，用挖出的泥土填满了芦苇岸，结果在旧塔周围修建出欧洲最丑陋的一栋建筑。这座用灰色石头压制的建筑和泡菜大王们在战前沿着莱茵河修建的那些爱巢非常相像，他们将其作为泡菜王后的梦幻家园。它拥有草坪上摆放铁狗之类的建筑风格的所有最差劲的元素。一条陡坡沿着湖边蜿蜒向上，到达山上的洛桑小镇。

从湖对面沿着城堡停靠的成排豪华轿车可以判断会议召开的时间。每辆豪华轿车上面都插有代表团的旗子。保加利亚和俄罗斯的旗子消失了。保加利亚总理斯坦波利斯基突然出现在城堡的转门外，他用怀疑的眼神看着两个佩戴有头盔的瑞士警察，紧皱眉头看着人群，然后离开山坡，走到旅店。斯坦波利斯基负担不了豪华轿车的费用，即使他有这个钱也不会坐。因为这会被上报到首都索菲亚，他的农民政府会要求给出一个解释。几周前，他在保加利亚大会上进行了一场激烈辩护。因为他被一群身穿羊皮大衣的选民指控，控诉他之前穿丝绸袜，早上 9 点前还不起床，喝葡萄酒，他正在被这座城市的慵懒生活腐蚀。

俄国代表团从来都不知道他们什么时候被邀请参加会议，什么时候被拒绝入会，他们早前在萨伏伊饭店一次午夜内部会议上判定，持续使用豪华轿车花费太多。一辆的士开到门口，身为契卡（苏联秘密警察组织、间谍组织）成员的布尔什维克主义新闻发言人阿伦斯走出来，他黑胖的脸露出讥笑的表情，一只眼睛滴溜溜乱转，不由自主地四处乱瞄。雷可夫斯基和契切林紧随在后。乌克兰人雷科夫斯基五官轮廓较为完美，鹰钩鼻子，嘴唇紧绷，面色苍白，是一个佛罗伦萨旧式贵族。

契切林与在热那亚时状态不同，那时他似乎就是一个从黑暗中进入太过强烈的阳光中的人，对这个世界充满了好奇。现在的他多了很多，穿着一件大衣，显得衣冠楚楚。他在柏林的生活十分惬意，脸上胖了很多。虽然从侧面看起来和过去一样，仍然留着一小撮红色胡子，走路时没精打采，就像个老年成衣商。

每个人都想见见伊斯麦特帕夏，但是见到后，就再也不想见到了。他个子矮小，皮肤黝黑，没有丝毫的吸引力，无趣至极。他长得更像是一个卖透孔织品的美国人，一点也不像土耳其将军，显得灰头灰脸的，他似乎天生就难以被人认出。穆斯塔法·凯末尔的脸很难让人忘却，伊斯麦特的脸则让人很难想起来。

我认为答案就是伊斯麦特的脸特别适合在电影中生存，我曾经在图片中看过他，样子很严厉，威风凛凛，气场十足，而且某种程度上说，非常英俊。只要你见过很多在大屏幕上看着舒服，而在真实生活当中面相瘦弱、难以取悦的明星，就会明白我的意思。伊斯麦特的脸一点也不瘦弱，只是很普通，没什么特点。我记得会议第一天看到伊斯麦特走进萨伏伊饭店，当时一大群报社记者正参加完契切林的有名的"大规模采访"其中一场走出来。伊斯麦特在等电梯，他处于人群中，这些人已经努力了很多天想预约到和他谈话的机会，可是当时没一个人认出他。他实在太不引人瞩目了。

这种场面挺好的，不应破坏，但是我还是走近，跟他打了招呼。

"这个很有意思，阁下。"我开口时，两三个记者把他挤得远离了电梯门。

他像校园里的女生那样微笑，然后耸了耸肩，举起手遮住脸，表示有些羞愧的自嘲，之后又咯咯地笑了。

"去预约，然后来跟我谈谈。"他说，和我握手后，走进电梯，对我咧嘴笑着。临时采访结束了。

当我正式采访他时，进展非常顺利，尽管我们两人法语都说得很糟糕。伊斯麦特隐藏了他对法语知识掌握很有限这一点，因为这对一个受过良好教育的土耳其人来说很不体面。在土耳其，和在俄国一样，对法语的认知是必备的技能。他领会了一个笑话，蜷缩进椅子内，笑得很开心。他的秘书用土耳其语对他作了好评价，声音直冲入他耳中。

在这次采访后，当我第二次见到他的时候，他坐在蒙特勒一个爵士舞豪华大厅的桌旁，两个灰色头发的大块头土耳其人和他同坐，他正对跳舞的人笑得愉悦。当他吃掉很多蛋糕，喝了三杯茶，并和送茶来的女招待用差劲的法语讲了无数的笑话时，这两人愁眉苦脸地在旁看着。这个女招待看来和伊斯麦特相处得很愉快，伊斯麦特也是一样，他们相处得很开心，这里没有一个人认出他。

墨索里尼和伊斯麦特形成鲜明对比。墨索里尼是全欧洲的吹牛皮大王。即使墨索里尼带我出去，明天早晨让我摄影，我仍然认为他是个吹牛的人。拍摄会是一次自吹自擂。某个时间拍到一张墨索里尼阁下的好照片，你仔细研究后就会发现他嘴巴的缺点让他忍不住皱眉。在意大利，每个 19 岁的法西斯主义者都会模仿著名的墨索里尼皱眉的方式。研究他过去的记录，研究资本家和劳动力的法西斯主义者的联合，思考过去联合的历史；研究他用非常华丽语言表达内心想法的天赋；研究他决斗的嗜好。真正勇敢的人不需要决斗，而很多懦夫时常决斗，就是为了让自己相信自己是勇敢的。然后再看看他的黑色衬衫和白色鞋罩，即使是演戏，一个男人穿黑色衬衫，配白色鞋罩，也很不搭。

因为版面有限，我们不再深究墨索里尼是一个虚张声势者，还有一个伟大、有持久影响的人这个问题。墨索里尼可能会持续15 年，也可能明年春天就被憎恨他的加布里埃尔·邓南遮推翻了。但是，我要真实描绘在洛桑时两次见到的墨索里尼。

这个法西斯独裁者已经宣布，他会接受记者采访。每个人都来了，我们都挤进房间内。墨索里尼坐在桌子旁看书，脸上是他代表性的皱眉。他当时即将成为统治者。他本人以前做过报社记者，能够根据房间内写采访稿的人数算出读者的数量。他继续聚精会神地看着书，先前一直在读两百名记者提供的两千份报纸。"当我们走进房间，这个穿黑衬衫的统治者没有从所读的书籍中抬头，他的注意力是如此集中。"

我在他身后踮起脚尖，想看看他究竟在读什么书，竟然会有这么浓厚的兴趣。原来是一本法英词典，还是上下颠倒的。

关于墨索里尼这一独裁者的另一事件发生在同一天。当时一群住在洛桑的意大利女人来到比奥海岸酒店的套房，要送给他一束玫瑰花。这六个女人都是农民阶级，是住在洛桑的男工的妻子。她们站在门外，等着向意大利的新国家英雄，也是她们自己的英雄表示敬意。墨索里尼穿着军大衣、灰色裤子和白色鞋罩走到门外。其中一个女人走向前，开始讲话。墨索里尼对她皱皱眉头，透出冷笑，又大又白的非洲式眼睛在其他五个女人身上转来转去，然后回到房间。这几个身着盛装，但毫无吸引力的农妇被落在门外，手里还拿着玫瑰花。墨索里尼已经是个独裁者。

半小时后，他和克莱尔·谢里丹碰面。她已经用笑容获得多次采访资格。墨索里尼和她交谈了半个小时。

当然，拿破仑时期的记者可能在拿破仑身上见过同样的事，恺撒时代在《意大利报纸》工作的人可能在尤里乌斯·恺撒身上发现同样的事。但细致研究这一主题后，墨索里尼身上似乎更具博顿利的特性，而不是拿破仑的特性。霍雷肖·博顿利是个成功的意大利人，体型庞大，喜好战争和决斗。

当然，他并不真是博顿利，博顿利是个傻瓜，但是墨索里尼不是，他是个很好的管理者。但如果没有足够的忠诚，管理一个具有爱国情操的国家将会非常危险，尤其是当你把他们的爱国精神上升到主动无息贷款给政府这样的高度。拉丁人曾经把自己的钱投入非常期待的一件事情上，结果却血本无归。他们向墨索里尼展示，反对政府比自己管理政府要容易得多。

一个新的反对派将出现，它正在组建中。领导人是加布里埃尔·邓南遮，一个年老秃头、可能有点疯狂但真诚无比、神勇无畏的自吹自擂者。

一个俄国玩具大兵

《多伦多每日星报》1923 年 2 月 10 日

瑞士洛桑

格奥尔基·契切林出身于俄国一个贵族家庭。他的眼睛很大，前额很高，还有一小撮红色的胡须，走路的时候无精打采的，就像一个老年成衣商。他肥胖冰凉，你握住他时，就像握住死人的手。他讲英语和法语时夹带着一样的口音，都是那种嗞嗞摩擦的低语声。

契切林是一名沙皇老外交官，如果说列宁是通过俄国革命实行专政的拿破仑，那么契切林就是他的塔列朗。他们的经历极其相似。在革命之前，契切林和塔列朗都是君主政体下的外交官，革命期间，两人都作为大使被派遣出国，都被所派往的国家拒绝，也都遭到了流放，后来都负责革命后独裁政权外交事务。

"我们来洛桑时带了一个计划。"一天下午，契切林这样对我说，"相同的计划应该一并处理。达达尼尔海峡和博斯普鲁斯海峡都必须禁止通行军舰。"

他非常疲惫地谈到一个人，他把一件事情讲了上百遍，仍然像第一次那样地相信、充满激情。疲倦是因为无法被人理解。

"只要这两个海峡继续允许军舰通行。"他继续说道，"任何派遣舰队进入黑海的国家都可以插手俄国。而且战列舰和无畏战舰能够进入黑海，我们就会丧失抵挡侵犯的安全感，再无安全性和发展的自由。如果允许战舰进入，俄国唯一要做的事情就是备战。它必须建造战舰，在黑海拥有一支庞大的舰队。这意味着要把它的生产力投入建造一支足够强大的海军，生产力削弱了，但必须这样做。"

"海军裁军的状况怎样？"我问道。

"俄国没有受邀参加华盛顿会议。"契切林耸耸肩说道，"即使参加那个会议又怎样？我们现在离海军裁军还有多远？我们按照实际情况处理问题。俄国会是第一个接受海军裁军会议邀请的国家。但是在完成海军裁军之前，我们把军舰隔离于黑海之外的唯一方法，就是海峡禁止所有的军舰通行，让土耳其人在海峡设防，这样他们就能执行禁令。"

现在契切林处于自己的最佳状态。他是一名俄国老外交官。为俄国的国家目标抗争时，他是最健康的。他看到苏联的问题，即领土问题和民族问题是一回事。因为它们都是俄罗斯帝国的事务。世界革命没有成功，俄国和以前一样面临着相同的问题。这些契切林都很清楚。他知道俄国和西方大不列颠国之间的对抗。他还知道，只要俄国还是个国家，无论是谁统治，只要大英帝国存在，利益冲突就永远不会消失。现在，他在想方设法通过条约优势和之后通过战争获得或失去的安全性中获得利益。

契切林明白，只要克里米亚半岛对英国舰队的对抗入侵开放，俄国则不可能经过阿富汗侵入印度。这一点英国的寇松勋爵也很清楚。他明白，黑海海岸就相当于俄国 1000 公里长的跟腱，寇松勋爵同样也明白。

大英帝国和未来的俄罗斯帝国之间的斗争是日常并且激烈的。指挥英国舰队的冷冰冰的高个子男人寇松，用论据、历史事件、事实、数据和充满激情的抗辩进行斗争，最终发现这只是一场毫无意义的谈论。只是提出异议供后世阅读的契切林，让洛桑会议变得非常有意思。这同样是俄国和大不列颠之间无法调和的分歧，它会像一条裂缝贯穿于洛桑签订的任何近东条约，丧失其效果。

契切林头脑冷静，工作时有不同于常人的非凡能力。他不喜欢、不信任女人，除了工作和俄国，对公共宣传、公共舆论、金钱或任何东西都漠不关心，这让他看起来没有任何弱点。接下来是对本文的一些辅助性描述。

读者必须知道。契切林从来没有当过兵。他本人比较羞怯，不惧怕暗杀。但是如果你在他鼻子下晃动拳头，他的脸会变得苍白。在12岁之前，他的衣服都是他的妈妈帮他穿。他似乎是为了思考而生，物质上的满足仅仅是为了辅助他的思考。

我们一些人都知道这些。某个星期日早晨，当洛桑的教堂空空荡荡，登山迷带着滑板和背包沿着街道徒步旅行，赶到艾格勒或迪亚布勒雷的火车，一群记者站在一家摄影室窗户之前，这里正在展示照片。

"这些是伪造的。"一个男人说道，"哎呀，他这辈子从没穿过制服的。"

我们都仔细地看着照片。

"不是，不是伪造的。"某人说道，"我看得出来，这应该是真的。我们去问问斯洛科姆。"

我们找到了《伦敦每日导报》的通讯记者乔治·斯洛科姆，他是契切林的朋友，有时也是他的代言人。乔治此时坐在洛桑皇富饭店的记者招待室里，他头上反戴着黑色的大宽边帽，红色胡子卷曲着向外伸出，嘴里叼着烟斗。

"是的。"他看着我展示给他的照片说道，"它们不糟糕吗？我看到的时候无法相信，他自己要拍的，现在摄影师在出售这些照片。"

"他从哪里得到那么糟糕的制服，乔治？"我问道，"他看起来就像新新监狱的看守头目和气隆酒店的门房的综合体。"

"看起来吓人吧？"乔治吸了口烟说道，"苏俄人民委员也显然就是红军的将军，你知道，契切林是处理外交事务的代表。他得到那套柏林制造的制服。昨晚从房间壁橱的衣架上取下来给我看的时候简直自豪极了。你应该看看他穿制服时的样子。"

所以，那就是契切林的弱点。12 岁后才自己穿衣服的男孩一直梦想着当一名军人。军人创建了帝国，而帝国制造了战争。

法德情形

《多伦多每日星报》1923 年 4 月 14 日

巴黎

想了解德国，你就必须先了解法国。法国这个名字有魔力。它的魔力古老而神秘。

法国幅员辽阔，是我所知道的最让人神往的国家之一。当你真的热爱一个国家的时候，你就不可能去客观地描述这个国家了，但是会客观地描述那个国家的政府。法国在 1917 年拒绝在取得胜利之前讲和。现在，她发现她没有了和平，得到了胜利。为了明白为什么会变成这样，我们必须了解一下法国政府。

现在法国是由一个在 1919 年选出的代理国民议会管理的。它被叫作"蓝色地平线"议会，并且被著名的"民族集团"或者是战时联盟操纵着。这个政府执政已经超过两年了。

法国最强大的党派自由党曾经被打压，1917 年，克雷孟梭倒阁原政府的时候，他们和日耳曼人的求和谈判却没有成功。前法国首相卡约，也就是那个杰出的金融家，进了监狱。几乎每天都有人被处死，但报纸上却没有提及。克雷孟梭的许多敌人在凡尔赛寒冷的早上发觉自己被蒙着眼，靠在石头墙上，那督刑的年轻军官在行刑前会紧张地舔舔嘴唇。

自由党在代理国民会议上没有实际上出席。那是对还未成型的，选举没有领导力的"国家集团"的反对，并且它将在1924年的下一届选举中走向最后的灭亡。如果卡尔在法国并不是众望所归，法国是不宜久居的。如果克雷孟梭的执政府没有占领鲁尔地区，那卡尔就有机会当选了。反对现任政府是必然不可避免的。但也有可能极度的"左倾"，提拔共产党领导人卡山。

现在在代理国民议会中，"国家集团"的反对派由左派激进分子组成。当你看到在欧洲政治提到左右派激进分子的时候，它指的是成员们在议会中所处的地位。保守者属右派，君主主义者在激进右派的阶层。共产党属于激进左派。激进共产党人是激进派的外延。

法国共产党在国民议会的 600 个席位中占了 12 个席位。作为发行量达到 20 万的《人道报》的编辑，卡山是这个党的领导人。年轻的轻骑兵中尉范特伦，是法国最爱着盛装的一个男子。他跟随卡山。共产党领导着庞加莱的反对派。他们控告他才是战争的祸源，说庞加莱一直想要发动战争。他们一直认为他是"非战之战庞加莱"。他们控告他被利昂·杜德和君主主义者所操纵。他们控告他被钢铁和煤炭蒙了心。他们控告他很多罪状，其中很多是荒唐的。四肢短小，胡子雪白的庞加莱坐在屋里。当共产党人辱骂他的时候。他像一只发怒的猫一样向他们吐口水。当共和党人看起来似乎已经发现了庞加莱真正的污点的时候，政府官员开始怀疑庞加莱。雷内·维维亚尼做了一次演讲。维维亚尼是我们这个时代最伟大的演说者，你只要听到维维亚尼说出"法国的光荣"这几个词时，人们就想穿上制服冲出去。第二天，他做完演说后。你会发现演讲稿会在整个城市的海报上张贴出来。莫斯科方面最近清洗了法国共产党。根据俄共产党的反映，法国共产党消极爱国，并且意志力薄弱。只要法国共产党有成员拒绝接受俄国的中心党组织的直接领导，他们就被要求上交他们的成员资格证。许多人确实这么做了，其余的人现在正在被考虑清洗。但是我怀疑他们能持续多长时间。法国人并不是很配合的国际主义者。

"国家集团"由忠诚的爱国主义者和一些代表组成。这些代表来自钢铁业托拉斯、煤炭业托拉斯、酿酒工业、其他的一些小型的牟取暴利的企业、前军队司令、政客、野心家和保皇党人中。

尽管说法国恢复君主制是天方夜谭，但是保皇党人组织严密，在法国南部的某个区域的势力还是很强大的，并且控制着几份报纸的舆论，其中包括《法兰西行动报》。它掌握了政府的所有活动，还宣传了会提前进入鲁尔区，进一步占领德国。

简单地说，法国有很多的政党，并且有他们自己治理的方式。现在我们必须看到迫使法国的势力进入鲁尔区的原因。

法国获赔款 800 亿法郎。450 亿法郎被用于重建毁坏区域。这 450 亿法郎的去向引起了公愤。北方部门的副代理人说前几天被下议院贪污了 250 亿法郎，他会主动在任何时间向下议院陈述事实，但他被压制下去了。无论如何，掠夺式的 450 亿，很快就消耗完了。下议院中有许多新出现的"重建毁坏区域的百万富翁"。代理人最大限度地申请了他们地区重建所需的钱，他们都拿到了钱，但是仍然有很多区域没有得以重建。

关键是 800 亿已经用完了，并且从德国索要的钱是可以回收的。他们已经处在贷款的边缘了。

如果法国政府承认这 800 亿法郎的任何一部分都是不可回收的，他们一定会处于贷款的境地，这些部分被列为损失的部分，而不是资产的一部分。今天只有 300 亿的纸币法郎被投入流通。如果法国承认任何一部分被花掉了，向德国索要的钱是不可回收的，那么它一定会发行纸质法郎来应付盟约，来增加国家的支出。那就意味着货币膨胀，奥地利金币和德国马克都会面临贬值。

一脸强盗模样的前首相阿里斯蒂德·白里安，是法国一个舞蹈家和圣纳泽尔的一个咖啡店店主的儿子。当他在戛纳会议上同意减少赔款要求来报答劳埃德·乔治反对公约的时候，他的内阁几乎被推翻了，他甚至还没来得及坐上回巴黎的火车。"国家集团"的领导人，狡猾的阿拉戈观察着白里安在戛纳的一举一动，当他们发现他要减少赔款的时候，就准备好发动政变，在白里安还不知道发生了什么的时候，把他排挤出去，支持庞加莱执政。因为"国家集团"不想被人质询那笔钱是如何被花掉的，所以不想缩减赔款。关于巴拿马运河的流言仍然记忆犹新。

庞加莱执政了，保证把德国的每一枚铜币都搜刮过来。如果赔款的价格。德国实业家会承担赔款数额的。法国下议院一天天流传着庞加莱背离设想，被动进入鲁尔区的流言。下篇文章会讲述地位离奇上升的保皇党人，和他们对现任政府的影响。

法国保皇党

《多伦多每日星报》1923 年 4 月 18 日

巴黎

雷蒙德·庞加莱是一个变化多端的人。直到几个月以前，一个穿着名牌皮鞋，戴着灰色手套，长着白胡子的矮个子律师罗林支配着法国下议院，他有着会系统地管理会计的大脑和急躁的脾气。可是如今，当肥硕的、面色苍白的利昂·都德对着他摇着手指，说"法国会做这些事的，法国会做这些的"时，他只是安静地、孤苦伶仃地坐着。

阿尔丰斯·都德的儿子利昂·都德是个小说家，还是保皇党的领导人。他也是法国隶属保皇党的《行动报》的主编，是一部叫作《娟主》或《老鸨》的小说作者，它的情节甚至都不能在任何报纸中以英语出版。

保皇党在今天也许是法国最团结一致的政党，保皇党总部位于法国南部的尼姆。普罗旺斯基本上在保皇党的控制下。保皇党坚定不移地支持天主教主，很明显罗马教堂在欧洲君主政体下要比在法国共和政体下繁荣。

奥尔良公爵菲利普是保皇党领导的候选人，他住在英国。他是一个高大英俊的男子，非常擅长驾驭猎犬。他被法国判流放罪。

保皇党又拿出来了装满子弹的浅黄色手柄的手杖，黄昏的时候，你会看到他们拿着他们的手杖在蒙马特的街道大摇大摆。不远处拿着报纸的报童叫喊着老巴特的激进区，但报童可没有护卫保护，很快遭到了激进的共产党人和社会党人的殴打。

在过去的一年里，保皇党在某些让人难以想象的方面确实有很多进步。它发展得太快了，突然人们说它是最强大的大党，像是个笑话一样。事实上，都德是因被极度激进分子刺杀而出名的，都德是在"最危险的时期"被刺杀的，也就一个月前。一个无政府主义者还曾试图拯救他的生命。

著名的突击军指挥官查尔斯·曼金将军，绰号"屠夫"，是一名保皇党人。他是唯一一个没有被任命为元帅的将军，每次当利昂·都德讲话的时候，他总是在下议院。那是他第一次来这个地方。

现在保皇党不再向德国索要赔款了。如果德国在明天全部赔偿完，那就没有什么事情可以吓唬他们了。因为那将意味着德国在慢慢变得强大，而他们想看到的是一个虚弱的德国，如果可能的话要分割并返回给法国带来荣誉和战胜对方的军队部分，以及分割天主教堂的部分和国王的部分。因为所有法国人具有的爱国主义思想，就是想要永远确保削弱德国的力量。为了实现这个目的，他们计划把赔款定为一个天价的数字，进而控制德国的地域。直到它支付完所有赔款。

他们是如何威胁庞加莱，强迫他改变计划，甚至拒绝讨论德国实业家在赔款数额减少的情况下仍然支付赔款的，这确实是个灾难性的谜。德国实业家很富有，自从制定休战协议以来他们一直在挣钱，得益于马克的跌落，以英镑和美元卖出。却把没价值的马克支付给他们的员工，然后把他们的英镑和美元储存起来。因为他们没有足够的钱支付所需的巨额赔款，所以就想办法和法国进行一些交易。

现在，我们必须重新回来说长着白色胡须的雷蒙德·庞加莱。他执掌着下议院，是我见到过的最无微不至的男人。肥胖且皮肤白皙的利昂·都德曾写过淫秽的小说，他领导保皇党，以刺杀而出名。他用手指指说："法国能做这个，法国也可以做这个。"

为了搞明白将要发生的事，我们必须谨记法国的政治不像其他任何一个国家。它是一种私密政治，充满了流言蜚语。要记住克雷孟梭的斗争，卡尔美特在就职法国共和国的最后一任总统时而死亡，他站在木园的喷泉旁说："不要让他们抓我，不要让他们抓我。"几天以前，安德烈·巴尔松在下议院中站起来说："庞加莱，你是利昂·都德的俘虏。我要求你去了解他手里的你那部分敲诈所得之款。"我不明白为什么庞加莱的政府要屈从于利昂·都德，一个保皇党人的独裁。正如晨涛中描述的一样，几乎每一个部分都完好无缺。庞加莱站起来说："先生，你是一个糟糕透顶的恶棍。"你不能形容一个男人比恶棍还要坏的，尽管它在英语里没有任何不好的意思。下议院中顿时充满了呼喊声和唏嘘声，就像在烟厂里法拉·杰拉尔丁开始挑逗卡门一样。最后，因为庞加莱战栗发怒，全场顿时鸦雀无声了，他说道："站在论坛报那边的那个人竟然敢反对我。或者是我那很怕公之于世的糟糕的档案，我否定这个说法。"

巴尔松温和地说道："我们没有提过任何关于档案的事情。"所谓的档案就是一卷纸，它是一个完整系统的专有名词，是指法国把所保存的有案例的文件放在大的文件夹里。掌握了反对你的档案就是所有的官方文件，能够被某些有权力的人使用，并对你进行控告。

最后，贝尔松被要求道歉。"我为我曾说过的粗暴的语言而道歉。"他非常温和地说着，"我只是在说，总统先生，利昂·都德在您的政权下变得很有压力。"

这个道歉被接受了。庞加莱，已经被煽动着走出了忧郁，否认了那些还没有被提到的文件的存在，但现在又充满了愁思。但是你不能指控法国，除非你手里握有这份文件，那些确实掌握了档案的人知道如何去跟他们谈。

同时，法国政府在占有期的时候已经花费了 1 亿 6000 万法郎（官方数据），并且鲁尔区煤炭的花费是法国每吨 200 美元的价格。

政府给新闻报刊报酬

《多伦多每日星报》1923 年 4 月 23 日

巴黎

法国人民是如何看待鲁尔区和整个德国的问题的？通过法国出版社你是不会找到答案的。

法国报纸出售它们的新闻专刊，就像它们所占的广告空间一样，那是很开放并且可以被人理解的。事实上在法国日报小广告的区域做广告是时髦的方式。新条款中做广告是唯一真实的方式。政府付给报刊一定数量的钱来印刷与政府相关的新闻。每个重要的法国日报，像《晨报》《小巴黎人报》《巴黎回声报》《时代报》都收到了固定数量的补贴金来印刷与政府相关的新闻。所以政府是给报刊做广告的最大的客户，那是报纸的读者读到的政府正在做的相关事情的报道。

当政府有特别的新闻的时候，比如现在鲁尔区的占领，它是支付额外的文件。如果在这些大量循环的日报中，有任何一份拒绝出版政府新闻或者是具有批评政府的观点，政府就会收回它的补贴金，那么报刊就会失去一个最大的广告商。所以重要的巴黎日报总是为了政府工作，不论任何执政的政府。

当它们中的一个拒绝出版和政府有关的新闻，并且攻击明确的政府的政策的时候，还没有准备好它的补贴金的流失，它就不能收到新的允诺和执政政府的大量资助。并且，可以确定的是，在它拒绝它的最大的客户之前，它将走向倒闭。结果当这些销售量上升到百万攻击政府的时候，那么掌权的政治家是时候脱掉套靴，立起挡风玻璃了。

所有这些都是属实的，是公认的事实。政府的态度是，报纸不会为了它们的健康运转而不营业的，并且政府会像其他的广告商一样支付出版的新闻。报刊已经确认了政府的这一态度。

《时代报》总是持着半政府的观点。那就意味着前页的第一栏是写奥赛码头的外交办公室，其余的栏目是任凭欧洲的任何一个政府使用的。浮动的变化操纵着它们，地位不高的政府得到低价的地方，地位高的政府放在显著的位置。所有的欧洲政府都对报纸的宣传资助特殊的资金，它们不需要说明任何理由。

这些有时候会引人发笑的事件，就比如一年以前，正处在冲突期的巴尔干半岛轮流着出版它们的派遣任务，把报纸作为它们自己特有的信件。一个真正的理想主义者对他的位置很有把握，不论欧洲的政治有多理想化，他们就像一个盲人在锯木厂里一样。在大战结束之际，我的一个好朋友负责在巴黎的报刊上宣传英国。他是一个非常虔诚和理想化的人，但是他肯定知道圆锯的使用方法和炉子是怎么烧火的。很多巴黎日报在美国和加拿大版面引证大量的公众意见，然而那是事实，公众一致认为法国人民一定会支持鲁尔区的占领。一旦新政府上台，法国总会利用政府去尽可能地反对外国敌人。法国有很浓郁的爱国情绪，所有的法国人都是爱国的，并且基本上所有的法国人都是政治家。但是，政府的后盾只会持续一段时间，当冷静下来的时候，法国人民就会重新审视一下情形。当这种情况循环出现，他发现占领并不成功，那时候政府就应该被推翻了。法国人民觉得他必须完全忠诚于他的政府，但是在必要时候也可以推翻它，推举一个值得效忠的政府。

比如，福煦雨元帅反对鲁尔区的占领但是一旦它被占领了，他也不会出来反对了。他让他的参谋长上将圣马克西姆·魏刚去监督它，并尽量做到最好，但是他根本不想以任何形式卷进去。

相同情况下，卢舍尔是解放区的前任部长，是法国一个最出色的人之一，他也反对占领。卢合尔是一个说话直截了当的人，在那段时间法国表面上是花大笔的钱用于重建，但却不管钱是怎么花的以及用处，卢舍尔做了力所能及的事去控制局面。是他告诉兰斯市的市长：“先生，您确切地问这次重建的成本已经第六次了。”

几天以前，卢舍尔先生和我在谈话中说道：“我一直都反对占领，通过那种方式得到钱是不可能的。但是既然他们都卷进来了，法国的国旗飘在上空，我们都是法国人，所以我们必须坚定不移地支持占领。”

安德烈·塔尔迪厄先生在战争时期曾率领法国代表团到美国，他是克雷孟梭的副官，在他的文件中回应国家，提出反对进驻鲁尔区，直到那天的到来。现在，他谴责它是极度经营不好的，是空泛的，并且不够强大。塔尔迪厄先生看起来像位出版者，他预见了现任政府的失败。

和鲁尔区占领遭遇失败，但是他想在萌芽期就看到结果，于是他说："给我一个机会吧，让我们正确地操控，它就会是成功的。"对于塔尔迪厄来说，他作为一个狡猾多端的政治家，会尽力在收获的时候重新执政。利昂市长埃杜阿德·赫里奥特是战时的内阁成员，下一届法国首相候选人中的一匹黑马，他和卢舍尔以相同的方式支持占领，在利昂反对占领的市议会上发起了一个解决方案，并且要求考虑一下和德国在财政和经济方面的协约。赫里奥特的这一要求也许会是导致庞加莱政府下台的一股风气。

那么为什么有这么多而且其他的聪慧的法国人反对占领。他们想从德国这里可能得到一分钱吗？那仅仅是因为它运转的方式。法国不仅没有挣到钱，而是不断地流失，从一开始有远见的金融家就会看到，这样只会削弱德国进一步赔款的能力，应该把它作为一个国家来团结，消除对法国的仇恨——这样花费的钱会比曾经流出的钱要多。

在占领以前，每过 28 分钟就会有一连串十二辆或是更多辆车的煤炭或者可可留在鲁尔区。现在每天就只有两辆火车的量了。十二辆车连成串，为了填补数字就分成了四辆车，这样使得占领看起来是成功的。

当装满的煤炭被倒出来的时候，四五个坦克、一个步兵营、五十个工人去工作了。士兵们为了阻止居民殴打工人。官员们计算着从死亡鲁尔区出口的煤炭和可可，还有下议院在第一个月的占领后已经给的钱，表明法国把煤炭作为赔款的数目现值竟然超过 200 美元一吨，但是它现在却没有得到煤炭。

在占领开始的时候，一些信件写到关于法国，有效益地经营鲁尔区是很容易的，它所做的一切都将带来廉价的劳动力——意大利或者是波兰的劳动力总是廉价的——只会倾倒东西。前几天，我看到在开往埃森的火车站上廉价劳动力被锁到了车里。那是一些肮脏的、长相不好的人，他们不能够在法国或是其他地方找到工作。他们都醉醺醺的，大喊大叫，还有生病的，睡在车里的地板上。看起来更像一艘劫掠船只的船员，他们在武装的保护下只工作一半的时间但是却被付两倍工资。没有任何一个进鲁尔区的工人会得到少于两倍的工资。但得到能做这个的工人是几乎不可能的。波兰人和意大利人是不会接近这份工作的。如果你想知道更多关于它有效运转的信息，可以问任何一个商人或者是任何一个电车道的头头，他曾经因为他的公司挣的钱而罢工，而且那时候公司正在雇用破坏罢工的人。

既然我们已经很快地看到在战后的这场战争中，法国的武装力量在起作用，还了解到法国所处的情形和她的人民的态度，那么我们可以看一下德国了。

奥芬堡的"战役"

《多伦多每日星报》1923 年 4 月 25 日

巴登奥芬堡

奥芬堡是法国在德国占领的南部边界。它是一个干净、整洁的小城镇，黑森林在它的一边升起，莱茵河平原在它的另一边延伸。法国占领奥芬堡是为了保持国际铁路线的开放，这条线路从北瑞士的巴塞尔经过了弗莱堡、奥芬堡、卡尔斯鲁厄、科隆、杜塞尔多夫直接通到荷兰，是德国进行交流和经商的主干道。

　　根据法国人来看，他们的占领确保了在鲁尔区和意大利之间主干道上煤炭车的安全通道。他们害怕德国人可能会在奥芬堡推迟发车。然后把它们在支线上运到黑森林，最终运到在法国文件中提到的"非占领德国"的工业区。

　　德国人谴责违背《凡尔赛和约》后，对位于德国南部占领巴登直辖领地奥芬堡，它离鲁尔区几百英里。法国通过驱逐市长和两百个城镇签订了抗议书的居民们来回应。然后德国人通知法国不再允许火车在莱茵河陆地上的铁路经过奥芬堡了。

　　几乎两个月，没有一辆火车经过奥芬堡。我站在可行使通行权地区的桥上；看着四个宽标准的有红锈的轨道在一头向瑞士延伸，另一头向荷兰延伸。火车在奥芬堡的北部和南部每三英里停一次。乘客们带着他们的行李下车，如果他们是德国人，那么就可以乘公共汽车进入奥芬堡，然后乘另一辆车行驶三公里载着他们到城镇的另一边，继续他们的旅行。如果他们是法国人，只被允许带着他们的行李走路。

　　因为小镇被控制了，没有煤炭可以通过。现在法国面临着一个问题——如果他们想控制莱茵河铁路——占领莱茵河沿岸的每个城镇，需要人均至少花费 40 万才可以通车。否则德国人只允许在法国占领区的边界通车。这是对战略家的答复，他们把手指放在地图上说："这很简单，我们将占领这个城镇，进而控制整个国家。"

　　法德之间的商战问题专注于哪个政府会先一步被完全打破。曾经和我谈过话的所有德国人说："没有我们的政府，我们什么都不能做。政府在被占领期间支付了所有失去工作的人员的花费，支付了所有被驱逐出城镇的人，支付了失业者。"

　　德国政府即将用黄金来稳定市场，那笔钱是用来支付赔款的。它正在用这些以固定的汇率——20800 马克对美元——买来马克和占领做斗争，也已经用了它所储存的黄金的一部分。当经历德国工业的削弱和黄金供给耗尽的时候，德国政府就不再能够通过把政府的资源分发给在占领中受损的个体，让他们用政府的钱弥补损失和法国的占领作抗争，法国已经赢得了斗争的消耗。但是德国的黄金将在它退出前就被用完，它的工业将受到重创，并且作为压榨的对象将对法国有利。

在我离开巴黎之前的一天，庞加莱先生对下议院在鲁尔区前4个月的花费达到192000000法郎进行质问。4个月甚至是更多，如果德国政府屈服的话，法国政府就会以咬掉自己的鼻子刁难德国为代价从而赢得商业上的胜利。

从奥芬堡到只有一辆火车距离的奥登伯格，我坐在一辆运货车里。司机是一个矮小的、金发的德国人，他脸颊凹陷有一双无神的眼睛。他在索姆河一带就已经喝得醉醺醺的了，我们正在沿着满是灰尘的路前进，路过跳跃的流线型的绿野，那些紊乱的电线在"砰砰"地下落。我们越过一条宽阔的、水流湍急的河流，河底铺满了卵石，一群鹅正在碎石岛上栖息。一个撒肥料的人忙着在田里撒肥，远处就是黑森林山区。

"我的兄弟。"司机一边说，一边操控货车前进，"他运气不太好。"

"怎么啦？"

"军官，我的兄弟。他一直运气都很好。"

"他正在干什么？"

"他是来自凯尔铁路上的一名信号员，法国人安置了他和所有的信号员。他们到奥芬堡的那天工作了24小时。"

"但是政府给了他钱，不是吗？"

"哦，是的。他们支付给他，但是他却不能靠此为生。"

"发生什么事啦？"

"他有七个孩子。"

"我在考虑着这个。"司机继续向德国南部慢吞吞地开着车。

"他们付给他应该得到的，但是价格升高了，在他做信号员的时候，还有一个美丽的小花园。当你有花园的时候，那就不一样了。"

"他现在做什么呢？"我问道。

"他尝试着在豪萨赫的木锯厂工作，但是他在室内不能很好地工作。于是他得到了一份像我一样的工作。军官，他的运气不好，我的兄弟呀。"

我们越过另一条沿着道路蜿蜒的清澈的河流，能看到河流底部的碎石。

"有鲑鱼吗？"我问道。

"没有。"司机笑着说，"当我们革命的时候，没人知道该做什么。他们在街道叫喊着，说着'和恺撒一起下落'，还有'共和国万岁'，然后就没什么事做了。但是他们毕竟是有事做的，因为想得到鱼卡（钓鱼许可证），他们拿着手榴弹走到溪边，杀死鲑鱼，然后每个人都有鲑鱼吃了。随后警察来了，把一些人抓进监狱，这场革命就结束了。"

"这位来自加拿大的先生，"司机说道，"你认为法国将在奥芬堡待多久啊？"

"也许三四个月吧。谁知道呢？"

司机向前走看着白色的道路，那时我们正向身后的灰尘转过头去："然后就会有不好的麻烦了。工作的人会制造麻烦，这周围的工厂将要倒闭了。"

"这场革命和其他的革命有区别吗？"我问道。

司机笑着，他的脸凹陷，皮肤紧皱，眼睛也凹陷了："不是的，那样他们就不会向鲑鱼扔手榴弹了。"这个想法使他很开心，他又笑了。

比利时女士和德国劲敌

《多伦多每日星报》1923 年 4 月 28 日

美因河畔法兰克福

我在巴登和符腾堡的交界处，找到了第一个仇恨者。那都是一个总是讲法语的比利时女人的错。在喧闹的黑夜里，穿过一条隧道时，那个比利时女人朝我大声说着什么，我没听清楚，她又用法语重复了一遍："请把门关上。"

当我们从隧道中出来时看见那个比利时女人流露出一脸微笑，然后开始讲法语。接下来的 8 个小时，在说一个法国单词都会招致抨击的国家，她以飞快的速度讲着法语，十分有趣。

我们在那 8 个小时中换了 6 次火车。我们至少 600 个人，一同站在像希尔塔赫这样的小交通枢纽的月台上，等候着火车的到来。

"你拿着行李等车。"那个比利时女人说，这时火车出现在铁轨上了，"我走在这些德国人的前面，然后找到两个座位。然后我打开窗户，你把包从窗户里扔进去，我们会很舒服的。"

一切都按计划发生了，火车停了下来。比利时女人像被广泛宣传的莱昂内尔·科纳切先生穿过混战的队伍一样穿过"这些德国人"。400 个流着汗可敬的德国人向门口发起了进攻。然后窗户被打开了。比利时女人微笑的脸出现在窗户那儿，喊着："瓦德先生！包。赶紧！"

无论如何，我上了火车的月台，用了半个小时时间一边道歉一边挤出一条路，穿过火车拥挤不堪的过道，来到比利时女人给我保留的"场地"。

　　她用法语焦急地大声问："你去哪里啦，先生？"车里的每个人都愤怒地看着我。我告诉她我一直在人群中试图挤出来。

　　比利时女人可怕地"扑哧"一笑。

　　"我问你，如果没有我照顾你，你将会在哪儿呢？没关系，现在我在这儿，我会照顾你的。"

　　在这位勇敢的比利时女人的引导和保卫下，我安全穿过了巴登、符腾堡以及莱茵河省。

　　当我们穿过边界进入符腾堡时，一个长着白胡须看上去很高贵的高个子男人上了车。

　　"美好的一天。"他说，并且用锐利的眼神扫视了周围，然后他礼貌但是严肃地问，"请问这车上有外国人吗？"

　　我认为我的机会来了。在德国，至少有4种专门的签证是没有人费心去得到它们的。没有那个签证，你可能会被关进监狱，而且罚款多达100万马克。有这些签证更好，但是如果你花时间去得到它，24个小时，你在警察局和护照办事处要花8个小时。而且这些官员会发现你少了9种其他专门的而且非常必要的签证。这些签证你没听说过，在一般原则上，它把你扔进了牢笼。

　　白胡须的男人拿着我的护照，很幸运地翻到了贴着土耳其、保加利亚、克罗地亚、希腊和其他难懂的官方邮票的那一页。显然那对于他那只是一团混乱。由于过于绅士了而不能理解那类东西，他合上护照，尊敬而有礼貌地还给我。他最先从护照后面海明威太太的照片中小心地确认那个勇敢的比利时女人，把她当成了我的妻子。

　　护照上的那个女士有一头短发，她刚刚在里维埃拉结束一场非常成功的网球赛季。我对她怀有偏见，但是不会试图描述她。那个勇敢的比利时女人可能重180磅，她的脸像加莱那些等着被绞死的罗丹市民群体的混合体，并且用一系列可折叠的双下巴来衬托这张脸。人们和护照对抗的事件可以为我们提供证据。

像骑士一样的官员经过后，那个怀恨者开始行动起来。仇恨者马上坐到我们对面，他一直在听我们用法语交谈的对话，有时候喃喃自语。他是一个矮小的男人，作为仇恨者有着刮过胡子的、红润的脸颊，他的大脸布满了像牙刷毛的髭须。那快速增长的厌恶带来了压力并正在影响着他，很明显，他不能再忍受了，于是他爆发了。

这就像在热那亚水浴加热器爆炸的时候。起初我不能听懂他们说的 800 字。他们讲得太快了。仇恨者那蓝色的小眼睛就像一头野猪。当我的耳朵调节到能跟上他的速度时，对话是这样的：

"卑鄙的法国猪，我希望万恶的法国人变成土狼、婴儿杀手、攻击手无寸铁的平民的肮脏攻击者、战争的下流坯、卑鄙的走狗等。"

那个勇敢的比利时女人向前倾着身子，进入到仇恨者一连串猛烈的批评中，把她一个 12 磅重的拳头放到仇恨者的膝盖上。

"这位先生不是法国人。"她用德语冲仇恨者喊道，"我虽然不是法国人。我们讲法语是因为它是一个文明的民族的语言。你为什么不学会讲法语呢？你甚至不能说德语。所有你可以讲的话只是亵渎。闭嘴吧！"

仿佛我们应该被围攻，但是却什么也没发生。仇恨者闭嘴了，他像安静的喷泉咕哝了一会儿，但是渐渐不说话了。他坐在那憎恨着那个勇敢的比利时女人。当他站起来准备在卡尔斯鲁厄下车的时候再次爆发了。他总是说得太快。因此我没听懂。

"他说什么？"我问勇敢的比利时女人。

她用最强有力的比利时人的哼声轻蔑地哼了一声："他作了一些反对法国的控告，但是都不重要。"

勇敢的比利时女士正在德国旅游，但是她没有护照。她声明说她在哪儿都不需要护照。她和她的丈夫用同一个护照，他在瑞士出差。如果任何人要求她拿护照。她都可以告诉他们，她马上就去曼海姆见她丈夫。

"我的丈夫是一个犹太人。"她说，"但是他非常和蔼。有一次在法兰克福，因为我丈夫是犹太人，他们不让我们在酒店里面过夜，但是我们在那待了一个星期。"

我们谈论了很久金融。勇敢的比利时女人想让我偷偷地告诉她美元在法国会升值还是贬值。她说这个对她丈夫很重要，想让我告诉她，然后再告诉她丈夫。我尽力了。幸运的是，如果我错了，她并没有我的地址。

然后我们谈论了战争。我问她是不是曾在比利时工作。

"是的。"她说。

"怎么样？很糟糕？"我问。

勇敢的比利时女人哼了哼鼻子，用她最强有力的比利时的哼声说道："我一点也没受苦。"

我相信她。事实上，跟勇敢的比利时女人一同旅游后，我很惊讶并且完全不能理解德国人曾经是怎么进入比利时的。

进入德国

《多伦多每日星报》1923 年 5 月 2 日

巴登奥芬堡

在巴黎，他们说要进入德国非常难。旅行者不准进入，报界人士却不需要这样的限制。德国有句话是说，如果没有领事馆或商会的盖章信函。德国领事馆是不会签发护照的，对来到德国进行明确商业贸易的旅客来说，这个是必需品。在我拜访领事馆的那天，它已获得修改规则的指示，如果残疾人出示从即将暂住的疗养地的医生那里获得的证明书，显示他们疾病的性质，则允许进入德国进行"治疗"。

"我们必须维持最高级别的警惕性。"德国领事说道。在对我的文件进行反复咨询后，他很不情愿地给我签发有效期为三周的签证，对我仍心存猜疑。

"我们怎么知道你会不会写一些关于德国的谎话呢？"在递回护照给我之前，他说道。

"噢，放心啦。"我说道。

为了获得签证，我给了他一封我国大使馆的信函，是用硬质的脆纸打印的，上面有大大的红章，写着告诉"有关人士"，送信人海明威先生被使馆所熟知，他受工作的《多伦多每日星报》安排，前往德国报道当地的状况。这些信函不需要花很长时间获得，使馆不用承担任何义务，实际上等同于外交护照。

看起来非常忧郁的德国大使馆专员将信折好收了起来。

"你不能留着这些信，作为签发签证的证明它必须在这里保留。"

"但是我必须拿走这些信。"

"你不能拿走这些信。"

我递给他一个小礼物，他收了。

现在这个德国人变得没那么阴郁了，但仍然不高兴地说："但是你得告诉我，为什么你这么想要这些信呢？"

我的票和护照在口袋里，行李也打好包，火车要到午夜才开，一些文章也已经寄出去了。总体来说还是很开心的。我说道："这是一封莎拉·伯恩哈特写给教皇的介绍信，你今天应该亲眼看到莎拉·伯恩哈特的葬礼了。这封信对我来说很重要。"

这个德国人带着悲伤和些许的困惑说道："但是教皇现在不在德国。"

我走出门外，略带诡秘地说道："这个恐怕谁也说不准。"

在这个清冷、灰蒙蒙的清晨，街道正在清洗，牛奶正在派送，商店正开始营业，从巴黎开来的午夜火车已抵达斯特拉斯堡，但是却没有从斯特拉斯堡开往德国的火车。慕尼黑快车、东方快车或者是开往布拉格的直达车？据搬运工人说："它们都已开走了。"现在我可以搭电车经斯特拉斯堡到达莱茵河，然后穿行进入德国，等待凯尔搭开往奥芬堡的军用列车。迟早会有开往凯尔的火车，没人完全清楚，但是电车明显要好得多。

街车的第一个站台，有个售票小窗口通向车辆，售票员从窗口接过我为自己和两个袋子所付的 1 法郎。车沿着斯特拉斯堡弯曲的街道哐当地前行，清晨在这片哐当声中结束了。途经有一些尖顶的、刷有灰泥的房子，上有木梁纵横交错，河流几度蜿蜒，流经小镇，每次当我们经过河流时，都会看到岸上有人在钓鱼。走在时尚的大街，有时尚的德国商店，有大大的玻璃橱窗，门上有新的法国名字。屠夫正打开肉店的百叶窗，助手们将大块的牛肉、马肉挂在门外。一长列运输车正在从农村进入市场，街道被冲洗。我瞥见小巷下方的一座宏伟的红砖式大教堂。有用法语和德语写的标志，禁止任何人与司机交谈，司机用法语和德语和上车的朋友们聊着天，同时摆动控制杆，突然停止或者是沿着小街前行，开出了小镇。

在斯特拉斯堡和莱茵河之间的这段乡村路上，电车沿着一条运河行驶，一艘钝头的、船尾上漆有"路西塔尼亚"号的大驳船正由两匹马平稳地拖曳前行，马上坐着船员的两个小孩儿，早餐的炊烟从船上的烟囱升起，船员靠在泵的把手上。这真是个惬意的早晨。

经由莱茵河通往德国的那座丑陋的铁桥上，电车在这里停下了，我们一拥而出。此处从去年 7 月起，所有的电车排成一行，就像队列。在一个曲棍球比赛场外，只有我们 4 个人。一个宪兵查看护照，不知道为什么他甚至没有打开我的。差不多十二个法国宪兵在游荡，当我开始搬着袋子走过丑陋的、被洪水淹没的、黄色河水打着旋转的莱茵河上方的长桥时，一个宪兵朝我走来，问道："你有多少钱？"

我跟他说有 125 美元。还有大约 100 法郎。

"让我看下你的小笔记簿。"

他查找了一下后，哼了一声，然后把它递回给我。我在巴黎买马克时获得的 25 美元的账单成了很显眼的一张纸。

"没有金货币吗？"

"没有，先生。"

他又哼了一声，我拿着两个袋子穿过长长的铁桥，经过铁丝网进入德国，铁丝网处有两个头上戴蓝色锡帽、拿着针状长刺刀的法国哨兵。

德国看起来并没太多快乐的氛围。一群食用牛正被装进轨道上的一辆厢式车中，向桥的方向开。这些牛非常不情愿，牛尾扭成一团，牛腿不停地猛踢。一个木质的海关验货长棚立在轨道旁边，它有两个入口，一个写有"法国通道"，另一个写有"德国通道"。一个德国士兵坐在一个空汽油罐上吸着烟，还有一个女人在装牛车的对面站着，她戴着一顶超大的、上有羽毛装饰的黑色帽子，还拿着令人吃惊的帽盒、包裹和袋子等。我帮她拿了三包，走进写有"德国通道"的棚子。

"你也要去慕尼黑？"她在鼻子上边抹着粉边说道。

"不是，我只到奥芬堡。"

"哦，太可惜了。没有哪个地方像慕尼黑这样了。你从没去过那吗？"

"是的，目前还没有。"

"我跟你说，不要去其他地方了，去德国的任何其他地方都是浪费时间，只去慕尼黑吧。"

一个头发灰白的德国海关检查员问我到哪去，是否有东西要纳税，然后他拒绝接受我的护照。

"你沿着这条路走，到固定站去。"

　　固定站已经成为巴黎和慕尼黑直达线上的重要海关枢纽，它变得很荒芜。所有的售票窗口都是关闭的，而且每个上面都积满灰尘。我沿着它漫步，走到了轨道处，发现四个第 170 步兵团的法国士兵，他们身着全副装备，携有步枪和刺刀。

　　其中一个人跟我说，11 点 15 分的时候会有一趟开往奥芬堡的火车，是一辆军用列车，一般大概半个小时到达奥芬堡，但等这一古怪的火车差不多需要两个小时。他咧着嘴笑道说，先生来自法国吗？先生对克里基和卓尼·凯尔本的比赛怎么看？呀，他和我想的是一样的，总觉得自己不是傻瓜，这个凯尔本。兵役吗？其实都是一样的，在哪服兵役都没有差别。两个月后就结束了。真可惜他真的没空，也许我们还能一起聊聊。先生看过凯尔本的拳击比赛吗？虽然餐室的新葡萄酒还不错，但毕竟他在站岗。沿着走廊走，就可以到餐室。先生把行李留在这之后就没事了。

　　餐室里有个一脸阴郁的招待员，他穿着脏兮兮的衬衫，晚礼服上满是汤和啤酒的印渍。餐室内有个长柜台，有两个 40 岁的法国少尉坐在角落的一张桌子旁。我进入时，他们向我鞠了个躬行礼致敬。

　　"没有。"招待员说道，"没有牛奶，你可以要黑咖啡，不过是代用咖啡，这里的啤酒还不错。"

　　招待员坐在桌旁。"现在这儿没有。"他说道，"所有你说能在 7 月看到的人现在都不能来。法国人不会给他们通行证让他们进入德国的。"

　　"所有来这儿吃东西的人现在都不来了？"我问道。

　　"没人来了。斯特拉斯堡的商人和开饭店的人都很生气。他们去找警察，因为以前每个人都来这吃便宜得多的东西。现在，斯特拉斯堡没人能拿到通行证来这儿吃饭。"

　　"那在斯特拉斯堡工作的所有的德国人怎么样？"在和平条约之前，凯尔是斯特拉斯堡的一个郊区，所有的利息和工业都是一样的。

"都结束了，现在没有德国人能获得通行证过桥。他们比法国人工资还低些，所以这就是他们的状况了。我们这所有的工厂都关闭了，没有煤，也没有火车。这曾是德国最大和最繁忙的车站之一，现在却不是了。除了军用列车外没有火车，而他们是高兴时才开车。"

四个法国兵走进来站在柜台前。招待员用法语跟他们欢快地打了招呼，并给他们倒上葡萄酒，杯子里是不透明的金黄色。然后招待员走回来坐下。

"在镇里，他们是如何和这儿的法国人相处的？"

"这没问题，他们和我们一样是好人。一些人虽然有时很讨人厌，但是他们是好人，除了奸商外没人讨厌他们。他们失去了一些东西，从 1914 年以来我们就没有任何快乐的事。即使你赚到钱，也没有任何好处，只能尽快花掉它，这就是我们所做的。某一天，这也许会结束。但是我不知道该怎样结束。去年，我攒了足够的钱，够在黑伦贝格买个旅馆了，但是现在，那笔钱还买不到四瓶香槟。"

我抬头看了看墙上的价格表：

啤酒一杯 350 马克

红葡萄酒一杯 500 马克

三明治 900 马克

中餐 3500 马克

香槟 38000 马克

我记得去年 7 月时，我和夫人在一家豪华旅馆住，一天只需要 600 马克。

"当然。"招待员继续说道，"我读过法国报纸。德国将钱贬值，欺骗同盟国。但是我们能逃避得了什么呢？"

外头响起了口哨的尖锐声音，我付了账之后和招待员握握手，并向那两个 40 岁、正在桌旁下棋的少尉行了礼，然后走出去搭上开往奥芬堡的军用列车。

100 万马克很容易花完

《多伦多每日星报》1923 年 5 月 5 日

英因茨

现在的德国，125 美元能兑换 250 万马克。

一年前，你必须得用一辆卡车把这么多钱拖走。而 20000 马克也需要捆成 10 个厚包，每个厚包里是面值为 100 马克的现钞，一部分可塞满你的大衣口袋，另一部分可塞满你的手提箱。现在，250 万可以轻易地装进你的皮夹，就像是 25 张废纸一样的 10 万马克空头账单。

我曾记得，当我还是个小男孩儿的时候，很好奇百万富翁的生活，最后却被禁止讨论这个问题，因为当时根本没有 100 万美元，也没有足够大的房间装这些钱。如果有一个人一次性数 1 美元，在他结束这项活动之前，就已经死了。在最后，我不得已认清了这个现实。看了布鲁斯特的生活轨迹，我知道了合理花掉 100 万美元的困难程度。当然要排除布鲁斯特愚蠢地花掉 100 万美元的行为，随后再从他富裕的叔叔或其他人那儿得到 600 万美元。布鲁斯特，就像我想起他时一样，在经历了重重困难之后，最后想着谈一场恋爱，结果几乎一分钱都没剩。而此时，他却发现他的叔叔其实一贫如洗，孤苦伶仃地死在废弃的房子里。经历了诸如此类的事之后，尽管布鲁斯特表面看起来不尽如人意，最后被逼去工作，却经过努力后做了当地商会的会长。

我在德国所受的前期教育就是用以上的例子来打破你心中对财富的梦想，十天里，必须独自承担生活费用，工作没有一丝成效，却需要花费 100 多万马克。

在这段时间里，我只在高级旅馆里停留过一次。一周后，曾在四等车厢里和乡下小旅馆里停留过，每次只能休息 7 个小时，然后收拾行装，站到二等车厢走廊上。只是为了早已决定的行动——调查那些有劳动能力的人的生活情况。

法兰克福豪弗旅馆华丽的大玻璃门上有个小黑点。"法国人和比利时人绝对不允许这种情况发生。"那个工作人员坐在桌子后面，把51000 马克拿进去，"当然，这是有税的。"在东方大厅里，那些大椅子外，可以注意到脸色沉重的犹太人正透过蓝色烟雾看着我。随后，就登记我来自巴黎。

"当然我们不会执行'反法'的规则。"那个工作人员非常高兴地说。

在这个办事大厅的上方挂着一条税务清单。首先是40%的城镇税，然后是20%的服务税，8000 马克用于供暖，另外 6000 马克是为了迎合一个为旅客提供早餐的通告，还有一些其他的费用。我在这里待了一晚上加上第二天的半天，费用总共是145000 马克。

在巴德省一个小铁路的连接处，一个女搬运工把我两大包沉重的行李放在列车上。当时我真想帮她把行李搬上去。她却冲我笑，她有一张深褐色的脸，一头顺滑的金发，而且肩膀宽厚如公牛。

"多少钱？"我问她。

"50 马克。"她说。

在曼海姆，一个搬运工把我沉重的行李从车站的一个站台运到另一个站台。当我问他多少钱时，他却开价 1000 马克。这次，这个搬运工让我想起了那个女搬运工，因此我拒绝了。

"在这儿，一瓶啤酒就值 1500 马克。"他这样回应说，"一杯荷兰杜松子酒就值 1200 马克。"

全德国的物价都处于严重波动的状况。价格不断上升都源于去年马克的严重贬值，那时情况一度严重到每 70000 马克才能兑换 1 美元。好像物价一直上升没有回落的趋势，当然在大城市里，物价会一直上升。在这个村庄里，一顿饱饭值 2000 马克。在列车上，一个火腿三明治能卖到 3000 马克。

上周，在调查实际生活情况时，我曾和很多人谈过，一个小工厂厂主、几个工人、一个旅馆经营者和一个学校高级教授。

那个工厂的厂主说："我们有可以烧数周的煤和焦炭，但缺少原材料。如果顺着他们要求的价格，根本买不起。我们把已经制好的成品卖给销售商，他们出的价格很低，我们又不舍得卖。虽然可以从捷克斯洛伐克买煤，因为它们早期与德国矿山订下了和平协定，但是他们想让我们用捷克克朗付钱，这虽然能保持平价的状态，但是我们是真的支付不起。于是，就开始让我们的工人休工，但是同样他们也没法养活自己。"

一个工人说："现在我挣的钱根本不够养活整个家庭。我已经把房子押给了银行，而且还要支付银行贷款的 40％ 的利息。你虽看到工人们还有足够的钱花，这些年轻工人可以在家生活，可以有自己的食物、空闲的房间和能穿的衣服。也许他们只需要在食宿上花一小部分钱，还可以经常光顾酒馆，或者他们的父亲在这个村子里有一大笔财产，甚至是一个农场，那这么做倒是情有可原的。因为此时几乎所有的农民都很有钱。"

那个旅馆经营者说："所有的夏季旅馆都被住满了，此时就迎来了旺季。整个夏季我都在工作，经常是从早上 6 点工作到半夜。每个房间都很挤，甚至是台球室的折叠床上也睡满了人。这可能是一年中遇到的最好的季节。10 月份时，马克开始贬值，甚至到了 12 月出现了整个夏季挣的钱还不够买下个季节的罐头等生活必需品的情况。在瑞士的时候我还有点资金，要不我们早就关门了。所有这个镇上其他的夏季旅馆早就彻底关门了，上周，山上的那个大旅馆的业主竟然自杀了。"

那个学校的高级教授说："我一个月的工资是 200000 马克，这听起来好像很多。但是我没有其他途径提升工资。一个鸡蛋值 4000 马克，一件衬衫就值 85000 马克。现在我们一家四口住在一起。每天就只吃两顿饭，我还欠着银行的钱。"

"这个镇上的人们不能用马克去兑换美元和瑞士法郎。以至于当马克贬值时还不得不拿着它，而此时，他们正打算去鲁尔区定居，可是银行又不给他们兑换——既不给兑换成美元，也不能兑换成瑞士法郎或是荷兰盾，他们拿着这些钱也很无能为力。"

"那些商人没有任何信心挣钱，他们也从来不会压价。而那些比较富有的却大多都是农民，他们一直试图拼命提升农产品的价格，而这种做法的结果就导致在马克贬值之后，成了刺激市场的手段，大制造商同样也会用这种手段。他们会把商品卖到海外，换得外汇。然后用马克付工资。还有银行，银行始终都是很富有的，有时很像政府。它们可以让贬值的货币升值，然后掌握升值或正常价值的货币。"

这个老师高挑却又显得有些瘦弱了，但他却有一双强健有力的手。他很喜欢吹长笛，每当我来到他家门前时，就看到他与他的长笛为伴，带些亲切与执拗的吹奏。他的两个孩子看起来没有像他一般高高瘦瘦也没有营养不良，但是他的妻子看起来确是相当的面黄肌瘦。

"您对将来是怎样打算的？"

"我们只能相信上帝了。"他歪着头思考了片刻说道，然后像哲人般低低地笑着，"德国人过去相信上帝和政府。现在我不再信任政府了。"

"当我进来时，觉得你的演奏很动人。"我一边记录着他的话一边不时地抬头看着他说道。

"你了解长笛吗？喜欢它吗？如果你喜欢以后我还会给你演奏的。"

"以后如果有机会的话，我很愿意聆听你演奏，那让我觉得很好，好像可以忘了自己一样好。"

暮色下，我们坐在小得可怜的拮据的会客厅里，这个老师用长笛诉说着他的故事，畅想着他的未来。乐声吸引了外面小镇主道上的人们驻足聆听。孩子们也来了，静静地坐在旁边，他们好像忘了自己手里的玩具、也瞪大了眼睛不敢说话。过了一会儿，这个老师停止吹奏，有些许尴尬地站了起来。

"长笛真是种奇妙的乐器。"他似有些不好意思地放低了声音小声说道。

视野之外的饥饿者

《多伦多每日星报》1923 年 5 月 9 日

科隆

乘着快速列车旅行，如果感到疲乏就在朋友为他选择的几所旅馆里稍事休息。这个叫库克的旅行者几乎没有人听到他说过除了母语之外的其他任何语言。他几乎在整个欧洲都没有看到任何苦难。

但如果他去德国，甚至更大范围地去旅行，他应该也不会看到苦难。似乎没有饥饿者，他也看不到痛苦的情景，甚至在火车站也不会被饥饿的逃荒者和孩子包围。

这个无知的旅行者在离开德国的同时，似乎也在绞尽脑汁地想所有这些与饥饿有关的状况到底是怎样消失的，他可能皱着眉似乎在做什么伟大的思考，显得渺小又可怜。相反，如果在那不勒斯，他将已经遇见了衣衫褴褛的人群，浑身污垢的饥饿者，眼中充满痛苦的孩子，满脸虚弱还在挪动的可怜人，他们在他的耳边叫嚣着，把他们的贫困可怜，无法过活展现得淋漓尽致。游客们看到的一般都是"职业"乞丐，他们还没有看到其他的"业余"饥饿者。

意大利的十个"专业"乞丐相当于德国一百个"业余"饥饿者，我想这是很显而易见的。一个"业余"饥饿者在公众面前并没有挨饿，这就意味着那些自尊心家所掩藏的部分也许才是我们对这个城市最真实的看法。

相反，如果没有一个人在偶然中或是不小心发现这个"业余"饥饿者的存在，那么可能在公众发现他之前，他还要继续挨饿。当公众发现他时，他通常已经病卧在床奄奄一息了。很显然在忍受了长时间的饥饿以后，一个饥肠辘辘的人就失去了在街上自由行走的能力了。如果他真的不管不顾走到了街上，这无疑会使他因躺在床上而迟钝了的饥饿感迅速的复苏而后以一种他承受不了的速度呼啸而来。在对"业余"饥饿者的描写中，并未提及那些处于贫困阶段的居民、施粥处抑或救济任务。这些描写已经违背了那些虽然"业余"，但是已经极度贫困却不富含表演力的人的立场。

类似的一些"业余"饥饿者的案例无时无刻不在持续增加中。

1—B 夫人是一个寡妇，她的丈夫是一个不幸死于战前的药店主。以前她每年收入可以高达 26400 马克，同时她也对按揭贷款抱有不可估量的热忱。在战前，仅就按揭贷款这一项来看，每周就能给她带来将近 100 美元的收入。而如今却是她 29 岁的女儿身陷肺病的病痛折磨之中，丧失劳动能力，无法为家庭带来收入；她 21 岁的儿子虽说通过了文法学校的期末考试，但是却因种种原因与心仪的大学失之交臂，只能靠当矿工解决最基本的生计问题；而他们最后的希望 13 岁的小儿子现在仍是需要金钱补给的在校生。昔日这个家庭的富裕已仍然不复存在。现在他们的年收入与同等家庭根本无法相提并论，他们的年收入只相当于其他同等家庭两周的收入。

2—P 夫妇在十年前就双双失明，已经 64 岁了，丧失了劳动力的他们只能靠变卖家产为生，而这些家产是他们在年轻力壮之时通过艰辛的工作积攒下来的，他们一年只有 3400 马克的收入。似乎在以前靠着份收入他们就可以生活得很幸福很有余地了，但是现在这还比不上一个纯体力劳动者半个星期的工资。

3—B 夫人也同样遭受了丧偶的痛击，她的丈夫曾是一个建筑师，她必须用每年 2400 马克的收入养活她两个年仅 6 岁和 9 岁的孩子。这就意味着她的收入甚至不敌一个纯体力劳动者两天的工资。

4—K 夫妇每个月能得到 500 马克的房租，这是一个听起来并不怎么凄惨的大前提。但是曾为农民的丈夫现在却得了严重的心脏病。因为药物的制约，曾经卧床不起数星期。然而他的妻子几乎已经瘫痪在床 6 个月。为了解决二人的疾病问题，仅药费一项就远远超出他们的收入，最根本的衣食住行都快要不能保障。但是正常情况下，如果他们并未存在生病这项变数，仅仅是房租这项收入就可以让他们衣食无忧。

5—48 岁的 H 寡妇有四个正在上学需要大量花销的孩子。她大约有 10 万马克的家产。这可以每年给她带来 15000 马克的收入，听起来不错的收入。但是在这个设定的家里，这些钱仅够他们生活一个星期。

这些案例就随时发生着随处可寻，数不胜数。在德国，这些不过是只靠固定收入而维持生活的中产阶级的典型罢了。这也不是德国本国在自说自话，这都是在科隆救助处工作的莱茵兰盟军特派专使团的专员皮戈特先生和科隆总领事兼政府御用咨询师瑟斯顿先生共同揭发的。

那时的科隆看起来还是一片繁荣昌盛，那些商店的窗子一尘不染，灯火通明。街道笔直宽阔的通向无尽的远方，似乎空气中旋转盘旋的细小尘埃连落下都是一种亵渎。不列颠的官员们沿着街道闲庭漫步穿过人群。那些穿着绿色制服的德国警察则是呆板地向这些不列颠的官员们一丝不苟地敬着礼。

夜幕中，哪怕官员们只是被迫穿上这些制服，但正式官服的亮红或深蓝色仍然给单调的人群渲染了一丝若有似无的色彩。街道外一些德国孩子们正跟着官员俱乐部里的音乐旁若无人地手舞足蹈。

以威斯巴登为起点，驾着小舟乘风而行，徐行在莱茵河宽广的河面上亦缓亦迟，亦走亦停。沿途中那些暗灰色的并不起眼的山脉，那些小山上几近只余残骸的城堡，若不去细看，那些城堡仿佛死在了一个空荡的，死寂的鱼缸里一般。我们在这条河上游荡了近十四个小时。而仅是其间我们就看到了 15 艘装满煤炭的驳船，所有这些驳船上都有法国国旗在随风飘扬。

早在去年 9 月，那时我们坐在一艘快船里，同样看到和那些运煤驳船差不多的货船被动的向运河口驶去，它们是通过水路网向洛林炼铁业提供煤炭能源的工具。法国所获得的大量的煤炭，也不过只是德国"一战"赔款的一小部分。而现在我们所看到的那十五船煤炭只是作为赔款中不值得一提的一小股。这一小股从鲁尔河流向德国以外的地方，穿过一个个纷繁复杂的垄断工业和军事占领区，最后混入无尽的黑色海洋之中无声无息，没了踪影。

鲁尔区里的怨恨是真的

《多伦多每日星报》1923 年 5 月 12 日

杜毫尔多夫

你可以感觉到鲁尔河里怨恨就如同你亲眼所见般真实地存在

着，印入你的骨血。它就如同你还未来得及反应过来去清扫，还带有些昨日的灰尘的杜塞尔多夫的小路，或者是灰色砖块垒筑的长排农舍一样具体生动，让你不得忽视它的存在。每一个怨恨都确切存在于世，这事实就如埃森市的工人下一年要在哪里工作生活一样的确切且无法逃脱。

这不仅仅是德国人和法国人的问题，或者说德国人有多恨法国人。德国人对邮局前的法国哨兵几乎是视而不见，对埃森市里的那些豪华府邸及凯瑟豪夫宾馆前的那些自以为高级的法国士兵同样漠不关心。当法国公务员与德国工人真正相遇时，他们会相互打量一下对方的脸或衣服，但是这一切均是用一种仇视鄙夷的目光来窥测的，这眼神冷漠到就像是看到令人厌恶的贝莎·克房伯铸造厂剩下毫无用处的塔形废弃矿渣一样。

因为大多数鲁尔地区的工人都是共产主义者。所以这个区域已经成为德国最具有革命精神的地方，颇具些神圣色彩，然而如此具有革命精神，这样激进的土地，却在战前没有任何可以让军队驻扎的迹象。同时，政府也并没有对人民的怒气与不满值减轻抱有任何希望，他们也害怕军队与地区共产主义者发生无谓的冲突。而这件事造成的结果就是当法国人来这里时，他们即使没有派任何军队来占领这个地方，也很难在这里驻扎。

在占领初期，所有的鲁尔区人民都组成一个统一军队，希望可以借此帮助政府逼退法国军队。当游行示威的当晚，奥古斯特·蒂森刚从美因兹市工作的地方回到家时，一个德国记者就告诉他有超过一百个抗议者在激情的大声唱着爱国歌曲来抒发自己心中炙热的情感，并朝着政府声嘶力竭地大声叫嚷，尤其是已经为法国占领军服务的或者是在鲁尔反抗期没有参加革命军队的官员被示威人群格外紧逼，狠狠唾弃。爱国精神的觉醒回春，使这个国家史无前例地全都站在对抗法国的统一战线上顽强抗争着。

"这是最让人振奋的，你知道吗？"一个德国老妇人有些过于激动地抓住我说，"你本应该待在这儿。我几乎从未感受过因为这些完美无缺的胜利所带来的巨大欣喜。哦，听呢，他们唱得多么好听啊！"

现在这场声势浩大，饱受赞扬的示威游行已经结束了。工人领袖说政府对这场游行除了被动地抵抗自保外，几乎是束手无策，并且他们自己也厌倦了这样被动地接受。众多报社也开始发出舆论紧逼，要求德国政府应该积极与法国开始进行一些必要的谈判。法国已经控制了好几百万马克的失业救济金。但是此时对于失业救济金迟迟不到手这件事，工人们已经是多有怨言。

在被动反抗开始之前，工人们似乎并没有对政府的这种行为抱有任何期待，并且工厂主们也极其担心工人和军队之间原来激化的矛盾纷争，但是此时挑起的事端却激起了蛰伏已久的爱国热忱。这种爱国热情随时都在召唤工人们为了一场"反政府被动反抗"运动而竭尽全力，但是法国军队却总是用加重赋税来进行强力镇压。

在复活节前的那个星期六的晚上，"反政府被动反抗"事件还是发生了。它让十三个年轻的工人失去了再次看到世界的权利。如果那个年轻的领袖不是因为紧张而指挥一排的工人们贸然向政府征用的载重军用卡车进军的话，也许不会出现如此惨烈的结局。于此，我几乎听到了将近十五个雷同的版本，但其中至少有 12 个听起来像是以讹传讹。可以想象，当时人们紧紧聚集在一起，不留一丝缝隙，黑压压地向军队扑来。发生动乱的地点是一个类似于大庭院的地方，可以想象那些直接面对军队的人的结局几乎是一定的，他们不是被击毙就是受了重伤。后来那些受伤的人甚至被剥夺了与他人交谈的机会，占领军也阻止了人们对这些人的探望。事实上，在最后一批紧急伤员被送走时，剩下的伤员也会马上到穷乡僻壤被藏起来。传闻证据有大量不合理的描述，几乎没有任何的参考价值。

尤其有两个地方无理可循。首先，法国军队没有理由制造流血事件和通缉任何人。相反，他们应把避免类似的冲突作为首要目的，这是他们要尽可能赢得工人们的信任，从他们身上获得利益的第一步。就另一角度而言，工厂主对这样的事情很是反感，他们并不想让工人们去参加这些动乱。

二十个不同的工人像我信誓旦旦地断言道，人群中混有一些德国民族主义者——绿色警察。这些特殊的工人怂恿并对其他的工人散播，他们可以将法国人驱逐出境，解除法国人的武装。甚至让法国人狼狈不堪地逃离政府大院。

那些凡是参与过动乱的工人这样描述道。当第一颗子弹射出时，人群就开始躁动熙攘，四处逃窜，这些子弹几乎可以碰触到他们的发梢。他们曾经在军队中服过兵役，知道其中的秘密，一旦他们发现军队真的发动了暴乱且开始射击的话，他们不会没有任何武装就去袭击装备完好的军队。那么这时问题就来了，无论怎样，这些士兵都没有理由持枪一通不知首尾地扫射。现在，我也颇有疑惑。所有向我断言的人都保证道，当一声枪响后他们就跑了，他们自顾不暇没有机会看到周围的情况，完全是军队自己在那没有目标地射击。

因为法德两国的医生在枪伤的性质上没有达成一致，埃森市的 2 个工人葬礼只能推迟。德国外科医生声称有 11 颗子弹均从背后射入，然而法国外科医生却说有 5 颗子弹是从身体前方射入。5 颗是从身体一侧射入，还有 2 颗是从背后射入。我也不知道关于这两个死去的工人伤口的争论是从何时开始的，又将在何时终结。

鲁尔区工人的爱国热情日渐糜颓。因为他们相信不久的将来谈判就会开始，他们不用仅靠少得可怜的失业救济金而解决最基本的温饱，他们憧憬着货币会升值，他们不用因为参与各种破坏活动和私自解散相关组织被惩罚工作得昏天黑地。他们对政府已经绝望到了极点，认为政府会糊里糊涂地"送给"他们失业救济金，抑或是政府会顺着他们的心愿去实施新的政策。

似乎理论上，法国政府会制定更加完备的占领区法律。把军队隐匿人后，并且把对从非占领区到占领区的德国人过渡事宜的干预降到最低。这些德国人必须要有通行证，但是对于这些通行证的检测却是随心而欲，睁一只眼、闭一只眼。一个法国士兵看到这种红色的通行证就会随口道"好"，然后德国人就会顺利跨过围栏。

这种情况下，管理军队就显得相当的轻松，同时每天还能用 6 节火车厢，以每车 130 吨的量从埃森市运出工业产品。经过了被占领的 3 个月后，法国对于煤的日消耗量已与德国相持平，仅这项就达到了没有占领鲁尔区之前的水平。

M. 卢却尔，他曾是白里安手下一个富足的分部的部长，去了伦敦的他，用自己巧妙的方式试探出了那里公众的口风。他告诉雷蒙德·庞加莱，一切正在循序渐进，按部就班地顺利进行中，并在归来时与他详细描述一些具体的事宜。庞加莱对卢却尔的这次旅行评价极高，他认为这是卢却尔总理任期的第一把火，即使在 5 月份，占据了议院多数席位的执政党仍然很强势，不容反驳。卢却尔却在法国被寄予了极高的赞誉，被称为"法国的温斯顿·丘吉尔"，他在执政期间起起伏伏，不胜精彩。也基于此，他得到了对鲁尔区的永久投资权。

阿里斯蒂德·白里安正在为一次可以让他获得以前的权利的演说而准备着。他打算以白里安任总理期间，德国曾给法国数百万战争赔款，庞加莱没有重视这笔钱，使得这笔钱仅在他上任期间就所剩无几为理由。

攻击庞加莱，他在"卡约自由营"时就已经开始着手准备在法国的新文件。里昂·都德最关心的问题就是里昂为什么能够重新上台，难道原因仅是 M. 卢却尔作为一个所谓的政府代表还违背了政府意愿的被派去英国吗？

安德烈·达尔迪厄已经宣称反对已经开始实施的鲁尔区政策。形势又开始变得激烈，蓄势待发。鲁尔式冒险好似即将迎来一个终极，它虽说获取了里昂·都德和雷蒙德·庞加莱的欢心，但却使德国元气大伤。然而更甚的是，它煽动了新的仇恨，并且复苏了旧的仇恨，使越来越多的人苦不堪言。但是，这真的是使法国变强的必经之路吗？

法国的工作进度，如同一部影片闪现

《多伦多每日星报》1923 年 5 月 16 日

杜塞尔多夫

沿着街道信步而行，穿过满是积尘无数暗无天日的灰色建筑的杜塞尔多夫市郊，来到令人心旷神怡的乡间。放眼望去，一片碧浪。那少见的几抹绿色零星地分布在鲁尔区的一些城镇。众所周知，这些城镇总是被一些呛人的白色烟雾所围绕。你会和缓慢移动的法国弹药推车擦肩而过，马匹似乎永远供应不足，那些钢盔挂在后脑勺上的穿着蓝色制服的中国人，卡宾枪悬在头顶上方，却依然能脸色平静地在路上走着。法国装甲巡逻队从这里缓缓走过。两个宽脸的威斯特伐利亚搅炼工人正坐在一棵树下，数着他们的失业救济金。此时，一辆在路上的装甲车转过一个弯后，消失在视野中。

其中一个搅炼工人与我为伴。他们都是真正的威斯特伐利亚人，拥有一切威斯特伐利亚人的典型特征——脚踏实地。他们肌肉结实，看起来粗犷狰狞却待人十分友好。他们还喜欢去打猎。打猎最好在春天去。但是直到现在他们还没有一支合适的猎枪。

他们使劲嘲笑那些个子矮小后脑勺上还悬着蓝色钢盔的中国人，为那个不怎么高大的正迅速站好队马上投入工作的安南人喝彩。此时的他紧紧抓住缰绳，汗水从他脸上不断滴落，钢盔使他的视线受到了阻碍，也许是因为这群人的喝彩，这个安南人脸上挂着大大的笑容。

一辆法国参谋专用车以 40 英里时速飞奔而过，顿时掀起一片旋涡般的尘土。一个法国官员坐在一个缩成一团的弱小的司机身旁。我瞥了一眼后面的两个人和另一个法国官员，紧紧地按住他们因迎着风而几乎被吹起的帽子。那个法国官员亲自给其他在鲁尔区参观的人带路。前面有两个来鲁尔占领区"调研"的美国牧师。那个法国官员带着他们四处游走。

亲身参与"向导旅行"是鲁尔区的一大特色。而那个官员就将这一点表现得淋漓尽致。那两个美国牧师获得了一封来自巴黎德古特上将的介绍信。这完全是为他们想在鲁尔区做一个适当彻底的调研而准备的，他们做调研的目的就是为了回到美国后向他们的教会陈述这里的事实。其实，这并不是两人来欧洲的初衷，但是鲁尔区总是位于报纸头条，而如果你想在回到美国之前成为一个"欧洲通"。你就必须亲眼看看鲁尔区。假设热那亚会议如期举行，他们也会去热那亚等其他地方。

两人虽然在杜塞尔多夫，但却只会说一点法语，而且无法用德语沟通，这导致法国人对他们格外包容。一辆参谋专用车停在两人的住所，他们可以自己随心所欲去任何的地方，还有两个法国官员专门为他们安排行程。他们也不知道要去什么地方，于是就让法国人给他们带路。一个下午的时间。他们在鲁尔区做了很多事情。他们看到了塔形焦炭山，很多大工厂，甚至登上了水塔俯视整个鲁尔河流域。

"请看那儿。"一个法国官员一边指点着一边耐心地做着介绍，"那是史蒂勒斯钢厂，还有蒂森钢厂。还有更远的地方，我们在这儿看不到，那是克虏伯钢厂。"

那天晚上，其中一个牧师带着震惊对我感叹道："我们已经看完了整个鲁尔区，并且现在我想告诉你法国是绝对有权威的。我还可以告诉你，以前在我的生活里绝对没有那样的情景，我从未领略过如此之多的矿山和工厂带来的恢宏和气势。法国是绝对有权力控制那些矿山和工厂的，我还要告诉你，这些机器周而复始不断运作。"

"向导旅行"的下个地点就是鲁尔区的娱乐业，埃森市凯瑟豪夫宾馆里设有法德联合新闻局。法国负责人是一个如同德国传统讽刺画里面的拥有着一头浓郁的金色头发的男人。同时那些负责人在到达宾馆后就被告知，在向客户行使完职责后，他只有30分钟进行宣传，这一切让这个德方负责人看起来和那个"滑稽"的法国人如出一辙，他们近乎卑微，渺小得有些让人怜悯，他们只能一味地去迎合别人的脸色。无论是法国还是德国，却都是在扭曲事实，提供错误新闻。

《每日邮报》的珀西瓦尔·飞利浦先生的名望因为一条他曾经报道过的马上被指出了错误的法国新闻而严重下降。他也因此表示在新闻没被证实之前他将不再会发布新闻局的任何新闻。"我的新闻报道永远领先于法国。"他说，"但是领先的新闻也有可能不是出自我之手，并且我必须顾及作为著名记者的名望。"

法国人在爱情、战争、造酒、耕种、绘画、写作和烹调方面有独特的天赋，这些造诣却并未在鲁尔区的战火纷扬中发挥实质性的用处，尤其是发动战争方面。最后的军事占领计划已经完美实施，但是要完全控制德国的商业中心，一些商业天赋是不可或缺的。商业天赋是管理一切工业的王牌，尤其是这种曾被军事和战争破坏、中断的德国工业。

在德国被海关警戒线分成占领区和非占领区的地区和街道上，尤其是在这些地方的税收和职责分工方面，你可以看见这种景象：位于占领区的一长列卡车犹如被一条锁链紧紧束缚了一般一片死寂。车上面罩着防水油布，堆满了包裹和货物，甚至一些车因为紧挨在一起而互相刮擦，它们可能已经经过了几周的等待。五个海关官员正忙着把所有的货物拦下，然后拿起其中的一些进行抽检。在铁路旁，有一个巨大的货仓，货仓的椽子上挤满了拿来抽检的货物。

在一辆汽车里，一个胖胖的电影制作人拿出一张法国人在占领期画的宣传画。他下车，然后开始组装照相机，然后就对着那些一直坐在那的法国海关官员大声地讲解。那些海关官员背靠着货仓的一边，同时抽着烟。随后他们投入表演中。这个电影制作人针对那些长列车设计了一些滑稽的情节，他先让五个海关官员都从车的一边爬上去。并且把包裹拽出来，挨个撕开，认真观察里面的内容物，然后用粉笔把检查过的包裹画上记号，最后把货物全都堆在货车的后部。

当他做完足够的连续镜头时，这个制作人随手在他的本子上写道："在鲁尔区工作的法国海关官员"。后在上车前把他的本子狠狠地塞进了他的口袋，并向那几个费了半天劲的法国海关官员挥手致意。可是制作人走后，这几个官员又恢复了原样——他们继续背靠着那堵好像随时要倒下的墙，百无聊赖地抽着烟。

我曾看过一些装煤的短片制作过程，他们严肃得让人发笑。还是那个胖胖的制作人在场地上导演着剧情。六个工人像忘记了自己之前在做些什么似的前所未有地拼命装卸着那堆煤。"稍微挪一下。"那个制作人换了个角度，带着考究的目光颇为专业地说，"多做些动作，记住你不是罢工，而是正在拼命工作。"于是这几个工人就以最快的速度工作。

"好，这就完成了。"那个制作人满意地笑着说道，同时停止了摇动摄影机的手柄。

工人们松了一口气般地马上直起身。在那个电影制作人离开之后有一个工人甚至还抬眼看了看那座巨大的煤山。

"他就像头猪，而他是什么，这部电影就像什么。"那个工人的伙伴像突然能说话了一般激动地抱怨道。

这两个人拿了小风琴和一瓶法国红酒相见恨晚地畅饮起来。

那个电影制作人在他的笔记本上记下："鲁尔区工人们正在装煤。"

欧洲国王的事务

《多伦多星报周刊》1923 年 9 月 15 日

有一天，我在巴黎碰见刚从希腊回来的当电影服务制作人的老朋友索提。电影院里看到的新闻电影就是他制作的类型。

索提向我感叹道："乔治真是个好孩子呀。"

"哪个乔治？"我有些不知道他话里所描述的对象。

"就是国王啊。"他说，"你没见过他吗？就是新上任的那个国王。"

"我从没见过他。"我无谓地耸耸肩。

"噢，他是白人。"索提边说边扬起了手示意服务员过来，"那个孩子是个王子，你来看看这个吧。"

我看到一张印有希腊皇族标志的便条纸，里面用英文写道：

> 本王诚盼沃内尔先生于早晨或下午前来拜访，如将
> 前往，望告知带信人，派遣马车前往送先生至皇宫。
> ——（签名）乔治

"噢，他是个很不错的孩子。"索提边赞叹着边像藏着什么奇

珍异宝般把信极其小心地塞进自己的钱包。

"怎么跟你说呢，那天我带着相机去皇宫。我们驾车进入皇宫。穿过一群壮硕高大、穿着芭蕾舞裙举着枪向我们行礼的宝贝儿①。当我走下车来时，国王就分秒不差地走下来握着我的手说：'你好，沃内尔先生，最近过得怎么样啊？'"

"我们在皇宫前空地走了一圈，看到皇后正在修剪玫瑰花丛。'这是皇后。'乔治说。'你好。'皇后答道。"

"你在那里待了多久？"我疑惑道。

"噢，几个小时吧。"索提说，"国王对有人能与自己聊天感到很开心。我们坐在一棵大树下，在桌边喝了点威士忌和苏打酒。国王对我们诉说道一直只能被禁锢在皇宫里真的毫无乐趣可言。自变革以来，他就没有金钱来源，其他希腊贵族不仅不能来拜访攀谈，甚至他们都不能随心所欲地出入皇宫。"

"这真是闷得慌，是吧。"他长长地叹了一口气，"之前的安德鲁很幸运。他被驱逐出了皇宫。现在他可以随意探访巴黎或伦敦的任何一个地方。"

"你跟他聊天说的是哪国的语言呢？"我说。

"当然是英语。"他抬眼俾睨地看着我，"所有的希腊皇族都说英语。我拍了很多他和皇后，甚至还有皇宫前的那块空地的照片。他想让我拍到他手里拿着的关于围墙内的一大片田地的活页封面。'这在美国看起来应该会觉得很不错吧？'他几乎带着些笃定地反问道。"

"皇后人怎么样呢？"我向他询问道。

"噢，我对她并不是很了解。"索提答道，"我只在那待了几个小时，我一直不喜欢跟他们待太久。而有些收到进宫邀请的美

---

① 这里指的是希腊皇宫的守卫士兵，希腊皇宫守卫穿着很有特色的服饰。他们下半身穿着裙子，还穿着厚厚的连裤袜，看起来很像芭蕾舞裙。

国人却滥用这些机会，一直缠着国王不放。但在我所仅有的几个小时与皇后的相处中感到皇后还是很友好的。我离开时，国王说：'可能我们以后会在美国相遇呢。'跟所有的希腊人一样，他也想到美国走一走，看看这个缤彩纷呈的世界。"

希腊的乔治国王是欧洲新近登基的可能也是最不甚自在的国王。如索提所说，这个可怜的老好人的生活枯燥得像一潭死水。去年秋天，革命委员会这个同时掌握着国王可以做多久的组织把他推上了神坛。

乔治娶罗马尼亚玛丽皇后和费迪南国王的女儿罗马尼亚公主为妻。此刻他的岳母正为了让乔治为人所认可和推广自己的女儿而四处游访着欧洲各大首府。

提到罗马尼亚，这里国王的事务也不是很繁多。

费南迪国王看起来很焦虑，他性格寡淡，不喜向他人展示自己，总让人有各种猜测，就像多瑙河上游那些面带胡须的人一样让人看不透。欧洲从来就没正眼看过罗马尼亚这个国家。1919年，其他国家的政治家和朋友下榻了整个巴黎最好的酒店。签订计划让巴尔干半岛欧洲化的条约，然而却成功地巴尔干化了欧洲。这个时候，罗马尼亚也适时地派出了那些口才极佳的人为其所用。

而情况真正有所好转是在这些人完成了促进条约签订的使命后，罗马尼亚只要提出割地要求，任何邻近的土地都可收入囊中。条约制定者也许认为这是让他们免受罗马尼亚那些激动的爱国者纠缠的最简单的办法。无论如何，为了抵制这些不想成为罗马尼亚民众的反叛新国民，准备一支强大的常备军队伍。

但很快，大批罗马尼亚民众纷纷断然离去，如同墨西哥湾流中的冰川一般，断裂漂离。玛丽皇后，这个就连化妆也比欧洲其他皇族成员要浓重得多的一流的桥牌能手、二流诗人，也是一个促进欧洲政治关系的高级推手，此刻她为了阻止这场分裂正在不遗余力地促成欧洲联盟。另外，卡罗王子，这个曾拍摄过完美的加冕场景的卡罗王子电影公司的年轻俊美的总裁，对现今的政治局势却并不表示太多的兴趣。

与此同时，在将来 10 年中将奋斗在前线。对抗匈牙利和俄国的袭击的威武的军官们，居然会使用口红，涂抹胭脂，穿紧身胸衣，这让人无比费解。这一点也不夸张，我曾经目睹，罗马尼亚的军官们、步兵军官们在咖啡厅里涂抹口红。那些肌肉纵横的骑兵军官们脸上的胭脂涂得像马戏团演员一样五彩斑斓。对于紧身胸衣我就不敢确定了，要知道，人的外表总是具有欺骗性的。

从罗马尼亚回来，我们又进入了保加利亚国王鲍里斯的王国。鲍里斯是费迪南的儿子。1918 年近东前线溃败，保加利亚军队作为革命委员会成员终得回乡。他们从监狱里释放了一个叫斯坦波利斯基的身材高大，举止粗暴，满口脏话的人。他以前曾是个农民，因为希望让保加利亚站在战争的一边反对联盟而入狱。他从监狱里出来的场景，就像一头公牛冲出黑暗的围栏，蕴含着他所有的力量和一腔孤勇向着发光的斗牛圈冲去。他第一个指控的就是费迪南国王。费迪南离开了保加利亚，他的儿子鲍里斯也产生了同样的看法。"如果你试着离开这个国家，我会一枪毙了你。"斯坦博利斯基面部狰狞大声咆哮道。

于是鲍里斯留了下来。斯坦波利斯基总喜欢让他待在候见室，当他有需要特别对待的客人前来时，比如有新闻记者前来时，就直接把他当作免费劳力一样叫进来做翻译。

鲍里斯长着金发碧眼，是个讨人喜欢，很健谈的人。他打心底里不喜欢保加利亚，他几乎无数次考虑离开这个地方去巴黎定居。现在斯坦波利斯基的政权被推翻了，那些之前的德国军官、贪污者、有说服力的政客以及保加利亚的知识分子纷纷起来反抗。这意味着，在保加利亚，那些掌握了足够学识的人们可以不再对他忠诚。他像一个逃犯一样四处漂泊，被人追杀，狼狈不堪。他曾对这个国家所付诸过的所有心血，如此轻易地就被完完全全地摧毁了。鲍里斯现在还是国王，不过却受他父亲费南迪和费南迪的顾问团控制。

我有一年没见过他了，不过听说他还是那样的金发碧眼，不过却再也看不到他讨人喜欢的侃侃而谈了。他没有结婚，这导致玛丽皇后这个媒人，又在培养一个女儿了。

紧接着提到的是南斯拉夫的亚历山大。南斯拉夫人坚持把南斯拉夫称为塞尔维亚、克罗地亚、斯洛文尼亚王国。亚历山大是塞尔维亚国王彼特的儿子，他与克罗地亚和斯洛文尼亚没有亲缘关系。有一天晚上我在巴黎蒙马特尔的一个度假胜地正遇到他婚前最后一次微服出访到巴黎。当天晚上，他和一些穿着晚礼服的塞尔维亚人和法国人，还有各种各样的女孩一起就餐。这对葡萄酒商来说也是个不不容错过的夜晚，亚历山大喝得酩酊大醉而且很是开心。

这次出访过后不久，婚礼就被推迟了，却并未像预想中那样被取消，最终还是如约而至。

意大利的国王维克托·埃马努埃尔是一个长着一绺山羊胡子手脚短小身材矮小、很严肃的人。他穿的制服在卷起裹腿时，他的双腿看起来如骑马师般消瘦却强健。皇后比他几乎高出一个头。意大利国王的这个特点和他的先人萨沃伊公国的最伟大的统治者一样，他也只比最轻量级的拳击手要高出一点点。

这个向墨索里尼让出了他的王国、军队和海军的意大利的国王可算是欧洲最受欢迎的国王了。墨索里尼发表各种声明，礼貌地将其归还，以表达对萨沃伊公国的忠诚。而后他还是决定要接收出让的军队和海军，他何时会再提出类似的接受要求，整个王国上上下下都无从揣测。

我跟许多法西斯党的元老级人物聊过天。"但是我们相信墨索里尼。"他们的话语里包含着无限的憧憬，"墨索里尼知道什么时候时机成熟。"

当然也会有墨索里尼像加里波第一样声明与其旧共和主义断绝关系的可能。他的话虽是暂时的，但他似乎有一种可以让片刻的变成永恒的魔力。

但是法西斯党人要生存就必须采取行动。他们在科孚岛和亚得里亚的事件上获取了小小的满足感。如果他们需要共和国才能让人民团结一心，他会毫不犹豫地建立一个共和国。

在这片广袤的土地上，作为人和人类的一员，也许我们没有办法找到一个比维克托·埃马努埃尔更好的父亲和更民主的统治者了。

从记事开始，现在的西班牙国王就已经是一国之王了。他一出生就是要做国王的，这在从 1886 年开始发行的 5 比塞塔铸币上印着的人物图片上可见一斑，那尖下巴是多么的熟悉。他并未为成为国王庆祝过，这好像过于的理所当然，他除了做国王甚至从未做过其他的事物。如果 5 比塞塔上的照片是真人临摹的话，那他儿时要比现在俊美得多，当然我们大家也失去了儿时那可爱的模样。

阿方索是又一位王位岌岌可危的国王，但是他对此却始终持有着漫不经心的态度。他不仅是一个出色的马球手，也是西班牙最优秀的业余摩托车手。

最近这位国王开车从这个名叫圣坦德的夏日海滨浴场，穿过高山丘陵，沿着峭壁，以平均每小时 60 英里的速度开出，前往马德里。西班牙的各大报纸对此都有大量的负面评论。"如果我们需要对国王负责，那国王是不是也该对我们负责，保持国王该有的样子呢，等等。"反正这次驾车之旅似乎饱受诟病。不过两个星期之后，国王又在圣塞瓦斯蒂安新开了一条赛车跑道，用超过 100 公里的时速简单跑了两圈，仅比国际汽车大奖赛的金牌获得者的时速慢了 4 公里。

在圣塞瓦斯蒂安举行国际汽车大奖赛那天，西班牙军队在摩洛哥又遭遇了一场惨烈的战败，这次失败的结果就是导致超过五百人战死。马拉加的军营被发现有叛徒存在。两个团的叛变士兵拒绝离开西班牙前往摩尔城前线。在巴塞罗那，劳动民众和政府之间断断续续，起起伏伏的游击战也从未停歇过。这是不到一年的时间里发生了超过两百起暗杀的源头。但是人们都没把阿方索当回事，也没人特意去想要他的命。对他们来说，那样持久的存在几乎不存在任何威胁力。

在北部，居住着令人敬仰的国王——挪威国王哈康，瑞典国王古斯塔夫，丹麦国王克里斯蒂安。他们的情况不错，除了对瑞典国王有所传言外，其他人都鲜少有些闲言碎语。瑞典国王很热衷于并且很擅长打网球，每个冬季，他都定期和苏珊·朗格朗①在戛纳一起打网球。

比利时的国王叫阿贝尔，他的妻子——比利时皇后叫伊丽莎白，他们的盛名几乎到了无人不知，无人不晓的地步。

列支敦士登国王约翰二世的低调为他笼罩了一层神秘的光环。今年已 83 岁的约翰王子自 1858 年就一直统治列支敦士登公国。

我一直以为列支敦士登是一个住在芝加哥的职业拳击手经纪人的名字，但是它却是一个在约翰二世统治下繁荣昌盛的国家。约翰一世是他的父亲，他们家族做这个国家的统治者已有百年的历史。列支敦士登本是奥地利的属国，但在 1918 年 9 月 7 日，列支敦士登宣布独立。它全国面积 65 平方英里，位于瑞士和奥地利的交界处。两年前，勇敢的列支敦士登人民还和瑞士签订条约，为其运营邮政和电报体系。据最新报告显示，除了约翰王子

---

① 法国选手苏珊·朗格朗是历史上最伟大的女子网球选手之一。从 1919 年至 1926 年，她仅仅输掉了一场比赛。曾获得 1920 年安特卫普奥运会女单比赛的冠军。

的牙齿出了点小小的问题，全国 10876 个当地居民生活得安居乐业。

截止到上一位国王，我只在我的文字中提及了现任的欧洲各国国王。关于前任国王的情况我会在另一篇文章中作详细叙述。在我的人生阅历中，我从未见过独裁的国王。或者是哈里·肯德尔·霍，抑或是兰德鲁。我很多好友都为了去多伦，伺机爬墙翻入花园内，尝试混在干草捆、一箱箱啤酒之中，甚至假扮成巴伐利亚外交官获取可以一览芳华的进城资格。当然，不仅是我们，就连见过他们的人都说用这种方法的结果不尽如人意。

寻找萨德伯里煤矿

《多伦多每日星报》1923 年 9 月 25 日

安大略省萨德伯里

在萨德伯里地区有煤矿？

这个问题已经稍显陈旧了。已经 26 年了，很多有权威的地质学家早就承认在萨德伯里盆地里发现了稀少的掺杂着过多的杂质的类似煤的物质。这些只能炼出一些劣质的燃料。于是这些地质学家决定给这些"煤填充物"起名叫"碳沥青"。

去年，C. W. 爵士与各省的地质学家合作，说最好能得到大批纯度更高的"碳沥青"，输出数量可以达到 600 万吨，如果这件事情可以被证实不是以讹传讹，那么它将具有跨时代的重大意义。但是经过检测萨德伯里盆地的这块区域。他得出正式结论，就是这里最多只有视野内的几千吨含煤物质。然而，"碳沥青"的发现范围却远远超过了那些看似十分大胆的假想。

英属多伦多煤矿快车几乎是不眠不休地在萨德伯里盆地寻找

煤的踪影，从安大略省劳斯伍德地区到这里一段很短的距离中，他们已经耗费了四个金刚钻打井了。根据这个煤矿的负责人斯图尔特·胡德提供的信息，如果能有一张矿床将会出现皆大欢喜的画面。"但是，"胡德先生说，"这是在冒险。我们只有这一种方法通过钻井去找煤。所有对这个公司感兴趣的人已经被告知，这是一项风险之旅或者是投机活动。但是我们还是希望可以找到巨大的煤床，这样安大略的能源供应就可以脱离依靠美国无烟煤的状况了。"

我是当天晚上到达萨德伯里的。万籁俱寂，暮色深沉，村子里没有居民知晓我的到来，但还可以看得出这里有红墙灰瓦，很多路灯、中国餐馆，很多打扮入时的女郎也在街上无所事事地闲逛。这里正在放映本·特平的一部电影，法裔加拿大人正在酒吧里高谈阔论，我看到三个男人在大口吞咽着啤酒，他们面前的啤酒桶从未空过。曾经在科博尔特，我看到有两个人在一个酒吧喝酒，一直到第二天早上 11 点。

早上萨德伯里的街道看起来好像仍然在黑夜中沉默，因为如果不是事先知道已经到了早上，这里没有路灯、女郎，没有人闲逛。如同陷入了黑夜一般永久地沉睡着。

我在安大略金刚石钻井公司的办公室里，找到了这个公司的财务处长 T. H. 霍尔先生和法兰克·皮卡德先生。法兰克·皮卡德先生住在镇中，曾在安大略的多伦多分公司钻井处工作，而露天煤矿的资源在很久之前就被人发觉。

皮卡德先生已经返回劳斯伍德那个他热衷的工作岗位上。我们乘坐同一辆车起程。负责开车的是一个差不多能把车座完全占据的很胖的法裔加拿大人。车子一路向西不曾停歇，驶出了萨德伯里，纵横萨德伯里地区。这个我所见过的最不同寻常的乡村地区。一路群山起伏，可以看到车窗外被一片紫色所覆盖。还有一些是硫黄色的石粒，它们更像是在一次火山大喷发后，残留在山坡上的岩浆凝结成的火山岩。偶尔还能看见干缩的被烧焦的树桩矗立在布满烧焦岩石的山中的低洼处，这里连植被的痕迹都消失得无影无踪了。

皮卡德说这里原来是一个绿树成荫的村子，但是所有的植被都被炽热矿床上散发的硫黄烟给毁于一旦，只余灰烬。在这些矿床里，镍矿覆盖了整个大型原木林。石油悬浮在这些巨大矿床和树木之上，而这一切全都被付之一炬。直到镍矿自身热度随着硫黄烟散去而散去，这场大火才被熄灭。但是在阴云散去的过程中，硫黄烟几乎遏制了所有生物的咽喉，让几英里范围内，几乎瞬间从绿草如茵到了寸草不生。

渐渐地我们驶出了这片像《天路历程》早期不上色的插图一样荒芜的地区。我想在这条路上的任何地点我都能一览无余。然后我们驶出了山谷，右手边是默里矿山的巨大灰色建筑投下的阴影。还有左手边离我们较远的层层叠叠的高熔炉，如果仔细看就能看到一个开放、平坦的绿色村庄被包围。

这里就是萨德伯里盆地，一个拥有大片耕地的村庄，它像伊利诺伊州或者荷兰那样平坦，更像是在 5 分镍币上被蓝岭包围的马蹄铁。在马蹄铁所占区域上围着缓和、灰色的不规则线条。

这个村庄的人们开始向盆地的边缘地区集结，停在牧场矿工的简易宿舍和钻井公司办公室门前的汽车就开始接踵而至。加拿大太平洋铁路劳斯伍德站也随即被建成，而且铁路将贯穿戴维夫人木屋右边的田地，于是我在那片田地上找到了一个长着一脸黄色胡子，有点驼背，说话带点乡音的高个子苏格兰人—托马斯·沃森。他主管在这片田地上为英属多伦多煤矿快车建造相应的通行列车。

托马斯·沃森只用了很短的时间就扎营把晚饭给做好了。而彼时，我们正好在驱车返回的路上。

在这条还没完全开发好的路上减速，朝着公司用钻头打了四个井正在进行施工的地方行驶。

在田地一块绿色斜坡的最低端，有一个三脚架，附近有一缕缕青烟从烧水的屋子里徐徐上升。金刚石钻头因为工作而发出了巨大的轰鸣。这儿有一种极好的手摇曲柄钻，它有一个钢管能够不停旋转，直到钻头停下它才停下。管端嵌有金刚石镶钉的钻管正在从岩石层向下慢慢地打孔。水从钻孔里喷涌而出，这使得钻管周围的温度被控制而大大降低。钻井机不断地发起冲击，它所触及的物质已经到达岩石层中心。"岩心箱"，只相对于钻井机后部钻管10英尺的地方，而现在就已经被坚石塞得满满的。于是负责人把极长的钻管拖到地面上并停运了钻井机。然后他和工人们把钻管打捆，清理"岩心箱"，为下次使用做铺垫。

这个钻井机的核心部分受到带木滑车钻管的撞击，反而正好被放置在"岩心箱"恰当的地方。这个核心部分就被置在一个狭窄、宽度小于5英尺的如棺材一般的容器中，它在其中就让人不自觉地想到埃弗释巨人牌铅笔躺在里面一样。全部的核心机器被打捆装在"岩心箱"里。为方便管理机器运作的负责人知道核心机器从哪个矿井中弄出来的，这个矿井的深度是多少，这些箱子被谨慎地编上序号。

我们在很远看着钻井机强劲地工作，看着那些岩石层被顷刻间碎成碎片。我们走了四分之三英里。穿过一块被灌木丛覆盖的煤露头矿——无烟煤矿、硬煤矿。其实它们的名字由你随心而定。

这片露头矿山静默于山脊顶端的板岩裂缝处。貌似没有一个地质学家可以注意到一口袋掺着外来杂质的碎煤静静地躺在"之"形岩石缝隙里。它有煤的外观、触感。甚至可以说它就是煤了，但是其中又掺杂着石英、黄铁矿和其他矿物质。我们爬上山顶。注意到在这个低矮的村庄里，一些白皮肤测量员用专用测量棒和垂线量着三个已经钻好的矿井的位置。

　　然后我们蹲下来向下检查机器轴杆，轴杆已经打了从以山脊为基础的露头矿以下算起的 60 英尺深。我跟着托马斯·沃森借着幽暗明灭不定的烛光沿着被轴杆弄出的蓄水池的边沿行走，向前的地方同样发现了相同性质的露头煤矿，它和前面被发现的矿看起来好像处于同一个矿床上。

　　顺着山脊向下，在 A. P. 科尔曼博士报告的最初的矿井边，沃森先生仔细检查正在缓缓下沉的金刚石钻井机。"在 342 英尺的地方。我们打穿 18 英尺厚的板岩，并发现了 4.5 英尺厚的煤层。"沃森先生无不带着自豪地说道，"后来，我们一直打到了 398 英尺的地方，但是除了在 378 英尺厚的地方发现了细条纹似的煤层之外，就再也没发现别的踪迹了。"

　　沃森先生说，除去某一个"岩心箱"里的样品之外，来自 1 号矿井的"煤核心"已经被送往多伦多的一些重要的公司董事及政府官员用以观摩。我检查过，这次发现的大块"岩心"虽然其中还包含着条纹状的石英、掺有硅酸盐的黄铁矿和板岩碎屑。但从整体上来说几乎已经与纯净的煤炭不相上下了。

　　"我们钻到 2 号洞这儿。"沃森先生说，"在 1398 英尺的地方，发现了 17 英寸厚的煤层，虽然这些煤层和那些表层矿差不多，但是要更纯些。我们钻了 1431.5 英尺的深度。"

　　随后我们穿过灌木丛向山上走去，并且在一片由泥火山锥较大的泥淖区弄成的开阔高地上停下来。"这是我们钻到的 3 号洞。"沃森先生指着那个洞说，"它已经达到了 1236 英尺的深度，并且在 1141 英尺的地方我们又发现了 120 厘米深的煤层。在 1141 英尺处，对于钻井机来说煤就变得非常软，甚至说水都能把它冲掉，可想而知我们得到的就只有烂泥了，但是它又确实是煤。"

　　"那 4 号井呢？"我问。

　　"我们盼着最好能熬到那个时候，然后去看看'岩心箱'。"

沃森说。

根据前 3 个矿井的中心状发现，1 号矿井的煤层厚度为 16 英寸，2 号井获得的虽然是烂泥状物质、非常软的煤，但是也能说明这个煤层中心是底、泥板岩和水的混合物。我看过那几根长钻杆，很黑，因为上面沾满了条状石英、发光的黄铁颗粒及板岩碎屑，所以很难看清它真正的全貌。

我们穿过树林来到 4 号井附近，此时，钻井机还在继续工作着。于是我们往回走，在我们回去的路上，我们穿过了麦肯齐河，这儿同样也有一片类似的露头矿，但在这个山上我见过很多同类型的表层矿，这个是最大的。不过比起之前的钻杆，这个钻杆颜色稍浅。随后我们就进了个小木屋，以前这个小木屋堆放过"岩心箱"。

"不久前的一天，我把这儿的一些'岩心箱'送到了多伦多。"沃森先生说，"我尽力把这里的两个'岩心箱'旋开。"

我坐在小屋的地板上，开始拿钢笔记笔记，并且托马斯·沃森用螺丝刀旋开这些岩心箱。"现在给我一些这个矿井的数字，沃森先生。"我建议，"从 148 英尺到 169 英尺，这个部分有 20 英尺厚。你也看到了，大概来说，虽然这部分有 20 英尺厚，但是露出来的煤层核心厚度为 10 英尺。"

我看了看屋子里"岩心箱"中物质的状况，发现里面有一些发亮的物质，像煤物质。打碎这些类煤物质后，观察发现其中还混杂着普通石英和以前我从没见过的新型纯白色石英，以及还有大量的黄铁矿。此外还意识到其实不太容易看到它的实质，因为它们总是闪着独特细致的光芒。

我们正看着一个"岩心箱"，这个"岩心箱"我们以前就打开过。然后托马斯·沃森点起了烟斗，同时外面的钻井机轰鸣着、工作着。之后我们一边走过灌木丛，一边说着劳合·乔治和不同国家的"矿物标准"，一边谈论着那些特别有名的新闻工作者。

"'岩心箱'里的物质已经分析过了吗?"我问。

"我告诉过他们尽量快点分析,我认为那看起来虽然像是煤,但是眼见不一定为真实。不过这是他们的事,我还是得在这里继续努力。"托马斯·沃森边说着,边向"岩心箱"倾着身子。

"沃森先生,告诉我这些充当物真的是煤吗?"我问。

托马斯·沃森说:"不是煤。那些做检查的人给我写信说,只要知道这件事的人,都说它是煤,但是我知道,它真的不是煤,那些表层矿才是煤。我们钻出的 1 号井和 2 号井也是煤井,但是 3 号井 10 英尺处和 4 号井 20 英尺处确实没有煤。我把身家性命都拿来打赌地说。"

"但是怎么就确切它不是煤?"我说。

"我怎么知道?我怎么知道所有煤矿开采的事情?就算是我干这一行已经 40 年了。3 号井 10 英尺处和 4 号井 20 英尺处的充当物确实是我们曾经遇到过的叫作"假煤"的煤矿新土,但这对我们并没有任何意义。"

"那你说这矿到底在哪儿?"我问。

"纽兰兹煤矿,大概位于格拉斯哥外 10 英里,向北 2 英里处。虽然它看起来也像煤,但是它说起来什么都不是,在它那边同样有两层特别薄的煤层。"

"但是 1 号矿井,那确实是好煤。你不认为这岩脉是从那个表层矿延伸出来的吗?你捡到的样品也是从 1 号井和 2 号井同样的深度弄到的吧!这个深度同样与露头矿有联系!"我说。

"确实是这样,并且我知道那有煤。但是我确定其他的也不是煤。"和托马斯·沃森一样,不列颠矿业认证师也有这样的顾忌。

一个杰出的安大略地质学家已经亲自检验劳斯伍德煤矿床,告诉星报说"碳沥青"在矿脉中重现而没有出现在矿床中。根据这个地质学家的检验结果,劳斯伍德附近的表层矿是因为山体凹进去的岩石，然后其中充满了类煤物质。

这个地质学家告诉星报，毫无疑问，因为在萨德伯里盆地里的岩石年代太久了，所以不可能有真正的煤矿床，在这些岩石露出部分中的"碳沥青"是如此不纯净，以至于很容易被压碎，若把杂质冲掉，可将它变成粉末的部分变成煤状物。但是为了更大的商业利益，这些粉末的需求量必须达到上百万吨。然而，没有人真正地知道到底存在有多少"碳沥青"，而且如果人们想利用"碳沥青"获得巨大的商业利益，这确实是一个冒险的项目。现在最大的问题是"碳沥青"到底有多少？当然，量足够确实很重要。

星报检了沃森两位先生做出的数据报告，而这两位先生均与英属煤矿快车公司有关。

"我们很相信沃森先生以及他的报告书。"胡德先生说。

"那您将怎样明确煤矿的位置呢？"星报记者问。

"不过你是在问一个不懂的人。"亨德森先生犹豫了一下，"我再一次解释给我自己听了，这已经不是一次了。"亨德森先生把手中的两页文件向记者展示，"你检查过类煤物质的组成也检查过出现地点，然后你又找到了其他地点类似的物质，随后你却把后来所查到的东西全部抹去。当你得到相同的物质组成时，你不再抹杀自己的理论，并且此时你才知道你与那些专业人士的认知是相同的。"

亨德森先生向我们描述了作为一个地质学或者工程项目的门外汉的难处。

这个记者问："胡德先生，3 号井和 4 号井提供的样品是否已经被检测。"

"不，没有。"胡德先生说。

"它已经被烧掉了。"亨德森先生说。

胡德先生说，当开始钻 2 号井之前，他也没有涉及这一领域，导致他既没看见 3 号井，也没看见 4 号井。他说，这个公司只配有打 1 号井和 2 号井的钻杆。"但是，"胡德先生说，"我们有托马斯·沃森先生的报告，并且我们还在打井，努力在盆地后部的裂缝处追寻煤的踪迹，我们相信煤就在那里。"

A.P.科尔曼教授就那份报告，提出了自己的看法，影响了参与《老人》的几代不同的地质学家，这些地质学家发现了这个北部国家有着丰富的矿产资源。他们读过星报上报道的关于"萨德伯里煤田"调查的过程和根据，现在，尤其是对皇家安大略博物馆办公室工作的人产生了极大的影响。

"我们有证据证实报告中的每一个观点，这其中包括安大略省劳斯伍德附近有'碳沥青'物质的小型接缝。"科尔曼教授说，"被人们在意的事情就是煤出现在那些矿床上，但是'碳沥青'却没在矿床上发现，只在那些裂缝中被发现。"

科尔曼博士检测了在英属煤矿列车上两个不同表层矿的样品，然后写成了报告，并以这种形式把样品的性质告诉星报。

"是的。那是相同的'碳沥青'。"他说。

记者向他展示了从那个公司 1 号矿井带来的一小片"煤"的样品。"我们还有许多比大学实验室里更纯净的'碳沥青'样品。"科尔曼教授说，"这些样品可以拿出来展示，在里面还混合着板岩颗粒和其他矿物。"

"煤和'碳沥青'之间还是有很多不同的。"科尔曼教授坚持这么说，"煤是古代植物死亡后，然后深埋在不同矿层形成的。而'碳沥青'总是形成于岩石裂缝里。'碳沥青'开始从沥青变，它含有从沥青中溢出来的沥青物质。'碳沥青'和煤的源头不一样。"

"沥青失去了挥发性物质，固化碳却留了下来。你能从'碳沥青'得到的煤比从无烟煤得到的煤更多，这就是原因。"科尔曼教授停顿了一会儿，"这份报告对我来说既生动又准确。"他说，"比如我在里面会用'硅'而不会用'硅酸盐'。在我看来，只有这么一件事可能需要改动。自从我们在 1896 年制作这个报告时，施工过程部分我没有看到什么需要变动的地方。但是三个矿井都意外收获，从表层矿岩石裂缝里喷涌而出的'碳沥青'。只有这一种新物质在表层矿里不断被发现，而且数量越来越多。这肯定会让这个小村子马上出名。"

"这些新型表层矿出现有什么意义呢？"记者问。

"没什么新的意义。"卡尔曼教授说，"从某种程度上来说，露头'碳沥青'的出现证明这片表层矿里并没有煤。因为它不是煤。关于煤矿床的一系列推断就没了。"

"那么你认为该如何知道这片煤炭在哪？"记者问。

"在煤矿床里。"科尔曼博士解释说，"知道条纹和不规则下沉裂纹预示着什么吗，例如'碳沥青'，你就不能预测将会在一个极不规则的大裂缝里发现'碳沥青'，尤其是在连续变动而且堆满了大石块的裂缝里。"

"你可能完全保证在萨德伯里盆地里，只要是能用的材料和工具，他们都用上了。"科尔曼思考了一小会儿，"在萨德伯里，硬煤比多伦多的贵好多。我觉得，沃森先生保持了一个平稳钻井机工作纪录，我希望在矿业局，这个纪录能一直保持下去。只要是突然出现的新型矿物，我们都感兴趣。例如，他们如果碰上大批量石英并了解这些石英的具体数量，我们还是会持同样的态度。"

日本地震

《多伦多每日星报》1923 年 9 月 25 日

这个故事的主人公都没有名字。

在这个故事里，有一个记者、一个年轻女记者、一个穿着日本和服的漂亮女儿和一个母亲。旁边的房间有一小撮人在聊天，当他们看到记者和年轻女记者穿过房间走向门外，站了起来。

下午 4 点的时候，记者和年轻女记者站在前廊，随后他们按下前门的门铃。

"他们不会让我们进去的。"年轻女记者说。

他们听到房子里面有人走来走去的声音，然后又听到有人说道："母亲，我下去接待他们吧。"

门由上到下打开了一条缝，中间位置出现一个女孩儿，她有一张很黑很美丽的脸蛋，而且头发柔软中分。

"她真的很漂亮。"记者心想。他接过这么多次任务，看到过很多美丽身材也很好的女孩儿，但很少见到真正漂亮的女孩儿。

"你们找谁?"门缝里的女孩儿问。

"我们是星报的记者。"记者说道，"这是苏女士和苏小姐家吗?"

"我们没什么好说的。所以请你们不要进来。"女孩儿说。

"可是。"记者开始发话。他有非常强烈的预感，如果他停止说话后，女孩儿会把门关上，所以他一直在说。最后女孩儿开门了。"好吧，我会让你们进来，但是我要上楼问问我的母亲。"她说。

她穿着日本和服，迅速但轻盈地走上楼去。日本和服，这个词应该有其他称呼才对。和服听起来像早上嘈杂的声音，而这在和服上一点都没有感觉到。女孩儿穿的和服的颜色很是生动，剪裁也非常贴身。看起来仿佛在腰带里放两把刀子就能把和服划破。

年轻女记者和记者坐在客厅的沙发上。"很抱歉都是我在说话。"记者小声地说。

"不用介意。你继续说。我根本就没有想到我们可以进来。"年轻女记者说，"她长得很好看，是吧?"记者之前就这么想过。"难道她拿到那件和服的时候不知道自己在干什么吗?"

"别说了。她们来啦。"

女孩儿穿着日本和服和她的妈妈一起从楼上下来了。她妈妈的面容显得十分坚强。

"我想知道的是，你们是怎么拿到这些照片的？"她问道。

"这些照片很好看，不是吗？"年轻女记者答道。

年轻女记者和记者两个人都不知道关于照片的任何信息。他们确实是不知道。最终，那母女俩也相信了。

"我们什么也不会说。因为我们不想上报纸。我们已经承受太多了。在地震中还有很多人的遭遇比我们更惨。我们一点都不想谈论这个话题。"

"母亲，可是我让他们进来了。"女孩儿说，她转向记者，说，"你们到底想要知道什么？"

"只要是你们能记起来的，当时发生了什么，请都告诉我们。"记者说。

"如果我们把你们想知道的都告诉你们，你们能保证我们的名字不会写到报纸上吗？"女儿问道。

"为什么不能用你们的名字呢？"记者问道。

"如果你们用我们的真实名字，我们什么也不会说。"女儿说。

母亲说："噢，你要知道，所谓的记者，他们就算向你保证。也会在报上登上名字的。"故事到这仿佛就结束了。刚才这番评论让记者倍感生气，他已经受过足够多的侮辱了，而这是一种过分的侮辱。

"苏女士，苏小姐。"他说，"美国总统总跟新闻记者说些需要保密的信息，但是一旦这些信息泄露出去，他的饭碗也保不住了。每周法国的总理都在巴黎跟新闻记者讲一些事实，而这些事实如果被透露出去，连法国政府都会被推翻。我们是新闻记者，不是那些随便的情报贩子。"

　　"好吧。"母亲说，"也许真像你所说的那样，新闻记者是不会这样做的。"

　　随后女儿就开始讲述当时的情况，母亲在一旁补充。

　　"我们的船（澳大利亚"王后"号，加拿大太平洋航线）正准备出海。"女儿说，"就是因为当时母亲和父亲走下了码头，他们才能逃得掉。"

　　"'王后'号的船一般在周六中午就驶出了。"母亲说。

　　"就在 12 点之前，我们听到一声巨响，然后所有的东西都开始左摇右晃。码头也开始摇晃乱跑。我和我的兄弟当时正在船上，靠在栏杆边上。所有人都在把气船往下扔。不过震动只持续了 30 秒。"女儿说道。

　　母亲说："我们被扔到一个钢筋码头的地上。

　　"而当时它也在四处摇晃。我和我丈夫相互靠着，但是还是被到处乱抛。很多人都被抛下了水。我还记得看到一个人力车夫很艰难地从水里爬上来。除了我们的车没掉下去，汽车和其他所有东西都掉进了水里。我们的那辆车就停放在码头上，放在王子贝恩——法国领事的车旁边，直到大火烧起。"

　　"震动过后你们都做了什么？"记者问道。

　　"我们用力爬到了岸上。码头都崩塌了。无数的钢筋也都断裂了。我们开始沿着堤岸往上走。从那里可以看到那些大型的高层建筑、库房都坍塌了。你知道的，堤岸的路是直通水边的。我们一路走到英国领事馆，但是塌得跟漏斗一样。所有的建筑都崩倒了，我们从楼房的前面就能看到后面以前是围起来的院子。紧接着又是一次地震，我们继续往前走，然后走到我们的房子上是根本不可能的。我丈夫听说办公室里的人都跑了出来，对于那些在大楼里的人们，人们一点忙都帮不上。坍塌的楼房都被盖上了一层厚厚的灰尘。透过灰尘，几乎看不到任何东西。四周都有火灾爆发。"

"人们都在做什么？他们是怎么应对这场灾难的？"记者问。

"大家都没有惊慌。这实在是奇怪。英国领事馆边上是俄国领事馆。虽然这栋建筑还没有完全倒塌，但是已经损坏非常严重，但是我并没有听到任何人尖叫。在这里倒是看到一个女人，从前门哭着走出来。领事馆前面的院子里，一帮苦力倚坐在铁栅栏上。女人用日语苦苦哀求他们帮她从大楼里把女儿救出来。'她还是个小孩儿。'但是苦力们都只坐在那里，并没有帮她。就好像他们被什么困住了，动不了一样。当然，在这种情况下，他们自己都要顾着保住自己的性命，所以更没有人会去帮助其他任何人。"

"你们怎样回到船上去的呢？"年轻女记者问。

"那里有一些舢板船，我丈夫找到一只，于是我们就划了回去。不过当时的火势很大，而风也往海里吹。虽然当时的风很大，但是我们最终还是来到了码头。当然，当时那里找不到踏板。不过船上有人把绳子放了下来．我们就沿着绳子爬上了船。"

现在我们不再需要去暗示或者提问那位母亲了。对那天的回忆以及接下来在横滨港口的几个日夜的经历的回忆，又让她重新经历了那场浩劫。现在记者知道为什么她不想接受访问了。没有人有权利去采访。直接让她回想当时的情景。她的手微微地颤抖着。

"法国领事的儿子生病了，但是当时还在他们家中。外国居民区就坐落在我们住的那个断崖上。当时那断崖已经开始断塌，可怕的是朝着小镇的方向。王子走到岸上，一路走到他房子的残骸处。他们用了很长的时间才把孩子救了出来，但是他的背部受了伤。因为里面的火实在是太大了，他们没有办法救出他们的法国管家。他们不得不把他留在里面，而后离开。"

"他们不得不把管家活生生地留在大火里？"年轻女记者问道。

"是的。他们不得不这样做。"那位母亲说。

那位母亲用呆滞而疲倦的声音继续讲述着。

"一个坐杰斐逊（游轮）回来的女人失去了她的丈夫。我并不认识她。还有一对刚结婚不久的年轻夫妇，他们只出去了一小会儿。他的妻子到镇上去购物。随后灾难就发生了。因为大火的原因，他根本没办法去找她。虽然美国医院的主治医生被救了出来，但是他的妻子还有助理医师却还困在里面。大火来势汹汹，整个小镇都变成连绵不断的火海。"

"当然，我们都在船上。烟雾很大，很多时候都看不到岸上的情况。由于潜水艇的油箱破裂，然后引发火灾，船上的情况也变得糟糕起来。那着火的潜水艇向着港口码头移动过来。当潜水艇到达码头的时候，我们也不知道在王后号开始烧着之前我们能不能获救。船长在远离火源的一边放下所有的小船，准备让我们下去。当然我们不能从着火的一边下去，因为那里的温度太烫了。他们用水管向着火苗喷去，但是这对火根本就没有作用，反而越喷越大。"

"他们一直努力要砍掉卡在螺旋桨里面的锚链，因为只要把它从船上弄开就好了。最后还是弄开后，于是他们将王后号驶离码头。让人感到不可思议的是他们居然可以不用拖船就能让它驶离码头。在横滨港口出现这一幕，是怎么都没想到的。这太奇妙了。"

"当然，他们整日整夜都在把受伤的民众和难民安置到这里来。他们坐舢板船或其他工具出去，把他们都救了上来，我们就睡在甲板上。"

"我丈夫跟我说，当我们离开防波堤的时候，他的心才放了下来。港口那边好像有两个古（火山）坑，他很担心这两个火山坑也会出现什么状况。"

"没有发生海啸吗？"记者问道。

"没有，什么都没有发生。当我们最终离开横滨前往神户的时候，又有三四次小震，在船上也能感觉得到，不过没有发生海啸。"

她又想到了横滨港口的情景。"有些人在水里站了一整夜，筋疲力尽。"她又补充说。

"噢，有人竟然在水里站了一整夜呀。"记者温柔地说。

"是的。这样的话好可以让他们避开火灾。有一个老妇人，年纪大概有 76 岁了，她就在水里站了一整夜。还有好多人待在河道里。你知道的，横滨是个河道密布的地方。"

"在地震的时候这些网罗密布的河道不是让人们更不知道去哪吗?"年轻女记者问道。

"噢，不。在火灾的时候，这都是很有用处的地方。"那位母亲神情严肃地说。

"地震刚出现的时候，你们感受如何呢?"记者问。

"噢，我们知道是地震来了。"那位母亲说，"这经常地震，但是大家都不知道这次地震会这么严重。9 年前就有一次，一天就发生了五次地震。我们只想到镇上去看看一切是否安好，但是我们发现地震很严重，那时我们就意识到，东西还在不在已经不重要了，人是安全的才是最重要的。我没打算回家，我女儿和儿子都出海去了。我丈夫还在神户，有那么多重建的工作需要做，他有得忙了。"

就在这时，电话铃响了。"我母亲现在正在接受记者采访。"女儿在旁边的房间，跟一些刚进来的朋友说话。他们在聊关于音乐的话题。记者走心地听了一会儿，听听他们有没有在谈论关于地震的任何内容，但是他们并没有谈到这些。

那位母亲显得非常疲惫。年轻女记者站了起来，记者也跟着站了起来。

"你知道的，千万不要把我们的名字写上去。"那位母亲再次提醒说。

"我确定的，这不会对你们造成任何伤害的。"

"你保证过你们不会这样做的。"那位母亲疲倦地说。于是记者们出来了。当他们穿过房间的时候,那些刚进来的朋友们也站了起来。

门关上时,记者又看了一眼那和服。

"咱俩谁来写这个故事?你写还是我写?"年轻女记者问道。

记者回答说:"不知道。"

别根海特法官

《多伦多每日星报》1923 年 10 月 4 日

别根海特伯爵,一个崇尚简朴、不可接近、愤世嫉俗、目空一切的贵族人物,同样也是一个神一样的人物。

他作为一个大法官,戴着白色假发套,坐在议长椅上,有着法老一样的侧面轮廓,而且这轮廓还特别像严肃、不可磨灭、永远不动的斯芬克司雕像。

当星报记者看到他时,他坐在私家车的早餐桌前,车就停在联盟工会的门前。他穿着一件毛风衣,上面印有马利亚像,并且是雪茄蓝底的,脖子上系着一条柠檬黄底的领带,并且印着罗马纹。可以观察到,这里有些网球衣,并且他更喜欢饭后打网球而不是去进行演讲。

他被人认为才智过人、"尖酸刻薄",还有"喷发的火山""黑心政客""政界的硫酸冲洗器"等其他外号。而且,据说他非常不喜欢被采访,这足以看出他的脾气。

然而,可能是那次加拿大之旅,让他有了特别好的幽默感。那次他向多伦多微笑,多伦多则以 10 月温暖的阳光回报他。市民用大串牛奶空罐、矿车摆放在他车旁的空地上作为迎接仪式。

他变得极其友善，和蔼可亲，话也多了起来，当然，这些都不是太政治化或者是闲话太多。虽然星报记者准备了很多难题，但是他还是答得很好，也就赢得了"英国大百科全书"的称号。但是他却放弃了这个荣誉称号。他获得了很多荣誉，这只是其中的一个。

"你会发表一些关于国际联盟的言论以及会评价伍罗德·威尔逊吗？"星报记者问。他回答说："我已经对这些作出了评价。我不会收回所说过的任何话，但是没有任何再惹麻烦的理由。"

在他的旅行中，他不会讨论这些"高层问题"。"天哪，不，不，不。"他说，"我仅仅是为 20 年公众生活的回忆录提供素材，我见过的名人以及其他一些人都是这样做的。"

在禁酒令的问题上，他毫不客气地说自己会公正对待而不是轻易地用尖酸的话语不了了之。"你既不能说美国的禁酒令是个失败之策，也同样不能说它是个成功的举措。对于我自己来说，我并不喜欢这样做。"

"这并不是真的。"星报记者回应他，"你不仅做禁酒主义者两年了，还用 5000 美元做赌注。"

这确实不是真的。在禁酒令这个事上，他没有将钱浪费在上面，但是也没有因为健康问题而放弃吸烟，相反经常在饭后叼一根长长的雪茄烟，虽然脸庞呈黄褐色，较为健康的外貌及活力，很好地证明了他说的是假的。事实上，从绒布条纹领带上看，他并不像一个轻浮、不讲究衣着的人，起码从腰上的装饰也可以看出，他与轻浮还是有差别的。

"其他英国人在禁酒令的执行上有任何看法吗？"星报记者还是执着于禁酒令的主题。"我没在意过。"他说，"我们感觉那是他们自己内部的问题，我们认为没有义务去帮助美国人实施他们的节约法令，我们涉及不到。"

他并不愿意伪装成政治预言家，但是他说英格兰还没有任何要颁布禁酒令的预兆，政府在某些相对宽松的政策上让他有存在的意义。也许在他之后，实施一些较为严厉的政策上对政局会有很大的帮助。

"之后阿斯特女士的扫帚能够彻底清扫英格兰?"他耸了耸肩，并微笑着说。"英格兰是绝对不会允许这种事情发生的。"他继续说。"像是让一个富人有喝酒的特权，我们的人民一定对这种不平等的现状奋起反抗。当然，禁酒令这种政策必须有一定的信任度。就像是政府给人民的抵押物，如果没有抵押物，就是对民众人权自由的侵犯，且会造成诸多社会和法律不平等现象。"

作为 F.E. 史密斯家族的一员，别根海特法官获得极大成功后，在一些酒吧里，他就有了一个"付费史密斯"的外号。在获得贝列尔学院颁发的多个奖项后，谈话的主题就转移到了牛津大学和颁奖现场贵宾椅中的好位置以及学生椅中不好的位置上。在这里，别根海特法官善于运用冷笑话，"罗马法律不会允许有人投反对票。"他说。这就表明顿河流域的人不用担心自己的胃会不会受委屈。毕竟在现实情况中，英格兰在禁酒的问题上还是有许多缺陷的。

当记者问他是否赞成加拿大人向枢密院上诉，他先给出了一个谨慎的观点。"我们很乐意那么做。"他说，"作为你们的最高法院。我们会作出最公正的判决。但对你们来说，这个法律系统却应该消失。"它却还是存在着，英国人的判决就是可以光荣地用不可思议的加拿大法律条文作出解释，他们认为这是在运用他们的聪明才智。但是，这一切完全出于自愿，没有任何收益，因为对政府来说运用加拿大法律完全是额外的负担。

记者说道："这里有些人，抱怨费用问题。"

"我们不能期盼给诉讼当事人任何免费方式。"伯爵大笑，"除非我们用到的所有法律手段能直通伦敦。"

更可笑的问题看起来更适于在早餐桌上谈论。"王子什么时候结婚?"星报记者问。

"我怎么就知道了。"别根海特法官大笑。几天前，当他经过亚伯达省时，王子并没有传召给他透露一些关于婚礼的事宜。

但是王子的未婚妻是个怎样的女孩儿呢？他知道有关王子未婚妻的情况吗？记者又这样问，别根海特法官又大笑起来。他曾经说过，自己已经是国玺的保存者，又不是王子的"保姆"。

记者只好先把王子未婚妻的问题搁置一边，转而问："最近的电影怎么样？您对这些电影有什么看法呢？"

这位大法官并没有为这些无聊的问题而生气，"你应该问我女儿。"他笑着说，"她是我们家对电影最有发言权的人。"

不巧的是，埃莉诺女士并没有跟随着他。她现在在纽约，而且在那个出产最高质量电影的地方。但是谣传他的女儿曾出现在大银幕上，没人知道这件事真不真实。

他的女儿想成为电影演员，但是不能影响别根海特法官的工作。在女儿的描述下，他是一个时尚前卫的父亲。"她绝对不会犹豫做自己喜欢的事。"他的语气中充满了溺爱。但是，并不是所有她想做的事都能去做。

这位"现代化"的大法官似乎仍然不怎么承认妇女在现代新闻业中所起的作用。一个星报女记者想调查埃莉诺女士缺席的原因，但是，她却说："我不知道怎么才能帮你，我知道你从事时尚业。"他认为没有必要讨论时尚。因为他认为现代妇女华丽的服饰还不够资格浪费他的精力。

但是他并没有被问到有关时尚讨论的问题，他用一种惊奇并且带点赞赏，但是又有些不太明显的讽刺的，述说了无论是北美的男记者还是女记者，带给他更多的是震撼。但在英格兰，出现在公共场合的男士多是严肃认真地说话。他们不会做自己肖像画的模特。但是看起来也不会和自己正襟危坐的肖像有矛盾。

"在英格兰，"他说，"那些新闻媒体一旦问住，我就悄悄离开。但是回来的时候，他们就会加倍刁难我。"虽然这只是偶尔会遇到的情况。

"关于劳合·乔治的事情是真的吗?"

"劳合·乔治,"他说,"一个声望极高的人,出现在公众面前的形象那么随意的同时整体风格又没什么变化。这说明他更喜欢以更正式的方法给出自己的观点,他不会喜欢把自己的观点交给一些随意的记者。"

但是别根海特法官自己却并不是一个很正式的人,至少在早晨不会让自己太正式。"我今天没有任何观点。"他说,"都是些有关'正式'或是'非正式'的观点。我要去打网球了,希望你能把这次采访处理好。"

这次采访虽然简明、随意,但是至少消除了关于这个神秘男人的三个现代英国政治的谜团:他是不是一个禁酒主义者,他是否已经放弃吸烟,并且他是否对由于不能容忍某些记者而说话的方式过于直率。

如果别根海特法官是一个极端主义者,一个政治狂人,不容易让人接近,尤其是不能采访关于威尔逊理想主义的话题的人,尽管他是外表宽容慈祥,但是一旦触动了他的底线,也会造成严重的后果。他的讽刺智慧被健谈、温文尔雅、和蔼可亲的个人品质很好地掩藏了。

但是,像他说的那样,美好的一天从有一个好的早晨开始。所以在早晨不适合谈论政治。

昨天晚上,他在马西大厅里不急不躁犹如信步游于田间般从对党派的历史到对未来的展望娓娓道来。他是一个伟大的雄辩家,经常陈述一些在不列颠已经发生的、正在发生的、将要发生的事情的观点,也不会不分析的,以前,现在,以后分享的事情的前因后果。

劳合·乔治要作万人演讲

《多伦多每日星报》1923 年 10 月 5 日

纽约

阿尔弗雷德·科波先生允许基报于今天早上现场采访劳合·乔治在（多伦多）阿莱娜花园或者是大竞技场的盛大演讲。"把这封电报送到市长手中，以便劳合·乔治先生早上到达时，可以及时安排好相关事宜。"阿尔弗雷德先生说，"如果能有 10000 人到场就更好了。劳合·乔治先生将不只讲 20 多分钟，因为我们希望每个人都能听到他的声音，所以，应该提前为他准备好扩音器。"

劳合·乔治抵达

《多伦多每日星报》1923 年 10 月 5 日

纽约

今天，当巨大的毛里塔尼亚号邮轮抵达之时，首先映入眼帘的是一艘如悬崖峭壁一般高耸的轮船正停在纽约港外，好似在等待着升起的晨雾。一个矮壮红脸小个子的男人在登上甲板之前在客舱中用簇长式白色鬃毛的假发提前装饰着自己。

没有人知道他在想些什么，但是当他思考新世界并确定其是否深入心中时，你倒是可以冒险试试提出自己的意见。他，大卫·劳合·乔治，是"旧大陆失事事件"中地位最高的生还者。

他曾试着在一个叫热那亚的海滨小城拯救这个世界。但是他已经被夺走了一些或许能拯救世界的东西。所有的国家代表都恨透了这种互相见面，共同议事的行为。他们大声抗议着，甚至是拒绝讨论世界问题。当法国或者苏俄恐吓要离开时，劳合·乔治使其平静下来，并把他们凑到了一起。经过劳合·乔治尽力地劝说后，他们再次平心静气地坐了下来。

在危机时期我曾经听过他的讲话，我感觉真的是棒极了。但是他却不能留下来，他必须回伦敦，最后他登上了那艘他总是叫作"热那亚之舟"的船。可这艘船却触礁了。之后，各国代表也都相继丧生。

人们说是热那亚和近东政治给了他致命的打击，但今天在"毛里塔尼亚"号上的谈话，我并没有看出来能有任何事给他致命的打击。到现在还没有造出来，真的还没有造出来能让他永不翻身的政治利剑。

"热那亚会议"也就是最后的部分还能称为是"伟大壮举"其他的就是一个悲剧，但是请记住这次会议是他组织的。沃尔特·拉特瑙，在现实生活十分冷漠，是个曾坐在劳合·乔治旁边的人，在柏林，开着自己的车回到对外办公室时，被人从背后枪杀。

罗夫斯基，一个博学善良的俄国人，坐在洛桑旅馆的桌边喝餐后咖啡时被人谋杀了。

斯坦波利斯基，由于他像公牛一样十分易怒且只考虑保加利亚的利益，所以被人盯上，于是试图将其藏到稻草堆里，结果非常不好，还是被自己的亲卫军杀死在田野里。

得了严重伤寒病的希腊首相格纳里斯，在一个下着毛毛雨的早晨，被强行从床上拖到陆军医院的天井里执行枪决。

而这所有的事都发生在同一年里。

但是劳合·乔治却没有因为那个会议受到伤害，反而成为"最强"的生还者。

还有一个曾是劳合·乔治的朋友克里夫勋爵。但他现在却恨透了乔治，并且发誓要从他手中夺权。

"我已经在政府里待了60年了，"一天晚上劳合·乔治在热那亚这样告诉乔治·亚当，"我已经待了很长时间，但是却不会被克里夫这个人夺权。"

亚当已经把"热那亚会议"造成的后果写了下来。我预计当他们可以对他群起而攻之时，就是劳合·乔治最痛苦之时。但是，在劳合·乔治卸任之前克里夫勋爵就死了并被埋葬了。

劳合·乔治，他是一个斗争者。因为他知道加布里埃莱·邓南遮至理名言的真正意义，"死亡不能让人望而却步。""死并不能够代表一切。"你必须从胜利中复活。

这个可爱的威尔士人登陆了

《多伦多每日星报》1923 年 10 月 6 日

纽约

第一眼见到劳合·乔治时，他与玛格丽特夫人和梅根一同站在"毛里塔尼亚"号顶端的甲板处。"毛里塔尼亚"号在斯塔顿岛附近的悬崖峭壁下抛锚了，但是每边都有拖船紧紧地拉着。在缉私船的人经过一分钟的交涉商讨后，一群新闻记者动作迅猛，像强行登船队一样又自动回到缉私船。

这时，劳合·乔治已经消失了。人群从甲板这边挤到了那边，直到他的秘书出现之后，这种情况才得到缓解。当人群中有人喊"他来了"的时候劳合就已经走进了公共大厅。此时已经有50 个记者站在那里等候着他。然而此时只有一个座位是空出来的，于是劳合·乔治很自然地坐在唯一的空座位上，他笑了笑。"啊，这感觉很像是坐在电椅上啊。"他说。

劳合·乔治看起来有些老，矮胖，甚至有很明显的双下巴，而且原本浓密如马鬃的头发，现在竟然秃顶了。一微笑时，他的脸就像极了小妖精，还皱纹布满了眼睛，就像太阳升起时映入眼帘的地平线贯穿大地一样。每个人都笑他，不过他确实是越来越老了。当你和他站在一起时，你可以很清楚地观察到在他笑容消失的时候皱纹却没有消失。今天他戴了一条老式灰色的活结式领带，穿了一件衬毛皮的黑色阿尔斯特大衣，外加一顶丝质大礼帽，然而这一套搭配与他浓密的头发并不是很搭。

"您给加拿大那边通知了吗？"我问他。

"不，还没有。我有一个最想送出去但是得必须到了蒙特利尔后才能送出去的通知。"劳合·乔治笑了笑，"你知道，我已经在加拿大了。我一路直奔温哥华，但是他们现在又告诉我做出了许多变动。然而我急于访问加拿大，而且特别想去多伦多。"

"虽然这是一个好方法，但是我不会在美国发表任何言论。"劳合·乔治坚持这么认为，"我期盼这次访问时间久一些。我特别想看看这个国家，但是我一直很忙抽不出时间来，这也是我为什么会在白天旅行的原因。"

"那您如何看待现在的欧洲局势？"一个记者问。

"并不是很好，不是吗？"劳合·乔治以一种混着更多威尔士喉音的英格兰口音回答道。

"我本来非常喜欢在旅途中玩玩高尔夫球。"劳合·乔治再次笑了，"我还是会很好地舒缓自己的压力，不会把压力带到我的工作和生活中。"

"您认为工党会达到极限吗？"有记者提问说。劳合·乔治摇摇头满怀体谅地说，"这要由它的行为决定。但是我认为它很有必要做得更好。"

"反犹太主义者显然是很傻的，真的很傻。"劳合·乔治是这样回答一个犹太籍记者的问题的，因为这个记者问他如何看待作为危险思想的反犹太主义。

"您认为国际联盟的力量会被意大利的行动削弱吗？"我问。劳合·乔治立刻回答道："是的，我认为会这样。"

"乔治先生，您认为这个世界会因为《凡尔赛和约》而变得更美好吗？"一个记者问。这次劳合·乔治加重了语气说："我认为这个恶作剧并不是由《凡尔赛和约》本身而生的，更像是由实施的手段而生。"他停顿并思考了一会儿，然后笑了笑说道："这是一个很长、很长的故事。"

一个漫画家把劳合·乔治的卡通画像带来，然后请他签名。劳合·乔治拿起钢笔，然后看着这幅漫画。突然一阵大笑打破了宁静，后来他把那幅画抓在手中一直笑。"哈哈，天哪！"他大笑，"这真的像我吗？"

我们登上甲板。海潜处于悬崖峭壁之间，"毛里塔尼亚"号停泊在海潜内，船上由巨大且华丽、蓝白相间写着"欢迎劳合·乔治，希腊的好朋友"的条幅装饰着，岸上也有"是的，我们没有发疯"组成的一串条纹状的文字。

我向他指着那艘小船。"是啊，我也是他们的一个好朋友。"劳合·乔治悄声说道。

摄影师和电影制作人都聚集到了顶端甲板上。摄影师们互相推搡拥挤着，这其中包括雷博·戴维斯的秘书、阿尔弗雷德·蒙德先生、美联社的梅尔维尔·斯顿、查尔斯·施瓦布和其他社会名流。所有的摄影师聚集在一起，大喊着："乔治先生，乔治先生，看这边儿，乔治先生，请向上看，乔治先生。乔治先生，这边儿。再来一次。请暂时把您灰色的礼帽摘下来吧。就是现在，乔治先生。"最后，终于结束了。但是对于美国人来说，他有了一个新名字——乔治先生。

"你认为没有美国的支持，国际联盟还能继续走下去吗？"当他沿着甲板走时，一个记者大声问他。"不。"劳合·乔治耸着他的肩膀回答。

劳合·乔治的秘书们，全是正式仪式的欢迎人员，其中包括代理市长赫尔伯特，他接替了海兰市长。而海兰市长生病后一直待在布鲁克林的家中，因为生病，海兰市长就把自己从"毛里塔尼亚"号的迎接工作中替换下来，要知道，迎接工作必须得市长亲自参与。而海兰市长生病后一直待在布鲁克林的家中。这里的记者为了能够登上一直在等待的缉私船，必须在早上五点钟起床。希腊的迎宾船紧跟在市长专用船后面，乐队齐奏欢迎乐，人们挥着手，以此来迎接劳合·乔治先生及他的夫人和女儿，而此时他们还在船舱中，市长专用船鸣笛慢慢地停在港湾中。这只小船快速通过波涛汹涌的港湾后，渐渐地稳定下来。从海港这里越过早已抛锚而被丢弃的船，可以看见有些氧化而泛绿的自由女神像。一个老式四栈堆积运输器从废弃船只上被传递过去，这时一排运煤驳船已进入航线。位于总督岛右边的是低矮棚屋，由于烟雾的弥漫，这个富丽的小镇看起来朦朦胧胧，似乎遥不可及，充满了梦幻之意。

劳合·乔治怀着极大兴趣，仔细地欣赏着这些景色。各式各样的志愿导游为他介绍了一些不同程度的信息。一会儿，烟雾散去，建筑变得似乎更清晰、坚固。从这个海港望去，纽约真是个极好的庇护所，它有它自己的美丽与独特之处——各种各样坚固、高耸的白色立方物。乐队奏着乐，岸上一大群人正在焦急地等待。这可能是英国人在美国所受到的最高的礼遇，尤其是前来欢迎他们的人群，竟真的有黑压压的一片。

黑压压的人群被警戒线挡在外面，劳合·乔治先生和他的搭档待在车里，车子驰行在通往市政厅的百老汇路上，这条路位于更为低矮，阳光稀少的峡谷之中。在市政厅里，代理市长赫尔伯特接见了他，向他介绍了一些关于这个城市众所周知关键的事情。这条路上所有的街道都挂满了从高层建筑上撇下来的细长纸条，这些用于欢迎的纸条都快把整个曼哈顿岛淹没了。

只有小部分游行者，拿着标语牌和条幅，条幅上满是"劳合·乔治是个极不受欢迎的外国人，反对他来纽约之类的话语，但是这些游行者很快被警察逮捕，他们的标语牌和条幅也被警察收走。仅在此之前，"劳合·乔治党"参观过这座古老的灰色的市政厅，市政厅位于这座新城市中心的绿色广场上，这一布局和周围斑驳的灰色遮雨棚、宽大的门廊极不相称，更加突兀的是门厅前面挂着的条幅，而这些条幅是由爱尔兰社会团的成员制作的，并且条幅早已被警察查封、撕碎，破烂不堪。其间，那些徘徊在街头的男孩正在以每份 5 美分的价钱贩卖着大堆画有德国马克的传单，成千上万绘有马克的传单漫天飞扬。

　　劳合·乔治先生从市政厅出来后，去华尔道夫酒店休息了一会儿。之后他会去曼哈顿的比特博贸饭店，因为在那里，联邦杂志社将用一顿丰盛的午餐款待他。

　　当你看到他们三个——劳合·乔治、玛格丽特夫人和梅根小姐走在一起时，要想快速说出谁在里面最突出是不可能的。因为三个人各有特色——劳合·乔治先生个子最高，梅根小姐个子最矮，而玛格丽特夫人是这个"家"中唯一一个有爵位的人。

　　梅根·劳合·乔治小姐今年 21 岁，是个非常漂亮的女孩子。她身材娇小，说起话来细声细语，脸上经常带着羞涩的笑容，同时她也是个很聪明的人。因为她的身高特征不是很突出，所以在照片上显得并不是很好看。但是，这也是这个家的特点，她爸爸和妈妈在照片上显得也不是很好看。

　　"我很高兴能待在纽约，当然也很想去加拿大。"她对这天早晨在"毛里塔尼亚"号上采访的记者开心地说。当记者问她未来是否会从政，她说："我热爱生活，但是现在还太年轻，还没到做出选择的时候。"

　　"您认为做您父亲的助手怎么样？"星报记者问。"哦，我一点儿都不想成为父亲的助手。"梅根回答。

　　"我不抽烟，但是，"她告诉星报记者，"我不介意别人抽。我很爱我的父亲，也很喜欢去不同的城市。我喜欢跳舞，并且我很享受在不同场合跳舞的感觉。"

　　"您觉得美国女孩儿怎样？"星报记者问。"我认识几个美国女孩，"梅根回答，"我非常喜欢她们，在我看来她们并不像人们想象中那么开放。"

　　梅根小姐穿着黑天鹅绒套装：头戴黑色紧礼帽，身穿白衬衣、亮色丝袜和黑色皮鞋。她的头发散着，也许正因为如此，这身装束显得很适合她。

　　她告诉星报记者，她曾在两所学校上过学，一所在伦敦，一所在巴黎，并且值得高兴的是，她没有再上其他学校。她从不用化妆品，也从没晕过船。除非刮大风，否则她不会错过在小船上的每一顿饭。

"您是怎样看待'结婚'的？"星报记者问。

"哦，现在考虑那个为时过早。"梅根回答说。

梅根小姐一直陪伴着父亲去参加各种会议——无论是在戛纳、斯帕、热那亚，还是在凡尔赛——她亲身经历的历史演变可能比世界上任何女孩子经历得都多。

"这难道不好吗？"当被告知今晚她们一家会被邀请去看欧文·柏林的《音乐盒讽刺剧》时，她这样回答星报记者。

玛格丽特·劳合·乔治夫人是个很慈祥的母亲，同时也是个地道的威尔士人，身体一直都不错。"我盼着去加拿大呢，"玛格丽特夫人对星报记者说，"我认识很多加拿大人，而且也很喜欢他们，我多希望能在那遇见认识的威尔士人。"

当星报记者采访完玛格丽特夫人后，工党大臣戴维斯会前来用威尔士语问候她。遗憾的是，星报记者不能获知这次采访的详细内容，但是戴维斯告诉记者说，他会尽力派一个女仆全方位照顾玛格丽特夫人的生活，因为劳合·乔治先生没有带仆人。

玛格丽特夫人告诉星报记者，她有五个孩子，三个儿子，一个女儿旅居印度并且已婚，另一个女儿就是梅根。一提起梅根，玛格丽特夫人就忍不住微笑起来，而且每个劳合·乔治家里的人只要提到梅根的名字都会微笑，因此大家又称呼梅根——梅尔金。"当然，我好像至今还没给人留下过这么深的印象，"她告诉星报记者，"太阳升起，美好的一天已经来临，每个事物都很讨人喜欢，不是吗？我们已经决定不在纽约购物，也不随同劳合·乔治先生参加社交活动，因为这些事情会让我们闲不下来。"

玛格丽特夫人整体装饰为黑色，她戴了一顶黑色云纹绸大礼帽，礼帽前面用褶皱装饰着，身着一件黑色海豹皮紧身大衣，搭配一条西伯利亚貂毛披肩，披肩上面有着一串珍珠。

劳合·乔治奇妙的声音

《多伦多每日星报》1923 年 10 月 6 日

纽约

昨天下午在宴会厅十九楼的比尔特莫，星报记者第一次听到了劳合·乔治在美国的演讲。

这是合众社为前英国首相举办的巨大午宴，并且直到演讲结束。所有在场记者都不能向外发送任何信息。劳合·乔治即将讲话。但是他的演讲不是代表个人。在演讲结束后，记者们被告知这次演讲内容将会被出版，这是已经确定无疑的事了。

星报记者看见劳合·乔治坐在宴会的六张桌子的头等桌上，吃了一顿丰盛的午餐，这期间顿·D.贝克向他介绍了著名政治家。当贝克先生说话时，劳合·乔治微微向前倾，同时摆弄着他的眼镜——这是他将要讲话的前兆。在贝克先生讲话的时候，台下发出好几次微弱的噼啪的掌声，观众开始对无聊的开场白不耐烦了，他们想听劳合·乔治的演讲。劳合·乔治庄严、高贵地坐在那里，一边摆弄着他的眼镜，一边在脑海里组织语言。

这位站起来说话的劳合·乔治已经不是拍照时摄影师眼中的那位劳合·乔治先生了。

这是伟大时代下的劳合·乔治在讲话，当他演说时，星报记者开始猜测是什么原因使他成为一位出色的演说家的。当你把他的话写在纸上时，这些话顿时失去了生命力，变得不再崇高。如果你还记得那些话，它们会触动你；但是一旦它们沦为在纸上的铅字，效果就大打折扣。真的，他的讲话非常精彩，具有十足的感染力，但是一经印刷，其中的光彩荡然无存。

正是他那奇妙的声音结合他超乎常人的预言天赋在打动人心。当他说话时，你感觉他就是一个预言家，一个有自己独特方法的预言家。他说得很多，就像彼得隐士谈论十字军东征。如果萨拉·伯恩哈特的声音是珍贵的，事实上确实如此，劳合·乔治的声音就是被锤炼而成的金子。他肯定热爱使用它。他讲到的声音与他说话的声音有着很明显的区别，后者尽管略带华美，但与前者相比显得很普通。

"加拿大派了40万军队为我们的国旗而战。"他向他的听众诉说着，"他们中没有一个是响应来自英国政府的号召的，你教我们，他们是独立的果实，我们认为他们应当将大英帝国的支持铭记于心，因为我们本来是不允许让一个加拿大人加入我们的队伍的。他们来是自愿响应他们自己总理的号召，他们的总理有自己的议会支持，同时由他们的人民选举。你在18世纪给我们的教导拯救了当时的大英帝国。正如我们今天所了解的。"

我们知道大英帝国真正的建立者是乔治·华盛顿。华盛顿教导我们要建立的是一个民主的帝国。对于加拿大，就像不受美国干涉它的内政一样，也同样不受英国政府干涉。

"在这个时候的伦敦，我们有英国皇室伟大占领区的代表，完全平等地坐着。"

"他们之中有史密斯将军，二三十年前，他为他的本土自由与英国军队做斗争。后来，他签订了一个条约，成为帝国的一个自由搭档。我们有爱尔兰自由政府的领头人——斯格罗夫先生，因为他代表一个自由民族的条约，就坐在了那里。就他们的内部事务而言，这个民族有完全的独立。我们感激那些赐予我们力量的东西；感激那些对我们来说是力量源泉的东西；感激那些对我们来说是势力源泉的东西。我们把一切都归功于你——给予我们教导、这个伟大的国家的自由人民。并且时至今日，英国人心里所拥有的任何愤恨、任何后悔感，我都没有，只有一种对建立这个伟大共和国的伟大人民的感激之情。他们这样作为英国如何教导人民提供了模范。"

这是他的演讲中最精彩的部分，但这不是最能抓住观众内心的。当他以自己的方式谈论着"帝国"，谈到军事统治和预言家的重大感受时，声音的刺痛感紧紧抓住了观众。

后来，星报记者在劳合·乔治的新闻发布会上遇到了他。在华德福的舞厅的一面大镜子前，劳合·乔治向后倚靠在椅子上，以他们提问的速度回答他们的提问。

"你认为自由主义的时代即将到来吗？"

他回答道："是的，它即将来临，像所有美好的事物，降临这个世界。"

"你愿意在政界看到更多的女性吗？"

他笑了笑，幽默地回答道："那取决于哪种女性更多。"

星报记者问了劳合·乔治一些关于帝国会议的问题。但是他说除了通过无线电听到的一些零碎的报道，他还没听到任何消息，所以现在还无法做出讨论。

当他踏入电梯时，他说："晚餐之前，我将休息一个小时。"随后电梯门关上了。

梅根·乔治小姐的重击

*《多伦多每日星报》*1923 年 10 月 6 日

纽约

梅根·乔治是这艘船上新闻记者崇拜的偶像，这些强硬的人们，习惯了在清晨去迎接著名影星、访问外国美女，然而这次他们却彻底被劳合·乔治家庭中最年轻的人给打败了。

"她没必要告诉我们她没用化妆品，"一个记者说，"我们昨天目睹他们是昨天早上 7 点分开的。我告诉你，她是个奇迹。"

易斯安琪拉属于在长城遇见劳合乔治的人之一，他有一张船票，能搭载市长的船，但是昨晚有一个庆祝晚宴，为了庆祝他重新获得阿根廷公民权，所以船提前开走了。

星报记者与劳合·乔治边谈论政变边散步，将近一个小时后，就和去梅肯的前任总理上了岸。星报记者清早起床后就去参加巡逻艇上的欢迎会，值得一提的是，对于很多新闻工作者而言，官方政府的新闻是很有必要听的。

和劳合·乔治在剧院

《多伦多每日星报》1923 年 10 月 8 日

纽约

由于劳合·乔治昨晚出现在"音乐盒子"剧场，因此剧场前面的那条街挤满了等着看他的人，这导致警察很难保持入口的畅通。

当玛姬夫人穿着浅紫色的晚礼服第一个进场时，竟没有人发现她，然后梅根来了，她梳着一个中分头，头发遮住了耳朵，人群中爆发出一阵掌声。劳合·乔治在梅根之后进入剧场，他穿着一个大披肩，银色的头发齐后领，一张敏锐的脸上双下巴靠在高高的前领上，看上去像极了中世纪某个已经退休的剑术大师。

剧场里爆发出阵阵雷鸣般的掌声，稍后大家各自坐好。当时在场的还有其他 12 个重要人物，其中就有阿尔弗雷德先生、查尔斯·达纳·吉布森太太、托马斯·拉门特。

幕布缓缓升起，音乐开始响起。劳合·乔治身体前倾，下巴抵在手上，一个手指按在脸颊上。在每一个真正的笑话上演时，他"咯咯"地笑，并且不放过任何一个笑的机会。梅根肩上搭着一块长方形披巾，这是去年冬天到阿尔赫西拉斯旅行时买的纪念品。她和她的母亲完全被舞台上的演出吸引住了。她们不像劳合·乔治一样反应迅速，看到一些笑话就笑，但是非常享受这场演出。

其中台上有这样一幕：一个男人做了一个美梦，在梦里他娶了一个十分美丽迷人的女人。"在这样一个夜晚，我这个可怜的单身汉终于得到上帝的眷顾了！"他喊着。这时劳合·乔治发出了大笑。没过一会儿，男人真正的妻子就粗鲁地叫醒了他。这也是个很好的笑点。

之后一个身穿闪耀的绸缎晚礼服的男高音上场并开始唱歌。当他唱歌时，他所歌唱的女孩儿们出现在薄烟雾后面，她们以优雅的舞姿慢慢地进入观众的视线，然后再离开人们的视野，极具美感。

阿尔弗雷德先生热衷于犹太复国主义者运动，并且孩子气地和人们谈论着。"你知道，当他们提到劳合·乔治的名字时，每个人像发疯了似的，"他说，"他们完全为他疯狂了。"

然而在纽约，爱尔兰共和国的支持者几乎不喜欢劳合·乔治。当乔治党的成员昨晚在音乐盒子剧场出现时，大约40个男女在外面游行。但是只是被警察安静地赶走了，并没有逮捕任何人。所以他们中的大多数之后又返回来，并且就潜伏在45街的对面的密集的人群中。当前总理和他的党派人士从剧场出来时，参加游行的人群开始起哄、扔鸡蛋，但是他们所及的范围只在20尺之内。他们被骑摩托的警察和友好群众挡在一侧，乔治的车得以安全离开。那些把整件事当成一个笑话的人群，讽刺地为那些在德瓦莱拉的挑事者中歇斯底里的妇女们加油。

赫斯特报社没有见到劳合·乔治

《多伦多每日星报》 1923 年 10 月 6 日

今天在劳合·乔治专车"渥太华"上，劳合·乔治正火速赶往加拿大。"渥太华"是一辆由加拿大国家铁路局提供的专用的火车。

火车上有配备了手枪的国家保安队守卫，当火车停下时，他们就会在每个车站开始巡逻。劳合·乔治戴着一条平滑的艺术家的领带、一顶旧帽子，但是没穿他的阿尔斯特大衣。他非常享受这个旅途。为了更好地了解这个国家，他一天天地游览，旅途中路过了帕利塞兹、穿过了历史上的佛蒙特州的村庄，他度过了10月中最完美的一天。

今天早上突然有人说劳合·乔治会把旅程延伸至温哥华。

"他来加拿大而不去温哥华似乎是个遗憾。"一辆比劳合·乔治的私家车还高级的汽车车主——亨利·桑顿先生也在火车上，他告诉星报记者。

因此劳合·乔治将会被强烈催促去温哥华。

阿尔弗雷德·柯普先生（劳合·乔治的秘书）告诉星报记者，他相信劳合·乔治是不会允许这个旅途延伸到其他地方的。在奥尔巴尼、特洛伊、北佛蒙特州本宁顿赢、曼彻斯特、佛蒙特州、茹特兰德这些地方，劳合·乔治与前来拜访他的人们见了面。专车定于今天晚上9时15分到达蒙特利尔，除了一些高官，同时专车还将被穿着威尔士服装的接待委员会接待。

当客人亨利先生和安·桑顿女士坐上加拿大国家铁路局总统私人专车后，劳合·乔治和他的党派人士享用了今天的午饭。戴着帽子的亨利先生看起来很像贝比·鲁斯，安·桑顿小姐（他的女儿）和梅根·乔治正式成为好朋友。纽约中央铁路公司的副主席 G. H. 英格斯和加拿大国家铁路局的副主席 J. E. 道林普也是午宴的客人。

离开特洛伊后，火车盘旋着穿过位于北部纽约州的丘陵地区。一路上树的颜色都在不断变换，山毛榉是黄色的，枫树是红色的。对于一个旅行者来说，这是一幅极美的山水画和极完美的一天。劳合·乔治已经对这乡村美景迷恋不已。

劳合·乔治在特洛伊告诉一个500人的群体，他的专车会在周六到达蒙特利尔，但在特洛伊只停留5分钟。"在处理英国人和爱尔兰人自古以来的争端这件事情上，没有人比你们市民朋友和前长官马丁·H.格林贡献更大。"劳合·乔治今天在奥尔巴尼告诉3000人中的其中一个观众，3000人聚集到一起来听他讲话。"他向我解释一个爱尔兰人的观点，在议院一个相当昏暗的房子里，我向他诉说了英国人的目的。"

在劳合·乔治演说的讲台周围，有一条坚固的警戒线，这使得亨利·桑顿先生不能接近演讲人。前长官向大家介绍了劳合·乔治，前长官是劳合·乔治在唐宁街的一个老相识，他跟劳合·乔治搭乘专车"渥太华"一起去了奥尔巴尼。奥尔巴尼车站下面的那条街上挤满了人，当火车停了10分钟后开走时，一支乐队演奏了《哈勒奇的男人》和《美好的过去》。

阿尔弗雷德·柯普先生代表劳合·乔治回应了星报记者关于《伦敦早报》上的社论，这个社论今天早上在《纽约时报》上再次被发表。

劳合·乔治先生在这儿不是因为赫斯特出版社、合众社或是任何其他的新闻机构的报道，他是作为一个普通市民在这里。但是在加拿大，他是作为加拿大政府的客人，一些在美国的开销都是科斯德付的，其他都是自费。我已经为他拒绝了一个报酬高达三四千美元的20分钟的演讲。所有跟随他的记者必须跟铁路公司做好提前安排。我请彼得·B.凯恩帮忙安排劳合·乔治在美国的旅途。虽然他不是赫斯特的员工，但是他有很多实践经验。他是一个以写小说为主的作家，一个能在任何他想得到的地方售出他的作品的作家。其实，他告诉我，他和赫斯特的合约早在几天前就到期了。

"在每个他即将停留的城镇，劳合·乔治都会被要求作演讲，但是他想在其余时间了解一下美国人和加拿大人的观点，作为他的演讲的回馈，而这正是他来这儿的目的。他来这儿不是为了作巡回演讲，而是为了了解这个国的国情和人民。"

民众中的一员

《多伦多每日星报》1923 年 10 月 8 日

蒙特利尔

"我是民众中的一员，并且我一生为民众战斗。在我为民主战斗的过程中，我在美国人民那里得到了几乎比任何国家都多的同情和支持。"周六，在特洛伊、纽约、北本宁顿和曼彻斯特、佛蒙特州，劳合·乔治告诉那些为了来看有名的战时前总理而聚集在他的车后的站台的人。

尽管劳合·乔治在美国人中十分有名，但是其中的一些人对他到底是谁充满疑惑。有一个纽约人对星报记者说："我想没有任何人能取代他的领导地位。我刚刚读完他的书《男人似神》（H. G. 威尔斯著）。在我看来如果我们有那个乌托邦，事情会变得更好，是吧？"

大卫·劳合·乔治会见亚伯拉罕·林肯的儿子，那一刻一定让人印象十分深刻。一群村民拥挤在周围，但是他们并没有离得很近。"等等，我想让梅根来跟您握握手。"劳合·乔治说。梅根从车里出来，端庄而羞涩地站在这个白头发、长胡须的老人面前。"十分荣幸见到你，亲爱的劳合·乔治先生。"林肯（罗伯特·托德）先生说。

"当您父亲去世时，您多大呢？"劳合·乔治问。"只有 12 岁。"林肯先生回答，"当他被刺时，我正在学校里。"林肯先生现在已经 84 岁了。专车只有 4 分钟的时间在此停留，所以当劳合·乔治和林肯先生还在交谈时，汽笛就响起了，到了分别的时候了。

"1889 年。我在多伦多最清晰的回忆是被一些新闻工作者在半夜唤起，这些新闻人想知道我关于在南非是否会爆发战争的看法。"当他的火车临近蒙特利尔时，劳合·乔治告诉星报记者："是的，我也在那参加了第一次内阁会议那是在布尔战争之前，当时的总理是罗丝。"

"在多伦多，我来到萨斯喀彻温省，去了那里的大草原。"他边说边向后依靠在私人车的座位上，抽着烟，"我记得有两个城镇，一个叫拉皮特，另一个叫卡莱尔。在卡莱尔我看见了一只狼，它大步慢跑在我们前面。"他继续讲述着34年前那段旅行的回忆。"是的，就是待在卡莱尔的某个星期天早晨召开了一个会议，人们为此走了好几英里来到教堂。"

他回忆起伯明翰的反战争会议，那时正处于布尔战争期间，那一次他差点被围攻。"如果他们知道了真的会抓住我。那个煽动群众的人正好站在我房间外面的窗台上。他本来只要打碎玻璃就可以抓住我。"他的眼睛闪着光芒，"但是他们所不知道的是，当时我正在里面听着所有这些激昂的自我谴责。没有，我并没有穿着警服逃走，我只是跟着警察走了出来。庆幸的是，当时我没有被认出来。"

劳合·乔治平时很少提前准备好他的演讲稿。

"我很清楚我想要说的内容，所以我从不提前写出来。"他对星报记者解释说。

阿波尼伯爵和他的借款

《多伦多每日星报》1923 年 10 月 15 日

几天早上，艾伯特·阿波尼伯爵抵达多伦多。他现今 77 岁，55 年来一直是匈牙利驻巴黎的和平代表团领导以及匈牙利最伟大的政治家之一和在世的欧洲空想家之一。

阿波尼伯爵个头很高，比一般男人足足高出一头。看起来像是陆军上校乔治·泰勒和阿纳托尔·法朗士的结合体。他有着白色的头发和胡须，一张带着疤痕似皮革的脸上挂着变化的笑容，充满了贵族气质，一双棕色的大手显得格外有力量。

星报记者给他带来了新闻头条：在国际市场上，盟军内部赔款委员会已经全体一致作出了决定，采用了国际联盟重组匈牙利的财政要求，和他们对奥地利的决议一样，把借给这个遭殃的国家 2400 万的贷款作为开始。

"这是个好消息，"阿波尼伯爵说，"这件事十分重要而且无可或缺。这个行动标志着匈牙利在向好的趋势转变。"

阿波尼伯爵今早从芝加哥赶回来，在那里他会见了劳合·乔治。那是两个政治家之间极富有戏剧性的会面。

他们在盛大的午宴的谈话桌上见面，这次午宴是芝加哥商业联合会在喇沙酒店专门为劳合·乔治举办的。

劳合·乔治个子不高、缺少活力。他张开腿，离开他的位置，走到了阿波尼伯爵坐的位置。阿波尼伯爵威望很高，从年岁上就值得尊敬，他像一幅艺术家的肖像画，简直是千年文明的产物。

阿波尼伯爵站了起来，和劳合·乔治热情地握手，这使得观众们异常兴奋并热烈鼓掌。

当劳合·乔治回到座位上时，他先后转向分别在他右边和左边的德弗和贾德森·斯通，说："我认为阿波尼伯爵是欧洲最杰出的政治家之一。"

观众欢呼了 8 分钟。

"我以前从来没有听过劳合·乔治的演讲。"阿波尼伯爵说，他眼睛里闪烁着光芒，"但是他听过我的。我发现听他演讲是件很愉快的事，因为他总是带着极大的热情。"

阿波尼伯爵说劳合·乔治听过他的演讲是指那次著名的有关匈牙利为什么参加巴黎和会的原因的演讲。那是一次因哀婉动人的词句和无人能敌的雄辩而变得无可比拟的呼吁。

阿波尼伯爵待在车站是因为遇见了他的老朋友——多伦多的库·麦克林和多伦多大学的马弗教授。阿波尼伯爵由他的助理兼朋友 M. A. 德·杰西卡·赫拉加哲学博士陪同。他的女儿玛莉卡女爵正处在由纽波特直接到多伦多的途中，预计今晚将会到达。当她在这停留时，她将成为库·麦克林太太的客人。

阿波尼伯爵的夫人是曼多夫伯爵的女儿，同时也是乔治国王陛下的堂妹。这次旅程，她没来加拿大，但是下次阿波尼伯爵来加拿大时，她会同来。

阿波尼伯爵 11 年前就来过多伦多，今天在多伦多帝国俱乐部的午宴上演说了两次。今天晚上 8 点半，他将用英语在大学演讲，这只是他能够清楚、滔滔不绝地讲出来的六国语言之一。

"我会在加拿大演讲，至少在国际联盟讲一次。"阿波尼伯爵告诉星报记者，"可能是在今天晚上，直至我见到观众，我才知道要说什么。"

当你站得离他很近时，你会发现阿波尼伯爵的外表和年龄相符，但是他看起来非常有活力。他的白发很短，他还有很多独特的地方。透过他那像金属丝般的，如同白雾一样方方正正的胡须，你发现他的下巴不是很突出。事实上，与其他部分相比，它是向后缩的。

"我没有谈论到美国的联盟，"伯爵继续说，"因为在那儿，它是个不受欢迎的话题。是的，我自己也不认同联盟，而且我想谈的不是它的局限性，而是它到底能完成点什么。"

"你如何看待德国现在的危机？"星报记者问。

"我不会探讨那个现状的原因，除非现在已经确定，混乱会产生。"

讲话之前，在约克俱乐部的房间里，阿波尼伯爵缓缓放下他的袖筒，整理好自己身上的穿着。当他说话的时候，他认真到了极点，他的口音也因此变得更加清晰可辨。"除非德国人的焦虑得到缓解，否则混乱必然会到来——然后极有可能是鲁登道夫。"

"你认为君主制将会复辟？"星报记者问道。

"不，不一定，但是将会出现一个联合所有绝望者的政策。到时令人绝望的事会合并到一起，它也可能是来自俄国的援助，然而欧洲的政治家似乎对这视而不见。"阿波尼伯爵张开他那布满雀斑的大棕手，"不！他们似乎完全对这视而不见。"

"值得高兴的是，在匈牙利，现在没有正统君主复辟的趋势。"阿波尼伯爵告诉星报记者，"我看见女王被流放了。""你说的是女王思蒂？"星报记者问。阿波尼伯爵为匈牙利的事业耗费了一生的精力，其中包括反对奥匈帝国。"我们更喜欢叫她思蒂皇后。她只热衷于教育她的孩子，她没有复辟的企图。"

"对于你——一个外人来说，"伯爵笑了笑，"她是前女王，但是对于我们来说，她是一个皇后。"

据阿波尼所说，匈牙利如今只有两条路可以走：维持现在的政府，或者恢复正统君主制度，就是前国王卡尔和思蒂皇后的儿子，他现在生活在巴斯克海岸，邻近塞巴斯蒂安。

"匈牙利人民从根本上反对共和理念。"阿波尼伯爵说。"有时，有大量的言论说霍尔蒂·米克洛什将会成为国王，事实确实如此吗？"星报记者问。"那绝对不可能。"阿波尼伯爵强有力而认真地回答道，"如果有国王，也应该是正统君主。哈哈，想想一个国王在议院如果只有 15 票，那么下星期我也能够成为国王了。"阿波尼伯爵笑着说。

"伯爵，您现在有任何官方职位吗？"星报记者问。"一个也没有，在一定程度上，我是反对派的一员，但是反对派不是出口产品。我相信现在的政府正在努力做出改变，如果得到了贷款，它可能持续很长一段时间。若由我来负责推翻政府，那么我不会推翻它，因为我没有一个更好的政府来替换它。"

总体来说，在谈论欧洲方面，阿波尼伯爵说话是最谨慎的。

"英格兰对匈牙利最友好，"他说，"但是法国就不友好了，当然，它与小协约国之间有外交关系。在它世界政策的概念里，小协议国似乎是一个整体的部分。"

"今天当我谈论欧洲的大体的情况时，我会试图去讲述具体的状况以及我们的补救措施，但我不会把责任归根到我们目的所带来的影响。"

阿波尼伯爵脸上绽放出一个充满智慧的，尽显皱纹的笑容。

"因为我只打算说20分钟，你知道，我现在必须工作，谨慎地挑选我的题目。这好像不是一个只有3个小时的人该做的。"

很多年前，阿波尼伯爵在匈牙利各个阶层的名气来自他曾经丢弃他所有的帽子。他经常在公众面前露面，这样做就不需要脱帽了。他已经重新戴上帽子，不过是为了在加拿大的露面。

斗牛的悲剧

《多伦多星报周刊》1923年10月20日

在巴黎的春天，一切看起来都那样的美丽。我和麦克决定要去西班牙。施特拉特尔在斯塔克斯餐厅的菜单背面给我们画了一张很详细的西班牙地图。他还把马德里一家餐厅的名字写在了菜单上。实际上那是一个私人小旅店的名字，就在维亚圣赫罗尼奠，住着斗牛士的这个地方。这家餐厅的特色菜是烤乳猪。他还画了一张平面图，告诉我们如何到达那个高级住宅区的林荫道，那里挂着格列柯的画幅。

准备充分后，我们带着这张菜单还有一些旧衣服，出发前往西班牙。我们此行只有一个目的——观看斗牛表演。

我们在早上坐火车离开巴黎，第二天下午就到达马德里了。就在那天下午4点30分，我们观看了人生中第一场斗牛表演。我们花了两个小时才从票贩子那里以25比塞塔一张的价钱买到票，最后斗牛场里面的座位门票全部卖光了。我们买的是斗牛场栅栏的票。票贩子用西班牙语配合很蹩脚的法语跟我们说我们的座位在主席台下面场边的第一排，正对着公牛们跑出来的地方。

我们问他还有没有比较便宜一点的座位，价钱大概是12比塞塔，但是他说都卖光了。于是我们只能花50比塞塔买了两张票。怀揣两张斗牛表演的票，我们坐在在太阳门广场附近的咖啡厅外面的人行道上。在来到西班牙的第一天，我们手里拿着两张斗牛表演的门票，坐在咖啡厅前面，想想就令人兴奋不已。这就预示着不管刮风下雨，在一个半小时之后，我们都将要看到一场斗牛表演。实际上，我们兴奋异常，因此提前一个小时就出发前往郊区的斗牛场。

这是个由黄砖砌成的大型圆形角斗场，就建在一片开阔空地的街道尽头。黄红相间的西班牙国旗飘扬在上空，各种车辆彼来此往。人们纷纷下车前往角斗场观看表演。入口处围了一圈乞丐。入口周围有人拿着土褐色的大瓶在卖水，也有小孩子在卖扇子、手杖、和用纸卷包起来的盐烤杏仁，还有水果和雪糕。所有人都心情愉悦，也都想挤到入口去。警卫队员们头戴黑色漆皮帽子，背持卡宾枪，骑在马上，如同雕像一般矗立在入口两侧，人群就从其间缓缓入场。

里面的警卫队员们都站在斗牛场边上，边聊天边扫视着观众席上的姑娘。有些人为了看得更加清楚，甚至带上了双筒望远镜过来。我们找到自己的座位坐下，其他人也坐到了成排的水泥座位里。整个斗牛场是圆形的——这听起来很荒谬，但是角斗场是方形的——地上铺着沙子，周围是红色的木板栅栏，栅栏的高度刚好能让一个人一跃而过。在木板栅栏之间，就是所谓的斗牛场栅栏，而第一排的座位就处于一条很窄的小道中，看起来就像足球场里的那种座位，唯一不同的是这些座位上面还建有两圈包厢。

圆形剧场里面座无虚席。整个竞技场都清静了。远离人群，在竞技场远离人群的一端，四个穿着中世纪服装的传令员站起来，吹响了喇叭。人群也跟着叫嚷起来。离入口较远的一边，四个颈带花边、身穿黑色天鹅绒的人骑着马从容地进入光亮的竞技场。坐在向阳一边座位的观众，由于经受着热浪煎熬，一直在扇着扇子。一整侧广场都是在摇动扇子的人。

紧跟在骑马者后面的是斗牛者的队伍。他们早就在入口的地方排好队，等待着以队列入场。当音乐响起时，他们就开始进场了。走在前排的是三个徒步斗牛士，他们今天下午要负责去杀死六头公牛。

他们身穿笨重的黄黑相间的锦缎服装，缓缓走了进来。他们穿的就是大家所熟悉的"斗牛士"制服。这种制服相当笨重，整套衣服包含带金边刺绣的斗篷、夹克、衬衫，及膝短裤、粉红长袜、低跟舞鞋。在以前看过的所有斗牛表演中，粉红长袜这种不搭调的搭配总让我出乎意料。在你看过第一场斗牛场表演之后，注意力就会由他们的衣服转移到他们的脸上。在三个主要角色后面行进的是一队或是一帮斗牛士的帮手。他们也穿着类似的服装，只是没有前面三个斗牛士的穿着那样大气。

尾随其后的是骑马斗牛士。这些骑马斗牛士个个身材高大健硕，脸色黝黑，头戴宽平的帽子，拿着长矛跨坐在马上。那马看起来匀称光滑，就如同万里无云的天空。最后出场的是套着华丽马具的骡子队伍以及身穿红色衬衫的斗牛士助手。

这些斗牛士列队经过沙地，走到主席台前。他们跨着专业的步伐从容走来，除了他们身上穿的服装，他们走路的姿势也很特别。他们像专业运动员一样从容不迫，若是光看他们的脸，你很可能会认为他们是某个球队的主要球员。之后他们向着主席台行礼，礼毕后向两边散开，把他们之前的锦缎斗篷换成斗牛斗篷。这些斗牛斗篷早就被别人挂在红色的栅栏上了。

我们往前靠在斗牛场的栅栏上。在我们的下方，下午出场的三个斗牛士正倚靠在栅栏边聊天。其中一人点了支烟，这个人身材矮小，皮肤光滑，身穿一件华丽的金色锦缎夹克，头上的黑色三角帽下露出一撮小辫子，我们得知他叫吉塔尼洛，来自吉卜赛。

"他看起来不是很时尚。"一个戴着草帽的年轻男子说道。这个男子穿着明显的美国鞋子，就坐在我的左边。"不过他对斗牛很在行，他是个很优秀的杀手。"

"你是美国人，对吧？"麦克问他。

"是的，"男孩儿笑着答道，"但是我知道这帮人。那个矮个子是吉塔尼洛，你该好好看看他的表演。那个脸圆圆的孩子叫奇库洛，他们说他并不是真正的斗牛爱好者，不过整个镇上的人都疯狂地迷恋他。在他旁边的是比利亚尔塔，很不错。"

我打量着比利亚尔塔。他站得如茅秆般笔直，走起路来像一只年轻的狼。在他黝黑的颧骨上还用胶带粘着一大张纱布。此时他正微笑着和一个倚靠在栅栏边的朋友讲话。

"他上个星期在马拉加受伤了。"那个美国人说，"好戏就要上场了。"后来我们慢慢熟悉了，并且觉得这个男孩儿很讨人喜欢。我们用"姜酒大王"来称呼他——姜酒大王是我某个早上看过的一部功夫片里的角色。他手里拿着戈登先生著名产品的容器，作为他唯一的武器。在我看过的四次最为危险的情况下，他都只拿着这个武器进行战斗。

在竞技场外，骑着老马的斗牛士笔直地坐在在摇动的马鞍上，绕着斗牛场飞奔而行。现在，除了那三个斗牛士之外，其余的人都已经骑马来到斗牛场外面了。这三个人都拥挤在红色的栅栏边上。他们的马一只眼睛扎着绷带，他们背靠着栅栏，长矛放在一边。

两个身穿镶着白色花边天鹅绒夹克的司仪骑着马进入场内。他们朝主席台飞奔而去，突然转弯，脱帽弯腰鞠躬行礼。这时主席台上飞落下一个物体，其中一个司仪用帽子把它接住。

"那是牛栏的钥匙。"姜酒大王说。

这两个司仪骑马绕场一周。其中一人把钥匙扔向一个穿着斗牛士服装的人，他们相互脱帽行礼。之后司仪就从斗牛场退了出来，之后大门被紧紧地关上并闩上，此刻整个斗牛场被彻底封死。

之前在场的人们都在大声叫嚷，而现在全场异常安静。手里拿着钥匙的那个人走到一个上了闩的红色矮门前面，打开了栅栏。他提起横木，然后快速后退，躲在门的后面。门慢慢被打开，门里面一片漆黑。

当那人低头从黑暗的牛圈中低头走出来的时候，身后紧跟着一头公牛匆匆而出，轻盈地飞奔而来。那公牛全身黑白相间，同样是黑白相间、如同豪猪刺一般尖利的双角突起向前。它身形强壮，身上的肌肉明显地凸起，看起来它有超过一吨重。它刚从黑暗中冲出来的时候，有那么一刹那，刺眼的阳光让它感到一阵眩晕。它站在那里一动不动，像被冻结了一样。它的眼睛环视四周，然后开始进攻，我突然间意识到，斗牛是怎么一回事了。

这头公牛的凶悍程度实在令人不可思议。它就像某种厉害的史前动物一样致命和凶恶。它悄无声息地进行攻击，飞奔起来竟显得十分轻盈。它转身的时候，就像猫一样灵活，用四只脚转身。它首先看到了一个骑着一匹老马的骑马斗牛士，于是对他发起了猛攻。斗牛士立刻用马刺往马身上一刺，他们就飞奔着跑开了。公牛怎肯被甩下，猛冲向前，用尽全力从侧边猛撞马匹。它的攻击目标并不是那匹老马，而是斗牛士的臀部，用它的尖角发出猛刺，把斗牛士连同骑着的马鞍，从马背上扯了下来。

公牛没再理会那个瘫倒在地上的斗牛士，继续它的进攻。接下来又一个斗牛士上前。骑着马拿着长矛，在马背上坐起，以迎接公牛的进攻。公牛又从侧旁向其撞去，这一次人和马都被狠狠地抛向高空，从公牛身上翻落到地上。公牛又紧接着向落地的斗牛士发起进攻。这时，那个圆脸的男孩儿奇库洛，突然从栅栏一跃而进，跑向公牛，将斗篷往公牛的脸上一披。公牛追赶着斗篷，奇库洛往后一避，公牛扑了个空。公牛不罢休，又马上毫不犹豫向奇库洛冲去。那孩子就站在原地不动，只是来回摇动他的脚跟。当公牛从他身边冲过来时，他如挥动芭蕾舞裙一般挥动斗篷，披在公牛的脸上。

"好咧！"在场的观众们大声喝彩。

公牛迅速转身又开始进攻。奇库洛还是站在原地，又重复了一次刚才的动作。他的双腿紧绷，在公牛竖着双角冲过来的时候，快速将身体后缩，同时将飘起的斗篷优雅地往外一甩。

观众再一次兴奋地叫喊了起来。这孩子接连又做了七次这样的动作。每一次公牛与他都只是差之分毫，然而每一次他都能让公牛无机可乘，只能射空门。每一次，观众们都大声叫好。最后一次，在公牛马上就要贴身冲过来时，他又一次将斗篷披向公牛，然后把它往身后一晃，从公牛身边走开，跳出了栅栏。

"那个拿着斗篷的男孩儿身手很不错。"姜酒大王说，"他用斗篷所做的那个优美的旋转动作，叫作维罗妮卡①。"

这时这个圆脸男孩儿就站在靠我们底下的栅栏边上。他不喜欢斗牛，刚刚却完成了七个漂亮的维罗妮卡动作。在太阳的照耀下，他脸上的汗珠闪闪发光，但是他却面无表情。他的视线越过斗牛场，落在那头站着并且正在搜寻下一个进攻对象的公牛身上。他正在仔细打量着这头公牛，因为过后不久，他就要负责杀死这头公牛。一旦他手持他那把精致的红色把柄利剑，拿着那块红布最后出场，这就意味着：不是他死就是那头公牛死。在斗牛这项活动中，没有不分胜负的战斗。

接下来我并不打算详细地叙述之后的场景。这是我第一次看斗牛表演，即使这不是最好的。最精彩的斗牛表演要在纳瓦拉山上的小镇潘普洛纳才能看到。他们从公元 1126 年开始，在潘普洛纳每年都会举行为期 6 天的斗牛大会。从早晨 6 点开始，公牛们就穿街越巷地在城镇里竟跑，后面还跟着一大帮人，几乎有半个镇的人们都参与到这个活动中来。在潘普洛纳，每个大人和小孩都是业余斗牛士，每个早上也都有业余斗牛表演可以看。在这里可是有两万人参加的斗牛大会，这些业余斗牛士都手无缚鸡之力，伤员名单也几乎和都柏林竟选的名单一样长。不过，对于潘普洛纳这个有着最精彩的斗牛表演以及业余斗牛的疯狂传说的小镇，我会在下一篇文章中详细介绍。

但是我并不会对斗牛感到抱歉。因为这是罗马竞技时代的幸存物。不过还是需要对其进行一定的解释。斗牛不是一种运动，它也永远不会成为一种运动，它是一起悲剧，非常悲惨的悲剧。这悲剧就是公牛的死亡。其过程分为三个步骤。

---

① 维罗妮卡原是耶稣受难时为其拂面的圣女之名，因其动作的相似性，所以命名为表演。

姜酒大王——并不是说他喝姜酒，他第一天晚上告诉了我们很多关于斗牛的事情。我们就坐在那家有特色烤乳猪的餐厅楼上听他讲话。那里的乳猪是放在橡木条上烤熟的，配上蘑菇玉米烙饼和红葡萄酒，特别好吃。之后剩下的信息就是我们在维亚圣赫罗尼莫的小旅馆里得知的了。那里有个眼睛长得很像响尾蛇的斗牛士。

其中斗牛的大部分信息都是我们在西班牙的不同地方以及塞巴斯蒂安到格拉纳达所观看的十六场斗牛中总结出来的。

不管怎样说，斗牛都不是一项运动。它是一场悲剧，它象征着人和野兽之间的斗争。每一场斗牛通常都会有六头公牛。这些用于斗牛的公牛都和赛马一样被饲养着。最早期饲养的公牛从好几百年前就开始有了。一头优质公牛价值2000美元。它们都被培养成集速度、力量和凶恶于一身的公牛。换句话来说，一头优秀的斗牛，绝对是一头无可救药的公牛。

一方面斗牛是一份极其危险的职业。在我看过的十六场斗牛中，只有两场斗牛中是没有人受重伤的。另一方面，这是一份优厚报酬的工作。一个出名的斗牛士，一个下午就可以赚到5000美金；但是一个没有名气的斗牛士，可能500美元都拿不到；即使两者都面临着同样的危险。这些伟大的斗牛士和歌剧院的歌者一样，唯一不同的是，但凡如果他们没有办法"唱好高八度"的话，他们就面临着死亡的威胁。

一般在任何时候，没有任何人可以靠近公牛，除非直接从它的正面靠近。但这也是危险所在。除此以外，还有各种各样复杂的闪躲动作。这些动作都必须用斗篷来完成，而且每一个动作都必须配有排行榜冠军一般的高超技术。而最终目的是按照习俗上演古老的悲剧，这必须要很优雅地完成，看上去不费吹灰之力，而且要一直显得很高贵。西班牙人对斗牛士的最低评价就是说他的表演很"粗鲁"。

这个悲剧称为三部曲。第一步就是公牛进场，斗牛士们接受攻击并且尝试用长矛保护他们的马匹，然后马匹离场。第二步，就是把花镖刺到公牛身上。这是整个斗牛中最有趣但最高难度的一个阶段，同时也是一个观看斗牛表演的新手最容易掌握技巧的一个阶段。这些花镖长三尺，色彩绚丽，尾部还吊着一个小鱼钩。准备投刺花镖的花镖手孤身一人站在立场中，面对公牛，他把花镖拿到手臂的高度，然后把它们射向公牛，然后大叫"公牛！公牛！"之后公牛即向其发起进攻，然后他又把花镖放在脚趾的高度，弯下腰往前冲，在公牛就要撞上他之时，将手中的花镖刺向公牛隆起的背上。

牛背两边都要插进同等数目的花镖，每边插一枝花镖，但是插花镖不能挤塞进去。这是头一次公牛完全被困住了，这样它就无法躲开插向的花镖，也没有马匹可以让它进攻。它一次次向斗牛士进攻，每一次攻击，它的背上就多出一对长长的花镖，像豪猪刺一样。

最后一步就是公牛的死亡。这个任务落在第一个攻击的斗牛士身上。每个斗牛士都要用一个下午的时间杀死两头公牛。杀死公牛的过程是最为正式的，只能按照统一的方法来做，就是由斗牛士直接从正面将其杀死。而且这个斗牛士必须抵御公牛的全面进攻，并将一利剑插入公牛脖子和角之间的肩膀处。在杀死公牛之前，他还必须用一块大餐巾纸一般大的红布进行一系列的贴身闪躲动作。并且斗牛士必须展现出他对公牛的完全控制，就是用红布让公牛一次次从他身边只差分毫地闪过，但是他自己必须毫发无损。这个阶段也是最容易发生致命意外的阶段。

徒步斗牛士是西班牙的叫法，一般的话都把他们叫作持剑者或剑客。这个人必须对斗牛的三个步骤都非常熟悉。在第一个阶段中，他要利用斗篷做出维罗妮卡动作，并且要在骑马斗牛士被公牛甩到地上时，通过引开公牛来保护他们。在第二个阶段中，他要用花镖刺射。在第三个阶段中，他要用红布控制公牛并将其杀死。

但是几乎没有那个斗牛士能在三个阶段都做得十分出众。例如有一些斗牛士，像年轻的奇库洛一样，他们的技术是无与伦比的。另外一些，像之后的何塞利托一样，是出色的花镖手。但是有很少人能够样样俱全，而很多优秀的斗牛士都是吉普赛人。

7 月的潘普洛纳

《多伦多星报周刊》1923 年 10 月 27 日

潘普洛纳

潘普洛纳周围的墙壁都是白色的，建在纳瓦拉山上的城镇。在每年 7 月的头两个星期都会举行世界斗牛大会。

西班牙的斗牛粉丝们都从各地拥进这个小镇。每次在这个时候酒店特别火热，而且都是座无虚位。在宪法广场拱廊上的咖啡厅，每张桌子上都挤满了人，其中有戴着墨西哥阔边帽高大的安达卢西人和从马德里前来戴着草帽的人，还有戴着蓝色平顶帽的纳瓦拉人和巴斯克人，他们都坐在一起。

漂亮迷人的女孩子们，身材丰满，披着颜色各异的披肩。黑色明亮的大眼睛，黝黑的皮肤，头上披着黑丝花边头纱，跟她们的同伴走在人群中。这些人群，从早到晚都挤在咖啡桌内外的狭窄小道上。在宪法广场外面阳光明媚，幸好还有拱廊为小道遮阴。在街道上无时无刻都能看到有人跳舞。农民们穿着蓝色衬衣旋转着，举手击鼓、吹笛，这些都是在古代巴斯克舞蹈中使用的乐器。到了晚上，随着一阵阵击鼓声和军乐队伴奏，整个镇上的人们都在奎尔纳瓦卡外面的露天广场跳起舞来。

我们是晚上到达潘普洛纳的。在街道上人山人海，跳着舞。音乐猛敲狂击，璀璨烟花在广场上空出现。跟这里的情景相比，即使之前看过的嘉年华都无法与其相比。一个流星烟花在我们头顶爆破，那声音震耳欲聋，流星烟花随即飞了上去，然后"呼呼"地落到地上。我们和那些拧得手指噼啪响、不停旋转着穿过人群的舞者们不期而遇，我们都没有办法把行李从车上拿下来。

最后总算拿到了行李，穿过拥挤的人潮，来到了酒店。

两个星期之前我们就定了房间，但是房间已经所剩无几。只有那种单人床的房间，而且是通向厨房管道的单人间，而且单人间每天7美元。女房东站在柜台前，双手叉着腰，长着一张印度人的宽脸，看上去很好相处。她会说一点法语和一些巴斯克西班牙语。她告诉我们，她必须在接下来的十天中赚足一年的钱。这里总有人来求宿，所以不论她开价多少这些人都要住。她可以带我们去看更好的房间，10美元一天的那种。我们说如果这样的话我们还不如直接在街上和那些猪睡在一起。女房东倒是觉得这个说法是有可能的。我们说，和这样的酒店相比，我们情愿住在那样的地方。大家都很和善地在说话。我们还是坚持己见。女房东在那儿打着盘算。海明威女士坐在了我们的背包上。

"我可以在镇上给你们找个房子，你们来这边就餐。"女房东说。

"多少钱？"

"5美元。"

我们从那里离开了。一个男孩儿提着我们的背包，带我们穿过漆黑狭窄、沉浸在嘉年华疯狂中的街道。这间大房子看起来很不错，一间旧式的西班牙房子，房子外面还有坚不可摧的围墙。这间房子清爽舒适，红砖地板给人舒爽的感觉，两张舒适的大床放在壁凹里。房间里唯一的窗户，通向外面铁制的门廊，接下来就是街道了。看完之后感觉很满意。

整晚下面的街道上都响着疯狂的音乐。重重的敲鼓声响在一夜响了好几次。我起身去阳台看了看，但是还是老样子。都是穿着蓝色衬衫、光着头的男人，站在敲动的鼓和尖声的笛子后面，旋转着。跳起疯狂奇异的舞蹈。

天刚刚亮，街道下面就传来了一阵音乐。真正的军乐。赫尔斯芙已经起床，穿好衣服，站在窗边。

"快来呀。"她说，"他们都朝某个地方走过去了。"现在虽然是早上五点，但楼下人山人海，他们都朝着一个方向走去。我快速穿上衣服，也跟着他们一起出发了。

整群人都向公共广场走去。各条大街小巷的人们蜂拥而至，一同向一片空地走去，我们从高墙的缝隙里可以看到那片空地。

"去喝点咖啡吧。"赫尔斯芙说。

"你觉得我们还有时间喝咖啡吗？嘿，这是有什么事情要发生吗？"我问一个报童。

"关牛节。"他轻蔑地说，"6点开始。"

"什么是关牛节？"我问他说。

"噢，明天再问我吧。"他说着就开始跑走了。整群人都跑起来了。

"不管发生什么事情，我必须先喝我的咖啡。"赫尔斯芙说。

服务生在玻璃杯里倒了咖啡和牛奶。人们仍然在跑着，从四面八方汇集到广场上来。

"究竟什么是关牛节？"赫尔斯芙边喝咖啡边问道。

"我所知道的就是他们把公牛放到街道上来。"

我们又开始出发跟着人群走了。从一道狭窄的大门出去，映入眼帘的是一片红色的空地，一个新建的钢筋斗牛场在那里高耸着，黑白相间，人山人海。黄红相间的西班牙国旗在早晨的微风中迎风飞扬。我们穿过空地，走进斗牛场，我们走到顶端，眺望整个城镇。除了顶上需要收1比塞塔的门票，其他的地方都是免费的。大概有两万人在斗牛场里。每个人都挤在外面的圆形剧场，眺望前方的黄色城镇和一片光亮的红色屋顶。一个很长的木制牛圈从城市大门的入口穿过空地直到斗牛场。一路走来都是露天的。

这实际上是双层木制栅栏，从镇上的主街道一直伸展到斗牛场。形成了一条250码长的跑道。栅栏两边都人山人海，抬着头往主街道望去。

然后有消息从遥远的那边传来。

"它们已经出发了。"每个人都大叫。

"什么事啊？"我问站在我旁边的人。他倚靠在栅栏边，身体从铁栏杆往外伸得很远。

"公牛们！它们已经从市区那边的围栏里被放了出来。它们要穿过整个城市去赛跑。"

"哟！"赫尔斯芙说，"它们为什么这么傲啊？"

紧接着，从狭窄的跑道上跑过来一群大人和小孩。他们竭尽全力往这边跑了过来。那扇通往斗牛场的大门敞开着，他们都毫无秩序地跑下阶梯，跑进斗牛场里。在他们后面还跟着另外一群人，他们跑得更厉害，从镇上的牛圈一路跑来。

"公牛都在哪儿呢？"赫尔斯芙问道。

话刚说完，公牛们就出现在眼前了。八头公牛正全速地一路飞奔过来。它们身材魁梧，全身黝黑，浑身发亮，凶狠险恶，双角尽露，摆动头部。跟它们一起跑的还有三头阉牛，脖子上挂着铃铛。他们都一起挤着向前跑。在它们前面，那些潘普洛纳的大人小孩们充当后卫的角色，自愿在大街上被公牛们所追赶。他们全力冲刺，互相拉扯，努力奔跑，前拥后挤，享受整个早上的愉悦。

一个身穿蓝色衬衫、红色腰带、白色帆布鞋的男孩，肩膀上挂着皮制的酒袋，一路奔跑下来，却绊倒在地上。第一头公牛低下头来，紧急地往侧边摆去，没有撞上男孩。那男孩撞到了栅栏上，无力地瘫在地上。整群牛都一起从他身边跑过。人们都大嚷大叫起来。

人们都向斗牛场里面冲去。我们及时赶到一个包厢里，刚好可以看到公牛们冲进人山人海的斗牛场。人们都害怕地跑向两边。公牛们依然都聚在一起，由训练有素的阉牛引导它们前往牛圈的入口。

这就是牛圈的入口。在潘普洛纳的圣费尔明的奔牛节期间，每天早晨六点，下午要进行斗牛的公牛们都从牛栏中放出来，从那里穿过几条大街，奔跑一里半，之后便来到牛圈里。跑在它们前面的人们之所以这么做纯粹是为了好玩。奔牛节每年都会举行一次，已经延续了好几百年。

这比哥伦布在格拉纳达外面的营地对伊莎贝拉女王进行的历史性的采访还要早。

一般情况下为了避免意外发生。活动中都会采取两个措施。一个是让公牛们聚在一起，这样的话它们不容易被激怒或者变得凶狠残暴。另一个，可以依靠那三头阉牛来让牛群继续前进。

但是不可避免的还是会有意外发生。牛群挤着进入牛圈之时，其中一头公牛可能会与牛群走散。这时，它就会紧绷全身肌肉，全速奔跑，面露凶光，放低如针尖般的双角，反反复复地攻击挤在斗牛场里面的大人小孩儿们。在斗牛场里根本没有地方可以出去。里面太拥挤了，他们无法从斗牛场四周的红色栅栏上跨跳出去。所以他们不得不留在里面面对这样的现实。最后，那几头阉牛会把公牛们都赶出斗牛场，赶到牛圈里面去。但是在它们把公牛赶出去之前，它可能会撞伤或者杀死三十个人，但是在这里是不允许人们用武器来对付它的。这就是每天早上潘普洛纳的斗牛粉丝们必须面对的危险。但是在公牛们进栅之前会给它们最后一次机会，这是潘普洛纳的传统。它们要从黑暗的牛栏里走进光亮的竞技场，并且在下午的斗牛中战死后才能离开。

因此潘普洛纳是世界上最严格的斗牛之乡。这从公牛们进入牛栏之后马上进行的业余斗牛中可见一斑。圆形剧场里满满的人。竞技场里，大概有三百个人，他们手里都拿着斗篷、旧衣服、旧衬衫，或是任何可以模仿斗牛士斗篷的东西，在里面边唱边跳。一声叫嚷，牛棚的门就打开了。里面有一头年轻的公牛全速冲了进来。它的角上绑着皮制的绷带，这是为了以防戳伤任何人。它开始进攻并撞到了一个人，把那人高高抛到了天上，观众们都大叫起来。那人掉到了地上之后，公牛又向他冲去，用头撞他。人们担心他会被公牛的角撞伤，好几个业余斗牛士在公牛面前飞舞着斗篷，来引开它的注意力，让它不去攻击地上的那人。于是公牛又开始去追赶另一个人，全场又是一阵愉快的欢呼。

而后公牛又四脚同时转身，逮到那个表现得非常勇敢、站在它身后10尺远的人，把人直接抛到了栅栏外面去。然后又瞄准一个人，疯狂地跟着他，穿过人群一路狂奔，直到抓到他为止。

栅栏上都坐满了人，公牛决定把他们都清扫下来。它沿着栅栏一路走，就像叉干草一样，一个个用角钩起然后摔落下来。

每一次公牛逮到一个人，观众们就会开心地叫起来。而且大部分都是出于本能这么做。越勇敢的斗牛士，他在公牛撞到他之前用斗篷所做的动作越优雅，观众的呼声就越高。每个人都是手无缚鸡之力的，没有人会伤害到公牛。有人扯着公牛的尾巴并想坚持紧紧抓住，让观众嘘声一片。当他再一次想尝试的时候，斗牛场里的另一个人已经把公牛击倒了。没有人比公牛更加能体验这过程的了。

当那公牛表现出疲于攻击时，两头老阉牛就小跑进来，一头全身褐色，一头长得像大型的荷兰乳牛。它们走到跌倒的年轻公牛身边，年轻公牛就像小狗一样温驯地跟在它们后面，绕场一周然后离开竞技场。

另外一头公牛马上进来，又开始攻击和甩人，又是徒劳地挥动斗篷，并响起相同的音乐。但是业余斗牛和真正的斗牛还是有所不同。这里早上的业余斗牛，其中有些是阉牛。即使是斗牛，也不是优质品种，是里面一些有稍微缺陷或其他问题的公牛。这些公牛不会像真正的斗牛那般，需要很高的价钱才能买到，那些都要 2000 美金到 3000 美金一头。即便如此，斗牛的精神却丝毫不缺。

每天早上都会举行这样的表演，镇上的每个人都会在 5 点 30 分，军乐队穿过大街的时候走到街上来。甚至还有很多人熬夜等待早晨的到来。因此我们从未错过其中一场。这是一项无论如何都会让我们连续 6 天早上 5 点 30 分起来观看的体育赛事。

据我所知，我们是去年 7 月潘普洛纳奔牛节上唯一一批来自英语国家的游客。

我们停留在那里的那段时间，那里有过三次地震。山上乌云密布，埃布罗河洪水淹过了萨拉戈萨。斗牛场连续两天都被水淹没，这场节日不得不在近百年间第一次被暂时中止。这是奔牛节中间的两天。所有人都非常绝望和难过。就在第三天，天气比以往还要阴暗，整个早上一直都在下雨。但是在中午时分，乌云都散去了，太阳出来了，明亮地热辣辣地照着大地。那天下午，我看到了迄今为止最好看的一场斗牛。

流星烟花在天上绽放，当我们找到我们的位子时，竞技场里几乎已经坐满了人。那时的太阳炎热灼人。在竞技场的另一边，我们看到斗牛士们已经准备就绪。竞技场里全是厚厚的泥巴，大家都穿着最破旧的衣服出场。我们戴上眼镜之后在人群中找出了下午出场的三个斗牛士。其中只有一个是新来的，那就是奥尔莫斯。他长着圆圆的脸蛋。看起来乐呵呵的，长得有点像特里斯·史比克①。另外两个斗牛士我们之前都见过。其中一个叫米拉，黝黑的皮肤，身材结实，表情严肃，一直以来都是最优秀的斗牛士之一。第三个斗牛士是年轻的阿尔戈本诺，他是一个非常出名的斗牛士的儿子，是个消瘦的安达卢西亚年轻人，长着一张英俊的印度人的脸蛋。他们三个都穿着斗牛时候穿的衣服，是紧身的，又老旧又过时。

他们开始列队进场，狂野的斗牛之歌缓缓响起。结束了热身运动之后，斗牛士们都骑马退到红色栅栏一边。传令官吹响号角，牛圈的门就打开了。公牛猛冲进来，看到有人站在栅栏附近，于是就开始对其进行攻击。那人从栅栏一跃而过，公牛全力撞到了栅栏上，将栅栏上一张二乘以八大小的厚板撞成了碎片。它把头上的角撞坏了，于是人们又叫唤着要重新派上一头公牛。训练有素的阉牛小跑进来，公牛跟在它们身后，离开了竞技场。

另一头公牛犹如前一头一样冲了出来，它是米拉负责的公牛。米拉进行完完美的斗篷表演后，便把花镖刺到了公牛的身上。米拉是赫尔斯芙最喜欢的斗牛士。如果你想让自己在妻子心里永远保持一个勇敢、坚强、平稳、很有能力的形象，千万谨记不要带她去看真正的斗牛。

---

① 特里斯·史比克，英国著名棒球运动员。被认为是美国职棒联盟历史上最优秀的中场运动员。

我之前曾经加入早上的业余斗牛活动中，希望可以从她那里赢回一小点赞赏。但是我发现，斗牛要求一个人必须有很大的勇气，而我却正好缺失这样的一种勇气。我越是意识到这一点，我就越发觉得，她在我身上重新出现的任何赞赏，都只是对米拉或者比利亚尔塔这类斗牛士的倾慕之情的缓解之物而已。你在任何地方也别在斗牛士的地盘跟他们较劲。大部分丈夫可以保持对妻子的吸引力的唯一办法就是，第一，保证那里只有很少数量的斗牛士；第二，只有少数看过斗牛的妻子们在场。

米拉坐在栅栏周围的小台阶的边缘上，把第一对花镖插进了公牛的身体里。当公牛只靠在栅栏边上，用双角朝他两边刺去的时候，他朝着公牛怒吼一声，往前晃过公牛头部，把两支花镖插进了它的颈背。他又用相同的方法把另外一对花镖插了进去。他距离我们很近，只要我们靠过去，就可以碰到他，之后他就离开栅栏边，前去刺杀公牛。他用红布做了一系列不可思议的贴身闪躲之后，拔出他的利剑，在公牛前来进攻的时候把剑刺了进去。剑从他手里被撞飞出去，公牛逮住了他。公牛用角把他撞向空中就摔落下来。年轻的阿尔戈本诺把他的斗篷甩向公牛的脸部。公牛转而去进攻他，而米拉蹒跚着站了起来，但是他的手腕已经扭伤。

由于他受伤了，每次他想要伸直手腕去刺插公牛的时候，他脸上就会有豆大的汗珠落下。米拉尝试了好几次去完成他的致命一刺，但是他一次又一次掉失了他的剑。他用左手把剑从泥泞中捡起，又换到右手进行刺插。最后他成功了。此前，公牛差不多撞了他二十次。他走了进来，就站在我们底下的栅栏边上，他的手腕已经肿到正常腕宽的两倍了。我想起那些职业拳击手，有些竟然只因为伤到手就退出了比赛。

几头骡子飞奔进场，将第一头公牛套住，把它拖曳出去。与此同时，几乎没有停顿的时间，第二头公牛又急匆匆地跑了进来。斗牛士们用他们的长矛来抵御公牛的攻击。公牛哼着鼻子进攻，撞击，斗牛士完美防御，用长矛挡住公牛，而后罗萨里奥·奥尔莫斯拿着他的斗篷走了进来。

他一进来，立刻把他的斗篷甩向公牛，做了一个简单漂亮的环甩动作。接下来他又尝试着做一个维罗妮卡动作，结果在最后的时候他还是没有能躲过公牛的进攻。那公牛没有停止，继续进攻。它呈九十度用牛角把奥尔莫斯高高举起然后摔了下来。公牛就站在他身上，用角一次又一次地撞向他。奥尔莫斯躺在地上，用手护住他的头部。奥尔莫斯的其中一个队友发疯般地把斗篷往公牛的脸上甩去。那公牛抬头看了一会儿，又开始进攻并且撞了上去，迎接的又是一次可怕的抛甩。随后公牛又突然转过来，追着一个本来在他身后的斗牛士一直到栅栏边。那人奋力奔跑，当他正要把手放到栅栏边上准备跨过去的时候，公牛追了上来。用角把他高高地摔到了观众群里。公牛又向那个之前被摔倒、刚刚站起来、独自一人的斗牛士阿尔戈本诺冲去——但阿尔戈本诺一把抓住了它的尾巴。他一直坚持着，仿佛其中一方要被折断一般。这样另外一个受伤的人才勉强站了起来离开了竞技场。

那公牛又一转身，向着阿尔戈本诺进攻。阿尔戈本诺用斗篷来迎战它。一次，两次，三次，他用斗篷做了好几次完美的甩布动作，非常温文尔雅，重新振作起来，与公牛对抗。他完全控制住了场面。这种场面之前我从来没见过。

在斗牛中要求不允许有候补的斗牛士的。米拉不可能再斗牛了，他的手腕好几个星期都没有办法提起一把剑。奥尔莫斯的身体被撞成重伤。迎战公牛的重任就落在阿尔戈本诺的身上，这一头公牛以及接下来的五头公牛都由他迎战了。

他把六头公牛都处理掉了，做足了所有的步骤。从容，优雅，自信地挥动斗篷，与红色斗篷配合得天衣无缝。然后是致命的杀戮，接下来的五头牛都是被他所杀，一头接着一头倒地身亡。应对每一头公牛的时候，他都面临着死亡的挑战。到最后的时候，他已经表现不出温文尔雅了。唯一的疑问就是他是否能够坚持到最后，还是会被公牛击倒。要知道，这些都是很优秀的斗牛。

"这个孩子真厉害。"赫尔斯芙说，"他只有 20 岁。"

"好想认识他啊。"我说。

"也许某天真的会认识呢。"她说。想了一会儿，她又说："但是那个时候他可能已经不能再斗牛了。"

他们一年可以赚到 20000 美金。

这才是 3 个月之前的事情。现在看来，却仿佛相隔了一个世纪。现在在办公室里工作，距离潘普洛纳那个阳光猛烈的小镇真的很远很远。那里的人们早上在街道上和牛群追逐着，而我们早上却坐着车去上班。不过从这里去西班牙水路也只要 14 天，而且不需要住在城堡里。在埃斯拉瓦街五号总有一个房间是给我们的。还有那家人的儿子，如果他想要成为一个斗牛士，挽回家族的声誉，就必须提前做准备了。

欧洲的狩猎

《多伦多每日星报》1923 年 1 月 3 日

普遍的观念认为欧洲是过分拥挤、过分文明的，总而言之是一个衰微的地方。在那里，射击是一些贵族中穿着时尚、懒散的人做的事。他们射击被助猎者追赶着经过他们的上百对被保护的松鸡或者丘鹬。

狩猎，人们从不会把它和在社会排斥的痛苦下的猎杀混淆。包括这些同等受欢迎的社会人物，他们穿着粉色的外套。必须在马背上尽可能持久地笔直地坐着。他们紧跟在一群狗的后面，狗穿过田野、皇家的和欢呼的农民的草场去追一只狐狸。

除此之外，在大陆，狩猎是法国、比利时、意大利、德国和捷克斯洛伐克伟大的民族运动，并且指向东方。它被称为"hunting"，意思是射击，并且有很多猎物来射击。现在，在周六周日，你在任何方向都很难乘坐任何当地离开巴黎的火车，因为许多的猎人周末要去乡村，他们的猎枪吊在肩上。

在 20 英里之内，巴黎比多伦多、安大略湖可能有更多的猎物。在德国有很好的猎鹿，在鲁尔区，有很好的猎鸟和珩科鸟。在法国的每个地区，几乎都有很好的松鸡、兔子。在法国、比利时和德国，都有危险的大猎物。

除了臭鼬、豪猪，安大略湖是否有其他危险的大猎物？这是一个未知未解的问题。林间的猎人受到的来自驼鹿的危险就像他被置于活拜马场的会员围场，他们可以不受约束地射击自己喜欢的猎物。黑熊能要从猎人那得到的只是距离。我知道狼是一个不好对付的种类。

但是遍布欧洲，有真正危险的狩猎动物是野猪。因为每年都有不小心的猎人被它杀死。去年仅仅在法国就有两个猎人被野猪杀死。战争期间，那时在欧洲还没有不被抑制繁殖的猎物，其中它们中发展最好的一个就是野猪。

在有些地区，像奥弗涅的野外乡村、都乐下面的黄金海岸的树林茂密的斜坡上，野猪特别多，它们破坏谷物因此成为公众的威胁。去年冬天，一个农民用不到一年的时间，在他的田地里射死了 18 头野猪。第 19 只是大、矮且胖的邪恶的家伙，农夫在一个下雷的早晨从他的窗户里看到它。他拿起猎枪，在后门对它开了枪。之后野猪跑进了灌木丛。农夫跟着进去了，随着野猪发出一声愤怒的嚎叫，快速击倒农夫，用它的獠牙乱咬农夫。野猪的獠牙像是一把剃刀，大约 3 英寸到 6 英寸长。它带来的伤害是可怕的，一旦野猪打倒了人，它发疯地愤怒地不断往嘴里卷，直到人死了为止。最后还是农夫的妻子杀死了野猪。

一头野猪重近 200 磅，它也是世界上最好吃的东西之一，被叫作 "sanglier" 和 "mar - cassin"，第戎成为所有优秀的美食家死去时想去的地方，其中的一点原因就是后者。

我的一个叫克雷布斯的美国朋友决定去猎野猪。他去了黄金海岸的一个小镇，它在侏罗山脉阴面的山麓，在那里，听说野猪毁坏庄稼、威胁人类。

这个地方所有的猎人都出动了。这个我们称为科哥索勒的小镇的名声十分危险。人们在当地的咖啡馆演讲，满怀激情地呼吁大家。一个美国人长途跋涉来到科哥索勒猎杀野猪，诸如此类。进一步说，他是一个美图记者。如果科哥索勒表明自己是很好的猎人中心，每个聚集在一起的市民知道它就是这个中心。旅游者，都带有一个大写字母 T，将会从世界各地成群地拥来。这真是一个绝好的机会！美国人必须抓到野猪，这事关荣誉、未来以及繁荣。最重要的是，科哥索勒的繁荣。人们的欣喜之情一直持续到晚上。

克雷布斯在天亮前就被吵醒了。野猪猎人聚集在咖啡馆。人们都在等他。他半睡半醒地到了那里，咖啡馆里已经有 20 个男人。外面堆满了自行车，但是空着肚子是没法猎杀野猪的，他们必须喝点东西。而且要是一些能暖胃的东西。

克雷布斯建议喝咖啡。真好笑，真是一个最高层次的、可爱的开玩笑的美国人。咖啡，想象一下，去猎杀野猪前喝咖啡，不够可笑吗？啊？

马克酒，是个填肚子的好东西。每个人都会喝点马克酒就去捕杀野猪的。

"老板，马克酒。"

"马克酒做好了。"

现在。

马克酒，像"Marvelous（奇妙）"里的"mar"一样的发音，它是已知的三种最烈的酒之一。早上喝伏特加、都兹克、苦艾酒、格拉巴酒和其他著名的对胃有伤害的酒，可以喝 2 弗隆，这很容易。这是勃艮第和黄金海岸最大的特点，滴 3 滴到金丝雀的舌头上，就会足以置之死地。

马克做好了。它在手与手之间、手与口之间传递。科哥索勒实际上已经出名了，他们必须庆祝一下。美国人不是已经射杀了差不多十几头甚至几百头野猪了吗？毫无疑问。科哥索勒是法国最好的旅游中心之一，但是即将完成的对野猪可怕的大屠杀没有毁掉它伟大的财富之一吗？不是，没关系，没有一点关系。再来一杯马克，老板。

早上9点钟，野猪猎人骑上他们的自行车，分成两路朝北面的方向出城。这一整天，沿着路，掉队的人、弯曲和损坏的自行车遍布街道。猎人的主要部分在小镇北面4英里的一片树林里非常舒服地睡觉，他们的头枕在他们的自行车上。克雷布斯非常勤奋地打了一天猎，还射到了一只大乌鸦。那晚，他去了巴黎，他害怕如果还待在野猪猎人的队伍里，他第二天早上还想继续打猎。

德国有很多猎物。步行穿过黑森林，当我再次看见鹿，它们在森林边缘外的一些小山坡上吃草，或者晚上下来在有鳟鱼的小溪里喝水，潺潺溪水流入山中。在黑森林和德国南部的多山的森林乡村，几乎每个有运动癖好的富裕的德国人都有一条或两条狩鹿用猎犬，每个秋天，我长期被邀请和黑森林的号手先生去打猎。

在整个莱茵兰和鲁尔的周围，有很多鹬、鸽科鸟和丘鹬。春天，有很多人沿着莱茵河，打鸭子。去年春天，我们沿着美茵兹克罗格林河往下走，看到了很多的鸭子。克罗格林的英国部队军官驻守在这里，他们很擅长在这些地区打野鸡、松鸡和鹌鹑。

瑞士是岩羊之乡。我离岩羊最近的时候，会扮成汽油过滤器的样子，岩羊角可以制出非常好的赛珞璐角，但是，这个是用来装饰铁头登山杖的，使之大卖。所以人们不想说岩羊灭绝的可能性。但是作为一种流行的运动型动物，它会被和那些在伯尔尼卖的木刻熊放上同一架飞机上。

还有一些岩羊，因为它们生活在非常偏远的高地，所以很少有人会去打它们的主意。但是，如果对于一个带着双筒望远镜和望远镜瞄准器的专业登山者，就说不准了。瑞典是个很适合打猎的国家，有很多兔子、大雪兔、鹏鸪和巨大的黑乌鸦。黑乌鸦或者北欧雷鸟是鹏鸪的一种。它们有着光滑发亮的羽毛。它们甚至比一只大的奥尔平顿鸡还大，住在瑞典和所有中西部欧洲的森林里。

意大利可能是世界上唯一一个不仅可以打狐狸还吃狐狸的国家。在米兰的秋天，你会看到肉店门外挂着两只到三只鹿、一长条野鸡和鹌鹑，还有一两只红狐狸。在意大利，要求每个有驾照的人都出去打猎。猎物可能比欧洲任何一个国家都差，因为没有哪种鸟受到保护，要是在山里，你每天都会听到用来打鸟的黑火药爆炸的声音。在晚上，你会看见猎人进镇，他们装猎物的袋子装满了画眉、知更鸟、莺、雀、啄木鸟，偶尔会打到一只猎鸟。第二天你可以在市场上看到一长列各种的鸣禽被挂着待售，甚至有卖麻雀的。

在意大利，为了得到一个射击许可证，你必须让警长和市长签署证明，证明你从来没坐过牢。在我第一次申请射击许可证时，我就有一些困扰。阿布鲁奇坐落在那不勒斯的乡村，是意大利野外的山区，那儿仍然有熊，同时也有狼。对于罗马人，在基督教第一次进入罗马之前，狼早就存在了。然而少于500年前，美洲大陆还没有被发现。

比利时也是一个适合打猎的国家，阿登高地森林是欧洲最好的野外野猪猎杀区之一。

法国南部和西班牙北部的比利牛斯山可能有西欧最荒凉的乡村。每年，猎人会在比利牛斯山要塞捕杀许多熊。

在世界上文明高度发展的、最安定的中心，为什么有大量的猎物持续存在呢？也许是由于谨慎地保护、严格执行的禁猎时节。而且政府拥有的林地的目的是真正用来种植木材，而不是滥砍滥伐。但是在美国的许多地方，像印第安纳州、俄亥俄州、伊利诺伊州，猎物灭绝的速度很快。印第安纳州曾经是一个木材之乡，密歇根下半岛也是。但是现在密歇根上半岛没有一片原始林木，一片荒凉，捕杀密歇根鹿的猎人往北去安大略湖了。安大略湖的猎物供应似乎无穷无尽，但是经过五十年的过度捕猎，滥砍滥伐再加上森列火，看看美国得到的结果。

曾经猎人只能追猎 5 英里的地方，因为现在有了摩托车，他们可以追猎 100 英里。虽然大牧场的鸡是最好的鸟类猎物之一，但实际上已经灭绝了。鹌鹑在很多州也已经消弭了，麻鹬没了、野火鸡也没了。

但是法国一直是一个猎物丰富的国家。那儿有恺撒时代的森林，更重要的是，那儿有拿破仑时代所没有出现的新森林。甚至更为重要的是，从现在开始的 100 年后，现在庞加莱看到的伤痕累累的山上将产生新的森林资源，而且所有的森林将会布满猎物。

法国人喜欢打猎，如果某种猎物灭绝了，他想知道原因。

未走向干涸的湖

《多伦多星报周刊》1923 年 11 月 17 日

因为湖水的水位很低的。蒙特利尔附近苏必利尔湖中那些从未出现在人们视线中的岩石，现在已经暴露了出来。

加拿大轮船公司称：从 7 月末开始他们穿越苏必利尔湖急流的航线就已停止运营了。为了明年夏天的正常运营，他们必须用炸药炸掉一部分岩石。

以前，经过苏必利尔湖的船能装载 50000 蒲式耳小麦，而现在，过低的水位线导致只能装载 5000 蒲式耳。

所有这些外部迹象都是湖内过低水位导致的。

但是，在卑街临水的一端的水港委员会大楼的地下室里有着一个小小的测压铜柱，它能像木棍上的猴子滑上滑下一样上升下降。测压铜柱从不关注这些迹象，这些从未为远古先民所见的岩石——正如同它不关心熊的故事、公牛的事迹以及天气好坏一般，它只管衡量多伦多港口安大略湖水位的高低，而且它从 1854 年开始就一直稳定地进行着测量。

根据它提供的数据，湖湾，也能用以说明安大略湖的水位，已经远远地低于了值得引起警戒的最低水位线。

铜柱上下滑动的刻度尺准确地记录着多伦多水位上升下降的准确数值。零记录的起始值，比纽约海平面高 246 英尺。本来就是如此，海平面高度与测量值并无关系。

休米·理查德森上尉——多伦多首任港务长，在 1854 年将测量原点固定为零值。他想要一个衡量水位上升下降的标准，并找到一块平坦的岩石来建造原皇后码头。休米·理查德森上尉将加重线锤放到岩石上，并在多次测量后精确得出它的平均深度为 9 英尺。

另言之，9 英尺即为这个特定地点的平均深度。他测量的这个地点的水深会随着整个湖湾水深的变化而升高或降低，而风或是水浪永远不会影响测量点的水位。

休米·理查德森上尉曾经测量过的这片水域现已成为坚实的陆地，只有一行柳树描绘着皇后码头曾经的轮廓。当测量仪器布满港口之后，新的堤头就在 1912 年移到了巴瑟斯特街的街角处。高于纽约海平面 245 英尺的高度设定为零值。测量仪表一直到 1917 年都跟随水港委员会大楼（至今仍在此）而留在那里。

除了原来那个升降的测压铜柱，又增加了一个现代的哈斯科尔测量仪——只需一月更换一次发条，它就可以在圆筒纸上记录水位的升降，这个测量仪是如此的精妙，以至于船只经过导致的水位变化都会被记录下来。

新旧两个测量仪都被放置在威尔斯的港务大楼的地下室里。旧的那个仍被用于日常的水位观测当中，在月末会用于对哈斯科尔测量仪的校准工作。

现在，水位是零值以下 6 英寸半，但这不比去年的这个时候要低。1897 年的时候，它还是零值以下 21 英寸。而到 1900 年就于最低警戒线 16 英寸。自从 1854 年第一次测量以来，最高的水位线是在 1870 年，当时，水位高于零值 47 英寸。第二高值是在 1886 年达到的。水位冲到了高于零值 46 英寸的高度。

有记录以来的最低纪录值发生在 1895 年，湖水平均下降到湖湾以下 26 英寸。第二低值发生于两年后，在 1897 年，水位下降到了零值以下 25 英寸。

安大略湖的湖水水位一直不稳定。从 1854 年开始，湖水上升到了计量点的 36 英寸以上，这个数字稳步变化，直到 1870 年打破了纪录。然后开始下降，直到 1876 年达到又一高点，然后又在 1886 年的高峰到来之前开始了它的下降过程。

从那以后，水位一直在下降，直到 1901 年开始攀升并持续到了 1908 年，达到了零值以上 46.5 英寸。这次水位的上升淹没了湖心岛，并造成重大的财产损失。

自有记录的 1908 年洪水以来，水位线持续下降，到 1911 年达到自 1874 年以来的历史最低点。1911 年，白紫号轮渡——在前往城里观看汉伦在多伦多队对特库姆塞队曲棍球赛中的精彩比赛的途中被拦了下来——触礁并搁浅了 5 分钟。

皇后岛号前去营救搁浅了的白紫号，在将白紫号的 600 名乘客救下之后，自己却搁了浅。皇后岛号在搁浅之后，人们用汽艇、帆船、划艇、独木舟分别将两条船上的 2000 多人救下。那年的夏天，经过的轮渡都必须很小心的，才能避开浅滩以及由沙洲形成的浅水区域。

1913 年，同类事件再次发生。4 月 13 日，湖水上升的速度达到了每天两英寸。导致了环礁湖上几百英尺的陆地被淹没至水下，导致了财产损失。接下来的时间水位持续上升，并在 4 月 16 日达到了零值以上 36 英寸。港务局对此深感焦虑，而岛上的居民们更是惊慌失措。

还好西北风的到来，控制了洪水的上涌。然而 5 月 10 日，一阵东风将港口水位推至零值以上的 39 英寸，不过那就是迄今为止的最高值了，在那之后水位开始下降。

水位回落起始于第二年——1914 年湖水水位仅上升到了零值以上的 24 英寸。1915 年——也就是仅仅在大洪水发生的两年之后，湖水水位就基本平稳保持在了零值以上 9 英寸以内。

水平面计量仪记录了水位的升降，却并没有告诉我们水位升降的原因。五大湖存在"潮汐"现象吗？

一种理论认为，随着熔体在地球内部冷却，造成了地球表面积的缓慢收缩，它会加大一种冒泡现象发生的可能性。

这种现象产生的影响不是单一的，它还会蔓延全球影响其他水域，并造成类似于安大略湖事件的现象。于是，水位会整体降低。而随着现象的扩大化，水位又会升高。这种现象常见于瑞士的湖中——它们会定期升降。

安大略湖的湖水在 6 月时达到最深，然后逐渐变浅，直到 11 月、1 月或 2 月达到最浅，这并非全球现象，它是由从苏必利尔湖经两湖连接处流过来的湖水引起的，直至洪水退下，这种现象会导致几个湖的水位上升。

但对于这种能够定期引起洪水以及水位波动，并能在一次次神秘而无法解释的波动后导致水位下降，从而使得 6 月成为湖水最深的月份，并导致接下来的最低水位现象，迄今为止并没有令人完全信服的解释。

经过两年的沉寂，洪水又在 1916 年发起了攻击，6 月份水位突破了纪录。6 月的每一天，水位都会以 11% 的速度在零值以上 36.5 英寸的基础上攀升。这造成了岛上数千美元的经济损失。船被冲走，海滩被毁，财产淹没，等等。还好我们的"好朋友"——西北风的到来，缓解了洪水攀升的危险。

1916 年以后，水位一直保持在稳定的高度。然而这种水位的稳定状态并没有保持太长时间，到 1919 年，它又上升到了零值以上 39.5 英寸——接近洪水时水深。但到了 1920 年，它的最高水位仅达零值以上 12 英寸。到 1912 年，上升至 24.5 英寸。并在去年再次升至 27 英寸。今年，最高水位为零值以上 15 英寸（6 月 24 日测量值）。二月里检测到最低水位。整个港口的水浪降低到了记录点以下 11.5 英寸。现在，水深是零值以下 6.5 英寸。

先前迹象表明，水位可能在几年的低位之后重新回升。但水位变化令人非常捉摸不定，没有规律，也没有相关经验来阻止明年春天的又一波洪水。

在欧洲垂钓鳟鱼

《多伦多星报周刊》1923 年 11 月 17 日

比尔·琼斯前去拜访一位住在多维尔的法国金融家，他在多维尔有一条供他私人垂钓鳟鱼用的小河。别看这位金融家非常肥胖，但他拥有的这条河却非常纤细。

"啊，琼斯先生，我要带你去看看怎么钓鱼。"金融家边倒咖啡边说，"你们加拿大有鳟鱼，是吧？不过这也有！我们这儿有非常有趣的诺曼底式鳟鱼垂钓方法，我会示范给你看。你就安心地在这休息吧，你会有机会见识到的。"

这位金融家是个说到做到的人。他说给比尔示范钓鱼，就真的要带比尔去。他们出发了。

金融家的装备都足以开一家体育用品店了。他的各种假蝇钓钩连接起来足以从基奥卡克一直排到巴黎去，他一根鱼竿的钱足可以成为联合国之间的债务中的一个大窟窿或者是引发一场美国中部革命。

金融家开始钓鳟鱼了，金融家甩出一个假绳钓钩。在将近两个小时的时间里，第一条鳟鱼上钩了。金融家显得非常高兴。这条鳟鱼非常的美丽，足足有 5 英寸半长，而且整条鱼的比例也非常好。唯一的缺点就是这条鱼侧身和肚子上有一些黑色小斑点。

"我觉得这鱼有点缺点。"比尔怀疑地说。

"有问题？你觉得这鱼有问题？你是说这条漂亮的鳟鱼吗？怎么会，它非常完美。你没看到我在抓到它之前它挣扎得多厉害吗？"金融家愤愤地说。他肥大的手里拿着那条美丽的鳟鱼。"那这些小黑斑又是怎么一回事呢？"比尔问道。

"这些小斑点吗？噢，肯定没问题的。可能就是一些小虫子吧，这哪里说得准呢。这个季节我们这里的鳟鱼都有这样的小黑点。不过不要担心，琼斯先生。当你早餐尝过这条美味的鳟鱼后，你肯定会喜欢的！"

可能是由于离多维尔很近的原因，金融家的这条河遭到了污染破坏。多维尔是一个集第五大道、大西洋城、索多玛和俄莫拉城为一体的地方，在现实中，它是一个出名的海水浴场，因为污染，很多人都不再到这里来了。而一些其他人还会都到这里来大花钱财，开展花钱竞赛。还互相误以为是女公爵、公爵、优秀的职业拳击手、希腊军官或者是桃丽姐妹等。

在欧洲真正适合钓鳟鱼的地方是西班牙、德国和瑞士。西班牙是最适合钓鳟鱼的地方，特别是加利西亚。而德国和瑞士也不赖，紧跟其后。

在德国钓鱼的一大难题就是要取得钓鱼许可。所有的河流每年都会租借给个人来使用，如果你想要钓鱼，你首先要取得租借河流的那个人的允许。所以你首先要做的就是先到乡镇去申请许可证，然后取得这块土地所有者的同意，然后你就可以在这条河流上钓鱼了。

如果你只有两个星期的时间来钓鱼，那么光是办这些难搞的证件就会花光你所有的时间。比较简单的办法就是带上你的鱼竿，看到有不错的小河就开始钓鱼。如果有人不允许你钓鱼，你就给他递上一些马克。如果他还是不让你钓鱼，你就继续给钱吧。如果钱给得足够多，他就不会再找你麻烦了，你就可以安心钓鱼了。

另外，如果在他没找你麻烦之前你的钱就已经用光了，那么你要么就去蹲监狱，要么就要去医院了。所以，在你的衣服里放一些美钞是不错的方法。美元对马克可是1∶10的汇率，那些找你麻烦的人看到美钞，他们的态度会变得温和，也就不会再阻挠你钓鱼了，那些美钞可能还会打破德国南部储蓄银行以往兑换美钞的纪录。

我们就是用这个方法获取钓鱼许可的，我们沿着德国山林区的公路一路垂钓。背着帆布背包，拿着假蝇、钓钩、鱼竿，我们徒步跨越了整个乡镇，爬高山，登山蜂，穿越幽深的松树林。有的时候我们会走到一片空地或者是一个农场里，而后我们继续前行几里路，除了偶尔会看到几个浆果采摘者，就没见到过什么人了。我们虽然不知道我们在哪儿，但是我们从来不会迷路，我们随时都可以从高山上走到山谷中去，而且我们知道我们肯定可以找到水流。沿着水流走不久水流就会汇集成小河，而有河流的地方就意味着有城镇。

晚上我们驻留在小旅馆或者客栈里。有些旅馆很少与外界接触，所以他们不认识马克，进而使得马克在那里变得一文不值，他们都只收取以前的德国钱币。有一个地方，住宿和吃饭用加拿大钱币来计算，一天只需不到 10 分钱就可以了。

有一天，我们从特里贝格出发，艰难地爬上一条很长的缓缓上升的山路，直到我们到达最高处。在那里，可以眺望到整个德国山林区。跨过山顶再走下来，我们看到有好多小山丘。我们猜想，在山脚的地方肯定有河流。我们抄近路从山上下来，直走到山谷。然后穿过树林。那里就如同 8 月里在教堂里待着的感觉一样，很阴冷。最后我们来到了之前看到的那些山丘的山脚下，找到了山谷里的河流的上游。

那里有一条满是鳟鱼的河流，因为周围看不到一个农舍。于是我把鱼竿接上，准备钓鱼。就在海明威夫人坐在山脚的树下欣赏风景的工夫，我就钓上了四条鳟鱼，每条鱼平均都有四分之三磅那么重。而后我们又沿着山谷继续往河流的下游走，河面变得宽阔了，赫尔斯芙拿出鱼竿准备钓鱼，但是我看到了禁止钓鱼的牌子。

她在一个小时之内钓上了六条鱼，其中有两条还要我到河里才能帮她捞上来。不久她钓上了一条大鱼。正当我们要把大鱼钓上岸来的时候，看见一个衣着光鲜的意大利老人站在路边看着我们。

"你好。"我说。

"你好。"他说，"你们钓鱼收获不错吧？"

"是的。很不错。"

"那太好了。"他说，"有人钓鱼的感觉真不错。"说罢，他继续沿着大路走了。

然而，我们在上彼斯塔遇到的农夫就没有这么好说话了。虽然我们有钓鱼许可证，但是他还是因为我们是外国人，把我们从河边赶走了。

我在瑞士钓鳟鱼的时候有两个很有价值的发现。第一个就是我钓鱼的时候发现了一条河，它和隆河是平行的，那里总泛起灰色的水波，第二个就是关于鱼饵的用法。在那里钓鱼，用假蝇钓钩是不行的，于是我用了一大团虫子来做鱼饵，我觉得这鱼饵看起来非常棒。但是奇怪的是，我并没有钓到一条鳟鱼，甚至鱼竿连动都没动。

我在钓鱼的时候，一个意大利老人正在我身后走着。他在山谷上开有一个农场。根据我的经验来讲，这条河应该有很多鳟鱼出没的，但是我一条也没有钓上，我感到越发的气愤。然而有人站在你身后看着你钓鱼，那种感觉也很糟糕，就和有人回头看你给你女朋友写的信一样糟糕。最后我收起鱼竿坐了下来，等待那个意大利人走开，没想到他也坐了下来。

他年纪很老了，他的脸长得像一个皮制的水瓶。

"唉。老人家，你看我今天一条鱼都没钓到。"我说。

"只是你没有钓到而已。"他严肃地说。

"为什么就是我没有钓到呢？你钓到了吗？"我问。

"噢，是的。"他没有笑，答道，"对我来说，我总能轻易地钓到鳟鱼。但是你不行，使用小虫子的方法不对。"他轻拍着河水说。

这触动了我敏感的神经。跟一个童年用手杖杆和小虫子就能让鱼上钩的人说这样的话，我实在是受不了。

"你年龄大了，一定知道很多东西。你可能知道很多用小虫子钓鱼的知识，但是你还是钓不到鱼。"我说。

我所说的话让他觉得很生气。

"把鱼竿给我。"他说。

他从我手里拿过鱼竿，把那一大团鳟鱼鱼饵清除干净，然后从我的箱子里选出一条中等大小的蚯蚓。他把蚯蚓的一小部分穿到 10 号钓钩上，让它的大部分身体都自由地扭动。

"这个鱼饵才能钓到鳟鱼。"他满意地说。

他把鱼竿的线卷起来，只留 6 尺左右的长度，然后将那条扭动的蚯蚓甩到底下有小漩涡的水里。他什么都没有做，只是把鱼饵慢慢拉上来又把它稍稍往下放一点儿。鱼竿开始转动，于是他把鱼竿稍稍往下放低，然后鱼竿被猛地一拉，他一提，钓上一条 15 英寸长的鳟鱼。而后他又将鱼拉至头顶，往上又扔了回去。

他还在抛鱼的时候我就已经对他改变了看法，我发自内心地对他感到佩服。

老人把鱼竿递回给我。"看，年轻人。这才是使用鱼饵的正确方法，让它自由地像活虫一样扭动。鳟鱼喜欢吃扭动的一头，然后整个吞下去，这样它就上钩了。我在这条河里钓了 20 年鱼了，我知道，如果鱼饵太多，会把鳟鱼吓跑的。所以一定要用少量的鱼饵。"

"继续用我的鱼竿钓鱼吧！"我鼓励他说。

"不，不用了，我只会在晚上钓鱼。"他笑着说，"想要在这里钓鱼，一定要有钓鱼许可证，不过钓鱼许可证太贵了，所以我只能在晚上偷偷地钓鱼。"但是我说服了他，我来帮忙看守，让他继续钓鱼。我们轮流使用鱼竿钓鱼，直到我们都钓到了鳟鱼。我们钓了一整天鱼，一共钓了十八条鳟鱼。意大利老者了解水里的每一个洞口，而且我只在有大鳟鱼出没的洞口钓鱼。我们用自由扭动的蚯蚓做鱼饵，钓上来的十八条鳟鱼，每条都有一磅半那么重。

他还教我如何使用蛆来钓鱼。蛆只能用来在清水中垂钓，但的确是很棒的鱼饵，蛆这种鱼饵并不难找，在腐烂的树木或者是锯木中就可以找到它们。瑞士人和意大利裔瑞士人会把它们放在专门放蛆的箱子里。这些蛆一般都生活在树木或者原木上的洞中，蛆是夏天最好用的鱼饵。鳟鱼在 8 月水位较低的时候，没有其他食物可吃，也会吃蛆。

瑞士人也很懂得如何烹饪美味的鳟鱼。他们把酒醋、月桂叶和一把红椒混在一起，用这料汁煮食鳟鱼。他们不会在锅里放太多的调料，他们会一直把鳟鱼汤煮成蓝色为止。这样的煮法，是最能保持鳟鱼原本鲜味儿的烹饪方法。这样煮出来的鱼肉紧实润滑，而且非常细腻。他们就这样用奶油酱蘸着吃。他们吃鳟鱼的时候，都喝清澈的锡安酒。

这道菜在酒店里并不常见。你必须要回到乡镇里才能吃到这样的鳟鱼。你从河边上来，来到木屋前，询问他们是否知道怎么样煮蓝汁鳟鱼。如果他们不会，你继续往前走，直到见到会烹饪鳟鱼的人。如果你碰到会烹饪鳟鱼的人，你就在门廊陪着小孩儿还有山羊坐着，然后等待。你可以闻到鳟鱼正在烹饪的味道。再过一会儿，你就会听到砰的一声。这是锡安酒拔木塞的声音。然后木屋的女主人就会走到门前对你说："先生，你的鱼已经煮好了。"

然后你就可以独自享用你的鳟鱼大餐了。

石像鬼的象征

《多伦多星报周刊》1923 年 11 月 17 日

这世界上很难再找到比巴黎圣母院的石像鬼更令欧洲游客们着迷的建筑细节了。石像鬼吸引了成千上万的人登上台阶来欣赏它，并欣赏整个法国首都的壮丽景观。这些石像鬼都是些令人觉得很开心的表情，它们有咧嘴笑着的脸庞和恶作剧般的侧脸。尽管它们是这样的讨人欢心，但是也有两个石像鬼，坐落在塔楼东北部面向德国的方位上。这是两个饥饿的石像鬼，其中的一个正在吞咽一只高大的、不走运的狗，另一个则贪婪地盯着现在已被收入法国囊中的领地。

尽管如此，游客们依旧会有所恐惧。石像鬼是巴黎圣母院乃数个世纪之前所造，但是现在的法国人依然被它的恐惧所笼罩。大教堂是 600 年前建造的，但石像鬼却是普法战争爆发前不久所建造的，依据拿破仑三世的指令安置在此的，它们是现代社会以及法国对其东方邻国的仇恨的产物。

这些石像鬼是由维优雷·勒·杜克（逝世于 1879 年）放置到巴黎圣母院的。他是拿破仑三世的亲密友人，参与了许多古建筑的修复工作，并在法国大革命中深受迫害。基于这些原因，他在这些石像鬼身上花了 11 年的时间。而他修复的其他塑像都没有像这两个面朝德国石像鬼一样恐怖。

他是否在用石像鬼向我们诉说着如今已成历史的法国君王的思想呢？

赛　马

《多伦多星报周刊》1923 年 11 月 24 日

朋友清晨打来一通电话，说自己为了赌赛马特地从帕姆利科过来。等起身把朋友领进门来，我开始在房间里寻找现金。接着我们一起研究赛马规则。然后我们一起离开办公室，去赌马。

和朋友在办公室里愉快的交谈中，时间不知不觉地过去了。赛马结束后我出门买一份体育报纸，寻找赛马结果。发现自己没中，伤心地回来。

我心里一直希望是报纸印错了，可朋友却认定报纸没错。我感到非常沮丧。这个月薪水又输没了。

一位美食家的野味烹饪冒险之旅

《多伦多星报周刊》1923 年 11 月 24 日

昨晚我们烧了鹿肉来吃。

煎锅里鹿肉发出的"吱吱"声使我回想起了一次美食之旅——野味烹饪冒险之旅。

为了避免这篇文章彻彻底底成为一篇自供状，我决定匿名写下它，但是我所说的都是我自己亲身体验过的，没有一个字是假的，我曾经吃过中国菜里的海参、马斯、豪猪、海狸尾巴、燕窝、章鱼和马肉。还吃过蜗牛、鳗鱼、麻雀、鱼子酱和意面……总之各种奇形怪状的东西我都吃过。

另外我还不止一次地吃过中国的河虾、竹笋、松花蛋，还有麻花。

最后，我必须忏悔的是，我还吃过骡肉、熊肉、驼鹿肉、青蛙腿，还有托斯卡纳什锦炸物。

曾经有一次，我没有食物，所以我靠着喝羊奶过了三个星期。那时，因为只喝羊奶我的脸黄得像个得了黄疸病的中国人似的，他们却把羊奶当成良药来给我来喝。我这辈子绝对不会再想沾一滴羊奶了，当时喝得我想吐。

以上这些珍馐中，最美味的当属竹笋和海狸尾巴了。不幸的是，由于迫切的气候问题，想同时吃到它们已经不大可能了。

骡肉算是最不受欢迎的食物了，几乎没有人会喜欢它，既不对胃口，又没有美感。要给食物排名的话，它应该能排在煮过的鹿皮皮鞋跟牛油蜡烛之间。

除非你吃的是头嫩骡子，我没有吃过嫩的骡肉，我想嫩点的骡肉应该很美味。

在忏悔结束之前，我得承认我经常吃山羊肉——我吃的山羊其实是小羊羔。在意大利它被视为珍馐佳肴，剔了骨的山羊羔像兔肉一样被挂在菜市里，如果把小羊羔炖起来，那真是美味极了！

其实我的美食冒险起始于十岁，我们一群孩子在家后面的一处破败樱桃园里的一个棚屋里面玩。我们是群好猎手，我们有非常棒的武器——我们手上的小弹弓。

我们都读过欧内斯特·汤普森·西顿的《两个小小野蛮人》。并依此立下了规矩：我们每场游戏中唯一该做的事就是把战利品给吃掉。

这个想法后来成了附近猫咪们的大福音。如果说猫有九条命的话，我们定的这规矩一定拯救了上百条生命。而这项规定对我来说。则成了把麻雀变成玩耍对象的理由。

麻雀也许并不像鹌鹑之类的飞禽那么凶猛，捕猎高手们宁愿去搜寻麻雀。它跟野火鸡不能相提并论，但却是一种相当美味的食物，如果哪天你能够尝到它，你一定会爱上它的！

大概也就是在我的这个阶段，吃够了一辈子的毒葛。我敢打赌，当年我一定是吃过头了。

我父亲对毒葛有免疫。不仅如此，而且他对蚊子也免疫。我对一帮家伙们吹嘘说毒葛伤不到我父亲一根毫毛。他们都表示质疑。

之后，我宣称自己也对毒葛免疫，人们依旧不以为意。

既然如此，我主动提出了要通过吃毒葛来证明事实，即使这样，大部分人还是半信半疑，甚至很多人直接地表示他们不相信我真的会吃。

大家竟然还打了赌。我估计，他们把 10000 美金甚至更多的美金押在了我"不会吃"上面。但是我真的就这么吃下去了！

最终我吃了毒葛后并没有受到什么伤害，但也没去收赌金。不过，因为这一壮举，我在其他男孩儿心中树起了很高的威信，也在当时击退了那些质疑、嘲讽我的人，赢得了丰厚的赌注。

我不知道现在的我是否还能吃得下毒葛，我已经好些年没敢尝试了。

还记得，在堪萨斯城，我第一次吃到了海参。那时在《堪萨斯城市星报》做了一整个冬天的警方记者，雷打不动地过着吃遍中国餐馆里每个菜式的享乐主义生活。我指的是正宗中餐馆：那些用筷子吃炒面、杂碎，后厨玩着接龙游戏的中餐馆，他们甚至还保留着柚木的桌子。可不是那些加拿大化了的鱼目混珠的小饭馆。

直到那时我才明白，如果炒面炒得好的话，就会给你带来如同德普西给维拉做的西餐那样美妙的感受。

不过我也发现，中国菜并不仅仅有炒面。但毫无疑问，那晦涩难解的被翻译得十分奇怪的菜单，迫使我把炒面当作这世上唯一的中国菜。

之后我决定要改变这一窘境：我要完全照着菜单吃。一共七页纸的大菜单，我花了整个冬天才吃完。不过，我也因此得到了几次美妙的发现。

没人告诉过我，班廷博士发现胰岛素时是怎样的心情。但是，我却了解到了美食的科学发现所带来的激动人心。

不过，这种做法确有其弊病。

首先就是我在头几个星期里没能找到一个陪我一起吃的人。

快要吃到海参了，我遇上了竟然有半张菜单这么多的海参菜，包括了所有你知晓的种类，它们几乎使我停止了我的美食进程。直到现在，只要听到"海参"这个字眼，或者是它的中文名称，都会使我不寒而栗、胆战心惊。

紧跟其后的就是"皮蛋"——百岁蛋，一种被加工成深绿色的蛋。不论你想要从我这篇文章中得到什么点菜意见，或是仅仅当作茶余饭后的消遣，我都会直截了当地告诉你：别吃皮蛋了，真的不划算。

首先，它们价格不便宜；其次，味道真的一点也不好吃。

为了能继续我的"老饕"计划，我整个冬天都欠着那些警长、拳击家和摔跤手的债，可谓下了血本。到后来，连中餐馆的老板都被我感动了：亲自下厨尽全力为我奉上大餐。不过他从没给我赊过账，大概是害怕我哪天会死于这场饕餮盛宴当中吧。

那个冬天之后的很多年里，我都能在圣诞节收到那位餐馆老板寄来的贺卡。

堪萨斯城绝对算得上是一个"饕餮圣地"。那些日子里，我们这些新闻工作者们最喜欢的食铺就是离星报驻地不远的格兰大道上。在某个午夜，三个人一块儿过去，坐进饭店的角落里。

一位记者点了牛奶吐司。这有点像是对侍者的侮辱，因为他刚刚还在庆祝周末工作的圆满结束。于是，侍者拿着之前用来切火腿的刀毫不客气地在这位记者面前晃过。

这位记者也毫不示弱地向对方挥舞起来，并且很幸运地起到了成效：这位挑衅的侍者在慌乱中打碎了一个玻璃香烟盒。但显然其他侍者并不愿意就这么潦草了事，于是我们的晚宴地点就被迫改成了路边摊。

那时的堪萨斯城是个生机勃勃的地方，而路边小吃摊是城市夜生活的一颗闪耀明珠。多少个暴风雪自密苏里河谷横扫而来的夜晚里，我站在整夜营业的小吃摊前，享用着暗红色的辣辣的香辣肉酱、正宗的红豆奇马哈，边吃边听摊主讲述墨西哥人的生活方式以及他们的厨房秘诀。能被选中进入一整晚营业的小吃摊里是一种无比的荣耀，因为这些摊主也都是些极棒的厨师，可以从他们口中了解美食的更多信息。

正是其中一家的摊主，给我带来了斯蒂芬·克莱恩的书——

《红色英勇勋章》。

在一次去安大略省的金斯顿的三天行程中，我遇到了我吃过的最难吃的食物。到了第三天，我终于有时间找到一家可以做中国菜的不错的餐馆，不过他们的大豆油放得有点多。

在安大略省的科尔伯特，有一家很不错的中餐馆，凡是去那里吃过饭的人应该都明白我的意思。

多伦多的饭馆，在我看来，都是沉闷无聊的。那里有的仅仅是被简单加工了的食物。不过，许多酒店的食物以及烹饪倒是一流的，尤其是当周末来临的时候。

多伦多有许多很棒的酒店自助餐厅，但不同的自助餐厅之间的价格差异却很惊人。有可能你能花不到 75 镑或 85 镑在其中一家尽情享用美食，却也能在同样地段的另一家花上 40 镑或者 45 镑吃一模一样的东西。

在多伦多，你会获得意想不到的美食体验，不过那必须得去一次华德饭店才能感受到。

第一次吃蜗牛还是在法国第戎。不知怎么的，就在那天早上，我看到一个小贩推着带轮子的小车穿过狭窄的蒙德纳大街的日涅维路段，他一路吼着"蜗牛！蜗牛！"，一路紧张兮兮地把从水槽里出逃的蜗牛拈回去之后，我就再也没有强烈地想要吃蜗牛的欲望了。

就是因为手推车里那一堆密密麻麻的东西：那一只只背着壳里的蜗牛以及每只蜗牛身上的那两个触角。就是它们使我的食欲完全打不开了。

可在第戎，如果你不吃蜗牛你就不算正常人，无奈之下。我吃了它们。我不知道自己现在算不算得上是个正常的第戎人了，不过我算是知道蜗牛的滋味了。

跟那玩意儿的味道最接近的就数自行车内胎了，而能与内胎争高下的也就是活青蛙了——都是黏滑的，并且有着相似的口感。这两年卖蜗牛的已经不多了，前些年它可是供不应求的热销货。但实际上，百分之七十勃艮第出品的蜗牛都由牛肉制成的——只不过被切成了蜗牛状。烹制后装入蜗牛壳。不过，蜗牛壳还真是从没有供不应求过。

青蛙腿算不得什么异国美食，大多数人都吃过。它们尝起来像是鸡胸肉，只不过比鸡胸肉更嫩滑、更美味。

有两种肉吃起来像是上等的乳猪——其中的一种是负鼠肉，负鼠也叫"装死鼠"。它们以大衣领子和柿子为食，并深为塔夫特总统所喜爱。

另一种就是我们常说的豪猪肉，豪猪也叫箭猪。

小猪们几乎什么都吃——从独木小舟到成桶的咸肉，随便什么东西它们都能成桶地吃下。虽然它们看上去皮糙肉厚，但是它们的肉却与负鼠肉一样嫩滑鲜美。它们似乎难以驯服，可等它们的两爪朝前地被钉到树上后就好办得多了。

我曾在野餐中吃过几次相当美味的豪猪。

在地中海的每一个海港，章鱼都是菜单上一道重要的例菜。触须被切成了易于食用的长度，再裹上面包屑在黄油里炸。不过，不同部位的味道差别很大，有的地方非常的好吃。可有的地方却非常硬，味同嚼蜡，难以下咽。

我头一回吃还是在日内瓦的水前餐厅，我完全没有意识到那就是章鱼，因为它实在是"面目全非"了。大概是在吃到一半的时候，我才从真空小杯子里的美食上窥出一点端倪。这真是吓到我了，不过对美食的不断探索使我逐渐适应了这种"惊喜"。

拿马肉来举例吧。我在不知情的情况下吃了好几个星期的马肉——它们可不难吃，除了骑兵和马赛上用的马。马肉吃起来像是牛肉，不过前者肉质更紧实一些。

我在巴黎住处的对街有一名"屠马夫"，他的门房上面挂着一个大大的、金色的马头，以及一个写着业主白天晚上随时待命，帮助这些马、骡子、驴升天的招牌。除了门口挂着马头外，它与其他的肉店并无差异，所有用于出售的肉都被挂起来供人检视。这家店在附近家庭主妇那里有口皆碑，当天宰下来的肉都能在当天卖完。

这么多年的美食冒险之旅中，我不喜欢的食物只有几样。一是欧洲防风草，另一个是甜甜圈，再一个是约克郡布丁，还有一个就是煮土豆。

有些菜，例如甜马铃薯，由于个人口味，我不吃。可还有些东西是因为我的手没有过去那么灵活所以不能再吃的，例如意大利面。

不过，通过这么多年寻找、体验美食，我发现了食物之中蕴藏的一种浪漫，一种在其他地方已无迹可循的浪漫。倘若我的胃口一直都在，那么我定会执着地追寻这种浪漫。

山上的豪华舞会

《多伦多星报周刊》 1923 年 11 月 24 日

到场的时候，舞池里有成群结队的人们。我偶遇老板。老板的一个"男人对男人"的眼神，透露着扬扬得意。门卫推着装满食品与饮料的推车走过。门卫暗自低语着。一路穿过那长长的走廊，尽头有一扇紧闭的大门。推车上的玻璃瓶相互碰撞，叮当作响。门卫推开那扇门，闪亮的玻璃建筑排成壮丽的阵列。门卫看到主人一瞥和主人那表情，还有老板与主人的眼神。老板们脸上那样的神态，大人物们的眼神和脸上那样的表情，房间里已是他们相互排斥、敌对的气氛。侍者的安静恭顺的服务，一件件订单的发出，长时间持续的静默，主人、老板和大人物们开始不自在，越发的不自在。门卫小心翼翼地撤离。一路穿过那长长的走廊，门卫咯咯发笑。门卫接到过指示：家人和老朋友才能进入。门卫又一声的讥笑。的确值得讥笑，我多想杀了这门卫。但事实的确是这样，沮丧中重返舞池。

坦克雷多已死

《多伦多星报周刊》1923 年 11 月 24 日

他既不是一位歌剧演唱家，也不是 5 美分一根的香烟。他曾被认为是世界上最勇敢的人，但最终他死在了马德里——这个见证过他最伟大凯旋的城市的一间肮脏、污秽的屋子里。

多年以来，坦克雷多闻名拉丁世界。他工作的酬劳是每 10 分钟 5000 美元，而且他工作起来是又早又勤。然而，一位女演员的出现却毁了他的一切。

坦克雷多从斗牛场起家，然而他并不是斗牛士。但是，相比于其他事物，他更能使前来欣赏斗牛表演的人群感到害怕。他那印在海报上的名字就是好几个竞技场的集合体。

在第三头公牛被杀死之后，坦克雷多身着白衣，头缠白布，脸涂白面现身，在一片雷鸣般的掌声中他从斗牛场栏杆中走出，取代前一个人，走上了沙地竞技场的中心，他如同一尊雕塑般一动不动，泰然自若地等待着即将被释放出牛栏的公牛。牛栏的大门打开的一刹那，公牛立刻就冲进了斗牛场。若不是眼睛被阳光晃了一会儿，它会立马盯准坦克雷多然后攻击他。

坦克雷多没有动，一个移动就会致命。他只是紧紧地将目光锁定在公牛的身上。

他如雕像般笔直地站立，他用眼神向公牛射去。就在公牛准备向他发动袭击的一瞬间，它突然停住了，伸直了它的短腿，深嵌入沙土之中。自从那无人知晓何时发生的静止开始之后，观众们一直沉浸在一种被抑制激动下的沉默中。

但那公牛眼睛紧盯着缓步后移的坦克雷多，一直停滞不动，轻摆着它的头，鼻子里发出哼哼的喘息声来使自己相信自己并不害怕。

随后，斗牛士将会借力身后的栅栏一拱，用他的斗篷将公牛的注意力吸引开来，再然后，坦克雷多就会打破他僵硬的姿势，最后在人群爆发出的雷鸣般的掌声后，来回穿梭于竞技场之中。

这10分钟的出场就是他要做的全部，然后他几乎就可以随意开价了。

在任何一场表演中，他从来没有被刺伤过，他的眼睛一直是那样的炯炯有神。

可是，由于如雨后春笋般出现在西班牙的各大斗牛场的模仿者，坦克雷不再是这个市场的垄断者了。他不再能维持自己天价的出场费，这是因为他的效仿者们拥有一个附加的"优点"——他们不能百分之一百地避免斗牛中会产生的意外。

有时牛会停下来向后退，这时，这些业余的"坦克雷多"就会产生眼神的波动或是不自觉的战栗，公牛不放过这个机会，立马发动攻势，将人抛向上空，然后在纠缠间抛掷出去。

而接下来发生的事情，令西班牙观众们异常兴奋，这种兴奋感不亚于其他国家的汽车公路赛或是全国障碍赛马大赛所能带来的兴奋感。

所以到后来，坦克雷多自身的完美性反而使他失去了人气。因为在坦克雷多身上不会发生意外，他过于勇猛。

然后，那位女演员就登场了，这就是压死骆驼的最后一根稻草。

据《纽约导报》宣布坦克雷多死亡的那篇消息所提到的，多妮亚·坦克雷多跟"完美"二字相距甚远。她曾多次遭到抛弃，而这一点使她在西班牙人眼中毫无吸引力，并且进一步导致舆论号召阻止他们间的进一步接触。

在西班牙半岛的每个角落，"坦克雷多们"的到达都能引起关注。他们之中，有些人在公牛出场时会坐在位子上，而有些人则会在斗牛场中心站立不动。不过他们中的大多数人会将大部分的时间花在医院里，然后才是女人身上。

斗牛爱好者们开始抱怨比赛中那老一套了，因为斗牛表演逐渐变成了一种滑稽表演。"不要再有这些'坦克雷多'们了。"他们叫道。

因此政府出台了一条禁止在西班牙境内斗牛的法令，这一法令也阻断了"坦克雷多"们的生计。

东·坦克雷多本人也尝试学习如何成为一名优秀的斗牛士，但是他发现自己处于一个尴尬的境地，因为他的竞争对手们早在5岁之时就开始练习。他的脚移动得很慢，而且也无法做出优美的动作。当他尝试用眼神使牛安静下来时，他突然发现，这只有在自己的身体完全僵硬的时候才可能发生。在紧张激烈的斗牛场中，他根本无法在公牛进入之前获得他所需要的刚强力量，使公牛安静下来。他成了斗牛界一抹灰暗的败笔。

多年以来，他一直是马德里波多黎各太阳酒店周边咖啡馆里的常客，可后来在这就看不见他的身影了，因为坐咖啡馆是需要花钱的。

而如今他死了。对于上一代的斗牛迷们来说，这是一种不可能再现的激动回忆：一袭白色的身影，涂着面粉的脸庞，他笔直地屹立在斗牛场中。在观众火热的目光下，他用无所畏惧的眼神将只想置他于死地的公牛逼得节节败退。

然而对新一代人来说，他的名字是那么陌生。

在现如今新一代的表演中，出现了一种斗牛杂耍。化了装的查理·卓别林们使他们在刺杀的表演中被一次次"刺中"。因此，观众对他们这种表演的排斥感油然而生。现如今他们只被允许与狗表演"斗牛"，而曾经的年轻斗牛士们都只能在小牛身上进行他们的试练。

坦克雷多已死，身无分文且失败收场——只因他太完美。

诺贝尔得主叶芝

《多伦多星报周刊》1923 年 11 月 24 日

今年的诺贝尔文学奖颁给了威廉·巴勒特·叶芝。

大多数文学界人士对于他们这位朋友的获奖都感到很满意。

无论如何，街上的行人们对这是不会有任何了解的。当下正处于出版社酝酿出版之际，所以人们仍需等待 6 个月才能见到叶芝的大作。

书友会的女会员发现叶芝并没有去世。"亲爱的，他当然没有离世，他能写出最杰出的诗篇，而且他刚刚获得诺贝尔奖。不过，我还没有时间欣赏，但是我们书友会下周三会发表一篇关于他的报告。对了，还真有以为已逝的叶芝，我可以肯定的是我曾经拜读过他的作品。事实上，我们俱乐部不久也将发表一篇关于他的报告。"

是的，确有一位已逝的叶芝，他正是比尔·叶芝的父亲。

诺贝尔奖的颁发总能引发人们的热烈讨论，但似乎没有几个人知道颁发的具体过程。

威廉·巴勒特·叶芝写下了当代最好的诗作——若是除去埃兹拉·庞德的几篇之外。

这是一个会随时被阿尔弗雷德·诺伊斯、约翰·梅斯菲尔德、布利斯·卡曼和鲁伯特·苏维斯的拥戴者们抨击的言论。那就让他们去读自己喜欢的好了，这就如同没有必要让可口可乐的爱好者将他们的胃口转向年份香槟一样。

6 年前，叶芝的诗还只是在美国的《小评论》——这个曾经发表乔伊斯饱受争议的作品《尤利西斯》——杂志里发表。

叶芝曾经还写过剧本和童话，并被选举成为爱尔兰自由邦的一名参议员。他将所剩无几的头发随意地放于他那凯尔特式的脸旁，他没有做任何能使自己看起来像位公务员的改变。他为人十分羞怯，平时说话时都低声细语的。在美国时，他也依旧是用这种方式说话的。

在将诺贝尔奖颁予叶芝之后，诺贝尔奖就被赋予了很多新的内涵。

1911 年，将近 4 万美元被奖励给了 M. 莫里斯·梅特林克得到了将近 4 万美元的奖励。最近，人们似乎并没有把过多的目光投到 M. 莫里斯·梅特林克的写作本身。

无独有偶，1913 年，4 万美元奖金落入了印度诗人泰戈尔那高耸的宁静的眼眉下。在之后的年月里，泰戈尔的诗歌只是被人们偶尔提及。

梅特林克和泰戈尔都未能以文学人士的身份成功立足。

战后的第一年，这价值 4 万的一纸证书被卡尔·吉勒德普与彭托皮丹平分。关于这两位作家，没有什么详细记录只能被谨慎地称为丹麦作家。

阿纳托尔·法朗士获得诺贝尔奖时已达八十高龄，这时他已经达到了对荣誉奖励无所需求的境界。也是在同一年，他获得了被教皇载入名册的殊荣。

阿纳托尔尚处在古稀之年时，诺贝尔奖却选择瑞典诗人海登斯坦获得奖项。毋庸置疑，你一定没有读过海登斯坦那强有力的文章，好吧，其实我也没有。

直到 1920 年，诺贝尔总算奖给了一位真正的作家——挪威人克努特·汉姆生。他凭借他史诗级的小说——《大地的成长》获得了此奖。这是他继《包法利夫人》以后创作的少数的几篇伟大小说之一。

汉姆生刚获得了奖项不久，出版社就竞相翻译出版他获奖的作品，而并没有按顺序而胡乱将他早期最"不完美"作品依次出版。出版社不会为已经读过《大地的成长》并希望接着读他后续作品的读者们继续出版。也因此，汉姆生的声名鹊起在英语世界里迅速结束，后来没有来得及拜读他大作的读者们逐渐将他遗忘。

至今为止，还没有美国作家获得诺贝尔奖。似乎徐华东身处在离奖项触手可及的地方，可他现在已背离此道甚远。

这时一位如同鬼魅的英国人出现在诺贝尔奖评审的良心世界里，他就是托马斯·哈代。

对于现在年纪的托马斯·哈代来说，奖项已经不能为他带来任何好处了，不过他本人却可以为诺贝尔奖带来种种好处。

这是诺贝尔奖最后一次将这项荣誉授给这位在世的英国伟大作家了。年复一年，当泰戈尔、梅特林克、海登斯坦、吉勒德普，以及上一年的西班牙戏剧家贝纳文特被授予这项令人垂涎的殊荣时，他都被忽略了。

后来一位波兰人获得了诺贝尔奖，他就是亨利克·显克微支——《你往何处去》的作者。

另一位未能获奖的波兰人是约瑟夫·康拉德，他的代表作——《吉姆爷》《台风》《白水仙号上的黑家伙》《福尔克》《胜利》等使他能成为与哈代并驾齐驱的两位英语文学巨匠。

康拉德在结束他的航海生涯后，决定写作，但是该用英语还是法语令他十分为难，如果他当初用法语写作说不定诺贝尔现在已经被他收归囊中。

这使我灵光乍现，会不会是因为诺贝尔奖的评委不太精通英语？要是这样的话，哈代未能入选便也在情理之中了。

还有另一种可能，作为参议员的哈代所带来的影响要比他在《小评论》上发表的诗篇大得多。

改变了的"信仰"

《多伦多星报周刊》1923 年 11 月 24 日

在来到加拿大之前，我对这个国家抱着种种"信仰"。有些来自读到的书，有些来自杂志，更多来自报纸，还有一些是来自曾经到过加拿大的人的讲述中。

现在，我这些想法少了许多。毕竟，承认自己的错误总是一件好事嘛。以下是一些我已经改变的"信仰"：

（1）所有加拿大人都极其关注多米宁在帝国中的地位，他们之中，不是热心的帝国主义者，就是急于要摆脱彼此的人。这是真的，他们对此几乎没什么兴趣。假如有一个多伦多人能告诉你什么是"优先权"，那么就一定有 10 个人能告诉你阿格斯皇后队的得分。

（2）每年 11 月的第一周，多伦多所有的商人、新闻记者、政客、艺术家、煤炭经销商、运煤工人和拳击手都会聚集起来去猎鹿。

其实这并不会真正发生，只有那些非常自信的人才会去猎鹿。到了猎鹿的季节，大多数人们只是把自己的来复枪拿出来擦干净，然后开始后悔自己没有继续凑合着用老福特，而是买了辆新车。

（3）大家在公开场合里都打扮得人模人样，会穿上在詹姆斯·奥利弗·柯伍德的故事里才会出现的戏服。而赫德逊海湾公司门口的鼓手和小伙子们会穿优雅的学院风格服装，而工作中的人们会穿工装服。

（4）根据巴黎的最新报道，北方的印第安人中，大多数女人都是短头发，而男人都任由头发自由生长。

（5）加拿大有许多名叫莱昂内尔·柯纳切赫的业余运动员。

加拿大确实有位叫柯纳切赫的伟大运动员，但是，他已23周岁零6个月，正在为进入一所加拿大一流大学而努力，现在在球队踢足球。

（6）加拿大的市民们热衷于所有体育运动。

他们喜欢看体育比赛、读体育新闻，至于真正参与运动，那是少数人做的事。由于摩托车的全面普及，多伦多人们甚至已经放弃了步行。

（7）多伦多的交通行车混乱，十分拥堵，令人十分不满——这完全错误。世界上再也没有比多伦多的交通更为有序、更令人舒心的了。

（8）多伦多的警力是世界上最强有力的。

我倒没有这方面的个人经历，但我觉得这句话还是有问题的。

（9）住在多伦多的生活成本会比在美国低得多。

前提是只有你自己当家做饭才会成立。假如你平时下馆子，那么费用大概会高出25%。

（10）加拿大没什么杰出的作家，比较优秀的作家也不多，只有哈代、康拉德、菲尔丁、斯奠利特、乔伊斯等几个人。

在我印象中是有那么一个，新斯科德省的托马斯·钱德·哈里伯顿，虽然我并不认为有多少人读过他的作品。

银行金库 VS 夜贼

《多伦多星报周刊》1923年12月1日

周日午夜过后不久，五名蒙面的歹徒进入了位于玛丽威乐—— 一座位于黑利伯瑞南边 25 英里、蒂米斯卡明湖的魁北克一岸的小镇。

他们用极其蛮荒的西部方式骑马进入小镇。当他们疾驰驶入主干道后，将路灯射碎，把镇子里的人吓得四散逃开。

这种感觉就像是电影一样，不过它确是真实存在而且致命。

当蒙面劫匪们停车并开始向大楼射击时，两名职员——达蒙特和切特正在魁北克分公司守夜。

听到枪声，这两名职员穿着睡衣就从大楼里逃了出来，飞奔到湾景酒店。正当酒店老板想要给黑利伯瑞警方打电话时，他才发现根本打不通，因为电话线早已被切断。

当劫匪们进城时，就切断了电话及电报线路。现在玛丽威乐成了一座孤岛。

当两名劫匪进入银行实施抢劫时，另外三名劫匪手持来复枪在外面把守着。

酒店老板、两名宾客以及银行经理赶至银行，可这些站在门口持着来复枪的蒙面人却将他们逼退。

一个女人在银行对街点亮了一盏台灯，一瞬间，她的灯被一颗子弹打得粉碎。

银行里隐约传出一声咆哮，但里面的人并没有出来。门口的看守开始紧张起来，他们不知道是什么阻碍了他们的同伴。突然间，整个镇子都被惊醒了，在这样一个以猎鹿而闻名的地方，歹徒们以及手持来复枪的民众们并不知道，他们何时会遭到民兵自卫队的攻击。

紧接着就是一场剧烈的爆炸。爆炸产生的的火焰在一瞬间将眼前的画面填满，银行大楼烧起来了，楼内的歹徒冲出来与外边的歹徒会合，准备上马驶离镇子。

就在那两个进入大楼劫持的劫匪打算拉住缰绳上马鞍时，马匹由于嗅到大楼燃烧的烟味而跳了起来。这时一个 12 岁的男孩子向他们跑来。劫匪们害怕他会借着大楼燃烧的光亮认出自己，向他射击了两次，两发子弹都射进了他的踝关节。没有人敢再上前一步，于是歹徒们顺利逃离了镇子。

可是，银行里到底发生了什么呢？

不逞之徒们确实顺利炸开了金库库门，但是当他们尝试炸开保险柜时，却发现它们已被从银行后门运走。原来银行后门被前来围观的玛丽威乐市民们打开了。第二天——1916 年 6 月 26 日，保险箱顺着河漂到了对岸的黑利伯瑞。劫匪们倒也得到了几千美元的债券，可对于他们来说，与其说这是一种资产，还不如说是一种负担。所有的现金都还在保险柜里，他们一个子儿也没拿到。

近些年来，这些抢劫案正在以种种方式上演于加拿大各地。

这是一个未能成功炸开保险箱行窃的案例。炸保险箱行窃本应当是很易于完成的，可是随着时间推移，它却变得越来越难以实现。

加拿大有一批极为高明的银行抢劫犯，多伦多因此饱受折磨。不过，"持枪抢劫"与"受雇抢劫"确是两种截然不同的概念。

在这些案例中，往往是在银行的钱在进行大笔转移而移出时受到歹徒的攻击，这是银行的财产保护系统中最薄弱的环节。

银行安保人员除了手枪和短猎枪外，就没有什么可以用于抵御劫匪的机械设备了。相反，摩托车这种机械装置却使整个犯罪形势发生了大扭转，它几乎在每一次抢劫中都发挥作用，帮助劫匪顺利逃脱。这使得加拿大暴力犯罪直线上升。

当银行进行定期资金转移时，他们会在运送过程中格外小心。因此，在银行这种小心谨慎的操作之下，劫匪按理来说无机可乘。

银行里都有一种可以自动报警的电路装置，它会在夜盗行为发生时报警并向外界敲锣发出警报。不过在多伦多，这种警报系统尚未普及。

多伦多银行的一位雇员告诉星报周刊记者，人们其实每天都生活在各种各样的安全系统中。

他们所出售的系统中，有一种最受欢迎——当歹徒过来让他举起手时，银行出纳员可以按下按钮，按钮会触发外界的警报器。这种按钮装置的便利之处在于当出纳员在被迫举起手的时候，也可以在原位置上按下按钮。按钮设置于座位的正下方，并且随时可用。"在银行里，我们没法为谎报的险情买单。"银行职员解释道。

随后就有传言称：多伦多的某一家银行配备了机枪，而如何使用机枪击退劫匪却只字未提。

流言来源于两支马克沁重机枪——战后纪念品，其侧面印有加拿大帝国商业银行的金库大门。

许多家银行都会在屋檐附近设立秘密观测点，全副武装的安保人员能在那里观测到下方的一动一静，下方的人却看不清里面。

"这可是种非常原始的举措，"一位多伦多银行的库员告诉星报周刊的记者说，"我年轻的时候，曾经接到一个工作任务——从地板上的小孔观测金库状况。同样是那个时候，人们用与其他金库连在一起的铁条防止劫匪入侵。他们还在入口处放了灰泥，但那都已经是些陈年烂泥了。"

那时候，银行关门和金库被上锁的时候是最危险的。可现在，这却成了最为安全的时刻。

超级地下金库与大型保险箱联手成为加拿大财富的守卫者，这使得所有的银行总部都可以做到绝对防盗。一位保险箱制造商告诉星报周刊的记者，加拿大的银行总部都没遇见炸保险库来抢劫的案例。一位银行工作人员也向记者证实了这个说法。

夜贼想要强制破开一个大型保险箱或是一个防盗金库，首先得需要一辆载货摩托，更重要的是还需要一位机械工程专业的大学毕业生。

当银行遭遇抢劫、保险箱被炸的情况时，受损失的部门一般不会太多。即使劫匪们切断了外界联系、为所欲为的时候，他们也经常是失败的一方。

就拿去年发生在萨斯喀彻温省卡里维利的一桩企图实施抢劫的案子为例，8月23日，三名劫匪进入了银行，挟持了店员，将他们绑了起来，随后点燃了七桶硝酸甘油想要打开保险箱，可最后还是失败了。最后他们不得不放弃，骑上摩托车离开了现场。

1920年9月，一帮保险箱抢劫犯人试图利用氧乙炔焊枪及其他一些现代切铁设备，抢劫安大略省海景镇的招商银行。这个设备必须用卡车来运送，因为它实在太过庞大。当一位位于里间的清醒状态的年轻银行职员隔着窗户用左轮手枪射击案犯时，案犯独自逃走了，那件设备也因此被留了下来。

保险箱被制造得如此完美，以至于夜贼们必须用根本无法搬运的工具才能撬开。爱德华·H.史密斯将保险箱制造者与撬锁者之间的戏剧性历史斗争写成了文章，发表在了《科学美国人》上。原文提炼如下：

在一个值得纪念的周一早晨，准确地说是1878年10月28日早晨。老曼哈顿储蓄所的一名出纳员用钥匙打开了对街的门，毫不在意地进入银行，然后忽然晕了过去。人们在面对奇迹之时总会做出些奇怪的反应，这儿就是个现成的例子。铁质的金库大门大开，铁链被一种如同太阳神借用山峦的重量或是潮汐的威力般的神力撕扯断开。地板上全是纸张、账簿、硬币、碎裂的铁片以及坏损的工具，被像垃圾一样丢得到处都是。在那巨大箱子的内部，那巨大箱子是人类投入巨大劳力、长时间思索以及聪明才智的产物，也就是在箱子的内部，总值2747700美元的现金与券被偷走了。史上最伟大的一次抢劫就在这个周日夜晚以及这黏热的清晨中发生了。

收纳员醒了过来，急急忙忙把其他工作人员召集了起来，关上大门并竖起标牌，告诉人们由于银行遭遇抢劫，暂时无法营业，但聚集的人群依然试图挤进银行大门，警车驶了过来阻止了人群，案件在其他银行间扩展开来，消息也瞬间传遍整个国家，而案件的侦破进行得十分艰难。多年以来，一直坐落于百老汇布里克大街街角的银行，此刻门前站满了好奇的人们，想要目睹这一令人震惊的一刻。一小群强盗的所作所为竟成了历史的一部分。

对于这起仅仅发生在 45 年以前的盗窃，我们要追溯一下，我们大银行的防护措施的现代发展，因此，回顾一些相关的事件很有必要。

一伙声名狼藉的银行抢劫犯，在著名的吉米·霍普的领导下的声名狼藉的银行抢劫犯，曾计划袭击曼哈顿储蓄所，并为此准备了三年。他们最终贿赂了银行门卫米歇尔·史韦林，在与他的合谋下得以进入银行。在周六周日，他们利用楔、螺旋起重机以及炸药，干了整整两个晚上，终于在次日凌晨 3 时 30 分左右得到了现金和债券。他们的战利品包括已注册了的价值 2506700 美金的债券，价值 73000 美金的息票债券，以及一笔现金财富。为了拯救遭受劫难的银行并击溃这帮歹徒，国会和州立法机关通过法案取消了被盗债券的使用权，并使用新的证券来代替被盗的证券。国家用这种方法来保护财政安全，对付那些"大胆而聪明的人"。

我们不能以此下定结论，曼哈顿储蓄所并没有针对此类抢劫情况进行预防，或者是没能尽其所能应对此类攻击。银行盗窃是一个可以追溯到 1878 年的古老故事了，因此人们花费大量的资源与金钱来寻找保护银行的方法，这样人们才会信赖银行。需要提到一件有趣的事，有些想法已被付诸实际了。

老国家公园银行的金库终于给它的现代替代品让位了。几年前，当它被拆除时，人们发现，它是由固体块花岗石夯在一起建造而成的。这些花岗岩与附近挖掘出的花岗岩块十分契合，其边缘的每块石板是都被切割成一系列的半球形凹陷，组成了直径五六英寸的球状体。所有这些孔中都置有大炮球，这样的话，如果窃贼试图通过挖掘连接处的石头进入金库，就会触动到松动的、用于投掷的铁球。

我们应该记得，在当时硝酸甘油还不为人所知，窃贼必须钻洞来开启锁的轴式开关，或是引爆他唯一可用的物品——火药。

但这些措施却并没有多大作用，因为现如今的盗贼们早已找到打开那时看起来坚不可摧的金库大门的方法。现代研究证实，再也没什么比紧密契合的铸铁门更为坚固可靠了。对于金库防盗门的演变，我们还有很多话要说。对于现阶段来说，观察当时的窃贼——他们在还没有现今这些武器的时候，突破那些古老银行的重重关卡就已经足够了。

另一件发生在纽约的"壮举"也指向同一个人——吉米·霍普。那是在1868年的秋天，霍普在海洋国家银行的地下租了间地下室来进行他的地毯式任务。地下室的前部是他的展示厅，后方就是他的工作室了。为了防止其他人闯入，他安装了一块隔板，将两个区域划分开来。事实是，一块屏风遮挡了他对银行的不轨举动，他正密切监视着银行金库的一举一动。

1869年6月27日的夜间，这是在曼哈顿银行事件发生9年以前，霍普以及几名他的"帮手"——包括著名的老盗贼内德·里昂、马克·什伯恩和乔治·布里斯，通过一个他们事前通过天花板挖到银行地板的洞进入了银行。他们用楔来对付金库大门。首先这把楔得一流，但又不能比刀锋利，用它来撬进靠近门锁的缝隙，然后，把稍稍厚一点的部分用锤子敲进去。歹徒们渐渐地把两英尺甚至更长的楔敲入缝隙。这些铁制带子本来被层层绕过金库，并用钩子固定住尾部，而现在被螺旋起重机强行带起。逐渐地，当这些楔已经不能再为它们服务时，这些千斤顶就将铁门从框上掰开。螺栓变了形，此时，任务已然完成了一半。炸药和重型撬棍被用于对付金库内部的另一个门。此次抢劫合计劫走了1200000美元，不幸的是，其中很大一部分是不可转让的债券。

作为一种被袭击的装置，防盗门的坚固程度成了金库建造者们最为关心的问题。第一道门会是直边的，就像一个方形的甲板。然后，第二道门会是斜边的，门的内侧窄于外侧，以保证门能够严实地合上。但是，整个完美的计划却被劫匪手中的楔迅速毁掉了。另外企口边缘——它们现在依旧被用在普通的保险柜中，不过现在它们被设计成了一种到一两英寸处就无法插入的样式。楔子上形成的粉末是对窃贼们的方案最好的答复。然后就是硝酸甘油介入企口边缘，它们的使用效果一直不错，而它的构造现被证明是相当受盗贼欢迎的，它里面的液体爆炸剂可以被当作"汤"来用。面对这样一种极大的威胁，金库建造者们用上了"战舰"，或者说是"装甲门"，但它们作用不大。

这一类防盗门的建造是现代金库的一大奇迹。除去它多重的时间锁定、大量有力的螺钉、错综复杂的内锁设备以及其他的复杂零件，这样一扇门依旧是工程界的一件独一无二的作品。表面上，它只是一片实心的物体，实际上它却有许多片，是多元混合的产物。这些夹层中的一些东西，不过是普通的耐张钢板，用来防火的钢筋混凝土、耐热金属，还有延迟窃贼的燃烧器的作用时间、不易变形的金属和至少一层、大多数是两层的导线以及电子防盗报警系统等。

摩根大通的门重约 50 吨，克利夫兰联邦储备银行的大门——即使不是最大的也是最厚的，据它的建造者称，它足足有20 万磅重。

设计的金库必须要能抵挡得住任何可能发生的或可能想得到的袭击手法。此外，他们必须还得能抵御可能引起伟大建筑发生火灾的大火和巨大热量。现如今通过对这一风险的考虑，金库的顶部必须比地板、前部、两侧和门更为牢靠，同时顶部还必须增强抗击上方落体的能力，以防遇到火灾中倒塌的楼房或地震。

什么样的工程需要如此巨大的力量来实现呢？当我们真正了解到银行的规模时，这就很容易理解了。举个简单的例子，新联邦储备银行在纽约就有三个这样的金库，它们也包含在规模最大的金库之中。每个金库深度大约在 125 英尺，平均宽度大约在 55 英尺。底部最尽头的房间建在基岩之上，另外金库的一部分墙壁处在港口一部分水域的下方，每一个这样的金库大门都有 90 吨重。这三个房间都有个另外的应急出口，以便于营业时间能够通风。为了满足金库放置的需要，这家银行的金库门采用了一种独特的插塞式设计。

请记住，在描述我们伟大金库的墙壁、地板和屋顶的结构时，这是没有什么标准可言的。工程师们将各种矛盾的想法集结起来，不断改进某些细节的建设。需要特别说明的是，打造一个完美的金库形式是非常困难的，这即使在未来也不可能被攻克。关键在于，未来不断发展的工具极有可能会攻破这些结构。自 1878 年以来，在大都市的银行还没有任何一桩抢劫取得成功。然而，工业和艺术已经走在前头，并已完善了一些可以在任何时间被勇敢而技能丰富的歹徒们利用的工具，比较典型的有电弧、电气动凿子，电钻和最新研制的氧乙炔火炬。

其中最后一个工具特别有趣但非常危险。我曾写到过，其在于击溃农村或郊区银行保险柜和金库上的有效性，以及在击败由厂商为客户定制的强力保险柜的能力十分强大。现在看来，燃烧器（这是金库工程家们喜欢叫的名字）这种工具，是摆在大银行以及它们巨大设备面前的一颗定时炸弹。因此，银行重建和无休止的研发实验一直都在进行当中，直至今日，依旧没有找到一种行之有效的防御措施。

寻找一种能够抵御氧乙炔火焰的金属的过程并不像想象中那么容易。第一次使用压缩氧乙炔燃烧器时，耐热金属会在燃烧后发生化学反应，并产生一些足以抵御高温火舌的物质。

海明威全集

海明威新闻集（下）

Ernest Hemingway News set

〔美〕海明威　著

舞　阳　译　俞凌娣　主编

中国出版集团　现代出版社

德国马克和通货膨胀

《多伦多星报周刊》1923 年 12 月 8 日

"现在如果有人需要 25 分钱来吃一顿饭，或者找个地方睡觉——"

一个叫卖者站在多伦多奥斯古德法律学院对面的窄巷中大声叫嚷道。在他面前，放着一个外汇的肥皂盒，里面盛着几个信封。

肥皂盒前站着一群失业人士，他们眼神呆滞，轮换着在泥浆中的双脚维持站立，听着这个大声叫嚷的演说家讲话。

"如我所说，"那个大声叫卖者用舌头滋润了一下灰白胡须下的嘴唇，继续道，"如果有人很需要这 25 分钱，我可以理解。但是如果他是准备用这 25 分钱来做投资的话，我可以为他提供不错的机会，让他变得富有起来。"

"先生们，只需要贡献 25 分钱，俄国经济必定会恢复。只要一个 25 分钱的加拿大硬币，你就可以买到这张价值 25 万苏联卢布的钞票。有谁想要一张吗？"

似乎并没有人想购买，但是他们都很认真地听着他说话。

俄国的卢布、奥地利克朗和德国的马克，在多伦多的这个行政区里做着最后一次挣扎，它们根本不值这些钞票上印着的价钱。

"我手里的这张钞票，在正常的情况下，价值 125000 美元。假设，卢布的价值上涨到仅仅是 1 分钱，你就有 2500 美元了。这时你就可以直接走进银行，用这张钞票换取 2500 美元。"

听到这，其中一人的眼睛闪起亮光来，用舌头滋润着他的嘴唇。

那个大声叫卖者拿起那张不值钱的粉红色钞票，深情地望着它。

"而且，先生们，俄国的经济正在逐步恢复。每天，它的面值都在逐步上升。不要相信别人说的俄国的经济不可能恢复。先生们，一旦一个国家成了共和国，它就会持续保持那种状态。看看法国，它已经成为共和国很长时间了。"

站在前排的一个穿着旧军外套的男人点头表示同意。另外一个人用手抓挠着脖子。

大声叫卖者又拿出另一张蓝绿色的钞票，放在俄国卢布钞票的旁边。

没有人向这些听众解释，这些看起来很廉价却印着百万卢布面额的钞票的印刷速度是非常快的，就如同新闻界彻底摧毁这种古老的帝国钱币的价值，连同持有这些钱币的阶级速度一样快。

现在苏联又用黄金来重新发行卢布，大声叫卖者手里这样的卢布一文不值。

"第一个用 25 分钱买这张面值 25 万卢布钞票的人，我额外再赠送一张面值 10000 马克的德国钞票。"

那个大声叫卖者拿起两张钞票检查了一下。

"不要觉得德国的危机已经过去。正如你在今天早上报纸上看到的，庞加莱势力正在减弱，他的权力正在被削弱，而马克的价值也在逐步回升。"

他在暗示着这群听众。

有一个人拿出了 25 分钱。"给我来一张。"

他拿起两张钞票，折到一块，笑着将钞票放到了大衣的内口袋里。大声叫卖者还在继续招揽客人，这次他又给欧洲下了一注。

外国新闻对他来说不再乏味。

紧接着又有四五个人用 25 分钱买了他的钞票。这些卢布甚至在交易所都不再报价了——然而，和德国的马克一样，它们作为一种投资，在整个加拿大被到处销售。

接着卖钞票的人弯下身子，拿起一个信封的千元马克钞票。

这是印好的战前钞票，在德国普遍使用。截止到这个春季，交易所里 20000 马克兑换 1 美元的报价骤跌，你几乎可以数出来需要多少张 10 亿马克才能换 1 美元。除了可以拿来做贴墙的墙纸或是包裹肥皂的肥皂纸，这些马克钞票几乎没有任何价值。

"这些马克跟那些不一样。"卖钞票的人解释着，"这些我卖 1 美元一张。以前只卖 50 分，但现在涨价了。不需要它们的人，没有必要勉强购买，它们是真正的战前马克。"

他用手抚摸着这些马克，这些"真正的战前马克"。

在上个星期纽约银行拒绝对其报价之前，这些马克一万亿仅仅值 15 分钱。

"你手上拿的马克为什么比你送出去的马克要值钱？"一个满脸憔悴靠在巷子墙边的男人问道。那些已经用 25 分钱投资了欧洲市场的人，现在又在羡慕这种出现在他们眼前的新马克。他就是其中之一。

大声叫卖者悄悄地说："每张钞票在这份和平协议——《凡尔赛和约》中都被签收了。德国有 30 年的时间来按照票面价格还清。"

站在肥皂盒前面的男人带有敬意地看着那些在协议里被签收的马克。这对于一个投资者来说是一个难得的机会，但现在，这机会就在眼前。

在卖钞票的人讲话的时候，一个高大的年轻男子站在他背后，吸着烟斗。此时，他在靠着巷子的一个一层小屋的墙上，用大头钉钉上了数张剪报和一些外汇的样板。

这些剪报的内容大多是阐述关于苏联和其他国家的经济复苏的。

那个卖钞票的人用他的食指指着剪报上一个将 1 美元贷款给奥地利银行的故事。

"现在，谁想要用 1 美元买 1 万元的奥地利克朗？"他拿出一张古老的哈布斯堡王朝的紫色大钞，问在场的群众。

在现今的银行里，奥地利钱币只值 0.00145 美分。或者直接一点来说，大概 14 分钱可以换到 1 万克朗。而在巷子里，这些人被引诱着去冒险，用 1 美元换 1 万克朗。

"现在，我自己只留下足够的加拿大钱币来买这些钞票。"这个吸引听众的演讲者继续说，"你不知道加拿大钱币以后会遭遇什么样的状况。看看今天这些各种不同的外汇，最明智的做法莫过于保留一些俄国卢布、德国马克、奥地利克朗和一点英镑。"

大部分的人看起来好像都认为如此，即使很少的加拿大钱币，对他们来说也是非常受欢迎的，于是他们继续听着。在这个演讲者讲得足够久，又连着提出几个买卖之后，他们发现身上多出了 25 分钱，希望变得富有的愿望很快让某些人充满希望。

"以这些奥地利克朗为例，"卖钞票的人继续说，"这一张钞票原先我卖 2 美元，现在我只卖 1 美元，而且我还附送一张 100 万卢布的苏联钞票。"

这个宣布让之前那些用 50 分钱买 100 万卢布的人们觉得自己吃了大亏。

"噢，这些卢布与之前的不太一样。"小贩让他们放心，说道，"我这里还有一些卢布，没有 10 美元我是不会卖的。在场的先生们可以出价 10 美元，看看谁可以买得到。"

但没有人出价。

"我不否认我有对手。"这个招揽客人的人继续说，"他们想要卖得比我的价格低，他们用低价来与我抢生意，现在我也要这样对待他们。我的最大的对手出价 40 分钱卖 100 万卢布，我还要把这个价格压得更低，是他先开始这场竞争的，那就看看谁能坚持到最后。先生们，我会把这张 1 万元的奥地利克朗随附这张 100 万卢布的钞票一起卖给你们，加起来只需要一美元。"

似乎没人身上有 1 美元，于是记者买了下来。

"这是位懂得投资的先生。"他说，"那么，其他的先生们，你们知道奥地利的经济也正在复苏，因此，他的经济迟早会恢复。假设说奥地利钱币的价值只升到半分钱，那么你马上就获得了 50 美元。"

但是，对于在场的其他的投资者来说，他们显然拿不出一美元。

没有办法，那个肥皂盒商人只能降低到更加适当的价钱上来。

"现在如果一个人有 25 分钱来投资。"他拿出一张以 25 分钱出售的粉红色百万卢布钞票，开始说。

又有一些观众开始跟随他的带领了，这似乎又回归正常了，不管怎么说还有一些 25 分钱的投资可以做。只不过是一顿饭的钱，在这里却有机会升值为百万美元，何乐而不为呢？

出售战争勋章

《多伦多星报周刊》1923 年 12 月 8 日

英勇的市场价值是多少？阿德莱德大街上一家五金店的员工说："我们没有这样的市场需求，所以我们不购买这些勋章。"

"有很多人过来卖勋章吗？"我问道。

"咦，是的。他们每天都来，但是我们不买这场战争得来的勋章。"

"他们一般都拿什么样的勋章过来卖？"

"大部分是胜利奖章。有 1914 星勋章，好些军功勋章（M. M.），有时候还有特等军功章（D. C. M.），或者海军陆战队勋章（M. C.）。我们让他们当到当铺去，在那里，只要你有了钱，还可以把奖章赎回来。"

于是记者又去到皇后大街，往西经过那些窗边发亮的出售便宜商品的戒指店、旧货店、低档的理发店、二手衣物店，以及沿街叫卖的小贩们，找寻专门出售英勇的集市。

然而在当铺里，听到的是同样的说法。

"不，我们不典当这些奖章。"一个站在不可赎回抵押品柜台前的头发梳的发亮的年轻人说道，"这些奖章是没有市场的。噢，是的。他们拿着各种各样的奖章过来，是的，有海军陆战队勋章。前几天，甚至还有人拿着一个优异服务指令奖章（D. S. O.）过来。我一般推荐他们去约克大街的二手店里面碰碰运气。他们什么都买。"

"如果我给你一个海军陆战队勋章，你出多少钱？"记者问。

"不好意思，老兄。我们对此无能为力。"

记者走出皇后大街，来到约克大街，走近看到的第一家二手店。在窗上挂着一个牌子，上面写着"我们出售和购买任何东西"。

开门的时候铃铛响了起来，一个女人从商店后面走了出来。在柜台周围，堆满了各种二手物品，有坏旧的门铃、闹钟，生锈的木匠工具、旧铁匙，小娃娃玩偶，赌博用的骰子，还有一个破旧的吉他以及其他东西。

"请问你需要点什么？"那个女人问。

"你们这出售奖章吗？"记者问道。

"不。我们不保留这些东西。你想干吗？想卖奖章给我吗？"

"是的，"记者说，"它是个银制的十字架。"

"是真银的吗？"那女人问道。

"我想是的。"记者说。

"你不知道的吗？"那女人说，"你没带在身上吗？"

"没有。"记者如实回答道。

"既然这样，你把它带过来。如果是真银的话，我也许会给你一个不错的价钱。"那女人笑着说，"不过，它应该不是那些战争勋章之类的吧？"

"类似那样的东西。有什么不妥的地方吗？"记者说道。

"不要再为那些东西费心了。那些不是什么好东西！"那女人说道。

记者又继续造访了五家二手店。没有一家店愿意买这些奖章的，因为没有人对奖章有需求。

记者在这时看见在一家店外面挂着的牌子上写着："高价收购任何有价值的东西"。

"你想要卖什么？"站在柜台后面，长着胡须的男人急匆匆地问。

"你们收不收战争奖章？"记者问道。

"听着，可能这些奖章在战争中真的意义重大。我并没有说它们没用，你懂得吧？但是我是生意人，生意就是生意。我为什么要买一些卖不出去的东西呢？"

这个店主表现得非常绅士，并且非常细心解释道。

"那这个手表，你看看，你能出多少钱？"记者问道。

店主开始仔细检查手表，打开盖子，看了看里面的做工。又在手上翻过来，听了听表针走动的声音。

"这手表现在的状态还很好。"记者对他说。

"这个表，"那个满脸胡须的店主把它放在柜台上，继续说道，"这个表现在应该值60分钱。"

没有得到满意的回复，记者又继续沿着约克大街往下走。他发现几乎每隔一个店面就有一家二手店。于是，记者继续对自己的外套进行询价，其中一个店铺出价70分钱买他的手表，还有人出了更好的价钱，40分钱来买他的烟盒，但是，就是没有人想买或者卖奖章。

"他们每天都有人来卖这些奖章。这些年，你是第一个向我买这些东西的人。"其中一个旧货店主说道。

最后，在一个昏暗的商店里，记者惊奇地发现居然有奖章出售。然后，一个在店里负责接待的女人从收银抽屉里把它们拿了出来。

这里面有一个1914星勋章、一般勤务奖章和一个胜利奖章。三枚奖章都放在它们原来的盒子里，又新又亮。所有的奖章上都写着同一个名字和号码，显然这些奖章属于一个加拿大炮兵连的枪手。

记者把它们仔细检查了一番。

"买下这些奖章需要多少钱?"记者问道。

"这些奖章我是要三只一起卖的。"那个女人有所防备地说。

"那三只一起多少钱?"记者继续问道。

"三美元。"那个女人回答道。

记者继续查看这些奖章,它们代表着国王授予这个加拿大人的荣誉和认可,记者发现每块奖章的边上都镶着这个加拿大人的名字。

"不要为这些名字担心,先生。"那女人怂恿着说,"你可以很容易把这些名字去掉的。它们可以成为很好的奖章。"

"但是我有点不确定这是不是我要找的奖章。"记者说。

"你买下这些奖章,肯定错不了的,先生,"那女人用手指着那些奖章,继续怂恿着说,"你再也找不到比这些更好的奖章了。"

"不。我不认为这是我想要找的奖章。"记者反对她说。

"好吧,那你出个价吧。"

"不。"

"只要出个价。你想出多少就出多少。"

"今天不行。"

"任何价钱都可以。这些都是很好的奖章,先生。看看它们。你愿意出 1 美元吗? 我全卖给你了。"

记者从窗外往里望去。沉思道:在现在的市场中,你可以很容易就卖掉一个破旧的闹钟,但是你没有办法卖掉一个海军陆战队勋章。

你可以轻易地处理掉一个二手的口琴,但是特等军功章却没有任何市场价值。

你可以轻易卖掉你的老旧军装裹腿,但是你找不到人来买一个 1914 星勋章。

因此,现在英勇的市场价值仍然处于一种未定的局势。

欧洲夜生活：一种病症

《多伦多星报周刊》1923 年 12 月 15 日

欧洲的夜生活可不是像一纸咖啡馆的清单似的那么简单。它就像是一种奇怪的疾病且一直存在着，并在战后如火苗般蹿起。然而，这把火影响了整整一代人。

巴黎夜生活被视为最为高度的文明以及最为有趣的，柏林的夜生活则是最肮脏、令人绝望以及堕落的，马德里的是最为平淡的，而君士坦丁堡则被认为是（或者说曾经是）最令人兴奋的。

在巴黎居住的居民是世界上所有大城市里上床最早的人。这里的马车在 12 点半准时停止它们的环城之旅，末班地铁呼啸驶过轨道，剧院附近的街道空无一人，如同宵禁已经响起，出租车司机们开车回家，最后的一班火车上挤满了回家路上的巴黎人。到了夜晚，巴黎就好像是死了一样。

在几个小时以前，百叶窗被拉上之后，居民区里的人们都开始逐渐进入梦乡。然而，最后剩下来的都是些夜生活者们。他们要去哪儿？

其实在巴黎夜晚紧闭的百叶窗之中的黑暗里，剩下的只有三片仅有的绿洲。

他们其中的一个是蒙帕纳斯。在那里，拉丁区的一些咖啡馆还会继续营业几个小时。在巴黎没有比蒙帕纳斯更为死寂的地方了，除非你能碰到认识的一些熟人。如果那里有你认识的人，那么那儿之后就会变成一个酒吧、一个八卦的中心，或者是一个简单的会议场所。

哪里是我们最为熟知的巴黎欢乐夜生活场所呢？年轻人们又是在哪里度过他们的不眠之夜呢？哪里是不会有人在晚上 10 点以前去的呢？

这些答案都会被指向同一个地方——位于巴黎的波西米亚聚居区的最体面的斯得蒂斯科利隆酒店转角处附近的一个小地方。在这里，德语、英语和波西米亚语充斥在这个名叫"屋顶上的牛肉"的咖啡馆或者是让·谷克多酒吧里。人们在这里跳舞，并且这里的每一个巴黎人都相信燃烧蜡烛的唯一方式就是将两端一起点燃。到了11点，"屋顶上的牛肉"里就会挤满了人，让人根本挪不出地方跳舞。但是，几乎整个世界都在这里了。在爵士乐声中。人们可以坐在桌边谈天、喝酒。可是法国夜生活实在是太过于发达了，以至于局外人根本无法体会到其中的刺激感。其实夜生活就像是一种精神状态，不管你是身处其中，还是在局外旁观。依旧是柯克托酒吧的夜生活最为高端——生活在这样的夜晚，这也正是我们所探讨话题的沸点所在。

尽管"屋顶上的牛肉"在凌晨2点（有时甚至更早）就打烊了，事实上凌晨2点其实只是真正的夜生活者们一天的开端。所以坐在出租车里的夜猫子们会从斜对面的蒙帕纳斯开始逛起。

蒙马特是巴黎夜生活的一站著名目的地。它是克里希附近一个鱼龙混杂且俗不可耐的深渊，充斥着红漆大门以及数以千计的电动光球。这些地方不仅有着勾魂摄魄的名字，还有被雇来坐在桌子上以营造一种波西米亚氛围的使用假名的艺人们。它们的目的就是吸引美洲人——不管是南美的顾客还是北美的顾客，来消费香槟酒。

对于门外汉来说，香槟酒是夜生活的一大标志——尤其是对于旅游者来说。这些地方卖香槟，并且只卖香槟。如果游客试图点其他东西，他就会被迫在香槟与大门之间做出选择。每瓶的价格从六美元到八美元不等。一旦开始喝了之后，游客就可以开始观察周围的人群以及穿着格林尼治乡村服饰的艺人们。

香槟，顺便提一句，这在法国是一个神圣的名词。而唯一能被称作香槟的是由香槟省兰斯周边出产的一种酒，其他的一些伪香槟必须打上"艾培涅""气泡酒"的商标或是其产地。这对于在香槟产地之外的真正的香槟酒的销售商家来说是一大福音，并且真香槟的销售商们都有着过硬的政府后台。

一个富有爱国心的记者在听说了蒙马特区某一家度假酒店把气泡酒当香槟卖之后。带着一名证人，他走进了那个地方，并点了一杯香槟。上到他面前的却是一杯发泡的液体，气泡在表面来回跳跃。他付了一杯香槟的价格，侍者随后走开了。

记者拿起酒杯品尝"气泡酒"，他大声叫道："服务生给我上的是'气泡酒'。可我点的是香槟。多么令人愤怒啊！这不仅仅是令人愤怒而已了，这还是对法律的触犯。把你们的老板叫来。不把老板快点带来我就叫警察了！"

据说，那个老板花了 20000 法郎才解决了这件事。

在此之后，数不清的其他记者们和花花公子们都在这开始点香槟，他们希望也有这样的机会，但"气泡酒"的卖家是明智的。这样的品尝"机会"不值当，它不过是法国人用来糊弄游客的昂贵玩意。

蒙马特区著名的红磨坊是一个巨大的舞池。在那里，女店员们和她们的"绅士男友"们以及一些游客们，在由遮光纸制造出来的，散发着红色、橙色和绿色的浪漫光芒的聚光灯下，在众人瞩目之下到巨大的防滑地板上跳舞。这是令人愉快且无害的，并且是巴黎少数几个外国人能愉快地与法国人接触到的地方。

真正的夜生活场所只有到凌晨才会开门。现阶段最受人追捧的两个地方乃是"高加索"—— 一个非常时髦的俄国场子，以及"佛罗伦萨酒馆"。佛罗伦萨是一名美国黑人女性，她作为舞者成名并且成为巴黎城里极受人追捧的时尚人物。

回想起几年前我第一次见她的时候，她还是一个典型的黑人舞者——愉快、有趣、脚下功夫了得。只有在看过佛罗伦萨的"人人舞步"之后，你才会明白。其实你以前什么都没见识过。

一些法国贵族的人们开始找她教课，她在公主、伯爵夫人的府邸里教舞蹈。去年夏末的一个早晨——在 2 点半的时候，我们穿过佛罗伦萨的舞场去买些咸牛肉末、荷包蛋和荞麦面包。当时整个地区一片死寂，还没有人出来活动。黑人服务员们对我们的服务态度并不热情，他们认为我们应该买香槟才对。

现在，一个真正的夜生活修行者的标志就是，他应该可以衡量出来"香槟强制购买令"所带来的好处是否能对他的胃口。

"我们是佛罗伦萨的老顾客了。"我解释道。

"啊，老大您想要点什么？啤酒吗？随您高兴，老大。"

我们享用了美味的一餐，这时佛罗伦萨走了进来。她变了，说上了一口英国腔调，且举止中显得无精打采。

"噢，哈罗，见到你太高兴了。"她说，"我现在不公开跳舞了。不过，你哪天有空要过来这里找我们啊。"

这完全不令人"高兴"，另一个真正的"后半夜场所"就被这种"繁荣"毁了。

巴黎还有一个有名的夜间好去处——哲利酒馆，许多新闻界人士经常会去那里。酒馆坐落在卡玛汀大街，那里有着时髦的舞会，你可以在那里找到佩吉·乔伊斯等著名的封面女郎。那里还会有秀发柔顺的智利和阿根廷女郎和着美国爵士乐跳舞。

柏林的夜生活与巴黎形成了一个鲜明的对比。柏林是一个庸俗、丑陋、阴沉而懒散的城市。这座城市战后兴起了一种狂欢，德国人称为"死亡舞蹈"。柏林的夜生活没有什么吸引力，也不好玩，一切的一切叠加到一起令人心生厌恶。

如果说香槟是巴黎"下班后生活"的解药，那么在德国首都，可卡因就是它的替代品。在巴黎警局里，可卡因贩子们的忏悔是被忽视的。但是在柏林，他们则是大胆公开地满城贩卖，有些咖啡馆的服务生们甚至将它们摆到台面上售卖。

柏林是夜总会的家园。如果你在晚上步行或驾车沿街经过，会有一个衣衫不整的人跑到你的驾驶室。然后拉你去夜总会。一个不错的新夜总会，就是城市夜生活的全部。

在柏林的夜总会没有恶心、沉重、单调和绝望。欢乐是被强迫的，因为它是巴黎真正的7月14日——整整两个夜晚，人们在城市的街头舞蹈，街道被强行围起，以防出租车及公交进入。

如果任何人谈起有关于德国战败以及他们的损失问题，那他们只需要来看一看午夜之后的柏林就好。

生活在马德里又是另一回事。在马德里，没人上床睡觉；可从另一方面来看，他们也没有什么娱乐活动，他们只是彻夜聊天。

凌晨 2 点钟是马德里中心城区最为繁忙的时候。咖啡厅都爆满，街上充斥着人群。在马德里的剧院都是在晚上 10 点才开始上演节目，日场要到下午 6 点 30 分才开始。

在市中心有两个跳舞的场子。一个叫作马克西姆，另一个则是在同一条街隔着两三户的距离处，我把它的名字忘了，不过这没什么关系，这两个都差不多。

你要永远提防着叫作"马克西姆"的地方，因为它意味着模仿巴黎。巴黎是个好地方，可它并不是那么容易学得来，而且叫"马克西姆"的地方遍布世界。

即便是巴黎原来的"马克西姆"，其实也是一个相当沉闷的地方。它设有一间摆满了桌椅的酒吧，在另一头有舞池。它一直是赚得盆满钵满的，美国的商人以及少数南美人永远会出现。音乐大声地播放，消费又高，灯被打得亮亮的，这真是一个令人头疼的好地方。

所有"马克西姆"的模仿者们都只是它的一个缩小再建。

在马德里，我采访了一名斗牛士：拿他自己举例来说，这座城市里最令人欢乐的节目是什么？

"我？上床睡觉啊。"他羞涩地笑了，"我不喜欢聊天，也不喜欢喝酒。但是我上过学，我每晚睡觉前会读一些书。"

"那你都读些什么呢？"我问道。

"哦，斗牛类报纸。"他说。他是一个非常正经的小伙子，每年能挣 15000 美元，而且马德里大约半数的姑娘都爱着他，但他却不是一名夜生活的信徒。

君士坦丁堡穆达尼亚在停战前很可能是这世界上最繁华的城镇。穆斯塔法·凯末尔曾宣布，当他进城来的时候，这座城市就会被紧紧关闭起来。每个人都相信他的话，而他从那时起，一直尽其所能做了所有能做的。

没有人在白天睡太多觉，可到了晚上也就更没有人睡了。好的餐厅根本不在晚上 10 点以前开门，而剧院则是在午夜才开始营业。先知的追随者在他们清醒着的时候，也曾试图确保君士坦丁堡巴伐利亚啤酒厂的产品，不会在凯末尔抵达时，没被转储到金角湾。

啤酒厂试图跟上穆斯林们需求的步伐。这将是一场伟大的竞跑。一到傍晚，英国、美国、西班牙、意大利和法国的船队的船员都会上岸。急于参与到援助伊斯兰教徒与啤酒厂的斗争当中去。这是一个伟大的战斗，但酒厂总会略微领先。尽管他们的人数较少，但是他们组织得要更好一些。

由于这是在晚上的预选赛中，将会在不同民族水手中决出胜者，然后再与啤酒商一决高下，这就无疑减缓了工作效率，尤其是当有枪支或刀具出场时，有时还会有激战发生。

君士坦丁堡的一切都处在狂热与野性当中，也就没有了柏林那些游乐胜地的阴沉而丑陋的嘴脸。

这一次事件牵扯到一个中立国家巡洋舰船长（不是美国），它的船只停泊在了博斯普鲁斯海峡。这一事件差点升级成严重的国际争端。

在一个晚上的凌晨 3 点，指挥官登上他的船只，一副心不在焉的样子，他的眼珠转来转去。

"各就各位，准备行动。"他指挥道。

司令员步伐不稳地来回地行走于桥上。整个军舰上的人员瞬间惊醒都开始忙碌了起来，到了 3 点，他们终于就位。人们飞奔到各个方位，枪支在舷侧架起。

"开始对全城射击，"船长用对讲机在桥上吼道，"宣战！"

有些意识清楚的人抓住了他，把他拖了下来。君士坦丁堡对于他来说是有些太过火了。

据说，船长之前没喝别的酒，直接喝了"杜契克"——它有让人在不合适的场合下发疯的特性。它里面有一些奇怪的土耳其成分，但这个酒是从美国进口的大桶的谷物酒精。这种酒是从来不单独喝的，总是要提前食用一些饼干、奶酪或萝卜来给胃壁上一层保护膜的。

横跨金角湾从斯坦博尔到高佩拉顶部的贫瘠平原，君士坦丁堡彻夜未眠。每一家报纸都刊登了佩拉夜总会一晚之间发生的这桩事。这还只是事件的一部分，贝利梅尔从波迈被派出，然后将这位年轻的军官驱逐，并向一位扮演成女侍者的俄罗斯公爵夫人私自签发了停战协定。

这位出席了协定签订的军官把这桩密信告诉了公爵夫人，因为他实在是憋不住了，他实在是太兴奋了。她意识到事件的新闻价值，之后告诉了一位美国记者——她喜欢这位美国记者远远超过那位军官。

在一小时内，这位记者通过自己的手段核实了这个死亡的报告，随后把消息传往了纽约，并赶上了早报的发刊时间。协议的签署直到第二天早上 11 点才被官方正式对外宣布。直到这个时候，其他报纸的记者们才得知这一消息。那些不认识这位公爵夫人的记者们纷纷通过电缆联系纽约方面，询问他们是怎么得知穆达尼亚的这一独家新闻的。

意大利的夜生活有些怪异。那里的夜生活——不是那种消遣或是跳舞的场所，而是那种怪异，令人发烧、振奋的东西——都会在人们普遍要去睡觉的时间被取缔。

米兰——意大利北部最大的城市，它有着大约 80 万居民，而且几乎就像多伦多人一样早睡。维罗纳，不及它的三分之一大小，在凌晨 2 点半却是一片欢乐的海洋。我曾在午夜过后很久之后背着包行走于维罗纳，发现它竟然同巴黎晚上 9 点半的时候一样有活力。

都灵是另一个不夜之城，并且令人非常的愉悦。罗马在晚上十分沉闷无聊。罗马，在我看来，几乎在任何时候都是沉闷无聊的，它是我在这个世界上最不愿意住进去的城市了。

马赛会在夜晚会化身为欧洲最为缤纷、有趣且粗野的地方。

塞维利亚也是晚睡的代表，格拉纳达同样如此。

夜生活是个有趣的东西，似乎并没有什么可以约束它的法则或是道理。你在想要追寻它的时候却找不见它，而当你想要摆脱它的时候，却又不得其道。它，是一个欧洲产物。

甲状腺肿与碘酒

《多伦多星报周刊》1923 年 12 月 15 日

城市应该因为它的居住者的疾病而去服药吗？

人们用行动对这个问题做出了肯定的回答，碘酒被引入城市用水用来对抗甲状腺肿。

甲状腺肿的高发区地带延伸到了北美洲的淡水区，而罗契斯特就是这一地带的中心。甲状腺肿，也就是甲状腺的增补物，被内科医师认为是由于缺碘导致的。地球上大部分的碘都来源于海洋，科学家说靠近海洋居住的人们对甲状腺这种病症有免疫能力。

在乔治·W. 高尔博士带领下进行的罗契斯特湖的实验是在两年中集中三周每天将 16.6 磅可溶解的碘放入柯达市城市供应水中，这大概是 50：10 亿的比例。

有人说，这么少量的碘甚至没有办法被化学分析检测到其存在，而进行实验的科学家们还是坚信这样会成功地防止甲状腺肿。

当这个给供水系统放碘的决定做出后。罗契斯特的各所学校均贴出了通知：为了防止甲状腺肿，我们正在以 50：10 亿的比例将碘投放入城市供水中，20 岁以下的人请每天喝 4 夸脱水，这样甲状腺肿就会消失。

虽然多伦多也是甲状腺肿的高发地区，它的发病率和罗契斯特一样大，但是并没有采取集中大规模的方法，公共卫生部门的博士 C. J. O. 黑斯廷斯说，他不会在多伦多实验和计划之前对罗契斯特的尝试作出任何评价。黑斯廷斯博士认为针对儿童的甲状腺治疗应该由家庭的医生来处理。

　　"甲状腺肿是一种营养缺乏病。"黑斯廷斯博士说道，"这是由于食物和饮品中碘的缺乏导致的。这已被一些实验证明，减少食物和饮品中碘的含量易造成甲状腺扩大。另一个实验证明了甲状腺肿是可以预防和治愈，通过一种能被人体吸收的方式对碘进行恰当的管理可以预防和治愈甲状腺肿。"在一年之前，黑斯廷斯博士声明，多伦多学校学生的甲状腺患病率高达15%，而另一家学校则下降到了2%。因为还没有进行实验，患病率的增加和下降只能被推测。从很早以前，医学的专家们就面临着甲状腺肿这个难题。经过多年的努力，一些事实已浮出水面。甲状腺肿，即粗脖病，是一种颈部前面的甲状腺肿大的现象。甲状腺对儿童的成长是非常必要的。如果不能从一种或多种方式获得碘，腺体就会肿大。甲状腺肿大的一种防治方法就是摄取碘，海洋是全世界碘的储存库。以前，我们食物中来源于海洋的盐就富含着我们人体所需的碘，现如今它主要来源于内陆的盐矿。在一些高山地区，由于冰川和雪的融化，水使碘淡化甚至被冲走。在瑞士一个州的山区，这种病非常常见，在苏黎世的一个区，甲状腺肿的发病率是百分之百。距离海洋越远，甲状腺肿越肆虐。而在海岸边上，这种疾病几乎没有生存之地。北美洲根据一些发病学生数量分成了四个甲状腺肿地带，这些地带从东部穿越到西部。南部和东部海岸几乎没有出现甲状腺肿的情况。北部平原和俄亥俄峡谷上有一定数量的甲状腺肿发生，而中部和西部地带则是甲状腺肿的多发区。在北美五大湖的高山上，在芝加哥、罗契斯特、多伦多和底特律这些城市和西部山区，甲状腺肿是最高发的地区。所有的水都含有一定数量的碘，除了受甲状腺肿困扰的地区如瑞士、提洛尔和特提努奥泊斯。在这些地区中，有一些地区的人们引用冰川融化的水，这种水中除了雪水什么都没有。J. P. 麦克伦登医生是明尼苏达医学院生物化学的教授。他说在每逢周五和节假日的时候，在海边吃些海洋食品能够防治甲状腺肿。据教授说，所有的海洋动物和植物都富含碘，而且通过一些必需的抗甲状腺肿的药物也可以通过吃鱼代替。

他建议甲状腺肿多发地带的居民应给儿童吃些粉状的巨藻、海藻，或者一些其他的富含碘的食物、饮料或盐。

居住在海岸边的居民之所以能够远离甲状腺肿这种疾病，是因为海水以喷成暴风雨的方式被带到了遥远的陆地上。海水中的碘有时候能被吹到内陆 200 英里。科学家声称。

医生 H. A. 史蒂夫因提倡碘治疗成为安大略公共健康措施的先锋。安大略著名的医生指出了数不胜数的由于甲状腺体扩张带来的负面效应。紧张、易怒、缺乏平衡感，以及多种多样的由甲状腺过度扩张带来的后果，但这些情况都可以由碘管理来控制住。

1921 年，史蒂夫医生为了保护甲状腺体的正常发展，在大规模进行处理的期间，提出了公立学校的日常治疗，并开始着手于省内学龄儿童的调查。他的倡议在当时似乎太新颖，所以没有得到立刻通过。

人类还不是甲状腺肿唯一的受害者，羊、牛、猪、狗和鱼类都易于患上这种病。黑斯廷斯在密歇根做了第一个甲状腺肿防治的实践演示。一大群羊深受甲状腺肿的折磨，它们的情况看似已经没有希望了。但是它们在一个新牧场里找到了一个天然的盐床，舔过之后它们便痊愈了，甲状腺肿也没有再发展。那些盐被分析出含有大量的碘元素。

细流中的鳟鱼也患有严重的甲状腺肿。曾经这种疾病在政府管辖的孵化场内盛行，鱼大量地死去，以至于当时人们都认为人工饲养鱼会被摒弃。

调查人员发现，鳟鱼食用的人工食物是无碘的。当少量的碘被加入后，鱼就又恢复正常了。罗契斯特在甲状腺肿防治的实验中通过大范围的药物治疗是在经过向领先的科学家和官方咨询后进行的。调查表明，罗契斯特每天使用了 2400 万加仑的水，目前平均碘含量已达到了 5 亿分之一。

在向城市供水中分散投放适度的碘时，遇到了很大的困难，是一个个的蓄水池的水通过 10 英里长的管子被填满而解决了这个问题。

"碘的量太小了。因此它不可能对正常人产生坏的影响。"罗契斯特的健康主管高乐医生这样告诉一家纽约的报纸。但是在水和盐中都不含有碘的地区，每个人都会缺乏碘元素。这种不足在不同人身上有不同的表现方式。

"在一些人身上，这种不足会导致甲状腺肿，但是，我们不知道这种碘的缺乏会对我们其他方面的健康产生多大的影响。在一年的 6 周之内，食用过量来源于水中的碘元素不会造成任何危险。即使是来自水中碘元素含量丰富的地区，并且体内系统中经常含有大量碘的人也不会有危险。罗契斯特大约有 30 万人都饮用城市供水。一个私人的供水公司通过安大略湖供应了大约 3.7 万人的用水。到现在为止安大略湖中还没有投放碘。

"我们已经使很多疾病消失了，其中包括斑疹伤寒症、霍乱、猩红热和天花。"高乐医生在报告中讲道。

"其他的疾病也都在消失的过程中，包括疟疾、伤寒和白喉。"

"我们知道碘元素能够预防甲状腺肿。当 100 万头猪死于甲状腺肿时，人们开始喂它们含碘食物。我们已经向鱼和猪的饮用水中添加了微量的碘元素，我们和我们的子孙还需要这么做吗？"

我喜欢美国人

《多伦多星报周刊》1923 年 12 月 15 日

我喜欢美国人，

他们和加拿大人不太一样，

他们不会太认真地对待警察。

他们到蒙特利尔只为了喝酒，
却不是为了针砭时弊。
他们声称自己赢得了战争，
但他们内心清楚，他们并没有，
他们尊重英国人。
他们喜欢居住在国外。
他们不会在洗澡的时候夸夸其谈。
虽然他们会洗澡，
他们有一口好牙，
他们也会年复一年地穿着内衣，
我希望他们没有夸夸其谈。
他们有世界上第二好的海军，
但是他们从来不会提，
他们会让亨利·福特做总统，
但是他们却不会选举他。
他们看透了比尔·拜伦。
他们已经开始厌倦了比利周末。
他们有着如此有趣的发型。
他们不喜欢欧洲。
他们只去过一次。
他们发明了巴尼搜索、笨蛋和杰夫，
还有选筛。
他们从不会绞死女谋杀犯。
他们会将她们放在轻歌舞剧上。
他们阅读周六晚报。
他们相信圣诞老人。
他们会挣钱，而且可以挣很多钱。
他们是很好的人。
我喜欢加拿大人。
他们不像美国人。

他们晚上会回家。

他们香烟的味道很好闻。

他们有合适的帽子。

他们真心地相信他们赢得了战争。

他们不相信文学。

他们认为艺术是被夸张了的。

但是他们滑雪的技巧是很棒的。

他们中有一少部分人很富裕。

但他们有钱后会买很多马，而不是车。

芝加哥把多伦多称为清教徒的城市。

在芝加哥拳击和赛马都是非法的活动。

没有人会在周日上班。

没有人。

这并没有使我抓狂。

英国人只有一个，

但是你见过曾经的苏格兰人吗？

如果在安大略，你开车时杀了一个人，

你要负法律责任进监狱。

但是这事还是没有完结。

在芝加哥，直到今年，已经有 500 人在车祸中死亡。

在加拿大变富并不容易。

但是挣钱却是很容易。

那里有很多茶馆。

但是，却没有歌舞表演。

如果你给服务员一个 25 分的硬币，

他们会说谢谢而不是给你板球。

他们会让女人们站在等车的地方，

即使是好看的女人。

他们都是匆匆地赶回家吃晚饭。

还有收听收音机。

他们是很好的人。

我喜欢加拿大人。

一个盲人的圣诞夜

《多伦多星报周刊》1923 年 12 月 22 日

对于多伦多 50 万居民来说这是圣诞夜，而对于这个盲人来说却只是 12 月的第二十四天而已。

盲人在刺骨的寒风中靠在一栋楼的墙上，他的脚来回不停地交换着，而整个城市都充满了为圣诞节做准备的热闹，好像他与这个城市完全格格不入。他走了很远的路到了这里，花了他很长的时间。

透过盲人鞋上的那些洞，冰冷又潮湿的人行道让他近乎麻木。天正下着雪，因为他能感觉得到湿冷的雪快速地打落到他脸上。

这是他去过的城市中很陌生的一个。警察们都很高大。他之所以这么认为，是因为他们的声音都来自于他的头顶，而且他们说话的声音也很粗重。街道上都是人，但是却没有欢乐。只有来来往往的人群，也不知道要去向何方。还是很冷。

盲人不确定他是否还活着。他已经靠着这栋楼站了很长时间了，而且他还准备继续站下去。过一会儿一定会有些事情发生的，总会发生些什么的。

实际上他确信，如果他在那站的时间足够长，他一定会被一个大个子警察带走，而且很有可能会在警局吃上一顿喷香的圣诞晚餐。

但是盲人并没有想到这些，他已经没办法思考了。他只是站在那里。又冷又湿。

当他站着并看向他看不见的那些东西时。他身边响起了音乐声。那是意大利手风琴演奏者，他的衣领竖着，帽檐向下低着，站在大楼的遮阴处，利用那来抵御湿冷的雪和人群。他也不喜欢这个城镇，但是他口中却有酒和蒜的味道，有一个在病房的家人。他为加拿大人扫干净了人行道，但是却被赶走了。尽管音乐是从他背后传来的，但盲人听起来却似乎是从很远的地方传来的。一开始他没注意到曲调，但是他内心的某个地方被触动了。盲人能"看见了"。

他看见了宽阔的田野在远处倾斜着，他闻到了早上炸培根的香味。他听到了马向篱笆扫去时马蹄的碰撞声，他看到了自己在美丽的乡村骑马跨过一个篱笆时蹭上的一个污点。他看到了大的方形铺亚麻床单的床，一个小男孩儿舒适地躺在上面斜着脑袋听一个在床边坐着的人讲话。他看到了小男孩第二天早上早早起床下楼，在田野上和自己的小狗和玩具枪玩转圈的游戏。他看到了很多遥远的已被遗忘的事情。

音乐突然停止了。

"你能再把刚才那段演奏一遍吗？"盲人转向那个意大利人问道。

"你喜欢这段吗？我也喜欢。这段很好听，是吧？"意大利人调试了一下乐器上的按钮又开始工作，"噢，太阳把我肯塔基的家乡照得好亮。"

他抬头看着那个躺在地上的盲人，用探究的眼光看着他，然后像一个艺术家一样又开始工作了。

盲人似乎像是沉迷在音乐中了。突然他好像听够了，他看起来不再是空虚的或者迷糊的。他的耳朵正忙着分辨街上的车流声。一个警察吹着刺耳的哨声。盲人平静地走向了车流中。

意大利人没有看见他走了，他的头向乐器低得很深。

20分钟过去了，救护车鸣锣般的声音响着开过来了。

"你听到他说什么了吗，乔？"前排的一个随员问道。

"好像是肯塔基老家什么的。"另一个说道。

"有时候他们死去的方式像是布谷鸟。"一个随员观察着慎重地说道。

在救护车的后面有一条破的毛毯和一个担架，毛毯下面死去的盲人微笑着。事实上，有一段时间，他看得很清楚。

世界各地的圣诞节

《多伦多星报周刊》1923 年 12 月 22 日

天还没亮，个子矮小的德国女佣艾达就进来开始给大瓷制炉子点火。点着的松木烟直冒向烟囱。

窗外，远处的湖泊是钢灰色的，山顶积雪的山峰参差不齐地堆在上边，不远的前上方，密迪齿峰①的巨大牙齿在早晨的第一顶抹光照出来的时候开始闪亮起来。

外面的天气很冷。我深吸一口气，感觉空气像有生命似的。仿佛可以像喝冰水一样把空气喝下去。

我拿起了一只靴子往天花板敲去。

"嘿。秦克。今天是圣诞节哦！"

"太好了！"秦克的声音从木屋顶部下方的小房间传了下来。

赫尔斯芙也起身了，他身穿羊毛睡袍，脚穿厚厚的羊毛袜子。

秦克在门上敲了一下。

"圣诞快乐，我的孩子们。"他微笑着说。他身穿大件羊毛睡袍，脚上穿着厚厚的袜子，这袜子让我们大家看起来都像是修道院里的人。

在早餐室里，我们可以听到炉子咆哮和被炸开的声响。赫尔斯芙把门打开了。

靠着高大的白瓷炉子上挂着三只长袜，鼓鼓的突起奇奇怪怪

① 这个词法语是南部之牙的意思，意指法国的南部，属于阿尔卑斯山脉。

的肿块。在炉子底下周围，堆满了礼物盒。两对新得锃亮的滑雪橇放在炉子旁边。在天花板这么矮的木屋里放这雪橇，感觉有点太高了。

有一个星期的时间，我们每个人都分别秘密地前往湖泊下游的瑞士小镇上。我和赫德利、我和秦克、赫德利和秦克，大家到晚上才回来，带回来奇奇怪怪的盒子和包捆，藏在木屋里的各个角落。就在昨天，每个人都独自去了一趟镇上。然后晚上，我们每个人轮流装袜子，每个人都要保证不去查看里面的东西。

秦克自1914年以来，每年都在军队里过圣诞节。他是我们最好的朋友。这是这么多年头一回。大家都能在一起过圣诞节。

我们不辨滋味，狼吞虎咽地吃了早餐。圣诞节早上的早餐以往都是这样吃的。然后，我们打开了袜子，把它从袜口一直拉到脚趾的地方，每个人都拿到了满满一堆的礼物。好在将来可以满足地看看。

吃完早餐，我们匆匆地换上衣服，在阿尔卑斯山蓝白色的晨光中铲掉路上的结冰。火车正准备开出。秦克和我把雪橇投进行李车厢，然后三个人跃上车来。

整个瑞士的人们都在行动。滑雪队、男人、女人、男孩、女孩都坐着火车到山上去。他们戴着合适的蓝色帽子，女孩们都穿着马裤和裹腿，对着对方大声喊叫着。望台上都挤满了人。

在瑞士每个人平时都坐硬座车，而在像圣诞节这样的盛大节日，硬座车厢通常都是人满为患，没办法坐硬座的人们就都拥到尊贵的红色毛绒的头等车厢里去了。

火车呼啸着在山上爬行，登上世界的顶端。

在瑞士，中午大家都不吃圣诞大餐。每个人都把午餐放到背包里，到户外呼吸山上的新鲜的空气，期待着晚上的大餐。

当火车到达能到达的最高处时，人们成群地涌出。行李车厢那些来分类的一大堆雪橇都被转移到了一辆平顶车上。那车就钩在一辆机动的小火车上，它由木齿铁轮沿着山边直接吊了上去。

在顶上我们可以鸟瞰到整个世界，都在白雪的映衬下闪闪发亮，连绵不绝的山脉从各个方向延伸开来。

这感觉就好像是在大雪橇滑行的山顶里整个呈环形，往下都是一个个冰圈。大雪橇开始滑行，全车人都开始移向一边。而当第一圈以快车的速度往下走的时候，全车的人们都大叫起来，"啊——啊——啊！"大雪橇在一片冰天雪地中飞驰而行，冲向一片弧状冰雪飞了起来，又落到下面如镜般的一圈路上。

不管你在山上站得多高，总是还有向上的斜坡路。

我们的雪橇上系着很长的用海豹皮做的条状毛束，从上到下竖直地系着，纹路朝后。只要把雪橇在雪上往前一推，它就可以冲上山去。如果想要雪橇要往回滑的话，用海豹皮做的毛束还可以帮助检查滑行的情况。它们会轻轻向前滑动，但是每一次大幅度滑动时，它们都可以稳稳地系在后面。

很快我们就来到了高山的地方，那感觉仿佛就是世界的顶端了。我们继续列队往上滑，以"之"字形流畅地在雪上滑了上去。

我们穿过最后几棵松树，来到了一片倾斜的平原，这片斜坡延伸开来大概有半里。在这里我们进行了第一次向下滑行。在斜坡上，我们的雪橇像是从上面飞出来的一样，"嘶嘶"地冲了出来，我们三个人就如同老鹰一般从上面的斜坡俯冲下来。

而在斜坡另一边，是可以稳稳的向上滑行的地方。那里的阳光非常炙热，在平稳向上滑行的路途中，我们都热得汗流浃背。没有什么地方能比在冬天山上的日照让人晒得更黑的了，也没有哪里会让人如此饥渴难耐。

最后，我们来到了吃午餐的地方，那是一个被冰雪覆盖的老旧木制牛棚。夏天的时候，这里是青青的草原，农民的牛群都在这里生活。这里所有的一切看起来好像是要从我们下面垂直掉下去。

在6200英尺高的山上，空气就如酒般让人陶醉。我们上来之后把放在背包里的毛衣穿上了，然后打开午餐的盒子开始吃饭，还开了一瓶白葡萄酒，吃饱后的我们都靠倒在背包上，沐浴着阳光。我们上来的时候，都戴了太阳眼镜，以防雪地反射的亮光会刺到眼睛。而现在，我们摘掉了琥珀色的太阳眼镜，看到了这片明亮的新世界。

"我实在是太热了。"赫尔斯芙说道。尽管她的脸上已经有了些雀斑，但是晒伤的痕迹还是继续显现出来。

"你应该在脸上涂上灯灰。"秦克建议道。

不过还从来没有女人愿意尝试使用这种著名的、登山员特殊防晒方法来抵挡雪盲症和太阳晒伤。

刚吃完午饭不久，赫尔斯芙就进入了日常的午睡时间，在太阳的炙热还未散去之时，我和秦克开始练习在斜坡转弯和暂停。之后，就是要开始滑雪了。我们把海豹皮拿了下来，然后给雪橇打蜡。

然后我们开始往下冲去。这段路很长，我们迂回俯冲而下，紧张的心都要蹦出来了。我们在这一段 7 英里的斜坡滑行的感受，是我们在这个世界上的任何一种感觉所不可比拟的。当然，我们不是一口气滑行整整 7 英里。我们尽量快速地滑行，然后再加速，而后我们放弃了停下的希望，接着我们都不知道发生了什么事情。整个地球仿佛都被掀了起来，翻了一遍又一遍。我们三个人大多数都会一起滑飞出去，但也有时候连个人影都看不到。

这里除了往下滑行的路就没有其他路可以走了。我们疾驰而下，俯冲着，飞冲着，如拔塞子一般蹦跳出去，雪橇板如刀刃般在雪地上飞划而过。

最后，我们飞冲到山尖的一条路上，在这里雪橇的木齿铁轮已经停止转动了。这里有一条由滑雪的人们组成的向下飞冲的人流，所有的瑞士人都在往下滑行，我们也沿着马路跟着这条似乎没有尽头的人流俯冲而下。

这里的地势太陡峭了，而且很光滑，根本没有停下来的可能。这个时候我们什么都做不了，只能沿着这条道路向下滑行就像引水槽里的水一样，无助地往下滑行。于是我们也下去了。赫尔斯芙远远地把我们落在后面。在天色变暗之前，我们偶尔可以看到她头上戴着的蓝色贝雷帽。我们在黄昏里一路往下，再往下，穿过透着亮光又洋溢着圣诞气氛的小木屋，继续往下滑行。

然后长长的滑行队伍来到了一片漆黑的森林，我们都绕到一边滑行，以防撞到沿路上来的其他队伍。接着我们又经过了很多小木屋，它们的窗户透着圣诞树上蜡烛的光亮。我们继续滑行，前面什么都看不到，只有冰雪铺成的道路和一个滑行在前面的人，正当我们滑过一个小木屋的时候，就听到一个人在亮着灯的门前喊叫。

"队长！队长！停在这！"

这是这个小木屋的德国裔瑞士房东，我们在黑暗中经过了他。

我们发现，在我们前面的赫尔斯芙转了回来，于是，我们慢慢地滑行，踩松了，雪橇，一路沿着灯光滑上山上的小木屋。木屋的灯光映衬着山上幽静的松树，看起来让人感到非常愉快。木屋里面放着一棵很大的圣诞树，还有一桌真正的火鸡晚餐。餐桌上有闪烁着亮光银色的餐具，还放置着又细又高的玻璃杯和窄颈的酒瓶，超大的火鸡烤得金黄金黄的，非常好看。配菜也全都端了上来，艾达穿着一条颜色明亮的围裙，正在侍候大家就餐。

这是在世界顶端才能享受到的圣诞节——大利北部的圣诞节

意大利北部的圣诞节

米兰，这是一个往外延展的、新与旧交织着的、黄褐色的北部城市，在12月寒冷的天气下，它被紧紧地冰冻着。

肉店里都挂满了动物的肉，有狐狸、麋鹿、孔雀、野兔等等。寒冷的天气下，人群从圣诞节休假的列车上走下来，在街上四处走动。仿佛全世界的人都在咖啡厅里喝着热乎乎的朗姆鸡尾酒。

各国的官员，都不同程度地清醒或者醉着，他们聚在斯卡拉剧院对面的科瓦咖啡厅里，期望着自己能在家乡过圣诞节。

一个阿尔迪蒂的年轻中尉，告诉我阿布鲁奇的圣诞节是怎么样的。"在那里，他们猎熊，然后男女各行其事。"

然后，秦克带来了一个天大的好消息。

这个好消息就是在维尔曼佐尼大街上有一家专卖槲寄生的商铺，是由一些貌美的米兰年轻人开的，他们的商品盈利都捐给慈善机构。

我们立马丢下那些意大利人、醉汉和其他人，快速的形成一支战斗队伍。

我们直冲向那家槲寄生商店。只见一大丛槲寄生挂在外面，从窗户外面就能看到那些年轻貌美的人儿了。我们全都走了进去，买了一大堆槲寄生。我们确认了一下我们所在的位置，然后离开了。我们拿着那一大堆槲寄生沿着路走，我们分给在路上的女清洁工、乞丐、警察、政客．还有出租车司机。

然后，我们又回到那家店里，买了更多的槲寄生。今天是做慈善的好日子。我们又离开了，拿着更多的槲寄生，分发给路过的记者、酒保、街道清洁工和电车司机。

我们又重新走进了店里。这一次，这些米兰的年轻人开始对我们感兴趣了。我们坚持要买下商店外面挂着的那一大丛槲寄生。于是我们花了很多钱买了那丛槲寄生，然后，我们从窗户看到了一位看起来很正式的先生，他正戴着一顶高帽，拿着手杖从维尔曼佐尼大街路过。只看了一下，我们就决定要把这丛槲寄生送给这位先生。

这位先生拒绝收下我们的礼物。我们坚持让他收下，但是，他还是拒绝了。他说这对他来说实在是一份太大的荣誉了。我们跟他说如果他收下了，我们会感到很荣幸的，并且这是加拿大圣诞节的一种习俗。于是，这位先生动摇了。

我们透过窗户，帮他叫了一辆出租车，并且帮他把大丛的槲寄生放到他旁边的座位上。

他非常感谢我们，又略带尴尬地坐车离开了，因为旁边很多人都驻足盯着他看。

这又激起了商店里年轻人的兴趣。

我们又一次进入商店，低声向他们解释，在加拿大，槲寄生在习俗中有很重要的作用。

他们把我们带进了密室，把我们介绍给他们的女伴。这些女士都是非常值得尊敬的。其中，有一位是女伯爵，身材高大，性格爽朗。还有一位是公主，身材纤瘦，五官棱角分明，带有贵族气息。我们从密室里出来时，她们还小声告诉我们，她们将在半小时后出去喝茶。

我们带着大量的槲寄生离开了，然后把它们送给意大利豪华餐厅的侍者领班。这个侍者领班被这个加拿大的习俗深深感动，他也回报了我们。

我们口嚼着三叶草离开了，又往卖槲寄生的商铺走去。我们用剩下的少量槲寄生示范了一次这个加拿大的神圣习俗。后来那两个女伴要回来了，她们就在街上吹口哨来给我们暗示。

于是，槲寄生的真正用法被我们带到了北意大利。

巴黎圣诞节

巴黎正在下雪。咖啡厅外面都放置了木炭火盆，它们发出火红的光亮。有的人们在咖啡桌边上缩成一团，连大衣的领口也高高竖起，还有的人们在洗指碗里用格罗格酒洗着手，而报童在叫卖晚上的报纸。

巴士如绿色的重型卡车般低吼着穿过，黄昏下雪花缓缓地飘下，白色的墙壁在黄昏下的白雪里竖起。城市里的落雪是最漂亮的。在巴黎，站在横跨塞纳河的桥上，你可以透过这细柔如帘的雪花，越过巨大的罗浮宫，往上望去，就能看到河流上方横跨着许许多多的小桥，还有在黄昏下连接着巴黎旧区的灰色房子，它们一直延伸到巴黎圣母院。

巴黎非常漂亮，而圣诞节的时候却让人感觉孤寂。

一个年轻男子和他的女朋友，从阴影下的堤岸路走上波拿马大街，又走到灯光明亮的雅克布大街。他们来到了二楼的一家小餐厅，名字叫作第三共和国地道餐厅。这个小餐厅有两个包厢、四张小桌子和一只猫，而且正在推出特别的圣诞大餐。

"现在的巴黎看起来没怎么有圣诞节的感觉了。"女孩儿说。

"我想念蔓越橘了。"年轻男子说道。

他们吃着特别圣诞大餐，而且火鸡被切成奇怪的几何形状，还有很多软骨和一大块骨头。

"你还记得家里的火鸡吗？"年轻女孩儿问道。

"别提了。"男孩儿说。

他们又吃了马铃薯，那些马铃薯显然是炸的时候放了太多油。

"你说他们现在在家干什么呢？"女孩说。

"不知道。"男孩儿说，"你觉得我们可以回家吗？"

"我不知道。"女孩儿答道，"你觉得我们可以成为成功的艺术家吗？"

这时老板拿着甜品和一小瓶红酒走了进来。

"我忘了给你们拿红酒了。"老板用法语说道。

那女孩儿开始哭了起来。

"我不知道巴黎是这样的。"她说，"我以为这里会很欢乐，有很多灯光，会很漂亮。"

男孩儿用手抱着她。这是他在巴黎的餐厅还可以做的一件事情。

"别担心，亲爱的。"他说，"我们才在这里待了三天，巴黎会有所不同的，我们就拭目以待吧。"

他们吃了点心，事实上，那点心有点烤焦了，不过他们都没有说出这个事情。他们随后付了钱，走下楼梯，走上了雪花正在飘落大街。他们走到巴黎旧区的街道上，这些地方总有野狼四处觅食，还会咬伤人类。那些高大老旧的房子立在那里看着这一切，即使是在圣诞节，这里也是一样的荒凉和冷清。

男孩儿和女孩儿都有点想家了。这是他们在异国他乡度过的

第一个圣诞节。你不会真的懂得什么是圣诞节，直到你在异国他乡感受不到的时候。你才会懂得它的真正意义。

W．B．叶芝—— 一只夜莺

《多伦多星报周刊》1923 年 12 月 22 日

威廉·巴勒特·叶芝——爱尔兰诗人，今年的诺贝尔文学奖的获得者。因为，他和一个为了倾听他的作品而强迫自己不睡觉的多伦多人的事件而被大家记住。这位先生曾是这个诗人最后一次造访多伦多（1920 年 2 月 2 日）时接待他的主人。他期望在哈特大厅演讲完而变得疲劳的诗人能休息一会儿，但是叶芝证明了他是一只真正的都柏林夜鹰，或者说他是夜莺更合适吧。

不管怎样，诗人的演讲让他彻底地清醒了，并且使他处于一个很好的谈心的状态。他讲述了文学轶事，还低声地吟唱了苏格兰高地传奇。1 点的钟敲响了，2 点的钟敲响了，叶芝越来越清醒，但是接待他的主人开始打哈欠，眯着眼睛坐在椅子上。他还不习惯与大家聊这些聊到这么晚。

唯一让他清醒的事儿是，他很担心自己睡着后会从椅子上掉下来，然后被不停地嘲笑。早上 4 点，可能是诗人疲惫了，又或者是他发现了主人半睡半醒的疲惫状态。不知何故，他叫停了会谈回到了卧室里。

诗人一定是度过了一个无眠的夜晚，因为，第二天早上房间看起来很乱，像是前总理尼提的屋子经过了法西斯的造访以后的样子。衣服被散乱地扔在床上，主人收拾过之后才发现诗人把他的梳子和睡衣，还有一些其他不可缺少的用品落在了盥洗室里。

主人用快递把这些东西寄回到纽约，以便叶芝能够以往常干净整洁的样子面向观众。尽管能够得到一位天才的喜爱，但是，这个来自多伦多的诗歌仰慕者，将来会偏爱加拿大国内安静的诗人带来的安慰。

叶芝最近在斯德哥尔摩获得了诺贝尔文学奖。瑞典的首都以它的夜生活而出名，也许在熬夜的比赛上诗人的瑞典主人会打败他。在多伦多，不论怎样诗人都是赢家。他的主人记忆更深刻的是，他是一只夜鹰和噩梦，而且不只是夜莺。

年轻的共产党员

《多伦多星报周刊》1923 年 12 月 22 日

多伦多 300 个儿童将再也不会知道圣诞节。

不，他们没有死去。尽管他们大多是特别贫穷的孩子，但是他们并不需要明星圣诞老人基金会。他们已经放弃了圣诞老人的礼物。

圣诞节对他们来说将只是 12 月的第二十五天。他们已坚定地站在了共产主义的船上。在这条路上，他们必须将圣诞节视为野蛮习俗的胜利。在共产主义者的日历上没有圣诞节。多伦多 300 名年轻的共产主义者，在 3 月 18 日的巴黎公社之前不会期待任何节日的到来。

谁是多伦多 300 名少年共产主义者？

不久之前，一个当地的牧师控告他的神职人员有四个"红色周日学校"，而且他们在多伦多每周日举办会议，但没有说细节的情况。

所谓的周日学校在多伦多有五所。共产主义领导人丝毫不隐瞒自己的存在。

他们被分为了乌克兰人、芬兰人、英国人三部分，并且已经组成了实际的团体，在那里儿童们可以被直接地发展为共产主义者。每一分努力都是为了远离正常的教学。那里没有老师和学生，孩子们发展是为了得到比命令更重要的东西。

但是共产主义者是什么呢？大多数多伦多人民将其与社会主义者混在一起。

共产主义者和社会主义者并不混淆，这些多伦多的儿童团体就是共产主义团体。

F. 卡斯坦斯夫人直接领导芬兰团体，她去年花了 4 个月的时间，在莫斯科研究青年共产主义者工作，这个团体是组织里最紧密的。它有 50 个儿童成员，并且他们把自己称作先生大厅同志俱乐部，而且每周日他们会在 957 大观道的先生大厅举办会议。

英国团体中有 30 个儿童，他们被称为青年共产主义者团体，每周日在丹尼森大道和皇后街举行会议。

乌克兰儿童在东部、西部和多伦多中心分别有三个不同的团体，乌克兰组织有 188 个儿童，他们和另一个从属于火的组织是一起的，也是由波特·亚瑟领导的。

这些一共有 268 个儿童，但是 300 的数据是由共产主义者总部完成的，也或许是其他组织的数据没有被计算进来。

一个绿色纸质包装的书，书面上有一个黑色五角的苏联星徽，五角星上面坐着五个小孩子。这本书写的是关于在培养共产主义儿童过程中的目标和方法。

上面标注着"儿童团体领导手册"，它是由国际青年共产主义者高级委员会发行的。这本书开头写道："共产主义儿童团体不能是幼儿园或孩子的家，它们必须是干活工人的儿童的组织，这个组织是要抵制资产阶级教育的。"

接下来是攻击方法的论述，大体字写道："我们如何开始！"

"这个世界上没什么比招收儿童更容易的事了。有志者事竟成。青年共产主义同盟的年轻人来到儿童们的所在地——晚的街道、公园、公共操场，或者是一些户外庆祝的地方。他们看着儿童们玩游戏，同时也逐渐地加入到他们的游戏中，也会教小孩玩一种圆圈游戏，其他的小孩儿也被吸引而加入游戏。过一会儿之后，当孩子们有点累了，就问他：'我们学首新的歌好不好？'一开始小孩子有点怀疑，然后，他们会有些害羞，但是最后他们都会加入歌唱《红旗》《国际歌》或其他的革命歌曲的活动中。"

这是手册上一种被提倡的培养青年共产主义者的方法。

手册继续讲道："我们也可以到家长中去搞活动。在贸易中心、俱乐部。又或者在一些房间、花园、公园这些我们通常见到他们的地方，让他们的孩子也参加进来，孩子会乞求家长允许他们带着自己的朋友或者玩伴去参加活动。孩童们是天然杰出的鼓动者。

"当然，有些家长可能会拒绝带孩子来。大部分家长在生活中都是资产阶级的认可者。这些家长必须引起共产主义者领导的主要注意。

"有时候家长还会使用高压的方法阻止孩子。如果孩子的决心很强也很有动力，他们就会强烈反对家长，然后参加会议，即便家长禁止他们这么做。越来越多的敏感孩子会经历极大的内心斗争，当面临这种情况时，我们必须要有极大的耐心并理解他们。领导们采用的积极方法，将取决于他们的父母是仅反对的清教徒，还是反动派或者是爱国者。"

据说正常的有反动意识的孩子，父母会深思一段时间。我们现在可以合上这本手册。走上多佛街和皇后街的去看一下年轻的"红色革命军"在做什么。

这是个周六的晚上，会议在圣殿大厅召开。在门外的走廊上有一个卖粉色和绿色汽水的地方，门外还有一个哨岗。

在对着让人讨厌的绿色背景屏幕和发光的舞台上坐着三排儿童。他们都有曼陀林，而且都在很认真地玩着。一个很瘦的保加利亚人，戴着眼镜，坐在最后一排，带领着孩子们做游戏。

在大厅里，台下冷漠的脸、智慧的脸、疲惫的脸都看向台上，舞台上坐的有孩子们，儿童共产主义者，年轻的"红色革命军"。

他们看起来并不危险。他们中有一个有着水稻茎颜色头发和玫瑰粉色脸庞的大约 9 岁的小女孩儿。她把脚转向里面，当她玩耍的时候眼睛认真地盯着她的曼陀林。

　　还有一个戴着大眼镜的小男孩儿，他看起来像只青蛙。

　　只有一个很漂亮的小孩子，他有黑色而敏捷的眼睛，纯真又美丽。

　　但是大部分人只是普通长相的孩子。其中，金发的孩子占多数，因为他们都来自俄罗斯，所有人都欢快又认真地玩着。

　　保加利亚人当孩子们玩着的时候用英文发出"嘘"声。

　　他们表演了很长时间的曼陀林和小提琴音乐，还有乡村乐的和声。乡村乐很悦耳，曼陀林演奏还可以，但是小提琴的演奏难听极了。

　　当他们走下舞台进到走廊的时候，一个枯瘦帅气的，脸庞因被阳光过度晒过而呈现深色的年轻人，走了过来，眼中散发着革命的光芒，他做了很长时间的演讲。他是团体的领导。

　　他说乌克兰语言，听起来像是嗓音低沉的德国人嘴里含着热土豆在讲话。

　　他的演讲达到了东部和西部战前的效果。格里希亚是世界上文盲最多和最落后的地方之一。现在在波兰控制下的部分格里希亚地区更加落后，文盲达到了最多。但是，在苏联统治下建立了很好的学校。波兰的格里希亚人不断地跑到苏联去接受教育。

　　这是一篇很长的演讲，其间，观众席的人几乎都变得不安宁。

　　中间有一次暂停休息，然后有一些音乐、一些朗诵、一个是由舍甫琴科，乌干达国内诗人表演的。然后是一个秃头大下巴的胖男人做了另一个演讲，述说了历史、地理、语法课程也应该对成人开放。胖男人笑起来很开心，但是当他皱起眉头时感觉牛奶都要凝固了。他工作时间是个卡车司机，同时是团体中的活跃分子。紧接着，曼陀林、小提琴和重唱组合表演了红色军的行军和国际歌。第一首很好，可以鼓舞行军的人心，第二首则是我听过的最不激动人心的曲调。

　　他们经常用意大利语说。如果，红色革命军能够掌握任何一个曲调，如法西斯党圣歌《青年》，当工人夺取工厂时意大利应该早就成为布尔什维克了，但是没有人能够像《国际歌》中那样誓死战斗。

整体上看，乌干达人的议会似乎同其他乌干达的民族主义者组织很像。不论是关于共产主义还是其他，它都会存在。有人说，如果乌干达不是苏联共和国同盟成员之一，会议也会照常，只是音乐的质量会变得更好一点。原因是这个地方的组织亟待被共产主义者接管，新的组织是青年共产主义者同盟手册目标。其中一些部分更加令人吃惊，绿色手册的第 12 页写道："儿童团体是好战儿童的群体。他们是好战的无产阶级的未来，但是他们不能根据指令形成群体。他们必须自然地应用到经验中。共产主义者教育不是反对者说的，教孩子们重复的，已经被证实的规则公式，不是致力于记忆共产主义的 ABC。它既不是被称赞的法国合理的制度，也不是英帝国教条式的制度，而是在共产主义者团体中被教育的孩子们接受，已经准备好的半成品的东西。"

第 16 页说道："我们共产主义者主张儿童必须纳入为本阶级奋斗的战士中，而且必须与阶级共生存。狗也许会叫，但是火车还是要上路的。"

第 13 页的这段能够预见到问题："很多家长认为共产主义儿童团体不适合，这种情况确实是真的。尤其是一些具有资产阶级意识形态的家长。孩子找到我们，是为了寻求自信独立和发展他们评断是非的能力。他们的观察力非常敏锐，能够发现父母的软弱和矛盾。自然的，父母不喜欢让自己日复一日地成为机械的奴隶，他们喜欢扮演家里的上帝。在他们狭隘的资产阶级意识形态里，在他们对和平和安慰的渴望里，他们看不到孩子正在经历的巨大的进步。他们的虚荣心受到了伤害，没有比受到孩子们的直接冷酷批评而使虚荣心受到伤害更痛苦的事情了。"

在这样的情况下能造就什么样的孩子？什么时候能结束？

在"孩子可以成为战士吗？"这个问题中，绿色手册陈述道："共产主义儿童运动，已经在很大程度上提升了有价值的儿童的好战能力。这在德国得到了证实，已经有 30000 多儿童组织起来了。"

"孩子们明白，应该保护他们的权利，并且保护自己，当他们被禁止佩戴苏联的徽章时，他们回应道，只要有君主主义者和民族主义者，还有宗教的徽章能戴，他们就会戴。当老师开始使用暴力方法的时候，学生们会立即宣布要罢课。"孩子们还被教育如何在争论中让老师被迷惑，把教室变成一场争论。在历史课上，孩子学到当地的共产主义者团体一定要反对无产阶级版本。当小孩白天在学校学习一种版本的历史后，晚上还要在红色周日学校学习另一个版本。

手册第 27 页上写道："我们反对资产阶级和无产阶级的历史。在宗教问题上，我们坚决不能用嘲笑的方法反对宗教教育。反之，我们应该在宗教来源上启蒙孩子们，以历史发展的方法讲述宗教是一种权力手段，是一种富人用来控制穷人的工具，也是统治阶级用来统治大众的工具。"青年共产主义者国际组织强有力地劝告大家，比赛和运动不是个人的终止，而是为了成为战士而锻炼自己的身躯。散步和室外远足的好处都一览无余。女孩子们被鼓励要像男孩子一样参与比赛和游戏。"红色军队不仅需要男性战士，还需要女性战士。"

绿色手册第 40 页讲道。年轻的共产主义者还被鼓励不要理会童子军的活动，要自己建立起那样的组织。

"我们给孩子们的，是真正的军事任务，"第 42 页导读上的领导宣言上写道，"让孩子们锻炼竞争性的或不合法的工作也是必要的，如文学作品的运输，就像情报员一样掌握密码的使用和传递信息或交流秘密信号。"

"娱乐，我们有远足和散步，这些是手册上的其他主题。"

还有一章是关于童话的。"很不幸，"作者遗憾地说道，"只有很小部分的无产阶级童话，在这民间故事又不好用，即使是被称作'工人'的勇敢的王子遇到了'工厂'的公主，然后公主被解救了的故事。"

高尚的"无产阶级王子"是完全新颖又很好的概念。

却被作为童话故事的替代，孩子们被引导编造和表演自己的童话故事，就像这本柏林的包括多伦多领导者的故事。

一个大厅后面的门被打开了，一群孩子进来了，手里拿着红旗，唱着"我们是年轻的守卫者"，他们示威地向站台上走过去，男孩儿和女孩儿们在进军中分成两拨向观众卖他们的报刊。突然，其中的一个孩子被逮捕了，带到了警察局，他的报纸被拿走了，但他拒绝把报纸留下自己走，他坚持留在警察局。

在学校的舞台上，当孩子们告诉老师关于逮捕的事的时候，老师评论道："这样做是对的，他不应该卖这种报纸。"

于是孩子们进行了一次会议，他们决定罢课直到他们年轻的同志被释放。当老师进入这个几乎什么都没有的屋子里的时候，询问这几个"反动派"，他们的同学在哪。他们告诉他正在进行罢课。老师走向讲台左边的警察，乞求他们释放了小罪犯。于是，警察把报刊还给了他们，老师松了一口气。然后，所有的孩子都开始庆祝胜利，高唱《国际歌》，其他人也都加入了进来。多伦多的青年共产主义者团体虽然只成立了两个月，但由卡斯坦斯夫人领导的芬兰团体却是最先进的团体。在通过妇女选举权和社会改革工作加入共产主义之前，她在公立英语学校已经教了14年的书，卡斯坦斯夫人是一个面容和善、真诚、充满魅力的人。

现在她的组织正在研究蜜蜂的生命，并且与人类的生命作比较。

"他们研究蜜蜂的群居生活和不同的分工，并且与人类的生活作对比。"卡斯坦斯夫人说，"蜜蜂杀死那些不劳动的同类。当然我们不会教孩子们怎样剔除社会中的那些人。他们还太小。我们只能让他们自己做参考。"

由卡斯坦斯夫人领导下的学校都是尽可能地由学生们自己来决定大事。

"孩子们必须意识到，并且享受这种不只是简单玩乐的自由。"卡斯坦斯夫人说道，"我们的想法是每个人都应该有自己的价值。个人的价值不应当仅是为了实现自己的利益，更多地是为了整个社会的利益。极富和极贫都不应当存在。"

"那圣诞节呢？"我问。

"没有哦。这里的孩子当然不会庆祝圣诞节，那是一种文化缺失的复活。我们教育孩子几乎所有的节日都是过去异教的复兴形式。"

"那么儿童共产主义者过什么节日呢，卡斯坦斯夫人?"我问。"3 月 18 日，巴黎公社纪念日；5 月 1 日，国际劳动节以及 11 月 7 日，俄国革命的周年纪念日。"

就是这些。没有圣诞节，且没有任何形式的感恩。

多伦多赌注

《多伦多星报周刊》1923 年 12 月 29 日

在墨西哥边境有一个很脏的小镇，那有沙龙、同性恋旅馆、赌场、布满灰尘的路上两边还有便捷餐馆。驱动强劲的摩托车和充电的福特并排停在马路牙边，墨西哥小马被拴在中间。

在这个小镇的边缘有一个赛场，十二匹马站在那里绳子被紧拉着，一副蓄势待发又紧张的样子，在它们面前有一个有弹性的障碍物，一个骑手试着骑一匹戴着奇怪头盔，看起来像是三 K 党的马。

"加油，孩子。把眼罩掀起来，把那东西带回来。"下令者看着这些马匹不停歇地在沙里踩来踩去，便喊下了口令。

"把它带回来，听见没。快跑。不要扎堆。嘿！你！说的就是你。把那条狗赶开。推它。现在把它带回来，孩子。现在!"

栅栏正在以一种奇怪的角度等待着一个疾驰到那的马，这时铃声响了，马匹们开始敲打着地面跑向终点。

一匹戴着头巾的马排在最后正吃力地向障碍物冲去，结果无望地被打败了，它慢慢地在尘土中向回走，终点线越过了它的头顶，骑师挥舞着令人厌恶的鞭子。

这时候另一个好事也出问题了。

"华瑞兹市第六个下令者下十注。"他对旁边戴圆顶礼帽的人说道。

"正好?"旁边一个戴着克里斯丁帽子的人转过来说。

"正好。"拿着比赛报纸的人说。

此时 2000 英里以北有一群人站在多伦多市政厅街道对面的墙边,有一个人正在读赛马报纸。

而 2000 英里以南的地方,独裁者正在远远超过它的十二匹马扬起的灰尘中奔跑着。它的骑师对自己说道:"这是个一流的冰鞋。这就是查理所说的,如果我赢过他的话,他会为我赌上的东西。"

同时在多伦多,赌还被下在独裁者身上,或者是飞翔的青蛙,再或者是卢尼恩的洋葱,或者任何特别好的东西的名字上,直到过一段时间马被领回畜栏。

赌博特定的名字被形容为点头赌博。这不需要设备、收据、投注或者票,它所需要的只有自信,这是一种打赌者和赌者之间的相互信任。在多伦多公共赌博场合上它已经流行了很多年,每年都有数千美元。而且这个基本上不可能停止。因为没有任何证据。

虽然小数额的点头赌博是被独裁者打击最小的群体。但他们构成了多伦多百分之一的赌博公众。

一个著名的多伦多马术师在赛事中说,在多伦多有 10000 人赌博,人进人出。

一个前书商统计数字为 9000 到 10000 个人,所有人都了解他们在干什么。每天多伦多有超过 100000 个带书签的人参与。据这些人说,多伦多这些年来一直以最大的赌博城市在北美出名。

"但是现在正在改变,"马术师说,"赌大钱的人正在退出,受按注分彩法和政府收税的影响,他们正在被迫退出这个。"

大约 10 年前,孔雀馆对面的那座大楼里的 A．M．沃普与莫里哀特和百利一起操作过。它是多伦多最大的赌场,5000 美元的佣金在多伦多赌博事业辉煌的时期都不少见。

现在多伦多没有下注者会出 5000 美元赌注的登记记录了。但是你仍然能看到，1000 到 2000 美元的赌注即时登记。下注者会把它放在镇外，实际上多伦多很多赌注都是放在蒙特利尔的。

但是，无论你在值得尊敬的女士身上赌了多少，你都不能从 2 美元的赌注上赚到 1500 美元。

因为登记下注者有工作的条件，他们必须有一个底线。

15 美元要 1 美元的赌注，那就需要 6 美元摆面，3 美元开盘，不管马跑得怎么样。如果你赌的马以 200：1 赢了比赛，你最多在 2 美元的赌注上收获不到 30 美元。

赛马的下注者对这些限制作出回应，没有人不想却必须赌，你能接受这些条件或者离开他们。结果真正的长期炮弹射手是绝对被消除的。

当两个或者多个马在这次赌马中共轭的时候，打赌的那个人就必须为他想要赢的那匹马命名，如果任何其他的马在入口处赢了，那么他就赌输了。

一个打赌者是不能担任场外队员的，在多伦多没有赌马者会接受在战场上赌马。如果，他把赌注放在赛场上的一匹马，那么不是他开始赌赢的那匹马的话，他就输了钱，即使他应该会接受被缩减的胜算。除非这匹马会赢。

对于赌马者而言这是一条令人头晕目眩的路，但是赌马业的人确实会或多或少有组织，他们做的是非法的交易并伴随着永恒的冒险，他们打算让事情在他们能控制的范围之内。正如他们所说，没有人在不想的情况下而不得不赌。

多伦多赌马业者很少有女性顾客，都是些陈词滥调："你知道速记员是赌博业最大的客户。"但在这里是不适用的，就算它能应用于其他任何地方。

"英国的女人是非常沉迷的赌客，"一个在赛马比赛中地位很高的人告诉我，"但是她们并不喜欢在出城的时候赌马。"

一些多伦多赌马业的人喜欢办理女性的赌注，但是没有一个处理蒙特利尔的赌马的委员会人员会愿意与一个女性打赌。

现在很多多伦多的计算机操作员都是收佣金的经纪人。他们以收取 1.5% 到 2% 的佣金为目的。他们中的 80% 都在蒙特利尔名列前三名。

"当然，我仍然可以在 5 分钟之内获得 500 美元的赌注而不花一分钱。"一个了解很广泛的赛马迷跟我解释说，"但是旧的信用时代已经一去不复返了，它能帮助我，但并非作为一个商业事件。"

每年的这个时候都是一个从南方赛马场延伸到北美的巨大的网络，据统计，北美博彩业工作的男性多于钢铁工业，而且这种情况还在继续。多伦多是一个很有名的赌博城，但是，如果你不关注比赛，你将永远看不见任何赌博。如果你是一个赌徒，你就能在哪看见赌博。这就是说，如果你去寻找它，就会看见赌博的一切迹象。

在阿德莱德和月桂街道的一个角落里，一辆闪亮的轿车停在靠人行道的地方。司机在驾驶座上漠不关心地坐着，在他旁边的座位上是一个戴着软帽子的瘦长脸形的男人。他们很明显是在等人。

如果你观察的时间足够长的话，你就会看见一个人经过在吃午餐的人群向这个轿车的窗户走去。

那是滚动的赌马业者，他已经在多伦多做生意了，但那是小生意。

在一些酒店的雪茄专柜后面有操作的赌马业者，而在一些固定的雪茄店、冰淇淋会客室、游泳馆，这些人大部分接受了赌马业者更大的佣金。

多伦多赌马的人都在办公室，工厂，或商店里赌博。每家赌场都雇佣了自己的赌马经纪人。这些人每个赌注都会获得 2.5% 到 5% 的佣金。

如果，现在赌马业者可以操作任何等级的赌博，那么他就会被安排在贵宾室里，在那里他的工作不会受到打扰。有时候一个赌马业者的经纪人会给办公室或工厂在每天固定的时间打电话，但是基本上经纪人就是一个雇员。

新奥尔良是多伦多大部分人进行金钱投资的地方。

"那是因为你有票，而且价格比赛马赌金计算器更贵。"曾因训练马匹敏捷准确而闻名的驯马师说道。

"多伦多有各种各样的赌民。过去，这个城镇被称作是最多便宜赢家的地方，是钱让他们受欢迎，经常会有厉害的赌民赌输。"里面的人紧接着说道。

"多伦多有多少公共赌场在过去的几年里是靠赌博赚到钱了呢？"我问。

"没有。"他礼貌地回答，"没有一个人能赚到钱，他们赚不到。"

"那竞赛的消息呢？"我问。

"那是大错特错！"他回答说，"我觉得，有人放出消息给我，并且索要比赛里的一批马，然后又有别的消息从马厩传到我这里，好像那是内部特殊的消息。"

到目前我才发现在多伦多没有人卖比赛消息。多伦多赌民喜欢自己做选择。尽管这样，但是在多伦多的交易后依然有拿到很多分红的人。按正常的程序，应该是为他们得到的名字写信。信上说，他有一个在马厩工作的朋友，这个马厩里有一匹好马将要在下周某一天被镀金匠整到麻痹。催促拿到信的人立刻交给写信的人美元。

比赛那天，有人来给马贴上名字，兜售者通常都会在一场比赛里有至少三匹马，并且派出去30多个传达信息的人。

虽然这个比赛有不同的形式，但是原则是一样的。让某些人为你赌钱只因为是你让他们这么做，而且总有人愿意这么做。

所有大的赌马赛事在安大略注定失败，马术师曾经这么说道。

"3年以后，这里再也不会有50美元的机器。"他悲伤地说。"高达11.5%的税对赌马业者来说是很大的负担，他们承受不来，赢者赛马场的上座率已经下滑了50%，底特律的宣传手册却增加了一倍。"

花了成百上千的金钱用来赌马的人在安大略似乎注定是失败了。过去的巨人时代已经成为历史，但是仍然有 10000 个怀抱信心的人不惧怕他们所面临的现实。

麦科恩 1914 大狂欢

《多伦多星报周刊》1923 年 12 月 29 日

除夕夜已经过去了。

没人知道它去了哪里。

但是大部分人觉得它还存在于平凡的家务事里。

除夕夜在没有生气的国家很难消逝。

新年的习俗没有消弭，两个晚上前，在觥筹交错间，人们辞去旧岁，迎接新的一年。除夕夜仍旧被大家用狂欢的方式来庆祝。

作者自己曾经参加过世界各地的狂欢，通常情况下都很无聊。

在阿尔巴尼亚的山上，吉卜赛在笼子里狂野的舞蹈，这是给游客们看的噱头。巴黎人的狂欢都是用来催眠的。

但是在这个大城市里，除夕夜有着不一样的感觉。

你还能在哪里看到年轻美丽的女子跑进酒店喷泉，去享受那种生命的愉悦呢？

还能在哪里有这样的女子，使警察鼓掌欢笑？

还能在哪里看到当一个女孩儿把拖鞋当作勺子在喷泉里捕鱼时，警察会让大家后退看这里是儿有美女在玩；一群男人勾肩搭背，在水晶店里跑来跑去？今晚就是这样子。

然而多伦多的除夕夜在 1914 年断送在了上校乔治·泰勒的手中。

"这里有很多的证据能够证明这场控告。"上校总结道，"我认为所有的事情都是肮脏的。从那些证据上我能看出来的是，那是一场酒醉后的狂欢。当然这对 30 岁到 40 岁的女人来说，醉酒后踉踉跄跄地在很多地方逛并不是值得骄傲的事情。我们收集了证据，证明那里不仅有吵闹、醉酒，还有吻自己妻子和别人妻子的男人。这可不是能在大庭广众下出现的事情。你不能说那是一个能公开卖酒的地方，这样的话执照将会被吊销 60 天。"

上校用这些话给除夕夜的狂欢做了终结。那曾经引起了无数家庭的激愤的事情都是历史了。关于麦肯基发生了什么还有很多不同的版本，那个故事呈现了荷马时代的流逝。

在那些日子里，麦肯基国王街道上有一个餐厅，餐厅穿过了玛琳达街道，这个在加拿大都很有名。走进麦肯基里点份汉堡和其他的一些东西，这对大多数多伦多人来说是家常便饭。

楼上有六到七个房间，三楼有一个舞会房间。派对都在舞会房间里办。

有 250 名客人进行了预约。他们看着"老旧的"的日子慢慢过去，然后新的日子走来。香槟和红酒都是新年的"润滑剂"，红酒本周都不用付钱，账单都归到下一周。

早上会有早餐。这是很久以前就有的事实，很多人都记得。

刚发生在派对上的全部事情将不会被记住，因为扯进其他的事情里不好。很棒的事情是从警局出来的人里，没有喝过超过四瓶香槟的人。目击证人都证明过，没有人看到其他人喝醉。

看起来大家似乎对什么是醉还不是很清楚。

一个参与者说没有人喝醉，没有人受酒精影响。

"人什么时候算喝醉?"有人问道。

"当他不能站着，不能走路，不能说话时。"他回答道。

这好像就是普通的定义。

不管怎样，上校最终相信了一个看到那天早上狂欢的治安官的证词。

约翰·博亚是第二个被传唤的目击证人。他说他值班的时间是 11 点，那个时候他看到好多看起来像是顾客的人走进了麦克恩。

"12 点到 3 点之间，我看到大概有四十到五十个醉着的女人从餐厅里出来，其中，两个女人被扶着出来，还有很多人带着路。"

"你看见有女人陪同吗？"

"是的。"博亚回答道，"但是刚开始没有人踉跄地走出来。不过，有很大的噪音，是女人的笑声，直到 4 点才有人踉跄地走出来。"

"他们在等摩托车吗？"路丁先生问道。

"他们一直在等，"警官说道，"而且有很多等出租车的人在排队。"

沃特·理查德，麦克恩的领班说他没有看见有人喝醉或者是被酒精影响，也没有女人表现得很奇怪。而且也没怎么听见噪音。

律师克里认为理查德很有可能是聋子或者瞎子。

一个客人说："我没有看见醉酒的人，但是有人很兴奋。我昨晚离开的很早。因为，我约了一架。在舞池上有一个男人撞到了正在和我跳舞的女人。他说他在楼下等我，我下去找他，然后我们打了一架。"

那场打架很严重。据目击证人说。

"有人打在了我嘴上。"目击者说。

另一个人说他听到了很大的吵闹声，而且因为是午夜，伴随着窗户的"嘎嘎"声和号角声。

"在那之后我听见有间歇性的号角声响起。"他说。

至于回答上校丹尼森什么时候人是醉的问题时，目击证人说："当他不能上出租车的时候。"

1 点半又有一个目击者，他说没有看见任何人打架，也没有看到任何人被带出去。

"你看到有人接吻吗？"

"没有。"

"打架呢?"

"没有。"

"有人醉醺醺的吗?"

"我在的时候没有。"

"噪声呢?"

"没有很大。只是一些人在说晚安而已。"

一个比其他目击者坦诚的目击者看见一些醉醺醺的人。

"你看到有人踉踉跄跄的吗?"

"是的。"

"在哪里?"

"有一个人试图进去。"

"那不是麦克恩的错误。"克里先生说道。

除了那些证词外,最主要的是因为上校不喜欢那场派对,他一点都不喜欢。因此,从那以后多伦多的除夕夜就再也没有派对了。

不过,多伦多还是有改良版的狂欢。城市的酒店里还是会有桌子摆好,供那些无法无天带禁酒进来的人在他们自己的桌子上消费。

麦克恩的灵魂在 1914 年的派对上仍然接近了那些桌子,但是它开始警戒性地离它远去,那是一个胆怯的灵魂。

现代业余冒牌货

《多伦多星报周刊》1923 年 12 月 29 日

去年 9 月,在蒙特利尔,我偶然去看了一场职业拳击赛。虽然比赛并不是很精彩,选手们也不是很厉害,但是在那里我发现了一个很受欢迎的人物。

"女士们、先生们,请允许我向你们介绍基德·拉维尼,重量级举重的前世界冠军——"主持人喊道。基德先生,不高,处于中年。看起来就像是袖珍版的绅士吉姆·科贝特。他站在聚光灯下轻松地鞠了一个躬，然后把他的手放在拳击台的绳子上。"他是有史以来最伟大的拳击手之一。"主持人用尖而响的声音继续说道。

"哗——"台下掌声如潮。

"女士们先生们，基德先生已经同意在下一场比赛中担任评委。"麦克风里继续传来主持人的声音。

掌声更加热烈了。

虽然比赛很无聊，但我觉得能看看这位名人基德·拉维尼，能见到这位前世界冠军总归是件让人激动的事。他给我留下的印象是一个看起来很能干的小个子男人，头发打理地很顺，在赛场上空的照明灯下发亮。

·然而，几个星期前，报纸上报道了这位前世界冠军在底特律工作，受聘于福特工厂。

这看起来的确是件有趣的事。

上周一封来自蒙特利尔的电报声称，"基德·拉维尼"的裁判资格证后来被取消了，因为，发现真正的前世界冠军实际上住在底特律，而且在为福特工作。那位自称是基德的人虽然用照片、信件和剪报证明他是真正的基德，但是最终还是被一个以前见过基德的运动爱好者拆穿了。

他到底为什么要这样做？

到底是什么原因驱使他去冒充另一个人，使他自己都相信自己就是他所冒充的人，最终还要面对必然被发现的结局？

写这篇文章并不是为了谴责那些乐于开空头支票的人、造假的人，还有说谎的人。但是这个业余的冒牌货，这个有着奇怪癖好、活在幻想中的人，让他自己活在了另一个人的人格和经历中。这种幻想也许和一个能把约瑟夫·康纳德变成一个画家的臆想是相同的。

我们经常会遇到这样的业余冒牌货。之前的一个夏天，我们在北密歇根打棒球。有一天，一个身材瘦弱的家伙出现在了球场边，然后开始做常规的热身准备。他告诉他周围的人，他是来自圣路易斯的迪克·西戴维斯。

自然而然的，他的到来引起了很多人的关注。他投出了一个精彩的曲线球，看起来确实水平不错。他解释说自己其实并没有受到限制，之所以待在佩托斯基是因为反抗了老大的决议而遭到了"流放"。除此之外就是圣路易斯的夏天实在是太热，他需要给自己放个假休息一阵子。

在接下来的一个周日，我们主场。我被派去说服西戴维斯帮助我们投球。这应该不会很困难，因为，我猜测他应该会很乐于打一场额外的比赛。没错，他一定会来的，何况这场运动能帮助他保持良好的体态。

我们需要做的只是派一个人去接他，然后给他一件制服。

我们的车到了他住的酒店，但是酒店的工作人员说他已经离开酒店去夏洛瓦了。

"他下午会在那里投球，"酒店店员说，"真希望我也能去看比赛。"

迪克果然没有来。两天之后我们从报纸上看到，正是在那一个周日，迪克·西戴维斯拒绝了纽约洋基队的邀请。

也许一下子从迪克·西戴维斯跳到乔治·普萨尔马纳扎这个跨度有点大，但是这件事让我的思绪立马回到了 1704 年的伦敦。同时出现在我的脑海里的还有北方著名的雅克·里奇。他的案例就发生在不久前。大家都还记得很清楚。

有着可爱名字的乔治先生来到了伦敦，皮肤黝黑，年纪很轻，一看就是个外国人。起初他完全不会说英语，但是他学得很快。

当他开始能说一点英语的时候，他加入了英国部队支援他的祖国，其间也经历了许多冒险。他需要一个传教士，连伦敦的主教也都是他热烈的追随者之一。

他出版了一本名为"福尔摩沙的历史地理概况"的书。这本随后受到了热捧的书，描述了这个遥远地区的风俗习惯、语言、服饰以及当地人的个性。除此之外，还涵盖了当地的风景、建筑、战争历史、政治、那里的诗人和政治家。毫无疑问，这是一部非常有意义的作品。

普萨尔马纳扎在这本书里画了许多关于福尔摩沙皇室成员的图，还写了许多对皇室建筑的幻想。他创造了福尔摩沙的语言和语法。然后还教给了英国的学生们。他还甚至在牛津大学当着专家学者的面作了关于这门语言的报告。

这本精彩的书最后被送给了伦敦的主教。这个美丽的国家"福尔摩沙"变成了人们谈论的中心话题，人们对福尔摩沙的关注程度甚至超过了去年图坦卡蒙的墓穴。

他是被几个从一开始就强烈怀疑他的人所揭穿的。当真相最终被揭开的爆炸性的一刻来临时，乔治不得不承认他来自朗基多克。是个地道的法国人，后来移民到了英国。

和普萨尔马纳扎相比，库克博士完全是个懦夫，因为有很多人都觉得这位博士在西部的登山冒险经历，包括他攀登麦金利山的事情。比前者编造的要完满精细得多。

罗森船长完全是库克和里斯特案例的杰出先驱。这位船长在1875年撰写了《新几内亚漫步》这本书。这本书并没有任何粗制滥造之处。但是非常巧妙的是，这位航海家设法一个一个地摆脱了他的同伴。你几乎都不会注意到他们是什么时候消失的，直到最后一页你发现，没有人和这位神勇的船长一起回来了。

来自东印度的水手土鲁，发了疯，把罗森船长来复枪的枪口放进嘴里，用脚趾扣动扳机，然后饮弹自尽了；乔，一个优秀的澳大利亚青年，被凶残的当地人所屠杀了；大农，一个勇敢的巴布亚人，同样也死于此；阿波，另外一个向导，晚点也消失了；最后留下来的比利，一个澳洲土著人，在新加坡抛弃了他的船长。

最后留下的只有我们神勇的船长先生。他发现自己受到了莫大的欢迎。他登上了世界之巅，赫拉克勒斯山，比珠穆朗玛峰还要高一点。而大家都记得，去年一群英国的登山者因为没有充足的氧气而没有成功完成登顶珠峰的任务。

罗森说，在他接近世界顶峰的时候，同样也遇到了困难。

"寒冷变得越来越让人难以忍受，"他写道，"我的手变得麻木，以至于都感觉不到自己手指的存在了，水壶里的水也变成了大冰块。除了毯子之外我没有多余的东西来保暖。阿波开始变得昏昏沉沉的，有好几次他一坐下来几乎都快要睡着了。"

但是，他们还在继续往上爬。

最后，可怜的罗森船长还是尝到了从顶峰跌下来的滋味。有一位叫莫尔兹比的船长，一个英国海军军官，正好对船长提及的地区非常熟悉。这位真正英勇的人给出了当地详细的经纬度。然后莫尔兹比还绘制了有关海域的图表，最终证实罗森船长最常提及的村庄其实就在澳洲托雷斯海峡。

没有人知道罗森船长是否真的去过新几内亚，他并没有给出一个确切的答复。

两年之前，罗森死在了伦敦的一家救济院里。对救济院里的人来说，他并没有什么特殊之处。但事实上，他的一生却是个传奇。

在布尔战争那年，他创办了《大世界》杂志。他自豪地向公众宣布了《路易·德·罗格蒙特的奇幻之旅》将以自叙形式连载的消息。路易才刚刚坐船从新西兰到达伦敦，他就笃定地说他的故事一定能吸引很多读者。

路易笔下的自己可不是个懦夫。他从西印度群岛开始了极为难忘的冒险，三十年来他始终在和食人族、土著打交道。一开始他们就采取了大动作，在和一只杀死了当地潜水员的章鱼进行殊死搏斗之后，路易一个人被留在了甲板上，然后被大风刮到了海上。

他被吹到了一个岛上，还设法活得像琼斯皇帝一样潇洒。他还找了个名叫旺巴的野人做伴——在荒岛上再也没有比这位皮肤黝黑的土著更好的伴侣了。

她和路易一起打斗，同时也照顾了路易。路易同样也是一个斗士，他充沛的精力简直就是个传说，有时甚至还会挥舞着很重的矛和很长的弓。

在故事快要进入尾声的时候，有两个女孩儿也和路易一样，被卷到了岛上。她们也很喜欢和路易在一起。

故事中并没有提到旺巴是否对她们心怀嫉妒，因为最后大海吞噬了她们的生命。这是一个彻底的悲剧。但是不管怎样，路易还有旺巴在他身边安慰他。

最终，伴随着"是船！是船！"的喊声，路易漫长的回家之旅给故事画上了句号，这就是他30年间和野人们生活的故事。

听起来是不是很可疑？但是罗格蒙特先生甚至还被邀请到学术界讲了他自己的传奇。

拆穿了库克博士的《编年史日报》，同样也戳破了路易虚构的泡沫。他自称和土著一起生活的30年实际上是和瑞士的银行家们一起度过的。他笔下的热带岛屿其实是英国毫无生气的街道。他的30年其实也只是在伦敦各个银行中穿梭奔波的毫无悬念的30年。

但是，这并不妨碍他在67岁的时候又重新出现在公众的视野里，并且和一个聪明伶俐的姑娘结了婚。这位姑娘说，她就是被路易奇妙的想象力所吸引的。

在历史上还有这么一个案例。那个伟大的冒牌货甚至连自己都给骗了。

当地质学研究还垄断在少数先驱手里的时候，贝灵哲教授在维尔茨堡大学授课。原来在他的课上有一群很聪明的年轻人，他们知道这位和蔼的老人为了完善有关生命起源理论才经常去寻找存在化石的地方。这些学生们晚上还经常去挖掘现场拜访他。

没过多久，这位教授精准的考察还有雪亮的眼睛发现了一种全新的已经灭绝的生物曾存在的证据，他找到了青蛙、蛇还有大量昆虫的化石。

学生们都被这个对工作有着无比热情的教授打动了。

几乎没有贝灵哲教授发现不了的东西。有一天，他甚至在蜘蛛网里找到了一只蜘蛛，它的网就算经历了几千年的风雨也没有遭到一点破坏。之后，他又找到了一个在捕捉苍蝇的蜘蛛化石。

贝灵哲教授像一个真正有见识的人一样开始到处演说，他在课堂上也得到了极高的评价。最后，他发现了一块刻着希伯来语"耶和华"的石头。"不，"教授坚持说，"我才是正确的。是反对我的那些坚持进化论的对手们错了。所有生物都是主创造出来的，它不仅善良地留下了证据，还附上了自己的签名来使这些证据生效。"

在此基础上，贝灵哲教授出版了他的书，用大量笔墨陈述了他的观点。还在扉页上印了一个化石金字塔，顶上就是那块写着"耶和华"的石头。然后，他把这本书献给了维尔茨堡的王子。

当这本书上市之后，一个学生提出了尖刻的质疑，并且这个质疑在短时间就席卷了整个德国，这位可怜的教授毁了所有他能拿到的这本书，并想方设法买到剩下的这本书，最终心碎地去世了。

在布尔迪格雷戈瑞伯爵之后就再也没有关于因为骗局被揭穿心碎而死的记录了。许多年前，他在多伦多一直以一个奥地利名流的身份出现，之后却被发现他其实只是一个侍从而已。再说在北方四处游荡的男孩儿雅克·里奇，骗过了所有的记者和专家，结果被拆穿其实是个从美国逃跑的小子。

这些冒牌货们也从来不会死于心碎。因为在他们心里。有一股奇怪的力量让他们走上了伪装和欺骗这条路。也许他们如果没能活在自己的想象中，才是真的会心碎而死吧。

瑞士的雪崩

《多伦多星报周刊》1924 年 1 月 12 日

在离山谷的镇子很远的地方，安德烈就听见了那声巨响。

开始是一声爆裂声，紧接着像是一声怒吼，像是到了世界末日一般。

"注意回去的路，安德烈。"邮局局长很认真地提醒他。

邮局里有两个人用奇怪的眼神打量着安德烈。

"就算把一个州的钱都给我，我也不愿意住在那里。"其中一个人说道。

那位邮局局长笑了。

"没有人比真正的登山家更怕山了。"

他把一沓子信递给安德烈，从大桶里给他称了两磅酸白菜。"安德烈，希望你能一切都好。"

"不用为我担心。"安德烈说着，用吊绳把他的帆布包吊在了背上，打开门，头顶就是阿尔卑斯山明媚的阳光。

他用绳子拖着他绑在腰上的滑雪板，膝盖蜷缩，安德烈沿着一直蜿蜒到镇子上陡峭的冰雪之路，开始了他典型的登山家回家之路。他其实很着急，他知道那声巨响意味着什么，那是雪崩的标志。

在春天，雪崩的发生是带着一定规律的，它们有自己的轨道和路径。在夏天，你会看到这些小路，在陡坡上一条条光秃秃地穿过森林。春季雪崩每年发生的时间差不多是相同的。几乎所有大规模的雪崩都被我们所熟知——全都是我们熟悉的带着藐视意义的外号。

但是冬天的雪崩可没有绰号。它们来势凶猛，并且伴随着死亡。

所以安德烈一直沿着路艰难地前进，直到那条路转向了一个危险的方向。他踩在滑雪板上，用力把钉子固定进去。在山谷里，他用这种方法正好能在这种上坡道上不滑下来。

一开始的几里路他就这样稳稳当当地在坡路上行进，雪橇对他来说就像独木舟对印度人一样，或者雪地靴之于北方贫苦地区的看门人一样。不一会儿，他在山谷里看到了一个之前在镇上听说过的由雪崩造成的弯曲。他开始感谢上帝，还好没有和村子里喜欢的那位姑娘结婚。

山谷被填平了。取而代之的是安德烈从来也没有见识过的暴雪。就在他面前，涌到200尺高的高度。雪如巨石一般从山坡上滚下，如倾泻而来的山洪，高耸、寒冷、不可撼动；另一方面，在山的另外一侧有一阵尖锐的碎裂声，就像滚下房顶的积雪一样，所有的雪都从山坡上滚下来。几千吨的重量，都涌进了山谷，让每户人家都陷入一片混乱之中。

从下往上看，安德烈感到自己实在是太渺小了。他在想自己的家到底在哪里，因为房子正好建在雪崩的必经之路上。他的心情很沉重。照这样看，距离能结婚的那一天越来越远了。

他开始从山谷的左侧往上爬。这场骇人的雪崩让他的脑子一片空白。

安德烈一直迂回前进，直至到达跟雪崩源头同样的高度。然后他看见了让他震惊的一幕。大概在离他 100 码的上方，他发现了自己的房子在村庄的反方向！看起来确实是有点倾斜，事实上已经是底朝上了。没错，他绝对不会看错的。

安德烈开始觉得害怕了。他不知道是应该从山谷开始一路飞奔回去，还是应该跪着慢慢地走。之后他妥协了。他弯下腰开始往家的方向走。幸运的是，他到家之后发现一切都基本完好。所有东西都还完好地在房子里——只有一些瓷器打碎了。

"这对我来说是一个信号，"安德烈想，"这说明山谷的这一侧更加安全。春天我会重新在这里打地基建房子。真希望上帝能帮我把谷仓也搬到安全的地方。"

事实是，尽管气流很稳定，但是伴随着雪崩的大风卷起了他的房子，房子被卷到了 300 码以外的山谷的另一边。

雪崩难得带来这么好的消息。我曾经看到一座不知道重多少吨的铁桥，被一次大规模雪山滑坡引起的风从阿尔卑斯山的山谷吹了 200 多英里，落到了山的另外一边。我还看见过森林里被雪崩冲刷后留下的一干二净的小道，树干从底部被刮倒，倒在地上就像可怜的火柴棍一样。

吉卜林给加拿大取名为"雪女"，而加拿大人一直在想方设法摆脱这个名字。加拿大常常下雪，至少入冬之后就很频繁了，但是在落基山脉的东边是没有雪崩的。

　　其他一些国家则把雪看作一种福兆，而不是灾难。因为山地地形使砍伐的木材没法顺利地滚下来，而降雪带来了平坦、踏实的路，使运输变得方便多了。

　　除此之外重要的是，雪带来了无数的游客，也带来了可观的收入。当加拿大竭力想要甩掉"雪女"称号的同时，在欧洲有五个国家都在大肆宣传他们有发达国家中最美最厚的雪。他们花了大笔的钱宣传他们的雪景，但是从来不提雪崩这回事。

　　对冬季的运动来说，雪崩这个词就像"是不能说的秘密"。山地滑雪过程中的遇难事件有超过90%是由雪崩引起的。如果你曾坐在山中听到过一声仿佛是大块雪滚下屋顶的尖厉的巨响，你就知道雪崩发生得有多快了——就像一只捕兽夹，把人牢牢地困在了里面。

　　滑雪者们曾经被告诫过，如果遇上雪崩，最好试着顺斜坡的方向，跑到雪崩的前面。这条建议也被一些研究家庭教育的顾问写到了书里。

　　也许为了跑在雪崩前面，你会想尽办法，然后跑得比路易斯对着你开枪产生的气流还快。而事实上，你唯一能做的就是，像在水里一样在雪里游泳，想办法不要让头部被埋住。如果能有办法挣脱滑雪板，那么生存下来的概率就会加大。雪滚落时候的漩涡会卡住雪橇，最终把人拖下去就再也不得翻身了。

　　如果雪崩是发生在山体的一侧，然后波及建在平地上的村庄。逃出来的可能性是很高的。但是如果最后是一个陡峭的山谷，雪就会堆起来，被困在里面的可怜的滑雪者不是被撞得头破血流，就是被闷死在了雪堆里。

　　尽管比起春季的雪崩，发生在冬季的更难处理。也更难发觉被困者，但是被困者往往更容易活下来。因为1立方码冬天的新雪多为粉末状，只重150磅，而春天的雪又湿又实，1立方码的重量几乎能达到3/4吨。

　　粉末状的雪里都是空气。人可以在冬天的降雪里面待一段时间不感到窒息，但春天的雪里面几乎没有空气。所有的重量都是水分的重量，如果最后不是因为受到撞击而死，就极有可能是淹死的。

有很多滑雪者虽然被雪卷到了几千尺以外的地方，但只要是保证一直能接触到地面，以及最后落在比较缓的坡上，还是能够成功逃出来的。但是去年冬天，一个年轻人在距离我们滑雪处不远的地方死于雪崩。虽然他只被雪卷了 50 尺，但是却被卷到了悬崖边上。

第一次经历雪崩是件很可怕的事。那种瞬间接近死亡的威胁会把你吓得魂不守舍。你可能正在滑下山坡，和山体形成两道漂亮的平行线，然后就是轰的一声巨响。在你身下，山的一侧似乎塌了下去，雪像一股洪流般堆积起来涌下斜坡，像要吞噬掉一切。

这种被称为"雪板"雪崩。在这种雪板上滑行是很危险的。雪会被风凝固变硬，并且往往会裂成小块，只要再被疾驰而过的滑雪板触动边缘，就会引起一场雪崩。

当然，这种雪崩没有湿地下滑危险，就像把安德烈的房子搬家的那种湿地下滑。但是，如果在不一样的国家滑雪，你就无法猜测具体的危害到底有多大。也许在阿尔卑斯高地，如果在"雪板"的山坡上被雪卷走 25 英尺这将是致命的，但在多罗麦特山的长坡上被卷走半里远还是有可能会活下来。

去年 1 月有一天，在一场滑雪竞标赛上，我们在最后一段直线跑道的最后一个转弯处撞上了一个凹槽，我们不仅撞毁了雪橇，还输掉了比赛。所有人都觉得伤心和失望，我们只想避免其他人的同情和"下次运气会更好"的安慰，于是年轻的乔治·奥尼尔和我出发去了登特杰曼。

在到达一个能滑雪的地方之前，通常都得先登山，我们背着雪橇，爬上山体极硬、路极难走的几乎是让人绝望的直上直下的山。我们到了山肩上一个稍微开阔的村里，避过了几次小型的雪崩，艰难地在落雪中穿行，最后在山坳或者该称作鞍部的地方找到了一片比较大的雪地。当我们爬到山的边缘—— 一个有点像缩小版的钝角的马特洪峰花岗岩角的时候，天已经黑了。我们得在黑暗中滑雪。

这片开阔的场地其实还算好，但只要我们一站上下坡道，我们就开始搞砸了。在黑暗中，我们在冰面上几乎每20码就摔一跤——而且摔得很有型，但也很结实。我们撞到树上、撞到对方、脸着地、背着地、甚至还有各种新奇的新姿势。

后来乔治的雪橇在一次摔跤后脱落，直接撞上了山岩掉进了底下陡峭的山谷里。他看着它打中了下面一间小木屋的屋顶，在苍白的月光的照耀下，不断地往下滚落。于是我们后面的路程都改用徒步。

第二天早晨，由于乔治体力不支就留下了，我开始在几乎看不清路的暴风雪中独自摸索。上坡的时候尽可能快地前进，因为唯一能找到滚下小屋的雪橇并拿回它的机会就是在还能看得清它留下痕迹的时候。而且海明威和伊莎贝尔还在等着我回去吃午餐。

当我终于到了搁着雪橇的那条路的尽头的时候，下着的雪变成了雨。死于这种发生下雨雪崩时候的人并没有增多，对此唯一的解释就是，任何一个有常识的人都不会在这种天气出来滑雪的。

在距离陡坡200英尺下的小木屋的房顶上，能依稀看见一道模糊的痕迹在大团堆积的雪里。我能肯定这是雪橇滑过留下的印记。沿着它一直往远处看，我觉得雪橇可能是直直地滚下去，直到撞到一丛柳树才停下。

这条路的正上方就是多次雪崩后雪堆涌入山谷而形成的一个漏斗状的通道。窄窄的，几乎是直着通向山顶。此外，一年前我还在这里听到了发生雪崩时声音。后来我们好不容易翻过雪崩地，紧接着雪就涌进了同样的山谷河床中。

考虑各种因素，这实在不是个明智的赌注。但是仔细想了想之后，我觉得脱下雪橇直接滚下去可能没那么危险。任何超过25度的斜坡都有可能发生雪崩。对岩羚羊来说，它们的轨迹有时可能会穿过一个四五十度的坡，而它们的腿会陷到雪里但不是像雪橇一样把雪铲松。

虽然 11 号滑雪靴和岩羚羊完全不一样，但原理似乎是差不多。然后我一直控制着身体滑到山谷的底部，而且的确找到了落在灌木丛中的雪橇。

从下往上的距离看起来只有半里，但是从这层厚得可怕的湿淋淋的雪滚下去的路线看就像是要用好几百年时间能走完。我一直在想，反正这个雪橇也只值 50 法郎而已。

女士们在山顶上，站在安全的路旁边。因为下雨浑身都湿透了。所以我们去了一个远离雪崩印记的干草棚，从帆布包里拿出干衣服换上。又拿出热水壶和三明治。

当我们待在黑漆漆的小棚子里，靠在撑起屋顶的干草堆上看着门外下着的雨的时间里，一共发生了 14 次雪崩，我一个个数过了。没有谁和我一样对雪崩有大的兴趣。但是不管怎么样，对于能平安回家这件事我们都还是很高兴的，然而这都要感谢那场暖雨。登山者都爱把它叫作焚风。它一般会发生在最冷的冬季，来无影去无踪。有时候还会持续好几天，有的时候又可能只有一两个小时。但是它通常又会引起新的雪崩。带来其他的死亡。

当在山里住了很长一段时间后，就渐渐地能够明白住在山里人的立场了。我记得有一年春天，我们在还没有正式开放的圣伯纳大山口并试着去穿越它。我们在离大山口还有一半路程的圣皮埃尔村里面闲逛，哈德利在旅馆小憩。这个村子刚好位于雪线以下。那里有一小片公墓，里面大多数的坟上都刻着"死在雪山手里的人"。

"这很奇怪，"中国人说，"听起来像把山当作了一个人一样。"

"神父，这个墓志铭要怎么说？"我向一个牧师问道，"死在雪山手里的人？"

"它是居住在山里的人最大的敌人。"牧师回答道。看着下面山谷里流淌着的河，"它和海不一样，山不会给他们恩惠，它不是他们谋生的手段。"

"神父，这听上去很奇怪。"

"是的，确实是这样。"神父答道，"当一个人年轻的时候，他总是想要爬很高的山。因此这里长眠的往往都是年轻人。"他指着墓碑上的十字架。"但是当一个人年纪变大的时候，通常会变得更理智。"他笑了笑，"比如，尽量避免山这个敌人。但是我们也没办法永远离开它。也许从这个意义上来讲，它才是我们真正的敌人。"

鸟瞰芝加哥

《多伦多星报周刊》1924 年 1 月 19 日

脏兮兮的木房子在西边一字排开，绵延 7 英里。

三个打扮像印度人的胖男人，在拉萨尔街的街道上，戴着女士礼帽，尽管在寒风中冻得发抖，还在一边叫卖："买一串念珠吧，正宗印度念珠，能让每个人都得到幸福。"

舞会上所有刚刚踏入社交界的美丽女子都剪着一个类似布鲁克林国家联盟球队队员的发型。

那些拉萨尔街上的男孩儿已经开起了自己的车，也都成为了某些俱乐部的会员，还会带着忧郁的腔调问你有没有办法在巴黎谋生。

密歇根大道，世界上最美的街道，通畅、漆黑，还有点滑，道路一边透过雪景能远远地看到地平线，另外一边好像是朦胧、灰色的湖。信号塔上的红绿灯指挥着交通。

十个芝加哥人在下水管道的水转换成氢的问题上进行投票并且说明了大众的观点："这也许是可行的。但是，大家又能做些什么呢？"

在芝加哥最畅销的唱片之一是乔治国王和玛丽女王对英国孩子们演讲的再版。反面是英国皇家卫队军乐团演奏的《上帝拯救了王》和《甜蜜的家》。

一位警察自愿提供了这则消息：现任市长彻底地关闭了几间

酒吧，而且看起来对谈论这个问题相当的紧张。

一位拒绝接受 25 美分硬币的意大利新闻人说："美国人拿着它也没用。"

一位黑人妇女点了一份普通的牛排刚准备从餐车回家，领班香甜地解释说这一份要 1.65 美元，但她坚持说火鸡餐只要 1 美元。于是领班又叫来另外一位服务生再去向她解释。"过来，吉姆，想办法去让那位女士明白这份牛排要 1.65 美元。"最后这位女士不得不掏出了一张 50 分美金的钞票付了账。

弗莱堡软呢帽

《多伦多星报周刊》1924 年 1 月 19 日

在多伦多，你的穿着打扮需要注意一件事，那就是搭配。

我说的这种相称和匹配，并不是在皇家冬季展会上得到一匹马的那种。

我说的这种远远超过它。这种相称和搭配不仅仅是要看起来和谐，更重要的是要符合特定的社会习惯和审美。

就拿我的那顶软帽作例子吧。它本身并没有什么问题。既能遮阳又能挡雨，在我看来它是一顶不错的帽子。但是在多伦多我第一次戴它出门，然而也成了最后一次，再也没有什么理由能说服我再次戴上它。

首先，我必须得说，我开始本意并不想要戴着它出门。但是由于我们住在郊区，而且我不得不从郊区到市中心去。

我上车的时候售票员用狐疑的眼神打量着我。当我掏钱买了票之后，他看起来好像松了一口气的样子。

车厢里人很多，于是我只好站着。但是旁边的两个女孩儿就开始咯咯地笑起来。

"你觉得这个人怎么样？"其中一个问。

"我不知道，"另一个女孩儿回答说，"但是说不定是红瑞恩呢（一个银行抢匪）。"

不知怎么搞的，这种欢乐的气氛似乎变得理所应当了起来。

"不对，"第一个女孩儿说，"我觉得他更像哈罗德·劳埃德。"

我在她们俩的评价中在路途上确实成了不错的笑料。

"你觉得他是从哪儿弄来了一顶那样的帽子？"第二个女生问道。

"可能这就是现在美国流行的吧，"另一个说，"我曾经在电影里看到鲁道夫·瓦伦蒂诺戴过。"

我最终还是忍不住摘下了帽子，然后整个人弯低了点。

"女士们请看看我帽子的颜色，"我说，"我不是红瑞恩。"

她们好像完全没理解我的意思。

"你们再看看我的鹰钩鼻，"我继续道，"它能证明我不是什么你们口中所说的……能劳驾你们稍微仔细看一下吗？"

这两个女孩儿也没有看向我的鼻子。

"至于这顶帽子，"我还是继续跟她们说，"据我所知，现在在美国也没人戴——不过我有一阵子没去了，关于这点我也不是很确定。而且这顶帽子是奥地利末代皇帝查尔斯送给我的，我总在他生日的时候戴。"

我又重新戴上了帽子。

"我说你，"一位戴帽子的先生很不友好地盯着我看了很久，"你觉得对几个女孩子无礼很有趣吗？"

那个时候车已经到了皇后街和海港街的街角上。

"实在是不好意思，这位先生，我实在是受不了了。"我欠了欠身，"而且现在我必须要下车了。我和新市长有约。"

"我简直想把袜子塞到你嘴里。"他继续评论道。

"我可无法想象这个场景，"我说，"亲爱的朋友，这应该是不可能的。尽管这么讨人喜欢，我可还是没有办法接受一个偶然遇到的人送的袜子啊。"

我又弯了下腰然后下了车。那位先生还在安抚那两个女孩儿。

"我原本可以在 1 分钟之内就能撂倒他。"他对她们说。

"他没有资格对一位体面的小姐这样说话……"其中一个女孩儿一边抽泣一边说。

"我可以打倒他的。"这位戴帽子的先生还在试着安慰她们。

走在人行道上，我摘下了我的帽子然后观察它。毫无疑问，它和每一个在市政厅门口经过我的人头上戴着的帽子都不同。它不仅很旧了，还是绿色的，有一边还塌下去了，就像罗宾汉和他的伙伴们戴的帽子一样。从我两年前在布赖斯高一个叫弗莱堡的地方花几百马克买到它到现在，它变了很多。

随后，我又花了 15 马克，买了一个带毛边的夹子来挡住我的额头。

从那之后，这顶旧帽子就变得好像缺了点什么。色雷斯的骄阳让它的绿慢慢褪了色，冰雹也把帽子磨得更粗糙了，而且就算在斗牛场滚烫的沙地上躺着也绝不会让情况变得好一点。

很明显，这是一顶不受欢迎的帽子，而且相貌确实很滑稽。于是我把它叠起来塞进了口袋，就这么走进了最近的一家帽子店。

"您想要什么样的帽子呢？"店员极有礼貌的忽视了我没有戴帽子的事实。"噢，给我找一顶人人都在戴的帽子。"我说。于是我如愿拥有了一顶心仪的帽子。但是我知道，如果我在欧洲戴着这样的帽子出门，还是会有人想揍我的。

古巴的来信——莫若马林鱼

1933 年秋

在哈瓦那有一个旅馆名叫安博斯·孟德斯，从旅馆向外望去，总能看到美丽的景色。从东北角的房间向北面看过去时，你能看见一座历史悠久的教堂，你有时还能在海港的入口处听到脾气阴晴不定的大海的吼叫声。卡萨布兰卡半岛位于旅馆的东面，在海港的四周分布着高低错落的房子。如果你有脚朝向东的睡觉习惯，那你就要注意千万别触犯某些宗教的教规。每当清晨，太阳从卡萨布兰卡岛那一端——东边升起，柔和的阳光透过打开的窗户照进屋子里时，你会觉得无比幸福，阳光轻轻打在你的脸上充满着黄色的光辉，就算你是一夜未眠或者才躺下不久，也会情不自禁地睁开眼睛感受这窗外射进来的耀眼阳光。当然，假如你实在累得起不来，可以转个头睡，或者转个身背对阳光。不过你可千万要做好起身的准备，因为阳光会随着太阳的升高越加强烈，所以最后，你还是不得不起身拉下百叶窗。

当你走到百叶窗边，你一定能看到海港对面的碉堡上那正神采奕奕的旗帜，正对着你的方向随风飞扬。通过朝北的窗户，你能看到茂罗口岸已经被一层金黄灿烂的色彩笼罩，而此时信风也随之刮了起来。这时你可以先洗个清晨澡，开始一天精神抖擞的工作，如果，你把鞋子拿到窗台上去晒干，那么明天就一定能穿上干的鞋。洗过澡后，你可以坐电梯走到楼下的服务台去取一张报纸，然后在咖啡厅选一个靠边的位置坐下，开始好好地享用这一天的早餐。

这里有关于早餐的两种不同的意见可供参考。假设，你在接下来的两三个小时内，不准备出海，那吃一顿丰盛的早餐的确是个很好的选择。当然，就算你打算吃好餐后再出去打鱼，也不影响早餐吃得丰盛点。但是，我并不想那么复杂，决定吃简单一点。我的早餐通常就是一杯维希酒，一杯冰牛奶，再加上一块古巴面包。浏览当天报纸上的新闻也是我吃早餐时的习惯。用餐完毕，我便要到船上去了。

几个冷冻箱摆放在船尾，一个用来冰鱼饵，这里说一下，诱使枪鱼上钩的最好鱼饵是一些新鲜的巨鲐或者重量在一磅到三磅之间的无鳔石首鱼。另一个则用来冰一些水果和啤酒，而说到最好的啤酒就不得不说哈图伊牌的啤酒，至于最好的水果，在这个时节当属菲律宾芒果、冰镇波萝还有鳄梨。我们的中餐一般就是鳄梨加三明治，再配上辣椒、盐和新鲜橙汁。如果船在海滩锚定时，我们完全可以跳进水里游个泳放松一下。而若不急着去捕鱼，也可以自己动手生火做上一顿，加上鳄梨和芥末，那味道就算和法国大餐相比，也不落下风。而这个时节的鳄梨不仅个头很大而且甜也便宜，15 分就可以买到让 5 个人吃饱的梨子了。

来说说我所在的船吧——是长达 34 英尺的安妮塔号渔船。安妮塔在海上可是相当威风的。它的速度之快就连很多的鱼儿都甘拜下风。凯普特是这艘船的船长。来自凯维斯特（地名）的乔伊·拉索尔还从古巴带了一批酒上船，这也是船上第一次有酒。乔伊·拉索尔可谓是对箭鱼了若指掌，甚至比这儿绝大多数凯维斯特人对于石鲈的了解都要多。船上还有一个来自哈瓦那，今年 54 岁的船员，他是古巴最好的枪鱼捕手。冬天时，他到哈瓦那的大船上捕鱼，夏天就自己捕枪鱼，然后拿到市场上去卖。我是在六年前在得耐托图佳斯岛第一次见到他的，也是从那时我才知道，古巴最大的一条枪鱼就是他捕的。毫不夸张地说，他可以反手将渔叉丝毫不差地叉住海豚的头。12 岁时，他就开始跟着父亲出海，研究枪鱼的生活习性，数十年如一日。

船离开旧金山海港时，海面上有几条海鲢在欢悦翻腾。而在出了海港，那一排排停靠的渔船附近，你还能看到更多的海鲢。当过了茂罗口往前走时，你能看到一个 20 英寻左右深的珊瑚礁。很多捕马顿鱼、红绸鱼以及马鲛鱼的小船在珊瑚礁附近，有时也会出现几艘捕王鱼的船。这时，你如果极目远眺，迎着微微的海风，你还能看见三三两两的几艘捕金枪鱼的小船在海面漂浮。渔夫们有时候会同时扔下四到六根大钓线，钓线悬在 40 英尺到 70 英尺的深海，渔夫们试图通过把钓线放下深海钓到那些偏爱往海底深处游动的鱼儿。而我们这艘船则主要是逮捕那些喜欢在海面觅食或者嬉戏的鱼，有时钓线也会放到 15 英尺到 20 英尺的深度。鱼饵悬浮，鱼儿经不起这美味的诱惑，就会自投罗网过来咬钩，接着便能看到一阵水花扑腾。

金枪鱼是一种执着的鱼种，因为总是偏好一种方向游动——

逆着墨西哥湾洋流从东往西游。从来没有人见过金枪鱼改变方向顺着洋流游动。月亮初升时，洋流流动速度比较平缓，但有时又会突然速度地往西奔腾。而当盛行东北信风的风向时，金枪鱼就会顺着风向游向上流。鱼头向下尾巴向上往海底游时，它就会不断摇动那大镰刀一样的尾巴，这时水面上便会现出一道道淡紫色的水纹。在水里看金枪鱼是黄色的，它们一般在距离海平面二三英尺的水下游弋，巨大的斑点鱼鳍紧紧地靠着鱼身，背部的鱼鳍则朝向下面。如果不去看它那镰刀似的尾巴，那么你就会看到水底的金枪鱼像一根快速移动的圆木。

当往东的洋流规模越大，那聚集起来的金枪鱼也就越多。在距离海岸 0.25 英里到 4 英里的范围内，洋流的流动方向都是相同的，就和在高速公路上行驶的车流一样，朝着同一个方向驶去。在洋流稳定的时候，我们也曾捕过一条鱼，之后在不到半个小时的时间内，又看到了另外依次从船边游过的六条鱼。

作为鱼类丰富程度的一个重要指标，3 月中旬到 7 月 18 日期间，哈瓦那市场在发布的正式报告中显示，今年市场上已经出售超过 11000 条小金枪鱼和 150 条大金枪鱼。这些鱼都是来自蒙塔尔和卡德纳斯等地，而从这些地方捕上来的金枪鱼一般都是运往东边的市场，西边市场则出售来自巴哈伊岛捕上来的鱼，但这些鱼都不会运往哈瓦那。到这份报告发布的时候，我们已经花费了两个星期的时间跟随一条大鱼了。

从 4 月中旬到 7 月 18 日期间，我们已经捕上了 52 条金枪鱼和 2 条旗鱼。其中，最大的一条黑色金枪鱼重达 468 磅，有 12 英尺 8 英寸长。而最大的条纹金枪鱼则重达 343 磅，长度大约为 10 英尺 5 英寸。最大的白色金枪鱼重量为 87 磅，长约 7 英尺 8 英寸。

白色的金枪鱼会在四五月份时最先游过来，随之会带来些莽撞的，身上条纹很漂亮的金枪鱼。如果金枪鱼死了，那么它们身上的条纹也会随之消失。5 月份是白色的金枪鱼最多的时间。到了 6 月份，就会有很多的黑色金枪鱼和条纹金枪鱼一起游过来。7 月份时，途经的条纹金枪鱼数量就会达到最大规模。而等到条纹金枪鱼渐渐减少后，随之上场的就是黑色金枪鱼了。黑色金枪鱼的捕鱼期会一直持续到 9 月份甚至更晚。其实，照以往的情况，在条纹金枪鱼群到来之前，应该会先来一群小金枪鱼。但今年却不同，除了偶尔能看到游过来的一两群小金枪鱼之外，在整个异常平静的海湾什么也看不到了。

金枪鱼的颜色是各种各样，变幻不定的。而导致颜色不一的原因可能是鱼食的不一样，年龄的差别，或者生活的水深不一样。不管怎样，你千万不要试图在这些金枪鱼中找出新种类并对之命名，因为，那无疑会使你自找麻烦，白白浪费了在古巴的北海岸一天的时间。在我看来，那都只是同一条鱼颜色的变换而已。如果要分析我的这一套复杂理论，那可不是单单一封信能说清的。

一般金枪鱼去咬水里悬浮的鱼饵，通常有以下四种情况：一是因为实在太饿；二是被惹怒了；三是仅仅因为是咬着好玩；四是显得有些漫不经心。曾有人信誓旦旦地说，只要你准备足够长的钓线和够硬的鱼钩，不管是谁都能捉到一条肚子空空四处寻找食物的金枪鱼。当然，事实并非如此，想要捕到鱼，最重要的就是以最快的速度在鱼跃起准备逃跑的时候放下你的拖网。等到鱼头露出水面时，再驾船跟上它。如果一条金枪十分饥饿，那它的鱼嘴、鱼肩、背部最上面的鱼鳍还有鱼尾都会在水面不断地拍打，费尽心思地要把鱼饵弄下来。如果金枪鱼咬上了一个鱼饵，它一定会先转身，去咬别的东西。倘若这时，你提起鱼饵，它没咬上，不用担心，只要你的鱼钩上面还有鱼饵，它最后还会再回来的。

我曾经对愤怒的金枪鱼困惑不解。这种类型的鱼一般是从水下游过来，然后又像炸弹一样朝着鱼饵迅速冲过来。当你把渔线松开时，它也会松开嘴。在拖网附近来回绕圈圈，跟在鱼饵后面游，接着又会出其不意地冲过来把鱼饵咬住，但却不会真的把鱼饵咬下去。所以想要逮到这样的鱼儿，实在是一个费力的事情。当然也并不是无计可施的，一个有效的办法就是在它刚咬住鱼饵时，瞅准时机用渔叉或棍子对准鱼身或鱼头一阵猛打，然后把拖网拉上来，加速行驶，在它拼命扑腾的时候，给它重重一击。这时，只要鱼饵看着还有活的迹象，这种愤怒的金枪鱼还是会不顾一切扑上去咬的。

至于那些只是出于咬着玩的目的的金枪鱼，大都已经在别处吃饱了，它们竖立着高高的鱼鳍，在鱼饵后面追着游，撅着鱼嘴，温柔地咬鱼饵。当你一放线，金枪鱼也会跟着松开鱼饵。这里的鱼饵仅限于当天抓的新鲜的，如果鱼饵不新鲜了，那它们在咬过一口之后是不会再去咬第二次的。如果想捕这种鱼，那你可以通过加快船行驶的速度，把鱼饵拉出水面的方法引它游出水面，然后再想法攻击它。如果它真的跟着鱼饵上来，记得在你打到它之前，一定不要把钓线放得太长。

至于那种漫不经心的金枪鱼，它们可以跟着渔船游上三四英里的距离。它们只是绕着鱼饵看看，然后又转开，过了一会儿又再游回来。这种鱼一般会在鱼饵的下面游动，虽然它们并不是对鱼饵有很大的兴趣，但是还是有些好奇。当你看到这种鱼背部的鱼鳍紧贴着身子，那它一定并不打算咬钩。它或许只是刚好路过，碰上了你的渔船，并无其他原因。相反的，当你看到一条对你放下去的鱼饵有咬钩的打算的时候，那你也一定会看到它背部竖起并张开的鱼鳍。当金枪鱼跟着你的渔船游动时，那亮蓝色的背部让它看起来和某种生活在海底的巨大的鸟类并无异处。

黑色的金枪鱼十分笨，虽然它们的力气很大，能一跃跳出水面很高的地方，甚至能用鱼身拍伤你的背。但这种鱼却缺少条纹金枪鱼身上的毅力和智慧。我猜想它们应该大多是一些上了年纪的雌鱼，过了巅峰的黄金期，加上年龄的增大，身体才渐渐变成了黑色。金枪鱼在还没变老时，颜色要更蓝，肉也会更白。如果你遇上它们，一定要专注精神，不要休息，因为捕一条黑色金枪鱼可要比捕同样一条大小的条纹金枪鱼快得多。由于黑色金枪鱼的鱼身很长，所以让它们和捕鱼工具在前 40 分钟缠斗是比较危险的，但是对于人是不用担心的，还没有出现能够威胁到渔船上人的鱼。只要你能抓住机会，神情专注，坚持作战，黑色的金枪鱼可要比条纹金枪鱼好对付多了，它们坚持不了多久就会精疲力竭了。如果 468 磅的巨大金枪鱼一旦被钩住上颚，那么就注定在缠斗中无法取胜，最多也只是能漂亮地跳上七八次，或连续对着船尾拍上四次，想要把船拍烂几乎是不可能的事。而它最终的结局就是在 65 分钟后，被你用鱼钩钩着，鱼鳍和鱼尾全部被拖出水面，成为你当天炫耀的战利品之一。但如果没有我两天前花费了 2 小时 20 分钟和一条更大的条纹金枪鱼缠斗，最后还是没逮着它的经历；如果没有我在前一天仅仅花了 45 分钟就迅速捕上了一条黑色金枪鱼的经历，那么我可不会这么轻松就能搞定它。

想要在时速达 5 英里且水流是从 400 英尺到 700 英尺深的地方涌上来的洋流中，捕到这些逆流而行的鱼，特别是个头较大的鱼，可不是件容易的事，那可是需要学习很多技巧的。不过在此要特别澄清一个以讹传讹的说法，即人们在以前常说的在 1000 英尺深的海底，水压会大得让鱼无法生存，但事实却并不是如此。这些鱼会经常游到海底，在那捕食，大鱼吃小鱼，小鱼吃虾米。它们和那些生来就只能在海底深处生活的鱼有很大的不同，这些金枪鱼可以自由地穿梭在深海或者浅海。我曾经捕过一条金枪鱼，它竟能把钓线整整拖下了 400 码。所有被拖下去的钓线都偏向一边，缠绕着不断往下去。眼看着钓线不断地被那个大家伙往下拖，我不得不拼尽全力往回拉住线圈，试图阻止钓线再往下，但结果是只能眼睁睁看着它继续不断地扯着钓线往下，直到最后一寸钓线也浸入水中。等它突然停止了下拉，我这才能把腰直起来，试图慢慢地往上收钓线。等所有的钓线都收上来，我寻思着，这下应该可以用鱼钩钩住它了。钓线慢慢地浮上水面，金枪鱼也在水面露出了头，然后就见它连着 10 个漂亮的翻跃，身子一跃跳出水面。而一般到这个局面时，就说明缠斗已经差不多进行了一个半小时了，接下来金枪鱼又会拖着钓线往下拉。不得不承认，那条金枪鱼的确十分厉害，虽然它的身体重达 343 磅，但是在和我缠斗的过程中，差不多跳出水面多达 44 次。

从 4 月份起，你差不多在整个夏天都可以在古巴捕鱼。到了

6月中旬时，就不能轻易见着大鱼了，我们也只是在整个6月当中见到4条大旗鱼。但到了七八月份，你只要出海，就一定能收获大家伙，最轻都得有300磅，这也可以给你带来一笔不小的收入。可是如果你想捕到更大的鱼，那可就要花费一些工夫了。市场上出现的最大的一条金枪鱼是出自一个专门以捕鱼卖钱为生的渔夫手中，除掉头、内脏、尾巴和鱼鳍等，净重1175磅。想象一下，1175磅的鱼肉摊在木板上等着被切条售卖的情景。那么你能想象出这样的一条鱼是如何从水下往上跳跃的？它在水下游动时又是怎样的一番景象呢？

西班牙的来信之西班牙之友

1934年1月

前天，我从打开的窗户朝窗外看去，红色的淡水小龙虾、对虾，一碗碗盛满的俄国沙拉、烹饪好的鹅肝、汉堡、香肠、等着被煎的松鸡等食物映入眼帘，这些诱人的食物整整摆满了三层楼的餐厅橱窗。那里其实是马德里新开的一家名为凯勒·阿拉班的餐厅，餐厅的老板是以前在卡沙·莫瑞恩酒吧工作的一个服务员。然后，我在餐厅的吧台边看见一个熟识的老朋友的身影，于是我走上前去和他打招呼。

一个断手乞丐正在酒吧外面摆弄着他的残肢，脸上竟带着笑意，断手乞丐正用手肘把自己的口袋翻出来，这情景恰巧和饭店里流光溢彩的一切形成鲜明的对比。这时，有人从后面拍了一下我的背，回头就看到一个怀里抱着小孩儿的吉卜赛女人，嘴里不停地嘟囔着，应该是想给小孩儿买点吃的东西。两个卖脖子挂饰的流动小贩，正竭力试图劝我赶紧扔掉脖子上系的那条破旧的领带，重新买一条新的、漂亮的。还有一个卖劣质水笔的小贩，正在那儿竭力吹嘘售卖他那根本就无法书写的笔。一个大漫画家在抱怨说，已经烦死了那些该死的讽刺漫画，但是他没能兴旺发达起来，也还没品尝过幸福的滋味，所以在抱怨咒骂的同时，他还是不得不仍然靠画讽刺漫画维持生计。这时，一个大概只有 5 英尺高的老人，脸红彤彤的，长长的浪花似的白胡子掩住了下巴，用手紧紧地环住我，然后用沙哑的声音说，"我呀，可把你当兄弟哟。"

当我走到吧台边，和朋友交谈几句后，被朋友的举止惊住了。以前，他经常试图阻止我喝酒，但这次，他却劝我多喝点。"喝一杯够吗？再来一杯吧！"

"噢，不，不。"我委婉地告诉他，"我现在已经不再像以前那样爱喝了。"

后来，我们又聊到一些共同的朋友，他问："不知他们现在怎么样呀？都在哪儿呢？"后来我们又说到一个我们之前有不同看法的一个朋友身上。以前，他一直不喜欢那个朋友，认为他为人不诚实、不正直，但我的看法却和他截然相反，反而是很推崇那个朋友，觉得他是一个品德高尚，很值得人尊敬的人。

"他其实是一个好人，"我的西班牙朋友这样对我说，"只是有时侯会稍微有些性急，容易焦虑，但是他的确是个好人。"

听到他这么一说，我更觉得一定发生了什么事使他和以前完全不一样了。我猜想，或许在酒吧里，一定还有另一个他认识的但又不想让我知道或者介绍给我认识的人，所以才会让他这么反常吧。我也很识趣地对他说还有事，要先走了。看我正打算买单，朋友拦住了我，争着要买单。在这一刻，我更感觉，面前这个坚持要埋单的人，根本不是我以前所认识的那个朋友，而是一个面目模糊、不知姓名的陌生人。

我们接着就是在这样一种有点尴尬的气氛中，相互奉承和吹捧。酒过三巡之后，我们佯装说以后有时间一定要再见面，但其实两个人心里并没有再见面的想法。最后，我带着满腹的疑惑和他热情地告别了。最后，我还是抢着付了一轮的酒钱，也希望以后和这位西班牙朋友的相处还能回到从前一样……

直到第二天，我在报纸上才知道这一切不寻常背后的原因。

原来，我的这个老朋友在报纸上发表了一篇名为"西班牙人民的朋友——海明威"的文章。按照我们平时的说法，如果有人称你为"法国之友"，那意思就是说，你死了。因为法国是不可能在你还活着的时候，承认你是"法国之友"的。而且，就算法国承认了，那多半也只有以下两种情况：要么你曾为法国花过很多钱，给法国创造过很多财富；要么就是你通过巴结权贵弄来的这么一个名号。如果你是通过第二种情况获得"法国之友"的称号，那这无疑是骂人的意思。

可是如果说谁是"苏维埃之友"，那意义可就不一样了。通常这是指那些来自苏维埃的重要人物。当然，有时候也仅仅可能是指那些想在本国实行苏维埃的社会主义制度的人。不过即使第二种情况的意味也和"法国之友"是不一样的。所谓法国之友，就是指那些把自己的一切都奉献出去，至少是把自己绝大部分能够奉献的东西都奉献出去。他们曾经说过，或者更准确地说，每个人都有两个祖国，第一祖国是文化和社会意义上的国家，第二祖国就是法国。这句话在现在可以改动一下：所有人都有三个祖国，一是文化和社会意义上的祖国，二就是法国，三则是可怜的苏维埃。

而现在，我疑惑不解的是所谓的"西班牙之友"的含义是什么呢？如果有人这么称呼你，那意思就是说你该歇着了。西班牙是一个大国，太多的政治家涌入现在的西班牙，他们试图把所有人都变成"西班牙之友"式的人，这样就可以拥有豁免权。当前西班牙的统治政策，比起悲剧来，更像是一幕让人看笑话的喜剧，或许照着这样发展下去，离悲剧也就不远了。

表面上，这个国家看起来一片繁荣昌盛。比起以前，人们现在的财富更多了，那些以前把旅行当成奢望的人，现在可以任意去环游世界各地；那些以前买不起斗牛赛入场券的人，现在可以蜂拥着去看西班牙斗牛赛；还有很多以前不洗澡的人，现在可以经常跑到游泳池游泳。这时货币的大量流入，要比西班牙王室经历过的任何一个历史时期都要多，而这也为国家带来了巨额的税收。只是，这些钱都流进了各级公务员的口袋里。而这些中饱私囊的公务员，遍布全国各地。至于那些一直辛勤劳作的农民，仍然像以前一样穷困。中产阶级要交的税，也比以往任何一个时候都要多，虽然现在迹象并不是很明显，但可以肯定的是那些所谓的富人阶层会随之慢慢地消失。那些大官僚们却拥有着比以往任何一个时期的官僚都多的财富，他们四处游山玩水，花天酒地，无限享乐。所以投身政治的确是一项聚敛钱财的好事业，而那些没能从中获益的人，就会在暗中发誓，以后一旦有机会掌了权，就一定要连本带利地地把之前所有被剥削的债讨回来。所以，这就会时常看到，一个本分的商人或许只是为了让一个政府官员把他欠自己的酒钱还上，而在政治选举中讨好他，给他投票。

桑坦德（西班牙北部港市），是一个到处拥挤不堪、尘土飞扬的城市，也是西班牙最没有吸引力的一个城市，各种巴斯克式的建筑和近代布莱顿式的学校混在一起。但是，这个城市却因西班牙国王夏天会去那儿度假而出名。其实，西班牙国王选择去桑坦德度假，也只是因为那儿比圣·塞巴斯蒂安更安全一些。如果你想要晚上在桑坦德的宾馆旅店找到一个可以住的房间，那简直是难于登天。

与之截然相反的是圣·塞巴斯蒂安，一个欧洲最宜人的城市之一。这个城市也住着很多人，但是这个城市的人却和别处不同。以前，人们是因为国王去了桑坦德所以才会蜂拥而至。而现在，人们则是因为富裕了，特意去那儿的海滩边度假晒日光浴的。去桑坦德的人或许并不知道自己在那儿玩得是否开心，也不知道自己去那儿到底可以做些什么。但是人们就是这样漫无目的地蜂拥着奔向了沙滩，奔向了海边。可是，去塞巴斯蒂安的人们，却都很清楚自己到底是为什么而去的，而且他们会在那儿度过一段十分愉快的时光。

几百年来，毋庸置疑的，任何被派到西班牙的记者第一次发回去的稿件，都是关于韦恩斗牛场斗牛赛的事。而其实，他们忽略了此时足球在西班牙的盛行情况。华盛顿·欧文是第一个为

《星期日报》写出这个经典斗牛故事的人，他当时以欧文·S. 华盛顿的笔名为《纽约太阳报》写稿。我也很喜欢写那个故事，因为写得多了，到后来就会成为你很擅长的故事类型，信手拈来。但是却找不到能够超越欧文·S. 华盛顿当年版本的故事。

关于这个故事，还曾经发生过一件让人很遗憾的事情。一个为《纽约时报》写稿的记者，到了马德里采访之后，他选择用电报而不是通过信邮把稿件发回报社。《纽约时报》拒绝承认曾经收到过这个记者的稿子，也没有给他任何回复，所以这位记者只能被迫留在西班牙，无法回国。我曾经在一次散步的时候碰见过他，我问他，"现在事情怎么样啦？"

"仍然没有任何消息。"他带着绝望的神情说道。

"你给他们写过信吗？"我问。

"当然，我写过。"他回答。

"那你给他们发过电报吗？"

"怎么没发过呢？"

"有没有试过给他们寄挂号信呢？"

"这个，我倒还没想过呢。"他的脸上忽然有了些神采。

"那你不如试一下。"我向他建议道。

我还答应他，如果日后我去纽约一定会帮他问问，看能不能帮他摆脱这个困境。

可是，当我到纽约后，报社已经不在原来的地方了。我努力试着寻找他们的下落，但是并没有什么结果。很多年之后，我听说那个倒霉的家伙仍然留在马德里。

接下来说说斗牛的事情吧！

马歇尔·林兰达有两个孩子，有超过 100 万的比塞塔（西班牙货币单位），还拥有一个顶级的斗牛牧场，这里所说的顶级是指那种很适宜饲养斗牛的牧场。他也已经下定决心，不会再冒着生命危险去和这些头上有尖角的斗牛缠斗了。当比赛钟声开始响起时，他和斗牛一起出现在赛场上，凭借着自己多年来对斗牛的了解，所以直到比赛结束，他依然安然无恙。这时最不乐意的可能就是观众了，因为实在太没意思了。

多明戈·奥提加在今年连续两个赛季中，参加了近百场的斗牛赛。可以毋庸置疑地说，他对斗牛的技巧已经了如指掌。当他手拿圆环面对每一头被激怒后冲过来的牛时，他都是用同一种方式去攻击它们，然后将其制服。他会抓住斗牛的尖角，来表明他在这场斗牛赛中的优势地位。之后，他又会果断敏捷地把斗牛给弄死。只要你目睹过他的任何一场比赛，就能在脑中想象出他的其余 100 场是什么场景。

这样的比赛确实无趣极了，但不可否认的是，他确实取得了不俗的成就。他能制服所有冲向他的斗牛。相比那些水平不高，只能凭借运气侥幸取胜的斗牛士，他的确了不起。但是在 9 月份的一场比赛中，他不幸被斗牛用尖角刺伤，从而失去了挑战巴尔蒙特一个赛季赢 112 场纪录的机会。不过，他也已经创造了近 90 场接连不败的纪录。

阿米里特·奇科是一个年轻的墨西哥斗牛士，身材颀长，长着棕色的皮肤，牙齿还有些歪，性格有些优柔寡断。但是，他的手腕十分灵活，而且很聪明，很了解斗牛的脾性，这也让他很多时候看起来都比奥提加更有气势。不过，因为他那优柔寡断的性格，使他时常在斗牛场上失利。在比赛中，阿米里特会和斗牛进行殊死的搏斗，比赛进程较长。而奥提加则会迅速地找准时机，抓住斗牛暴露的弱点，快速将其制服。所以，人们更加喜欢奥提加的比赛，观众喜欢他的态度，时常在茶余饭后谈论他那悲剧性的失误。相反，人们对于阿米里特冷静的智慧、在斗牛场上使比赛失去悬念的完美无缺的表现倒不是很感兴趣。当然，这并不妨碍人们对阿米里特优点的欣赏，阿米里特也将会成为今年墨西哥斗牛士中参与比赛场次最多的选手，仅次于伟大的斗牛士——高纳。

而维克多纳在经过去年那个糟糕的赛季以及不足 20 场的参赛纪录后，这个赛季风头正劲取得了不俗的成绩。如今，维克多纳也通过努力完成了自己的医学学业，顺利毕了业。有些嫉妒他的对手把他在这个赛季在斗牛场上英勇无敌的、抢眼的表现归功于兴奋剂的帮助。也有传言说他并不是斗牛技术高超，而是掌握了一种让身体处于兴奋状态，产生类似于高烧症状的秘方，但这些其实都是谣言。

不过，维克多纳的情况确实异于寻常。虽然我深知他并不是一个脆弱的懦夫，但是我还是对他显示出来的勇敢程度感到震惊。我在今年 9 月看过他的三场比赛。在这三场比赛中，他临危不惧、果断英勇的表现完全让人忘记了恐惧。他脸上始终挂着一种冷笑，沉稳不乱地避过了斗牛制造的种种危险，甚至还会做出故意挑衅观众的举动。不得不说，他在斗牛场上的一些招数确实有些病态。

看着维克多纳沉稳缓慢而巧妙地和斗牛周旋的场景，对此，我并不怎么认可他的方式。因为在他转身躲避斗牛的攻击时，手臂是张开的，而并非身体笔直地闪避。而在转身躲闪攻击时，他又会故意把手臂伸长在斗牛的面前，就好像他把斗牛当成了斗牛的红布。这种"斗牛红布"的方式，尼克诺·维拉塔以前曾经用过，而维克多纳把这个动作用得更加的优雅巧妙。

不过这个招数却也会让他有些受斗牛摆布。当对面是一头横冲直撞的斗牛时，他的连续劈刺技术这时就可以得到充分的发挥。维克多纳头脑很是聪明，但是缺乏足够的控制力。更为准确的，他算得上是一个有些病态的、高深莫测而十分有趣并且深知如何激怒斗牛的表演者。

我这里所说的懂得激怒，是说，他在萨拉曼卡一场比赛中就能比其他一些斗牛士多赚 14000 比塞塔（西班牙基本货币单位）的酬劳。而之所以维克多纳能拿到这么多钱，是因为大家都心知肚明，如果碰上了一头真正的好斗牛，他的表现也会值得这个大价钱。对于他的第一头斗牛，说实话并不怎么样，但是他坚持到底的精神得到了许多观众的理解和支持。而他的第二头斗牛，让他的"斗牛红布"招数得到了精彩的发挥，让观众看到了 4 次精彩绝伦的闪躲表演。

刚开始，他在距离斗牛一段距离的地方，趾高气扬把手指放在胸口，似乎是在说："我是伟大的维克多纳·德·拉·塞勒！"这个行为使得一些观众很是不爽，看台上瞬间响起了一阵嘘声。维克多纳满不在乎地抬头看了一眼那些情绪激动不满的观众，似乎是在说："好吧，我会让你见识最牛的表演的。"之后，维克多纳不再闪躲，也不连续劈刺（西班牙斗牛士在击杀斗牛前的炫耀动作）。他箭一般的奔到斗牛面前，一改往日的风格，眼睛一眨不眨地，果断把一把匕首狠狠地刺进了斗牛的心脏。观众还没反应过来，就看见斗牛喘息着倒在了地上，顿时血流满地。

第二天，人们都是在讨论他在场上的表现，批评和赞赏的声音此起彼伏，但对于他最后的那一击，大家都是出奇一致地赞赏。在观众的叫喊声中，维克多纳把套环套住斗牛，脱下自己的斗牛靴，穿着袜子走到他的摩托车旁边。然后提起两只斗牛靴相互拍打上面的灰尘，接着轻巧地把两只靴子随意地扔到地上。

"我可不想带着萨拉曼卡的尘土回去。"他说。

这种张扬的姿态，会让人想起塞恩特·泰勒撒在失望地离开阿维拉时表现出来的神情。后来，还有几个斗牛士在离开墨西哥时，专门效仿他的这个这样子。维克多纳的这种姿态，或许只是想向观众展示他是一个有格调的年轻人，但却没想到这也得罪了萨拉曼卡的观众，包括那些不远万里掏钱买票特地跑来看他比赛的人。

在新出道的斗牛士中，来自吉坦力诺家最小的一个弟弟不幸在两年前死在了马德里，他长着吉卜赛人的模样，很是英俊，而且斗牛的招式也很漂亮。但是他并不怎么了解斗牛的脾性，并且因在斗牛场上缺乏应对凶恶斗牛而产生恐惧的心理。虽然弗兰多·多明瓜十分擅长斗牛红布的使用技巧，但是却缺少个性，最多只能算作一个"杀牛凶手"。马拉维勒也再次在比赛中受伤了，虽然每次斗牛都免不了受伤，而且现在的身体状况不容乐观。克洛查洛曾在马德里表演过一次精彩的斗牛表演，但此后却并无其他什么表现。至于查奎托，早就在他的身上看不到一个斗牛士的影子了。

要数本年度横空出世的救星，那就非菲利克斯·克罗姆莫属了，他在派罗塔斗牛场的两场斗牛比赛中的精彩表演，堪称经典。他在马德里一共进行过两场比赛，但却都被斗牛用角严重地撞伤过。出院后，在华思卡的比赛中的成绩并不是很好，但在西班牙的比赛中的表现却是很出色的。可是之后，在拉·克拉菲尔的一场比赛中，他又不幸地受到重伤，再次被送进医院。托奎托是菲利克斯的经纪人，来自毕尔巴鄂，曾经也是一个出名的斗牛士。面对菲利克斯的状况，托奎托深深地意识到，就算他们对这个赛季充满渴望和期待，也不能冒险让菲利克斯再去参赛。

弗伦提罗·巴勒斯泰罗的父亲也是一名斗牛士，不幸的是，在马德里举行的一场斗牛比赛即将结束时被斗牛攻击当场死亡。他算得上一个技艺高超的斗牛士，和那些空有技巧的技术工人有些许类似，缺乏天赋。不过，不得不说，弗伦提罗算得上是斗牛的克星。在马德里的一场告别赛中，他接连着杀了七头斗牛。之后，便正式踏上了职业斗牛士的道路。但是，要求高的观众并不怎么喜欢他那种逢牛必杀的风格，甚至看多了有些厌烦了。

直到8月末，我才开始观看斗牛比赛，所以我无法去评价这个赛季早期和中期各位斗牛士的表现，但是9月份萨拉曼卡的斗牛比赛却是不怎么样的，不仅乏味、缺乏力量而且不够勇敢，最重要的是缺乏自己的风格。9月份也出现了唯一一头比较有冲劲的斗牛，是缪拉带来的。这比这个月之前看过的斗牛个头要大些，各方面的表现也更好些。伊斯特班·高恩泽也从赛维拉城运了一批上等好斗牛到马德里。

现在已经看不到福勒斯咖啡厅的影子了，因为它已经被拆了，在原地起来的是一栋写字楼。又新开了一家名为"水族馆"的咖啡厅，看起来很有蒙特帕纳斯后期的感觉，不过显得要拥挤些。旁边是我们以前常去游泳的蒙扎纳尔，以前在帕多路上我们做（西班牙的）肉、菜、饭吃的地方，现在也找不到踪影了。河边新建了一个人工海岛，上面有非常现代的洗浴设施，沙滩上的沙子确实是真的。还有一个很大的人工湖，里面的水不仅冰凉刺骨而且还很清澈，能够透过肉眼看到里面自由自乐的小小的鱼儿。不得不说，在这种和公共澡堂差不多的地方，能够看到这么清澈的水算是一个好的现象，也是游泳的一个好去处。假若，河里有来回畅游的人，一定都会收到那些没有下水的人的敬畏的、钦佩的眼神，就像我们当年看艾德勒游过波隆海峡时的眼神一样。当然，更不用说那些连潜水水翼都不用就可以下到水里面很深的地方的游泳者，更是让岸上的看客感到不安。在过去，这些马德里人民的运动最多是从家里走到咖啡馆。而现在，大家都开始积极运动锻炼了，或者去乡村野炊，或者徒步到寒拉斯旅行。女孩们都看起来身材高挑，不像以前的女孩了，给人一种青春阳光的感觉。我想，这绝对和运动以及美国电影的影响脱不了干系。除了这些，你还想知道些什么呢？

差点忘了，西班牙人还从一个大使那儿了解到，如果想要成为大使，那么有这样两种做新闻的美国人有机会。这些人通常都有和亚历山大·摩尔共事的经历。不过，这不禁会让你猜测，既然他是这样一个能力出色的新闻人和民主党人，为什么罗斯福总统偏要把他派遣到这么一个远的地方而不是赐给他其他的荣誉呢？或许是因为鲍威尔先生真的很想做一次大使吧，这也只是猜测，我也没有亲自问过他。

巴黎的来信

1934 年 1 月

我依稀还记得在去年的风雪天，也就是这个时候，我们正从蒙大拿的库克城开车往家赶。在"烤鱼日"的那天晚上，几个男孩子谋划着要把卡车司机——一个脖子粗得似牛，脸像麋鹿的家伙给拖死，因为司机大言不惭地对外宣称自己拿着拨火棍打了一个老妇人。之后，勇敢的男孩儿们果然袭击了司机，导致他们现在还被关在监狱里。大鲑鱼又回到了河里，在竭力地向大峡谷的深潭游去。鹿群从海拔很高的山区下来，沿着河岸往适合过冬的地方走，走进了公园。

我们在帕乐特溪猎羊时，还遇到了另外两个全副武装的猎人。之后，我们打死了两只大公羊，因为那两个猎人惊吓了它们。人一多，瞬间让彼此都觉得有些拥挤。然而，我曾三次从牧场出发，沿着提恩贝河赶到扎营的地方，差不多每次都赶了大约25里路，却在路上没看到一个活人。

当我第四次从克兰德尔往回赶时，在路上看见几个在河的下游扎营的猎人。他们先朝我的方向挥手，我也朝他们挥手，但是因为距离太远，我实在无法辨别他们到底是谁。往前走了一段，我看见一只正在几棵柳树间转悠的松鸡。就连我骑的马老贝斯，也看见松鸡了，我能感受到贝斯在我屁股下面颤抖。它不停地颤抖，大口喘气，鼻子里一呼一吸地很响。我下了马，一边拉住贝斯的缰绳防止它跑掉，一边瞄准松鸡开了一枪。不然当它听到枪声一定会跑掉的。贝斯看见我把手枪收起放回枪套时，才停止了打战。我走过去捡起了地上的松鸡，放到马鞍上挂着的袋子里，然后再跨上马赶路。

我继续往前赶路，迎面看见几个高赫家的人朝我走过来，我突然想起很多有教养和善良的雷诺阿家的人在那儿住着。

和以前一样，食物依然让人欣喜不已，只不过价格不是很便宜。近几年，他们给葡萄酒商只是提供很少的用来装瓶的香槟。所以有很多的没有被添加任何香料和没有经过加工的香槟酒，你只需支付9法郎就可以在雷吉斯咖啡馆买上一木罐。这个雷吉斯咖啡馆，在拿破仑做第一任领事时期，他曾和人在里面玩过象棋呢。至今，拿破仑当时下棋的那张桌子还被保存着。而咖啡馆更像是下象棋人的娱乐天地，以至于一段时间里，咖啡馆的生意火爆，导致爱下象棋的人在雷吉斯咖啡馆觉得有些挫败，因为来咖啡馆的客人太多了，他们觉得自己被人忽视了。不过现在，在咖啡馆里看到，他们还是很殷勤、很高兴的。

马塞尔是一个秃子，走路总是不急不躁的，让人看起来就是那种肌肉发达忍耐力强的人。至今，中等重量级别拳击赛的冠军纪录仍是由他保持着。马塞尔对去美国打拳不感兴趣，假如，巴黎的人要是想让他改变主意，估计要把他打晕才能实现。他是一个技术不错的拳击手，但是出拳速度并不是太快，所以马塞尔选择留在法国也可谓是一个明智的选择。因为，他在法国可以自己做主任何事，但是如果选择去美国，那就不得不按照美国的方式行事。顺便说一句，法国的拳击手在美国的运气可都不怎么样。

加皮特在很久以前就已经退出了重量级拳手的竞争，他也曾向那些顶级的拳手发起过挑战，但是在力量和技术上都明显稍逊一筹。查尔斯·李道斯是一个身材不高的拳击手，在美国很是有名。我很是喜欢他，他也是我见过的最好的拳手之一，不过因为战争，他的拳击事业曾一度被迫中断。

尤吉恩·柯里奎在战后去了澳大利亚，主攻轻量级的比赛。尤吉恩的脸上有一道伤疤，这增加了他的恐怖性。他的出拳力道并不是力大无穷，但却很有技巧和攻击性。按照他的个头来说，我想他的出拳力道和芝加哥左勾拳拳手——查尔斯·怀特有一拼。在我的眼中，查尔斯·怀特可是他同级别的拳手中打拳力道最足的人。

柯里奎曾在轻量级冠军争霸赛中把强尼·科伯恩狠狠地打趴在地，可是他后面签了一个合约却毁了他拼命得到的冠军的荣誉。条约规定：他要在45天之内和强尼·丹迪进行一场拳击赛，在这场比赛中，丹迪第一轮时就一拳打碎了柯里奎脸上因做整容手术而植入的金属支撑物。柯里奎被打得惨不忍睹，满脸鲜血，但他仍坚持了整整15轮。他也用他的右手打掉了丹迪的下巴。要知道除了维利尔·杰克逊，可还从没有一个人能够用一只右手正面打到丹迪的脸，就是维利尔也只侥幸打到过一次。在这场比赛里柯里奎彻底输了，所以失掉了前不久刚刚得到的冠军的头衔，更为倒霉的是，他还连一分钱也没赚到。

安德鲁·鲁提斯的风格和刘道斯的差不多，不过要比刘道斯黄金时期的表现稍微差了些。他曾在美国赢过轻量级的拳击比赛，也曾打过几场重量级的比赛，这些战绩为他赚了一些钱。不过在之后输给拜特·巴特利诺后，除了丢掉的冠军头衔和眼睛上面的伤疤，安德鲁·鲁提斯再也没有获得什么了。

柯德·弗朗西斯是来自法国马赛的一个轻量级拳手，可是在美国打拳时，你会看到他像一个印第安人。他在拳击界的排名和鲁提斯、刘道斯不相上下。

埃米尔·普拉德勒曾经顶着轻量级选手冠军的头衔有过一段无限风光的日子，但是了解他的人都知道，他其实是一个很容易就被打倒的人。斯巴鲁·罗伯森还曾戏称他为蜘蛛。虽然就他矮胖的身材来说一点都不像蜘蛛。而当他不再打轻量级别，转而和重量更高级别的拳手对垒时，很快就被对方抓住了弱点打倒在地，所以普拉德勒很快就从拳坛上陨落了。

以上提到的这些拳手只是在美国打拳的一小部分。当然，法国本地也有过一些好拳手。现在再来看马塞尔聪明的抉择，就更加赞赏他的明智。在美国打拳和在法国打拳可完全是两码事。欧洲人不会在竞技运动上面搞那些阴险的勾当，不会那么算计，曾经的我们应该也是那样，或许现在还是吧，打比方说，那些政治背后的阴谋交易，我们也不搞……

其实，我上面说到的这些并不是真正让人难受的。我想，如果人们输了钱，一定会懊悔地产生杀死自己的心，酒鬼可以整天借酒浇愁，可是那些传奇人物靠什么解愁呢？无非是写回忆录为生。而真正让人难受的是，人们谈起下一场战争时所表现出的那种没有表情、无动于衷的样子。似乎战争是可以让人接受的，理所当然的一件事。好吧，或许是欧洲打仗打习惯了吧。我们也可以做些事情去避免下一场战争的发生。比如，不要故意做一些挑起或支持战争的事。对于战争，或许你认为并不是坏事，因为在某种意义上它能解决一些问题，等等。假如，孩子们真的好奇想要知道战争是什么样，或者是出于爱国的热切，那就让他以个人的身份亲自去战场上看一看吧。因为任何人都有权利选择做自己想做的事。但这也只限于个人而言，而对于一个国家而言，从全局考虑，就不应该让战争发生。

不得不说，秋天的巴黎美得让人目不转睛，对于年轻人来说，这确实是一个很不错的地方，在领略美丽的风景时，你还能学到不少东西。每一个到这的人都不能否认对这个地方深沉的热爱，如果我们否认，那一定也不是出于真心。然而，巴黎就好比一个正年轻的美丽小姐，她现在有了别的情人开始移情别恋了。只是我们都没注意到她开始慢慢变得苍老了。过去，我们都被她身上所体现的年龄魅力所吸引，所以当有一天我们不再爱她的时候，这便成了我们说不爱的理由之一。但其实，这种认知是错误的，因为她是永远不会变老的，而且她永远都会投入新情人的怀抱。

不过对于我而言，我现在爱上了别的东西。就算要战斗，那我也是为别的东西而战。我想我要为今天的一切而战斗。

坦噶尼喀的来信

1934 年 4 月

如果你想用一种生动有趣的方式把你的所见、所闻、所思、所感呈现出来，那你真的需要一个打字机。想要做到假装孤独，或者停下脚步，或者漫不经心地看些文字，或者写一篇好文章，这不仅需要运气、两杯甚至更多的酒、还需要一个打字机。可是到哪去找打字机呢？至少在这儿什么也找不到。

明天才能把航空邮件发出去，可是中阿米巴病毒的记者却还躺在床上，胃里被吐根碱（一种催吐剂）充斥着。我们从塞伦盖蒂草原的尽头，塞纳河边即我们队伍扎营的地方，途经阿鲁沙，飞行了大约 400 英里才到了内罗比（肯尼亚首都）。千万别问我飞行的原因，因为我也不知道。多动症症状从刚开始并不明显的潜伏状态，不断恶化成了如今这般严重且引人注意的形势。我相信自己还不至于创下多动症的纪录，因为，相比麦当劳先生保持的记录——麦当劳先生 24 小时内动了 232 下，我的还是很弱的。虽然很多的多动症患者并不认为麦当劳先生的数据是准确的。

据安德森医生说，多动症并不易于诊断出。我也曾怀疑我的诊断报告是错的。因为就在前两天，我还能背靠着树朝一群走向离营地不远的一个水泡子的松鸡开枪。可是谁知这件事还没过 10 天，我就被安德森医生说患上了多动症。他们还说我是被上帝选中的转世幸运儿，虽然起初我并不相信这一套，但慢慢地竟也有些信了。一方面我觉得这似乎是一种褒奖，同时自己又暗自思考：上帝在我这个年纪，和格特鲁德·斯坦因有多像呢？之后，随着病情的发展，我也越发感到困难了，特别是想要打到高空飞翔的鸟儿根本是不可能做的事了。最多也只是能背靠着树去打松鸡，才不至于多动。安德森先生把这种上帝即将附身的症状描述为横结肠下坠。不过，要治愈它并不是件难事，在 6 个小时之内，吐根碱就能办得到。吐根碱会把体内的阿米巴病毒杀死，就好像奎林杀死传染症疾的寄生虫一样。

我们准备在 3 天后飞到康格拉南部，与大部队会合，并打算在那儿猎杀更大的条纹羚羊。相比以往的信件，或许读者们看到这封信时会更加的疑惑，因为我没有打字机，所以就不能一边喝酒一边写，如果实在看不懂，那就请随手放到一边吧。

在这个高原国家穿行，路旁的风景无疑是我见过这么多国家中最好的。大雨过后，青山连绵起伏，映着蓝色的山峰。这就好像是当你往怀俄明州行进时，走了很长时间都没有下雨，可突然在内布拉斯加州的最西部，下起了一场雨。这个国家的土壤和美国怀俄明州和蒙大拿一样都是棕色的，只是山峦更加连绵起伏。在高地的密林中穿行捕猎时，你经常会有种自己身处在还没被开发的新英格兰果园之中的恍惚。而当你最终登上山顶时，才发现你之前穿行的果园整整绵延了 50 里。我从没在哪本书上的描写感受到这种无与伦比的美感和长留心间的豪迈感。

很幸运地是，我们在塞伦盖蒂平原碰上了角马大迁徙。长达 9 个月的干旱已经过去，平原地带到处都是绿油油的景色，但当角马经过时，草原上是一片一望无尽的黑色，那是和藏羚羊一样的野牛群。四面八方，到处都是。据官方估算，坦噶尼喀根草原上的野牛大约有 300 万只。它们后面还跟着狮群、斑点土狼和豺狼。

每天清晨太阳初升的时候，只要你走出帐篷，就会看到一只死狮的上空盘旋着一群秃鹫。当你走过去时，死狮旁边的豺狼就会立即跑开，斑点土狼也会立即拖着那圆滚滚的肚子走开，一边跑还一边回头望，样子真是难看得无法形容。而这时，如果你在地上看见了鸟，那基本可以断定狮子已经被吃得尸骨全无了。

有时，我们会在某片开阔的平原地带碰到角马，它们正前往水沟或浅水滩来补充一天所需的水分。有时候，我也能在平原上的某座小山丘上碰到它们，它们就在离我半里不到的地方啃草，或是闭着眼睛打盹儿，或是望着远处出神。不过更多的时候，我会在树下看到它们，或者当卡车驶近时，它们从浅峡谷（非洲南部的陡岸干沟）边的草地上抬起头来。在这 17 天的时间里，我们在这个狮子的国度总共看到了 84 头雄狮和母狮，其中，还有 20 头是鬃毛狮。

我们没有放过这个绝佳的机会，在我们遇到第二十三头、第四十七头、第六十四头、第七十九头狮子时，就毫不犹豫地开枪射击了它们。而这所有的射击都是步行完成的，其中，我们在塞伦盖蒂平原西部的密林山区猎到了三头狮子，有一头是在平原上自己撞上来的。三头全是黑色的鬃毛狮，还有一头是雌狮子。这还发生了一件很感人的事，当我们在射猎母狮子时，雄狮子试图掩护它逃跑，但最后仍然没有逃过被我们射中的命运。我是隔着 30 码的距离，用一把 220 猎枪射杀了往前冲的雌狮子的。

　　这时，安德森医生过来给我注射了新的吐根碱，并嘱咐我说在注射吐根碱之后，不太能进行连续性的思考。所以，我只能在下一封信中，试着讨论一下在坦噶尼喀（坦桑尼亚的一部分，在非洲东部）猎狮到底能不能算得上一项运动。同时，比较一下猎狮和猎豹之间的区别，并给你们介绍一下水牛，我会尽最大的努力试着给大家呈现一些事实的真相。而现在这封信就是在打了吐根碱的状态下写的。

　　当然，如果大家感兴趣，我还可以和大家讲讲我们捕获的其他猎物，如大羚羊、非洲大羚羊，还有其他的瞪羚羊之类。一头花毛的藏羚羊，两头大猎豹，另外，还有数不清的斑点猎豹。不过，我在射杀他们后也在不断地反思，因为它们是很好的动物，不应该被射杀，所以我决定以后再也不射杀它们了。

　　在角马大迁徙的时候，我们还射杀了 35 头土狼。不过对于快要生产的母牛，我们并没有对它们开枪。我们只希望还能有足够的弹药再猎上 100 头土狼。

　　3 天以后，我们将再次出去猎杀犀牛、水牛、条纹羚，还有黑貂羚羊。

　　安德森医生，请再给我一些吐根碱。

第二封坦噶尼喀的来信之是射击还是运动

1934 年 7 月

　　想要杀死一头狮子，有以下两种方法：一种是坐在越野汽车上对其射击，另一种方法就是趁着夜色，射击对陷入射手特意布置的美食陷阱的狮子，从某个地势较平的地方或长满荆棘的隐蔽处或黑暗处猛然用手电筒照射它，然后射击（在非洲射击打猎的外来游客都是叫作射手，以此与职业的猎手相区别）。这两种猎杀狮子的方法其实和炸鲑鱼或者用渔叉叉箭鱼是一样的，都能算作运动。但是很多去过非洲，在汽车上或者从隐蔽处射杀过狮子的人，回去的时候都妄自把自己看作是大型运动的猎手。

塞伦盖蒂平原是当今世界狮子聚居最多的地方。如果在非洲和塞伦盖蒂平原打猎，你就必须要开车才能前行。因为水域之间的距离太过遥远，所以不能还像以前的旅行队那样采用步行的方法捕猎。一般在射猎时，哪儿能找到食物，我们就往哪儿走。可是在非洲大草原上，只有在降雨的地方才能找到食物，大家可以想象一下非洲草原的降雨可是不可预知的。所以，我们有时开着车在一片棕色的、干旱的、满是尘土的地方行驶 75 英里或 100 英里，跋涉上百英里，也不一定能见到一头猎物。但也会忽然间看到前面出现一片绿色的草原，草原上是望不到边的角马群。实在是移动的距离太过遥远，而且我们的帐篷也必须驻扎在有水的地方，所以在塞伦盖蒂平原上捕猎必须要开车才行。有时，我们开着车在草原上奔上大半天，才能稍有收获。

如果你早上发现了一头已经饱餐过一顿的狮子，那么你就无须担心自己的安全，因为狮子见到你的第一个想法就是，赶紧找一个隐蔽的地方藏起来，避免这些人类的打扰。除非是你突然对狮子发动攻击，你的近距离射击惊着了狮子，或者狮子当时正在撕咬它的猎物而且不想被打断，通常来说，在你打伤狮子之前，它都不会给你制造多大威胁的。

如果你是坐着越野车靠近一头狮子，那你就更不用担心了，因为它其实是看不到你的。狮子只能分辨出物体的轮廓，可是从车里开枪射击是违法的行为，所以对于狮子来说，即使看见了车影也不会担心被杀。如果非要说狮子对于车的轮廓有什么意义的话，那也是某种给它带来开心和友好的东西——因为有人为了近距离拍照，会先猎杀一头斑马用绳子捆在车子的后面，一路拖着走，以此来作为诱饵。如果有人试图想靠汽车的掩护对狮子开枪，那么这不仅是违法的行为，同时也是一种懦夫的行为，要知道，你攻击的可是动物之王最好的猎物之一，可是你竟然暗中使诈。

不过，要是你在路途中，恰巧碰见一头雄狮子和一头雌狮子，它们离你的车只有 100 码的距离，而且两头狮子是在一棵长满刺的树下面，身后 100 码处有一个很深的水沟，或者一片已经干涸并长满芦苇的水域，水域蜿蜒穿过整个平原，长达 10 英里，就须知这为白天捕猎的野兽们提供了绝佳的掩护和逃生的条件。

你坐在车里，紧紧盯着那两头狮子，并审视着雄狮子的上下，暗下决心要猎杀这头雄狮。如果你还从未射杀过一头狮子，而在塞伦盖蒂平原上你只被允许射杀两头狮子，而且你想要一头有着上好鬃毛的狮子，毛色越黑亮越好。同行的"向导猎人"会轻声对你说："我想我们应该抓住它，我想我们能够抓住它，不过它看着是这么好的一头狮子。"

这时在树下的狮子看上去是那么平静，不仅身躯庞大，而且还带着一种骄傲的美丽。雌狮子伏在黄色的草地上，不断晃动着与地面平行的尾巴。

"就这么定了。"同行的"向导猎人"说。

然后你离开驾驶座，从狮子看不到的那一面下了车，同行的坐在汽车后座的"向导猎人"也从同一面下了车。

"我想我们最好还是上车坐下吧。"同行猎人又说。于是，你俩又一起坐上了车，开着车子离开了。当车子启动的时候，你的心里会产生一种对狮子从来没有过的感觉，那是你以前坐在车里安全地审视狮子所感受不到的。

当车子发动的时候，雌狮子会站起来，挡住你的视线，使你无法看清雄狮子的位置。

"我看不到它。"你轻声说。其实当你说这句话的时候，两头狮子已经看见了你。雄狮子会掉头迈着大步往前跑，雌狮子还在原地不动，不断地摇动着尾巴。

"雄狮子一定会跑到干沟去。"同行的"向导猎人"说。

当雌狮子看到你起身举起枪准备射击时，也会转身往前跑，雄狮子这会儿一定会站住回头望一眼。而当你看到它那猛然转过来的巨大的头颅盯着你，嘴巴大张，鬃毛在风中飞舞时，你一定会不自觉的胆战心惊。当你用枪瞄准雄狮子的脖颈处，屏住呼吸，扣动扳机时，除了随之的咔嚓声，就和警察拿着警棍打到骚乱者头上的那种声音一样，你还会看到一个庞然大物随之倒下了。

"你杀了它了，要小心雌狮子。"

而此时，雌狮子匍匐在地，面朝着你，所以你只能看见它的头，向后张的耳朵，平伏在地上的黄色的身子，还有那笔直的上下摆动的尾巴。

"我想它要过来了，"同行的"向导猎人"说，"如果它冲过来，要先坐下然后再射击。"

"我要杀它吗？"

"不必，或许它并不会过来。我先观察一下，等它行动了再说。"

于是，你站在原地眼睛不眨地注视着雌狮子的一举一动。越过它，你还能清楚地看到你刚刚用猎枪打倒的雄狮子，当然现在只能看到它的半个身子。最终，雌狮子没有冲过来，只是慢慢地转头朝干沟的方向走了，随之身影消失在你的视线中。

"怪不得，"同行的"向导猎人"说，"打猎的规矩是先对雌狮子开枪，这个规矩看来并不是没有道理。"

看着雌狮子离开，你们两个朝着地上的雄狮子走去，随时准备再次射击。越野车也跟了上来，还有另外一些带着枪的人也加入了你们。其中一个人捡了一块石头对准地上的狮子扔过去。见倒下的狮子一动不动，你这才放下枪，笔直地走过去。

"你这可真是好枪法，一枪就打在了它的脖子上。"同行的"向导猎人"说。只见狮子的脖子上流了很多的血，染红了它那厚厚的毛发，驼色的部分被血染得很不均匀，你似乎开始有点后悔打在脖子上了。

"我也是运气好而已。"你说。

　　你此时可能还在紧张之中，因为你无法忘记雌狮子回过头来看你的眼神，但你没有和任何人说起。等到紧张的气氛缓和下来，在场的所有人都跑过来和你热情地握手。

　　"不过，你要小心跑掉的那只雌狮子，"同行的"向导猎人"说，"它肯定不会跑太远的。"

　　这时，你看着地上已经死去的雄狮子，看着它那巨大的头，蓬松的黑色鬃毛，还有那长长的、顺滑的，黄色毛发覆盖的身子，它的肌肉还在抽搐，心脏还在身体里面跳动。你不得不感叹死了的狮子，也是一具美丽的尸体。更不用说它活着的时候的威风凛凛了。不过，你也许会在心里后悔留在它脖子上那块不均匀的驼色印记了。

　　以上就是开车追逐猎狮的大概情况了。如果没有车辆的保护，那猎狮就只能回归到最原始的方式。如果你伤到了狮子而没有伤到它的要害，那它一定会跑到干沟躲起来，那你就不得不继续去追它。其实，猎杀狮子也不是件难事，只要你在一开始能找准射击的位置，并能精确地打到那个位置，那你一定会百分之百地放倒它，当然，这仅限于你能有好的枪法，一枪击中要害，不需要连续射击的情况下。可是，如果你只是打伤了狮子，让它躲了起来，那在追逐的过程中，你被攻击受伤的机会就要大得多了。就算是一头受了伤的狮子，也能以迅雷不及掩耳之势跑过100码的距离，把你迅速扑倒在地，不给你再次开枪射击的机会。而且已经挨了一枪的狮子这时也不会被你的第二枪所吓着。除非你能把它彻底杀死，让它再没有攻击你的机会，不然，被你打伤的这头狮子一定会再次扑向你。

　　在塞伦盖蒂平原上，只要你遵循了射击的规则和技巧，而且在下车的时候保证车子是发动的状态，你可以随时离开。除非你的枪法真的十分好，或者你的运气很好，不然大多数情况下，你都只能把狮子打伤。因为狮子会随着人的步子的移动而移动。所以如果你想猎杀一头庞大的鬃毛狮，一个对任何猎手都是一个无上荣誉的挑战，这不仅需要很多的捕猎经验，你还得熟悉如何去保存动物的尸体。

如果谁再跟你说猎狮并称不上是冒险，那你完全不用理会他。现在可以看到猎杀狮子是一件十分危险的事，要多危险就有多危险。而唯一能消除或降低危险的办法，就只能靠你不断地提高自己的射击技术，而这也是你必须要做的事，只要你不想反被狮子猎杀。如果，你在离开非洲的时候，没能带走一头属于你的狮子猎物，当然算是一件遗憾的事。不过，如果和那些躲在越野车上偷猎狮子，或者趁着夜色躲在黑暗处，用手电筒的光照得狮子无法睁开眼睛从而让狮子死了，都不知道攻击它的是谁的人来说，你要更有资格被称为一个真正的冒险家。

第三封坦噶尼喀的来信之危险游戏

1934 年 7 月

对于猎狮这种危险的捕猎活动，一个最基本的规范前提是，就算因为捕猎而陷入危险，你也必须得提前做好各项准备让自己脱离危险。而每一个第一次到非洲进行枪猎的人，身边都会跟着一个"向导猎人"，即指一些非洲当地人的向导。他们会在你追逐体积庞大、危险的动物时，负责指导和帮助你进行捕猎。"向导猎人"身负保护你的责任，所以当你在危险发生时，一定要按照"向导猎人"说的去做。

如果，你偏要一意孤行，不听"向导猎人"的意见，那等待你的结局就可能是被狮子撕成两半。而对于"向导猎人"而言，如果自己的客户受伤、被杀，或者受了严重损害，那他就会因失职失掉自己一家人赖以生存的工作。所以，如果你的"向导猎人"在你射猎时充分相信你并且愿意让你冒险一试的话，就说明他对你的技术和心理素质很信任，而你一定不要滥用或者辜负这种信任。因为任何一个正派的人，都不会轻易地拿全家人生活的来源来做赌注。这也是职业操守中很重要的一部分，这是业余的人无法想明白的。

非洲有两个十分厉害的"向导猎人"，他们带的客户从来没有人受过伤。不过这也称不上太稀奇，因为很多"向导猎人"都能保证客户的安全。让人不可思议的是，他们自己也从来没有在和狮子的缠斗中受过严重的伤，这个可就很值得骄傲了。菲利普·帕西沃还曾经用膝盖顶死了一头野牛，这绝对是真事。如果想要替大象们讨回公道，那就算把巴郎·布莱克森五马分尸两次都不为过。不管怎么样，他们确实从来没有受过伤，而且经他们带的客户猎到的野牛、大象和狮子的数目都是最多的，并且年年如此。

用非常厉害的猎人，非常厉害的枪手来称呼他们并不为过。（以上这段话中，出现了很多的"厉害"，你们自己可以发挥想象重新换个词。看，你们很容易就能比我做得好的。谢谢你们，这是十分令人高兴的事情，难道不是吗？）

虽然菲利普·帕西沃和巴郎·布莱克森的本事过硬，但他们却从不骄傲地炫耀。他们将内心的骄傲都收了起来，而这种内心的骄傲是支撑他们生命的东西。（好吧，这比刚才要好点。什么？还要加把劲？你说还不够好？好吧，或许你是对的）。布莱克森可以用一把450火枪轻易打中正在快速奔跑的松鸡，之后，他会说："我只是因为我的手惯性地动了一下才打中的，你说呢？"又或者，当他能够把一头猛冲过来的犀牛阻挡在10码之外时，会向被吓得已经失魂落跑的客户道歉说，"我也不是总能挡住它的，你说呢？"

这就是我写出来的东西。你看，当你学着把这些满是"厉害""很"之类的句子换个说法，你觉得他应该会对你哇哇地叫个不停时，你却意外地发现他正在写的东西也并不是很无趣的。我并不是说他的表达方式是如何出色，我是说他所写的那些事情本身是很有趣的。当然，我相信如果你们也来到非洲大草原，一定能写出比这更好的文章来，你说呢？

菲利普绝对是唯一一个或者至少是最轻松的阻击凶猛动物的猎手。他单枪匹马地用一把 256 曼利彻火枪打死了很多头狮子。我曾经有幸和他见过一面，他一看起来就是那种很谨慎、小心的那种人，样子看上去就好像和要出发去旅行的小学生一样快活。当我们用尽所有的安全保障措施，或者说这些方法不管用时，我们别无选择，只能跟着他，用以前那种方式去捕杀。（不好意思，先生，你瞧，这也是我的谋生方式。我们每个人都需要做很多事情来维持生活。不过，至少我们还喝着威士忌，不是吗？）

很多人都希望拥有那种猎杀危险动物的经历，但是他们却从来不会真的豁出去行动。这种人不管采取哪一种猎杀方式，通常只开一枪，而他们随行的"向导猎人"却会开很多枪，有时甚至要多过于他们的客户。所以，当你在追击野牛、犀牛、大象、狮子和猎豹时，只需要数一数你的"向导猎人"开了多少枪，就知道自己表现的到底如何了。（你开了两枪，P 先生，如果我说错了的话，你可以纠正我。一次是对着那头雄猎豹开的，当时另一头雌猎豹想折回来，而你就像一只兔子一样围着它转。另一次就是我们在那片空地上碰上了几只野牛，当时已经开枪放倒了两只野牛，可是发现还有一只野牛正拼命地想逃跑。你看着狂奔的野牛估摸着它可能要逃到丛林里去，于是就毫不犹豫地扣动了扳机，让前一秒还在飞奔的野牛，瞬间就倒在地上）。

按照菲利普·帕西沃的观点，猎豹要比狮子还要危险得多。他给出了以下理由：首先，猎豹大多都是在有准备的情况下遇到的。当时的你或许正在猎黑斑羚或者雄鹿。其次，猎豹不可能在那一动不动地让你打，所以你只能边跑边开枪，换句话说，就是你想一枪就杀死它很难，最多让它只是受点伤。再次，如果受伤的话，猎豹一定会朝你猛扑过来反击，而猎豹的速度实在是太快了，没有人能做到只用一把来复枪就能阻挡它。最后，猎豹会四爪并用和你缠斗，所以你的眼睛要特别注意它尖利的爪子，防止它们朝你的脸直抓过去。不像狮子通常都只是抓或咬手臂、肩、大腿这些地方。霰弹猎枪是阻挡一只猎豹攻击的最佳武器，不过你最好等到它和你的距离在 10 码以内再开枪。这样你用多大口径的枪，都不会有什么多少的影响。不过打鸟猎枪还是要比打鹿猎枪效果更好一些，因为猎鸟枪比较适合近距离的射击（P 先生就曾用一把七号猎枪打爆了一只离他只有 15 码的距离朝他猛冲过来的猎豹的头。那只猎豹一定没料到自己的悲剧。）

到目前为止，依我个人有限的经验来讲，我也只是猎杀了四头狮豹野牛，其中，危险系数最低的就是野牛。能够看见狮子追捕角马是很稀奇的事情，但我们曾见过两次。就连在草原这么多年的菲利普·帕西沃也只见过一次这样的场景。当时他和普莱思提斯·格雷先生一起出猎，我想，格雷先生也一定见证了那少见的一幕。我们曾在草原上见到一头雌狮子奋力狂奔追捕猎物，你简直无法相信那速度之快。有一次，我还看到一头受了点伤的雄狮子追击羚羊，虽然当时动作不怎么漂亮，但那种奔跑的速度仍然让我们震撼不已。所以从另一方面讲，野牛的速度则是慢得让人不敢相信，即使是与西班牙斗牛相比。所以，我也是一直疑惑不解，为什么有些人明明可以先等野牛奔到近处，然后再重击其头部，这时只要来复枪够重，就完全能够毫不费力地将其杀死，而他们却显得很犹豫和慌乱呢？当然，如果身处茂林的深处，或者是在很高的芦苇丛中，又或者是在任何一个可以为其提供掩护的茂密草丛中，再加上这时野牛又受了伤被激怒，就不得不注意其危险性了。不过这是因为当时的环境所致，并非野牛本身。如果在同样的环境下遇到狮子，那绝对是致命的危险。在开阔的地方，一头狮子或一头猎豹比野牛要危险上百倍。

其实，这也并不是说野牛没有勇气，它的报复心和隐忍力十分强。我试想，如果把非洲草原上的野牛带到西班牙的斗牛场上，相比较于那些在场上攻击力强的斗牛，它可能会对中场休息过来洒水的洒水车更感兴趣些。

野牛并不适合在开阔的地带生活，所以你应该把野牛带到你最初发现它们的地方，并且跟在后面，看它们接下来会去哪儿。然后你就会发现，它们去的地方条件特别恶劣，关键是，你应该把这些野牛天生具备的危险性和那些生活在同样环境下的动物进行比较，而不是只考虑它们在那样一种不得不应对的危急情况下。（你喜欢听的这些悄悄话，都讲完了。本来是要给 P 先生写信，这些话也是我在船上读那封信的时候添上去的，我好像有些想念他了。）

对于我来说，重提这份经历也是应该有所节制的，你们就把犀牛的这部分当一个笑话来看吧，或许这并不怎么好笑。其实，犀牛的视力十分差，了解的捕猎者可谓是找到了机会去对抗犀牛那庞大无比的身子、令人惊叹的速度和敏捷的动作。有时候，犀牛发起脾气来就会十分擅斗，这时捕猎者就要借助地形的优势来想法制服它了。如果你是在两旁都是高草和茂林的小道上或者在坑道里遭遇它，那这个时候犀牛就会占尽优势，而且这时犀牛十分危险和凶恶，它会用犀牛角猛撞，并且快速移动。犀牛的速度比起野牛可是快多了。可是我却认为犀牛就是一个彻头彻尾的带有危险性的笑话，而且是大自然制造的笑话。众人皆知，犀牛的角是十分珍贵的，中国人很乐意花上很高的价钱把犀牛角买去碾碎入药或者挂在墙上当作装饰。这也使得很多当地的猎人和外国来的捕猎者对犀牛的追捕陷入疯狂。而犀牛逐渐变得怕人，整天躲躲藏藏的。以前的犀牛大多生活在开阔的草原上，但现在越来越多的犀牛趋向于跑到深山老林中，在那儿安宁地吃草、长角。而深山老林的环境也让它抓捕猎物占尽自然的优势。

至今，因为我还从来没有猎到过大象，所以我也无法写出些关于大象的事。不过我们已经开始计划明年再去肯尼亚待上半年，不仅想在那儿猎杀到一头真正的野生大象，去那儿猎杀野牛和犀牛，同时也想再去看看我们对于这些动物的第一印象到底和事实相差多少，当然，如果能幸运地在那儿猎到一头黑貂就太好了。对于猎到大象的个人经验，我实在无话可说，这也无疑让一个专门写危险捕猎笔记的人显得很没有说服力。就好比一个要参加竞选的家伙却从来没有见证过一场大型的战役一样。少了关于大象的内容，我的这份笔记也就相当于那样。（其实，之后还发生了一件事。一天晚上，我们钓完鱼后正在梦芭莎吃晚餐，A.V. P先生和我三个人就在探讨交流我写的这些信。我还特别建议阿尔弗雷德在他动笔写赛马的信之前，可以先写一封他和布里克森一起猎象的经验的信。我已经写了犀牛、野牛等。当时，P先生还在他的第一次深海捕鱼旅程中，没有发表任何意见。但是第二天，我们碰到了一大群的海豚，在那艘该死的渔船被撞烂前，我们一共捕上了 15 条海豚。我记得 P先生当时兴奋得双腿打战，他使劲力气将渔船往后面退，直到固定住。海豚们一个个绕着渔船跳跃个不停，有的甚至还跳上了船。P先生有时会猛地把鱼饵从海豚的嘴里拉出来，偶尔也会故意地让海豚吞下去，他的钓线上始终都有鱼在咬钩。

"你感觉怎么样，P？"我问他。

"上帝啊，"他说，"除了哪天你抓了那只野牛，这应该是我最开心的时候了。"不久，他又说，我一定要把这件事写成文章，然后发表在埃斯奎尔报上，名字就叫"偶遇海豚"。）

古巴的来信之出海

埃斯奎尔·1934 年 8 月

七八月份在古巴北海岸捕鱼，海面上炙烤的太阳无疑是人最大的挑战。因为受东北信风的影响，七八月的哈瓦那温度和海面相比要低得多。东北信风一般从上午 10 点左右刮起，一直会持续到第二天凌晨四五点。因为东北信风带来大量的湿气，所以会让温度变得更加宜人。但这仍不能撼动太阳在海面上的威力。即使这时刮来一阵微风，也都是带着热气让人受不了。如果，你早晨顺着水流往东，驾着渔船迎面向太阳前行，等下午，再背对太阳的方向逆水流返回，还能少遭受点太阳的炙烤。可有时候，你为了能多捕到些在哈瓦那和科西玛之间的水域聚集的鱼群，你就不得不在大太阳底下来回穿梭，承受海面热带阳光的炙烤。如果你能在出海时戴上一副克鲁克镜片的眼镜，一定能对视力有很大的保护。在墨西哥湾出海 100 天后，我竟然发现我的视力反倒比出发前更好了，而且好的不止一点。这时你的身体最遭殃的可能是鼻子了，因为太阳长时间的炙烤，使得你的鼻子看起来就和某种少见而难看的热带蔬菜一样。即使太阳西斜下山，海面上的水已经和刚熔化的铅水一样热，但是余力未消的阳光依然烘烤着你帽子下的脸，二帽檐最多只能遮住鼻子以上的部分，所以你那热带蔬菜的鼻子依然逃脱不了炙晒的命运——可真是老 J．P·摩根不朽的鼻子啊。

在墨西哥湾的海面上，你有很多思考的时间可以自己想事，还能用左手抹一点可可油涂到鼻子上，右手同时握住钓线卷，双眼盯住水下的鱼饵看它被上下扯动的情况，水下有两条游鱼一下子钻出水面一下子又潜入水底，呈“之”字形的路线在水里窜动，在侦察着、试探着咬钩上的鱼饵是否可以放心食用。这时，你依然有时间可以想上一阵子自己的心事，因为离鱼上钩还要等上好一会儿。你也一定想不通他们为什么偏要在太阳底下捕鱼呢？渔夫们为什么不能往南北两面的海域走，而偏要往东西两个方向走呢？

当然，只要你能安全从南北海域顺利捕上鱼并且安全回来，那是最好不过了。但是当东北信风在海面上减弱为一阵微风，而微风逆着洋流吹来时，就会让南北的海域变得十分危险，因为在低压气流下，你根本无法捕鱼，所以你要么是顺着洋流，要么逆着洋流，总之，往南北方向是根本行不通的。

当然，你也许根本没有过这个疑问，或许你对这些信风啊太阳啊什么的根本不感兴趣，你只是想知道关于捕鱼或者我们的谈话的事。可是，先生们，我要告诉你的是，我所讲的这些是很重要的东西。这也是伊扎克·沃尔顿曾经思考并以此为创作题材的东西。（我确信你一定也没读过他的作品，不过你一定知道什么是经典的作品，就是那些所有人都会提起，却没有人读的作品。）除非沃尔顿作品中的优雅、离奇有趣还有文学价值都被忽略了。这些是被有意忽略的吗？啊，亲爱的读者们，我还是很谢谢你们善意的谎言。

好吧，下面我们就来说说皮斯卡特吧。用沃尔顿的话说，皮斯卡特坐在他那张还残留阳光热度的椅子上，那可真称得上是典型的渔夫座椅了。虽然这座椅除了展现渔夫生活光景的暗淡之外，并没有什么吸引人的地方。皮斯卡特的手里拿着一瓶冰镇的哈图伊啤酒，视线正试图掠过渔夫鼻子，看着波涛起伏的海面。渔船们正迎面向着太阳驶去，如果这时有鱼游过来，那从皮斯卡特的视角一定能看见。果然，鱼朝着鱼饵的诱惑游来，皮斯卡特能看见海面上鱼鳍划出的波浪涟漪，和鱼在水里游动时，它那镰刀似的尾巴忽左忽右的摆动，还有当鱼从后面游上来时，在水底下那巨大的鱼身。在鱼身上的那一道道的条纹，就如同一条条紫色的丝带缠住了一个棕色的枪管。这时，皮斯卡特甚至能看见摆的鱼嘴。特别是马林鱼的鱼嘴露出水面时，那大张的口。马林鱼是一种很聪明的鱼类，一般会绕到鱼饵的侧面，然后拖着鱼饵向下，有时候它会游到船下很深的地方，使得钓线也跟着变得松弛起来。这时，皮斯卡特通常会忍不住用鱼钩去钩它。而当马林鱼被钩住以后，就会出其不意地来一个急速大转身，拖网也随之旋转向下，接着就会听到钓线"嚕"的一声被拉出水面，打破了平静的海面。拖网已经放下，马林鱼跳跃着，翻腾着，就像一条高速游艇一样穿过水面，有节奏地跳起，在空中一个回旋，然后重重地落回水面，身子足有 20 英尺甚至更长。

看着这一切发生，感觉到钓竿那条鱼的巨大力量，就好像自己已经和鱼变成了一个整体，变成了它的一部分。然后，你要制服并控制它，试图用鱼钩把它拖上来，周围找不到可以帮你扯住钓竿，拉线圈或者掌舵的人，你这时唯一能靠的只有自己。想想这是一件多么值得等待的事，即使是在热带的阳光下等上很多天，正如我前面所说，你在等待的过程中有足够的思考时间。而在这段时间想出来的一些好想法，可以写封信寄出去。如果你写的大部分都是你对于鱼的想法，而和其他任何人没有关系，或许你会被送进监狱。

为什么南风能够让所有的鱼都不再咬古巴北海岸的鱼钩，而去咬福罗里达的呢？

为什么其他的鲨鱼都吃被钩上来的或者死了的马林鱼或者箭鱼，可是灰鲭鲨却不吃呢？

灰鲭鲨和箭鱼有什么关联吗？就像刺鲅是王鱼和旗鱼、马林鱼间的联结点一样。

灰鲭鲨那样的胆识是什么造就了的呢？当灰鲭鲨被鱼钩钩住时，除非你拉它，不然它就不会自己往下拉；它会蓄意地朝船上的渔夫猛撞过去（我的确目睹过）；在你和它缠斗的时候，它并不会惊慌失措，而是似乎在思考并且会尝试用不同的办法逃脱；而在缠斗的过程中，它有时还会浮出水面，休息一阵；它会不厌其烦地绕着一条被钩住的马林鱼一圈又一圈地游，却不会去咬。灰鲭鲨身上的秘密真的让人捉摸不透。它的鱼皮和鲨鱼鱼皮不一样，眼睛也不一样，比起鲨鱼的鱼鳍，倒更像阔嘴箭的鱼鳍，而且它还会散发出甜甜的味道，这也大大异于其他的鲨鱼。唯一能和鲨鱼相似的就只有嘴巴了，那满口的锯齿状的牙齿也让它得了一个古巴名——丹图沙，意思是"鲨鱼的嘴巴"，另外，它的鱼鳃和鲨鱼也是一样的。

旗鱼背上像鱼帆一样的鳍有什么用呢？为什么这种鱼看起来更像是上帝失败的作品？旗鱼出现的时间要早于马林鱼，但样子却要相对古怪些。马林鱼圆的部位，在旗鱼身上就是扁的，马林鱼强的部位，旗鱼就会比较弱，再加上它那不大的胸鳍，较小的尾巴，你无法想象它到底是靠着什么存活下来的？我想旗鱼生成这样，一定有其道理，但这道理到底是什么呢？

马林鱼为什么总是要逆着洋流从东往西游呢？它们到了古巴最西端的圣·安东尼奥海岬后又会去哪儿呢？距离表面洋流几百

英尺深的海底，是否有方向相反的洋流呢？马林鱼在游回来的时候是不是也是逆着海底的深层洋流？它们是否会绕着加勒比海转一圈然后回来呢？

为什么在加利福尼亚海岸是捕捞马林鱼最多的地方，而古巴海岸同样也可以捕获很多马林鱼？马林鱼是否只会随着所有大洋的暖流而动，还是说它们只是按照自己的某种圆形轨迹运动？新西兰，塔哈提，火奴鲁鲁，印度洋，日本沿岸，南美洲的西海岸，墨西哥的西海岸，向北可以延伸到美国加利福尼亚的西海岸，这些地方都能够捕到马林鱼。今年在迈阿密捕上来的都是比较小的马林鱼，可是就在几个月前，大群的大马林鱼游过墨西哥湾那边的古巴海岸。去年夏天，他们甚至捕获条纹马林鱼都到北边夏威夷岛的蒙托卡角那儿去了。

马林鱼的种类分为白色马林鱼、条纹马林鱼和黑色马林鱼几种。而它们颜色上的差别有没有可能只是因为雄雌的不同而导致的呢？或者和年龄的不同而导致呈现或白或黑或条纹的变化呢？

据我现在的知识可知，它们都是同一种鱼，或许这并不是很准确的理论，但如果真有人能用真实数据把我这个认知推翻，我会很高兴的。因为我看重的是知识的本身，而不是那不可一世的虚荣心。在迈阿密和帕恩海峡沿岸上，白色的马林鱼是被捕捞上的最多的鱼种，这种马林鱼的最大重量范围是在 125 到 150 磅之间。至今，我还是坚信白色马林鱼就是雄鱼和雌鱼的幼年期。在水下，你能看到这种鱼身上淡淡的条纹，可是一旦被捕上岸，条纹就会消失了。我见过最轻的一条马林鱼只有 23 磅重。马林鱼会在某一个重量点开始，差不多 70 磅或更重一些，在雄鱼的鱼身就开始出现又长又宽的条纹了。而这些条纹只是在水下看起来十分清晰亮眼，一上岸就会慢慢变淡，而在马林鱼死后 1 小时左右，条纹就会完全消失。只要身上的条纹是宽长形状的，那它的身子也一定是圆的，这一定是成年的马林鱼，而且肯定是雄鱼无疑。它们也是条纹马林鱼中最擅长跳跃和缠斗的。所以我猜想，条纹马林鱼就是雄鱼的成长期。

条纹马林鱼的脑袋很小，整个身子圆滚滚的，身上还有一块样的东西，宽条的淡紫色条纹从鱼鳃下面开始一直延伸至鱼尾，中间的条纹偶有不规则的间断性变化。这些条纹并不会在鱼死后就会变淡很多，假如你把鱼抓上岸，然后再将它放入水中，不到几小时那条纹又会变得清晰明亮起来。

我说的所有这些马林鱼的变化，都是在古巴海岸观察到的。在哈瓦那市场上，马林鱼鱼卵的价格不一，从 40 美分到 1 美元或 0.25 英镑不等，所以大家在剖鱼的时候都会很谨慎，以免把鱼卵弄烂。据市场上鱼贩的说法，所有的条纹马林鱼都是雄鱼，而所有的黑色马林鱼都是雌鱼。

可是白色马林幼鱼和黑色成年马林雌鱼的过渡期是什么时候呢？白色马林鱼的身体有着迷人的光泽，很是漂亮。虽然头有点大但整体鱼身比例很好，重量一般都是 100 磅左右。而黑色马林鱼恰恰相反，不仅鱼头又大又难看，有着很厚的鱼嘴，而且体积十分庞大且不匀称，鱼身呈深紫色，就连鱼皮都十分粗糙。那么幼年时漂亮的白色马林鱼到底发生了什么变成了丑的黑色雌鱼的呢？

我猜想，马林鱼雌鱼的成熟期就是我们称为银色马林鱼的那个时期。那个时期的马林鱼鱼身是银色的，没有条纹，很好看，重量可达 1000 磅甚至更重，而且十分擅长跳跃和缠斗。就连市场上的鱼贩也说，这些银色马林鱼全部都是雌鱼。

现在就剩下蓝色马林鱼没有说了。说实话，我也不清楚它们是否是白色马林鱼的一种变体，兼有雌雄，或者完全属于另外一个种类。不过这个夏天，就让我们拭目以待吧。

我现在所在的这条渔船在过去两年时间内已经捕获并且仔细观察了 91 条马林鱼，可是这战绩还远远不够让结论具有说服力。最起码还得捕上几百条的马林鱼，并且需要仔细观察才可以。就和那些对所有的鱼都进行仔细观察研究，并且需要边观察边对每条鱼的每个细节做详细记录的科学家一样。

但问题来了，如果想对马林鱼作细致的观察研究，就必须先要捕获到马林鱼才行。捕获马林鱼可不是一件容易的事，它需要很多时间。即使在捕鱼的过程能够让你多很多思考的时间，你也并不想这样费时。而且这还需要有人提供经济上的资助。

哈瓦那的汽油现在是 30 美分 1 加仑，而你的渔船一年有 100 天在海上，每天工作 12 个小时。每天早上你要在天还没亮时就要起来，而且因为那些鱼会不时弄出些动静，你必须有一半时间只能趴着睡。另外，你还需要花 200 美元买鱼饵，大约 50 美元买钓线，600 码长的钓线一次就得买 36 根。还有鱼竿、鱼钩和引线也是不可缺少的东西。如果你的经济来源只是从出版商和编辑那儿争取来的可怜的稿费，那么不管是体力上还是经济上，你都会不堪重负。所以，在这种情况下，你怎么可能还有心情在大晚上坐着数鱼鳍反射的光线，或者用测径器去量鱼的腹鳍尖面，心里想着为什么这鱼没有被切开摊平。

而在我认识的所有有能力提供资助的人们，要么是在忙着研究怎样获得更多的财富，要么在赛马；要么是纠结自己的心理出了什么问题，要么是在想法怎样让现有的财富不缩水，要么忙着电影事业，或者他们忙着以上提到的所有事情。而我则会继续去捕马林鱼，即使我并不能创造什么科学价值，即使那些忙着挣钱、赛马的人不会给我提供任何资助，但是我很享受这个过程并乐在其中。事实上，我实在觉得我们能捕杀这些鱼，却不用因此而入狱是一件很幸运的事。或许明年这就会出台反对捕杀马林鱼的法律了吧。

在我认为，捕鱼为什么能给人带来乐趣，就是因为这件事本身的好奇心，还真庆幸现在还有一件能让人好奇的事情。记得去年，我们捕上了一条条纹马林鱼，可竟然在它的体内发现了一根钓竿。也不能算完全意义上的钓竿，这就和电影里女演员或者男演员手上拿着的钓竿差不多。如果认真观察的话，就会发现这和挂在屋子里做装饰用的那种钓竿更加的像。而这也是第一根鱼贩们在条纹马林鱼体内发现的钓竿。

关于这根钓竿，我多么希望自己能用一种听起来不那么医学的话来向你描述，所有的条纹马林鱼都应该是雄鱼。说到这儿，所有的马林鱼，白色的、条纹的、银色的，等等，最后都会变成黑色马林鱼——我坚持了很长时间的一个观点——这些鱼在这个过程中是如何变成雌鱼的呢？石斑鱼最后一定会变成雌鱼，不管石斑鱼开始是雄还是雌，到最后一定都会变成雌鱼。我想马林鱼也应该是如此。为什么说那些黑色马林鱼一定是上了年纪的鱼，你可以从鱼肉的质感，从鱼嘴的粗糙度看出来。另外，通过观察黑色马林鱼在缠斗中的状态和他们生活的方式，你也能证明这一点。当然，马林鱼长到最后，大约都有一吨重。在我的眼中，它们一直都是些年老的鱼，都是马林鱼生命的最后一个阶段了，而且，它们都是雌性鱼。

如果你能拿出证据来反驳我，我很高兴地等你的答复。

古巴的来信

1934 年 11 月

给你写通讯稿的是一个资深老记者，这让我们更像一个大家庭。这个老记者至今仍在写作，可能对于读者而言是个不幸的事。这个老记者对于那些能通过专栏随心所欲写自己生活的人很是羡慕或者是嫉妒。每天拿到报纸后，这个老记者就会翻到他最喜欢的那个专栏读起来。他的想法，以及这个想法是怎么想到的——读到专栏的同一天，老记者就会按照以下的顺序记录下来自己的想法：凯末尔——伊恩斯沃兹——没有放火——土麦那——罪恶的希腊人。然后再把写成的稿子以 3 美元 1 个字的价格寄给《东部电报》，并特别要求他们在刊登稿子时，一定要注明稿子的版权属于丰碑新闻社。今天，穆斯塔法·凯末尔接受了丰碑新闻社记者的独家专访，他坚决否认土耳其军队是火烧土麦那的凶手。凯末尔说，土麦那城在土耳其护卫军进城之前，就已经是一片火海，希腊的后卫军才是真正的纵火者。

　　我也想不出他在专栏里写这些东西的时候，脑袋里到底在想什么。但是有一点我可以确信，就是他的生活一定会在他卷进这些世界大事的麻烦之前，就已经麻烦不断了。但是，看着他从一个食草专栏写手（指多半写户外活动，春天，棒球赛，不经意翻阅的一本书的专栏写手）成长为一个食肉专栏写手（指写骚乱、暴力、灾难和改革的专栏写手）也算是一件有趣的事。如果把个人专栏的作者比作一匹豺狼也不是没有道理的。没有豺狼在尝到肉的滋味后，还愿意待在草原上吃草的，不管这肉是谁提供给它的。如温彻尔，他就是自己给自己弄肉，还有其他几个人也是如此。社会新闻在这些人专栏里占重要地位，而且他们都算得上是新闻界里的大腕。下面我们一起去看一位之前把个人性格置于事实真相之上的记者吧。

　　现今的状况和1921—1923年经济危机时的状况可以说没有什么两样。社会上罪恶、不公平和腐朽的情况没有丝毫好转，甚至还要比以前更加糟糕。我们那时候最喜欢的专栏作家不会像今天的作家或记者这样到处乱转。否则，在大家认真审视我们所处的这个世界之前，我们这些靠写字为生的人就只能在家里等着破产了。

　　我们之前最喜欢的资深记者，他身上有一个缺点就是：太晚接受教育。现在可没有过多的时间再让他去了解，一个人死之前应该了解的那些事情。想要仅仅靠宽广的胸怀、灵敏的头脑、迷人的性格、宽松的裤子加上一个打字机就试图想看明白如今这个世界是如何运转、谁在做真正有益的事、谁在竭尽全力、谁又在不断犯下错误、谁只是别人手中的棋子、谁又是背后真正的掌控者等一系列问题、那是远远不够的。这些是我们的资深记者可能永远都不会明白的事，因为他开始得太晚了，根本没法用冷静的头脑去细细思考这些问题。

比如说，战后的世界比现在更有革命的热情。那时的我们都相信革命，时刻都在期盼、寻找、等待——因为那在当时是合乎逻辑的正确事情。但是最后的结局是，每一场刚刚兴起的革命都被镇压了下去。曾经的我在很长一段时间内都百思不得其解，但是，最后我想通了。只要你对历史深入研究，就会发现没有一场彻底的军事动乱，就不可能有真正的共产主义革命。可是想要明白这一点，那么你首先就得了解军事动乱意味着什么。军事动乱意味的是彻底打破对社会制度的幻想、打破所有现存的标准、推翻人们心中的信仰。革命成功的必要前提是必须建立一支正规的军队。从战后的世界来看，意大利的革命条件最为成熟，但是意大利的革命却依然注定要失败，因为意大利在世界大战中败得不够彻底，因为自卡波雷托战役之后，意大利在 6 月和 7 月接连在皮亚韦（意大利东北部城市）取得了战役的胜利。从皮亚韦开始，革命曾一度裹挟班卡商会、意大利信贷银行、米兰商人，他们都想建立繁荣的社会主义式的合作制社会，建立社会主义的政府，但这一切都被推翻了，随后跟来的是法西斯主义。

要说完这个故事，那可就太长了，我只能简单介绍。但是我们现在的文学革命史的确要重视一些当代历史的研究。所有记录下来的历史都不会完全还原。所以，你如果想真正了解那个时代，就必须坚持关注与那个时代有关的事情，然后根据自己真正了解到的和不断更新的信息知识去进行自己的判断。现在说这些似乎有些晚了，因为现在并不是只有马克思或恩格斯，在马克思和恩格斯之后还发生了很多的事情。

反正，如果想让孩子们跑赢这场与历史的比赛，就必须要让他们对过去的历史有所了解，当然，还需要了解很长一段时间内的赛马史。在每天太阳刚升起时，就告诉他们这些事情，无关数字、色彩。用毯子将他们裹住，让闹钟将他们闹醒，然后在微露的晨曦中，让他们明白，他们以后能够创造一个怎样的世界。

如果真的对《新共和》以及《月月评》的时评人进行一个测试，看看他们对机械、理论、过去的史实还有革命的历程到底知道多少，我想他们可能都比不上普通关注赛马的人对于赛马史的了解程度。

1917年，法国在凯密斯得斯失败之后，就大张旗鼓地准备要发动一场革命。叛乱的军队朝着首都巴黎行进。克里蒙梭掌权后，差不多把每一个混迹政坛以及社会上的有识之士都私下找去谈话，新政府明确向他们传达不要闹事的警告。而至于那些以前政治上的宿敌，以及反对与新政府合作的人的下场不是被枪杀就是被恐吓。在文森斯的火枪队开枪之前，不知道有多少士兵被秘密地处决。虽然不满，但是大家都忍着不去反抗，直到美国在1918年7月出动军队插进了一脚。因为美国是战争的胜利者，而法国的革命又注定会失败。克里蒙梭曾下命令保证说，政府不会做任何伤害胸前佩戴闪亮胸章、骑高头大马、昂首阔步的加德共和党人的事情。克里蒙梭说的是那些久经沙场的老兵。群众热爱的法国兵，带着闪亮的佩剑，从街上大摇大摆地走过。摇椅倒在一边，人群推挤着无法动弹。在鹅卵石路上，留下的是淋漓的鲜血和脑浆，马队的铁蹄踏过石子路时，发出哒哒哒的声音，但当他们从那些断手断脚的人身上跨过时，发出的声音又是另一种了。所有的人都在四处逃命，看到这些时，没有人会想如果这时胡佛总统派遣军队过去，或许是一个新的开端。

德国政府在军事动乱中从来都是赢家的角色。如色当，刚开始时是寻求建立社会主义的，但最后发现这条路走不通。德国人在关于为什么而战的问题上始终都坚持自己的信仰。当美国把色当占领了，不久，德国的军队又秩序井然地打了回来。德国军队虽然在春夏季的几场战争中失败了，但却并没有就此被打乱脚步。革命在被镇压下去之前，曾有过一小段的和平时期。当然，在德国也一定发动过革命，只是还没等战争结束就已经被镇压了下去。那些从来都不肯接受军事失败的人，对于世界上有史以来最残暴暗杀计划的启动，表现出了很大的反感，而他们正是被暗杀的对象。战争前脚刚结束，刺杀行动就开始了。先是卡尔·里博肯莱特，接着是罗莎·拉克丝伯格……这个名单还很长。就这样，大多数革命和解放斗士最终的命运都是死于暗杀。沃尔瑟·拉塞洛的下场比起变态的罗恩来要好一些，但最后仍被同样的人民和制度取了性命。

西班牙革命的发生和安纽尔的军事暴动有着直接的原因。它的结局是，那场可怕屠杀的发动人失去了他们的工作和王冠。不过，当三周前革命人士试图趁机动员更多人加入革命的队伍中时，却发现人们还没有准备好，他们暂时还不想进行革命。

不管是澳大利亚还是匈牙利，和 1870 年法国的失败相比，他们算不上真正的战败。在他们被彻底摧毁之前，战争就已经宣告结束了，澳大利亚和匈牙利国内的情况也证明了这一点。不管怎样，还是有很多的人对自己的国家抱有信仰，并且认为战争是国家兴旺的助推器。当然，对于俄国这些所谓的共产主义国家的发展来说，战争也将变得十分必要。不过，对于一个战败的国家来说，最大的惩罚——毋庸置疑的最大的惩罚——是国家的毁灭。老家伙，一定要把这个记下来。

假如，现在的作家也执着于追求某项政治事业而投身政坛，那他的职业前途一定会一片光明。好的文笔正适合成为某个政治派别的宣传枪手，来宣传推崇其政治信仰和宗旨，只要你有耐心等到政治运动成功的那天，你一定会收获一个不错的前途。不过，你要做好这一段时间可能要白白付出的心理准备，因为不管什么样的政治事业在前期都不会一下子就成功的。当然，你或许凭着自己努力工作而幸运地挣到基本的生活费。真心祝福这些努力的人们在以后都能有丰厚的回报。不管是法西斯主义者还是共产主义者，只要他所在的阵营能取得胜利，那么他就很可能会被任命为某个地方的大使，然后就可以借助权力，光明正大地以政府的名义自由出版印刷自己的作品，或者获得每一个对革命有着雄心壮志的年轻人都想得到的荣誉。我曾经在一个地方住过，所以我很清楚这些。而且我身边的很多朋友都是通过这种方式得到了很好的工作。不过，也有一些现在被关在监狱。政治归政治，除非你能写出一些增长人类知识和智力的作品，否则这些东西可没法让你变成一个真正的作家。如果想凭借这手段而成功，那么你就要做好在死后随时被人唾弃的准备。如果你的某种政治关系够强硬，那么在你刚被埋葬的时候也会收到很多的花，只不过最后的命运还是被人唾弃，而且更为厉害。

　　要说起世界上最难的事情，恐怕就是用实事求是的态度来书写有关人类的散文了。首先，你要先把题目确定，然后你要构思怎么去写内容。这两件事说起来容易，但可能要你花上一生的时间去探寻真实，因为任何一个和政治沾上关系的人都会撒谎和欺骗。虽然，你明知事实真相，但若要大胆地去揭露那可真不是简单的事。不过，这又是你不得不做的事，而且一旦决定去做就要做好。当你把题目确定之后，你的范围就小很多了。这时，年轻人会热情地给你提供援助，并且都会祝你好运。（第一次之后，请注意他们是怎样来祝你好运的。）但是，千万不要被他们所影响，如果你不是无产阶级，那就不要写任何有关无产阶级的东西，只要写最近政治上的重大事情即可。不多久，另一件重大的事情又会发生。我已经亲身经历过太多这种重大的事情了，但没有一件是好事。这些年轻人差不多都是刚刚转变了自己的信仰，心里还摇摆不定、慌乱不已的人。你只需客观地把事情的前因后果展现出来即可。如果我跟你们说的这些，是莫斯科对他们说的话，那他们一定会不假思索地深信不疑。而身为作家，你要知道你文笔下的人，不管是你喜欢的或者讨厌的，只要是你真实地刻画他们，那么在以后他们会具备很高的研究价值。

　　另外，如果你想读一本真实的、文笔丰富的好书，那我建议你读一读约翰·奥哈拉写的《萨马拉的约会》吧。如果你有更多时间，那就去读托尔斯泰的《战争与和平》。不过，对于里面托尔斯泰对有关政治看法的部分，你可以大段大段地跳过，即使这些内容是托尔斯泰自认为是那书中最为精华的部分。不要让自己被作者的思想所影响，从而不能对书本有客观正确的判断。所有的好书都有一个共同点，那就是它们比事实更能反映事实。在你读完一本好书后，你会不自觉得认为你生命中已经发生过的事情和以后即将发生在你身上的事情，都是属于你的。不管这些事是好还是坏、是喜还是悲、是人还是物、或者只是天气如何。如果你真的有这种心境，并且能把这种心境传达出去，那么我敢保证你一定会成为一名真正的作家。因为世界上可找不到比这更难的事了，如果你在努力尝试了一段时间后，决定放弃作家的梦想而转向政治，那你也去吧，不过我要让你知道这是你怯懦的证明。而这件难事也只能靠你自己的力量独立完成。如果你想做一件有朋友并且被人祝福的事情，那就赶紧去参加一个正在做有价值事情的团体中去，而不是穷极一生都在做一件只有你做得超过所有人才算值得的事情。

即使没有人为你的努力喝彩，你也要做好心理准备。譬如，当你完成第一稿时，你会抑制不住自己内心的高兴。但是，你必须要让自己冷静下来，再次审阅修改自己的初稿，直到你确定你的情绪、画面和声音能够很好地传达给读者，这时才能对外发布稿子。只有在书被出版后，你才可以停止修改然后去做其他的事，也可以把这本书抛到脑后，不再提及。可事实上，你并不能做到如此，当你再阅读封面上的字时，你会发现仍然有好多地方需要改动，但此时已经无能为力。这时，评论家们就开始登场了，会批评你的写作水平太低、嘲讽你太失败、说你已是江郎才尽。也没有人会再祝你好运，没有人再希望你继续从事写作……可是，如果你有某种政治关系，那么之前攻击你的那些人立即会换另一副嘴脸，赞扬你是和荷马、巴尔扎克、左拉、林肯·斯蒂芬一样伟大的作家。不过，你最好不要太在意这些虚伪的赞扬。终于，你可以暂时停下工作放松一下，但却感觉了无趣味。某一天，你或许会在某个地方重新读起你写的那本书，并且越看越入迷，还会对妻子说，"这本书怎么写得这么好呢？"

这时，你或许会听到妻子对你说，"亲爱的，我一直都是这么跟你说的呀。"又或者她根本不知道你说的什么话，说，"你刚刚在说什么？"当然，你一定不会再把刚才的话重复一遍。

如果你写的真是一本好书，真实地再现了事情的原貌，那么当你回过头来阅读时，一定会对你的成就拍案叫绝的。

基韦斯特的来信之猎鸟回忆

1935 年 2 月

二月了，北风依然在呼呼地吹着，让你不能去海上捕鱼，也不能去射猎。当你把一天的工作完成时，天色也差不多黑透了，这时，你可以到海边的林荫大道上走走，迎着狂风把手中的一块黏土扔出去，你就会看到被狂风卷得一下高一下低的土块，在风中像姬鹬一样变换不同的形状。再或者你也可以换个方向，背对着风向把黏土扔进海里，这时你就会看到黏土块像一只水鸭一样扑通一声跳进水里。当然，你还可以站到海岸墙的下面去，让别人从上面迎着风将黏土块抛过你的头顶，但如果风把土块吹散变成了黑色的泥土，你可不能自欺欺人假装那是一只雄野鸡，除非你比我更能假装。如果真要把它假装成是雄鸡，这就需要响起开枪时的砰砰声，海边站着一排排掉光了叶子的树，和你站在一条潮湿的覆满叶子的路上，还要听到助猎者的话和雄野鸡站起来时的动静。它飞上树，你瞄准它，然后再把枪口往前挪一点，这时，野鸡突然转身，轰然落地。这也只是自己无事可做的假想，如果真的有野鸡可打，那做什么都值了。当你不能打野鸡、猫、狮子的时候，就会不自觉得开始怀念打猎。而我宁愿在这样的午后留在家里，用文字作为对打猎的怀念，而不是无聊地跑去风中扔黏土块，然后自欺欺人的认为那是真的野鸡。

如果你有过幸运美好的时光，就会发现你已经看过许多那个时期最好的一些书（这也是我第一次愿意花时间重读它们：《安娜·卡列尼娜》《往日》《布登溪》《呼啸山庄》《包法利夫人》《战争与和平》《运动员的画像》《凯拉莫卓兄弟》《冰雹中的告别》《哈克贝利·费恩历险记》《韦恩斯·伯格》，还有济慈的自传以及其他少数几本一年能卖上百万美元的经典作品）——你想起了太多以前的欢乐时光。时间悄然而逝，过去的记忆像海浪一样凶猛地扑打着你的脑畔。这会儿你会突然回忆起过去许多的事情。即使你正在忙着其他的事，你也能挤出时间去重读上面的那些好书，另外还会意外地收获很少的几本新出的好书——值得你去品读。我在去年就新读了安德鲁·马洛克斯写的《人类条件》的英文译本。我觉得马洛克斯的这本书完全能和《人类命运》相媲美，有时我会觉得就算比起桑坦德哈尔，他也是不落下风，他真可以称得上法国近 50 年来最好的散文家。

哎呀，看我这脑子，我原本是要写打猎的，怎么又写到了书呢？不过我记得在托尔斯泰的书中看到过最好的射击，我也时常在脑中想猎鸟在俄国是怎么飞的？还有打野鸡算不算反革命的行为呢？从记事算起，你这一生中最爱三样东西：打鱼、捕猎和阅读。不过现在你生活的主旋律是写作，所以你试着去回想，而当你回想的时候，就自然记起了更多与打鱼、捕猎和阅读相关的事情。回忆到最爱的东西不能不说，这让你愉悦。

你还能回忆起和父亲一起在大草原上第一次打中的鸟，在那只可爱的小鸟第二次转身时，你就开枪打中了它，然后你高兴地踏过泥沼捡回了湿漉漉的鸟。你还记得当时自己用两个手指夹住鸟嘴，像一只猎鸟犬一样骄傲地提着它。你还能清楚地记得在之后很多地方打过的鸟儿。你也记得第一次打到第一只野鸡时的情景：野鸡从你的脚旁"呼哧"一声想飞到石南荆棘丛的上面，然后被你一枪打中，随后只听啪的一声掉在了地上。但是这次你并不敢炫耀，因为野鸡有人保护，所以你最后等到天黑后才把野鸡藏在衣服里，偷偷沿着那条脏兮兮的土路走回镇上。那时你甚至能清楚地感受到胸前它的重量。当年脏兮兮的土路现在已经变成如今的北方大道，以前那条路上有很多吉卜赛人的大篷车停宿。

穿过一个草原，就到了德斯·普雷恩河，伊万斯曾在那儿开过一个农场，印第安人则聚居在德斯·普雷恩河的沿岸。

我曾在5年前去过那里打野鸡。那儿有一片广阔的大草原，也是猎狗们很喜欢去的地方。我们会在春天的时候去那儿打鸟，冬天结冰的时候去那儿滑雪橇。那一带的房子都很简陋，现在已经找不到我出生时住的房子了。人们砍了一些大橡树，又在靠街道的地方重新建了新的房子。我很庆幸自己及早地离开了那个地方，对于喜欢打猎和捕鱼的人来说，经常要四处走，而且经常要去到很远的地方。我不敢想象假如我离开家后，再回来时还会找到原来的家吗？

在密歇根豪通溪旁边的谷物加工厂，我第一次见到了鹧鸪。当时我和父亲还有另外一个叫西蒙·格林的人一起。记得当时的鹧鸪们在太阳底下啄食奔跑，身后扬起一片尘土。其实它们真实的身份是有环状羽毛的松鸡，不过我们习惯叫成鹧鸪。鹧鸪的体格和火鸡不相上下，听到鹧鸪拍动翅膀的呼呼声时，我抑制不住内心的激动，所以我一连开了两枪都没有打中它们。可是我父亲连续打中了5只，现在我还能想起当时印第安人高兴地去捡鹧鸪的样子。印第安人年纪很大了，身材胖胖的，对我的父亲很是崇拜，不过现在回想父亲当年猎射的样子，我也是崇拜不已。父亲的枪法十分高超，我至今还没见过比他打枪速度还快的人。不过，可惜的是，父亲并没有靠着这枪法赚多少钱，可能是他自己对待这件事太严肃了吧。

我还记得自己快10岁时和父亲一起出去猎鹌鹑，父亲带着我四处转悠。当看见在谷仓周围飞的鸽子时，父亲让我开枪射击。令人惊喜的是，我竟然用单管猎枪打出了规格20的水平。我有一个住在伊利诺斯南部的叔叔，他有一把重达9磅的猎枪。我根本没有力量拿着它去射击，而且我记得当时还把自己的鼻子撞得流血。从此，我再也不敢碰那把猎枪了，也不想再带着它。后来，父亲就让我站在荆棘丛中，看着他拿着那把猎枪去射击地上的鹌鹑。我看到有一只红色的鸟在树上，之后又在树下看到一只刚死的鹌鹑。我走过去捡起鹌鹑时，还能清楚地感觉到它带有余温的身体。这只鹌鹑一定是被父亲的子弹打中了后，挣扎着飞了一会儿，最终还是掉了下来。这时，我环顾空无一人的周围，心生一计，把鹌鹑放在脚边，紧闭着双眼扣动了旧双枪管猎枪的扳机。不幸的是，我又被弹得撞上了身后的树。睁开眼睛后，看见两发子弹都打了出去，枪的轰鸣声仍意犹未尽地在我耳边回响，我的鼻子还在不停地流血。我把地上的鹌鹑捡起来，重新给枪装弹上膛，擦了擦流血的鼻子，向父亲请教枪法。老是打不中，实在让人很是郁闷。

"你打到一只了，欧内?"父亲问。

我高高地举起了手中的鹌鹑炫耀。

"还是一只雄的，"父亲说，"快来看看它白色的喉管，可真是漂亮!"

我向父亲撒谎了，心里被压抑的难受。我还记得那个晚上，在父亲睡着后，我把头埋在被子里哭了好久。如果当时父亲被吵醒了的话，我想，我一定会如实交代的。但是父亲实在是太疲倦了，睡得很沉很沉。所以至今，我仍然没坦白这个谎言。

所以，我尽量不去回想这件事，但自己刚学打枪时的情形始终在我的回忆中。自从那一次搞砸后，他们就不再让我开枪了。我从谷仓把打落的鸽子捡起，朝房子走去。路上遇到几个大一点的男孩断言那些鸽子不可能是我打落的。我竭力反驳，然后遭到其他男孩子吹口哨的取笑我。这可真是一段让人不开心的经历。

现在的天气十分寒冷，在这样的天气里的日子，你会想起躲在暗处猎击野鸭的情形。我对野鸭最初的记忆就是在天还未全亮时，野鸭在黑暗中扑腾翅膀，发出的扑哧扑哧声响。那种声音，就和丝线断裂，划过夜空发出的声音一样。就和你对于鹅的最初记忆是看着它们迈着很慢的步伐四处溜达一样，但是如果你的猎枪打中了两只鹅中的一只，那么另一只鹅一定会超乎你的想象飞速逃走。而这画面可能会让你整晚都无法入眠。鸟类中最好打的可能就是丘鹬了。丘鹬和夜莺一样动作轻巧，就算你失手打偏了，那么你也有再打第二枪的机会的。

鹅肉沙拉只需要再放点黄油，再加一些芥末便可以来一盘了，如果再能有两块烤肉，加上哥尔顿葡萄酒、波马特葡萄酒、波恩葡萄酒或者香贝丹葡萄酒，那美味让人想想都觉得陶醉呀。

现在外面依然很冷，我们能看到高原岩石上的雷鸟和那从冰原的左边，呼啸吹来的狂风。第二天，你只需沿着雪地里狐狸的足印，就能发现狐狸捉到雷鸟的地方。不过我们可还没见过狐狸呢。除了这些，你还能在森林里发现岩羚羊和黑野鸡的足迹。有时候晚上回家时，还能看到打野兔的场景呢。到家后，我们再用罐子烫上两盅提若拉酒。啊，你别问我今天是怎么突然想起这些的。

我们通常会把君士坦丁堡外面的鹧鸪打来烤着吃。你要先准备一碗颜色灰白的鱼子酱，就是那种你可能吃一次之后就再也不愿吃的那种。然后把伏特加倒入谷物里面，最后去引诱鹧鸪，注意千万不要弄太多，不然在切鹧鸪的时候会溅起很多的汁水。卡克萨斯的紫红葡萄酒，配上法国的薯条，再加上一个沙拉，然后再来一瓶不管什么编号的酒，我建议来 61 号。

你曾见过动作轻快、飞行平稳、个头稍小的大鸨吗？或者从左边和右边对着它们开上两枪。或者清晨时，瞄准来水滩边的沙地松鸡，听它们飞起时发出的咔咔咔的声音，就和草原上的野鸡跑动时发出的声音有点像。野鸡快速扑腾翅膀，嗖的一下飞上高空，快速扑腾翅膀，然后又嗖的一声飞回地面。你又是否曾在草原上见过从很远的地方望着你的小狼？又或是羚羊在听到枪声后，转身抬头凝望你的眼神？在这里我要说的是，沙地松鸡和草原野鸡的飞翔姿态并不完全相同。沙地松鸡的飞翔速度有点类似鸽子，较快，但仍会发出那种松鸡特有的咔咔声。不过我敢保证没有哪种鸟类比松鸡的味道更美味了，不管是煎是炸还是烤。

你是否还能想起在一个暴风雨的日子，当你在非洲大陆的海滩边射猎凤头麦鸡时，看到一只麻鹬和短颈野鸭在沿着一条水道蹦跳的情景。这时从草丛中窜出来一只土狼，而你正准备走到池塘边时，就看到只和你隔着 10 码距离的土狼突然转过头凝视着你。于是，你对准土狼那张不怀好意的脸扣动了扳机。下面我们再说说冬天的树林的情景吧，你沿着一条小溪追猎松鸡，小溪里有很多的鲑鱼，不过我想现在应该只有水獭在那儿捕鱼了吧。走过无数地方，见识过各种各样的鸟儿不同的飞翔姿态，也曾偶遇过 3 只蹦跶的野鸭，见过 1 只穿过棉花地的海狸，看到 1 只扑腾着溅起一阵水花，绿头白胸的公鸭，正沿着河岸一直走，然后看着那绿头公鸭浮上了卵石滩中的一根横木。

还有野生的雌禽，那时的野生雌禽和鹰差别不大，松鸡在雌禽中的个头算是最大的了。猎松鸡的时候，雌禽不停歇地飞奔，离你的射程也越来越远，直到你把它们追到一片苜蓿丛中，才能追上它们。这时，你还幸运地在苜蓿丛中发现了四只野生雌禽，然后把它们全都收入背包中。就这样你回去的途中，你感觉包着雌禽的外套可能有 1 吨重。

我想，这些鸟注定就是上天给我们的猎物，不然上天为何要让它们的翅膀发出那种呜呜的旋转声，让你人从心底生出喜爱呢？这种喜爱要超过你对任何一个国家的喜爱。又为什么让它们吃起来这么美味？尤其是让野生公鸡、沙锥鸟、大鸨吃起来特别美味呢？

而麻鹬的声音为什么那样呢？它们的叫声掩住了它们拍动翅膀的声音，只要听到它们的叫声，就不由得让我们心情激动，非得拿起猎枪让它们停止鸣叫，切成片才行。所以，它们就是造物主造来给我们猎打的，而我们当中的一些人也是造物主造来专门去猎打它们的。如果事情不是如此，你可别说，我们从没有告诉过你，我们其实也是很喜欢猫鸟的。

基韦斯特的第二封来信之白头街见闻

1935 年 4 月

写信人现在住的房子是凯·维斯特城 48 个景点中的第 18 号景点。所以，找到这所房子对于游客来说并不是什么难事。凯·维斯特市政府给每一个到这儿的游客都贴心地准备了路线图。所以游客们能很容易找到这个城市的任何一处景点。写信人是一个很老的，不怎么喜欢张扬的家伙，早已经对那些景点如和海绵楼（第 13 号景点）、爬行的乌龟（地图上标注的第 3 号景点）、冰工厂（第 4 号景点）、镇馆之宝为一只 627 磅重的大石斑鱼热带露天水族馆（第 9 号景点），又或者是门罗郡法院（第 14 号景点）等失去竞争的欲望。写信人也没有什么心思去和典型老房子（第 37 号景点）或者废弃的雪茄厂（第 35 号景点）一较高下。不可否认的是，写信人现在住的这所房子，由于其特殊的位置是夹在约翰逊的热带森林（第 17 号景点）和灯塔及鸟类养殖场（第 19 号景点）中间，这大大满足了写信人那很容易就膨胀的虚荣心，但是要实际做点什么出来可就不那么简单了。

为了躲避游客打扰到自己的工作，写信人专门雇了一个上了年纪的黑人来看守房子。这个黑人看起来似乎是曾得过某种类似麻风病的奇怪病症一样，对着慕名拜访的游客们说："我见过海明威了。"而一些对麻风病有所了解的人没有被黑人吓到，在仔细打量黑人一番后，他们就会认为黑人只是在故意糊弄人而已。然后要求拜见主人——也就是我——海明威本人。但是，黑人的面貌还是吓走了很多那些对麻风病不甚了解的游客，你甚至能看到，黑人老头在后面追着惊慌失措的沿着街道迅速跑往泰勒碉堡（第 16 号景点）的人们，并用他那苍老沙哑的声音大声不停地叙述着他在海上是如何捕大马林鱼和旗鱼的，以及他和动物们打交道的种种细节。虽然他时常弄混淆动物们的名字。最近，那个可怜的老家伙还会给游客们讲一些关于写信人的故事，至于真不真实，写信人也无法确保。

一天下午，写信人正悠闲地坐在阳台上享受午后的方头雪茄烟时，突然听见黑人老头正在一本正经地给一群脸上满是惊恐的游客讲故事。他把写信人怎样写一本书的事情讲了出来，还坚持要把那本书叫作《手臂的呼喊》。可是，他在讲的过程中又把书中的情节和另外一本畅销书《汤姆叔叔的小屋》给弄混了。在他编到凯瑟琳·巴克利小姐是怎样在冰上追着意大利军队跑那一段的时候，更是描绘得有声有色，很是有趣搞笑。一个面有疑惑的听众问他，为什么他总是用第一人称来写作？他也愣了一会儿，接着自圆其说："不，先生，你错了，先生。我没有用第一人称写。我从来都不会在人称上面玩什么花样，我只是直接在打字机上打字而已。"

"但是，战争时期你真的是在意大利吗，海明威先生？还是你那些畅销书中的故事背景完全是编造的？"

这个观众可真是撞到了"枪眼上"，因为黑人最喜欢讲和意大利有关的事情。他说意大利对他的意义非凡，是他"第一次得麻风病的地方"，但是很多的观众并不感兴趣他的话题，没听完就不耐烦地离开了。我摇曳着手中的雪茄，看着游客们在街上四处晃荡，朝电报屋（第22号景点）走去，这也算得上惬意。而那个老人在他们走后，心情看起来很是开心。

如果恰巧哪天老人有事不在或者碰上全国性假日的时候，游客们有时候就会自己进到房子里来参观。因为写信人的房子是官方的景点之一，写信人把这都归功于 EE. R. A.，让游客们走一圈的票价是很值得的。在游客中，有一个在商界呼风唤雨的人物，就是"玩家俱乐部"的会员之一的奎斯乔内先生，他最近经常光临我们的房子。这一天，写信人刚刚完成一天辛苦的工作，疲惫不堪，而就在这时奎斯乔内先生打开门进来了。

"嘿，你好哇，老伙计，奎斯乔内先生。"你说。

"我恰巧路过，就顺便进来看看，"奎斯乔内先生说，"看到你的门是开着的，看到你正坐在这儿看书。你怎么今天没去打鱼？"

"在忙工作呢，没有时间啊。"

"哈哈，你可以把那当作你的工作呀。在这写这些东西，他们能给你多少酬劳？"

"哦，这个不好说。有时候1个字1美元，有时候1个字是75美分。如果你写了什么有价值的东西，那价格也可以上到2美元1个字。而孩子们写的东西价格方面就会便宜一点。"

"哦？我还第一次听说小孩子也能写作呢。"

"这个确实是事实。特别是其中最大的一个孩子巴恩皮，都是自己动手写东西，而其他的则是口述，让别人代写。"

"然后你就拿着孩子们写的东西，以你的名义卖给报社吗？"

"说对了，每一个字都卖出去。当然你也需要自己改一下错误的标点。"

"这可真是个不错的挣钱办法啊，"奎斯乔内先生说着，似乎兴致盎然，"我还真是小瞧了这些呢。那孩子们写的东西，能获得多少钱？"

"给大儿子是按3个字25美分算，其他的则是按比例算。"

"这样算，也还是挺赚钱哪。"

"是的，"你说，"如果你能在工作的时候保持一点巴斯蒂。"

"那做这个难吗？"

"不简单。如果你打他们太厉害，那写出来的东西就都充满着哀怨的东西，这样的文字是没有市场的，除非你1个字1角钱卖给别人。但是，我并不打算降低我的收费价格标准。"

"哎呀，可真有意思，"奎斯乔内先生说，"再多给我讲一些写作有关的事吧，原来这个行业这么有趣呢。那你说的对编辑'有价值的东西'是指什么？"

"你想想我们以前玩的猎獾游戏就能理解了，"你向奎斯乔内先生解释说，"当然我们要小心不要把警察给卷进来。所以现在做这个赚得并不怎么多了。打比方说，来了一个结了婚的编辑，我们把他弄到一个你应该能知道的地方，这里我就不明说了，又或者我们有时候在他的房间里给准备一个惊喜，那最后价格一定也会提高的。不过现在这招已经被 N. R. A 明确叫停了。"

"他们巴不得叫停所有事情。"奎斯乔内先生说道。

"约翰逊在用孩子们的稿子这件事上，压价压得很厉害，"你又说，"他把这称为童工，但最大的一个孩子已经超过 10 岁了。我不得不去华盛顿一趟去处理此事。'听着，休，'我对他说，'不要在这讲什么虚伪的良心，你自己知道对里切伯格做了什么。这些小家伙付出了劳动，你明白吗？'后来，我们提高了孩子们每天的写作量到 1 万字左右，不过他们写出来的东西差不多有一半都是悲伤诉苦的，害得我们蒙受了不少损失。"

"就算这样，"奎斯乔内先生说，"那还是挣了钱哪。"

"是的，确实挣了些钱，但并不是真的钱。"

"我想看看他们的工作状况。"

"他们通常都是晚上开工，"你告诉奎斯乔内先生，"虽然晚上开工写作对眼睛不好，但却可以让这些孩子收起玩心，更加专注。等到天亮，我也就可以浏览审阅他们写的东西了。"

"你难道不介意用你的名义去发表那些小孩子写出来的东西吗？"

"没什么好介意的。名字就和商标一样。如果是次等品的话，我们就用其他的名义发表。现在你应该知道得差不多了。

一度发稿量很大，赚得也多，不过现在因为我们把那些作品用了太多人的名义发表，导致整个市场都陷入了混乱和萧条，发稿量也少了很多。"

"那你自己还会写东西吗？"

"偶尔写一点打发时间。孩子们做得很好，我很是为他们骄傲呢。我还想着等他们长大就把这个事业移交给他们来做呢。我到现在还清楚地记得当年轻的帕崔克把他完成的《午后之死》的手稿给我的时候，我内心是有多么的激动和骄傲。他靠着灵感就完成了整个故事的创作。那可真是一个离奇的故事。他目睹了一个黑人的葬礼，黑人的儿子女儿们在葬礼上，都为父亲的死感到悲痛不已。那种保险机构当时很是流行，因为事情发生在下午，所以就取了这样一个名字。小家伙文思泉涌，不到一周就完成了整个口述，口述内容是由他的妈妈记录下来的。"

"太不可思议了，"奎斯乔内先生不敢置信，"我也想加入进来，做点类似的生意。"

"我对他说，'帕特，这儿有一幅画，我们要忽悠几个傻瓜来买。'你知道那个小家伙是怎么回答的吗？'威廉姆爸爸说威廉姆几兄弟中谁能打扫干净车库，就买给谁。我还听到你叫他死黑鬼笨蛋，他把你想还给乔斯先生的啤酒瓶扔了的时候。'你说他们多么聪明啊。"

"那威廉姆到底有没有买呢？"

"买了，他现在去海边了。不过威廉姆现在想把这幅画和乔克·维特尼换他的彩色电影，这就要靠威廉姆自己对这幅画美化了。"

"你有亲自写过和黑人有关的故事吗？"

"因为南方的销路不是很稳定，所以我们都尽量不讨论这个主题，不过，我还准备今年写几个与黑人有关的故事。"

"不稳定？那是指什么？"

"就比如你刚让一个人物获得认可，在黑人中间流行起来，然后他犯了一个错，被黑人们给枪毙了。针对这样的情况，我们现在想了一个办法，就是塑造白人的形象，但是让他们说黑人的俚语，故事的主角多是总督的女儿。你觉得这个想法怎么样？"

"可以，那你再给我讲点吧。"

"好吧，我再给你说些其他的吧。我们现在筹划写一部史诗，现在孩子们都在不分白天黑夜忙活这个。巴恩皮对历史很敏锐，帕特很擅长写对话，而情节的发展就由格里盖里来负责。你看，这么一来，我们不就有了新的角度了嘛。这是一部关于内战的史诗巨著，不过很多史诗都存在共同的问题就是内容太短了。我们这次计划总共写 3000 页，如果能销售出去 100 万，那我们就送格里盖里去念书，他一直在我耳边嚷嚷着要我送他去学校念书。然后再在海滩边给帕特开一个办公室，这也是他一直念叨着的，'爹爹，你什么时候送我去海边哪？'每一次都把我问得烦死了，所以我刚才跟他说，'只要你能完成史诗，并且顺利通过我的审阅，那么就带你去海边。'他还说要去看唐纳德·奥登·斯图亚特，我对他说，'帕特，我陪你一起去，因为我也想去看道提·帕克，而且我也真的很想去。'但是他对我说，'爹爹，我只想一个人去海边，在那儿开一个办公室，我还想一个人去看斯图亚特，是一个人哦。'你能想得出这一个勤奋工作的小孩为什么会这样想呢？你觉得他去看斯图亚特做什么呢？是不是以前欠了债或是类似的什么原因。我也一直想不出到底曾经欠过斯图亚特什么东西，不过看小孩子们这样子还真是挺有趣的。"

"哎呀，时间过得真快，我要走啦，"奎斯乔内先生说，我能从他的口气里听出他比来时多了的一份尊敬，"您一定还有很多事情要忙。"

"不过再忙，见你的时间还是有的，奎斯乔内老伙计。欢迎你随时来，只要我在。放心，莱塞尼尔很快就会引你进来的。"

"好的，那老朋友告辞了，"奎斯乔内先生说，"您可能想象不出我今天听到您说这些事时的震撼和高兴。"

"其实每一个人工作的细节都是很有趣的。"

"那再见了，真的很感谢您跟我说了这么多。"

"再见。"

奎斯乔内先生走后，你把莱赛尼尔喊进来。

莱赛尼尔："先生，您有什么吩咐吗？"

"莱塞尼尔，以后一定要把前门锁好，不要打开它。"

莱赛尼尔："好的，先生，这次让奎斯乔内先生进来不是我的错。"

"我知道，莱赛尼尔。但是以后一定要锁住前门，莱赛尼尔。

不然一个人这么晚了还得去瞎编故事，早晚会被拆穿的。好了，莱赛尼尔，谢谢你。"

墨西哥湾的来信之再谈射猎

1935 年 7 月

　　如果你有近距离射击马的机会，那千万不要错过。你只需要有一颗 0.22 口径的子弹，然后打中马的额头处相交点——从马的左耳右眼之间和右耳左眼之间延伸出的两条线的交点，能立即让马毙命，而且没有一丝痛苦。马在被打中后，虽然试图拼命往前跑，却只能僵在原地，一动不动，最后像一棵树一样轰然倒下。

　　如果你要射杀鲨鱼，那就一定要打在鲨鱼头顶延伸下来的平滑的中线上，不管在线上的任何一个位置都可以。中线从鼻子尖一直延伸到眼睛后面一英尺处。鲨鱼的两只眼睛中间，其实也有一条线，如果你能找到两条线的交点再开枪，那么就能保证鲨鱼立即死去。只要枪法准确无误地打在焦点上，即使只是 22 毫米口径的枪，也能打出相当于 45 毫米口径枪的威力。但是，你可千万别奢望鲨鱼中枪后就会一动不动地任你宰割。虽然鲨鱼已经死了，大脑无法再工作，但是它的身体还是可以剧烈地甩动。这时就只能用棍子猛击它的头部才可以。

　　这也就是说，如果你想一枪就解决掉某种大型动物，那就一定得打准它们大脑上的死穴。而如果你只是想让其毙命，并不考虑之后猎物是否动弹，那你就可以瞄准目标猎物的心脏处开枪。但如果你只是想让猎物停下，只需打在猎物的骨头上即可，最好是脖子上的骨头或者脊柱，次之是肩骨。这样说吧，你开枪打伤了一只体积庞大的四肢动物的一条腿，并不会阻挡它的继续移动，但如果你打伤了它的肩，那它就只能乖乖地定在原地，无计

— 491 —

可施了。

此时，给你写这封信的人的脑海里想的都是关于射猎的事。他想给你们分享这些技巧，因为，他自己就曾一枪打穿了自己的两条小腿。这也是凑巧完成了这个高难度动作，并不是由于写信人当时在进行什么特殊的弹道试验。而这曾经被杂志的一位读者写信批评说，写信人的旅行不够随意和潇洒。如果想达到这位读者的要求，写信人最后的结局就是：一只手拿枪打穿了自己的两条小腿，而另一只手正用鱼钩钩着一条鲨鱼。这应该能满足或取悦读者了吧。如果读者还觉得不够狠，可以试想一枪打中写信人的脑门，或心口，然后在冰雪地里挣扎着往前跑，不过这样的情节设定只能由读者亲自来完成这件事了。

一大早，我们就从凯·维斯特出发，穿过一条黑浪翻滚的水路，向巴哈马岛的比米尼出发。当驶出海湾差不多20英里的时候，海上到处刮的是南风，和海流的方向截然相反。虽然天气本身很宜人，但是对于捕鱼者来说却是极为不利的。这时，一只绿色的海龟从船旁快速游过，我们赶紧拿渔叉去叉，打算抓住然后用盐腌上，一层肉，一层盐，作为那趟出海之旅的食物。道斯钩还幸运地钓到了一条很大的海豚，可是又很不幸地在他钩海豚玩的时候，让海龟从我们眼皮子底下逃走了。

而亨瑞·斯达特钓到了另一只海豚，亨瑞是缅因州金枪鱼俱乐部的部长，下面我们就简称他为部长。正当部长忙着对付那条海豚时，又有一大群海豚从后面过来了，伴随着荡漾的绿波。然后，从海豚群所在位置的水下突然窜了上来一条大黑鲨，就是我们常说的古巴海岸"galanos"。黑鲨在部长所钩的海豚后面试图攻击，只见海豚突然向上跃出水面，动作敏捷而生猛，不断地在海面上上下跳跃，而大黑鲨也已经半露出了水面，紧跟在海豚身后。这时部长充分发挥了自己的聪明才智和过硬技术，放出一个线圈缠上海豚，帮它逃离鲨鱼的血盆大口，然后再抛出一个大的鱼钩。

海豚仍在船尾四周到处游动，道斯在移动位置的时候，我们把另一个鱼饵挂在了部长的鱼钩上。部长迅速把鱼饵放到这条海豚的嘴边，突然又立即偏到另一条海豚那儿。就连大黑鲨都被这鱼饵给吸引住了，掌舵的船员说，大黑鲨在他们家乡又叫"老面包"。

　　此时，部长已经成功地诱使鲨鱼上钩，而写信人也没有闲着，正忙着把一大卷渔线解开，满身大汗。很多不能用的渔线都在绞圈上缠绕着，必须得把它们解开（在我们出海前，为了测试一下这种新的沃恩号弗牌的拖网效果怎么样，已经检测过渔线的拉力，只不过还没有用上好的渔线去试）。大黑鲨摇摆着朝鱼饵奔了过来，张开血口大盆的嘴巴去咬，把以前的旧钓线扯得砰砰响。"bitch。"写信人咒骂了一句，然后又在同一条钓线上放了新的鱼饵。大黑鲨的身子大约有钓线两倍那么长，钓线浮在鲨鱼的大嘴巴周围，看上去就和鲇鱼的胡须一样，鲨鱼又晃动着咬上了新的鱼饵，等写信人回来看的时候，那根历史悠久的钓线又在吃力地发出砰砰的响声了。写信人咒骂了一句后，又把大黑鲨引到了第三个人那儿——他在部长的渔具上面又挂上了新的鱼饵。这一次，鲨鱼先是绕着鱼饵转了几圈，似乎对那钓线好奇不已，或许在纳闷怎么有两根鲇鱼胡须样的钓线呢？（写信人曾经读过威廉姆·福克纳写的《指示塔》）不过，鲨鱼最后还是一口把诱人的鱼饵吞掉了，然后又往部长那边的大家伙的方向游去，部长的钓线是由 39 根新线拧成的，拉力惊人。写信人见状自言自语咒骂道："哼，这次看你怎么拉。"

　　有那么几分钟，写信人和部长两个都是汗流浃背，各自都忙着对付面前的鲨鱼（部长那边的鲨鱼比较谨慎，所以他也得更加小心）。厨师萨卡帮忙拿着钓竿，写信人则拿渔叉去叉大黑鲨。写信人用大渔叉对准大黑鲨的脑门猛地一插，同时又用一把 22 毫米口径的柯尔特自动手枪对着鲨鱼，里面的子弹是那种上过油，空心的长来复枪的子弹。而这时，道斯迅速爬上了船顶，前倾着身子，忙着从各个角度给水中的鲨鱼拍照，写信人则忙着寻找第二个攻击鲨鱼的机会。最好是能够一击毙命，让它没有反抗的余地，这样我们就可以比较容易把鲨鱼拉上船尾，然后再用木棒击打，取出鲨鱼体内的鱼钩。"咔"的一声巨响，鱼钩终于被拉了出来，写信人右手拿着一根拍杆，往下一望，竟然发现自己左脚的小腿肚被子弹打穿了。

"真倒霉，"写信人咒骂一声，"我中枪了。"

只见在写信人膝盖骨下面 3 寸的地方有一个小洞，另一个洞可能比你的手指稍微大点儿，鲜血淋淋，两条小腿上还有一些小的撕裂伤口。写信人并没觉得有什么疼痛和不适，走到船舷边坐下。由于渔叉拍杆的咔咔声和手枪的响声是同时发出的，所以并没有人注意到手枪走火了。我也一直百思不得其解，枪是怎么走火的？而且一共就只开了一枪啊。其他的伤口又是怎么来的呢？难道是我自己都不知道连着扣了两次或者三次扳机吗？简直就和《爱巢凶杀》中的女主角一样，真是见鬼了，写信人心想。小腿上的伤到底是怎么一回事呢？

"快点把碘酒拿来，布莱德。"

"你要那个做什么，伙计？"

"鱼钩断掉了，而我被枪打中了。"

这时，部长仍全神贯注在忙着对付他的大黑鲨呢。

"我也不清楚发生了什么，"我说，"现在我腿上有一个蘑菇状的伤口，和枪伤的正常症状一样，但那些小点点是什么呀？你们都过来看看，能不能在我站的地方找到一个小孔，或者子弹。"

"你要喝酒吗，伙计？"布莱德问道。

"现在不需要，等会儿再说。"

"这儿没有子弹，伙计，"萨卡回答说，"都找遍了也没看到什么子弹。"

"那子弹一定打进鲨鱼身体了，我们得把它钩上来，再找找看。"

"我们要去拉条小船过来，伙计，"布莱德说，"这样在你拉着鲨鱼的时候，我们还可以从下面帮一把。"

"这可真是个好的主意。"道斯听了说，"我们最好现在就行动。"

"我们最好让迈克也腾出来。"我说。

萨卡过去通知部长，而部长此时还在对付大黑鲨。部长知晓情况后，立即收了线跑了过来。"该死的，兄弟，我不知道你中枪了，"他说，"我感觉到有什么溅到了我鞋子里，我还以为是你在和我开玩笑。不然我也不会和那条该死的鲨鱼纠缠而不管你？"

写信人站起身来走回船尾。在那儿看到船的顶端，铜条偏里边一点看到了子弹打出的星形。这也很好地解释了伤口为什么会是那个形状。照这么看，子弹一定是在左小腿里面了。但是真的很奇怪，为什么感觉不到一点痛。这也是为什么写信人在信的一开头就跟你们说，如果想阻止某个大型动物前进，只要打到它的骨头上就可以了。

我们烧了一些水，用一块抗菌肥皂来清洗伤口，接着把碘酒填满了小腿上的伤口，这时我们也已经在返回凯·维斯特的路上了。写信人还要告诉你们，他在来的路上吃午餐时其实还打出了同样有水平的一枪。后面是凯·维斯特的沃伦医生把伤口里的子弹碎片取了出来，仔细检查，还照了 X 光。沃伦医生最后并不准备取出来子弹的大块碎片，因为大块的碎片嵌在了小腿三至四寸深的地方。事实证明，沃伦医生的判断是正确的，他嘱咐说一定要保持伤口的清洁，避免感染。我的伤耽搁了 6 天的航程。下一封信将是从比米尼发出。写信人希望能够不刻意地告诉大家一些有价值的信息。

不过，我想告诉大家一件经过证实的事，在所有相关的文学作品中大家都看到说，旗鱼通常只是轻咬鱼饵，而不会真的将其吞入肚中。但事实上，旗鱼先会用下颚和鱼嘴含住一个鱼饵，时而用劲儿时而不用劲儿地拉扯。旗鱼的下颚是可以移动的，而他们的上颚则固定在一个位置上，而且上颚会一直延伸到鱼嘴处。大家都一直错误地认为旗鱼只是试探性地轻咬鱼饵，并不会吞下去。如果旗鱼是从鱼饵的后面直扑过来，想一口吞下鱼饵，那它一定会先把鱼嘴露出水面，只有这样它的下颚才能把鱼饵含住。或许看到旗鱼的嘴巴用劲儿地从这一边又晃到另一边很是笨拙，但是在旗鱼晃动的时候，就在试探了，并不是要等到真正含住鱼饵时才会试探。如果旗鱼真的只是试探性地轻咬而没有吞下鱼饵的话，那最多只能说是意外吧。

其实，只要你认真思考下也能想明白，如果旗鱼真的只是含住鱼饵而已，那在帕恩海滩和迈阿密游艇上靠鱼饵钓上来的旗鱼，该怎么解释呢？系鱼饵的线是用一个木头衣服别针固定的，而旗鱼必须先含住这个别针，把它扯松才行。

我已经目睹超过 400 条的马林鱼或者箭鱼是奔着鱼饵去的，并不是试探性地轻咬。当然，我在书上看到的也都是说，马林鱼或箭鱼在咬钩之前都会试探性地轻咬一下子。也正是这个才让我不禁猜测，旗鱼是否也有可能不是为了试探而是想直接吞下鱼饵？从这个冬天，我就一直在思考这个问题，也一直在寻找证据。我们在船上都能十分清楚地看到旗鱼在水下的一举一动，包括旗鱼攻击鱼饵的方式。而整个冬天，我还没有看到一条旗鱼会在咬鱼饵之前如书上所说，会先进行试探，而且我们曾经一天钓上来 9 条旗鱼。现在我坚信旗鱼和马林鱼一样，都是直接去咬的，而不会进行试探。

其间，我们还发现了一件事情，就是大鱼，像马林鱼、大海豚，还有旗鱼及闲荡的海龟，不管是绿壳海龟还是红海龟，就是你们在墨西哥湾看到或在水中疾行而过、或浮在水面、或觅食的那种海龟。

如果，你看到有海龟在的话，一定要把鱼饵放在离海龟不远的水中。我想那些大鱼一定会聚集在隐蔽处或者海龟巢的附近等着吃小鱼群，就像如果你在海湾里放入鱼饵，而大鱼一定会聚集在你的鱼饵周围一样。

这个冬天，在凯·维斯特海域还出现了蓝色马林鱼。我们还捕到了一条，虽然我们之后还钩到了 3 条蓝色马林鱼，但最后都让它们逃跑了。我们最后总共在凯·维斯特海域捕上来 5 条蓝色马林鱼，其中有 2 条是被击打致死，但没有一条是被鱼钩钩上来的。蓝色马林鱼先是会被鱼饵吸引上来，绕着鱼饵游动一会儿，然后又迅速潜入水中。有两条蓝色马林鱼是在珊瑚礁附近，大概 12 英寻水深的地方捕上来的，另外 3 条则是在出了海湾 10 英里的地方捕到的。

原本我们打算在去比米尼的途中，去墨西哥湾的中心去碰碰运气，看能捕上来什么好东西。那儿的洋流条件对捕鱼很有利，而且鱼类十分丰富。如果在古巴海岸和墨西哥湾轴心处来回穿梭，相信一定会有惊喜的发现。但是这次的教训让写信人觉得不管碰上什么，一定不能再伤到腿了。

严肃的信之下一场战争

1935 年 9 月

请一定要记住，今年一定不要在 8 月或在 9 月份做你喜欢做的事。就算是到了明年，也不要选择在这两个月份做你喜欢的事情，因为那实在太忙了。军工厂到处是一片兴旺景象，只要能赚到钱，他们就会不停歇地开工生产。所以，你可以在夏天的时候出海打鱼，秋天的时候去山林草原打猎，或者做任何其他的事情都好。比如：晚上待在家里，和妻子相拥而眠；或者看一场球赛，和别人打个赌，喝点酒也没事；兜里揣着一些钱，做你想做的所有事，当然除了那些明令禁止的事情。但等到明年，或者后年，等真的开始打仗的时候，你也不知道你的生活会变成什么样？

或许，幸运的你会在战争中发一笔横财。不过现在你可找不到机会赚大钱，因为钱都被政府揣进了腰包。从各方面来看，归根结底这发的都是战争财、国难财。如果你最终被拉进了这桩无利可图的事业中，那么就注定在你投身其中的那一天，就是你沦为奴隶的那一天。

假如，欧洲真发生了大战，并把我们也卷进了战争中，再加上各种宣传（想想收音机在这点上能起到什么作用），贪欲以及千疮百孔的国家现状，恐怕没有人能够免受战争的迫害。当前政府采取的每一项措施，都是为了阻止人们运用自己手中的选举权利来决定各项事务，或者选出合乎人意的某位领导者，而这也只会让我们离战争越来越近。

这样就剥夺了我们最后阻止战争的权利。这时，没有哪一个个人或者团体能够起来反抗战斗，因为权利都被赋予了那些顺从屈服的人身上。这无疑会让这个国家或者其他国家陷入战争的旋涡中。

对于一个混乱的国家而言，第一种万灵的解药就是多发行货币引发通货膨胀。第二种解决办法就是发动一场战争。这两种方法都可以带来一时的繁荣，但是也会带来永久的毁灭性影响。不过不能否认通货膨胀和战争，确实是政治界和经济界的救命稻草，因为这能给他们带来利益。

自从第一次世界大战以来，从来没有哪一个欧洲国家能真正算得上是我们的朋友，当然除了为我们自己的祖国，也没有哪一个国家值得我们为其拼命战斗。我们美国再也不要因为错误的意识形态、因为宣传蛊惑、因为想保持过去对欧洲国家的信用、或者因为某些想打仗的个人而再次卷进了欧洲的战争中，从而让整个国家的状况变得更加糟糕，使我们美国人民整天生活在对国家状况的担忧之中。

现在，我们一起来分析一下当前的局势，看还有没有可能避免战争的发生。没有国家会再偿还他们的欠款。面对战争，国与国之间连最基本的诚信都没有，就连国家对个人的诚信也会大为降低。芬兰现在仍然在偿还他们欠我们的债，芬兰是一个历史短暂的国家，但随着时间的推移，这个国家也会慢慢成长起来。就和曾经的我们一样，现在也日益成为一个大国。面对当前这种形势，如果哪个国家要赖偿还他们的欠款，那我们就一定不要再相信他们说的任何话了。所以，我们有必要把和那些国家缔结的条约或者发布的共同声明，统统丢到一边。因为那些条约声明和缔约国家的最主要国家利益已经不相符合了。

几年前的夏末，意大利意欲在北非扩大其殖民地范围。意大利和法国在两国的边界线动员开战，而所有动员战争的消息都是通过电报和广播发布的。如果有记者在信件当中提到相关的事件，就会遭到驱除的恐吓。最后，因为墨索里尼的野心转移到东非，争端才得以暂时的解决。应该是墨索里尼政府是和法国谈判后决定放弃占领北非的计划，而条件就是法国允许其打着联合国成员国的幌子，对某个主权独立的国家发动一场战争。

对于意大利人民的爱国情怀实在是无可厚非，只要国内发生任何不好的事情，比如，商业陷入困境，压迫和税赋加重等，墨索里尼就会迅速把火引到其他国家去，转移意大利国民的视线，把全部的爱国激情都化为对敌国的仇恨。在墨索里尼统治前期，墨索里尼的民众支持度不断降低，而反对党的势力不断加强，墨索里尼这时使用的是同一种策略。他当时精心策划了一次对自己的暗杀行动，瞬间激发了意大利民众对他这位差点失去的领袖的热爱，赢得了人民的支持。

墨索里尼十分擅长利用意大利民众的这种爱国激情，就好像一个小提琴手演奏小提琴那样上手。但是，当法国和南斯拉夫为意大利潜在敌人的时候，墨索里尼就无法像帕格尼尼（paganini，意大利著名小提琴家）那样充分发挥，去演奏意大利人民爱国进行曲。因为他并不想和这两个国家发生战争，最多制造一些战争的威胁。虽然墨索里尼一直致力于让年轻的一代人都坚信，意大利军队是一支无法战胜的雄狮。可是在卡波利托的那场战役中，墨索里尼清楚地记得意大利军队总共有 32 万人伤亡，其中失踪的人数达到 26.5 万人。

现今，墨索里尼正策划同宿敌展开一场战争。墨索里尼正谋划着用飞机去轰炸这个没有自动枪炮、没有探照灯、没有油气、没有任何现代军事装备的国家。对方的士兵都是打着赤脚在沙漠里面跋涉，而且其中多半是中年人。对方的武器只有弓箭、矛和最原始的骑士卡宾枪。很明显，这是一场实力悬殊的战争，胜利对于意大利来说简单的如同囊中取物。而这样的胜利又会让意大利民众高兴地冲昏头脑，很长一段时间忘记意大利国内的困难状况。稍微有点麻烦的是，埃塞俄比亚有一支经过严格的军事训练，有着先进的武器装备的部队。

法国很是满意墨索里尼发动这场战争。第一，不管是谁都打这场仗都注定了失败的命运。意大利的黑色卡波利托战役，法国历经的第二大军事失利，就是拜阿杜瓦的埃塞俄比亚人所赐。当时有 14000 名意大利士兵或阵亡或被赶离，虽然为了找借口掩饰，墨索里尼对外解释是因为埃塞俄比亚有 10 万军队，让他的 14000名将士寡不敌众才会输。如果真是如他所说，那敌我双方实力悬殊确实较大，失败似乎也是可以原谅的。但真相却是，那根本就不是一场 14000 意大利人对 10 万埃塞俄比亚人的战争。实际上，意大利损失了 4500 名白人和 2000 名在当地招募的军人，这 6500名意大利兵士要么已经阵亡，要么受了重伤，另外还有 1600 名意大利人被抓去当了埃塞俄比亚人的俘虏。埃塞俄比亚也承认他们损失了 3000 人。

法国人也一定不会忘记阿杜瓦之战。就在前不久，还有一种可能就是贝尔和布拉多克会参与进来（谁知道欧尼·麦登从埃塞俄比亚人那里买了什么东西呢？），所以法国人料到意大利人打这场仗是必输无疑。疟疾、高烧、暴晒的阳光，还有糟糕的交通，很多因素都可以让意大利军队失败而归。除此之外，埃塞俄比亚还盛行很多热带的疾病，如果军队中的士兵对当地的水土不服，同时免疫力又很差的话，那很有可能会把瘟疫传遍整个军营，那时情况可就糟糕了。恶劣的自然条件会让任何想在赤道附近进行战争的军队难上加难，甚至折戟而归，要在那个地方立足可不是一件容易的事。

不管意大利到底是赢还是输，法国认为其一定会为这场战争付出巨大的代价，那么在欧洲的威风势头必然要受到抑制。当然，如果意大利没有和其他法西斯国家结盟，它也算不上什么大麻烦，因为意大利既没有煤炭资源，又缺少铁资源。最近，意大利在谋划着打造强大的空中力量，来弥补其在煤铁资源方面的劣势。意大利强大的空中力量也让其在欧洲战场上具备一定程度的威胁。

英国也很是开心看到意大利攻打埃塞俄比亚。首先，英国人也和法国认为的一样，意大利一定会在这场战争中遭受重挫，从而给意大利一个教训，使其自觉维护欧洲的整体和平。第二，就算意大利真的打赢了，那就意味着埃塞俄比亚会受到重创，那么英国就不必为埃塞俄比亚军队在肯亚省北部疆界制造的麻烦而烦恼了。另外，也让那些反对在阿利比亚进行奴隶贸易的人明白其身上的责任。当然，英国也早已对埃塞俄比亚东北部的水资源虎视眈眈了。只有安东尼·伊登在罗马的时候计划过此事。最后，因为英格兰知道，不管意大利在埃塞俄比亚发现了或者带回什么东西，一定都得通过苏伊士运河或者绕远一点，穿过吉尔布蓄他海峡。而一旦日本人也被允许进入埃塞俄比亚并在非洲立足，那么意大利在埃塞俄比亚掠夺的资源最后就都会直接落到日本人手上，这样用不了多久，意大利就会失去对埃塞俄比亚的控制。

德国也很是开心墨索里尼试图吞并埃塞俄比亚的野心。不管欧洲局势最后会发生什么变化，那么都为其重夺非洲殖民地打开了一个缺口，而这正是德国目前急需的机会。而一旦德国重新得到了在非洲的殖民地，那战争或许会延后很长一段时间。在希特勒统治下的德国，一直渴望发动一场复仇的战争———场狂热的、爱国的，甚至是宗教式的战争。如果实在无法阻止这场战争的发生，法国希望这场战争能进早些发生，不要等到德国强大到不可战胜的地步，因为法国人民一点也不想再卷进战争。

战争的风险很大，同时国与国之间的差异悬殊也很大。法国是一个独立的整体国家，大不列颠是几个国家的联合体，但是意大利是墨索里尼一个人代表的国家，而德国无疑就是希特勒。他是一个充满野心的人，而且会在德国陷入经济困境前一直统治德国的人，所以希特勒迫切地希望发动异常战争来摆脱这种经济困境。一个国家从来都不会真正地想要进行战争，除非有人通过自己手中的权力大肆宣传，让民众相信战争对于本国来说是有利的。现今的宣传猛烈的攻势是以往任何一个时期都比不上的。所有的新闻社都是在强大的势力控制下，机械地运作，且数量不断增加，直到整个国家没有人再敢讲真话，也没有人有机会面向大众把真话讲出来。

战争也已经改变了初衷，不再是因为经济因素的推动。现在战争的决定权都是由个人决定的，独裁统治者和煽动性的政治家误导民众的爱国热情，向他们灌输错误的、离谱的战争理论，而统治阶级大肆吹嘘的所谓的改革又根本无法满足民众的需求。所以我们美国人民，一定要意识到上天并没有赋予任何人把美国推向战争的权力，不管这个人是多么高尚、多么杰出，也不管是以一种多么缓慢或者说掩人耳目的方式进行权力的转移。现在的战争一触即发，我们每天都离战争越来越近，实际上，这根本就是一场蓄谋已久的谋杀。因为你一旦把这种权力信任地交给了某一个领导人，那么当危机来临时，你可就要后悔被推向战争的火坑了。

以前，人们认为为国殉身是一件很光荣的事情，是死得其所的。但是现在的战争性质和以前可不一样了，如果你在现在的战场上不幸身亡，你可不是为了祖国而死的，根本不是一件光荣或者死得其所的事情。死在战场上的你估计到死也不知道是为了什么而死的。如果你的头颅被一颗子弹打中，那你会立即毙命。稍微偏一点，当然你的结果还有可能是前梁骨被打断，或者视觉神经完全损坏，或者下巴被打飞，又或者鼻梁骨和脸颊被打掉半边——你或许大脑还能思考，但已经没法说话。子弹也很可能会打在你的胸口上，卡在胸腔，或者卡在下面一点的胃部，让你甚至能感觉到子弹在你的肚子里碎成了片，你试图站起身，好似要把胃腔里的子弹吐出来。其实，子弹在打进身体的时候，并没有那么痛，但为什么人们中枪后却总是全身疼痛不已。我猜想，这很可能是人们看到那白色的闪光，听到公路上爆炸时的巨响，然后发现你膝盖以上腿被炸没了，或者是膝盖以下的部分，又或者只是脚被炸飞了，你看到那白色的骨头仍然连着绑腿，又或是你看到他们把你的靴子脱掉，露出你血肉模糊的脚；再或者说，你的手臂被炸断了，让你亲身体验了一把骨头碎裂的感觉，或者你被火烧着了，窒息呕吐，或者被震出十几米远……而这一切并不美好和光荣，你这所有的牺牲和受罪，没有任何的意义。即使你再恐惧也无法远离战争，或许在战争没打响前，你总是觉得怎么可能会那么巧死去，但是，相信我，亲爱的朋友你会死掉的。只要你坚持要在战场上，那么你迟早会死的。

唯一和这种谋杀式战争对抗的就是把这些战争背后的肮脏勾当赤裸裸地公之于众。把那些愚蠢的想挑动战争的人的罪恶真面目毫不留情地撕烂，让民众看清他们是如何把人民玩弄于股掌之上的。只有这样，正直善良的民众才不会再被他们蒙骗，会团结起来反抗，避免沦为他们的牺牲品。

只有那些真正想打仗的人在上场打仗的时候，清楚自己在做什么并且是自己喜欢的事，这样的战争才勉强能看到些希望。只是在上战场的前一个月，这样的精英们就差不多全部阵亡了。而剩下的战争就要靠那些被欺骗或者被迫背上武器的人来继续了。面对真切的死亡，他们害怕了、退却了，而这也是长官们教给他们的求生之道。如果留在前线那一定是必死无疑，如果逃跑的话还能有一线生机。与日俱增的恐惧终于压垮了士兵们的内心，当看到对方激烈的轰炸、密集的火力，而自己又孤立无援时，士兵们开始后退逃跑，而这支军队也很快就完了。那大家想一想在第一次世界大战中有没有逃跑的联盟军呢？不过我现在可没时间说出他们的行为。

在现在的战争中，双方都没有所谓的赢家，因为双方都要为战争付出惨痛的代价。战争中决定胜利的因素，就要看看交战双方的政府谁先腐朽、先垮台，或者谁能够找到盟友得到新的军事增援。结盟有时作用真的很大，当然也说不准会像罗马尼亚那样，对战局起不到什么实质性的作用。

现在的战争没有真正的胜利可言。某一方的同盟国或许能够在军事上取得胜利，但是在战场上浴血奋战的人们却并不能享受胜利的政权。因为这些真正英勇应战的人都已经在战场上失去了性命，大约有超过 700 万人死在了战场上，这其实是一场对 700 多万人的谋杀战争，已经完全超过了德国军队的屠杀。受骗的人们被虚假的爱国心鼓动着要战争要胜利，最终，双手沾满了罪恶的鲜血。希特勒一上台就想在欧洲发动战争，但他并不会亲自上前线作战，他的工作就是四处宣讲，动员广大单纯的民众为他的战争理想卖命。所以一场战争并不会对希特勒造成任何的损失，相反他才是战争中获益最多的赢家。

墨索里尼也是一个屠杀者，同时也是一个独裁者、一个伟大的机会主义者、一个现实主义者。他在欧洲四处寻衅，但却不想真的在欧洲发动一场战争。他还能清楚地记得第一次世界大战欧洲战场的战况，自己是如何意外地被意大利的追击炮火打伤后还继续回到报社工作的情景。他之所以不想在欧洲开战，是因为他深知战争的参与者是没有赢家的，除非打的是罗马尼亚那样的国家。而且如果第一个呼吁发动战争的独裁者战败了，那也就意味着他的独裁统治到头了，那么在很长的时间内，他或者他的子孙后代们都别想再重回权力的核心。

可是由于国内局势的恶化，他急需一场战争来帮他摆脱困境，最后，墨索里尼选择在非洲打响这场战争，而他选择的作战对象是非洲仅存的一个独立国家。可是倒霉的是，埃塞俄比亚是一个基督教国家，所以不能称其为圣战。于是，墨索里尼打着反奴隶制的旗号来发动这场战争，而这在意大利的民众看来，无疑是一场万无一失、速战速决并且很符合理想状况的战争。但是，也不排除这场看似信心十足的战争会让墨索里尼政府垮台，导致整个政治制度崩溃。

曾经一个叫沃恩·莱托·沃贝卡的德国上校，带领一支

5000 人的部队，其中只有 250 个白人士兵，在坦噶尼喀和葡萄牙的非洲占领区同 13 万的联盟军队作战，战斗一直持续了 4 年多的时间，虽然实力悬殊，却让联盟的远征军付出了 7200 万英镑的代价。直到战争宣告结束，沃恩·沃贝卡还在坚持进行游击战。

而此时，如果埃塞俄比亚人选择游击战对抗意大利军队，相信埃塞俄比亚一定会给意大利制造一个永远都无法治愈的伤口。埃塞俄比亚有的是时间把意大利的财富、激情以及食物都耗尽，最后让一具具残缺的年轻躯体回到意大利。这种无尽的折磨一定会让意大利的士兵们感到极度失望和不满，政府曾经许诺的和平美好的明天如今看不到任何踪影，所有的美好承诺也都得不到实现，最后这些幻想破灭的士兵一定会齐心去推翻意大利的政权。

不过，这场战争是在非洲进行的，所以欧洲这边能够享受更久一点的和平。同时，希特勒或许也会按捺不住采取一些动作。但去他的欧洲酒酿（此处是指欧洲的政治局势），我们又不需要喝酒。欧洲人一直处于战争状态，断断续续的和平不过是暂时的休战。我们已经像个傻瓜一样地被卷进欧洲战争一次了，我们再也不能再犯傻气了。

海上的来信之大师的独白

1935 年 10 月

还记得大约一年半以前，曾经一个从明尼苏达州过来的年轻人特地来到我在凯·斯特的房子门前，说想问写信人几个有关写作的问题。巧合的是，写信人刚好在那天才从古巴回到凯·斯特，而且准备一小时后要坐火车去看几个好友，同时还要写几封信。写信人很是惊讶年轻人的到来并有些受宠若惊，不过在听过他的问题后，写信人又稍稍有些惶恐，所以让年轻人第二天下午再过来。

原来年轻人是想要成为一名作家。年轻人从小在农场长大，高中毕业后，顺利考入了明尼苏达大学，之后在报社工作过，还做过木匠，还帮人收割赚钱，有段时间还做过那种按天算钱的劳工，年轻人还曾两次穿行整个美国。他的确有很好的故事素材，所以他想要成为一名作家写出这些经历。但是，年轻人讲故事的水平还有待于提高，如果他能够换另一种表达方式把那些故事说出来，那些故事无疑都是很有价值的。能看出来年轻人是一个认真严肃的人，特别对于写作相当认真，而且他认为只要认真对待，就能克服一切困难。在达科塔北部，年轻人曾独自在自己建造的一个小房子里住了一年专心写作。但年轻人并没有把他写的东西给我看，只是说，文笔太糟糕了。

我想这或许只是他的自谦之词，可是之后我看到他发表在明尼阿波利斯一家报纸上的一篇文章后，才知道原来他的文笔确实不太好，年轻人的故事真的写得太烂了。但我觉得其他人在开始写作的时候，也都是不怎么好。而且，这个年轻人那么虔诚认真，一定会有所成就的，毕竟严肃认真的写作态度是成功写作必不可少的两个条件之一。至于另一个条件嘛，就是——很不幸——是写作的天赋。

除了写作，年轻人还一心向往着能够出海。后来，考虑到年轻人的情况，我们在船上给他安排了一个守夜的工作，这样他不仅解决了睡觉的地方，而且还有了一份只需每天花两三个小时打扫船舱的轻松工作，那么他就可以好好利用剩下的半天时间去从事他自己喜欢的写作。为了实现他出海的愿望，我们答应他，下次去古巴的时候把他带上。

果然不负众望，年轻人守夜的工作做得很是出色，他不仅工作努力，写作也十分认真。但真正到了海上的时候，不得不说还是让人很失望。需要动作迅速敏捷的时候，他总是慢吞吞的，甚至有时候你会怀疑他的手和脚一样，慢吞吞的。出海之后，年轻人既兴奋又紧张，而且他晕船的症状十分严重，根本就无法再继续工作。我们只好找了一个农民接替他的工作，不过年轻人有时间时，还是会勤快地去兢兢业业地完成工作。

因为年轻人很会演奏小提琴，所以我们都管他叫大师，后来被简称为麦斯。不过他在工作方面却很是不顺利，即使是不经意地刮过一场微风，也会影响他的动作协调性。所以有一次，写信人跟他说了这么一句话："麦斯，你果然是写作的料，因为除了这个，我不知道你还能干好什么。"

不过，麦斯的写作水平确实有了不小的进步，或许，他真的能成为一个作家也说不定。但是写信人的脾气并不好，所以有了这一次经验后，写信人再也不会带一个立志成为作家的人上船，或者再在古巴的海岸边度过一整个夏天的时间，或者在会被很多信件、问题、答案什么打扰的海岸边度过夏天。如果下次是漂亮的女人带上香槟立志成为作家想登上船，那么也是可以考虑的。

写信人觉得写信和写这些每月一封的信的性质是不一样的，但是又不喜欢和所有活着的人去谈论这个问题。就比如现在，写信人现在正在写的信，就被要求在某一段特定的时间内，从不同的角度对某一个特定的话题进行分析探讨，譬如和麦斯在船上度过的那110天。所以在那110天里，每当听到麦斯开口说话，特别是说出"写作"这两个字的时候，写信人都要竭力控制自己的脾气保持镇定一点。如果真的应该阻止谁从事写作，那他应该是第一个被阻止的人。如果真的有人会被他写下的那些东西受点影响，相信写信人一定会很开心的。如果你觉得那些文字很没意思，那你还是继续翻杂志上的漫画吧。

写信人之所以要在这儿展现他写的东西，一个很好的理由就是觉得里面或许有一些信息能对21岁的年轻人值上50美分。麦斯：我不明白你说得好的写作就是和差劲的写作相反是什么意思呢？写信人：所谓好的写作就是客观真实地写作。不管是谁编造了一个故事，那么故事的真实性和作者对于生活的领悟以及他的良心是成正比的。所以就算是在编造故事，也应该做到尽量让故事反映人类真实的生活状态。如果连编者都无法了解自己笔下的人物的真实想法，那最后写出来的虚假的东西一定会被世人所嘲笑。如果作者还是继续写这些他不知道的人或事的话，那恐怕连他自己也会感受到自己的虚假。这样发现自己作了几次假之后，他可能就再也没办法进行诚实的写作了。

麦斯：那想象呢？写作不是需要想象吗？

写信人：我想没有人能告诉你想象是什么，只有还原想象真实的面目，放弃任何功利的目的，才能产生灵感。想象或许是一种人类本身裹挟的经验记忆吧。当然丰富的想象力和诚实确实是检测好作家的因素。人们越是能从实际生活经验中思考和学到越多的东西，他的想象才会越真实。如果保证想象足够真实，那人们就会对作者笔下所有的故事的真实性毫无怀疑。这就好比报告文学，真实地记录和还原所发生的事情。

麦斯：那这和报告文学有什么不同呢？

写信人：如果完全是报告文学，人们其实根本就不会记得里面的内容。当你叙述某一天发生的事情时，由于所在的时空的不同，你的读者就会不自觉地在自己的想象中构造画面场景。而一个月后，当时间的影响减弱后，那么也会让你的讲述变得平淡，这时你的读者也就不会在脑海中还原故事的场景画面，自然也就不会留下印象。但如果你选择编造而不是描述情节的话，那你应该尽量编造出一个有血有肉、经得起推敲的故事。不管好坏，那都是你自己的创造。这故事是编排出来的而不是照实描述。故事的真实程度和你编故事的能力是相辅相成的，当然还有你在故事中所投入的知识和情感。你能听得懂这些吗？

麦斯：说实话，有些地方不是很明白。

写信人（有些生气了）：那算了吧，看在上帝的面上，我们还是聊点其他的吧。

麦斯（不为所动）：你再给我讲讲写作的工具吧。

写信人：工具？是指像铅笔或打印机之类的吗？上帝呀。

麦斯：是的。

写信人：听着，当你开始写作时，所有的压力并不是在读者那里，而是在你这里。所以你最好用上打字机，因为这东西会让你的写作轻松很多，同时也给你带来更多的写作愉悦。你要明白，写作的目的就是要把所有的东西——所有的情绪，所有的场景、所有的感觉，以及在不同地方经历的所有内心的起伏全都传达给读者。想要做好这一点，那么你首先要好好构思自己要写的内容。如果你的写作工具是铅笔，那你可以通过三个步骤来确定读者能否清楚感受到你通过文字所传达的感情或者思想。你要先把文章大致通读一遍，这样你就会在用打字机记录时，获得了一次在原作上修改的机会；等稿子都打印好后，你还可以通过改错对稿子进行第二次完善。而用铅笔写，正好为你提供了第三次修改完善稿子的机会。我称这为"333写作法"，这种方法很有用，它还可以让你的稿子保持开放状态，让你能够更轻松地修改。

麦斯：那你一天要写多少字？

写信人：这个我倒没细数过。不过我可以把自己宝贵的经验和你分享。当你的状态很好，而且对于接下来要发生的事情了如指掌的时候，那么你就可以收笔了。如果你正在创作小说，而且每天始终坚持这个行为，那么一定可以让你文思流畅。希望这能对你有所帮助。

麦斯：好的，十分感谢您。

写信人：在状态好的时候收笔，不要刻意地去想或者担心什么，就等到第二天重新拿起笔的时候再开始一切。这样，你的潜意识就会自动地帮你构思下面要写的东西。相反的，如果这时，你绞尽脑汁地强迫自己去想，还担心这个和那个，那么就会扼杀掉这种自发的灵感，那么你的灵感就会在你还未开始动笔写前就已经枯竭了。你如果在写小说的时候，时刻担心自己第二天不晓得写什么，那就好比是担心自己第二天还能不能活着一样多余，并且这会让你显得很没有魄力。而且你一定要坚持继续下去，不要去担心这些没意义的事情。如果你真的准备写小说，那么这是你必须要学会的事情。写小说最难的部分就在于，如何坚持写到最后和如何坚持写完整部小说。

麦斯：那你是怎么学会不去担心的呢？

写信人：你不要去想它就可以了。如果你控制不住自己的思想开始往这方面想，那么当你意识到就立即停住，去想点其他的事情来转移注意力，这也是你必须学会的一点。

麦斯：你刚刚说要通读自己写完的部分，那每天开始写作之前，究竟要读多少才可以呢？

写信人：最好是每天都能把稿子通读一遍，每发现一处不足就立即修改。当你把这个工作完成之后，再开始你这一天的写作，继续接着昨天的部分写下去。如果你已经写了很多，实在没法做到每天都通读一遍，那就读两到三章，等到一周的写作完成，再从头读起，继续进行修改。这也可以保证文章的连贯性。另外，你一定还要记得，应在自己状态灵感还在的时候立即收笔，这样子你才能有泉涌的文思和连贯的思路。如果你一直都在那提笔写，让大脑一直在思考，那第二天你会发现自己根本没有心思再继续下去。

麦斯：那你在写故事的时候也是这样子做的吗？

写信人：是的，很少能够在一天内就把故事写完。

麦斯：那你写故事的时候，全部的情节是不是都提前构思好的呢？

写信人：这倒没有过。起初，我会建立起故事的架构，构思一些情节，但接下来故事的发展就完全看灵感了。

麦斯：这怎么和大学里面教的方法不一样呢？

写信人：那我就不知道了，我一天也没有上过大学。不过那些教写作的人真的懂得如何写作，那可能就不会待在大学里教写作了。

麦斯：可你现在不就是在教我吗？

写信人：你就当我疯了吧。还有，这是在船上，不是在大学里。

麦斯：好吧，那作家要看哪些书呢？

写信人：作家应该把所有的书都读遍，这样才能知道他自己应该战胜什么、克服什么。

麦斯：但一个人怎么可能把所有的书都读完啊？

写信人：我是说应该这么做。当然，没有人有本事能把所有的书都看遍。

麦斯：哪些是必要的书？

写信人：托尔斯泰写的《战争与和平》和《安娜·卡列尼娜》是必须要看的，还有……（很多的书名）

麦斯：你能说慢一点吗？我记不了这么快，还有多少书需要读？

写信人：那下次我再给你推荐其他的书目吧，大概还有三倍这么多。

麦斯：这些书确定要全部阅读完？

写信人：是的，全部都要读完，而且还要读更多的作品，不然你就无从知道自己要战胜的是什么。

麦斯：你说的"要战胜"是什么意思？

写信人：听着，如果一个主题已经被人写过，而你现在再重新写相同的主题，可就没有意义了，除非你能写出比他更好的作品。所以当代作家要么就写以前从来没有被人写过的东西，要么就是在相同的题材上打败前人，超越他们的经典作品。而想要打败前人，阅读他们的经典作品是第一步。你只有在认真阅读过之后，才能知道自己到底要从哪些方面去超越。还有，大多数至今还健在的作家其实并没有写出什么不朽的作品，根本称不上不朽的存在。他们的好名声都是被评论家们给吹捧出来的，因为评论家们需要挖出一个适时的"天才"，一个他们完全明白的人，这样他们才能做到吹捧赞扬起来心里更有底。其实，一个严肃的作家的真正对手应该是那些已经死去的伟大作家们，他们的作品才能不愧为真正的经典。不要眼界局限在当代作家中去寻找对手，而是要放眼历史的长河中和那些全人类的优秀作家竞争。这时，你才能真正明白自己可以达到怎样的高度。

麦斯：不过阅读那些优秀的经典作品，有可能会让自己的写作信心受到打击啊。

写信人：那这就要靠你自己的本事去消化了，你要学会不失去信心。

麦斯：那你觉得要成为一个作家，最好的早期训练是什么？

写信人：一个不幸的童年。

麦斯：那托马斯·曼恩算是一个伟大的作家吗？

写信人：如果他能在写完《布登溪》就收笔的话，就能算一个伟大的作家。

麦斯：作家可以进行怎样的自我训练呢？

写信人：你可以好好想想今天发生了哪些事。如果我们把一条鱼剖开，第一眼看过去，并没有和其他人看到的有太大的不同。但如果你在鱼挣扎的时候，搜寻相关的记忆，或许一瞬间会让你心潮澎湃，各种情绪漫上心头。你会想到钓线从水里拉起时划出的弧线，和小提琴琴弦一样紧紧地缠绕在一起，水滴沿着线滴下，又或者是鱼翻腾跳跃时在水面激起的阵阵水花。还有当时发出的声音，说的话。你会试着弄明白是什么导致你情绪蔓延的，又是什么让你突然心潮澎湃激动不已的。然后你会真实地记录下这些东西，而读者在读到你写的这些东西时，也会在内心产生同样的情绪。所以，其实自我训练的方法很简单。

麦斯：哦。

写信人：然后你可以再试着通过别人的视角来看问题，这样可以带来一些新鲜的东西。比如，我让你猜我现在的想法，而与此同时，我又会猜测你此时内心的感受。卡洛斯咒骂胡安，试着揣摩一下双方的心理活动，而不仅仅是判断谁对谁错。作为一个个体，自己会对应该做和不应该做出一个判断，而做出对错的判断之后，你自然会在你的行为中践行这种判断。可是如果是作为一个写作人的话，就不能带着这样主观的判断，你必须要公平地站在双方角度上去理解双方的感受。

麦斯：哦。

写信人：请你在别人说话的时候一定要认真听。不要趁别人在说话的时候，在一旁琢磨自己接下来要说的话。你不能向绝大多数的人那样不懂得倾听和观察。你要让自己具备这种能力：你走进一个房间，可是当你走出来的时候，要做到对屋子里的一切心中有数，而且还要明白其背后的缘由。如果你走进房间后内心有所触动，你一定要清楚地知道自己是受了什么触动。你要试着多练习几次。你可以在繁华的街道上，剧院的外面进行观察，也可以观察从出租车或者汽车中走出来的人们各有什么不同的面貌。有无数种可以锻炼自己观察能力的方法，不过一定要记住，永远都不要忽视旁人。

麦斯：你认为我能成为一个作家吗？

写信人：这我就不知道了，或许你没有天分，或许你对于其他人的感觉不够敏锐。但是你如果能把你自己好的故事写出来，还是可以的。

麦斯：可是我该如何去写？

写信人：就是写。如果你连续写了五年，发现自己还是一筹莫展，那就可以像现在这样一枪崩了你自己。

麦斯：我才不会用枪崩了自己。

写信人：那你可以来找我，我来开枪。

麦斯：多谢你的好意。

写信人：不用谢，麦斯。我们可以说说其他事情吗？

麦斯：其他什么事情？

写信人：除了写作以外的任何一件事情，麦斯，只要不再谈这个，什么事情都可以。

麦斯：好吧，但是……

写信人：没有但是。就让关于写作的话题到此为止吧。再也不说了，今天就到此为止，我要回去了。

麦斯：那好吧，但是明天我还想问你一点事情。

写信人：如果你要是知道怎么写作的话，我相信你一定会写得十分开心。

　　麦斯：这是什么意思？

　　写信人：你明白的，开心，快乐的时光。高兴。如果能写成一部著作。

　　麦斯：告诉我……

　　写信人：好吧，再见了！

　　麦期：好吧，但是明天……

　　写信人：好吧好吧，明天，但是明天。

第二封严肃的信之权力滥觞

1935 年 11 月

　　如果人们觉得一件事是值得称道的，那就再跟他们讲讲吧。而当你第二次和他们讲的时候，他们就会说："我们之前曾在哪儿听过这些，你又是从哪儿听来的呢？"如果你第三次和他们讲，那他们可一定会不厌烦地对你连忙摆手，让你住口，再也不愿听一个字。或许你每次讲的都是真的事情，但他们却听得厌烦了。

　　所以，这个月我们特意重新包装了一下话题，中间穿插了一些趣闻逸事，使人听起来不会那么无趣。但如果你已经听到总统在参议院的公开发言，说美国准备 10 天后投入战争中，那么你就应该能理解，这仍是封关于战争的信。

　　写信人曾有过一段在报社工作的时间，他有一个很好的朋友，叫比尔·拉尔，是《曼彻斯特卫报》驻欧洲的通讯记者。拉尔长着一张白白的脸，下巴像灯笼一样鼓起，如果你不经意在伦敦大雾中突然看到这样一张脸，一定会以为见鬼了，被他吓得尖叫。不过，如果相遇在天气很好的巴黎大道，那倒也不会那么夸张。巴黎街头的拉尔，穿一件毛领的大风衣，脸上的表情看起来像是在演莎士比亚的悲剧，总让你感觉将会发生什么不好的事情。在那个时候，我们谁也没想到他会是一个天才，我觉得恐怕连他自己也都没想到。当时，拉尔正忙着其他的事情，聪明的他才不会想着在那样一个城市里争当什么天才。像他那样的人在当时的巴黎大街上一抓可是一大把，而且想要在那个时候做出些成绩，除了脚踏实地地努力工作，恐怕别无他法。

拉尔来自非洲南部的一个国家，他在战争期间步兵营遭受了很多的痛苦。后来，拉尔专门在军队里给人出主意，也就是所说的智囊团。在巴黎和会召开的时候，拉尔拿到了英国人给的一些钱，这是英国对法国媒体的某些个人和机构的一种补贴。拉尔从来不刻意隐瞒这些，那个时候我还是个孩子，他给我讲了很多事情，也是我在国际政治方面的启蒙教育。后来，拉尔去了纽约，开始用威廉姆·波力彻的笔名进行写作，最后就如我们所见成了一个天才，一直坚持写作到他死的那一天。你或许也曾读过他的作品，像《利益谋杀》《与上帝抗争之十二条》或者其他一些在老版《纽约世界》上面发表的文章。不过在他成为波力彻之后，我就再也没有见到过他了。不过当他还是拉尔的时候，确实是一个很好的人。或许成为波力彻之后，他比以前更好了，但我也说不出他到底哪里好。我想，一个天才有时也会对各地观众的欢呼和喧闹所困扰吧。因为再也没能再见到他，所以也没有机会去问他这个问题。

我记得有一年秋天，拉尔和一个叫汉米尔顿的人，还有我一起参加了洛桑会议，我们几乎每天晚上都会一起吃东西。那个秋天，洛桑的天气非常好，会议后来分开在两个地方举行。一个主会场是设在沿着日内瓦湖而建的比利维酒店，英国人和意大利人就在主会场谈判。另一个分会场则设在商业区豪华的皇宫酒店，法国人和土耳其人就住在那儿。从这个会场赶到另一个会场，必须得穿过一段坡度挺陡的索道，还要上一段很高的台阶，当然你也可以奢侈地选择打一个昂贵的出租车，从露台那条路穿过去。会议的内容是保密的，我们的消息都是通过现场分发的一些会议资料和各个国家的新闻发言人在发布会上的讲话得到的。这时，每个国家的发言人都想抢在其他国家前面，就会议内容公布自己的版本，维护自己的利益，所以发布会一个接一个，而你不想错过所有发布会的信息资源，就必须要飞快地转换场地。

写信人当时在为一家早午间新闻报写稿，一天 24 小时都得把电报开着，然后用电报把在巴黎获得的第一手信息传送过去。报社有两个不同的名称，下午 3 点的时候要完成最后一批午间新闻的派送，然后把一些稿件留给守门人，嘱咐他在早上 7 点的时候用电报发过去。这样在早上 8 点半左右，写信人醒来后，就开始阅读当天的报纸，和专门提供情报的人谈话，然后在床上吃完早餐。吃早餐的时候，顺便构思该如何写下一篇重磅的新闻。

早餐吃完后，写信人又会再休息会，直到被一通电话吵醒。电话是 G. 沃德·普拉斯打来的，沃德—普拉斯总是满面红光、衣着光鲜、神采飞扬的样子，如果把他评为当代新闻人中"最佳着装"，那可是完全符合他的形象的。他也是新闻界的眼镜王子，是威廉·哈丁·达维斯的后继者。如果你看了最近罗斯米尔报对他和墨索里尼的采访，那就会知道直到今天他还算得上引领时代潮流的人。普拉斯在电话里说："我们去找个地方运动下吧？"

"不。"写信人毫不留情地直接拒绝了他的提议，然后放下电话，但电话立马又再次响起，沃德又说，"出来吧，我正打算去体育馆。"

纵使再不情愿，写信人经不住别人的盛情，只得起来穿衣，一边穿一边骂骂咧咧。一直到体育馆，写信人还是一副睡眼蒙眬的样子，而沃德已经到了体育馆练完了滑轮，正准备去打沙包。

"你可真是个懒惰的无赖，"沃德说，"快来，戴上拳击手套。"

两个人打了一会儿沙包后，写信人累得仰面躺在地上，大口喘着粗气休息一会儿。而沃德还在继续做运动，或者自己模拟拳击赛。他的拳击技巧要比很多职业的拳击手还要好。写信人亲眼看见他打出了见过的最好的左侧攻击拳法。就这样，写信人在旁边竟看着沃德打了一个半小时。沃德的步法很棒，只见他站在沙袋的左侧，猛地一拳过去，把沙袋整个打翻，像一个活塞一样。但你却根本打不到他任何一根毫毛。

"这样的锻炼是不是很棒？"沃德在我们洗完澡后，这么说上一句，他选了一副新的眼镜戴上，"这会让你一天保持这种好状态的！"

由于前一天中午马提尼喝多了，再加上昨天晚上晚饭前喝了加苏打水的威士忌，可能还有之后又喝了白兰地，一直到凌晨3点，写信人现在觉得头疼欲裂。不过最大的原因是沃德·普拉斯在空中挥舞他那厉害的拳头，似乎在说："看我的厉害。"写信人暗想，如果让那些花钱请他写新闻的人发现他喝得如此酩酊大醉会发生什么呢？

晚上，大家坐在一起吃晚餐，其他的人都在吃饭，只有写信人对着吉安蒂红葡萄酒欲哭无泪。

"你怎么啦？"拉尔问，"今晚怎么这么不开心？"

"你为什么非要每天工作到凌晨，还得一大早陪那个该死的沃德·普拉斯打拳击，你一定是被他的拳头唬得无法正常的思考了。"

"早上还是下午？"拉尔问，他习惯于做每件事都得准确无误。

"该死的。"写信人咒骂了一句。

"那你陪他去干吗？"

"估计只有上帝知道其中的原因。或许我怕自己不去会被他当胆小鬼看。"

"那你还不如一拳把他打晕了事呢？"

"算了吧，他的拳法了得，我连碰都碰不到他，怎样把他打晕？"

"你可以逼他后退，挤压他的空间，让他放慢动作，然后再趁机一拳打晕他。"

"逼他后退？我要能坚持一分钟不被他打退就是好事了。"

"那你好好锻炼哪，"拉尔说，"我们来训练你。"

　　拉尔说的训练内容包括：来回在两个会议场之间跑，还有在楼梯上下跑（如果写信人到得太迟的话，他们就故意不把新闻告诉写信人），晚饭后戒酒，还要训练单身主义作风。写信人坚持了5天，实在受不了，抱怨说，自己宁愿一辈子都被沃德对着他的头猛打，也不想要再爬那些该死的楼梯了。拉尔听完后，用那种像是在看获奖选手的眼神上下打量了写信人一番，然后说，"好吧，我觉得你现在已经练得可以了。明天就让沃德瞧瞧你的厉害！"

　　如果，你好奇第二天早上写信人和沃德戴上拳击手套之后发生的细节，那就去问沃德·普拉斯先生吧。他的拳和专业拳手一样好，只是写信人对于当时发生的一切都有些蒙，所以无法告诉你当时详细的细节。写信人只记得当沃德把左拳挥过来时，感觉比以往任何一次都要糟糕。但是在沃德休息了一会儿打算再出拳的时候，写信人也用拳头打到了他。当然，写信人身上被拳头打到的更多。

　　那天中午，写信人回到比利维酒吧，等英国的记者招待会开始，后来拉尔就进来了。

　　"看见了没？"他说。

　　"我想我还看得见，"我说，"我还不算太累，晚点我再去练上一圈。"

　　"你看见了没？"

　　"看见什么？"

　　"看看训练的成果。看看你走的那些路，还有独身主义，以及戒掉白兰地后为你带来的进步。"

　　"我怎么感觉像是免费给这些东西打广告一样呢？"

　　"沃德的两根肋骨断了，"拉尔告诉我，神情透露着不敢置信，"他给我看了他的X光片，他刚去看完医生。"

　　"你对天发誓没骗我？"

　　"你非要我发誓也行。"他说，"现在你能知道训练起到了多大的作用了吧？你以后再也不用和沃德打拳了。过来喝一杯，高兴一下，再叫上汉米尔顿还有劳伦斯。"

伊斯帕特·伊诺鲁在那场发布会还带着一个保镖保护，保镖带着手枪走来走去，时不时还露两下。保镖的上级是一个看起来十分严肃的人，他身上带着4把枪，从他那鼓鼓囊囊的紧身衣能看出来。有天晚上，皇宫酒店的朋友们公选我出来，去把一根可以爆炸的雪茄交给那个保镖老大。保镖充满谢意地把雪茄接过，还给了我一根香烟作为回礼。雪茄燃烧爆炸的时候，我只想着赶紧闪人，而那个保镖同时把身上的4把枪拔了出来⋯⋯

也是在那次会议上，一个在驻外办公室年轻的秘书打了一个电话到比利维酒店，和一个叫克松勋爵的人说："伊恩派瑞·伯格进去了吗？"

接着，秘书就听到电话那头传来一个清晰又冷静的声音回道："我就是伊恩派瑞·伯格。"

还是在那次会议上，卡兹打破了看似平静的一切，虽然拉尔说表面平静的背后是所有的当权人物都感染了一种奇怪的权力病毒。本来一切都已经谈好了，土耳其也已经准备在协议书上签字了。土耳其谈判代表团邀请以卡兹为首的英国代表团共进晚餐，但是被卡兹拒绝了，而且他拒绝的原话都被所有土耳其代表团成员知道了。据报道，卡兹的原话是"我的职责要求我不得不和他们坐在同一张谈判桌上，但是要我还得去陪那些无知的安纳托利亚农民吃饭，我可不干"。卡兹的自视甚高以及受内心权力滥觞的驱使，使得他在顺利完成这项和土耳其的艰巨谈判任务后，说出了这番话，而且根本就没有考虑过土耳其代表团的面子。土耳其人听到这句话后，彻底被惹怒了，他们拒绝在协议上签字。之后英国不得不换另一个人去代替卡兹的位置，而此后英国人也没能再从土耳其那儿讨得一丁点便宜。

一天晚上，汉米尔顿、拉尔还有我一起吃晚餐，拉尔提出了他的这个理论即权力一定会在某种程度上影响人们的待人接物方式。拉尔说可以在所有人身上找到这种由权力引起的变化依据，此外，他还给我们举了很多例子来证明他的这个"权力理论"。

他把威尔逊的例子剖析得入木三分，拉尔说，这种由权力引起的变化会像瘟疫一样传染，至于例子那是数不胜数。

我记得我当时问了一句，"那克里蒙梭呢?"那可是我当时十分崇拜的英雄人物。拉尔回答说，克里蒙梭是一个积极阳光的人，很是热爱运动，很多时候都会掩盖他身上具有的权力滥筋，所以这种表现在他的身上并不是很明显。但拉尔又说，这也仅限于我不怎么了解克里蒙梭，如果对他有更深入的了解，肯定就不会这么欣赏他了。他还说克里蒙梭在中年的时候，曾经滥用职权横行霸道，使得一些本不该死的人都被他处死了。后来，在战争时期，克里蒙梭被委以重任，之后他所有的政敌都被他要么关进监狱，要么枪杀，要么放逐，并且还给政治意见和他不一致的人统统贴上叛国的标签。这也就是为什么他会被那么多政治人物所讨厌。所以战后在凡尔赛选举法国新一任总统的时候，没有人投票给克里蒙梭，而是选了戴高乐将军，以此作为对"老虎"克里蒙梭恐怖行为的反抗和报复。

按照拉尔的理论，不管是政治家还是爱国者，只要一旦有了某种极权，除非他对于权力完全没有野心和兴趣，而且也没有拉朋结党，否则就一定会显现出"权力滥筋"的症状。他说，只要你认真研究一下法国大革命期间的所有出色人物，就能验证这个观点。我们美国的祖先们就是明白权力会对人们产生什么样的影响，所以才会限制政治人物的任期。

拉尔说"权力滥筋"最开始的一个症状就是：怀疑自己的政治伙伴，并且会对所有的事情上都疑神疑鬼，根本无法接受别人的批评，而且深信自己对国家和人民的巨大影响，除非由他掌权统治整个国家，不然种种政策都将无所作为；除非他一直处于权力的中心，不然之前所有的一切成果都会化为乌有。拉尔说，越是完美无缺、越是看起来大公无私的英雄政治人物，就越容易受到这种"权力滥筋"的侵蚀。而一个不怎么诚实的人反倒还没那么快染上"权力滥筋"，因为他的不诚实会让他在某一方面要么愤世嫉俗，要么谦逊，而这种怀疑和谦逊却能够保护他，不那么快相信天下"唯我独尊，舍我其谁"。

我记得拉尔还在那天晚上举了一个英国海军首长的例子，详细讲述了这个首长是怎样一步步地走进"权力滥觞"的深渊。以至于到后来，几乎没有人愿意再和这位海军首长共事。在一次讨论如何加强海军队伍素质建设的会议上，大家终于对首长忍无可忍，最后把他轰下了台。当时海军首长拍着桌子说："先生们，如果你们不知道该到哪儿去找优秀的海军人才，那就让我来给你们创造吧！"

也就是从那晚之后，写信人了解到了很多的政治人物、国家元首还有爱国英雄背后的故事，而这些故事都适用于比尔·拉尔的"权力滥觞"理论。拉尔还认为，美国今后 100 年左右的未来将由富兰克林·D. 罗斯福的野心决定。如果罗斯福的野心和克利夫兰那样只在于为国效力，那无疑对我们以及我们的子子孙孙都将是幸运的事情。可要是罗斯福的野心只在于去为自己谋取更高的名声和利益，让自己流芳百世，那我们可就要倒霉了，因为和平时代进行合法变革的手段已经消失殆尽了。

欧洲的战争一定会打响，就和冬天一定会来一样。如果我们不想被卷进战争，那我们就要在政府开始宣传战争前，果断地做出不参与战争的决定。而现在我们就要齐心协力行动起来，避免被某一个人，或者某 100 个人，或者某 1000 个人，强行把我们拉进一场 10 天之后就要开打的战争——而这场战争我们其实根本无须去打。

在接下来的 10 年，会发生更多的战争，美国将有更多的机会左右欧洲的力量对比，美国还有一次机会可以拯救人类文明，还有机会用战争的方式来结束战争。

这时，任何带领美国走进战争的人都将有机会成为世界最伟大、最为人瞩目的人，但这只能维持一段很短的时间。一旦现实把战争的热情击退了，美国人民就会怨声满天。而下一个 10 年，我们需要一个没有野心，一个厌烦战争并且知道战争给我们带不来任何好处，一个能用实际行动证明他的这种信仰的人。而且我认为按照这个标准来评判今后所有的总统候选人是可行的。

秃鹫的来信之翅膀掠过非洲的天空

1936 年 1 月

最近从港口发出的一则消息说，苏伊士运河在一周之内穿过六艘载着从光荣的埃塞俄比亚战场下来的 9476 名意大利伤员和病员的船。报道并没有给出这些战场伤病员的名字，也没有公布他们来自的城市或乡村名字。官方报道甚至没有说，这些伤员是被送往设在意大利所辖的小岛上的战地医院的。也只有这样，才能安抚把那些送这些士兵上战场的亲人朋友对于战争的信心。意大利人的士气十分容易受挫，和他们很容易鼓舞起来的士气截然相反。如果你曾见过意大利的工人们威胁说或者试图杀掉一个没能把他们孩子救活的医生，你就会从内心钦佩墨索里尼不让他统治的民众们看到那些悲惨的战争场景——士兵们一个个就像鸡蛋被打烂变成了煎荷包蛋一样惨不忍睹——是多么明智的一个决定。

"妈妈咪呀，哦，妈妈咪呀！"是意大利士兵蠕动的嘴唇上或咕噜的喉咙中听到最多的一句话。如果这些伤残士兵们的母亲看到她们的儿子在遭受巨大创伤时对自己的念叨，会不会在感动于儿子们这份孝心的同时，涌起更多的愤怒和后悔呢。

一个意大利士兵很容易就被政府的战争宣传给鼓动得热血沸腾，恨不得立即奔赴战场，为国献身。他们深深地热爱自己的国家，支持自己的领袖。就算屁股被子弹打开了花，大腿被炸得血肉模糊，小腿从中间炸断……都不会让他们惧怕和怯懦，即使受了伤也仍然能够用最豪迈的声音喊出："领袖！我向你致敬！能为你死，是我的光荣，哦，领袖！"

当子弹打在肚子上，或者子弹打穿了脊柱，或者刚好打中了某一根神经，他才会喊："哦，妈妈咪呀！"那个时候就把领袖忘到九霄云外去了。现在我回头想想，疟疾和痢疾也同样无法唤起人们的爱国热情和偏见。

在非洲的战争，领袖对关于鸟儿的事下令禁止报道。在埃塞俄比亚境内同意大利交战的地方，有以死伤士兵为食的五种鸟。有些是黑白相间的秃鹫科动物，它们飞得很低，差不多完全是靠着嗅觉辨别哪儿有伤员或者尸体；普通的秃鹫类动物一般都不会离地面很远，它们靠着视觉和嗅觉寻找"猎物"；红脸的小秃鹫就和我们的火鸡一样，它们一般飞得很高，是靠眼睛寻找猎物；还有一种个头大的秃鹫，面目看起来十分可憎，脖颈没有毛，它们会在"猎物"上空很高的地方盘旋，以至于你根本都不知道它在头顶。一旦它们发现有人倒下或者在地上看见了尸体，就会突然凌空而降。不管碰见活人还是死人，只要对方没有反抗能力，大个秃鹫就会跳向目标狠劲啄下去；还有个头又大、样子又丑的马拉布鹳，它们呼的一声冲向高空，比最高的秃鹫飞得还要高，当看到秃鹫们往下落时，便也会效仿着呼啸向下。埃塞俄比亚主要就是这五种秃鹫鸟类，但是一旦有伤员落单，躺在空旷的地方，就会有 500 只秃鹫一起扑向他。

如果，一个人死后被秃鹫吃掉，至少也不会感受到痛处。糟糕的是，非洲的这些食腐肉鸟类对于受伤的人也会攻击。如果有伤员躺在空地上没法动弹，那他不久就会变成一个死人。我曾经亲眼见过一群食腐肉鸟类将一匹斑马吃得只剩一堆骨头，只见一片黑压压的羽毛扑上去，不到一会儿就只剩下一堆白骨。如果"猎物"的肚子或身体某处有伤口，这些秃鹫会把伤口撕开，然后在不到 20 分钟的时间里就能一点不剩地把里面的内脏吃完。到了晚上，又会被豺狼们虎视眈眈，把骨头给啃得干干净净。所以你到早上再去看时，斑马已经不见踪迹了，除了地上一团黑手、油兮兮的印记证明那儿确实曾有一只死掉的斑马。而人类的个头要比斑马小很多，在死后又没有厚的皮毛可以保护皮肤，所以秃鹫们啃食人类的尸体是很简单的事。如果你在非洲出于卫生的目的而去埋葬尸体，那么我可以告诉你，完全没有这个必要。

死去的士兵是无法有机会说出葬身秃鹫的结局了，因为领袖需要向军队其他人隐瞒这种消息，但是受伤的士兵可能就要面对秃鹫和鹳鸟的攻击了。第一件要告诉意大利士兵的事情就是，如果被攻击了无法动弹的话，那应该立刻翻过身把脸朝下。一个仍在世的、曾参加过德国对东非最后一战的老兵，并不知道这条规则。他在一次战斗中受伤失去了意识，之后便被秃鹫们给啄掉了一只眼睛。幸好他当时醒了过来，胡乱地摆动身子将秃鹫赶走，然后脸朝下躺着，等待命运的安排。虽然被啄掉的眼睛钻心地疼，不过幸好他转过了脸，才得以保全另一只眼睛。秃鹫们接着把他的衣服啄烂，想啄进他的身体，吃掉他的肾脏，多亏一个同伴的及时出现，这才将秃鹫们赶跑。

如果你想亲身感受一下秃鹫们需要多长时间才能飞到一个躺在树下的活人身边，你可以试一下。你可以像死人那样直挺挺地躺在地上，然后观察它们的动作。起初你能看到在高空盘旋的它们像一个个小黑点，接着就会看到它们打着圈在头顶盘旋，最后，一拥而下朝你笔直扑来。如果你及时坐起身，那秃鹫们便会拍拍翅膀飞上天空，但万一你没能坐起来，后果你可以自己想想。

至今，埃塞俄比亚人还没有进行过一场像样的反击战。他们一直在后退，引意大利人深入。因为埃塞俄比亚是一个有着宿仇之争的酋长制国家，意大利人便可以买通一些想趁机捞好处的酋长或者想借意大利人的力量帮他们摆平敌对部落的酋长。这也就是在我们看到的报道中意大利人似乎总是很轻松地就能够占领埃塞俄比亚的原因。意大利还需要打赢一战，才能有足够的实力和埃塞俄比亚的当权人物谈判，重夺殖民地，或者对整个国家实行某种摄政统治。而埃塞俄比亚人，就像我所说的那样，会渐渐地拖着战争向另一个方向。

意大利的交通线一天天地被拉长，没人知道意大利每天到底花费了多少万的里拉（意大利货币）在维持军队的规模，而每一天都会有伤病员被抬上开往战地医院的船。埃塞俄比亚人在谋划着等到意大利士兵退得差不多的时候，就开始对意大利的交通线发动火炮战，一旦成功，埃塞俄比亚就不用再打其他的仗，就能将意大利人赶出他们的国土。不得不说埃塞俄比亚人的做法实在是太骄傲或者说自负，他们赌上了一切，并不担心赌输。但是不管局势多么恶劣，埃塞俄比亚人总还有一线机会可以赢。

一旦埃塞俄比亚人对于飞机的轰炸习惯了而且学会分散作战，并能够学着星菲人在北非战场那样对着飞机开火，那意大利的空中王牌将无用武之地。轰炸机必须要以城市为轰炸目标，自身配备机关枪的飞机需要以地面部队的集中为条件才能充分发挥作用。分散的部队对于意大利的轰炸机而言，比轰炸机给埃塞俄比亚制造的危险还要大。如果埃塞俄比亚人能够坚持到下一个雨季到来，那么到时意大利的坦克以及机械化部队都将派不上用场。至于意大利能否有足够的资金支撑到雨季结束，那是一个很大的疑问。要知道，生活在埃塞俄比亚土地上的埃塞俄比亚人一天只吃一顿，而战场上的每一个意大利士兵，都需要规模庞大而且昂贵的运输线才能被运到那儿，并提供军队需要的食物供给。只要意大利能够打赢一场仗，它就会提出和平谈判的要求。

墨索里尼的计划是准备把在索马里还有达纳吉尔部落的部队作为意大利进攻力量的先头部队，而先头部队很大一部分的常规前进都必须和在非洲的欧洲步兵部队保持一致。经历了上一次的大战，意大利人深谙想要在离赤道这么近的地方打赢战争，就必须要用当地的黑人部队。一旦他们推进了足够远的距离，假如埃塞俄比亚突然发动进攻，他们就必须要用意大利的部队来作战，但意大利又没有足够多训练有素的民兵进行大规模的作战。很明显，这是意大利人努力想避免的局面，但却是埃塞俄比亚人所希望的。他们曾经痛击过意大利人一次，所以已经做好了准备再好好收拾一下意大利人。意大利则希望能够在黑人步兵、坦克、机关枪、现代武器装备还有飞机的配合下，打一场万无一失的胜仗。埃塞俄比亚希望故技重施，仍像 1896 年将意大利人引到阿杜瓦的圈套一样，把意大利人困住之后再集中攻击。埃塞俄比亚人不断地后退，甚至停止前进，而意大利人则不断地推进，大量招募民兵、土著兵……招募了很多不值得相信的盟友，调动了所有能用的资金，来确保意大利军队的战争开销。

我想，意大利在下一步一定会和埃塞俄比亚的当权者进行秘密谈判，企图去说服埃塞俄比亚人同意只让意大利的势力进入埃塞俄比亚，并取消所有的限制性政策。如果意大利战败，一定会大肆宣扬"布尔什维克主义"即将冲击埃塞俄比亚的统治这一论调。民主国家会在特定的时候联合起来，抵制某种独裁力量进行专制统治，与此同时则不断巩固加强本国的专制统治。一旦意大利战败，而让"布尔什维克主义"乘虚而入，那新进入的"独裁者"就会产生和路透社驻英国报社报道的英雄人物一样的想法：因为墨索里尼当时挽救了意大利的经济，让其免于赤字的窘境。工人们把都灵的工厂占领了，意大利自然不会产生赤字，而且任何极端组织都不会和另一个极端的组织合作。战争的发生正好拉动了军工产业的发展，让工人们免于破产失业，也使得意大利的经济暂时免于赤字的灾难。墨索里尼算得上是现代历史上最聪明的机会主义者了，他非常巧妙地利用了民众对法西斯失败的怨愤，激进分子之间的彼此不合作以及卡波雷托的失败，来实现他的政治目标。

我还清楚地记得，以前军队在穿过大街时，父母们是如何将头伸出窗子，或者在酒铺、铁匠铺、又或者在修鞋匠铺的门口，对着那些走过的士兵喊："下台，长官下台。"他们没有把不满撒在士兵身上，认为他们也是受军队的长官逼迫才去打仗，那时的人们都慢慢地明白了战争对他们没有一点儿好处。而本来一直坚持战斗到底才能结束战争的长官，也意识到了工人们的憎恶和愤懑会让他们的这场胜利来得更加艰难。那时很多的长官也都极度讨厌战争、专制独裁、不公平的对待、杀人放火、残暴冷血和人类灵魂的腐朽等等，这些人间罪恶的综合体都没有战争让人讨厌。战争让这些罪恶得以蔓延滋长，人类的各种丑态尽显无遗。或许只有那些投机倒把的人、将军们、政府官员还有妓女才会极度渴望战争。战争时期可谓是这些人的黄金时期，使他们大发战争财，趁乱赚足票子。当然并不是没有例外的情况，某些将军曾经甚至一直到现在还是很厌恶战争。这些上等而慷慨的人确实是例外。

意大利也有很多人清楚地知道第一次世界大战的真实惨况并非国家所宣传的那样，之后这些人当中的很多人都受到了迫害。因为他们发出了反抗的声音，一些人被杀害，另一些人则被关进了利帕里岛的监狱，还有一些人为了保命被迫逃亡他国。不过要想在独裁专制的统治下安全地活下去，那你就一定要学会遗忘。你应该学着为那些时代中伟大的使命而活，只要独裁者严格钳制言论出版自由，就一定会有值得你为之付出生命的伟大使命。如果，我们在美国每天在报纸上看到的是政府取得的辉煌的成就，那么政府以前的那些作为就不值得一提。除非是动用武力，否则独裁统治是不可能长久的。而这也就是为什么独裁者或者想做独裁者的人无法能够经受住长时间的不受欢迎的原因，他们也会因为这种不受欢迎而采取武力来维护他们的地位和权力。一个成功的独裁者会使用大棒政策，同时你又可以在报纸上经常看到有关他的辉煌事迹的报道。而一个失败的独裁者则会变得恐惧不安，从而杀害无数的本国民众来堵口，如果这样，他的军队或警察武装力量一旦倒戈相向，他就只能被赶下台。而一个手上杀了很多无辜民众、沾了很多鲜血的独裁者，终有一天也会死在别人的枪下。哦，我想要说的不是独裁者，而是非洲战争中的秃鹫。

当然，以前的战争经验根本无法帮助这些年轻人，他们或许是从阿布鲁兹某个高山连绵的小镇来的，那儿的山顶很早就一片白茫茫；或许他们是从米拉罗、博罗格纳，抑或是费雷兹而来，是某个汽车修理厂的工人，或者在某个卖机械的商铺工作。他们或许也曾骑单车驰过劳恩巴蒂的白色粉尘覆盖的马路，代表着斯派兹亚或是托里罗的某支工厂足球踢过球；或许也曾在多罗米提的高山草地上修剪过草，冬天时曾在雪地里欢乐滑雪；又或者是在皮门比诺的森林里燃烧过一堆篝火，或者曾扫荡过维森扎的托利亚；他们还有可能早已走遍了美国北方和南方的每一寸土地。这些曾经放肆、欢乐、轻狂过的年轻人，一旦被送上了战场，将会受到赤道地区热辣阳光的炙烤，将走过没有一处荫蔽的沙漠土地，可能还会患上永远都无法治愈的恶疾，疼痛从骨头里渗进心里，届时，他们就会被折磨得生不如死。当最后他们终于历尽千险踏上了战场后，在枪声与炮火中轰然倒下，然后会听见群鸟扑腾翅膀的声音，那是秃鹫们呼啸而至的声音……我希望他们能够在受伤的时候要赶快把脸转过去，或许这样，他们还有机会对着生养他们的大地深情地喊一声"妈妈呀"。

而此时，墨索里尼的儿子们安然地坐在空中的轰炸机中，不受任何埃塞俄比亚力量的威胁。可来自意大利的那些穷人们的孩子，都是步兵，就像全世界穷人的孩子都只能是步兵一样。而我真诚地希望这些靠双脚走路的孩子能有好运，也希望他们能够最终明白他们真正的敌人到底是谁，以及这其中的缘由。

墨西哥海湾的来信之蓝色的大海

1936 年 4 月

猎人和猎动物可是完全不同的经验，所以很难会有事情能让那些长时间靠着俘获全副武装的人为乐的人感兴趣。有时他们也很有决心地尝试各种各样的事情，但是过不了多久，他们的这种兴趣就会很快消失。有了猎人的刺激而特别的经验后，如果再去尝试其他的日常消遣，这种情况就和你的味蕾在品尝过某种烈性的酒的味道后，再去尝普通的白酒一样，只会让人觉得索然无味。如果你还想了解更多的"舌头问题"，那你可以试着在某个深夜，到里维拉某栋别墅的厨房里，拿出一瓶看起来像是艾伟安水的东西，也就是一瓶亚维尔溶液。它是通常用来清洗碗槽的浓缩碱液。亚维尔溶液这样的碱液烧过你舌头上的味蕾后，味觉得到大概一周以后才会重新恢复。而你在这一周内，可以暂时断绝和朋友的联系，也可以暂时把学习的事情抛开撇开，然后你会发现很多意想不到的改变。

一天晚上，我和一个好朋友聊天。这个朋友只对捕象兴致浓浓，而其他各种的捕猎活动对于他来说都是无趣的。依照这个朋友的看法，只有具备很高的危险系数的事情，才能算作一次运动；如果危险度不够，那么他就会故意人为地制造一些危险，来满足自己求险的愿望。他曾经给了我一次捕猫的经历，我从那次知道普通的捕象对于他来说还是不够刺激，危险度不够。所以他才会故意惹火大象，然后去追逐大象，这样他就可以攻击大象的头部。但是采取这种捕杀方式，就会增加用枪打中大象头部的难度。因为当大象冲过来的时候，双耳会张开，发出像鼓声一样的号叫，而且速度飞快，大象会想尽办法把捕猎者撞翻在地。用这种方式猎杀大象，就好比德国小牛的自杀式爬行。而且我认为，这和那种和一个全副武装的人的对抗有很多相似之处。

这个朋友和我大谈猎象的事情，而且还鼓动我去猎几头象看看。他认为，只要你开始了猎象，那么从此你就会对其他所有的捕猎活动无动于衷了。我并不同意他的说法，因为我对所有的捕猎和射猎活动都很有兴趣，不管猎的是什么。而且我也不想喝什么浓缩碱液，让自己丧失对于其他所有快乐的感受力——而只是冒险去享受那种大象竖起长鼻、张开大耳朝你笔直奔来的刺激。

"当然啦，你还喜欢出海捕大鱼，"他的口气似乎有些悲伤，"说实话，我实在不理解捕鱼到底有什么乐趣。"

"这就和你看到大鱼像托米枪一样朝你笔直撞来，或者鱼叉插上了大鱼鼻子末端，看它们来回翻腾拼命挣扎的样子所表现出的兴趣是一个道理。"

"好了，"他说，"不过，我还是觉得捕鱼这种活动实在太普通了。"

"你先入为主执拗地持这个观点去看，那自然得到的就是这种印象，"我回答说，"你是一个大象猎手，去年你出海捕过一次鱼，但是你不得不承认你那次表现确实很差劲，你现在这么说，是不是因为自己当时被大鱼整得够呛呢？"

"的确，"我的朋友勇敢地承认，"我确实没有体会到任何捕鱼的乐趣。你能给我说说，捕鱼到底给你带来什么乐趣了。"

"我会抽时间把这个过程写下来的。"我告诉他。

"那太好了，"他说，"因为人们对其他的话题都很敏感，我是说都比较敏感。"

"我会写的。"

第一，墨西哥湾以及其他的大洋流所在的地方的生存环境可谓是世界上最为恶劣的地方。一旦陆地离你远去，甚至连船只都无法再看见，那时你可能要比任何捕猎的时候都还要孤独，而大海还是千百年前的样子，波涛汹涌巨浪翻滚，瞬间就能将人吞噬。到了捕鱼时节，你会看到和十五六世纪向西航行的西班牙大帆船一样平静的海面。一阵凉爽的微风拂过海面，信风要来了。远处是绵延不绝的蓝色高山，山顶的雪块被信风吹得四处滑落。所以当你的船想转个弯，驶过某三座大山在水中的倒影，越过最远的那座高山山顶时，这时如果连上帝都不帮你，那你的船就有很大的可能撞到某处冰山。到时汹涌澎湃的水纷纷向你涌来，那时，我亲爱的朋友理查德，你可就没命再去捕什么大象了。

大鱼其实并不会给人类造成什么威胁，但是任何一个乘一艘小船终年出海的人，都会不可避免地碰上危险。不过，你在一年当中根本就不需要自己主动去寻找危险，到时，危险会来找你的，而你能做的就是想尽办法在海上保全自己的性命。

因为墨西哥湾还没有被开发，所以只能在很小的一块边缘地方捕鱼，至于到底在那绵延几千英里的洋流底下有哪些鱼类，还真是个秘密。更不用说那些鱼有多大、能活多长时间、不同深度的水域生活着哪些鱼类和海底动物了。假如，你的小船漂离了陆地，你同时把 4 根钓线分别放入 60 英寻、80 英寻、100 英寻和 150 英尺的深度，而海洋深度可能达 700 英寻，所以你根本不知道会有什么鱼过来咬你的金枪鱼鱼饵。每一次当线圈有动静时，开始的动作会比较慢，接着突然咔嗒一声，大鱼就把整根钓竿都拉弯了。你感觉钓竿那头其重无比，再加上深海处的压强，更加让你觉得吃力。钓线不断地被拉得往下滑，你只是不停地打气拉线圈，想在大鱼跃出水面之前扯住钓线。如果把这时的情况用惊心动魄来形容可以说一点儿也不夸张，而且你自己根本不用去制造危险，就会体会到真实的刺激。或许是一条能跳很高的马林鱼来咬鱼饵的，马林鱼会游到你的右边，然后接连几个高空翻跃，像一艘快艇一样落回海面，溅起无数水花。而你这时只会大声叫嚷着让船转向，试图让船在线圈全部被扯下去之前靠近它。或许钓线那头是一条阔嘴鱼，摇摆着露出它那腰刀一样的大嘴；又或者是永远都不会露出水面的鱼，它会像潜水艇一样潜在水底，游向西北方。当 5 个小时的缠斗结束后，你会看到起初弯弯的鱼钩已经被大鱼扯成了笔直的鱼钩。当你的钓线被一条鱼扯着无限向下拉时，你的内心总是会跟着涌出无限的兴奋感。

在捕猎动物时，不管那是什么动物，你能清楚地知道自己到底在追逐什么，最大的猎物也无非是一头大象。可是当你把钓线放在墨西哥湾 150 英尺水深处，没有人能猜测到什么鱼会来咬钩。或许是马林鱼，又或许是旗鱼，而在那些未知的鱼面前，大马林鱼和旗鱼也许只能算是侏儒。你会对每一次的钓线下拉产生期待，猜测着或许这次咬钩的就是那样一条大鱼……

我的一位古巴朋友，卡洛斯，他如今已经 53 岁，从 7 岁开始就跟着父亲上船开始，一直以捕马林鱼为生。有一次，他在一片深水域捕上来一条白色马林鱼。白色马林鱼连着在空中翻腾了两圈，只听一阵巨大的响声，卡洛斯感觉到钓线那头的重量重到他无法承受。只见钓线不断地往下滑，被白色马林鱼不断拉着往下滑，最终被拉到了 150 英寻深的地方。卡洛斯说，当时的感觉就好像他钩住了海底，整个大海的重量都压了上来。接着拉力又在突然之间松了，不过他还是能清楚地感受到白色马林鱼的巨大重量，最后，卡洛斯用尽全力把马林鱼拖了上来。像旗鱼或者马林鱼这类一些没有牙齿的鱼，它们的上下颚直接在重达80磅的白色马林鱼鱼身中间处闭合，并且紧紧地咬住，这样大鱼嘴巴在嚼动时，就会把80磅重的白色马林鱼全身上下咬得粉碎，最后再松开嘴。大家可以想一下多大的鱼才能做到这样子？我认为那应该是一条巨型鱿鱼，但卡洛斯说，白色马林鱼身上并没有咬痕，而且从咬的地方来看，那是马林鱼的嘴巴形状。

　　还有一次，一个老人乘一艘小船在卡巴那外围捕鱼时，曾钩住一条巨大的马林鱼，小船被马林鱼拖出了好远好远的距离。两天后，渔民们在离他之前捕鱼地点以东60英里的地方发现了老人，而船上捆绑着马林鱼的头部和前身。大鱼只剩下不到一半的身子，但重量却达到800磅。老人和大鱼一起待了一天一夜，一天又一夜，也就是说大鱼整整拖着船游了两天两夜。老人在大鱼露出水面时，用鱼叉准确无误地叉中了大鱼，然后用绳子把大鱼捆在船上。但不幸的是，大鱼的血引来了鲨鱼群的攻击。这位老人，孤身寡人，在墨西哥湾，乘一艘小船，和一群鲨鱼作战。他用尽了所有能用的方法：棍子打，用小刀刺，用船桨猛击鲨鱼的肺部，直到耗费完自己所有的力气，但是仍没能阻止鲨鱼吃掉了大鱼的半个身子。渔民们发现老人的时候，鲨鱼群仍然围着小船，可是老人在船上落泪了，为那失掉的那800磅鱼身而伤心不已。

　　所以，如果当时是坐汽艇出海打鱼，还怎么有这样的乐趣呢？所以打鱼的乐趣一部分是来自鱼的本身，它们是那样奇特和桀骜不驯，它们迅疾的速度让人不敢相信自己的眼睛，不管是在水下还是跃上高空，它们都美得让人叹为观止。如果你不曾亲身体验一次捕鱼，是不可能明白这种美丽和惊叹的。你可能不知道怎么就和鱼缠斗上了，你感觉自己就好像是骑上了一匹飞奔的马，力量惊人，使得让你的心也跟着失控地狂奔起来。或许你会和鱼缠斗半个小时、1个小时或者5个小时，然后你把它们驯服，打败，就像驯服一匹马一样，最终你把大鱼拖上了船。此时，看着这样一条大鱼老实地等着处置和所蕴含的金钱，你的自豪感可能会冲破天际。你会体会到捕鱼的真正乐趣不在于你终于逮住了它，而是你和它缠斗的过程。

如果鱼钩钩住了大鱼口中有骨头的位置，那种痛楚可绝不比用针使劲扎你的手指小。当鱼钩钩住一条大鱼时，通常大鱼并不会感受到鱼钩的存在，它仍然会若无其事地朝着小船游过来，继续去咬另一个鱼饵。或者往水下游，根本不清楚自己已经被你的鱼钩钩住的真相，直到游到很深的地方，它才会发现自己被什么东西扯住从而无法再往下面游，察觉到身后的某种压力，意识到自己碰上了麻烦，接着好戏就登场了，人鱼大战开始了。除非你的鱼钩恰好钩的它实在很痛，它才会赶紧想法逃脱出来，不然大鱼一般都只是想把鱼钩甩掉，然后和你进行一番缠斗。如果大鱼突然不见了影踪，你就会纳闷，猜想它当时在做什么，正准备谋划着往哪个方向游动，以及是什么原因要往那个方向行进，你大可以把打败一匹野马的方法运用在打败一条大鱼身上，并最终把它拖到你的船上。所以你完全没必要等把它杀死或者将它拖得筋疲力尽之后再把它弄上船。

如果你想杀死一条在深海处和你缠斗不休的大鱼，那你可以朝着和大鱼游动方向相反的方向拉动钓线鱼钩，把它拖到筋疲力尽或者死掉为止。一般情况下，这个过程要耗上几小时左右，如果大鱼死了，那你要小心在你把它拉上你的船之前，大鱼的血的气味会把鲨鱼引来，把你的大鱼吃完。如果想快一点抓到这样一条大鱼，你寻思着要坚决扯住线（正常来说，钓线在水中偏移的方向和大鱼游动的方向是一致的，要是你紧紧地把钓线拉住，并在上面施加了很大的拉力的话，钓线就会崩断），然后快速开动小船朝大鱼游动的方向前进，赶在鲨鱼的前面，这样你才有可能活捉大鱼。你不用受汽艇拉拖，而是要转换方向，就好像和鲑鱼一样顺着洋流行进。大鱼通常是被平底小渔船之类的小船捕上来的，因为这种小船比较容易能够把拖网收紧，逼迫大鱼不得不拖着小船前进，等它把力气耗尽，你就能把它抓到了。依照经验，大鱼拖着小船是游不了多久的，而且最终会被耗死的。但是如果你满足于这样捕鱼，你完全可以和它进行一番恶斗之后，然后赢了后，将它完完整整地拖上船，最后胜利返航。

"嗯，你说得很好，"朋友说，"但是刺激到底在哪里呢？"

当你在船头站立，迎着海风，顺便打开一罐冰凉的啤酒。突然舷外支架在动，看到鱼来咬鱼饵，起初你并没在意，只觉得是一条小金枪鱼在蹦跶，可当转过头，发现后面出现了一个又长又大的黑影，像一只巨大的海鸟在水中飞翔，在你还没反应过来时，就看见矛状的大鱼刺露出水面，接着是鱼眼睛、鱼头，然后是背部的大鱼鳍，就连金枪鱼见到这阵势，都吓得赶紧隐入波浪中，一下子就没影了。

"马林鱼。"卡洛斯大声嚷嚷起来，噔噔噔地来回踱步，是一条大鱼来了。大鱼迅速游到船底，而你赶紧回到之前放钓竿的地方，刚刚的大黑影又出现了。就和水下飞机一样在海水下穿行，只见它的矛刺、大头、鱼鳍还有鱼肩噌的一声穿出水面，发出咔嚓一声巨响，这时，你就会发现大鱼把钓线扯住了。

当大鱼转身，你使劲拉住钓竿，而那长长的钓线就不受控制地滑入水中。你也会明显感觉水下的重量加倍了，你费尽全力想把钓线拉上来，肚子却不幸地被粗大的钓竿那一端撞到了。那很明显是一条巨重的大鱼，而你目前要做的就是和它缠斗，缠斗，缠斗。

当大鱼再次露出水面，激起水花飞溅，你再一次感觉钓线被拉扯着偏向了一边，之后就看见钻出水面的整个大鱼的头部，只见大鱼腾空跃起，接连两个翻腾，无比勇猛。已经跃上高空的大鱼似乎想与万有引力斗争，不断地向上向上跳去，某一瞬间似乎被定格在了空中，然后扑通一声重新落回水面，激起万丈水花。这时，你就能看到大鱼那被鱼钩钩住的嘴角。大鱼一连在空中连续几个翻跃，然后便朝着西北方向拼命游去。你立即站起身，驾船跟上它，这时的钓线就和琴弦一样绷紧，偶尔从琴弦上弹出几点水滴。最终，功夫不负有心人，你追上了大鱼，找准时机用渔叉叉上大鱼的鱼肚，然后用尽全身力气把大鱼朝船这一边拉。

整个过程都伴随着卡洛斯激动地喊叫声："哦，真是不可思议，快看看它！快看看它！逮到它我就能换钱给我亲爱的孩子们买面包吃啦！约瑟夫和玛丽，你们快来看大鱼跳啊！这就是你们的面包啊！这么大一条鱼，得换多少面包啊！"

而条纹马林鱼此时仍在不断地跳跃，翻腾，然后笔直朝西北方向游去，重复了大约 53 次。你的心跳会随着马林鱼的每一次跳跃翻腾和消失而起伏不定。过了许久，终于听到一声巨响，我赶紧对卡洛斯说："快去把马具给我拿来，我现在可要把你孩子们的面包拉上来了。"

"好的，我简直不能看，"他说，"这就好比在看着一个鼓鼓囊囊的钱包在上下跳跃一样。现在它已经没有力气再往水下游了，它跳了太多次了。"

"就好比一匹正在奔驰的马撞上了障碍物，"朱利沃说，"马套不会有什么问题吧？你要水吗？"

"不要。"然后，我朝卡洛斯开玩笑道，"这条鱼给你的孩子们换面包吃怎么样呀？"

"他总是那么说，"朱利沃搭腔道，"我真想让你听听我们有一次驾着小船让一条大鱼逃脱的时候，他是怎么教训我的。"

"你说'孩子们的面包'该有多重啊？"我问道，嘴巴已经干得开始受不了了，我的肩膀被马套紧紧地扯着，握着钓竿的手也有些酸痛，大颗的、咸咸的汗滴流进了我的眼睛。

"差不多有 450 磅。"卡洛斯说。

"不可能。"朱利沃反驳。

"那我们来打赌吧，"卡洛斯不肯示弱，"一般这样的大鱼都有那么重。"

"我说是 375 磅，"朱利沃说出了他的数字，"不可能再重了。"

卡洛斯又猜测了一个数字，而朱利沃也改口说，这条大鱼可能有 400 磅。

　　眼看着大鱼已经快支持不住了，剧痛让它已经没有力气再翻腾了，然后我将钓竿向上提起，瞬间感觉好像有什么东西滑了下去。僵持了好一会儿，然后就看到钓线慢慢地松了。

　　"它跑了。"我一边说，一边赶紧收起马套。

　　"这下孩子们的面包没了。"朱利沃对卡洛斯苦涩的说道。

　　"是的，"卡洛斯说，"好吧，你尽管开我的玩笑的说吧，350磅，一磅 10 美分，那是多少钱啊？在这寒冷的冬天，得要在海上漂多少天才能碰上这么好的机会？你们尝试过凌晨 3 点的寒冷吗？还时不时地起大雾、下大雨。我不明白这条大鱼，在鱼嘴可能已经被鱼钩拉扯坏了的情况下是怎么坚持住的啊？啊，它是怎么做到的呀，它是怎么做到的呀！"

　　"哎呀，孩子们的面包。"朱利沃说。

　　"别再说那个了。"卡洛斯说。

　　虽然捕鱼和猎象不一样，但我们同样可以从中获得很多刺激和快乐。如果你有了家，有了孩子，你的家、我的家或者是卡洛斯的家，当然也并非你有了家就必须要自己去寻找危险，只不过有了家以后，危险就会主动来找你的。

　　不过，时间一长，别人的危险也就只是别人的危险了，危险不会有终结的那一天，而伴随着危险的快乐也不会有完的时候，同样的，我们对于这一切的思考也不会停止。

　　但是，出海的确能给人带来巨大的快乐，你完全猜测不到你遇见一条巨大的深海游鱼的运气什么时候会出现。在缠斗中，你能亲眼看到大鱼最美的生命姿态，然后用你自己的力量征服它。能够征服这样的海上霸主，不仅能够带来巨大的满足感，其实也是对自我的征服。

　　第二天早上，你带着自己的大鱼回到岸上，一个人用手推车推着你的大鱼到市场上，然后带回来一大卷用报纸包着的美元，实实在在的一大笔钱。

　　"现在你可以给孩子们去买面包了。"你对卡洛斯说。

"如果放在以前，"他说，"那样一条大鱼能卖到 200 美元。但是现在只能卖到 30 美元。不过这也说明渔夫是不会饿肚子的，因为大海里的鱼是无穷尽的。"

"可是渔夫们却总是很穷的。"

"不，你哪里穷啊？"

"去你的，"你说，"我打这么长时间的鱼，可就是没钱，我最后的结局也将和你一起打鱼，然后变得落魄不堪。"

"我才不相信，"卡洛斯满脸认真地说，"但就算真的一贫如洗又如何，不能否认的是出海捕鱼是一件很有趣的事。你会爱上捕鱼的。"

"我很期待。"你回答说。

"如果我们想发达，那就期待着打一场大仗吧，"卡洛斯说，"上次世界大战，我们和西班牙打仗的时候，可让渔夫们赚了不少钱哪。"

"好吧，"你说，"不过如果真的打仗了，那你就等着过真正落魄的日子吧。"

最后一封信之海上大鲸鱼

1936 年 5 月

那是 10 月里一个晴朗凉爽的日子，我们从卡巴那碉堡向东边的哈瓦那出发，在海上行进了大约 3 英里，还有两三条捕马林鱼的小船和我们一起行驶。远处是天海相接的地方，平静的墨西哥湾海面，涌起了巨大的海浪，海浪拍打着海岸，溅起朵朵闪亮的白色水花。此外，我们还能听到从岸上打靶场上机关枪哒哒哒扫射的声音，打靶场的尽头插了一面红色的旗子，映衬着白墙、绿树，还有那棕红色的建筑。

"有一次，"卡洛斯坐在船头正忙着一边用一根线缠住两个大脚趾，一边说，"我们在莫若（地名）附近碰上了一条大鱼，那家伙上下翻腾个不停，激起的水花把整条船都弄湿了。"

"那你当时做了什么？"洛佩兹·蒙兹问道。

"我们驾着船朝大鱼前去，它更快地翻腾起来，等到我们的船就要靠上它时，它又潜入水下，只露出鼻子。"

"哈，那鱼的鼻子可真小，"洛佩兹·蒙兹打趣道，"所以很难打中那么小的一个鼻子。如果现在一条大鱼撞过来，并把你缠着丝线的大脚趾咬掉了，你要怎么办？要是现在有大鱼向我们的船游过来，你会怎么办？"

"看，"卡洛斯说着，把脚趾缠线的一端系在钓竿上，然后绕着线圈跑，这样就解开了脚趾上的缠线，"这样任凭大鱼怎么用劲往下面拉，我都会有办法立马把脚趾上的缠线解开。平时我们出海打鱼睡觉的时候就会缠一根线在大脚趾上，任船儿随意漂，这样当有大鱼拉动，我们脚趾上的线也会跟着扯动，我们也就能快点醒过来。"

"哦，原来有那么多小技巧啊，"洛佩兹·蒙兹说，"但生活可不是好玩的把戏。"

"不，"卡洛斯说，"并不是这样子，生活是一场战斗。你只有知道如何玩花招、玩技巧，才能好好生存。你在画画方面就玩得很好嘛。"

"安奎尔，说一说你的花招或技巧吧。"我用西班牙语说，"你今天早上感觉怎么样？"

"真的很棒。"安奎尔回答说。安奎尔是一个皮肤黝黑、长相英俊的青年，他是一个飞行员，也是炮兵队的队长，还是一个技巧高超的业余斗牛士。他的表哥洛佩兹·蒙兹是一个画家，他们俩都来自委内瑞拉，都住在哈瓦那。"我一直都感觉很好。"安奎尔咧嘴一笑，并随手用手摸了摸他1个小时前刚刮完的胡子。

洛佩兹·蒙兹的相貌似乎和常人不同，长得很瘦，"昨天晚上，"他说，"安奎尔只吃了一个麦草帽和三根蜡烛。"

"我才不在乎是不是要吃麦草帽呢，"安奎尔接腔道，"但如果真的有人建议，我会考虑吃的。"

"他吃得津津有味呢。"洛佩兹·蒙兹说。

"虽然我不喜欢那些，"安奎尔说，"我从来都无法对麦草帽提起兴趣。"

"他在说什么啊？"毛斯特·阿诺德一脸不解地问。阿诺德来自明尼苏达州，很擅长拉小提琴。阿诺德在船上的工作是负责拍照，但他的拍照技术很是让人失望。

"他在讲吃麦草帽的事情。"我说。

"天哪，他为什么要吃麦草帽啊？"毛斯特更加疑惑了。

"听着，毛斯特，"洛佩兹·蒙兹一脸正色道，"在委内瑞拉，我们有很多能吃的人。如果一个人想在傍晚时分展示自己的勇气，并表明他毫不在乎事情的后果，那他就会选择吃一些不寻常而且本来不能吃的东西。"

"你不会是在骗我吧？"毛斯特满脸不敢置信。

"为什么要骗你，我敢对天发誓，安奎尔昨晚真的吃了一个麦草帽。"

"是的。"安奎尔谦虚地点头道。

"前天晚上，他还把桌子上所有的花和大使秘书办公室的几根蜡烛都吃掉了。"

"那没什么，"安奎尔说，"一根蜡烛真的不算什么，不过灯芯确实难吃点。我现在要去准备通心粉了，波罗在哪儿？"

"他在船头那边，"我说，"盯着点钓线，麦斯，你去船头看看，这样波罗就能下来帮安奎尔准备通心粉了。"

"那给我一个大草帽遮挡太阳吧。"马斯特说。

"可不能再让安奎尔把草帽吃掉了。"洛佩兹·蒙兹说。

"不会的，"安奎尔回答说，"你完全不需要担心，可没有人会傻的在大白天的时候，吃掉头上的草帽的。"

我们就那样在大海上漂了一早上。秋天的时候，小鸟们都会往南飞，有时候它们飞累了会停在古巴海岸附近。不过可能运气不好的碰上老鹰来抓它们，所以这些鸟儿就会飞到船上来，休息一会儿。有时候我们的船上能落下 20 只鸟，船坞甲板上也到处都是小鸟。有的小鸟落在钓鱼坐的椅子上，有的在驾驶座舱的地板上。由于长途跋涉，所以小鸟看起来十分温顺，就算你轻轻拿起一只小鸟放在手中，它也不会露出害怕惊吓的神情。那天有 3 只小鸟飞进了驾驶座舱，当时安奎尔正将头从忙活大半天的厨房里伸出舱外呼吸一点新鲜空气，这时洛佩兹·蒙兹说："可别让安奎尔看见了那些鸟儿，他一定会把它们吃掉的。"

"不会的，"安奎尔说，"我很喜欢小鸟的，通心粉再过半小时差不多就可以吃了。"

"我们喝点苦艾酒吧，"我说，"让波罗拿几瓶酒过来。"

等酒拿过来，我们把法国的苦艾酒和意大利的苦艾酒混合在一起（一份法国苦艾酒兑一份意大利苦艾酒，然后再放上柠檬片，往酒杯里加点冰块，搅拌），然后将混合好的苦艾酒倒满高脚杯。我刚端起我的酒杯，就听见卡洛斯激动地大叫："哦，看那儿，有人在往海里打炮！"

"哪里？"

"就在那边，东面。快看那水柱蹦得可真高！"

当时我们已经离岸大约有 4 英里远了，而卡洛斯指的方向还得往海岸的东边再挪 3 英里。

"不可能，没有枪能够打那么远。"我说。

"我就知道，那一定是条大鱼，得多大的鱼可以激起那么高的浪？"

"我们都盯紧点，看它会不会再露头，"我说，"我们可以把钓线拉上来，放到那边去。怎么样？"

"我想那一定是条大阔嘴鱼。只有阔嘴鱼才会在大中午跳出水面那么高，激起那么大的浪花。"

"我们赶紧把钓线放进那片水域，"我说，"快点给我把那根钓竿递过来。"

接着，我把钓线放入水中，直到钓线的刻度显示已经到了 120 英尺深的地方，钓线从船舷滑下去，发出刺耳的声音。这时卡洛斯突然又惊叫了起来，"在那儿！在那儿！我的天哪！不敢相信，那是一条鲸鱼！"

我抬眼望去，看到像间歇泉一样喷出来的水柱，喷水的地方只离我们的船还有 1 英里左右远。

"快把钓线拿过来，"我大声叫，"波罗！把剩下的钓线都拿过来。安奎尔！快来，我们发现了一条鲸鱼！"

"真的吗？"安奎尔问，"真的是鲸鱼？"

"是的，是鲸鱼，一定不会错的！"洛佩兹·蒙兹说，"快看那儿，快看。"

"我们要吃掉它，"安奎尔说，"那我要做什么？"

"快点把那条钓线还在水里的部分都收上来。"

我打开了小船的两个马达，其他人则忙着把钓线卷上来，金枪鱼鱼饵被拉上来的时候还是活的。我仔细观察了一圈，确定鲸鱼是往西走的。在驾驶舱里，卡洛斯正在翻一个放鱼叉枪（一头是枪管，另一头可作鱼叉）的箱子。我们目前，有 20 英尺左右的电缆，还有很多又结实又轻的鱼钩钓线，但是我们清楚地知道没有钓线能经得起一只大鲸鱼的拉扯。卡洛斯说他要把电缆直接系到船索上去。我们让波罗清出来驾驶舱里面所有的东西，然后把长达 100 英尺的绳索的一端，系在 6 个崭新的、干净的、洁白的、用布包着的软木塞上，接着再在绳索的上面绑一件夹克衫，绳索的另一端绑着电缆。然后，我驾着小船朝着鲸鱼所在的地方快速驶去，等稳定方向后，我也走进了船头的驾驶舱，和波罗一起把所有用得上的东西找出来。我从鱼叉枪上取下一个空的弹药筒，使劲地擦了擦鱼叉的柄，接着把鱼叉枪绑到电缆上，和绳索连在一起。然后，再往弹药筒里装满了新的弹药。

我知道鱼叉枪承受不起绳索的重量，而鱼叉枪的有效射程只有电缆线那么长。但限于当时的条件，我们只能这样做。不过最大的难题在于，我对鲸鱼的了解也很少。

我们热烈纷纷地讨论捕鲸的计划，时而朝洛佩兹·蒙兹坐在那的船顶的小房子大声喊去。他的手上拿着一把 6.5 口径的曼利夏手枪。安奎尔手上拿着几根棍子、推弹杆还有一把毛瑟手枪。毛斯特手上则拿着一个很大的克莱福克斯照相机。我们准备先拿鱼叉把鲸鱼叉住，然后再放下所有的绳索，等鲸鱼摆动的时候就把一捆救生带丢过去，这样就算它潜入水中，我们也能通过救生带准确定位它的位置，然后再捞起救生带，先和大鲸鱼耗上一圈。如果我们实在拉不住绳索，就把救生带丢过去，那么不管鲸鱼在什么时候出现，都可以用曼利夏手枪击中它，然后用长矛刀使它毙命。接下来，我们可以用一根绳子捆住它，再在鲸鱼身上钻一个洞，往里面打气，让它像气垫一样鼓起来。每当我想出一个新主意，如气垫，都会朝安奎尔所在的船尾大声嚷嚷，接着就会传来安奎尔的欢呼声，还在欢呼的同时挥动着手中的手枪。卡洛斯也在那儿叫："在拉·哈巴，鲸鱼可能让我们赚上一笔不小的钱财呢！一头鲸鱼可以让我们过上一段好日子。"

"上天保佑鲸鱼！"安奎尔叫道。

"让鲸鱼去死吧！"洛佩兹·蒙兹发狠地说。

马斯特则高兴得全身颤抖不已。

鲸鱼就在那儿，就在前面一点点。亲眼看到那条鲸鱼不禁让人惊讶不已。只见它时而在水下游一段距离，时而把大脑袋露出水面透口气，并没有被周围的变化而影响。但是，当我们加速朝它驶去，眼看距离越来越近，近到可以朝它开枪的时候，它就迅速潜入了水底。我们尝试着从后面攻击它，但是，每一次当我们快接近目标准备开枪时，它就好像提前预知一样迅速隐入水中。然后我们又尝试着从侧面逼过去，但被它察觉之后又很快地消失在水下，过一会儿又重新露出水面，在我们的前头戏耍着，并小幅度地调整它的行进路线。就这样，我们对于每次都快到手的东西，患得患失。每一次眼看就可以打到它，可一眨眼它又潜入了水下。我们猜想或许是汽艇加速时惊动了鲸鱼，所以它不敢露面。但如果不加速，我们更没法去靠近它。那头鲸鱼大概有 40 英尺长，我们靠近它时，能够看到有一块块凹印在它那笨重的鱼头侧面，这些凹印一直延伸到鱼身，就好像上帝在创造它时，把手放入了滚烫的蜡水中，所以才掐出了那么多的凹印。我们有好多次近距离地接触它，几乎都可以用啤酒瓶砸到它，但是我知道，如果想在开枪之后，还想用鱼叉叉到它的话，就必须要等到船靠上它才行。

"开枪！快开枪吧！"波罗吼叫着，他的一只手紧张地拨弄着自己的头发，另一只手则高高地举起绳索。

"开枪！"卡洛斯也激动地大叫。

他们看见我一次次地放任鲸鱼隐入水下而无动于衷，很是着急，担心鲸鱼一下去就再也不上来了。

"如果没靠上去，就算开枪也是白搭，"我对着他们吼回去。"枪根本承受不了绳索的重量。"

卡洛斯摇了摇头，不以为然，"我一生在哈巴拉只见过 3 条鲸鱼，只要逮到鲸鱼，我们就要过上好日子了，求你看在上帝的面上，开枪吧！"

这时，我们又一次靠近了鲸鱼，他们全都叫起来，催促我快点开枪。我说："好吧，我开枪，但事实会证明现在开枪根本没什么用。"说完，我就扣动了扳机，当时我们离鲸鱼只有不到 30 英尺的距离，枪击中了鲸鱼，它把头垂了下去，高声嘶叫起来。我连续开了几枪，电缆也抛了出去，绳索也被紧紧地拉住，但是鱼叉还是够不着。鲸鱼嘶叫着再次潜入了水下，而这一次它再露出水面，已经离我们有好远一段距离，在太阳刺眼的照耀下，我们根本没法再看清它。"看吧。"我生气地大吼。卡洛斯低下了头，终于明白了我所说的。这时，船顶的小房子里又传出一声喊叫。

"看那边！快看那边！"洛佩兹·蒙兹手指着东边，我们随之望去，又看到了之前见过的"喷泉"，那水柱的高度你以前一定没见过，看起来和黄石公园（美国著名的地质公园）里的间歇泉差不多。每次至少有 10 头大鲸鱼一起喷水，真正看清时，我们才发现周围的鲸鱼竟然有 20 头之多。有些离我们近一点，有些稍远，有些靠近东边。有些鲸鱼喷的水柱又高又细，在最高点散落开来很是壮观。其他鲸鱼喷射的水柱有的没有那么高，但水量大，面积宽。原来在我们追逐那一条鲸鱼的时候，一群鲸鱼悄然跟上了我们。

"真是不可思议，"波罗不可置信地说，"太不可思议了。"

"好吧，伙伴们，打起精神来，加把劲！"我说，"我们试着攻击在侧面的一头。"

我朝卡洛斯大声吼道，然后我们驾着船朝两头大鲸鱼驶去。当我们驾船离鲸鱼越来越近但还没等进入我们的射程时，两头鲸鱼就隐入了水中。这次我注意到两头鲸鱼嘶叫的时候，水下有一块乌贼一样的黑云。

"你们看到那个了吗？"我赶紧把发现告诉他们，他们也早就发现了这一状况。

"他们刚刚或许是在捕食乌贼，"卡洛斯说，"看！又有一条靠近了。"

这头鲸鱼隐入水下的时候，离我们的有效射程只有两英尺的距离，只见它的巨大侧翼穿出水面，然后又慢慢地沉了下去。

我站上甲板向后张望情况，原来我们现在已经被鲸鱼群所包围了，一大群鲸鱼正逆着洋流慢慢地朝西边游进。突然，一头鲸鱼笔直地向船尾游来，离我们只有不到半英里的距离，船上的人都被震惊到了，这绝对是我们所有人见过的最大的一头鲸鱼，另外在阳光照耀的海面上，还有3头鲸鱼在慢悠悠地游着。

"听着，"我对卡洛斯说，"我们赶紧给船掉头，去想法靠近最中间的那头鲸鱼，一定要笔直地朝它迎头驶去。汽艇要一直保持现在的状态，看我手势，只要看见我把双手张开，就说明我要开枪了，到时你们就立即把发动机熄掉，然后准备好绳索、鱼叉之类的，明白了吗？"

"明白，"卡洛斯说，"这次我们一定听你的吩咐，我们一定能捉到一头。"

当我们驾船靠上去的时候，鲸鱼群隐入过水中一次，但潜得并不深，没过一会儿，鲸鱼群又像潜水艇一样笔直地朝我们冲来。它们的头是方形的而不是管状的，鲸鱼那高高耸起的背，看起来就像潜艇一半在水中一半露出水面的样子。鲸鱼群继续按原来的路线游行，我能感觉到波罗把绳索举过头顶时的颤抖，那是激动高兴得发抖。

"上帝一定不要让绳索缠到一起，"我说，"我一开枪，你就赶紧把绳索抛过去，下面该做的事，你知道吧？"

"知道。"他爽快地回答。

鲸鱼那巨大的、黑手的、闪亮的大脑袋就在离我们的船不到40英尺远的地方，鱼身一看就知道要比我们的船身长很多。此时，我们全部的注意力都在这头最大的鲸鱼身上，根本顾不上另外两头的行踪。我举起手示意，瞬间，两个大马达发动的船像离箭的弦一样，嗖的一声朝着大鲸鱼疾速驶去，我们的船头差点就撞上了它。我扣动了扳机，枪声回响在海面上，一阵白色的烟雾在海面升起，鲸鱼中枪后，头稍微侧了一点。突然，一股带有难闻鱼腥味的水从上面浇了下来，把我们所有人都淋了个通透，把甲板、挡风玻璃、船坞的顶上都淋湿了。绳索的一端仍牢牢地系在船头，看起来像是在冒烟。接着就见绳索被拉着向下，我们赶紧往回拉，拿出早就准备好的鱼叉，但绳索最终还是被鲸鱼拉了下去。后来我才意识到，想用一个鱼叉就叉进一头鲸鱼的脑袋是不可能办得到的。即使你拿大炮来都不行，因为鲸鱼的脑袋上全部都是硬骨头。

后来我们就只能跟在鲸鱼群后面行驶，驶进秋日的阳光中，它们依旧在向西游动，直到离我们越来越远，越来越远……一直到我们再也找不到机会朝一头鲸鱼的脑袋开枪。鲸鱼们都已经警惕了起来，再也不会给我们像之前靠近那头大鲸鱼一样的机会了。发动机加速时有节奏的震颤声让它们永远隐入了水下，再也不愿上来。

最后，我们只得转过方向，继续把船开向哈瓦那，途中看到了一头落单的老鲸鱼，它的身体呈黑灰色，身躯庞大无比，但是它也没有给我们靠近的机会。于是，我们也放弃了猎杀鲸鱼的想法。在下午 4 点半的时候，我们终于吃上了安奎尔做的通心粉，一边吃一边问马斯特有没有拍到鲸鱼的照片。马斯特对自己的拍照技术很是自信，但是等到第二天照片洗出来后，令人失望的是，没有一张好的照片。大多数照片都是在阳光下拍的，有一些则是马斯特兴奋地一边移动一边拍的，还有一些照片则是在鲸鱼离我们还很远的时候拍的。当然，其中几张拍鲸鱼隐入水下后在水面留下的旋涡的照片还算差强人意吧。马斯特还将镜头对准了正喷水时的鲸鱼，只见从空中落下的水流像瀑布一样。唯一一张照出鲸鱼的照片是洛佩兹·蒙兹在麦斯还没拿走他的小照相机之前拍的，因为当时麦斯的格雷费斯胶卷用完了。

后来洛佩兹·蒙兹把照片给了哈瓦那当地的报纸，来作为他没有撒谎的证明，那就是我们真的在海上碰上了鲸鱼。但是，我们却再也要不回来这唯一的照片了。马斯特也很抱歉照片的事情，但是仍然不能减轻我们的失望的心情。因为马斯特没能拍到一张有价值的照片，我们会因为他的失败而余生都背着骗子的名声过活——如果我们跟别人说，我们差一点就捕上来一头鲸鱼的事情，我想没人会相信的。

他们只会在哈瓦那报纸上看到模糊的照片，根本不会相信你曾在海上碰到一群鲸鱼，并且还差点捕上来一条。我也找不出任何理由证明哈瓦那沿岸真的曾出现过大鲸鱼，真的，连我自己都不太相信。所以，你不相信我所说的一切，我能理解这一切，真的，虽然我还是有点沮丧。不过在今年秋天的时候，我在纽约待过一段时间，当时我在纽约的自然历史博物馆中竟然意外地在捕鲸航程历史路线图中发现，很久以前，哈瓦那附近确实曾经常有鲸鱼出没。我不知道这些鲸鱼的目的地，不过我还是认为它们会游向加勒比海然后再往南的说法是有一定的道理的。我们碰到鲸鱼群的确切时间是 1934 年 10 月 10 日，而我们缠斗过的那头鲸鱼大约有 50 英尺长。

那天晚上在饭店，也有一些人公然质疑安奎尔。这无疑让他很是沮丧，所以他决定把几个啤酒瓶的标签吃下去。但人们还是质疑安奎尔的这个举动，于是他又不得不吃掉了墙上挂着的一本日历，还把桌子上的一盆巴豆植物吃掉了。安奎尔的这些举动无疑吸引了众人的目光，之后，他又把哈瓦那报关于鲸鱼报道的那部分吃掉了，他还说要把桌子也吃掉。

安奎尔对拿鲸鱼的事开玩笑的人很是气愤，洛佩兹·蒙兹见状赶紧带他回家。在上楼的电梯里，一个医生递过来一张卡片，吹嘘自己是治疗某种疾病的专家。安奎尔把医生的卡片一口就吞入肚中。洛佩兹·蒙兹也觉得安奎尔的行为很有魄力，真正证明了他的勇敢，确实表现不俗。当安奎尔进了卧室之后，为了证明他真的很勇敢，就把看到的一张大纸板上面贴着的墨索里尼的一幅肖像漫画吃了下去，只是在吞下最后一点纸屑的时候抱怨说："这个实在太大了。"后来，他又倒了一杯科隆酒喝掉，才心满意足地上床睡觉。

第二天早上，安奎尔下到甲板。在我还没开口问安奎尔昨晚过得怎么样时，洛佩兹·蒙兹满脸神采飞扬地给我们讲述了安奎尔昨晚的壮举。

"太好了，"他说，"我一直都感觉很好。"

你或许也不会相信这个事吧，不过我敢向上帝起誓，这都是真的。为了更科学一点，我还要加一句：安奎尔的脸色看起来有一点苍白。

对照片的事情最为郁闷的要数卡洛斯了，他这一生只在哈瓦那沿岸见过 3 头鲸鱼，而那次我们一次性就碰到了 20 头鲸鱼，但是却没能拍到一张有价值的照片。另外，用他自己的话来说，就是让快到手的票子和名誉飞了呀。"当然要想和鲸鱼对抗，人们应该要做很好的准备。这里面也需要有很多的技巧，就像生活中任何其他的事情都有技巧一样，只是我们没有机会去学。但你可以发挥想象，如果我们真的把那头大鲸鱼带上了哈瓦那的海港，会发生什么？你可以想象一下！"

"说不定，我们还能再碰到鲸鱼的。"我说。

"不过，我们必须要学会对抗鲸鱼的技巧，"他说，"我们一定能找到捕到鲸鱼的办法的。"

"我会好好研究鲸鱼的。"我说。但是随着对鲸鱼的了解越多，我就越觉得我们当时十分幸运。我觉得大鲸鱼一定在让我们有机会使用"床垫泵"的方法前，有过十分有意思的举动。

战争的第一瞥①

北美新闻联盟特派 1937 年 3 月 18 日

西班牙巴伦西亚②

当我们的军用飞机从图卢兹③飞过巴塞罗那的商业区时，每一条街道都像是周日早晨的纽约城一样一片寂静。

---

① 西班牙内战（Guerra Civil Espanola，1936 年 7 月 17 日—1939 年 4 月 1 日）是在西班牙第二共和国发生的一场内部战争，对战的双方是由共和国总统曼努埃尔·阿扎尼亚（ManuelAzana）的共和政府军与人民阵线左翼联盟和以弗朗西斯科·佛朗哥为中心的西班牙国民军和长枪党等右翼党团；反法西斯的人民阵线和共和政府得到了苏联和墨西哥的援助，而佛朗哥的国民军则有纳粹德国、意大利和葡萄牙的支持。而正是因为西班牙意识形态的冲突和轴心集团与共产势力的战争，使人们都认为西班牙内战是第二次世界大战发生的前奏。由于西班牙各种社会矛盾的加深，左右翼分子的相互攻击、政府改革的失败、旧势力军人和宗教人士的不满，积累的矛盾使长期的对立最终走向了武装斗争，最后在右翼军人的策划下引发了内战。这场内战成功地引起了全球的密切关注。除本书作者欧内斯特·海明威外，英国社会评论家、记者乔治·奥威尔，战地摄影记者罗伯特·卡帕等人均对西班牙内战做了详细的报道。1939 年 4 月，内战的结果以西班牙国民军的胜利结束，西班牙第二共和国解体，所有右翼组织合并，由弗明西斯科·佛朗哥实行独裁统治，波旁王朝复辟（王位悬空），佛朗哥担任摄政王直至去世。1937 年 2 月 21 日，右翼武装接受了打着"志愿人员"的旗号向西班牙派兵的德意法西斯的援助，在 3 月 7 日，德国的 Heinkel 双翼飞机等军事装备就运抵西班牙。

② 巴伦西亚（Valencia），是西班牙的第三大城市，地理位置十分优越，因此被誉为"地中海的明珠"。历史上曾作为地中海帝国财政首都而辉煌不已，它还拥有自己独特的传统和语言。

③ 图卢兹（Toulouse），位于法国西南部的城市。南部一比利牛斯大区（Midi‐Pyrénées）上加龙省（Haute‐Garonne）省会，法国第四大城市。

　　飞机顺利地滑上了坚硬的跑道，又盘旋上升，越过一些建筑和冰雪覆盖的比利牛斯山边缘，然后停了下来。我们用咖啡和牛奶暖了暖手，三个穿着皮夹克的卫兵握着枪在外面相互打趣着。我们在那儿知道了巴塞罗如此出奇地安静的原因。

　　这时，一架还带着两架护卫的飞机的轰炸机飞了过来，投下了许多炸弹，造成了 7 人死亡、34 人受伤。仅仅相隔半小时，我们错过了被政府驱逐的暴动飞机的空中激战。我个人倒不是很在意，毕竟我们自己执行的就是轰炸机的任务。

　　当飞机朝着阿利坎特①沿岸飞去，特别是沿着白滩飞过有古老的灰色城堡的镇子时，或是当海水拍打着海岬的时候，这种画面哪里像是在打仗啊。火车在奔跑，牛群在地里吃草，渔船整装待发，工厂的烟囱也在冒着烟。

　　然后，在塔拉戈纳港，所有的乘客都挤上靠岸的船只，透过窄小的窗户看着一条被炮火摧毁的、搁浅在清澈水中的大货船。它看起来就和一条长着大烟囱、死在岸上的鲸鱼一样。

　　我们飞过了巴伦西亚坐落着白色房子、绿油油的田野、繁忙的码头和黄色的巨大城市。我们穿过了稻田，爬上了一座巍峨的山脉。我们在上面可以做想要做的事，可以俯瞰这里的文明，可以俯听浅蓝色的大海，欣赏阿利坎特布满了棕榈树的海岸。

　　就在我匆匆忙忙乘着一辆颠簸的汽车赶到机场时，飞机朝着摩洛哥飞走了。我置身在了满是枣椰树的滨海长廊之中，伴随着长达 1 英里的人群。

　　21 岁到 26 岁的男子正在被征召，他们和女朋友及家人正在庆祝入伍和在瓜达拉哈拉②对意大利常规军的胜利。他们手挽着手，四个一排整齐地走着，边唱边喊，还弹着手风琴、吉他。在阿利坎特岸边的船上到处站满了幸福的情侣，在甜蜜蜜地谈论着他们最后的共同出行；岸上的人们则在拥挤的征兵站前排起了长

---

① 阿利坎特（Alicante），西班牙东南部港口城市，临地中海阿利坎特湾。

② 瓜达拉哈拉（西班牙语：Guadalajara），西班牙中部的城市。

队，整个氛围就好像发生了什么狂欢的事情一样。

从沿岸一直到巴伦西亚，庆祝的人群满街都是，看着这热闹的气氛，不禁让我想起守护神节和嘉年华，而非残酷无情的战争。除了那些正在复原的伤兵，穿着厚重破烂的军服一瘸一拐地走路的场景外看不到任何战争的气息。

在阿利坎特，食物，特别是肉类食物是限量供应的。不过，在一些小镇上，我看见在营业的肉店，门外也没有看到排队买肉的人群。我们的司机决定买一些牛排在回家的路上好好犒劳自己一顿。

在飞往巴伦西亚的路上，黑夜里行进在几英里长、开满了花的橘子林中，尽管一路上尘土飞扬，但是浓郁的花香让我感觉仿佛身在婚礼之中。虽然此时我仍半睡半醒，但当看到尘器中的灯光，我却清楚地知道这并不是在庆祝一个意大利婚礼。

炮轰马德里①

北美新闻联盟特派 1937 年 4 月 11 日

马德里

在 1.25 英里外的前线，从遍布松树的山的另一边传来像咳嗽一样的噪声。从天空中升起的一缕灰色轻烟，告诉了战事发生的地点。不一会儿，一声巨响突然传来，那声音就和一大捆丝绸被撕裂了的声音。而这边的镇子仍平静如常，似乎没有人在乎发生了战斗。

突然，短路的炸弹飞进镇上满是度周末的人群的街道上，接着就是伴随着花岗石碎屑的爆炸声。人们还没从之前的喜悦反应过来，总共整个上午有 22 颗炮弹投到了马德里。

整个街道已经凌乱异常，一个老年妇女，刚从市场买了东西

---

① 西班牙内战中首次出现了飞机对坦克的轰炸和对不设防城市的大规模轰炸。

准备回家，就被炸死了。一堆黑色的衣服和墙边一条炸飞了的残腿，似乎也正在"哭泣"。

在另一个广场，死了3人，尸体躺在地上，当"155"的碎片在路边石旁爆炸时，看起来就像很多破衣服堆在尘土和垃圾当中。

炸弹也投中了一辆正在行驶的汽车。司机从窗口侧面飞了出来，头皮挂在眼睛上方。他用手捂着受伤的脸，殷红的血不断地顺着下巴流下来。

曾是这里的标志的一座很高的楼自然也逃不过被炮击的命运，一连被击中了3次，只是轰炸度周日的人群实在是令人厌恶。

当轰炸结束以后，我走回到10英尺开外被炸毁了的邮局据点，见证了这场战斗的第3天。政府武装正计划完成一次包围行动，来切断去年11月份进入马德里的暴动主力。暴动的据点在城市大学的医院。如果政府武装真的能够让这次从特来马都拉路到拉科鲁尼亚路的钳形包围行动顺利完成，那么就会把整个暴动的主力全部切断。

附近山上有一座被炸毁的教堂，现在只剩下了三面没有屋顶的围墙，两天前，我们亲眼目睹了它被轰炸的命运。暴动武装分子把后面另一座山上的两座大房子和其左面三座小一些的房子占领了，以此作为他们的防御工事，牵制住了政府武装的行动。

就在昨天我亲眼看到了政府武装出动坦克对这一区域发起的冲击。就在政府武装向暴动分子的壕沟和据点开火时，这些像聪明而又杀气重重的大甲虫一样的坦克们把安置在草丛中的机关枪统统毫不留情地销毁了。我们一直看到天黑，但并没有看到步兵上前向这些强劲的据点发起进攻。

不过，在今天经过15分钟百发百中的强力炮火的轰炸后，五座房子的形状变得模糊起来，炮烟升起，看上去就像藏在一排白色加橙色的烟尘之中。这时，我看到了步兵的进攻。

士兵们都伏在一条刚挖好的土白色的壕沟之后。突然，一个人起身弯着腰朝后面跑了起来，随后又跟着六个人。有一个倒下了，有四个人又返回来，像在大雨中沿着船坞那样弯着腰前进。

这支不规则的队伍走到了前面，有的扑在地上去接应，有的突然后退，整个看起来就像是棕色田地里的深蓝色的点。不一会儿，他们钻进了草丛中，就看不到他们的身影了。坦克在前面开路，目标直向那几座房子进攻，朝着窗户开火。

突然之间，天空中升起一股黑色的浓烟，一团火焰出现在塌陷的公路后面，还有什么黄色的东西也在燃烧。燃烧一直持续了40分钟，火焰忽地一会儿变大一会儿变小，最终爆炸声传来。也许是一辆坦克，因为在路的下方，所以既看不到也不能确定。不过其他的坦克纷纷开了过去，换到了它的右边，继续向那些房子和埋伏着的机关枪开火。同时，士兵们一个接一个地跨过火焰，进入房子附近山坡上的树林里。

空中到处是机关枪和来复枪的火力噼啪的声响。这时，我们又看到另一辆坦克开上前去，一个阵队的士兵在后面跟着，坦克充当着士兵的隐藏者的身份。不久，坦克停了下来，斜着转向右边，而步兵们就在那里弯着腰一个接一个地快速跑过去。其中倒下了两个人的身影。坦克继续向林子开进，后面的士兵们还保持着原本的队形，又走出了我们的视野。

不久，只见灯全灭了，突然响起一声巨大的轰炸声，透过玻璃往外看去，只能朦朦胧胧地看见零星的冒烟的房子，其他就什么也看不见了。但是政府的部队就在那些房子的50码之内，由于天色太黑了，我们什么也看不到。如果今天和明天的进攻成功，那么把马德里从法西斯手里解救出来就有希望了。

一种新的战争

北美新闻联盟特派 1937 年 4 月 14 日

马德里

躺在宾馆的床上，透过窗户能清楚地听到从 17 个街区外的前线传来的炮火声。一整夜都是来复枪开火的声响，有时是噗噗噗的枪响，有时是嗖嗖嗖的声响。还有机关枪开火的声音，因为口径更大，所以声音也更大更响，噗噗噗！隆隆隆！紧接着传来了一阵壕沟里迫击炮的轰鸣和机关枪开火的声音。枪声在耳边响起，我的双脚也逐渐地暖和起来，躺在床上很是舒服，而不像在城市大学或是在卡拉班彻。就在我快睡着的时候，又从下面的街上传来男人唱歌的声音，和三个醉汉高声的争吵声。

早晨，可能在你书桌上的电话未响起之前，就会传来一阵很响的爆炸声吵醒你的好觉。走到窗边向外看，就发现一个人立起领子、低着头急速地跑过广场，还会闻到一股再也不想闻到的刺鼻的爆炸的味道。于是，你迅速穿着浴袍和拖鞋飞奔出去，在大理石的楼梯那儿差点儿和一个正被两个穿蓝色工装的男人抬进酒店、腹部受伤的中年女人相撞。你瞥见她的两只手交叉着放在硕大的胸部下面，指缝间流了很多鲜血出来。在 20 码外的角落里，一堆瓦砾、水泥和泥土散落着，还有一个衣服破烂，身上脏乱不堪的男人的尸体。人行道上有一个很大的洞，从破裂的管道中煤气漏了出来，看上去很像寒冷的早晨里一个热气腾腾的蜃景。

"死了多少人？"你问警察。

"只有 1 个，"他说，"炮弹是打穿了人行道在地面以下爆炸的。如果是在路面上坚硬的石块上爆炸，那死亡人数也就不止这 1 个了，可能会死 50 个。"

在没有树冠的树干上，一个警察站在那。当你看到他们已经派了人来修理煤气管道，你就去吃早餐了。走廊里，你看见一个眼眶红红的女清洁工正在清理大理石地板上的血迹。因为并不是你死了，而且死的人你也不认识，反正经过了瓜达拉哈拉前线抵抗之前的寒夜和漫长的一天，也没有人会在乎。

"你看到他了吗？"有人在吃早餐的时候问。

"当然了。"你回答说。

"那是我们每天都要经过十几次的地方，就在那个角落。"有人开了个老掉牙的玩笑，立即就被制止了。每个人都对战争有这种感觉："幸好不是我。反正不是我。"

虽然在瓜达拉哈拉死去的意大利人不是你本身，但是因为意大利有你的童年，你就会不自觉地感觉像是自己人的死亡。一大清早，你坐着一辆小破车在一个愁眉苦脸的司机的带引下，去了前线，可是越是离目的地接近，就发现他的表情越是痛苦。有时候在很晚的夜里，没有灯光，大卡车从你身边轰隆隆地开过，你回到酒店在铺好了床单的床上睡觉，一天只要花一美元就能住进"前线"最好的房间。但是后面有些更小的房间，价格却贵得出奇，只是因为其地理位置在靠近炮火的另一侧。每当炮火照亮酒店门口的人行道以后，那你可以用不到一美元就能住在比之前的房间大一倍的拐角的屋子。

一次，在一间由"美国西班牙民主之友"办的，位于去瓦伦西亚路上的莫拉他前线的医院里，有人告诉我，雷文想见我。

"我好像不认识他。"

"是的，"他们说，"但他想见你。"

"他在哪儿？"

"楼上。"

到了楼上，看到一张小床上躺着一个脸色苍白的男人，胳膊伸在外面，正在输血。他的眼神掠过流动着液体的瓶子，淡淡地呻吟着。他的呻吟声机械地、有规律地重复着，似乎不是他自己发出来的。他的嘴唇一动也不动。

"雷文在哪儿？"我问。

"我就是。"雷文说，声音从一团灰色的劣质毯子下传来。

这时我看见两只胳膊交叠着放在毯子上，而另一头有个还能算是脸一样的东西在躺着，整个脸看起来就像是长了眼睛的、上了绷带的伤疤。

"你是谁？"雷文问，虽然看不到他的嘴唇，但说起话来毫不费力，声音似乎还带着些愉悦。

"海明威，"我说，"我来看看你怎么样了。"

"我的脸实在很糟糕，"雷文说，"被手榴弹炸伤了，但经过蜕过几次皮，现在情况好点了。"

"你看上去似乎还不错，"我说，"挺好的。"

我说话的时候没敢看他的脸。

"美国那边的情况怎么样了？"他问，"人们是怎么看我们在这儿的人？"

"不好说，他们的情绪变化很大，"我说，"他们开始意识到政府会赢得战争。"

"那你怎么看？"

"当然了。"我说。

"太好了，"他说，"你知道，如果我能亲眼看到这些变化，那么这些身上的伤都是值得的。我并不介意伤痛，但是我在意的是：我是否真的追随了正确的一方。我还是可以有点作用的。你知道，我根本不在意这场战争。我在战争中所做的一切都是对的。以前有一次，我被打中了，但两周后我就回来并加入了营部。我做不到袖手旁观，接着，你就看到这样的我了。"

他把手放到了我的手上。这没有老茧，有着光滑圆润的指甲的修长好看的手，一看就知道不是工人的手。

"你是怎么受伤的？"我问。

"哎，我们在和一支队伍对抗中取得了胜利，我们紧追不舍想把他们收编，然后我们就跟法西斯打了一仗，也取得了胜利。但敌人朝我这边扔了手榴弹，结果……"

握着他的手听他这样讲，我却不敢相信，因为他现在看起来根本不像是个伤兵。我搞不清他到底是怎么受伤的，但这个故事的真实性听起来并不像真的，因为他说的并不是一般人能够理解的士兵受伤的方式。但此时，我很乐意佯装，让他以为我相信了这个故事。

"你是哪里人？"我问。

"匹兹堡。我在那儿上的大学。"

"你到这儿参战之前是做什么的?"

"社会工作①者。"他说。我也并不相信他的说辞。不过对于他是怎么受这么严重的伤,我很感兴趣。不过我并不想在这个问题上进一步纠缠了。在我所知道的战争中,人们经常会在受伤的事情上撒点谎。或许一开始是真的,但是晚一点儿就会开始谎话不断了。我也会撒点儿谎,尤其是在晚上。不过,看到他以为我真的相信了的表情,我很高兴。我也把瓜达拉哈拉北部发生的事告诉了他,并且承诺下次从马德里带些东西回来。他说他希望有个收音机来了解外面的情况。

"他们说多斯·帕索斯和辛克莱尔·刘易斯也会来。"他说。

"对,"我说,"等他们来了我就带他们来看你。"

"真的吗,那太好了,"他说,"或许你不知道这对我有多重要。"

"放心,我一定会把他们带来。"我说。

"希望他们早点过来。"

"他们一来我就带他们来。"

"太棒了,厄内斯特,"他说,"你不介意我叫你厄内斯特吧?"柔和清晰的声音从他那像在泥泞天气里经历过战斗又经过太阳烘烤的山岭一样的脸上传来。

"怎么会呢,"我说,"老哥,听着,你一定会好起来的。会非常好,会好到能上广播呢。"

"希望吧,"他说,"那你还会回来吗?"

"会,"我说,"一定会的。"

"再见,厄内斯特。"他说。

"再见。"我对他说。

告别雷文,我在楼下听他说他可能会失去双眼和整张脸,还

---

① 社会工作(Social Work)是一种助人活动。美国社会工作者协会(National Association of Social Workers,NASW)对社会工作所下的定义是:社会工作是一种专业活动,用以协助个人、群体、社区去强化或恢复能力,以发挥其社会功能,并创造有助于达成其目标的社会条件。

有他的腿脚受伤也十分严重。

"他已经失去了几个脚趾，"医生说，"不过他对这并不知情。"

"那他以后会知道这些吗?"

"哦，当然了，"医生说，"他会好起来的。"

所以现在你仍然健康平安，但你那来自宾夕法尼亚的，曾经在葛底斯堡战斗过的同胞却受了很严重的伤。不久，我见到了雷文的长官甲克·库宁汉姆，他是个职业军人，左胳膊夹在飞机夹板里，迈着英国职业军人那种斗鸡式的步子，一看这气势就知道并非受过 10 年军事训练者或者带金属护翼的夹板可以摧毁的。他也曾负了伤，左胳膊有 3 处来复枪伤（我看了看，一处伤口都已经腐烂了），另一处在肩胛骨下面，来复枪的子弹穿过左胸，嵌在了身体里。他用军事术语告诉我在他们营部右侧整编的败军意图的来历，还有，他们如何用炮火去袭击一头被法西斯分子控制而另一头被政府军队控制的壕沟。他们 6 个人用刘易斯枪艰苦地守住了壕沟，从而切断了 80 个法西斯分子的进攻，最后在一个条件十分恶劣的位置上坚守，一直到政府军队的到来，再一次拿下了防线。他用浓重的格拉斯哥①口音清楚地叙述着，听起来十分地可信。他有着深邃、有穿透力的眼睛，就和鹰的眼睛一样。从他说的话中你就可以清楚他是个什么样的士兵。如果是在一战中，他的所作所为理应获得一枚维多利亚十字勋章。但是这一次，没有任何奖章，也没有军衔的晋级，他们唯一拥有的就是伤口。

"雷文也在其中，"他说，"我不知道他受伤了。啊，他可真是个好兵。他是在我受伤以后被击中的。我们切断了一支实力很强的法西斯分子部队。当我们被困在那个糟糕的地点时，他们没有浪费一颗炮弹。他们等黑夜中把我们的位置探清了后就开枪扫射，这也是我为什么在同一个地方身中 4 枪的原因。"

我们又谈了一会儿，他给我讲了很多事。那些事都很重要，

① 苏格兰第一大城与第一大商港，英国第三大城市。

但没有一件比杰·雷文这个来自匹兹堡、没有受过任何军事训练的社会工作者告诉我的更真实。不管你信不信，这无疑是一场怪异的、新的战争。

马德里的司机

北美新闻联盟特派 1937 年 5 月 22 日

我们跟马德里的司机有太多的不同。第一个司机名叫汤玛士，有 4 英尺 11 英寸①高，看起来和从贝拉斯克斯②画里走出来、穿着蓝色粗棉布西装的过于成熟的小矮人一样。他的几颗门牙不知怎么没有了，浑身上下散发着爱国热情。苏格兰威士忌是他最喜欢的酒。我们和汤玛士一路从瓦伦西亚开车过来，当我们在感叹马德里就像阿尔卡拉和德埃纳雷斯③平原上升起的一条防线时，他突然透过漏风的牙齿激动地喊道："马德里万岁！马德里是我灵魂的首都！"

"也是我心灵的首都。"我说，也受到感染跟着他喊了几次。不得不说，这也是一次又冷又长的旅途。

"快！"汤玛士的手暂时离开了方向盘把我推到后面。我们刚刚和一辆满载着士兵的卡车和一辆工作人员用车擦肩而过。

"我是个善感的人。"汤玛士说。

"我也是，"我说，"不过还是开车吧。"

"最高贵的那种多愁善感。"汤玛士说。

"的确，同志，"我说，"不过你要清楚你现在往哪儿开呢。"

"不用担心，相信我的技术。"汤玛士说。

---

① 1.48 米左右。
② 西班牙十七世纪画家。
③ 西班牙中部城市，属于马德里大区。

第二天，我们陷在一条靠近布雷胡艾格①的泥泞的公路上，旁边有一辆在急转弯处翻车了的坦克，把后面的 6 辆坦克的去路堵住了。天空上 3 架敌机发现了这些坦克决定轰炸它们。炸弹投在了我们上方潮湿的山坡上，只见泥水、石块瞬间都被炸得飞了起来。幸好我们没有受什么伤。飞机又回到了原本的航线，我站在汽车旁边，透过望远镜看到那架小小的为轰炸机护航的菲亚特战斗机，在阳光下闪闪发亮。我们原以为会来更多的轰炸机，所以早就远远地躲开了，但是并没有其他的轰炸机前来。

接下来的一个早晨，汤玛士没能把汽车发动起来。我发现每当发生类似的情况后，不管在头天夜里汽车运行得是如何良好，到了第二天早晨，汤玛士都发动不了车。他认为前线是很可鄙的。最终，我们担心他的爱国情操和低下的效率，就让他回到瓦伦西亚的新闻部，我们很感谢他们派了这个具有高贵的多愁善感且神经紧张的汤玛士过来，但也恳请他们下次能派个勇敢点儿的人过来。

果真，他们就派了个带着一纸标榜着"全部门最勇敢司机"的证明的人过来了。我并没见过他，所以也不知道他的名字。希德·富兰克林（布鲁克林的斗牛士），成为了给我们送来食物、早餐、打印好的文章、不知道怎么得来的汽油、汽车和司机以及录音机和给我们带来马德里各个方面小道消息的人，显然他们好好地交代过了这个司机。希德在汽车里装了 40 升的汽油，你可要明白汽油可谓是通讯员的生命，或许把香奈儿、慕尼丽斯的香水或是波尔斯杜松子酒弄到更要容易些。希德记下了司机的姓名和地址，并告诉他要时刻准备着待命。因为我们正在等待一场战斗。

在我们叫他之前，那司机可以自由地做任何他想做的事，不过他得能在我们可以随时需要他的时候出现。我们可不想把珍贵的汽油浪费在马德里的兜风上。而现在因为我们有交通工具了，所以感觉还不错。

---

① 布雷胡艾格（Brihuega），瓜达拉哈拉省的一个城市。

本来，司机应该在第二天晚上 7 点半到酒店登记入住的，同时看看有没有新的任务。但是我们并没有看到他的身影，我们给他家打电话询问情况。原来，他在当天早上带着 40 升的汽油朝瓦伦西亚跑了。他现在在瓦伦西亚的监狱里。希望他能喜欢那儿。

然后，我们有了大卫这个司机。大卫是个来自托莱多①附近小城的无政府主义者。后来，我回到宾馆写了一封调度信，让大卫到市长大楼附近的一个地方去取点儿汽油。当大卫进来的时候，我已经快要写完了。

"你快来看看这辆车，"他说，"全是血，真是太糟糕了。"他明显在颤抖。脸色十分阴沉，嘴唇也在哆嗦地颤动。

"到底发生了什么吗？"

"一发炮弹击中了一排排队买食物的女人。死了 7 个，我送了 3 个去医院。"

"上帝保佑！"

"但你真的无法想象，"他说，"真的太可怕了。我不知道还有这种事儿。"

"听着，大卫，"我说，"你要时刻记住自己是个勇敢的小伙子。这一整天你只是对炮火的声音勇敢，而现在你看到的是那些声音造成的后果。现在你必须要勇敢地去面对那些噪声所造成的后果。"

"是的，先生，"他说，"但这真是太糟了。"

大卫还是很勇敢，而且他也不会再认为战争会像他第一天看到的那样美好，虽然他不肯承认。另一方面，他也绝不会学会开车。总而言之，从客观的角度来看，他是个很不错的孩子，虽然他总说些糟糕的语言，但是我并不讨厌听他说。唯一能在大卫身上看到提高了不少的可能就是他的词汇。最后，他向我们告辞，

---

① 托莱多省是西班牙中部的一个省份，位于拉曼却自治区的西部。它的周围有马德里省、昆卡省、雷亚尔城省、巴达霍斯省、卡塞雷斯省以及阿维拉省，首府为托莱多。

去了一个正在拍电影的村子。我们也并不想在一个毫无用处的司机身上再做纠缠。就在这时，伊波利托来了，他也是故事的转折点。

伊波利托没有比汤玛士高多少，但他看起来像是用花岗岩雕刻出来的。他总是喜欢绕着圈走路，每走一步都会把整个脚板放到地面上。他还有一把很大的自动手枪，一直拖到腿的中部。他也总是用一个上升拐弯儿像对猎犬说话的调子说"保重"。当然不可否认，好的猎犬都很熟悉自己的业务。

他对发动机很熟悉，也能开车。如果你告诉他早晨 6 点见面，那么他会提前 10 分钟到达。

他还有过在攻取蒙塔纳的战役中的经历。他并没有参加任何政党，在过去的 20 年里，他只是社会主义联盟里的一个商会成员。我曾询问他的信仰是什么，他回答说是共和国。

他是我们在马德里的司机。虽然在长达 19 天对首都的袭击中，战势情况糟糕得让人无法下笔。但他正如我前面所说，在这段时间里，像花岗岩一样坚强，像一个好的铃一样稳当，像铁路工人的手表一样精准。从他身上，你似乎能找到为什么弗朗哥就算有机会也不能把马德里拿下的原因。

只是因为有像伊波利托一样的人，只要其中还有一个人活着，他们也会坚定地一栋栋房、一条条街地打，把镇子烧掉。他们很坚强、很有效率。他们就是那些曾经征服过西方世界的西班牙人，有着不怕死的精神。他们不像无政府主义者对死亡的话题说得有点多，跟意大利人一样，他们从来不提这些。

这一天马德里被投放了 300 多枚炮弹，所以在主要的街道上，你到处能看到那些玻璃碴、砖头的粉末和冒烟的废墟。伊波利托找到一个安全的地方，把车停在酒店旁边一条小街的一座楼后面。在我工作时，他坐在房间里实在无聊，就说要去车里坐会儿。就在他走了还没有 10 分钟的时候，一个 6 英寸的炮弹从天而降，击中了酒店的主道和人行道交接的地方。炮弹陷入得很深，看也看不到，但却没有爆炸。如果真的爆炸了，我想伊波利托和那辆车可能就瞬间灰飞烟灭了。他们在离炮弹大约 15 英尺远的地方，我向窗外看去，见他平安无事松了一口气，赶紧下楼去看情况。

"你怎么样？"我气喘吁吁地问。

"还好。"他说。

"把车停在街上远些的地方。"

"别傻了，"他说，"怎么会在同一个地方投两次炮弹的。再说了，又没有爆炸。"

"听我的，把车停在街上远些的地方。"

"你怎么回事儿？"他问，"你是不是疯了？"

"你得讲理。"

"你去忙你自己的事，"他说，"不用替我担心。"

我已经记不清那天接下来的细节了，在经过 19 天沉重的炮击之后，我的有些记忆混淆在一起了。只记得炮火在 1 点钟的时候停了，我们决定去南边格兰维亚酒店吃点儿午饭。当我正准备从一条曲折的、角度最安全的路走过去时，伊波利托说："你要去哪儿？"

"吃饭。"

"上车。"

"你疯了。"

"来，我们坐车去格兰维亚。炮火已经停了，他们也得吃午饭。"

我们中的 4 个人上了车前往格兰维亚。路上到处都能看见坚硬的碎玻璃，还有人行道上很大的洞，建筑都被炸毁了。我们不得不绕过一堆废墟和一个被炸毁的檐口去到酒店。在马德里的"第五大道"和"百老汇"的两边看不到任何人影，死了很多人，街上唯一看到的汽车就是我们开的这一辆。

伊波利托把车停在一旁的街边，然后我们一起去吃饭。当伊波利托吃完去车里的时候，我们还在吃。这时响起更多的炮火声，在酒店的地下室里，就像是裹住的爆破声。等我们吃完午餐的豆子汤、香肠薄片和橙子，便赶紧上了楼，我们看到所有街道都被烟和灰尘所笼罩。路边到处是刚被炸毁的水泥建筑。我朝角落看过去，想寻找我们的汽车。街上多出了许多新的炮火炸出来的废墟。我看到车了，它上面覆盖着很多灰尘和瓦砾。

"上帝呀，"我说，"他们是把伊波利托打死了。"

只见他躺在车里，头靠在驾驶座上。我立即走上前去，心里悲痛不已。因为我很喜欢伊波利托。到了才发现伊波利托正在睡觉。

"我以为你死了，伙计。"我说。他醒了，用手背挡住了哈欠。

"哪里，老兄，"他说，"我习惯吃完午饭有空就睡会儿。"

"我们要去奇科特酒吧。"我说。

"那儿有好喝的咖啡吗？"

"当然。"

"好，"他说，"那我们走吧。"

我之后在离开马德里的时候想给他些钱。但是他说："我不想要你的任何东西。"

"不，"我说，"拿上吧，你可以给家里买点儿东西。"

"不，"他说，"听着，我很高兴和你在一起，我们都度过了一段愉快的时间，不是吗？"

或许你把宝押在弗朗哥、墨索里尼或是希特勒的身上。但是，我的钱押在伊波利托那边。

死神擦肩而过

北美新闻联盟特派 1937 年 9 月 30 日

马德里

人们说你根本无法听到打中你的子弹的声音，这也确实是事实，因为还没等你反应过来，子弹就已经飞过去了。不过你们的通讯员听到了击中他所住的酒店的炮火。炮火从炮口出来，然后伴着就好比地铁飞驰要撞上檐板时的逐渐变高的哨声而来，给酒店下了一场玻璃和泥浆的暴雨。

现在的马德里异常安静。最热闹的只有阿拉贡（位于西班牙北部的城市）了。除了布雷、扫雷、挖壕沟、壕沟中的炮轰和狙击，还有僵持中在卡拉班彻、尤色阿和大学城附近的一些守卫战，马德里周围几乎没有战火。

这些城市并不是时常要担心着从天而降的炮火的攻击。没有炮击的时候，人们会在一个晴朗的天气里到街上。商场里的衣服店、珠宝店、相机店、画廊和古玩店都开着门欢迎顾客的到来，酒吧里也是人满为患。

但是在酒吧里啤酒的种类很是稀少，更不用说去弄到威士忌了。商店的橱窗里摆放的到处是西班牙仿制的甘露酒、威士忌和苦艾酒。这些酒都不建议内服。不过我每次会在刮完胡子后，涂些"绅士威士忌"在脸上消毒，还有点儿辣辣的感觉。如果拿这种酒去给运动员受伤的脚涂上一定会非常有用，不过千万别溅到衣服上，否则它会腐蚀羊毛的。

街上的每个人的脸上都看不到战争的忧伤，都是笑容满面。就连那门口被沙袋防护着的电影院也是在每天下午都爆满。虽然这里的人们离前线很近，但是却更快乐和乐观。前天，就在前线那里，你们一向冷静镇定的通讯员也被这里膨胀到最高点的乐观情绪所感染，在昆卡［昆卡（Cuenca），西班牙中东部的省，位于梅塞塔高原南部，首府也称昆卡。］前线的一个无人小岛旁的小河里游了泳。

虽然那条河水流很急、很冷，但一想到是被法西斯分子完全控制占领的地方，我更觉得冷。不过想到可以在如此紧张的形势下踏进河里，我心里是说不出的愉快。当我从水里出来坐到一棵树后面时，这种快乐的感觉更为甚了。

就在那时，一个乐观派游泳俱乐部的政府官员开了3枪，并打死了一条水蛇。另一个不是那么乐观的官员狠狠地责骂了他的鲁莽的行为——你想干什么？是想让敌人发现我们，让机关枪来把我们都打死吗？

于是，我们那天就没有再打水蛇，不过我看到从水流中跃出3条鳟鱼，每条差不多有4磅多，又重又结实，我把蚱蜢扔了过去，它们纷纷赶紧去抢夺，一会儿它们又潜入很深的水底，似乎从来没出现过一样，还能在水浅的河水中见到小的鳟鱼。河流沿岸是一条公路，也是战争之后才开通的。这是一条值得为之战斗的河，不过在里面游泳还是有点冷。

就在我写下这些文字的时候，酒店附近街上的一栋房子恰巧被投了一个炮弹，现在在那儿燃烧了。街上，一个军人正在安慰一个被吓得哭得很伤心的小男孩。所幸，在我们所在的街上并没有人死亡，突然跑动的人群也开始放慢了脚步，并且传来紧张的窃窃私语。而那些根本没跑的人对这些大惊小怪的人露出鄙夷的神情。这就是我们所在的城市，叫作马德里。

特鲁埃尔①的陷落

北美新闻联盟特派 1937 年 12 月 23 日

特鲁埃尔前线

我们跟一队西班牙步兵一起埋伏在山脊的顶部，忍受着重机关枪和来复枪的弹火。那弹火很密集，如果你不小心抬起头，那么接着你的下巴上就会被各种看不见的小东西刺痛，另一座山脊上过来的炮火简直要把你的脑袋搬了家。亲身经历过的人一定会

---

① 特鲁埃尔省（Teruel），西班牙中部省份，位于阿拉贡自治区的南部，周围有塔拉戈纳省、卡斯特利翁省、巴伦西亚省、昆卡省、瓜达拉哈拉省以及萨拉戈萨省。首府为特鲁埃尔。

懂我说的。先在我们的左边，一场进攻开始了。士兵们个个弯成半人高，把刺刀上好准备着，稳步地朝着山上进发。两个人不幸被炮弹所击中，掉离了大队伍。当第一个人受伤了，旁边的人简直不敢相信自己的眼睛，他还没有从那真枪实弹中反应过来。其他人知道他受了十分严重的伤。这个时候我真想要一把铲子，挖出个小土墩来把自己的脑袋藏起来。但是我能爬到的范围之内找不到铲子的踪影。

我们的右边是曼索托巨大的黄色掩体，是特鲁埃尔天然的战舰形状的堡垒。爆裂和丝绸被撕裂的声音从正在激战的西班牙政府军的后面传来。突然，一阵阵黑色的爆炸物猛烈地向曼索托的防御工事轰击来。

我们从萨滚托路的出口下来了，在离特鲁埃尔不到 9 公里处下了车。接着，我们沿着公路走到 6 公里外的前线。我们在那儿待了一会儿，可是地势太低了挡住了我们的视线。我们费力爬上了一座山脊，架起了机关枪观望着前方的动静。我们在下面发现一个死去的官员，之后看着他们把这个脸色毫无血色的人慢慢地放到担架上。而这时战斗还没有真正的开始呢。

其实，我们的炮火数量和敌方的是不对等的。我们突破这个山脊后，向着中间进发。虽然那里的风景还不错，但是在那儿长时间待着并不舒服。在我身旁伏击的战士遇到了点问题，他的来复枪每打一发子弹就会被卡住。我给他演示怎么用石头来敲开螺栓。突然，我们听到一阵欢呼从沿线的队伍中传来，接着看到旁边山脊上的法西斯们正从他们的第一道防线迅速逃跑。

他们上蹿下跳地跑着，样子狼狈不堪，是在撤退。他们的机关枪还一直不停歇地向我们扫射。我们在山脊上还看到政府军在稳步前进，一整天都是这样前进。到了夜里，我们已经离第一次袭击的地方有 6 公里的距离了。

在这一整天，我们看到了政府军是如何爬到了曼索托的最高处，看到军队的旁边有一辆装甲车护卫在一起打击一处大约离我们 100 码远的坚固的农场。咣，咣，咣！士兵们大力地把窗户的玻璃撞开，个个手握着手榴弹冲了进去。我们伏在一块长满野草的小山坡上，对那里的安全性担心不已。果然看见法西斯们突然冲了上来，在我们身后的路上和田里投下了80毫米的追击炮弹。其中有一颗落在了战场上，从烟雾的中心冲了一个人出来，然后又返回去，认真查看了一番，然后又赶紧向大部队跟上。炮弹的烟雾逐渐消散，又发现另一个人伏在那地方。

那一天再没有烟雾升起来。如果你已经经历了北极的严寒，那你就不会对这5天的暴雪和大风在意，还会觉得这些天就和印度的夏天一样。炮弹也像花儿一样，绽放飘摇，又逐渐沉落、消散。你能在一整天的时间里，重复地看士兵们进攻、防守、再进攻的策略。当我们在公路上行走时，由于身穿便服，战士们还把我们错看成了什么高级军官，因为这样在前线实在太惹眼了。他们向我们大声喊："看，他们在那边的山上呢！什么时候开始进攻？我们好做准备。"

我们舒服地坐在一棵粗大的树后面，看见细嫩的枝条挂在低垂的枝丫上摇摇欲坠。看到上面飞来法西斯的飞机，朝我们的方向飞了过来。我们赶紧四处查看，在水土流失的峡谷中搜寻好的藏身地方。突然，飞机掉了个头，盘旋着朝政府军轰炸过去。整整一天，我们跟随着政府军艰难地前进。我们爬上了山坡、穿过了铁路、占领了隧道、翻过了曼索托，又下山到了两公里之外，最后再翻过几个山坡就能看到城市了，就能清晰地看到夕阳下镇上的7座教堂的尖顶和整齐的几何形状的房子。

傍晚，暗灰色的天空上到处是政府军的飞机，我们通过望远镜观察着飞机的任何动向。只见追逐者们假装掉头，可是突然又像老鹰一样猛冲过去。正当我们以为能看到一场空中大战时，一辆大卡车停在了我们身边，从被打开的后挡板玻璃，下来了很多孩子，你可千万别天真地以为他们是准备去踢球的，当你看到他们每个人腰间系着的6个装炸弹的袋子和两袋炸药时，才能知道他们的身份是"爆破兵"。

上尉说："很好，你们看着他们进攻。"因此，在夕阳的余晖中，在交织着枪弹火光的背景下，我们看到这些已经离我们100码的孩子，突然被一阵机关枪和来复枪的弹火笼罩住，静悄悄地朝镇子的边缘滑去。他们突然停在了一堵墙的后面，然后传来一阵火红的火光和炸弹的响声，只见他们灵活地翻过墙进入了镇子。

"如果我们跟着他们一起进到镇子里怎么样？"我问上校。

"太棒了，"他说，"这可真是一个不错的主意。"我们开始往下走，但是天色也黑了起来。这时走来两个军官，开始清点人数。我们把想法告诉他们，说想跟部队在一起，因为天黑以后人们可能会匆忙地射击，而且我们也还没有部署好。于是，在秋天的傍晚，我们跟随部队下山，进入了特鲁埃尔。在那个平静的夜晚，任何一点的噪声都会打破这种和谐。

后来我们在路上还见到了一个在最后一场战斗中领导全连的军官的尸体。那个连现在已经走了，是个根本没有多余的时间用担架把死者带走掩埋的时刻。为了尸体不被坦克摧毁，我们把尸体放到路边。拖拉尸体时，我们还能感受到他的四肢还是温暖的，但是脸色蜡黄。弄好一切，我们继续向城里进发。

在城里，我们受到人们的热情欢迎，他们还给我们送来酒，急切地向我们询问他们在马德里的兄弟、叔伯或是表亲的情况，询问那边是否一切安好。我们从来没有到过投降的城市，而且我们几个是唯一的平民。人们一定对那个长得像个主教的伦敦新闻通讯员汤姆·戴墨，像萨沃纳罗拉（萨沃纳罗拉，佛罗伦萨宗教改革家，多明我会修士。从1494年到1498年担任佛罗伦萨的精神和世俗领袖。他以反对文艺复兴艺术和哲学、焚烧艺术品和非宗教类书籍、毁灭被他认为不道德的奢侈品，及严厉的布道著称。）的纽约时报记者，和长得像华莱士·比里（美国演员）的我疑惑不已：新政权为什么会这么复杂？

不过，他们说他们就是在等我们。当政府官员去把他们疏散的时候，他们正藏在地窖和山洞里，因为法西斯分子们不会让他们离开。他们还说政府没有轰炸城市，它只是军事目标而已。这是他们亲口说的，可不是我说的。

在车里，我把从纽约发来的报纸读完了，上面讲了佛朗哥限政府5日之内投降，否则就要开始最后的反击的消息。这听起来跟我们走进特鲁埃尔时所感受到的不怎么协调，而特鲁埃尔还是叛军的主要据点。下一步，他们可能就要准备向海里进军了。

难民的逃亡

北美新闻联盟特派 1938 年 4 月 3 日

巴塞罗那

今天早上，天气晴朗，仿佛到了春天一样，我们朝着前线出发。昨天夜里，在我们来巴塞罗那的路上，天色仍一片灰暗，雾气很大，脏兮兮的令人十分压抑。但今天却是晴朗又暖和，灰色的山峦上绽放着朵朵的杏花，异常美丽，也装扮了布满灰尘的绿色橄榄树。

在巴塞罗那附近的小城，雷乌斯城外一条两旁布满了橄榄园的公路上，驾驶座上的司机突然叫起来："飞机，有飞机！"接着就是突然的急刹车，汽车被司机停到了一棵树下。

"他们就在我们头顶上。"司机说。正低着头查看一条小沟的通讯员，把头偏向一边向上看，发现有一架单独的飞机正往下飞，不过又掉头飞走了，或许我们这个小车不值得它打开那8架机关枪。

就在我们的眼皮底下，一颗炸弹突然之间投了下来，像个巨大鸡蛋一样炸裂开来，半英里外靠着群山的雷乌斯城瞬间被砖红色的云尘所笼罩。我们穿过了城市，主要的街道上到处都是被炸毁的房子和破裂的水管。还有人嚷嚷着要叫警察过来把一匹受伤的马打死，但马的主人坚持认为它还有抢救的必要，不愿意放弃它。我们继续朝通向加泰罗尼亚（现巴塞罗那所在的自治区）小城佛赛特的山路行进。

这就是一天的开始，但没有一个活着的人知道这一天将会以何种方式结束。走了一会儿，我们遇到一辆载满难民的车子。驾车的人是一个老妇人，边哭泣哽咽，边挥着马鞭。她也是我见到的唯一一个整天都在哭泣的女人。另一辆的车后面有 8 个孩子和 1 个小男孩儿在推车，艰难地前进。草席里裹着床单、缝纫机、毯子、炊具还有床垫，马匹驮着装着粮食的麻袋，驴子挤在车上，山羊和绵羊都被拴在车后的挡板上……路上的人们沉重、缓慢地走着。

在垫了床单的驴身上，一个女人正怀里抱着个脸蛋红红的、可能还没出生两天的婴儿坐着。母亲的头和乳房随着坐骑的运动一上一下地晃动着，婴儿黑色的头发沾满了尘土都快变成灰色了。一个男人把驴子领向前，朝后看看，又转回头继续看着前面。

"孩子是什么时候出生的？"我问他，我们的车在一旁慢慢地走着。"昨天。"他带着骄傲地说。车开走了。不管是走着的还是骑在驴上的人们，都抬头看着天。

接着，我们看到零零散散的士兵走在旁边，有的人身上扛着枪，有的人则没有任何武器。一开始只有少数的士兵，后来发现有一整个部队。正如我们所见，有的士兵们坐在大卡车上，有的在走路。卡车上面装满了枪支，还有些坦克、反坦克炮和高射炮，和走路的士兵默契地保持在一条直线上。

我们继续向前走着，主路上到处都是难民，直到后来走到以前用于牛车的小路才看到平民和军队。人们井然有序地、稳步地前进着，很多人的精神面貌看起来还不错。或许是受了今天好天气的影响。所以如果要说这些人有一天会死，可能都会让人觉得十分荒谬。

然后我们又看到了一些认识的人：以前见过的官员，来自纽约和芝加哥的战士。战士们还曾经给你讲述过敌人是如何袭击的、而他们又是如何拼命夺下甘德萨（加泰罗尼亚地区的城市）

的，美国人是怎样战斗并保卫莫拉（托莱多省的直辖市）附近的埃布罗河（埃布罗河是伊比利亚半岛第二长的河流，也是完全在西班牙境内最长的河流。发源于坎塔布里亚山脉，朝东南方流入地中海并形成了三角洲）上的大桥的，还有他们是如何掩护撤退的队伍并守住了桥头堡保住了城市的。

忽然，士兵队伍变小了，紧接着新的人潮拥了进来。道路变得更加堵塞了，我们的车根本无法开动。你能看见他们在河桥上朝莫拉开炮，可以听到震耳欲聋的枪声。然后不知从哪儿又来了一群羊，让本就拥挤不堪的道路更加拥堵，而牧羊人正忙着把它们赶开给坦克们让路。不过，还是没有看到飞机的影子。

在前面的某个地方大桥还是被守住的，可能是因为湍急的浊流使得汽车无法开过去。所以，我们调转车头，开往塔拉戈纳①和巴塞罗那，然后骑驴或马过去。那个女子把新生儿紧紧地用头巾包裹着抱在胸前，还用头巾盖住了孩子灰色的头发。母亲的身体还是随着驴子的脚步而上下簸动。她的丈夫在前面牵着驴，眼睛只盯着前面的路看，我们向他招招手也得不到任何回应。人们一边撤退，一边依旧侦察着天空。他们现在已经十分疲劳了。虽然飞机迟到了，还没有机影，不过他们有的是时间。

轰炸托尔托萨

北美新闻联盟特派 1938 年 4 月 15 日

西班牙托尔托萨

在我们的前方，能看见由梅塞施密特护航机保护着的 15 架亨克尔轻型轰炸机，一圈一圈地慢速地飞着，就和等待着其他动物死去的秃鹫一般。只是每当它们经过某个位置，就会传来

---

① 位于西班牙东北部的城市，濒临地中海。

"轰"的爆炸声。当它们在光秃秃的山坡上方，保持着固定队形盘旋的时候，第三架飞机就会出其不意地俯冲，其机枪便开始射击。反复如此地操作一直持续 45 分钟，而在山坡上做最后抵抗的一整个连的步兵就是这次俯冲和射击的对象。他们的职责就是守卫巴塞罗那到瓦伦西亚的公路。

在这炎炎春日，天空万里无云，接连不断的轰炸机飞向托尔托萨（西班牙东北部城市，埃布罗河东岸，近地中海岸）。当它们突然兴致来了投下炸弹时，突然兴起的黄色烟尘云雾把埃布罗河边的小城都遮蔽了起来。伴随着一个个轰炸机的到来，烟尘一直不断，最后黄色的烟雾好像渐渐消落在埃布罗河的峡谷中。只见巨大的萨伏以亚—马尔凯蒂轰炸机在阳光下闪烁着白色的光芒，一个机队接着另一个不停歇地过来。

在这个安静的下午，亨克尔轰炸机一直在我们的前方机械、单调地盘旋着，俯冲着。而在它们的下方，在岩石之间匆忙挖出的洞里和地面的坑凹处藏身着一个连的士兵，仍在坚持保持住军队的前进。

午夜，政府对外发出告示：在最后的大防御阵地圣马特奥和拉亚尼、山崖陡峭护卫着从莫勒拉和芬纳罗斯到海边的公路的拉谭卡达周围发生了激烈的战斗，并且这些地区都被攻克了。

凌晨 4 点，我们立即出发奔赴前线。抬头望去，一轮满月把加泰罗尼亚的群山照得异常明亮，能清楚地看到凸出的柏树和从树上砍下来的奇形怪状的枝杈。天即将亮的时候，我们从塔拉戈纳的古罗马城墙经过，而当太阳升高时，我们见到了第一批难民。

没过多长时间，我们见到了第一个突围的部队，其中两支梯队正在朝芬纳罗斯进发，第三支梯队朝伍德科纳进发，第四支从拉斯尼亚向圣巴巴拉方向前进，那个地方离托尔托萨只有大约 13 公里的路程。这次，阿兰德将军①下令让纳瓦拉和莫尔

---

① 西班牙内战中政府军著名将领。

斯的纵队从四路包抄到海边。官员们报告说，已经成功拿下从圣马特奥到海边的卡利格、圣乔治。

下午 1 点时，道路还很畅通，但是阿兰德将军的军队今天晚上一到路上，就会竖起道路被切断或是正在开火的标志。与此同时，在身处伍德科纳①的通讯员和一个军官所谈的地方就能清楚地听到机关枪射击的声音。那位军官的地图就摊在一堵石墙上。

在阿兰德的军队经过圣拉斐尔，和我们只隔着一桥距离的时候，这位军官十分冷静、谨慎且彬彬有礼地和我们谈话。我相信他是一位真正勇敢的、合格的战士，此时，他正忙着调遣他的装甲车。我们的车不是装甲的，所以我们决定返回到圣巴巴拉去，那的确是个漂亮的小镇，只是托尔托萨还在经受着战火的洗礼。

我们能找到很多理由从托尔托萨经过，然后去巴塞罗那，就好比对生命、自由和幸福的追求。所以，当我们的汽车到达托尔托萨，一个侍卫告诉我们桥已经被炸毁时，大家心里都很惶恐担心，不由得想到，那个我们设想过无数次的情况真的发生了。

"如果你们急着赶路，可以试试他们正在用木板修复的小桥能否通过。"侍卫说。

谢过侍卫的好心提醒，司机跳上车又开了一段，穿过了一长列车队，经过了炸弹炸出的大坑，烧焦的地面和辛辣的炸弹的气味绝对能把两辆卡车的身影掩盖起来。然后我们到达了那座小桥，前面还有一辆驴车。

"你们不能去那儿，"守卫也看见了驴车，朝赶车的农民大喊。那辆车上装满了沉甸甸的谷子、家具、炊具和一大罐酒，所有的驴子都在拼尽全力拉车。没法让驴子掉头，桥就这样被堵住了。所以，你们的通讯员推着车，那个农民拖着驴子的脑袋慢慢地拉着车子往前走。我们的车跟在驴车后面，只能眼睁睁地、可惜地看着驴车那镶着铁皮的细轮子，是如何破坏孩子们为了方便

---

① 加泰罗尼亚南面的城市。

这座脆弱的小桥通车而匆忙钉下的光亮的木板的。男孩子们和海上遭遇灾难的船员一样，在努力地工作，尽快地捶打、钉钉子，或是锯东西。

在我们的右边，埃布罗河上一座铁桥的一部分已经落入河里，其他的部分已经不翼而飞了。这次大轰炸共投放了 48 颗炸弹，从地面的大坑和路上的废墟能判断出每一颗炸弹大约有 300 至 450 磅。最终，托尔托萨大桥也未能幸运地逃脱被炸的命运。在城里，一辆汽油车上红红的火焰在嚣张地张扬，从街道驶过就像是在月球的火山口爬行。铁路桥还在，浮桥也快要建起来了，但不得不说这真是埃布罗河西岸的一个糟糕的夜晚。

托尔托萨冷静待战

北美新闻联盟特派 1938 年 4 月 18 日

西班牙埃布罗河三角洲

今年的蛙全部都聚集在了灌溉渠里。如果你继续朝前走，会看到那些蛙三三两两地分布着，自由快乐地蹦跳着。在铁道后面的碎石子上，一队男孩儿伏在那里等待着什么。上好了的刺刀尖对着快要生锈但仍在闪闪发亮的铁轨。他们的脸看起来和成年男人的脸没有什么不同了，男孩儿经过了一个下午就变成了真正的男人，而此时他们正在等待战斗。

河的对岸，敌人已经抢占了桥头堡，炸散了从浮桥后面游过来的最后一支队伍。弹片从小城安博思塔穿过河面飞过来，放肆地飞到村庄和公路上。你可能听到了双重的枪声，然后是急速的布匹撕裂着飞旋而来，各种脏东西就像喷泉一样地绽开了来。

在炮火刚一开始、在还没来得及进行适当的观察和控制之时，战争前的景象总是奇怪地、死一般地沉寂，让人看不出任何危险的迹象。你们的通讯员顺着铁路走下去，找了个地方看看弗朗哥的士兵在过河时会做些什么。而此时，你如果非要在战争中的紧要时刻直立行走，那你就是愚蠢地把自己置身于危险之中了，千万不要逞一时的匹夫之勇，因为最后你可能会丢掉性命。

在托尔托萨的上空，飞机正在俯冲并打开机关枪扫射。德国飞机就像国家的印象一样，井然有序，有条不紊。它们此时正在认真工作，如果你是它们工作内容的一部分，那可真是太不幸了。如果你和它们的工作没有任何关联，那你就可以像观看喂狮一样走到离它们很近的地方观察它们。而如果它们的任务是扫射回去的路，那你就完了。如果不是亲眼所见，我不敢相信这真是在紧张战场上的士兵吗？因为他们完成任务后和下班回家的银行职员没有什么不同。

从托尔托萨方向的这些飞机战斗的方式来看，形势很是不妙。可在三角洲这块儿，才刚开始准备炮火，就像热身时的棒球投球手在候补投球区抛高球的情况一样。你走过了一段路，但是第二天就有可能得为了保住性命从上面全速跑过，一直跑到运河上与埃布罗河平行的、掌管河对岸整个城镇的白色房子那儿，因为法西斯们正在那里准备他们的进攻。

门被全锁上了，也无法上到房顶上去。但你能在运河边坚实的路面沿线，看到有人正从树上滑到高高的绿色的岸边。整个城市到处都是政府军的炮火的声音，还能感受到房子和教堂的石屑飞来。很明显，那些地方是观察据点的最佳位置。即使这样，仍然让人感受不到危险的气息。

在河对岸的你惴惴不安了整整 3 天，只是为了等阿兰德将军的军队的到来。突然，你看到骑兵、坦克还有装甲车都来了，你终于把悬着的心放下了。而现在，两支军队终于碰面了，也就预示着即将打响一场争夺埃布罗河的战役。尽管一切都是未知数，但是双方的相遇本身也算是某种解脱。

现在，正如你所见到的，另一侧的河岸之上也有一个人从树上滑下来，一会儿又来了 3 个。当他们的踪影消失不见时，突然传来了尖利的、迫近的机关枪的声音。从声音可以准确地知道有人正端着枪在四周走动，瞬间，之前所有的演习的感觉一下子消失得无影无踪。你不得不佩服那些藏身在铁道后面的男孩，是多么有先见之明。从现在起他们那儿就是战场了。从你置身的地方就可以看见全副武装的他们，正面无表情、神情专注地等待着重要时刻的到来。明天就轮到他们大显身手了。

炮火已经开始了，有两颗炮弹打在了关键的地方。在林间熄火的时候，你在通往托尔托萨主路的铁轨旁的地里捡了一堆早春的洋葱抱在怀里。这是今年春天的第一批洋葱，剥开以后肉多而白，气味还不是很浓烈。埃布罗河三角洲的土地十分肥沃，现在长着香甜的洋葱，可是明天这里就将有一场惨烈的战斗。

美国的现实主义

《肯》（注：美国左派杂志）1938 年 8 月 11 日

问：战争是什么？

答：战争就是凭借暴力手段迫使敌人屈服于我们的意志的行为。

问：战争的初衷是什么？

答：是让敌人解除武器。

问：那为了达到这个目标需要做什么呢？

答：首先，必须要完全消除对方的军事力量，削弱对方继续抗争的能力。其次，必须要完全征服对方的国家，否则不久又会遇到新的麻烦，那些新的军事力量又会集结。第三，必须让敌人投降。

问：那有其他方法不通过这三条就把我们的意志附加到敌人的身上去吗？

答：有，侵略，占领敌人的领土。不是本着维护他们国家的目的，而是从中攫取利益，或是彻底摧毁它。

问：那一个国家如果处于防守状态能否赢得战争？

答：可以。这种来自单纯防御的消极意图也是战胜敌人的一种自然手段，实质上就是从时间上拖垮他们。这种消极目的是一切单纯抵抗手段的着眼点，并且能给战争提供一种优势，如果这种优势能够强大到与敌方在人数上的优势相平衡，那么时间上的拖延就可谓是做了巨大的贡献，就能大大损伤敌方的战斗力量，从而与我方实力相差悬殊，这样敌方就不得不投降。我们在历史上也能找到使用这种手段或是持久战术从而以弱胜强的例子。

腓特烈大帝①在七年战争②期间，实力并不强，和奥地利王国相比实力差距很大。如果他起初的目标是超过奥地利的军事力量，那最后只能落得跟查理十二世③一样的下场，最终被自己压垮。但是，腓特烈大帝很好地使用有限的资源发挥出了巨大的功效。7 年的抗战结束后，战争的力度远远超过他们自己的想象，最后他们也收获了和平。

在克劳塞维茨④那里能找到答案，他对这一切很是了解。虽

---

① 腓特烈二世，普鲁士国王，史称腓特烈大帝，军事家，作曲家。统治时期普鲁士军事大规模发展，领土扩张，文化艺术得到赞助，使普鲁士成为德意志的霸主。在七年的战争中，腓特烈大帝凭借惊人的毅力和顽强，以普鲁士一个小国之力，独抗法、俄、奥三大强国。

② 由欧洲主要国家组成的两大交战集团：英国与法国；普鲁士的侵略政策与奥地利和俄国的国际政治利益发生冲突。在欧洲、北美洲、印度等广大地域和海域进行的争夺殖民地和领土的战争。这次战争对于 18 世纪后半期国际战略格局的形成和军事学术的发展均产生了深远影响。由于此次涉及国家较多，也被温斯顿·丘吉尔认为这才是真正的第一次世界大战。

③ 瑞典军队的统帅，发萨王朝的第 10 代国王。他在拥有军事优势的情况下展开军事活动，并屡获大胜，可在进攻俄国失败后一蹶不振，最后丧失了北方霸主的地位。

④ 卡尔·菲利普·戈特弗里德·冯·克劳塞维茨，德国军事理论家和军事历史学家，普鲁士军队少将。1792 年，参加了普鲁士军队。1795 年晋升为军官，自修了战略学、战术学和军事历史学。著有《战争论》一书。

然他的书的确枯燥、难懂，还有很多废话，但是里面也有很多关于古代战争的思想，还有西班牙共和国应该继续战斗的先例。如果你仔细去把克劳塞维茨关于防御的两个章节认真研读，就会找到西班牙为什么能支撑了这么久的原因。

西班牙的战争已经持续了 2 年，中国的战争也已经持续 1 年了。而到了明年夏天，欧洲国家也将会开战。

原先预测战争会在临近 5 月 21 日的时候开始。但现在是 8 月了，战争还没如预期一样到来。或者战争会推迟到明年夏天。不管什么时间，但可以肯定的是它会来的。

现在我们再好好想想，战争到底是什么？如果我们把战争说成是谋杀，这种说法是站不住脚的，进攻性的战争是不可辩解的。但来看看克劳塞维茨是怎么说的？他把战争说成是"履行国家意志的其他手段"。

那么到底什么时候会开始新的战争呢？现在唯一能百分百确定的是，战争拉开序幕的一切细节都已准备完毕，虽然还不知道它到底什么时候会来？

"战争的双方如果是因纷争而开战，那么他们是受了敌意的驱使。只要他们还没有解除武装，那么他们就没有和解，那么这种敌意就还在。这时，除非有一方能冷静下来等待更好的时机再采取行动，否则战争就没有停歇的时候。"这也是克劳塞维茨说的。

"当政治家知道已经把武器准备好而战争已经到了无法避免时，他会考虑是否率先主动出击，他会对自己的祖国怀着一种负罪感。"这是冯·德·戈尔茨①说的。

张伯伦先生和他的喉舌们一直对我们美国人鼓吹应该做现实主义者表示不屑。

可是为什么不做现实主义者呢？并不是张伯伦所说的那种现

———————

① 科尔玛·冯·德·戈尔茨，通称戈尔茨男爵或者戈尔茨帕夏。普鲁士军人，军事历史学家，德意志帝国陆军元帅，人民战争理论的开创者，土耳其陆军的重建者。

实主义者，不是那种对英国的政策积极鼓吹但只要英国开战就败下阵来的现实主义者，而是美国式的现实主义者。

欧洲就快要开战了，我们作为现实主义者，应当要做些什么呢？

首先，我们想做局外人。因为战争开始，我们除了眼前的一点好处，根本不能从中获取任何好处。而唯一能让自己置身局外的办法就是不要和战争沾上任何关系，不对任何一方出售战备物资。如果我们这么做，英国及其在美国国会的追随者一定会想法逼迫我们出售物资，只不过这会被上升到最高的人道主义的高度，而不是私下的肮脏交易。而战争的另外一方也一定会想法说服我们出售物资，不过英国是最有手段也是最在理的。

德国人有种与生俱来的气质，就是会故意激怒旁人、惹恼其他国家并找各种借口。原本以为霍亨索伦王朝①已经做到了极致，但谁知纳粹更是坏。上一次只有一个路西塔尼亚号②，而这一次能轻易地列举出六七个类似的事件来。

你可能想不到轰炸了格尔尼卡③和巴塞罗那平民的纳粹竟然连诺曼底和玛丽女王号④的炮火都能抵抗得了。所以美国人应该吸取教训，在战争即将到来之时先试试自己的战舰是否具备实力与之对抗，或者下定决心为法国之线⑤和丘纳德⑥而

---

① 霍亨索伦，Hohenzollerns，是欧洲的一个王室，也是欧洲历史上的著名王朝。为勃兰登堡—普鲁士及德意志帝国的主要统治家族。

② 皇家邮轮路西塔尼亚号，是一艘英国豪华客船，1915 年 5 月 7 日在爱尔兰外海被德国潜艇 U–20 击沉，造成共 1198 人死亡。由于伤亡者中包括大量美国人，路西塔尼亚号的沉没成为美国参加一战的导火索之一。

③ 西班牙巴斯克自治省的城市。

④ 玛丽女王号，被英国皇家海军誉为"最佳熄术战舰"的战舰。1916 年 5 月 31 日参加日德兰海战，在战斗中遭到德国战列巡洋舰德弗林格尔号与塞德利兹号集中射击，因主炮塔弹药库发生爆炸而沉没。1266 名官兵中只有 20 人被驱逐舰救起。

⑤ 法国著名造船公司，主要生产远洋航船，也生产战舰。

⑥ 英国著名造船公司。

战斗。

如果你想要成为一个真正的现实主义者，那么决定是否参战是你首要考虑的问题。在战争一定会发生的形势下，我们现在有很多参战的理由。如果不想和战争扯上联系，就得赶紧下定决心置身局外。可是怎么理解要置身局外然后宣布破产的问题呢？一旦我们决定要做局外人，其实可以向战争双方出售物资来大赚一笔。但是此时，你又会被牵涉到战争中去，即使你让他们必须用现金付款，不赊账。我们总会被其中一方牵涉，最后不得已为了欠款去加入战争帮助他们赢得胜利，这样才能顺利拿到欠款。当然如果要求现金必须是金子，情况会好些。不管怎么样，陷入这样的债务战争不得不说十分可笑。

其次，为了避免被牵涉进战争而又想获得利益，我们的物资绝对不能用美国的船运送到交战国去，而美国的船只也不能运送任何军事物资。让那些买得起的交战国自己派船、付现金亲自来购买。这样一来，即使货船沉了也不能把责任推给我们。而且沉的船越多越好。这样我们又可以把我们上次世界大战中制造的那种优质、速成、廉价的船卖给他们，同样是现金交易。这样，我们卖出的东西都变成现金，再投用于本国的生产中，用来发展我国的经济。

按这个策略施行，就算是盖世太保焚烧船坞我们也不会陷入战争。我们是安全的。他们破坏得越多就对我们越有利。如果他们的船舰也沉了，我们就也造些给他们，同样用现金付款。

让那些欧洲的绅士们战斗吧。如果他们付现金，看看他们能撑多久。张伯伦先生，为何不做现实主义者呢？为什么不呢？或者，你不想奉陪到底。

事情的真相

《肯》1938 年 9 月 22 日

在去年 4 月底马德里的佛罗里达酒店里，我恰巧遇到过一个记者。他是那天下午晚些时候，提前一个晚上从瓦伦西亚赶来的。这个人身材高挑，两只眼睛神采奕奕的，有些光秃的脑门被几缕金色的头发小心翼翼地保护着。之后，他把自己关在房间里写了一天的东西。

"你对马德里印象如何？"我问他。

"这里实在太恐怖了，"这个记者说，"无论到哪儿都能看到战争的踪影，到处都能看到凄惨的尸体，实在太恐怖了。"

"你什么时候来的？"我问。

"昨晚。"

"你在哪儿看到那些尸体的？"

"难道你没看见吗？到处都有，"他说，"尤其是一大清早的时候。"

"你早晨出去了吗？"

"没有。"

"你看到那些尸体了吗？"

"没有，"他说，"但是我知道外面一定有。"

"你这么确信是否是看到了什么可怕的证据？"

"哦，那边，"他说，"你不能否认。"

"你亲眼看到了什么？"

"虽然我没有时间亲自去看，但我知道它们是存在的。"

"嘿，伙计，听着，"我说，"你是昨天夜里到这儿的。你根本都没有走出你的房间去认真看看，根本就不知道外面的情况，就一直靠自己的猜想认为这里恐怖。"

"但你不能否认这里确实恐怖," 这个专家说,"到处都能找到证据。"

"可是,你刚才不是说没有亲眼见到任何证据吗?"

"到处都是证据。"这个伟大的人说。

于是,我告诉他马德里住了 6 个和我们一样的记者,他们的任务就是只要发生了恐怖事件,就立即去挖掘、报道出来。在安全局里面,我还有十分可靠的老朋友,了解到有个月以间谍罪枪决了 3 个人。我也曾被邀请去观看一场处决,但是因为我当时在前线,只好回来后等下一场。还有叛乱分子被以"不受管束罪"而枪决。但是,有好几个月马德里和欧洲任何一个大城市一样,算得上是一个十分安全、警戒得力的城市,根本不存在他所说的恐怖事件。那些被枪决的人都被放入陈尸所,如果想确认事实,他和其他记者一样可以自己去查证。

"但是你别想否认恐怖事件的存在,"他说,"你知道它是存在的。"

听到这强词夺理的话,要不是看他现在是一家著名报纸的通讯员,而我又很尊重那家报社,我真想撕烂他的嘴,打他一顿。这样的人只会凭自己的臆想,对事实的情况添油加醋,然后把不实的消息传出去。另外,我们这次是在一个美国女记者的房间里会面的。我对这丝毫不乐观,因为他是戴着有色眼镜看问题的。

那个美国女记者就要离开这个国家了。就在同一天,他给了她一个封了口的信封让她带走。在战时是不允许把封好了的信交给别人带出境的,但这个无知无畏的家伙试图说服那个美国女孩儿把这封信安全地送到报社,告诉她信封里装的是已经被审查过的,从特鲁埃尔前线带来的稿件的副本而已。

第二天,女孩儿说起她在帮那个人捎信。

"密封的信,是不是?"我问她。

"是的。"

"如果你不想有什么麻烦,最好让我带到监察局去看看。"

"这会有什么麻烦? 只不过是一篇已经被审查过的通讯稿副

本而已。"

"那你亲自看过了吗?"

"没有，但他是这么说的。"

"姑娘，可千万别轻信一个秃子。"我说。

"可纳粹悬赏两万英镑要他的人头，"她说，"所以他应该是值得信任的。"

不过美国姑娘还是把信交给我带到了监察局。而在监察局，铁的事实证明了那的确不是如他所说只是一封从特鲁埃尔前线带来的通讯稿，而是一篇如此措辞的文章："马德里现在正被恐怖的氛围所笼罩，在街市上，到处能看到成千上万的尸体……"简直是胡编乱造，可真是可恶的说谎的记者。没出酒店大门，这个人就写了这篇文章。最可恶的是，如果这个单纯的姑娘被发现随身带着这样一封信，按照战时的规定，是要以间谍罪处决的。整篇通讯稿就是一个谎言，而那个家伙竟然无耻地不顾一个信任他的女孩儿的生命把它带出国去，实在是无耻之极!

那天晚上在格兰维亚餐馆，我给了许多正努力工作、无政治党派、直击现场的记者讲了这个故事，他们都曾在马德里冒着生命危险工作，并且在政府掌控局势停止一切恐怖活动之后否认马德里有恐怖活动存在。

他们对这个刚来到马德里就乱传播谣言，并因此会让他们所有人都蒙受上骗子的名声的家伙很是气愤。

"我们有必要去好好问问他，纳粹到底有没有拿两万英镑悬赏他的人头，"有人说，"必须要举报他，不然后患无穷。这个人就应该被枪毙。如果我们知道纳粹的地址，一定用干冰包着他的头邮寄过去。"

"那绝对不会是个漂亮的脑袋，但我还是想用麻袋亲自把他的头送走，"我自告奋勇，"从 1929 年以后，我就再也没见过两万英镑长什么样了。"

"让我来问问他。"一个著名的芝加哥记者说。

只见他走到了那个家伙的桌子前，低声地和他说了些什么，然后就看见走过来的两个人。

我们都紧紧盯着那个说谎的人，只见他的脸色就和上午 11 点集市快要结束却还没卖出去的比目鱼一样苍白。

"他说没人悬赏他的人头，"芝加哥记者用他细细的、充满磁性的声音说，"他承认是他的一个编辑捏造的。"

以上就是一个说谎的记者如何失去了在马德里制造"一个人的恐怖活动"的机会。

如果监察制度不允许新闻人描写事实，而正直的记者会因违规而遭到被驱逐的惩罚；或者，他可以去别的国家写不受监察的通讯稿。但是我们文中所说的这个人却被逼的在自己获得勇敢无畏的名誉的同时，害的其他人来承担风险。最重要的是，那个时期的马德里确实不存在恐怖活动。

这个故事应该会很受那人供职的报社的喜欢，因为它就是凭借很长时间披露事实而著称的。

怀俄明州的克拉克斯叉谷

《时尚》1938 年 9 月 22 日

在夏季的尾声，大鳟鱼会从溪流的中间跃出水面；它们离开池子去河的上游，等到冬天的时候回到下游水深的地方过冬。在 9 月的第一个星期里，你能见识到奇妙的"苍蝇垂钓法"。别急，听我慢慢道来：鳟鱼全身是光滑、亮闪闪的，而且还很重，一见到苍蝇几乎所有的鳟鱼都会跳起来争抢。如果你能抓到两只苍蝇，那么不出什么意外就能钓到两条鳟鱼，之后就能借着湍急的溪水，顺便处理一下。

这里的夜寒冷异常，如果你在夜里醒来，还能够听到土狼的叫声。河水也很冷，你也无须一大早就去河边，要一直到接近中午才会有太阳照在河上，你可以在那时再出发也不晚。

　　早上，你可以骑骑马，或者慵懒地坐在小屋门口享受阳光的温暖。望向峡谷那边，干草都已经收割完了，和河岸平行的棕色的牧场变成了秋天的黄色。放眼望去，绵延不绝的山峦，洋紫苏在阳光下闪着银灰色的光芒。

　　沿河而上是派拉特和印戴克斯山两座山峰①，我们准备在那个月的稍晚些的时候，去那儿捕山绵羊。到时候你可以坐在太阳底下，好好看看眼前线条明朗的山峦，你还会想起在来的路上远远看到它们的时候的印象。你会发现，这些山峦和你之前越过时有那么多支离破碎的岩石的情况并不一样；也跟之前你衣衫尽湿、不敢下顾的感觉不同，现在往下面瞅瞅，山峰平整得和几何图形一样。你爬到一个宽敞开阔的地方往下看，还能看到在一处高高的长满杂草的断裂岩壁之间，一头老公羊和三头小公羊正在吃着杜松草。

　　老公羊是紫灰色的，臀部是白的。当它抬起头，你还能清楚地看到它那极度卷曲的羊角，在绿色的杜松草丛中，它那白色的臀部很是显眼，让你不得不注意它。等风停了，你可以躺在一块岩石旁边，拿起蔡司望远镜，惬意、仔细地观察方圆3英里的每一寸土地。

　　现在你坐在小屋前，脑中还在回想着刚才开枪的情景：老公羊被一枪打中，其他3头年轻的羊听到声响同时转过了头，盯着老公羊看，似乎在等它重新站起身来。它们站在那块高高的崖壁上根本看不到你的踪影，也无法过来。那枪声对它们来说和从高处滚落的一块砾石没什么区别。

　　你还会回忆起这座小木屋是那年我们在提伯溪的源头建起的，每当我们不在家时，就会有头调皮的大灰熊跑来拆掉小屋的木条。那年的冬天和雪来得太晚，所以那头熊就没有冬眠，整个冬天都精神十足地在拆木屋和毁坏陷阱。可是你逮不到它，因为它实在是太聪明了，从未在白天让你发现它。你还回忆起在格兰多尔溪的那次，有3头灰熊跑来。你突然听到一棵树被折断的声

---

　　①　美国大黄石区的山峰。

音，你原本认为是麋鹿在打架。接着就看到了那几头熊，在支离破碎的树影之下悠然地走开，傍晚的阳光透过树影洒在它们身上，让它们的皮毛看起来像柔软、闪着银色光芒的外套。

你还回忆起秋天时，麋鹿的哀号声，离你很近的公牛，甚至能在它抬头时看清它胸前肌肉的起伏，虽然你看不到被厚厚的树枝遮住的牛头，但是你听到对面山谷传来的深沉、逐渐升高的口哨声和回音。这时，你想到了那些被自己放弃猎杀的所有动物，真心为你没有杀死它们而感到高兴。

你回忆起孩子们学骑马的事情。回忆起他们是怎样学会骑不同的马，又是如何地喜爱这里的。你回忆起你初次踏上这片土地时它的样子，以及为了拉出陷进泥泞的车子竟整整花了 4 个月的时间等待地面冻结实了的那一年。你也会想起所有打猎、钓鱼、骑马的夏天时光，还有货运火车带来的尘土，冰冷的秋日里骑行在寂静的山岭之中，跟随着朝山上行进的牛群，发现它们竟然和鹿一样安静，只有当它们成群结队地被迫向低处进发时才会发出嘈杂的嚷叫。

接下来就是冬天了，雪花漫天飞舞，跳出一支美丽的舞曲。所有的树都失去了叶子的衣服，光秃秃的。马鞍上被雪花弄湿了，等你一会儿下山的时候就结起了冰。在雪白的山野里，你在雪地里开辟出一条路来，试着活动一下双腿，然后涌上一股如威士忌般突然的、急速的温暖，就像你到达牧场后在巨大的壁炉前换衣服的感觉一样。这可真是个好地方。

拉尔夫·英格索尔对海明威的访谈

《图片杂志》1941 年 6 月 9 日
本文是 1941 年海明威从远东战场回到纽约后不久在他的酒

店房间里采访录制的。此前，海明威就是被著名的《图片杂志》①
报纸的发行人英格索尔先生派遣到远东去的，观察是否可以避免
对日的战争。这个访谈是海明威一系列文章的引子，定稿前还特
意经过了海明威本人的修正，是一次货真价实的采访。

1月份，欧内斯特·海明威去了中国，那是他从未去过的地
方。他到那儿时想去看看蒋介石和日本之间的战争发展到什么地
步了，那些关于中国内战的威胁的报道是否真实可靠，即签订的
《俄日协定》会是怎样的内容，当然最重要的还是我们在东方的
位置会是怎样的。作为反法西斯的主导力量和一个拥有1.3亿
人民、与世界其他地区有着广泛经济往来的国家，我们的定位是
什么？假设我们与世界其他地区是生死攸关的经济关系，那么那
些地区的安全是否跟我们关系密切？什么样的事件最终会导致我
们向日本宣战？而如果我们不向日本宣战，什么样的条件才能让
日本保持其在太平洋地区的现有地位？海明威想要为他自己、为
你我找出这些问题的答案。

大多数人只知道欧内斯特·海明威小说家的身份，因为他的
小说实在是太出名了，以至于人们都忽视了他的另外两个身份，
而这两个身份中的任何一个都是世界闻名的。

海明威在还未成为出名的小说作家很久之前，就是个非常有
名的战地记者了。他在一战中如实出色地报道了地中海地区的战
斗和相当于小规模二战的西班牙战争。

同时，海明威还是个军事专家。他对战争的各个方面了若指
掌，不管是从机关枪到炮位，还是从军事策略到增强平民士气的
演习再到战争的产业组织，没有他不懂的。他已经研究这些东西
有20年了。

所以，海明威去中国并不是度假游玩的，他是以学生和专家
的身份去的。他的名声也让他获得了其他外国记者从未有过的进
入前线考察的特殊机会，并且能够平等地与操控远东战争的首脑

① 拉尔夫·英格索尔创办的左翼日报，于1940—1948年间出版发行。

人物谈话。

欧内斯特·海明威去中国的时候，《图片杂志》与他达成了协议：如果遇到突变紧急的情况，那他就留在那里通过无线电报道战事。而如果情况稳定，他就得进行每天的记录，在他完成整个调研之前不可以进行写作，等他回到国内有了时间和观察的角度再进行写作，这样一来就能保证他的作品有长久的价值而不仅是临时的每日通讯了。

这里就是明天将要发表的报道文章。

与此同时，我和海明威先生对他的这次远行细细谈论过。以下是他的所到之处和所见所闻，即他的报道文章的背景。

欧内斯特·海明威去中国时，还带着他的妻子玛莎·盖尔霍恩。海明威的太太是《矿工》的特约记者，她的文章也总先于海明威被发表出来。他们的第一站是香港，夫妇二人是乘坐泛美航空的飞机到达那里的。

海明威在香港住了一个月。在那里，他不仅可以跟随中国人，还能够和他们的敌人谈话，因为日本人在香港允许自由进出。事实上，他们穿着工装外套用正式的酒宴庆祝天皇的生日。英国海军和军事智囊也在那儿，当然还有我们的海军和军事智囊。反共势力和中国中间派也在那里。

我们问海明威在香港的感觉怎么样。他说，由于危险的气息已经漫延了很久，人们早就对这种紧张的环境习以为常了。甚至还能看到整个城市透着一种说不清的欢乐的气氛。不管在哪个英国的殖民地，最稳定的因素就是照常过日子的英国妇女了。不过，在那里也能看到紧急撤离，不过整体上来看，士气还是很高的。

"香港至少有 500 个中国的百万富翁。因为发生在前线的战事太多，在上海的恐怖事件也太多了。随着这 500 个百万富翁的出现，也出现了另一种现象——就是多了很多从中国各地而来的美女。她们都属于这 500 个富翁。这对于那些不怎么貌美的女人来说，确实不是一个很好的事情，因为英国的法律明文规定，娼妓在香港是不合法的，因此也不存在对她们的管理。这带来的结果就是香港的 5000 个暗娼，她们在夜间街头的聚集简直就是'战争特色'。"

香港到底驻扎了多少军队？这毫无疑问是个军事机密。海明威知道确切的数字，但那不在我们《图片杂志》的审查范围之内。海明威只是用"十分充足"来报道香港的防御装备。

"一旦真的沦陷，那食物才是香港的主要问题。那里有 150 万人，他们都需要食物。"

他继续说："更严重的是污水问题。香港没有抽水马桶，也没有下水道。都是在夜里由苦力收集那些污水、粪便，然后拉到郊外卖给农民。如果污水运出的渠道被封，就只能倒在街上，可想而知霍乱是如何流行的。之所以这么说是因为确实有两个晚上由于演习，封锁了街道，从而导致了霍乱流行。"

"然而，现在，"海明威继续说，"食品很充足而且质量也好，香港还有些世界著名的好餐馆，有来自欧洲的，也有中国本地的。还有赛马、橄榄球和足球娱乐俱乐部。"

在香港住了 1 个月后，海明威和太太乘坐中国航空飞到了南荣。这架飞机带着海明威飞越了日本占领区。接着，海明威开车抵达了第七战区的总部所在地——韶关。

中国的战场一共被分成了八块区域，而海明威为什么偏偏选择了第七战区呢？他自己说是想研究典型的中国战区，而第七战区将会是最具反攻潜力的区域。

他对中国战区的组织情况进行了全面的研究：从总部到军、师、旅、团以至前锋梯队。

海明威访问了一支国民党的军队，那是中国政府的正规军，而不是共产党的军队——国民党的军队热烈欢迎记者们的到访，也已经有很多作品都对他们进行了描写。这是第一次由美国记者在前线对中国的正规军做出如此深入的调研。

我们向海明威询问一些关于中国军队的情况，他说："中国的正规军共有 300 个师，其中有一级师 200 个，二级师 100 个。每个师大约有 1 万个士兵。在这 300 个师以外的就是共产党的军队。共产党占领了十分重要的战略地带，他们也进行了令人佩服和精彩的战斗。但是，这占领了几乎同等面积区域的另外的 297 个师却还从没有被访问过。虽然共产党对记者的到来持欢迎的态度，但是他们有着严格的审查制度，很难能取得进入的许可。此外，记者根本是没有机会能够和先锋部队接触。"

海明威还说他为什么没有先去采访共产党军队的原因，是因为埃德加·斯诺、史沫特莱等人已经对他们做了很好的描写了。

国民党军队的新闻之所以重要，不仅仅是因为它从没有被报道过，更因为国民党掌握着大量部队，而它们的力量能够帮助我们美国人在准备防御太平洋的战争中牵制日本的力量。

海明威在前线待了 1 个月，不受任何特殊待遇，和士兵同吃同住，随部队前往任何地方。他先是乘舢板顺河南下，然后骑马，最后步行。海明威太太曾经一连 12 天没有干衣服换。

他们还观察到了诸如蛇酒和鸟酒的细节。海明威形容蛇酒是"一种底部沉淀着许多蜷曲的、死的小蛇的米酒"。他说："蛇的药用价值很高。鸟酒也是米酒，是死了的布谷鸟在瓶子的底部沉淀。"

海明威对蛇酒表现出很大的兴趣，他说蛇酒可以治疗脱发，还说要给朋友带几瓶回去。

海明威在前线待了 1 个月后，就乘舢板、汽车和火车去了桂林。这一次的行程并不在原有的计划中，只是因为之前的两个月一直听别人说"桂林山水甲天下"，于是，他们特地去了这个美丽的地方一看究竟，还对这个中国最美的地方进行了报道："有很多看似绵延山脉却只有 300 英尺高的小山。它们的形象在中国的书刊、画报上很常见，你以为是艺术家的创造，没想到却只是对桂林山水的临摹。还有个有名的岩洞现在用于防空，可以容纳 3 万人。"

之后，他们乘坐了一架安排好的运送现钞的战斗机从桂林到重庆。飞机就是大多数在我们的航线上飞的那种——格拉斯DC－3，除了坐人的座位，剩下的座位上放的都是银行的钞票。

中国国家航空公司控制中国所有的航线。其中，中国政府占有其51%，其他的49%由我们自己的泛美航空公司掌握并负责运营。海明威说：

"他们使用DC－2、DC－3机型，但在飞越不足7000英尺高的山脉时，使用只能做短途飞行的老式神鹰双翼。比如，有人1周之内从香港飞往重庆3次。不过，买机票和学术问题一样难，总是要排很长的队，遇到有优先的特权的还得继续等待。"

就在"特殊优待"总也不来之时，海明威租了一架扶提单发动机低翼飞机，然后，优待来了。

到了重庆后，海明威夫妇了解到了很多关于中国的事情。他们用了一下午的时间和蒋介石会面，翻译是蒋介石夫人。不过海明威也注意到当谈到军事话题时，蒋委员长是能听懂那些英语的术语的。他还结识了中国的财政部长孔先生、教育部长、交通部长、军事部长以及各种各样的将军和工作人员。

"重庆，"他报道说，"在去年8月25日到今年5月3日期间并没有遭到严重的轰炸——冬天由于能见度较低，重庆就没有被轰炸。"

重庆的酒店很是让海明威满意，不仅有充足的食物，还有热水。实际上，他发现到过的每一个地方都能看到食物储备充足，并不需要限量供给，即使农村也是如此。他说，在战争中他根本没见到任何会因食物短缺而战败的迹象，他所见到的情况和西班牙的情况完全不同。

"但是，"他说，"中国的食物价格很高。确切地说，中国地域广大，有些地区由于干旱歉收，本地的粮食供应量很少。加上糟糕的交通状况，粮食无法运到需要的地方去。这种情况在山西省南部和其他一些北方的省份是很普遍的现象。不过整体来说，今年粮食的状况还是很好的。"

我们问海明威，为什么有人去了中国，回来后却说中国的经济状况"十分糟糕"。

他说："当人们从美国去中国时，他们认为那里的一切都在水深火热之中，而如果考虑到中国身处战争第四年的事实，能有这样的情况还是不错的。国内的通货膨胀比起其他打了四年仗的国家算不上严重。即使是欧洲国家身陷战争的第4年也比不上中国的现状。"

他认为，"中国一定要进行彻底的货币改革，理论上来讲是为了防止日本人买断他们的货币。日本人把他们自己的货币卖出再买进中国的——现在，美国正在支持中国的货币，"他说，"我认为这并不难控制。我个人的看法是中国最终必须要在大米的基础上调整货币，因为大米就是中国的黄金，只有基于大米标准的货币才能预防那种让人民连食物都没法买得起的通货膨胀的现象发生。"

海明威夫妇第一次到重庆的时候在那儿待了大约 8 天的时间，其间一直在跟人交谈。海明威一日三餐都是和政府官员共同进餐。

8 天后，海明威飞到了成都，去参观中国的军事院校——那是蒋介石训练他的军官和学员的地方。他还观察到这个地区还建立了飞行学校和机场。同样，作为一位军校的客人，他还幸运地有了去了解整个中国军事体系的机会。

"那所军校，"他说，"已经是万事俱备。由德国的亚历山大·冯·法肯豪森将军①组建，教授都是在德国受过训练的中国人。"

海明威从中国的西点军校飞回重庆，而后乘另一架飞机向南飞往滇缅公路。在路上，他看到有卡车在穿行。我们向他求证滇缅公路被切断的报道是否属实。他说："有些地方的桥确实被毁坏了，但是并不完全妨碍交通，因为中国有一个很有效率的轮船

---

① 1930 年退休后到中国担任蒋介石的军事顾问。后被纳粹德国召回现役，因反对希特勒而被送往集中营。

系统。在昆明，日本人几乎每天都会对这条公路进行定时轰炸，但是这并不是很奏效的策略，一方面是因为有轮船，另一方面是因为他们建桥的速度十分迅速。"

海明威说："滇缅公路中国部分的指挥部现在是由包括美国前红十字会主席哈里·贝克博士在内的委员会负责。如果贝克博士能够赢得同一委员会的其他成员的支持，应该会实行很多交通方面的改革。"

从地图上能找到的、离滇缅公路很远的腊戍①出发，海明威乘车去到了曼德勒②然后换乘火车前往仰光③。一路上，他研究了滇缅公路的问题，并为我们描述了以下的画面：

"第一个问题是怎样能从海岸线把物资运到公路上。有两种方法。一种是通过滇缅铁路，另一种是河运。目前都是靠火车运送所有的物资。铁路归缅甸所有，与河运的竞争异常激烈。河上交通由一家名为'伊洛瓦底江舰队'的苏格兰公司控制。伊洛瓦底江④一直可以通航到巴莫⑤。你可以查查地图看看，因为它越来越重要了。在巴莫，已经建好了一条过渡性的公路。你在地图上能看到，它把滇缅公路艰险多山的一段切断了，于是货物可以从海岸线一直运到河上。其实，这条从仰光走河道到达滇缅公路的新路线，包含一条阻碍日本人袭击的切断路线。"

"以前的路线，"他接着说，"从腊戍到昆明的铁路，仍然畅通，船运可以使用从仰光流经曼德勒通向腊戍的河流。"

"这样，就能把两种办法都用上了。"

"第三种办法，"他继续道，"目前还正在筹划中。先走水路然后换铁路到达一个叫密支那的地方，如果你对缅甸问题很感兴趣，那你可以自己认真看看地图。这样你会发现，如果把密支那

---

① Lashio，缅甸北部城市。
② Mandalay，缅甸第二大城市，位于缅甸中部偏北的内陆。
③ Rangoon，原为缅甸首都。
④ lrrawaddy River，亚洲中南半岛大河之一，缅甸的第一大河，流经我国云南。
⑤ Bhamo，缅甸最北部城市。

作为军需站的话，从密支那到大理509英里的滇缅路线就被一段200英里的空中航线取代了，那么从大理到昆明就只剩下197英里了。"

"从大理到昆明这197英里都是下山的路，沿途没有桥或者峡谷，日军就没有实施轰炸来困住我们部队的机会。货机在200英里的高空上根本不需要在中国加油。"

"因此，"海明威解释道，"暂且不算民间连续不断从海岸线运往内地的供给，中国就有了3条之多的路子从南方输送物资。"

海明威仔细研究了这些交通状况并谈到了其中的深远意义。他没有写下细节，因为他不想让日本人知道具体的消息。

值得注意的是，现在从中国通往苏联的陆路仍未被切断，还是畅通无阻的，而与此同时中国也仍然在接受着苏联的援助。正如海明威在一篇文章中所提到的那样，人们第一次意识到日本切断中国的交通会带来多么大的影响。

"假设日本人切断的路线被看作是1，而那些由于效率低下、贪污和各项楼烦琐的手续被切断的道路就是2。换句话说，如果以仰光到重庆的路线来说，效率低下、贪污和各种繁文缛节造成的麻烦可相当于日军五倍的轰炸威力。这也是贝克博士必须要解决的问题。"

听到这个倍数，我们震撼不已。我们请海明威再多细细解释一下原因。他说：

"在中国，资金到账以前所有的建设项目的行动都是迅速的。中国人已经做了多个世纪的生意了，所以每当事情变成'生意'的时候，人们的行动就会慢下来。不过一旦委员长下令办一件不掺杂金钱利益的事，往往就能立即办好。可是如果涉及任何金钱利益，马上就会慢下来。这不能说去责怪任何一个人，因为这是中国已久的传统了。"

"在滇缅公路上，能看到有司机为了获得个人利益在卖汽油。还有人倒掉车上拉的物资然后去拉载乘客。我亲眼看见过路边被丢弃的物资，当然并不是真的被扔了，之后盟军会捡起来的。"

"路上的警察系统的作用并不大，每条公路的入口、中途和出口本应该对行驶的车辆进行检查，但是在这条路上却并不常见。这也是贝克博士的委员会需要解决的大问题。公路在刚开放的时候，总会对一些事情难以控制。有些在中国以外指挥交通公司的人并没有对他们的组织进行有效的操控。现在，委员长也意识到了这方面的重要性，因此采取了一些措施。"

海明威对我们说，局势并没有因为缅甸而有所好转。他说："缅甸是一个充满了繁文缛节的国度。所有的事务都进行得十分缓慢。比如，一个军事专员想从仰光运送一批食物到昆明，那么他为了办理好各种所需的手续就需要在仰光整整花两天的时间。这情况比起去年秋天之前的法国还要糟糕。印度巴布人和办公效率低下的缅甸人控制了整个行政系统。而另一方面，英国人在缅甸的效率很高，因为缅甸很乐于给英国提供帮助，而且英国的审查比较现实且手段先进。"

我们还问海明威，到曼德勒和仰光这种听起来很浪漫的地方感觉如何。他说仰光是个英国的殖民城市，"我们去的时候正值最热的季节，白天 103 度，夜里 96 度①。也没有看到什么飞鱼。吉卜林谈起下游的一个城市——毛淡棉②，它在仰光的下面，靠近河流出海口的地方。"

于是，海明威一路沿河而下到达仰光，在那儿待了一周左右。然后，他坐飞机回到腊戍、昆明，又去了香港。在回美国之前，他还在香港停留了一周的时间。海明威在马尼拉工作期间，海明威夫人去了巴达维亚③和荷兰的东印度殖民地，最后他们夫妇会合在下一班快船上。

截至我们发稿时，海明威先生正致力于给《图片杂志》撰写最后一篇文章。我们又问了最后几个问题：中国的军火库是什么

---

① 这里用的是华氏温度，103 度相当于 39.4 摄氏度，96 度相当于 35.6 摄氏度。
② Moulmein，缅甸第三大城市。
③ Batavia，即今印度尼西亚首都雅加达。

情况？如果物资供应的通道被切断，他们有足够的武器战斗吗？

他回答道："我到重庆附近的军火库参观过。看到他们正在制造小型的武器和弹药，自足是没有问题的。此外，还能从日本占领区运送过来很多物资。有游击队暗中把武器拆卸成一个个的零部件，然后用卡车运进来。一位美国驻香港的代表从日本占领区向中国自由运送卡车，每一趟收费450美元。"海明威还报道了很多关于游击战争的最新消息。

对绝大多数人来说，这些来自东方的消息其实是自相矛盾、令人困惑的。苏联本应对日本施以援手，但又同时继续向中国运送物资。

美国给中国提供了一亿美元的援助，但同时又把石油卖给中国军队。想不通其中的原因。

海明威一一解答了我们的困惑。他给我们指出了美国和日本的每一个决定所带来的巨大影响。

海明威还为我们揭开了苏联在这场围绕中国展开的巨大的战争游戏中是如何施展手腕、企图分一杯羹的。毕竟，在这场战争中，谁都有赢的机会。

那么，美国是否有向日本开战的必要？海明威认为这只是个时间的问题。根据美国的观察，我们是把握着时机的。至于日本那边，已经没有多少时间了，而且没有人，就连日本人自己也不清楚最终的那个决定性的时刻会在什么时候来到，又或是日本什么时候才能摆脱中国的战争泥潭来挑战我们。如果英国战败，那么日本一定会进行新的扩张。这对美国来说就意味着战争的开始。

而如果英国强大起来并且美国有能力保住在太平洋的舰队，那么美日之间的战争就可以避免。海明威还进一步说，我们有可能不费一枪一弹就能在与日本的战争中取胜。

总之，除了海明威，没有人能进行如此深入的报道，没有一篇文章能够如此全面地阐释战争的影响、如此全面地勾勒出整个波澜壮阔的战争全貌。

苏日中立条约

《图片杂志》1941 年 6 月 10 日

香港

就在《苏日中立条约》① 在莫斯科签署的时候，蒋介石委员长的连襟孔祥熙博士，也是他的总理兼财政部长，正在重庆与苏联大使潘纽施金共进晚餐。

"我们听说会马上签署一个条约。"这位中国高官说。

"是的，"苏联大使答道，"确实如此。"

"那么这样一个条约会影响苏联对中国的援助吗？"

"不会。"苏联大使回答。

"你们会从满洲国的边界上撤离军队吗？"

"我们会加强在那里的军事力量。"苏联大使说。同时，苏联驻中国军事顾问负责人，一位中将，也点头表示赞同。

在事情发生的时候，我还没打算要写文章，因为在饭桌上，

---

① 1940 华夏，纳粹德国闪击西欧成功，日本决定乘机南进夺取西方国家的势力范围。为了实施南进战略，日本在加强同德、意勾结的同时，积极谋求调整对苏关系，以便巩固北方安全，并促使苏联停止援华，达到早日结束"中国事变"的目的。此时，面临纳粹侵略威胁的苏联，为摆脱东西受敌的危境，一方面支持中国抗战，以束缚日本手脚；另一方面力求和日本签订条约，保障东部边境的安全。1940 年 7 月起，在日本的佃议下两国开始会谈。1941 年 3—4 月，日本外务大臣松冈洋右访欧，企图再次借助德意力量促进日苏关系的改善。他途经莫斯科，同斯大林、外交人民委员莫洛托夫进行会谈，4 月 12 日达成协议，次日正式签订此约。条约共 4 条，有效期 5 年，主要内容是：双方保证维护两俄语国间的和平友好关系，相互尊重领土完整和不可侵犯；如缔约一方成为第三者的一国或几国的战争对象时，另一方在整个冲突过程中保持中立。并同意暂不签订有关北库页岛权利转让的附属议定书。双方还发表声明："苏联保证尊重满洲国的领土完整和不可侵犯，日本保证尊重蒙古人民共和国的领土完整和不可侵犯。"这显然是对中国内政的无端干涉，也是对《中苏互不侵犯条约》的严重违背。自此苏联对华援助逐渐减少。

外交官很少透露坏消息，还有，你也无法辨别出从莫斯科传来的消息的真假。但之后，我从孔博士和蒋介石夫人那里亲耳得知，苏联还在继续援助中国，同时委员长的军队也没有一个苏联的官员、航空讲师和军事顾问撤离。

条约宣布签署的那天，我和妻子同蒋介石夫人一起用餐。在谈话时，她说："但我们怎么知道他们是不是真的要撤走援助？"

"如果他们真的要撤走援助，"我告诉她，同时回忆起在西班牙发生的事情，"撤销援助的第一步是撤走军事顾问、教官和其他官员。只要他们还在，援助就会继续。"

上周我收到了蒋夫人的来信，提到了以下三段话：

"我履行我的诺言，告诉你委员长对《苏日中立条约》的反应。"

"委员长认为这个条约对中国的继续抗战产生了很大的影响。我们在战争之初就是独自作战，如果有必要我们也会独立结束战争。我们不允许其他的国家，不管是朋友或是其他，插手我们的内政。我们将会一直战斗到胜利的那一天。外蒙古和满洲国是中国的领土，这些地区的人民也一致认为他们是属于国民政府的。而国民政府决不允许任何的领土分裂，不管发生什么这都不会改变。"

"到目前为止，苏联还没有表现出任何迹象要撤走在中国的军事顾问，或是停止运送军备物资。"

苏联给中国提供了比任何其他国家都多的援助。它向中国提供了飞机、飞行员、卡车、一些弹药、汽油、军事教官和作为军事顾问的官员。它还向蒋介石政府借出了大约超过两亿美元的物资。

这些巨大债务来往绝大部分是在交换的基础上进行的。而作为交换，中国提供了茶叶、钨（钨矿）和其他产品。在交换协议协定之初，苏联的态度十分强硬，以致于现在中国处于被迫用协商好的价格向苏联出售茶叶的艰难时期。但是，他们仍在进行交易。

中国共产党和国民政府对条约的反应都十分激烈，出乎我意料的是苏联的顾问居然还在工作，新的援助也仍在源源不断地运来。我在中央军队前线遇到了苏联的官员，也看到新进口的苏联飞机，轰炸机和追逐机等等。我在四川北部成都的军官俱乐部里，看到所有的房间号码都标有俄文，而早餐供应的各种"奢侈品"，如可可、罐装黄油等都是从符拉迪沃斯托克①和赤塔②运来的。

符拉迪沃斯托克的路线是这样的：首先，把物资通过西伯利亚大铁路运到赤塔，然后通过卡车和巴士从赤塔到库伦③。接着通过驼队把物资从库伦到宁夏，最后再由卡车把它们运送到重庆和成都。

参观者是不能和苏联的军事顾问、教官和飞行教师进行会面的，更不用说交谈了。不过，我在前线遇到过三位苏联官员，我们那时都陷入了泥泞之中，整个车队都无法行进。我主动跟其中一个我认识的人打招呼："托伐里奇，最近怎么样啊？"很明显，在这次偶遇之后，国民政府也觉得没有必要在我面前掩饰苏联人的存在，并且从那次后，我们的谈话比以前要坦率起来。结果是，我有了一个绝佳的时机来了解在战场上，中国官员和将官对于凌驾于他们之上的各种外国军事顾问的看法。

他们一致认为作为士兵和官员的视角来说，做得最好的是德国人，其次是苏联人。他们还对苏联人进行了抱怨，因为不管战争的规模是大是小，苏联人很少提出进攻的行动。

譬如，如果把用人看作是用钱的话，一个职位只要半毛钱就能买下，而苏联人会尝试用一毛钱来买。最后他们会失败，不得不花一块一毛五才能买下，因为其中已经没有任何令人惊奇的元

---

① Vladivostolk，又名海参崴，俄罗斯唯一的不冻港，靠近中国。

② Chita，州名。属俄罗斯。在东西伯利亚贝加尔湖以东。东南和南部分别同中国和蒙古毗邻。

③ Urga，即今蒙古首都乌兰巴托。

素了。另一方面，如果一个职位值半毛钱，那么德国人会出一块五来买。等他们买下来你就会惊讶地发现，他们其实只花了那一块五的1/4。

至于中国的将官，如果你能得到他们的信任，那么他们就会在你面前变得十分坦诚直率。我经历过机场英国的演习，在中国前线和那些经历过五年军阀混战、十年对中共的战争和将近四年抗日战争的军人在一起的感觉，就和一个英国人从一所优秀的预科学校来到美国绿湾帕克职业橄榄球队①更衣室的感觉一样新鲜奇特。

一位中国将军曾问我在香港的英国人是如何看待他们的。我直言以告，之后我们一起骑了几天的马。我们还曾一起喝了很多米酒并看地图，一直愉快地工作到深夜。

"将军真的想知道他们说了什么吗？"

"当然了。"

"将军会生气吗？"

"当然不会了。"

"我们不怎么考虑中国人，你知道。"我试着重新组织语言，"约翰尼是对的，他是个好人。但是他觉得没有希望进行进攻，我们根本没有对他抱有一点儿信心，真的没有。不，太糟了，我们根本不能指望约翰尼。"

"约翰尼？"将军问道。

"约翰尼，是一个中国人。"我说。

"有意思，"将军说，"十分有趣。"

我继续说道："我们没有吹嘘的资本，没有军火，也没有飞机，或者说非常少。这个你最清楚了。你认为在没有弹药和空军支援的情况下，英国人会继续进攻吗？"

"不会，"他打断了我，"我给你讲个中国的故事吧，不是古代的。你认识那个戴着单只镜片眼镜的英国军官吗？"

---

① 20世纪初美国的明星职业橄榄球队，曾在"超级碗"杯上获得冠军。

"不认识。"我说。

"哦，"他说，"这是个很新的故事。那个人只戴着一边眼镜，所以他看不到更多的东西。"

"如果我见到他会转告他的。"我说。

"很好，"他说，"请告诉他这是约翰尼说的。"

荷兰东印度殖民地的橡胶供应

《图片杂志》1941 年 6 月 11 日

仰光

现在，远东局势中的这件事就和在我写下这些文字时被缅甸仰光①毒辣的太阳烘烤着的铁皮屋顶一样明白。那就是，正在东方研究政治、经济和战略情况的美国人必须要分清楚我们将要进行的战争的借口和基本原因。

如果我们以战争的名义向日本开战，那日本必定会先袭击菲律宾、荷兰的东印度殖民地，或是英属马来亚。

不过，打击日本的真正原因在于，如果它在太平洋地区向南入侵（二战中日本的军事战略一直有两种观点的争论：一个是北进战略，即将苏联作为主要假想敌，向北进攻西伯利亚；另一个是南进战略，即以美国、英国为主要假想敌，向南进攻南洋群岛。然而，1939 年 8 月，日军在诺门坎战役遭到惨败后，意识到与苏联的差距，转而与苏联缓和关系。于是，日苏两国在 1941 年签订了《日苏中立条约》。此外，纳粹德国在欧洲战争初期的胜利，使得法国、荷兰、英国纷纷惨败，这几个国家在东方的殖民地成了孤儿。日本于是确定了南进策略，夺取南洋地区的石油

---

① 仰光为缅甸最大城市也是仰光省曹府，原为缅甸首都（2005 年 11 月 6 日迁至内比都），人口约 500 万（2000 年统计），面积为 312 平方英里，位于仰光河河岸，伊洛瓦底江三角洲。1824 年 5 月 11 日，被英国军队占领。

等重要的战略资源），就会威胁到世界的橡胶供应。因为被入侵的地方承载着全世界 4/5 的橡胶。如果日本真的成功地占领了新加坡，那我们就不得不在其他地方建立起同样的橡胶基地来摆脱日本的掌控，可是这得需要至少 7 年时间。

一旦橡胶供应被切断，那么美国人就无法继续开车、打电话、打高尔夫、乘飞机、坐火车或是坐公交车等。

另一个反对日本南进的基本理由是，如果日本继续南侵，它将把美国进行建设和战争防御所需的必需品都掌握在手上，势必会影响美国的利益。世界上几乎所有的奎宁都来自于荷兰东印度的爪哇。奎宁，在美国陆海两军拯救英国、抵抗纳粹的战场上的作用就和弹药一样重要。

锡和钨能用来制造机器零件，锑能用来合成巴氏合金金属，桐油的用途更多，马尼拉麻能拿来制造海军用绳子和商船上的某些部件，而铬、锰是改善武器的必需品。这些都是美国开战之后所需的战略物资。如果日本南侵成功，就会把这些命脉控制住。

如果美国向日本开战，一定有避免让日本掌握我们的这些战略物资的基本原因，但是，最主要的原因还是要保住我们的橡胶供应。因为橡胶对美国建立和维护机械化的军队起到致命性的作用。而这，也是美国国防的首要任务。

军事策略和经济策略自古是分不开的。如果美、英都被中国南海地区的必需品牵制住，那形势很明显就会对德国十分有利。因此，德国一直坚定地催促日本加快速度朝这个地区挺进。德国还希望看到美、英大西洋的海军去太平洋打击日军，从而能腾出精力专门对付英国。德国希望美国在太平洋继续拥有大量舰队，并在太平洋地区获取足够多的军队、船和飞机。日本对新加坡的威胁被日益强调，就是这种分析的写照。

但是不管是否出于是德国的需求，日本一定会南进。因为日本本身物质资源缺乏，没有制造弹药和军需品足够的铁，也没有为飞机、战斗机制造燃料足够的石油。目前，日本依赖着美国、英国和荷兰在东印度殖民地的石油和汽油，其中大部分的铁也是来自菲律宾，这些东西对于它的战争生死攸关。

日本已经准备了一年所需的汽油和石油给其空军和海军所需。一旦美国和英国停止对它的石油供给，那么势必会迫使日本加快南侵的步伐，从而获得石油，或者动用他们的储备石油。

当然，它不会在石油供应被切断的那一天就迅速采取行动回击。南进的行动并不是简单的事，是需要时间进行筹划的。不过，它有可能会在石油供应被切断的同时朝南方进军，并且使用储备石油。

这样来看，美英在日本问题上实际上是占了有利条件的。只要他们想，能够随时强迫日本做出行动，不必立即断停石油的供给，可以通过逐渐减少石油供应量来降低日本在战争中的燃料储备，毕竟他们自己的国防也需要大量的石油燃料。

日本必须攻克中国

《图片杂志》1941 年 6 月 13 日

仰光

如果美国和英国想要保住他们的橡胶、钨、锡等战争必需品，首先就必须决定何时对日本的南进做出反应。日本的实际势力现在已经向印度支那进行了大幅的移动，渗透到了泰国的政治并准备朝新加坡发展。但是这些国家都是没有石油资源的。

如果不用击垮英国和荷兰在新加坡、苏门答腊和爪哇的防御，日本的第一个石油基地是由海路到达的婆罗洲所在地。它很有可能会拿着一切战争的紧缺物资去从荷兰人手中交换来塔拉坎和巴厘巴板的石油。在这个时候，如果英美不想看到当年让德国得到捷克斯洛伐克进而控制法国慕尼黑的情形重演，就必须立即出击阻止日本的行为。

日本没有铁和石油，和苏联共享的萨哈林岛是它唯一的石油来源，在经济上，它和意大利是一样的脆弱。如果夺走它的石油，那么它一定撑不过一年。但如果它从婆罗洲得到石油并且控制住菲律宾的钢铁，就能达到比当年从捷克斯洛伐克获益的德国更高的程度。

美国得到重整装备，巩固阿拉斯加的荷兰港口，巩固中途岛、威克岛和关岛来建立空军基地以打通快船路线，到太平洋各目的地进行更大轰炸而做准备的时间愈长，日本向南的行进就愈发危险。

对日本来说，去年是转移到石油产地并控制世界橡胶供应的绝佳时机。在当时，日本原本可以通过攻打还未建立起防御系统的马来西亚，从而一举成为一股强大的国际势力。可是今年，荷兰及帝国的防御工事都已完成，如果日本还想南下，那么就会面对十分不利的情形。如果再过两年，等我们自己的准备完成了，日本还妄图南下那一定是自取灭亡。

日本在形势那么有利的情况下没能南进的原因是 37 军①的 52 支部队都陷在了中国战场，其中 9 支在满洲里和朝鲜，只有 6 支在日本、台塑、海南岛和法国印度支那的河内。

日本曾有机会趁着英荷军队还未准备好就向南移动，但是无奈它的精良部队都正在对中国侵略，而最好的部队在满洲里面对着苏联人。

现在日本已经和苏联达成了一个中立性质的协定，想必是打算抽出在满洲里的军队向南进。但是这还有可能实现吗？

苏联是十分乐意看到日本在南进中受到打击的，而且苏联很清楚日本越是把这个行动推迟得长，那么它遭受打击的概率就越大。所以苏联并没有很着急现在就把日本送到南方去。

从目前的形势看来，日本唯一可以实现南进目标的办法就是征服中国，或与中国达成和平，或与苏联达成一个真正有效的协

---

① 指陆军。

议。如果以上条件都无法实现，那么日本就只能整装以待，等待或许德国可以成功入侵英国、世界陷入混乱的时机再继续这个计划。

很明显，日本正在为南移做准备。不过，它能指望哪些南行的必备事宜？它真的能指望得上吗？

美国对华援助

1941 年 6 月 15 日

仰光

当今远东局势中，有两者还是能够靠得住的。我说的"当今"，是指今年春季和初夏，即英国苦苦支撑战局之时。

第一，日本暂时失去了与中国讲和的机会。去年，重庆和谈呼声一度高涨，12 月到达顶峰。但是中国相信会获得来自美国的援助，所以暂时搁浅了和谈的主张。

第二，美国可以依靠中国牵制日本 52 个师团中的 37 个，6 到 10 个月，其成本比一艘战列舰的价格可能还少。这就意味着，只需要花上 7000 万到 1 亿美元，中国军队就会把这么多的日军拖住。

如果在 6 到 10 个月后，中国军队此间有所表现，那么美国就可以再花费差不多另一艘战列舰的价钱，让中国继续将日军再拖住这么长时间。而与此同时，美国可以有足够的时间去武装自己。这就是一份保险，可在美国建成足以摧毁远东任何敌军的两洋海军之前避免被迫在远东作战，且或许可以以此永绝战端。最主要的是这保险价钱并不高。

与此同时，重庆主和团体将继续全力向蒋总司令施压，使之尝试解散中共所有武装。就以八路军不服从军令为借口，命令其解散。如果其拒绝解散，那么就对其进行武力镇压。另一支中共军队新四军就是被这个手段解决了，所以蒋介石很有可能被迫故技重施。

由于美国还是期望中国各政治派别能够团结抗日，所以我们可以告知蒋总司令美国的意思，就是不支持中国内战，以此制衡主和团体。中共武装与中央政府间激烈摩擦已持续了两年的时间了，近一年半来，统一战线也只不过是空有外壳，貌合神离，早就不堪一击了。

总司令想抗日，这一点并不需要旁人的建议催促。我想只要他还活着，只要他看见人间还有一丝希望继续作战，中国就永远不会放弃斗争。只要他的资金足够用，且对外联络通畅足以运入补给，他就会继续战斗。

在斗争的过程中可能会缺粮，而近 4 年的战事导致通货膨胀，物价上涨，生活成本太高，也可能会引发骚乱。高官贪污欺诈的事例也将源源不断，工作效率低下的情况也将屡获证实。但只要有资金、只要所需的战争物资能够顺利运达，总司令就将排除这一切的万难，继续坚持战斗到底。

而那些在中国试图酝酿内战，或者散布丑闻称对华援助只会被滥用的人，则站在日本一边。

目前，德国是根本没有援华的能力，无法提供现金的支持，也无法给予物资的援助。只能对中国开出空头支票，承诺战后会兑现。

总司令的军队就是由德国训练出来的。所以德国对中国很友善，而德国人在中国也是很受人敬爱。如果美国准备资助中国，那么总司令一定会将抗日进行到底。一旦美国放松或收回援助，那么总司令又不得不暂时对日休战，只能等德国能够提供帮助时再重新抗日。

总司令本是军事领袖，故作政客的模样。这一点很重要。希特勒则是个利用军力的政客。总司令的目标总是军事之上的，他的一直目标就是摧毁共产主义。直到在中共宣传的支持下，他在西安被绑架，才暂时答应停止反共、进行抗日。此后他的目标就是击败日本，而他从未放弃。在他内心深处，也从未放弃另一个目标。

如果说某人是军人而不是政客的身份，那么看过那些所有的演讲就能够证明你错了。但到目前为止，据我们所知，那些政客们的演讲稿往往不是出于自己之手写的。

中国到底是不是民主国家，是很有争议的事。在战争状态下，没有哪个国家会长期保持民主。战争总是会造成暂时的独裁。但是中国在长期的战乱中，仍保留着民主的痕迹，这充分地证明中国是个了不起的，值得我们尊敬的国家。

只有中国中央政府与苏联在苏维埃中国的具体边界和势力范围达成一致，才能彻底解决中共与中央政府之间的矛盾。而与此同时，中共将尽可能扩大地盘，而中央政府将避免任何中国的领土被划归于苏联。苏联政府提供资金、飞机、军火、军事顾问在背后支持总司令的抗日，而中共主要是依靠自己的力量。

在中国，苏联押了两匹马的赌注来对抗日本，主要还是依靠总司令。但苏联明白，在同一场赌注中押两匹好马并不是什么坏事。目前苏联在总司令身上下了更多的赌注来打败日本，但是也谋划着为中共寻求地位。在这场比赛结束后，另一场比赛也就粉墨登场了。

日本在中国的地位

1941 年 6 月 16 日

仰光

日本暂时失去了和中国谈和的机会。

远东第二件确凿可靠的事，便是日本永远无法征服中国。

如果要介绍分析当前的军事局面，简而言之，便是，日本已经把中国所有的平原地区都征服了，所以日本在飞机、火炮和机械化编队上都具有很大的优势。而现在，日本就要投入中国的山区战斗中，大部分地区的道路不通，中日力量对比也没那么大，日本并没有占到什么大的优势。

中国的军队规模十分庞大，有 200 个一线师（超过 200 万人），其装备应对当下这种战事不成问题。此外中国一些相对略逊的师还有百万士兵；中共有三个师和大约 50 万非正规军，在游击战争中都得到了训练。

中国的步枪补给和弹药都很充足，有性能优良的轻重机枪、自动步枪，中国军工厂为其制造出充足的弹药。中国每个营有一个迫击炮连，装备 6 门 81 毫米口径迫击炮，距离 2000 码时精度极高，最大射程 3000 码。这些都是我在前线亲眼目睹的军事武器。

这种 81 毫米口径迫击炮为法国勃兰特型。中国军人可以在 2000 码距离一炮击中一条毛巾。特别是在山区，这种迫击炮的使用极大地改善了炮火不足的缺陷。中国人自己也在学着研制 82 毫米口径迫击炮，可以说就是勃兰特型的仿版，实际精度基本相同，只是最大射程少了几百码。

中国常规师的军纪应该是仿照普鲁士的模式，相似度很高。只要犯有盗窃、干涉民生、违背长官以及其他军队常见犯罪行为，就要被判死刑。当然，他们也有一些创新，例如，如果一个军队不跟随首长的步伐前进，那么整个部队都将遭射击。还有其他方面的一些改进，其目的就是在于让士兵明白，只要后退就必死无疑，而前进则只是可能死。

如果说德国军队的观念是较为理想的模型，那么中央军最好的部队很接近这一模型。他们懂得士兵的要求，行动迅速，和欧洲军队相比吃得很少，但不怕死，更具有成为好战士所需的最厉害的非人品质。

中国医疗服务还是很落后的。其中医生不愿接近战场可谓是最大的困难之一了。培养一个医生要花很长时间和很多资金，所以让如此金贵稀缺的人才在纷乱的战场上来回奔波，暴露在敌军炮火下，很是危险。因此，要让中国伤员硬撑着等医生，还不如在他倒下的战场一枪把他打死更为仁慈。罗伯特·李姆医生试图努力改变中国医生在战争中的观念，但是对于中国医疗事业来说，效果并不大。

中央政府的军队拒绝任何的采访。而中共对好的作家的到来热烈欢迎，也被描写得很好。另有在抗战中死亡的 300 万人没有任何的新闻记录。

如果再有人说中央政府的军队纪律不严明、训练不到位、军官不合格或装备不精良，那只能说明他是睁眼说瞎话，或者是他根本从未亲临前线目睹过。

中国军队在大规模反攻能力上还欠缺很多，也存在一些严重的问题，最大的不足在于缺少可用的空中力量和炮兵。但可以确定的是，只要中央政府有足够资金发放军饷、提供军粮、维持枪炮弹药补给，那么不管在今年、明年、或者是后年，他们都不会被日军击败。依照我的看法，根据我对中国的地形、涉及的问题以及参战的部队的了解，日军想要打败中国军队，是根本不可能的事，除非中国军队被出卖了。而只要美国愿意继续出资为其支付军饷、购买装备且总司令依然在位，那中国军队被出卖的情况就不会出现。但如果我们停止了对华的支持，或总司令遭遇不测，相信中国军队很快就可能会被出卖。

中国的空军需求

1941 年 6 月 17 日

仰光

外界对中国空军的看法差别很大。我曾亲眼见过中国空军驾机起飞，并走访过其培训学校与美苏教官交谈。有些人夸奖中国空军，有些人批判空军一塌糊涂。这世上恐怕除了西班牙，没有能比中国人还自负的人了，而自负对飞行员并不是件好事，反而会阻碍他的进步。

近来，飞行员这一职业不再被上流社会垄断，平民子弟也能通过接受正规的培训实现当飞行员的梦想。不过，训练课程的设置根本不合理，就连毕业时这些飞行员也没真正驾驶飞机，因为根本就没有飞机，所以也无法验证这些飞行员是否合格。但他们比起另一类飞行员的自负还是差很远，那类人觉得自己能飞行就自以为高人一等；而等到他真能飞行了，便再不思进取。

近日，日军驾驶双座远程战斗机飞临四川省北部一中国空军机场。16 名中国驱逐机飞行员驾驶苏制 и-15-3 起飞迎敌，и-15-3 是我们美国老式波音 P-12 的苏联改型，装备有新型鸥型翼和收放式起落架。在此几天前，这些飞行员驾驶战机编队飞行，给美国总统罗斯福的代表居里留下了深刻印象。但是当真正开始上战场时，就溃不成军了，最后日军将 16 架飞机全部击落。尽管中国飞行员打乱了编队四处散开，但是日机在将其击落后仍保持队形，秩序井然地统计击落数。

所以美国空军援华项目中必须得包括飞行员。给他们装备飞机让他们坚持战斗，但这并不能使之发动的进攻取得成功。

除非中国能够得到足够资金的支持，加上总司令能够在日本与英美开战中看到中国取胜的一丝希望，否则中国在任何对抗日军进攻行动中都无法成功。

中国大约有 4000 名能作战的炮兵军官，因为火炮不足，其中大部分都是管理人员。很多人受过德国训练，技艺精良。至于其他人的能力就值得怀疑了。如果炮火足够，那中国至少可以成功开展两个反攻计划。

今年很有可能日军将不再南下，而将尝试用最后两波大攻势击败中国。日本在失去与中国修和的机会后，意识到，只要中国周期性地从美国得到资助，就不会经济崩溃，而日本就无法依靠其现在在华军队规模成功南下。

日本的目的就是要把美苏援华物资输入中国的主要道路彻底

切断。如果日本不南下，那么一定会向暹罗北进，从而切断中苏交通。

日本的另一波攻势，一定会从法属印支半岛前线的老街或其东部发动，向北往昆明推进，从而把通往昆明的滇缅公路切断。只要把这两条公路切断，就切断了对华援助最多的两个国家与中国间主要的生命线。今夏，只要日本不南下，那么日本就一定会采取这两个行动，不过两者难度都很大，中国有足够的机动预备队与之对抗。

照目前的形势来看，除非德国入侵英国，否则日本决不会南下。不过，即使德国进攻苏伊士，日本也不一定会头脑发热到向南进攻，除非美英搞得焦头烂额，实在无心应付日本，否则日本不会冒险对美英开战。

中国建设机场

1941 年 6 月 18 日

马尼拉①

美国驻重庆最后一任大使纳尔逊·约翰逊②长期生活在中国，言谈间总有股老辈中国官员的口气，似乎已经在中国生活了 3000年。有一次，我们一起站着远眺，视线从美国大使馆的排房，穿过激流奔腾的扬子江，望着远处灰色梯田状被炸弹炸碎、战火焚

---

① 菲律宾首都。位于马尼拉湾东岸的吕宋岛上，为菲律宾主要港口及经济、政治、文化中心。原是一个有围墙的穆斯林居民点，后来西班牙征服者将其摧毁，1671 年就地建立称为墙内的堡垒城市。七年战争期间曾短时间被英国人占领。美西战争期间美军取得该城的控制权。1942 年被日本占领，1945 年美军收复时，激战使之受创严重。1946 年成为新独立的菲律宾共和国的首都，并得以重建。1948 年奎松市被定为新首都，但在 1976 年马尼拉再度成为首都。马尼拉有各式各样的工业，包括造船、食品加工等，也是几所大学的所在地。都会区人口约 8594000。

② 二战爆发前为美国驻华大使，二战中为美国驻澳大利亚大使。

烧过的肃杀的石岛——中国的战时首都重庆。他感慨道："中国人只要想做，就没有办不到的事情。"

我对当时的这句评论感到十分诧异，我和约翰逊大使不同，我没见过长城，也不会认为它是几天、几年前才建成的。我的思维方式比较直接：要花多少钱才能把日本多少个师团牵制在中国；中国军队有什么反攻机会；国共摩擦能不能减少以便双方找到共识共同抗日；中国反攻得需要多少飞机，由谁来驾驶；至少需要多少火炮，如何运入；运入后有多少炮兵军官能正确操作等等。

所以当听到约翰逊先生根据其深厚的学识得出的那个结论，我震惊不已。因为这似乎并不能对解决当前那些严峻的问题有多大作用。两天后，我飞到四川省北部的成都，拖车从西藏驶下高原，看见身着红黄服装的喇嘛们在高墙围起的古老城市里满是灰尘的街道上走着；冰封的山脉吹来阵阵冷风，将灰色的灰尘卷起如云，碰到拖车驶过时，必须用手帕蒙脸，赶紧走进银匠店来避灰。向北望高处，我找到了约翰逊大使曾经所指的亲眼目睹后，我无法形容那种大清早骑马从南方走出大漠后，再见到宏伟的营地和工程的心情。

开场是总司令在谈论"飞行堡垒"①有了这些庞大的四发波音轰炸机，中国空军可以飞临日本，把过去4年日本在中国制造、蔓延的恐惧——奉还，凭借海拔优势还能免受日本防空炮火和驱逐机的干扰。不过没有哪个中国人能信心满满地说自己有资格作为领航员的身份登上"飞行堡垒"，现场没有人提出这点，想来这件事可以等以后再认真安排。不过有些人确实指出一个现实问题，就是中国没有一个机场能供波音B-17轰炸机起降。

对话中，总司令做了个笔记：

---

① 波音B-17"飞行堡垒"，据称是二战中美国制造的最著名的重型轰炸机，其声望远超过了生产数量更多的同胞——联合公司的B-24解放者。美国一共生产了12677架B-17，到1944年8月，美国陆军航空军（USAAF）至少已有33个B-17轰炸机大队部署在海外作战。

"飞机有多重？"他问。

"差不多 22 吨。"有人回答他，多少有了个数。

"不会更重了？"总司令问。

"应该不会，我会再仔细确认一下。"

第二天，机场就开工了。

陈六琯，38 岁，伊利诺伊大学工程专业毕业，时任航空委员会机械处主任，受命修建机场，准备于 3 月 30 日接收"飞行堡垒"。命令中有个"或其他"，但陈六琯已经为总司令紧急建了这么多机场，如果他"被其他"了，则这很可能就可以最简单地了结成千上万他解决了和正在解决的问题。他从不担心"或其他"这字眼。

这也意味着，他必须在 1 月 8 日到 3 月 30 日期间，建成一条 1.125 英里长、比 150 码略宽的跑道，石块铺底、碎石铺面，5 英尺深，来承受巨型轰炸机起降的重量。

陈六琯的任务是不依靠任何工具把 1000 英亩的土地修葺平整：首先，人工挖出 1050000 立方米的泥土，用篮挑运到平均距离半英里外。修建跑道时，他先铺一层一码深的石块，又铺一层浇了水的土，再铺另一层石块。石块都是从半英里到一英里外的河床用篮挑来。在这种跑道地基上再铺三层，一层巨石铺在石灰砂浆上，再铺一层石灰水泥，最顶层为 1.5 英寸碎石和黏土，上铺 1 英寸粗沙，表面就和台球桌一般平整。

跑道四周边沿都有暗沟排水，我估计跑道可承受每平方英尺 5 吨的压力，可供新型 B-19 起降。

陈六琯建模灌注，造了 150 个 3.5 吨到 10 吨重的水泥滚筒来平整跑道，全靠人力拉动。这也是我所见过的最令人惊讶的事情之一。

他从 10 英里外引水到两条沟渠里，从而确保建设期间跑道平行，省得挑水浪费人力和时间。工人们则用脚来搅拌水泥。

6 万名工人一度从 8 英里外的河里挑了 220000 立方米的砾石。另 35000 名工人用锤子手工敲碎石头。一度动用了 5000 辆独轮手推车和100000条扁担，挑工每12小时一换班，每个扁担两头载重，已经弯到了将断未断的极限。

　　四川省主席为陈六珺提供了100000名工人，队伍里的800人分别来自四川省的10个县。有些人从家里走过来需要花上15天。工资以每人每日挑1.25立方米的土计算，折合为价值40盎司①的大米。其中用大米来支付工资的3/5，其余2/5折合现金发放给工人。最终折合每个人大约是每日2.30美元，或者每人每日1美元再加上大米。

　　我对这些工人的第一印象是只感觉一团尘土滚滚而来，一道在尘土中行进的还有一支穿着破烂不堪、双脚粗硬、面无表情的军队，迈着沉重的步子唱着歌，风中破烂的旗子在迎风飘扬。

　　另一队人拥堵在村子里，唱歌、吹牛，买过夜吃的东西，我们从他们旁边走过，然后上了个坡，就看见了那片土地。

　　眺目远望，广阔的土地延伸到了尽头，不知道的，还以为是个古老的战场。8000名工人在此赈灾劳作，旗帜翻飞，尘土飞扬。随后便看见长约1.125英里的水泥白长跑道，人们正卖力地拖着10吨重的滚筒在跑道上来来回回，试图把跑道轧得光滑平坦一些。

　　远处的海浪拍打着巨大的礁石，岩石在锤头的敲打下咔嚓作响，一阵低沉的歌声越过翻滚的尘土飘扬而来，那平稳的节奏听起来就和海浪拍打着巨大的礁石一样。

　　"他们唱的是什么歌?"我问道。

　　"都是瞎唱的。"工程师告诉我，"都是些自己消遣娱乐的歌。"

　　"这歌唱的什么意思?"

　　"意思是他们没日没夜地干这个。日日夜夜地干。岩石太大，将它砸碎；泥土太软，把它变硬。"

　　"还有呢?"我问道。

---

　　① 盎司是度量衡单位，1千克＝35.27396194958盎司。

"把不平的田地夷平，把跑道变得像金属一样光滑。所有的人齐心协力地拉，所以肩上的滚筒不那么沉重了，好像没有任何负重一样。"

"那他们现在正唱着什么？"

"他们正唱着：现在我们已经做完了我们该做的，飞行堡垒赶紧来吧。现在我们已经做完了我们该做的，飞行堡垒赶紧来吧！"

"你们可以让驾驶飞行堡垒的人派遣来了。"一个工程师说道。

他为人一看就是很务实，以前没用过工具建造机场，也从不幻想那样做。

"你看，"他朝歌声如海浪的工地望去，"有些事我们完全可以靠自己干成。"

预定的完工日期就快要到了，机场按时交工应该不成问题。

驶向胜利

《科里尔》1944 年 7 月 22 日

我们没有人记得希洛战役①发生的具体时间，但都清晰地记得到达绿狐海滩②的那天是 6 月 6 日。还记得那天的西北风刮得尤其猖獗。天刚露出一丝光亮，我们就朝陆地进发，一条条长约 36 英尺、形状类似棺木的钢船，一路劈风斩浪在海上勇往直前。浪花飞溅在战士们的头盔上。一排排的战士正奔赴战场，伴随他们的是战争带来的僵硬、笨拙、不适和孤独。登陆舰艇的钢井里

---

① 美国内战激烈的战役之一，发生在 1962 年 4 月 6 日、7 日。

② 盟军将奥马哈海滩分成了 10 个区，它们分别是：艾柏、贝克、查理 、绿狗、白狗、红狗、绿简易、红简易、绿狐和红孤。

面堆叠着一箱箱用橡皮管救生用具包裹着的炸药包，此时漂浮在水面上。许多火箭炮和装火箭炮的箱子都用防水用具包装起来，防水用具的材质会让你想起大学里女生穿的透明雨衣。

不仅所有装备都用橡皮管救生用具捆着、系着，就连战士们的腋下也同样捆绑着灰色的橡皮管。

船在海里航行，碧绿的海水变成洁白的浪花，猛击着战士们、枪支以及易爆物品。向前眺望，能够看到法国海岸，后面是一片如森林般灰压压的运输舰。海洋上的船舰都在向法国进发。

登陆舰艇行驶在波峰浪尖之时，不仅可以隐约看见一字排开的巡洋舰，侧停在海滨的两只战舰，还能看到枪支锃亮的反光，灰色浓烟随风散去。

"船长，现在的航向是多少？"来自弗吉尼亚州罗诺克的罗伯特·安德森中尉站在船尾，大声问道。

"长官，航向为220度。"来自马萨诸塞州索格斯的弗兰克·科里尔船长双眼仍紧盯罗盘，回答道。科里尔船长还只是个男孩，脸部瘦削，还长着点点雀斑。

"那就继续保持220度航向，"安德森中尉说道，"该死的，不要随意改变航行的方向。"

"长官，航向转到220度。"船长耐心地说道。

"好吧，继续保持。"安德森中尉说道。安迪（即安德森中尉）看起来异常紧张，但是其他船务人员却与其相反。这是他们在战火中的首次登陆，他们知道安迪曾指挥过舰艇在非洲以及意大利的西西里岛和萨勒诺登陆，他们对安迪十分信任。

"注意千万不要撞到了那艘坦克登陆艇。"安迪大声呼喊，声音震天，就和海水拍打登陆坦克的钢壳的声音一样，又像部队踏着浪花水雾汹涌而出的咆哮声。

"我只是保持220度的航向。"船长说道。

"那并不意味着不看前方是什么东西都撞上去！"安迪说道。

安迪年轻英俊、身材相貌可谓是美男子的标准，就是性子有些急躁。"海明威先生，你透过望远镜能看清楚挂在那里的旗帜吗？"

我从衣服内口袋取出用羊毛套筒包裹着老式的微型望远镜，用纸巾擦了下镜片，聚焦在那面旗上。在浪花把望远镜弄湿之前，我看清楚了那面旗帜。

"旗是绿色的。"

"那我们现在已经进入埋水雷的海峡区域了，"安迪说道，"好了，船长，你还有什么问题吗？还能不能维持 220 度的航向？"

我想把镜片的海水擦干净，却又总是被浪花打湿。于是我把望远镜重新包裹起来，望着德克萨斯号战舰炮轰海滨。战舰刚刚离开我们的右方，当我们向法国海岸进发的时候，它一直在朝我们开炮。能否一直保持 220 度的航向取决于我们是否信任安迪和科里尔船长。

峡谷把低矮的峭壁一分为二。众多峡谷里的一个城镇里有个有尖塔的教堂。森林延伸到海边，某个海岸的右面有座房子。岬角上开着怒放的金雀花。西北风将浓雾刮向陆地。

部队里那些没有因为晕船而面色蜡黄的人此时正在与狂风搏斗，在抓住船檐之前努力保持着平衡。他们惊喜地望着德克萨斯号。那些戴着钢盔的战士和中世纪的长矛兵一样，带着骇人听闻的怪物上了战场。

这时，一道亮光就好像是从 14 英寸得克萨斯手枪喷射出的火一样，向船的那边射去。接着滚滚的黄棕色的烟雾上下翻滚着，冲击着战士们的钢盔。别小看这浓烟的威力，如果你的耳朵不小心被袭击，你就会感觉你的脸上像被一个又干又重的手套重重地打上一样。

舰艇继续航行，出现在我们眼前的是青绿色的山，有两个地方像是喷出了又高又黑的土和烟。

"看，他们正在对那些德国人做什么？"我向前倾斜着身子，试图透过隆隆的马达声去听美国步兵说的话。"我猜，那里一定都死完了。"他高兴地说道。

那天早晨，美国步兵说了很多的话，而这一句一直在我脑中记忆犹新。大多时候他们是不怎么说话的，只是安静地站着，但他们偶尔还是会相互交谈。但是声音会被 225 马力高速运转的柴油机发出的轰隆声淹没，你根本无法听清他们在说什么。还有一个发现，就在离开发射舰作战线以后，我再也没在任何人脸上看到笑容了。他们见过了帮助过他们的神秘的巨兽，但现在巨兽走了，他们又陷入孤立无援的境地了。

我发现，也只有我在从看见枪火到感受到其冲击力的过程中一直张着嘴，才不会感到如此震惊。

庆幸我们是在这儿，而不是在"得克萨斯号"或是"阿肯色"号的战火之中。其他船舰整天不停歇地朝我们开火，想要从来势汹汹的海军战火逃开，看起来就是和天真幻想一样。随着我们继续行进，我们已经离"得克萨斯号"和"阿肯色号"的大型枪炮很远了，也远离了那些当时开火的听起来好像要把整个火车抛向天空一样的声音。我们继续稳步前进，走过灰色抑或白色的海洋，向前出发，远离了那些大型枪炮的威胁，似乎前方的死亡最多只是件小的、熟悉又精确管理的包裹了。那些大型枪炮就好比另一个村庄的暴风雨天气的雷声，就算那个村庄的雨下得再大，也不能够淋湿你的身体，和你没有关系。但是，那些大型枪炮还是摧毁了岸上的炮火防卫，方便接下来驱逐舰安全登陆海滨。

现在我们能把前方的海岸看得异常清楚。安迪展开一幅绘着沙滩和滩上其他有着显著特色的景物的地图在认真研究。我拿出望远镜，试着用身上的柏帛丽雨衣的衣角内里把镜片擦干净。当你看见着陆的船舰驶向一片灰茫茫未知的大海的时候，夕阳早已不见，海上水雾还在沿着海岸不停地刮。

安迪膝上摊开的地图有十开，用订书针钉在一起，还标好了目录。钉好后正好是各不相同的五张纸片。安迪摊开地图，每一张纸片都和两倍手臂撑开那么宽。大风掀开了地图，我们看到地图分为白狗、红狐、绿狐、绿狗、红简易以及查理的一部分扇形地区，查理区地图被风撕开两半，另一部分随风吹走了。

我曾研究过这个地图，所以还能记得地图里的布局，但是这也仅限于在脑海中，等到实实在在地看地图，记得是否准确又是另一回事。

"安迪，请问你有小地图吗？"我大声问，"有没有绿狐区或者红简易区的单张地图？"

"没有，从来没有那样的单张地图。"安迪回答道。这时，随着我们逐步向法国海岸靠近，气氛似乎越来越不友好。

"只有这一张地图？"我贴近安迪的耳朵问。

"是的，是唯一的一张。"安迪说道，"而且这张地图还被风吹破损了。一个浪打来，溅在地图上，就破损了。你看我们对面的海岸是哪一个？"

"从那边教堂的尖塔来看，有点像是科勒维尔①，"我答道，"所以很可能是绿狐海滩。还有，那边有个房子，也和地图上描绘的绿狐海滩很像；另外一边的海滩，从随着水流奔来的木料来看，差不多是红简易海滩。"

"是的。"安迪说，"但是我们可能离左边太远了，不能靠岸了。"

"好吧，这些也只是一些特征而已。"我说，"我已把它们记入脑子里了。那里应该没有峭壁才对。峭壁从绿狐海滩的左端开始，红狐海滩也是从那个地方起始的。如果这些都没猜错，那在

---

① 法国滨海。

我们右边的应该是绿狐。"

"这里附近应该有艘控制船。"安迪说道，"我们会证实对面到底是哪一个海滩。"

"如果那里有峭壁，那么一定不可能是绿狐。"我说。

"是的。"安迪说，"我们会在控制船那边得到证实。船长，向巡逻舰进发。不，不是那里！你难道没有看到他吗？赶超到他前面去。如果跟在他后面，你怎么拦也不能把他截到。"

最后，我们也没有拦截到它。但是我们确实超过了对方，还差点弄翻了船。控制船离我们远去了。因载了大量炸药包以及0.325英寸的钢铁盔甲片，登陆舰艇变得十分沉重，竟然在本该轻松航行的浅滩触岸搁浅了，水也漫进来了。

"真是见鬼！"安迪说，"我们还是问问步兵登陆艇吧。"

步兵登陆艇是唯一一个能水陆双向操作的船，形状看起来很像专为航海而打造的。这类船有着和普通船一样的流线型。而车辆登陆艇看起来就和铁制的浴缸一样，坦克登陆艇就和平底货船一样。举目望去，海上到处是登陆船舰的影子，但基本都是船头背向着海岸。船舰一般开向海岸后会掉转头，打个转身后停下来。我们到达的海滩似乎停着一排排装甲坦克。可惜我的望远镜还是湿湿的，看不太清楚。

"绿狐海滩在哪里？"安迪双手放在嘴边，做成喇叭状，朝步兵登陆舰喊道。坦克登陆艇刚从我们身旁开过，部队正登陆。

"什么？听不见。"有人回喊了一声。我们没有扩音器。

"我们对面是什么海滩？"安迪再次使劲大声叫喊。

只见步兵登陆舰上的那位军官摊摊手，耸了耸肩。其他的军官都盯向海岸，根本就没有理会我们。

"船长，快把船停在他们旁边。"安迪说，"快点，靠近他们那边。"

我们把马达关掉在步兵登陆艇旁边大声呼喊，以便他们能听到我们的问题。

"绿狐海滩在哪里？"安迪拼尽全力大声叫喊，可是风实在太大了，一般说话根本听不见。

"就在你的正右方。"一位军官大声喊道。

"谢谢。"安迪朝船尾看去，看到了两艘船。他告诉信号员艾德·班克尔："让他们靠近一些。靠近一点点。"

班克尔转身，抬起手臂，伸出食指，上下挥舞了几下。"长官，他们靠过来了。"班克尔说道。

往后面望去，还有另一些载重的船舰随着海浪上下波动，这时，太阳已经出来了，海水又恢复了碧绿色。

"长官，您全身一定湿透了吧？"班克尔问安迪。

"是的，一直都是湿透了的。"

"我也一样。"班克尔说，"先前就我的肚脐眼还没湿，可是现在也弄湿了。"

"这个方向是开往绿狐海滩的。"我对安迪说，"从这儿开始看不到峭壁了。这里的右边就是绿狐了。那里有科勒维尔大教堂，沙滩上还有房子，红简易的路葛峡谷在绿狐区的右边。这里是绿狐区无疑了。"

"我们再靠近一点就能知道了。"安迪说道，"你怎么就那么认定那就是绿狐海滩？"

"绝对没错。"

在我们的前方，我们看到不同的登陆舰艇都做着同样的行动方式——前进、出来、打转——很是让人疑惑不解。

"一定是出什么事了。"我跟安迪说道，"你快看那些坦克！虽然都靠近岸边，但却没有登陆。"

就在那时，其中一辆坦克开火了，喷出黄色火焰，伴随着滚滚的黑烟。紧接着，在离海滩遥远的地方的另一辆坦克也开火了。沿着岸边，一辆辆坦克像一只只黄色蟾蜍一般蛰伏在高潮水位线上。就在我站起身查看时，又有两辆坦克开火了。这时候，你还能看到最先开火的那几辆坦克喷出的一团团灰色的烟，正在大风的吹拂下，沿着海岸慢慢飘走。

我又一次站起身，想要看看在坦克停靠的高潮水位线外有没有人，可是只能在灰色烟雾里面，看见一辆坦克上的火光一闪。

"那里有条船，我们去问问看。"安迪说，"船长，快点把船向那里的巡逻舰开去。对，就是那艘巡逻舰。尽力把方向转过来，快点，开到那里去。"

那是一条黑色的船，船上已经架好了两架机关枪，正缓慢地撤离海岸，船的引擎几乎熄火了。

"您能告诉我们这是什么海滩吗？"安迪大声问。

"白狗。"回答说。

"您确定吗？"

"是白狗海滩。"黑色船舰上的人回答说。

"您真的肯定？"安迪又问了一次。

"就是白狗海滩。"船上的人似乎有些不耐烦，又回答了一次，接着便加快船舰的速度，劈风斩浪，离我们远去。

听到答案后，我十分不解，眼前和所经过的标志都是和绿狐海滩和红简易海滩的每一个标志性的景物一模一样，和我所记住的分毫不差。峭壁沿线清楚地标在绿狐海岸的左端。房子也是按着地图上的描述排布的。科勒维尔教堂的尖塔也和地图上画的一模一样。我还特地用了一整个早上研究水下障碍物和防卫设备的图形、轮廓以及相关数据。可现在居然说不是绿狐，而是白狗。我记得我曾咨询过我们的上校——多萝西娅·迪克斯运输战舰的莱希指挥官，我们是否能再改变攻击的方向。

"不，"指挥官说，"当然不行。你为什么会问这么一个问题？"

"因为这些海岸都太严防死守了。"

"这支军队将会在 30 分钟内清除掉这里所有的水雷以及其他障碍物。"莱希上校告诉我说，"我希望能把运输战舰穿过扫雷通道的全过程和调兵遣将的准确方略全记录下来，还想把从抛锚到战舰下海、驶离、劈风斩浪结伴而去全过程中的每一个细节、每一件事都用精确到秒的时间记录下来。"

还应该把这个故事背后的所有团队合作的故事也写进来，不过可能内容会有点多，恐怕要写成一本书了，因为讲述的就是那天我们登陆舰艇如何以迅雷不及掩耳之势冲到绿狐区的全过程。

那时，没有人确切知道绿狐海滩到底在哪里。巡逻舰上的人说前面是白狗海滩，但是我确信我们对面是绿狐海滩。如果真如我所说，对面就是绿狐海岸，那么在我们右方 4.295 码的地方应该就是白狗海岸。

"那一定不是白狗海滩，安迪。"我说，"在峭壁那边，红狐向我们的左边延伸开来。"

"但是你听到了那个人说是白狗海滩。"安迪说。

他们打算径直从那边穿过来着陆。

这时，我发现船上武装好的部队里面，有个人正看着我们，冲我们摇头。那人长着一副高颧骨，脸部扁平，神情茫然，头盔上漆着一条竖直的白棒。

"那个上尉说他确信我们对面就是绿狐海滩。"班克尔向后朝我们大喊道。他又朝上尉喊了些什么话，但是听不到内容是什么。

安迪也向上尉喊话求证，只见戴着头盔的上尉重重地点了几下头。

"他说那就是绿狐海滩。"安迪说道。

"你再问问他，他想从哪里靠岸。"我说。

就在这时，又一艘黑色的巡逻舰载着几个军官从海岸方向朝我们驶来，其中一名军官站起身，拿着扩音器向我们喊话："这里有没有应该属于第七波开往绿狐海滩的船舰?"

我们这边有一艘船是属于第七波。军官朝那艘船喊道,跟着他的船走。

"这是绿狐海滩吗?"安迪问军官们。

"是的。你看见那些房屋废墟没有?那片房屋废墟的右边135码范围内都是绿狐区。"

"你们能进去绿狐海滩吗?"

"这个我可不能回答你,你得问海滩控制船的人。"

"难道我们不能直接进去吗?"

"这个问题我们也无法回答你。你必须问海滩控制船上的人。"

"可是他们在哪呢?"

"前边某个地方。"

"我们能进登陆舰艇或者步兵登陆艇能进的地方。"我说,"他们一定清楚他们能进去哪些地方,我们可以在他们的庇护下进去。"

"我们要找控制船。"安迪说道,"我们从拥挤的登陆船舰和驳船中间匆匆穿过,驶向大海。"

"找不到控制船。"安迪说,"它根本不在这里。应该快到附近了。我们必须登陆绿狐海滩,现在我们已经迟到了,我们闯进去吧。"

"不如去问那位上尉他想在哪里着陆。"我说。

安迪走下去问上尉。由于马达运转声音太大,我只能清楚地看见上尉一张一合的嘴巴,但是听不见他说了什么。

"他想笔直对准那片房屋废墟,开始进发。"安迪回来的时候对我说。

我们朝海岸开去。就在我们进发的时候,一条黑色的巡逻舰掉转头再次飞速朝我们开过来。

"你们找到控制船了没？"他们大声问。

"没有。"

"那你们准备怎么办？"

"直接闯进去。"安迪说道。

"好吧，伙计。祝你们好运。"他们大喊道，声音缓慢而肃穆，好像挽歌一样，"祝所有的伙计们好运。"

这些伙计们有来自西雅图的工程师，托马斯·纳什，他笑的时候露出两颗牙齿；有来自布鲁克林①的信号员，艾德·班克尔；有来自弗吉尼亚州奥兰治县的莱希·西弗里克，不得不提，他会是一名好枪手，如果我们有枪的话；有来自马萨诸塞州索格斯的船长，弗兰克·科里尔；还有安迪和我。当我们听到悲哀的分别祝福时，基本上所有的人都已经能预见海滩糟糕的情况。

朝海岸过去的时候，我高高地坐在船尾，想看看我们即将面对的是什么。现在我已经把我的望远镜擦干净了，能清楚地看一看这海滨了。海滨此时正以极快的速度向我们袭来，从望远镜镜片里面看速度更快。

海滩左边没有看到那种悬挂着木瓦的房屋来遮蔽沙滩，第一、第二、第三、第四、第五波败下阵后随地倒下的战舰和将士，就和倒在海洋和铺着一层鹅卵石的沙滩之间的平坦地域的繁重捆绑物一样。至于海滩的右边，沙滩从海边延伸而来，一望无际，一直延伸到森林溪谷的边缘。德国人就是期待着能够从这里获得些好东西，他们也确实从这里获得了点好东西。

再往右看，沙滩顶部的两辆坦克正在燃烧，黄黑色火焰突然凶猛蹿起，灰色烟尘翻滚着、奔腾着。再往近处看，有两处机关枪阵。其中一处正在集中火力从坍塌的房屋废墟向小溪谷的右边开火；另一处在往右200码处，距离沙滩大约400码。我们跟随

---

① 英国纽约西南部的一个区。

的那个部队的军官要我们直接面向房屋废墟进发。

"安迪,"我说,"机关枪扫射出了一个扇形区域。我刚看到他们朝搁浅的船舰开了两次火。"

此时的登陆舰艇就仿佛一个丢弃了的钢铁材质的灰色浴缸。他们对着船的吃水线开火,喷射的子弹打在海面上激起一阵阵水雾浪花。

"他说他想去的就是那里,"安迪说道,"所以我们能在那里找到他。"

"那儿也没有好到哪去,"我说,"我看见两边的枪都开火了。"

"那就是他想去的地方,"安迪说,"把船径直向前开。"安迪转过身站在船尾朝其他船舰打手势,他伸长手臂,张开手掌,上下挥动示意。

"伙计们,过来!"安迪说。此时马达运转的声响像飞机起飞时的噪音一样大,把安迪的声音都淹没了。"靠近!靠近!你怎么了?靠近啊,真没用!把船径直开过去,船长!"

照着他的指示,我们进入了两处机关枪阵扫射的中心地带。我埋头行走在枪林弹雨的缝隙下,从船尾板处的井下到船里面。船尾通常是枪手埋伏的地方,可是我们并没有枪。机关枪火在船周围击起水花,一辆反坦克装置炮轰击起的水花,飞过我们头顶。

上尉正在说话,但我听不见他说的内容。安迪用耳朵紧贴着上尉的嘴巴,听清话里的内容。

"船长,快掉转船头离开这里!"安迪大声喊道,"火速撤离!"

我们以船尾为轴掉头,赶紧撤离。正在此时机关枪停止了扫射。仍有偶尔的狙击朝我们射击,使得周围海水四溅。我再次艰难地抬起头,朝海滩方向望去。

"危险还没有清除完，"安迪说，"水下木桩上布满了水雷。"

"我们沿着海岸继续行驶，寻找一个好一点的地方再登陆吧。"我说，"假若我们远离了机关枪阵的射程，我想他们应该不会集中火力射击我们，我们只是一个登陆舰而已，根本不值得他们如此大费周章，浪费兵力和子弹。"

"我们找地方停靠吧。"安迪说。

"他想在哪里登陆呢？"我问安迪。

上尉的嘴又动了动，速度很慢，似乎他的嘴唇和脸已经不再是一个整体了。

安迪走过去认真听清他的话，然后再次回到船尾，"他想接近我们刚才经过的步兵登陆舰，他的指挥官在那上面。"

"我们可以让它在红简易上岸。"我说。

"他想见指挥官，"安迪说，"那些穿黑色外套的人是他们连的。"

步兵登陆舰在海那边摇曳着，现在我们的船在向它逐渐靠近，只见驾驶室的钢板壁上有一个破烂的炮口，一个直径 88 毫米的德国炮筒从里面伸出来。舰艇上每一排边缘闪亮的炮口都在朝海里滴血。它的船舷和船身都被晕船的人给弄脏了，驾驶室前面堆放着已经阵亡的士兵的尸体。上尉和另一个军官交谈了一会儿，我们的船在这艘黑色的铁船旁边随海浪颠簸了一会儿便开走了。

安迪跑上前和上尉交谈一会，然后再次回到船尾。我们坐在船舷上，看着从东边的海岸驶过来两艘驱逐舰，它们的枪口瞄准海角和海滩后面的坡地，发起一阵猛击。

"上尉说他们现在还不想让我们的船进去，要等待时机，"安迪说，"咱们避开这艘驱逐舰吧。"

"那要等多长时间？"

"上尉说他们前面的一批人还没到，那批人叫他先等着。"

"咱们保持追踪,"我说,"你戴上望远镜,看看那个海滩,不要把你刚才看到的告诉他们。"

安迪看了看,又把望远镜还给了我,摇了摇头。

"咱们在右边跟着,去看看那边是怎么回事,"我说,"我敢保证咱们一定能在恰当的时机赶到。你确定他们告诉上尉现在不能过去?"

"上尉是这么说的。"

"你再去跟他确认一下。"

安迪回来了说:"上尉说他们现在不让过去。他们要先清除水雷,这样坦克才能安全开过去,他说现在没有什么事是需要我们做的,而且那边情况很乱,他们叫他暂时不要过去。"

驱逐舰此时正在朝之前向我们开炮的混凝土碉堡近距离射击。伴随着大炮震耳欲聋的轰鸣,黄铜弹壳铿锵有力地撞在钢制甲板上,扬起一阵尘土。与此同时,驱逐舰上的五英寸口径长枪继续朝小村庄边上倒塌的房屋发起猛攻,以完全压制德军火力。

"咱们现在上吧,驱逐舰过去了,我们看看能不能找到个好地方登陆。"安迪说。

"驱逐舰已经把障碍扫清,那边还有工兵团在搭浮桥,"我对安迪说,"给你望远镜自己看。"

在我们右边的山谷,士兵们正缓慢而艰难地行进,就好像他们肩负着整个世界一样小心翼翼地前行。他们已经停止开火,只是慢慢地爬上山谷,就和黄昏时分疲惫的驼队一样准备收工了。

"步兵团已经到山谷尽头的山脊了。"我对上尉喊道。

"他们不需要我们,"他说,"他们已经明确地告诉我他们现在还不需要我们。"

"给我望远镜,让我看看吧,或者是给海明威也行。"安迪说。然后把望远镜还给我。"那边有人在举着黄旗发信号,而且一艘船似乎出了些问题。舵手,直接把船靠那儿去!"

我们全速向海滩开去，艾德·班克尔环顾四周说："安德森先生，别的船也来了。"

"让他们回去！"安迪说，"让他们回去！"

班克尔转过身来，挥手示意那些船只赶紧走开。他费了好大劲才让对方理解自己的意思，海浪终于恢复了平静，船只也向后退去。

"你是让他们回去了吗？"安迪问，眼睛一直紧盯着那个海滩，雷区里面有一艘沉没了一半的登陆舰。

"是的，长官。"艾德·班克尔回答。

一艘步兵登陆舰在海滩旁边转了几圈，然后朝我们驶来，当与我们擦肩而过时，有个人用扩音器大声喊，"船上有伤员，船快要沉了！"

"你们能过去吗？"

他的声音被大风吹走了，我们费力只听清了几个字"机关枪阵"。

"他到底是说有机关枪阵还是没有？"

安迪说："我也没听清。"

"再靠近它，舵手，"他说，"和它并排前进。"

"你是说那儿有机关枪阵吗？"他喊道。

一个军官用扩音器说，"这艘船刚才遇到了敌军的火力网，正在慢慢往下沉没。"

"快点到那艘船那儿去，舵手。"安迪说。

沉没的木桩阻挡了我们的去路，使我们无法顺利通过，上面都系着触雷，像两大块双层馅饼，好像是先被钉在木桩上再沉入水中的。丑陋暗淡的灰黄色，战争中几乎所有的东西都是这个颜色。

我们不清楚船下还有多少雷桩，只能绕开我们能看得到的，然后朝沉没的船只驶去。

把下腹受伤的士兵抬上船可真不是件容易的事，因为我们被逆浪堵在了木桩中间，找不到放舷梯的地方。

我不知道德国人为什么不向我们开火，或许是驱逐舰已经把机关枪碉堡摧毁了，又或许是他们在等水雷收拾我们。很显然，铺下这些水雷没有少费力气，德国人肯定想让它们物尽其用。我们现在就处于反坦克枪的射程范围之内，它之前已经朝我们开过火，即使在雷区内穿梭的时候，我都一直在等着它开火。

当我们第一次把舷梯放下的时候，我们被挤到另一艘登陆舰旁边，在它沉没前，我看到三辆坦克正沿着海滩缓慢地开过来，由于速度太慢，看上去似乎都没有怎么动。德国人发现了一个开火的好地方，一直让坦克开到海滩上山谷旁的空地。然后我们看到最前面的那辆坦克前面腾起了一个水柱，紧接着，背向我们的那辆坦克那边冒起了烟，两个人慌张地从炮塔里蹿出来，跌在海滩的石头上，用手和膝盖着的地。他们和我们的距离很近，近到我可以看得清他们的脸，紧接着坦克着火后剧烈地燃烧起来，再也没看到有人出来。

那时我们已经把伤病员和幸存者都抬上甲板，收回了舷梯，摸索着驶出了雷区。在我们清除了剩下的雷桩后，库里尔加大马力，疾速向大海驶去。这时，另一辆坦克也开始燃烧起来。

我们把受伤的士兵送到了驱逐舰，驱逐舰上的舰员用金属篮筐把伤员一个个吊上船。同时，驱逐舰已经快开上了海滩，用五英寸枪把岸上的每一个碉堡都摧毁了。在一阵爆炸中，我看到一块被炸飞的德国士兵三英尺长的尸体残骸，上面还有条胳膊。这让我想到了《彼得鲁什卡》[1]　中的一幕。

---

[1]　《彼得鲁什卡》是俄罗斯近代著名作曲家斯特拉文斯基所写的一部芭蕾舞剧。剧情由俄罗斯民间故事改编，讲述了一位魔术师在市集上表演木偶戏，结果使三个木偶彼得鲁什卡、芭蕾舞女演员和摩尔人都有了生命。彼得鲁什卡爱上了女演员，但女演员却喜欢摩尔人。彼得鲁什卡无法忍受，便设法破坏了他们的爱情，摩尔人气得发疯，把彼得鲁什卡杀死。

步兵团登上了我们左边的山谷，越过了那个山脊。我们在海滩上选了个好地方，让我们的军队连同炸药、火箭筒以及上尉一起登陆。

德军还在用反坦克枪四处寻找目标射击，只见它们在山谷中不停地旋转炮筒，直到瞄准目标才开火。他们的迫击炮还在沿海滩开火。他们让后方士兵朝海滩狙击。在我们离开以后，那些人还在继续开火，估计不到日落他们是不会停的了。

刚才还沉没在海浪里的水陆两用车，现在已经平稳地登陆了。在半小时内完成整个海峡的扫雷任务不仅是个耀眼的战绩，也是个神话。现在海浪更高了，雷桩再次浮出水面，这又是个艰难的行程了。

最终，我们从迪克斯堡①出发的 24 艘登陆艇中有 6 艘损坏了，但并没有太多的人员死亡。很多船员被接走，或许到了别的船上。在这光天化日之下的正面袭击中，我们成功地夺取了一个布满水雷、全副武装的海滩。我们突破了敌人坚固的防御工事，每一艘从迪克斯堡出发的船都顺利地把作战人员和装备给运上了岸。我们并没有因为自身原因，即航海技术差而损失一条舰艇，所有的损失都是敌军造成的。最终，我们拿下了海滩。

我这只是写了其中的一部分情况，还有好多都没写。即使写上一个星期，恐怕也难以写完每个人在 1135 码②的前线上所做出的贡献。真正的战争从来都不是纸上谈兵，战争的记录看起来也与实际情况有所出入。我已经尽我所能记录下真实的情况，如果你想了解我们在 1944 年 6 月 6 日夺取绿狐和红简易之时那艘登陆舰上的情况，可以看看我的记录。

---

① Fort Dix，是美军在美国新泽西州的一个基地。

② 约 1000 米。

伦敦大战敌机

《矿工》1944年8月19日

"暴风雪"号是一种体型瘦削、性能卓越的飞机。这种世界上速度最快的飞机却有着驴一样的倔脾气。据报道，它的时速可达400英里，俯冲时留在身后的只有自己的噪音。在我们这里，它的任务就是负责拦截并击落在海上或者在空旷的村庄无人驾驶的敌机，阻止它们一路呼啸飞到伦敦。

中队从凌晨4点起飞，直到午夜。总有飞行员在驾驶室里随时待命，维利信号枪一响，他们就起飞，空中也总有一些飞机在不停地巡逻。信号枪从情报室的门向疏散区连发两枪，从枪声响起到飞机升空，根据我的计算只需要57秒。

当信号枪发令时，你能清楚地听到弹壳出膛的利落的声音，还有发动机愈发尖锐的呼啸声和200个螺旋桨摩擦着机头上的桃心花木转轴，发出阵阵噪声。还能看到这些已经被饥饿折磨的、长腿的大鸟颠簸着逃命、不断跳跃着、尖叫着起飞的情形。不管此时是顺风还是逆风，也不管天气怎样，它们只要找到一片天空就会一冲而上，然后将又高又长的起落架收在机身下。

不管什么原因，你总会和许多自己周围的事物建立某种感情，但一定没有任何女人或者是马能比一台性能优良的飞机带给你的感情更真实、更可爱，凡是爱上它的男人，誓必都会永远忠诚于它，即使他们会把飞机留给别人。一个男人对战斗机只拥有一次童贞，如果他把它给了一台可爱的飞机，那么他的心也将永远遗失在那里。只需一台 P－51① 就能俘获一个男人最真诚的心。

如果一台坚固耐用、性能可靠又勇猛剽悍的飞机取了"野马"这个名字，那可真是个强硬的好名字。假如把哈里·格雷伯②的心脏比作是一个引擎，那么"野马"就能成为他的朋友了。"暴风雪"和"野马"相反，是个娘娘腔的名字，来源于莎士比亚，而且还被用于一台处于全盛时期的飞机身上。那的确是个不错的年月，很多的男人都痴迷于赌马。不止一个人被经营马赛赌博的人拉去，原因是他对一匹初入赛场的赛马十分看好，而那匹马除了和"大红"③ 一样，有着一个粗壮的脖子之外，其他的部位根本无法和良驹们相提并论。像野马一样嘶鸣的飞机有很多，但它们都还没有飞越过大西洋。

现在我们有一个中队的人驾驶着"暴风雪号"。他们给这种飞机命名的时候并没考虑什么其他的关于气象干扰的术语。他们每天都在忙着击打下这种武器。中队长是很好的人，身材高挑，很有军人的气势，基本不说话，就和猎豹一样安静。他的眼睛下面有一些浅褐色的圆圈，脸部曾经被烧伤过，有着一种奇怪的紫色。他站在飞行员食堂的木桌旁边，脸色平静而真诚坦率地对我讲述他自己的功绩。

我能肯定他讲的都是事实，因为那是他第一次击落无人驾驶飞机的经历，所以每一件事他都记忆犹新，分毫不差。他并没有讲其他人的事情，只愿意讲和飞机有关的事，而且不厌其烦讲得很详细。他还给我讲了另一种击落敌机的方式：如果没法在空中把它们炸毁，那么就想法把它们撞毁。

---

① 英国北美航空公司设计生产的野马式战斗机，最初是为英国空军研制的。继英国之后，盟军大量装备野马战斗机，并在零高度实施攻击，猛烈打击在欧洲大陆横行的德军地面部队及火车运输线。

② 美国著名拳击手。

③ 一种粟色，接近红色的赛马。

"就和一种会爆裂得升起来的巨大泡沫一样。"他说。"泡沫"可能有些夸张，但是他对此坚信不疑，还用了个更夸张的说法："在爆炸气流冲天的那一刻，那情形就像一朵巨大的花在空中开放了。"

当我正试图在脑海中想象一个巨大的泡沫炸开花的情景时，同一个中队的美国飞行员突然打断了这紧张的气氛，他说："我也击落了一架飞机，它正好掉在一个温室上，碎玻璃向上飞起来了至少有 100 英尺高。我还在为今晚去酒吧要怎么跟温室的主人解释而发愁呢！"

"这并不是你的错，你也不知道到底会在哪儿击落他们。"中队长说。他站在那儿，语气和缓而有耐心，他的脸看上去像一个紫色的面具，流露出一种奇怪的热切，"它们可是飞得很快的。"

中校走了进来。他的个子较矮但很有自己的风格，言辞犀利生硬。我后来了解到他才 26 岁。在我还不知道他中校的身份前，我曾看到他从一架飞机里面出来。当时我并没有看出来他的身份，即使现在通过他说话，我也看不出来。如果不是其他的飞行员叫他"长官"，我真不知道什么时候才能知道他是中校。他们叫两个中队长"长官"，一个是像自行车竞赛运动员一样的比利时硬汉，还有一个就是那个脸上毁了容、腼腆的好人。但听过后会发现和他们叫中校说的"长官"有些许的差别，不过中校并不怎么在意，或者根本就没有注意到。

在战时，审查制度是十分必要的，特别对于飞机尤其必要。因为一架新飞机的确切速度、尺寸规格、性能和武器装备的信息是不能对外泄露的，不能让敌人了解到，除非这架飞机落入敌人的手中。

男人对飞机的喜爱，可能是因为它的外表、性能和表现，这也恰恰是飞机吸引人的地方。不过我这篇文章可不是讨论这些。我从内心希望任何一架"暴风雪"的信息都不会被泄露出去，敌人永远不能击落它们，而我对它的一切了解在战争结束之前都不要被公开。

关于歼灭无人驾驶飞机战术有关的对话也是如此。因为要记录对话就不可能不提及相关的战术。所以这篇文章里除了一个男人对于飞机的热爱之外，没有太多别的什么。

我的文字有些生硬，但军队就是个生硬的组织。除了在前面的对话中出现的那位中队长是个例外。有些英国空军的语气生硬，还有一些说起话来就和电影《今夜出击》①里一样温和而准确。不管是哪一种语气，我都喜欢（用"喜欢"来表达感情是非常温和的），如果审查制度能够偶尔大方地允许我写一些有趣的东西，那么我也很想尝试一下这两种笔调。不过现在你只能凑合着看了。

不过在战时，按照审查制度写作是十分必要的，即使没有官方的审查，我们写作的时候也都要进行自我审查，防止把任何可能成为敌人潜在情报的内容泄露出去。但如果想有声有色地描绘空军，并融入细节和情感，那么就不得不有些类似体育报道了。

就如同在过去，你看哈里·格雷伯在和米奇·瓦尔克②的比赛一样。在决战的那天早上9点，哈里·格雷伯在床上吃了一个有双份火腿和煎蛋的土豆泥。于是在称体重时，他发现竟然要比当天下午2点决赛时必须保持的162磅③重了12磅④。你能想象出他是用了多少方法来减掉多出来的体重吗？估计他那会儿一定虚弱的连走路和诅咒的力气都没了。

然后假如你亲眼看到了他吃的东西，并且最后看到他上场的时候和早上起床的时候一样重。然后假设你看到了他那有力的、推搡的、猛烈的、笨拙的、横冲直撞的、卑鄙的、肮脏的、血腥的又可爱的对决，你就得这样总结整件事：据报道，我们有一位斗士，叫作哈里·格雷伯，其性格特点未知，昨晚他与米奇·瓦

---

① 1941年出品，关于英国空军的军事纪录片。
② 英国著名拳击手。
③ 约73公斤。
④ 5.4公斤。

尔克交战了。想知道更多细节详见后续报道。

如果这个故事看起来很奇怪，那么请记住在我写这篇文章的地方，天空中总是有无人驾驶的飞机飞过，看起来像一个个有着白色的、发热的，如木桶口般粗细尾孔的丑陋金属飞镖。就和我所描述的那样，它以每小时 400 英里的速度，发出像摩托车一样的噪音，从我头上飞过去。

在纽约，一位很受尊敬的同事告诉我，他之所以没有回到欧洲剧院，是因为他觉得在那儿写的东西没有什么创新和意思，只会不断重复以往的作品。现在，我有权对那位尊贵的同事说，在此紧要关头，重复性写作的危险对于我来说，根本不值得我去担忧。

你是否还在聚精会神地继续看着这篇文章？因为窗玻璃的问题，我现在已经走神了。在英格兰南部，一个中队的"暴风雪号"飞行员在 7 天内击落了他们目标之一的无人驾驶飞机。很多人称呼这种武器为"V 形飞弹""自导炸弹""嗡嗡弹"，或者其他从热心的舰队街①媒体人物的头脑中杜撰出来的名字。目前为止，我还没有见过任何一个歼灭它的人称呼褐色轰炸机为"宝贝"。因此为你们报道无人驾驶飞机的编辑，还会称呼这种武器为无人驾驶飞机。当然，如果你不喜欢，完全可以按照个人喜好用任何古怪或者矫情的名字来叫它，但仅限于私下里这么称呼。

在你的无人驾驶飞机编辑开始研究拦截角度之前，他或者是我（我猜应该是我，尽管有时我并不是最佳的人选，我也考虑过不干这个了，还真不如回去写我的硬皮书）便会亲自坐上 48 台米切尔轰炸机中的一个——也就是说每架轰炸机上有 8 盒炸弹，一共 6 架轰炸机——去炸毁无人驾驶飞机起飞的地点。

就算是新手，也能很容易地通过散落在那附近的老米切尔轰

---

① Fleet Street，是英国伦敦市内一条著名的街道，依邻近的舰队河命名。一直到 1980 年舰队街都是传统意义上英国媒体的总部。今日舰队街依旧是英国媒体的代名词，即使最后一家英国主要媒体路透社的办公室也在 2005 年搬离舰队街。

炸机数量来确认起飞地点。因为当你向它们走近时，你乘坐的飞机旁边会出现一些大的黑色烟圈。那些黑色烟圈就叫作高射炮火，正是这种高射炮火断送了我们的两架飞机。

那么，我们（包括林恩中校，他在飞机里不得不说是个很好的同伴，他的声音听起来和在对讲机里跟投弹手凯说"轰炸——轰炸——轰炸——轰炸"的时候一模一样，好像前面的路还很远）——用一个谚语来形容——以针尖般的精准度轰炸了这个起飞点。我认真对这个地点进行了观察，它看起来就像一个巨大的混凝土建筑物，侧躺着或者是趴在（取决于你是在俯冲之前还是之后看它）一个完全被炸弹坑包围的森林中。天边有两朵云，似乎并没有"我像云朵般孤独地漫游"里描述的那样孤单。

一排黑色烟圈朝我们的飞机还有我们右边的米切尔轰炸机迎面扑来，看起来就和米切尔轰炸机制造商广告上的画面一样。然后，在它旁边不断形成的烟圈之中，这个大飞机的肚子也和电影里面的那样打开了一个口，朝空中挤出了几个炸弹，它们倾斜着掉了下去，就如同着急地生下了 8 个金属做的小猫一样。

这也是我们扔炸弹的方式，虽然你只能看到自己的飞机在干什么，看不到其他的。然后我们都会用最快的速度飞回去，而这就是轰炸。和其他的东西最大的不一样的地方就是总是会把最好的部分放在最后。这也就如同你上大学的意义并不是你能学到多少东西，而在于你认识了很多美妙的人。

你的无人驾驶飞机编辑从来都没有受过什么学院教育，所以他就去了英国空军，他现在主要学习的课程就是把无线电话里的英语听懂。在和英国人接触沟通的时候，我能听懂他所有的话。我也能清楚地说和读写加拿大英语，还稍精通些苏格兰语，也能懂几个新西兰词汇。对于澳大利亚英语，我的了解足以写明信片、点酒，或者挤进一个拥挤的酒吧。南非口语也并不是什么大问题，就连巴斯克语我也能说。但无线电报上的英语则不同于平时的英语，带有光荣的神秘色彩。

我在轰炸机机舱的对讲机里听懂了大部分的无线电英语。当你把操纵杆上的按键按下时，就把座舱里说的话隔离了，于是你就可以开始一场漫长的私密对话，"我想知道那个说话的是谁？"你回答，"不知道，估计应该是登陆日那天晚上一直在说'返航，返航，行动取消了'的那个杰瑞。"

"你想知道他是怎么进入我们的波长的吗？"

你无所谓地耸了耸肩，用拇指关掉了按键。对于这种闲聊的、简单的私人之间的英语对话，我能听明白。但是如果碰上真正的两个从指挥部往来的飞机上那种英国人和英国人之间的对话，我就必须得当做家庭作业一样认真研究了，就像你借了谁的微积分课本，可是自己才学到平面几何那儿一样。

这就能为你的无人驾驶飞机通讯员写下那么多的奇妙突袭的故事作解释。他并不是一个对征服苍穹或者对抗地心引力抱有强烈兴趣的人；因为他也时常因为英语听力的问题，无法把无线电话里的命令充分理解，反而经常听到自己竟然被指派去轰炸德军，或者用性能良好的、时速 400 英里的飞机——"蚊子"号[①]去拦截德军的飞机。

现在，你的无人驾驶飞机编辑把所有的电话都停了，从而以防听到有人提出震惊的提议，而无法履行职责。然而，在停掉所有的电话之前，我还收到了一段有趣的愉快的对话，"厄尼胆子太小了。明明有机会掌握无线电通话技术，他却在那个酒吧房间里坐着，你猜他干吗呢？"

"干什么呢？"那语气听起来像是被吓到了。

"写文章呢。"

"天哪！那个老家伙可真行啊！"

---

① 英军的战斗机。

为巴黎而战

《矿工》1944 年 9 月 30 日

8 月 19 日，在从纽约州北部坎顿市来的列兵，阿奇·佩尔基的陪同下，我在该师步兵团团部停留了些时间，对该团防守的前线情况进行了详细的询问。团部位置就在曼特农①外的一片树林里。团部的二大队、三大队向我汇报了军营的位置，并告诉了我他们最前线的警戒部队在距离艾伯伦不远的、去朗布依埃②的路上。在步兵团的指挥部，我得知朗布依埃外围正在激战的信息。我对艾伯伦、朗布依埃、特拉佩、凡尔赛周围的城市和道路情况了如指掌，因为多年来我曾在法国的这片区域骑车、散步或开车穿行。如果想了解一个城市的概貌，那骑车可谓是最好的方法。速度不是太快，你能够清晰地记住地形的原貌，但假如你开一辆摩托车的话，可能只会对那些高峰留下印象，根本无法获得对于城市的准确记忆。在前线，我们遇到几位刚从朗布依埃骑车过来的法国人。在警戒部队里，只有我懂法语，他们告诉我今天凌晨 3 点最后一批德国人撤走了，但是却在通往城镇的路上布了地雷。

我想着赶紧把这个消息带回团指挥部，但是没走多久，我决定返回并把那几位法国人一起带回去，这样我们能再好好询问一番，从他们身上获得更多的有用的信息。当我们再次到达前线时，看到了两车的法国游击队战士，他们大都打着赤膊。战士们装备着空投下来的手枪和两挺斯特恩式轻机关枪。他们正是从朗

---

① 曼特农是法嗣厄尔—卢瓦尔省的一个镇，位于巴黎市中心西南方 63.5 公里处。面积 11.44 平方公里，人口 4440 人。

② 巴黎西南方 23 英里处，是法国总统避暑和打猎之地。

布依埃过来的，这也恰好证实了刚刚那几位法国人提供的消息是真的。

我和列兵阿奇·佩尔基开着吉普车在前面引路，带领他们返回团指挥部，而我就负责把这些游击队员所了解到的城镇和道路情况翻译给有关人员听。

此时我们已返回到前哨，正在等待地雷清理的具体细节和勘测部队的加入。可是等了一段时间，一个人也没有出现，而这时的法国游击队战士已经准备好了。他们是想赶紧到达第一雷区，并成立一个保卫队以防止任何前往那里的美国车辆触雷。

一直等到隶属于新泽西州东奥兰治步兵团反坦克连的欧文·克里格中尉加入我们后，我们立即出发去朗布依埃。欧文·克里格中尉的身材矮壮，肌肉很结实，是个十分积极乐观的人。能够看得出战士们对他很是信任，当看到他在寻找并清理地雷时，都十分放心。和非正规军一起作战时，并不需要遵守什么真正的规矩，差不多就行。只要他们对你很是信任，就会和你一起战斗。如果你得不到他们的信任，或者他们不再相信你，那么他们就会消失。

战地记者是不能被允许进入指挥部的，我只好把这些游击队员带回到步兵团指挥部以便他们能提供更多的信息。不管怎样，今天算得上是美好的一天，我们来到朗布依埃平坦的黑马路，道路两旁树木林立，左边是公园的外墙，前方竖立着路障。

刚开始，在我们的左边停了一辆被炸毁的吉普车。还有两辆德国小型坦克也在此停放，它们被当作反坦克武器使用。其中一辆停放在直通小山的路上，而此时我们正向这条被伐倒的树木所阻断的道路出发。另一辆停放在路的右边。每辆都载有 200 磅的黄色炸药，它们被牵引到路障后面的金属丝操控着。只要看到马路上有装甲车队的影子，这些小型坦克就会立即驶向道路。因为左边是墙，所以车辆只能向右转，同时另一辆小型坦克将攻击其侧翼。道路障碍物的这边也同样停放着遭到损坏的一辆吉普车和一辆大卡车。

克里格中尉潜伏到雷区，雷区遍布马路内外，两棵被伐倒的大树横躺在这条马路上，中尉潜伏的样子就和一个小男孩在圣诞树下寻找写有自己名字的包裹时一样专注。顺着他的方向，阿奇·佩尔基和游击队战士小心翼翼地把地雷拿到一道暗渠的墙边。我们从法国人那得知，德国人在这里射杀了美国的侦察队。他们让领头的装甲车经过朗布依埃岔道，然后开动卡车和两辆载有反坦克武器和军火的吉普车杀死了七个人。接着德国人把卡车里的地雷抢走，并把它们埋在了这里。

法国人把死去的美国人埋葬在他们曾经潜伏过的马路旁边，在我们清理雷区的同时，一个法国妇女走了出来，并在他们的坟前放上鲜花为他们祈福。现在侦察设备还没有到，克里格的人已经到了，正通过无线电和团部取得联系。

我和法国游击队的侦察队一起进了城，我们才真正了解了德军撤退的情况和军事力量。之后，我把得到的信息汇报给克里格中尉，由此我们竟然发现在我军和德军之间没有任何障碍物，接着我们又侦察到在城外至少有 10 辆坦克驻守。而我们目前急需做的就是果断地接手扫雷的工作，并成立一支保卫队来守卫道路，防止德军突然杀个回马枪。幸运的是，此刻由俄亥俄州克利夫兰①彼得森中尉领导的一支侦察队出现在我们面前，我们之前的担忧也迎刃而解了。

这晚，法国游击队倾其所有，把所有的巡逻队都派往朗布依埃市中心主干道驻守，为彼得森中尉的侦察队把风护航。上天下了一整晚的瓢泼大雨来考验战士们的意志，坚守到早晨的游击队

---

① 克利夫兰，美国俄亥俄州最大城市，位于州境北部伊利湖南岸凯霍加河口，是水陆交通要地。重要湖港和工商业城市。面积 196.8 平方千米，人口约 52 万；大市区包括邻近 4 县，面积 3934 平方千米，人口约 190 万。

战士们全身湿透，疲惫不堪。下午，他们不得不换上在伏击战中战死的士兵的衣服。

我们第一次进城时，有两名战士打着赤膊，群众冷淡地向我们打招呼。而第二次进城时，我们人人身着制服，受到了群众热烈而又隆重的欢迎。在第三次进城时，战士们全体穿戴整齐，为此我们受到更为热烈的欢迎，群众开心地与我们相吻，为我们的到来开香槟庆祝。我们把总部设在了戈兰凡登饭店，因为这里有一个上等的酒窖。

次日早晨，我返回步兵团指挥部，向上级汇报朗布依埃周边的情况并对德军在朗布依埃和凡尔赛的军事部署做了分析。身着制服的法国宪兵队队员和游击队战士分布在凡尔赛内外，同时法国抵抗组织也时常能看到记者的身影。我们对德军坦克的去向、枪支的存放位置、防空武器所在地、军事力量及其部署情况有了确切的了解。

每天都在不断地更新消息，消息也随之更加完整。指挥步兵团的陆军上校派我前往师总部，我在那里讲述了朗布依埃及周边发生的事情，并得知遗留在沙特尔①的被缴获的德军物资起了大作用，给法国抵抗组织补充了大量的武器装备。

我返回朗布依埃时，在凡尔赛路上看到皮特森中尉将他的侦察队分布在凡尔赛道路上，并且在他的协助下，装甲队的装备也成功运抵。部队在城里驻守是我们很乐意看到的，而且我们还得知我们和德军之间已设立起屏障，因为在朗布依埃北部德军有15辆坦克，其中3辆是虎式坦克。

下午时分，众人都抵达城镇。英国和美国情报人员从任务前线

---

①　沙特尔在法兰西岛大区和中央大区交界的厄尔—卢瓦尔省，位于一个山丘之上，在厄尔河左岸，博斯的中部。沙特尔在巴黎西南71公里，是座清幽的小城，约有4.2万人口，以城中的大教堂闻名于世，它被联合国教科文组织定为世界文化遗产，也是法国九大名教堂之一，更是早期四大教堂之一。

返回，等待着下一个任务的执行，报纸通讯员、现任美国高级军官和美国海军后备队①海军少校莱斯特·阿默、纽约陆军上校都聚集在城里，同时两支装甲侦察部队也接到取消所有任务的命令。

这次撤退使得城镇与德军之间没有任何部队守卫。我们此时也把德军的军事力量及其战术策略摸透了。他们计划在特拉佩和那维由克斯两地之间驻守坦克，从而来阻挡从乌东通向凡尔赛的去路。他们会将坦克驶向朗布依埃和凡尔赛主道上各个不同点，占用边道，除此之外，他们还会调遣轻型坦克和自行车队在谢夫勒斯东部和圣·雷米切里乌斯等地巡逻。

晚上，在美国侦察队撤退后，常规军侦察队和游击队组成了一支保卫朗布依埃的武装力量，配备了反坦克手榴弹和轻型武器。这晚依然大雨瓢泼，凌晨两点至六点，是我度过的前所未有的漫长时光。

我不知道你能否了解到，该部队先你一步出发，紧接着又撤退回来，在你掌管的城镇里驻守，这座城镇异常美丽，从未经历过战火的洗礼，这里的人民淳朴善良。从书中你找不到任何解决此类错综复杂军事事务状况的指导方案，因此为城镇设起屏障是必须的，也是可行的。从目前美国军队撤退的情况来看，一旦德军突然改变计划提前发动攻击，我们至少还能给予一定的防御。

接下来的几天里，德军坦克在我们附近的路上来回巡视侦查，他们挟持了各个村庄里的人质，还俘虏了法国抵抗组织的战士并把他们枪杀了。他们在此肆意妄为。同时在最近的一段时间，游击队战士骑着自行车跟踪并记录他们的行踪，为我们提供了他们的精确动向。

同一个人只能在同一个国家里出入一次，除非他有正当的出

① 英国海军后备队，United States Naval Reserve。

入境理由，否则他就会被德军怀疑而被杀。我军把那些对我军军事力量大小、指挥人员名单有所了解的人员都关押了起来，以防他们返回德军基地后被逮捕审问，从而泄露秘密。

年轻的保罗从我们前方的德军坦克小组中落下来。他埋藏了制服和冲锋枪，仅穿着从一间封闭房间里找到的内衣和裤子穿越了德军防线。他带回了好消息并马上投入饭店的厨房工作中。这时的安保工作很简单，因为只有流动巡逻队的人配备有武器。我还清晰地记得当厨师走进餐厅询问能否把牢房的囚犯放出来，让他们自己从烘炉中取面包时，陆军上校不敢置信的骇人表情。他断然拒绝了这荒唐的请求。随后，囚犯们也主动请求让他们在警卫协同下挖出自己的制服和枪支，带着武器上场作战。但是同样遭到拒绝。

在这段混乱的时间里，德军坦克占领了一条边道并继续向城镇 6000 米内推进。他们还杀死了一位十分善良的、正在巡逻的警察，这位警察是当地的游击队员。所有在场的人都跳入壕沟向坦克开火，坦克随后撤退了。此刻的德国人极其可悲的是，依照教条全面开火。如果不那么墨守成规，他们就已经进入城市，品尝着戈兰凡登大酒店的优质葡萄酒，甚至可以赶走波兰人，枪杀或者逼迫他们重新回来参战。

在戈兰凡登大酒店度过的那段生活可以称得上惊奇。你一周前在占领沙特尔时见过的一个老人，坐着吉普车去了艾伯伦，居然回到了上次和你相遇的地方，说他相信能够在朗布依埃的森林里找到令人兴奋的信息。作为一个通讯记者，这根本不是你分内的事。你在距离城镇北部 6 英里的一条路上载上他，他掌握着关于雷区以及沿路反坦克设备的安放地点的完整的信息，而就在离特拉佩斯不远的地方，你查明了这些信息并把它发送出去。此时他想要出去了解更多的信息，你很有必要确保这位老人的安全。换句话说，已经知道了太多我们目前的情况的他，一旦被德国人逮捕，就会对我方造成很大的威胁。所以他必须被保护性地隔离起来，和波兰的孩子们在一起。

这一切本该是反间谍组做的事情，但我们没有，也没有相关法律这样写道。我记得陆军上校说过，"恩尼，如果我们只有几个战斗信息中心或者很少的民政事务，那就完全参考法国的规则。"所有事情都参照法国的习惯。通常，尽管不是经常，但最后，这些问题又会回到我们这里。

游击队称我为"队长"，但对一位45岁的人来说，这个称谓似乎不够敬重。所以，在有外人的情况下，他们通常叫我"陆军上校"。他们对我如此低的军衔也很好奇。其中一个之前是经营商，曾经用地雷炸毁了德国的弹药车和军车的人，在私下问我，"队长，以你的年纪和如此长的效力时间，还有你明显的伤口（在伦敦时，撞在一个静静放着的水箱上受伤），为什么到现在还只是一个队长？"

"伙计，"我告诉他，"我没有升职，是因为我文化水平低。"

最终，另外一个美国军队的侦察设备抵达了，把去凡尔赛的道路占用了。这个城镇得到了可靠的保护，我们可以投入全部的时间安排巡逻队到德国占领的地区，然后准确侦察德国的防守阵地，好能在巴黎决定要进一步行动之时，掌握德国更为准确的消息。

这段时间，除了有几次受到惊吓外，并没有什么可记录的事。我有时想把好多陆军上校日夜的行动写下来，但是我不能把这些军秘写下来。

前沿阵地的写照就是如此：你在公路的斜坡旁藏身，门路通往一个村子，路边有加油站和小餐馆。前方是一个小的村庄，从小餐馆对面的路上就能看到教堂的尖顶。你还能看到通往你后方的部队有着很长斜坡的公路，长长地向远处延伸。两个人手拿着望远镜站在路上向远处眺望。一个人望着路的北方，另一个负责盯着南方。

这种安排也是正确的，因为德国人正前后夹击我们。两个面貌姣好，穿着红色高跟鞋的女孩正沿着道路向城镇走去，其中一个女孩儿已经被德国人控制住了。一名游击队员走近告诉我："这两个女孩在这边时，和德国人睡过。现在她们正走向德国区那边，估计是有什么信息带回去给他们。"

"快点把她们抓住！"有人喊道。

这时又传来一声叫喊声："有车！有军队！"

"是我方还是敌方的？"

"敌方的！"

这时在小餐馆后面和加油站，每个人都神色严肃地拿起来复枪或冲锋枪开始扫射，有几个聪明的居民见形势不对早跑到田野里去避难了。

在加油站的对面出现了一辆小型德国吉普车，并开始用一支20mm 口径的枪开火。大家都集中朝它开枪，它倒转过来回到路上。吉普车迅速开始撤退，一些勇敢的居民冲出来向其射击，直至其从视野中消失。这次枪战只有两名狂热分子在小餐馆跑动中跌倒，被滑落的白酒瓶子轻微划伤。

后来经过证实，那两个女孩也说德语，并且自称是被德国人逼迫的。把她们从地沟里救起，然后安置在一个安全的地点，让她们自行返回村子。

其中一个女孩儿说，她只是和德国人一起去游过泳。

"是裸泳吗？"一个游击队员嘲讽地问。

"不是的，先生。"她回答，"他们一直都很守规矩。"之后，发现她们的手袋里还有许多德国人的演说词和其他文件，最后，她们被送回朗布依埃。当地人并没有把对德国人的恨发泄在她们身上，也没有殴打她们或给她们剃光头。

德国人离这里太近了。一辆德国坦克开进了两英里外的一个村庄里，发现了三个在侦察他们的行动的游击队员的行踪，其中一个队员因为之前已经被见过很多次而被坦克兵认了出来。

我之前询问其中一个游击队员之前是否看到过这辆坦克，他回答说："队长，我接触过它。"一小时后，一个在城镇里的游击队带来了消息：他们三个被德国人射中了，尸体被扔在了路边。这个悲伤的消息让很多人扼腕叹息，也给遣送这些德国人带来了难度，这些德国人不断地在树林里被捕，他们都是来自从沙特尔出逃的队伍中，是要被遣送回去接受审问的。

一位老人来了，告诉我们他的妻子正用手枪看守着 5 个德国人。

他说，德国人准备离开森林去他家找点东西吃。他们并不是被安排好的前线部队，而是分布在森林里的零散的编制队员。其中一些人正试图重回德国主力部队继续战斗，其他一些人则很想投降，只要能保证他们的安全。

我们立即派出一辆车去抓捕那位老妇人抓住的德国士兵。"我们可以把他们都杀死吗？"一个巡逻队员问。

"不能鲁莽，除非他们是正宗的纳粹党卫军。"一位游击队员回答。

"把他们带到这来，先好好审问一番然后遣送到师部。"我说。车子已经开始出发了。

那个长得和杰基·库珀年轻时很像的波兰孩子，正在饭店餐厅里给玻璃抛光，老人神色凝重地抽着烟，心里盘算着什么时候才能被释放去执行下一个任务。

"队长。"老人问，"能不能给我安排点有意义的事情做，巴黎现在正处在水深火热中，而我却只能在这个饭店的花园里休息，你能理解我的心情吗？"

"你对德军的事情了解的太多，他们一定会想法缉捕你的，这也是在保证你的安全。"我告诉他。

"那这个波兰孩子有没有大碍？我可以完成这个有意义的任务，如果他试图逃跑，我就杀了他。"

"他并无大碍。"我说，"他会和部队一起离开。"

"他说他会重回队伍中，去替我们打探任何我们需要的消息。"

"别再抱有那些美好的幻想了。"我告诉老人，"既然这个波兰孩子没有人照顾，那就交给你来负责这件事吧。"

此时，又接收到新的大量的信息，我需要对其进行评估并打印出来，我需要留下一位侦察兵去圣·雷米切里乌斯。有消息说，勒·柯勒克将军的法国第二装甲师正在从朗布依埃去巴黎的路上，我们想知道所有关于德军部署的确切消息。

我们如何到达巴黎

《矿工》1944 年 10 月 7 日

当我终于抵达位于巴黎东南部勒·柯勒克将军的装甲部队时，我无法描述自己内心的感受。刚从一个巡逻部队回来，惊魂未定，在那个城镇里遇见了最坏的情况，我们偶然进城，那里的人却以为已经解放了。我得知将军已经亲自到了路边并且迫切地想见到我。之后，我在一位抵抗运动的核心人物和陆军上校 B 的陪同下去见将军。陆军上校 B 是当时全朗布依埃家喻户晓的勇敢的军官，同时也是一个大庄园主，这座城镇一直处于他的掌管中。我们向将军献策，出于机密，我无法描写出他的话，但我会永远铭记于心。

"闭嘴，哑巴。"这位勇敢的将军说，实际上声音也就比耳语稍微大些，随后陆军上校 B，这位抵抗组织的首领以及装甲部队行动通讯员全部撤走了。

随后该师的第二大队邀请我去吃饭。根据陆军上校 B 提供的信息，他们对第二天的作战计划进行了认真的分析。对你的战地记者而言，这是袭击法国的高潮。

我在战争中得到的经验是：一个粗鲁的将军往往紧张不已。可是现在，我没有任何判断，只是再次出发开始另一次的巡逻。我可以在吉普车里继续紧张，而明天我们不知道在陶斯诺博和圣萨克莱之间会遭遇到什么样的抵抗。

在预测到可能遭遇的抵抗之后，我们重新回到了位于朗布依埃的戈兰凡登大酒店，度过了极为不平静的一夜。我忘记了是什么造成了这场的不平静，或许因为在这个节骨眼上，人员太多，实际上包括，同一时间的两支警察军队。又或者是因为我们持续行进了太远，维他命 B1 供不应求，大量酒精的摄入影响了强壮的游击队员的神经，使得他们在同一时间里解放了太多的城镇。至少现在在我的内心很不安，而且我敢肯定那个陆军上校 B 和我都承认的"自己人"也都很不安。

巡逻队的头儿，作为"我们"真正的战斗领袖说："既然我们这么想把巴黎拿下，可为什么要延迟？"

"我们没有延迟，头儿。"我回答，"这一切都是大计划中的一部分。多些耐心，明天我们就会拿下巴黎。"

"但愿一切顺利，"巡逻队的头儿说，"我的妻子已经等我好久了，我想在巴黎见到她，我觉得根本没有必要等待那么多的士兵赶来。"

"耐心些，伙计。"我告诉他。

在那个具有决定意义的夜晚里，我们睡熟了。这无疑是一个重要的夜晚，而明天也一定会在历史上留下浓墨重彩的一笔。我对于第二天大战一场的期望被一个巡逻队员摧毁了。他在夜里很晚的时候来到酒店，叫醒熟睡的我，告知我能撤退的德国人将要撤离巴黎。我们从德国军队留下的电视屏幕得知，明天会有一场战争。但我没有料想到任何恶战，因为我知道德国人的部署以及他们将攻击或绕过的防线。我认为只要我们的巡逻队员有足够的耐心，我们将在士兵之后随之进入巴黎，而这并不是个吸引人的优待。但是来自地下党的一个大人物却坚持让我们这样做，他的原话是这样的："让军队打头阵只是个礼数，等我们到达了陶斯诺博那儿，会有一场短暂但激烈的战斗，所以所有的报纸记者或者游击队员都不能提前进入，直到队列通过。"

在我们抵达巴黎的那天，雨下得十分凶猛，在离开朗布依埃前，大家都已经至少淋了一个小时的雨。我们从谢夫勒斯和圣·雷米切里乌斯，这些我们之前都来过的地方路过时，收集了很多信息，还给那些不停抱怨的巡逻兵准备了好多阿马尼亚克酒（一种法国白兰地），他们都对法国的消息十分关注。在那期间我真正意识到，任何一种上等好酒的作用就是赶紧结束一场争斗。

在路过圣·雷米切里乌斯之后，我们得到了当地猪肉商们的热烈欢迎，他们都参加了战斗行动，在那之后就变得不可理喻了。在队伍行进到一个叫作考尔西勒的城镇时，我们犯了一点小错。后来我们得知，在我们之前没有任何车，为此不得不鄙视我们的人，他们希望能够以最短的路程快速到达巴黎。我们回到了圣·雷米切里乌斯，加入了一个装甲部队，他们正向切特乌堡行进。我们的回程让当地猪肉商惊慌失措。在我们给他们解释了当时的战局之后，他们迅速换做另一副面孔，不停地称赞我们。我们继续向陶斯诺博行进，我知道在那里必然会有一场战争在开打。

此时，德军就在我们前面和有房的圣萨克莱，他们已经在切特乌堡和陶斯诺博以及十字路口外开挖并且构筑了一系列防御点。过了通往布克的机场，他们有 88 个据点，控制着每一条支路。随着我们离特拉佩布克周边坦克所在地的距离越来越近，我更加感到不安起来。

　　法军的装甲部队十分骁勇善战。在前往法兰西岛的路上，我们知道沿路的麦地里埋伏着那些荷枪实弹的德国兵，装甲部队将坦克部署开，像演习时一样，在两侧掩护我们行进。在这期间并没有看到德国兵的影子，直到坦克驶离麦地，德国兵举手投降时，大家才看到。这真是武器的妙用，就和孩子间办家家酒似的，实在让人忍俊不禁。

　　期间，我们遇上了德军部署在机场的 7 辆坦克和 4 门德式88mm 高射炮，可是这对于英勇善战的法军来说，应付这样的战况游刃有余。在另一处开阔的麦地，法军的大炮已随时待命，当德军的机枪突然猛烈扫射时，法军的机械化炮队给予了猛烈的回击。我们还获悉，德军有 4 架机枪是连夜运来的。炮声轰鸣震天，掩盖了从 22mm 口径机关炮射出的子弹声以及头顶的机枪扫射声。这时，对德军作战部署熟知的法军先遣队队长还是朝我耳边兴奋地大喊："这场遭遇战打得真是漂亮，一切都在我们的掌握之中，真是干得漂亮！"

　　虽然这场遭遇战打得确实漂亮，但对于我，一个非战斗狂热者来说，丝毫没有感受到这其中的乐趣所在。当88mm 高射炮向路面开火时，我不得不立刻卧倒。交火的过程中，一片喧嚣混乱，因为此时我们的纵队行进受阻，更多的游击队员积极投身修整道路中，由于我们需要速战速决，他们丝毫不敢怠慢，动作无比迅速。所以他们根本没有精力去考虑正在进行的交战。他们从一处倒塌房屋取来砖瓦把泥坑垫平，将可用的大水泥块和碎石块手手相递。此间，大雨一直在不停地飘泼，雨水从他们的脸上不停地往下流。交火结束时，法军两死五伤，损失了一辆坦克，但是法军摧毁了德军的 7 辆坦克中的 2 辆，其所有的 88mm 高射炮也失去了用武之地。

　　"我们和敌军交火了。"先遣队队长掩饰不住兴奋的神情告诉我。

这意思是，"我们拿下他们了，或者是我们大获全胜。"此刻我想的却是交火的确切含义，我只以为就是两辆车追尾时会发生的事。

我喊道："胜利了，胜利了。"

这时，一位年轻的法国中尉问我："你到底是谁，在我们纵队里做什么？"我能肯定他并没有在战场上经历过几次交火，充其量也就是个参战次数多了点的老手。

我回答道："中尉，我是名战地记者。"

他怒斥："战争结束前不要让任何战地记者跟来，特别是这个人。"

"收到，中尉。"一名宪兵答道，"我会严格监视他们。"

"就是游击队那群乌合之众也不能通融。"中尉命令道，"军队作战结束前，不允许任何人违令。"

"中尉先生，"我说道，"当小规模交火结束，军队向前行进时，他们就会随之消失的。"

"你说的小规模交火是什么意思？"他问道，我能从他的声音中听出些敌意。

鉴于我们没法再跟着军队向前走了，我便离开了，走了很久才到一个酒吧。这里有很多游击队员，在尽情地唱歌，和一位来自毕尔巴鄂①的美丽的西班牙女郎一起狂欢。我想起上一次是在坐落在夸尼耶尔小镇，一家有名的开放式巡逻点见到这位姑娘的。这小镇还是我们以前从德国人手里夺来的，当时只要我们的士兵出现在小镇路上，他们便会主动上缴正在开的车子。这个女孩儿15岁就随军作战了，所以她和那群游击队的人一样，有着老道的作战经验，对战事场面司空见惯。

一位代号为 C 的游击队长说："让我们好好享受这美妙醇香的

---

① 毕尔巴鄂，西班牙北部城市。

白兰地吧。"我也从瓶中倒了一大杯，尝了一口，那酒确实很烈，还有着淡淡的橙香味，这也是其被命名为"金万利"的原因。

这时，担架又送来了一位伤员。"看吧，"一位游击队员说，"只要有军队在，那么伤亡就不会持续不断。为什么他们不能明智些，让我们先走一步呢？"

"好，好，"一位穿着军需处服装、袖戴游击队徽章的士兵说道，"要如何解释那些路上被杀害的同志呢？"

这时有人说道："但我们今天得去巴黎。"

"还是回去看看在去萨克莱镇①前，我们还能不能做点什么。"我说。

"但已经下达指令了，在军队行进之前，他们是绝不会让我们离开半步的。下了那么大的雨，路上早就泥泞不堪了，就连这儿都有泥淖了。如果是轻型的游览车，我们倒还能帮着推过去，可如果是卡车，那我们就真的无能为力了，会陷到坑里去的，根本就动不了。"

"我们或许可以选择走小路。"游击队队长 C 说道，"为什么一定得跟着部队走呢？"

"我想我们最好还是别越过夏托富②，"我说，"也许那样我们可以走得更快。"

我在夏托富的十字路口找到了陆军上校 B 和司令员 A。在我们这次交战前，他们就被分派出去了，所以对交战细节一无所知，我们甚至都未来得及告诉他们交火的情况。整个麦地仍弥漫着战场上的硝烟，两位聪明的长官在农庄找了一些食物作为午餐。纵队中的士兵们正在烧毁那些用来放置炮弹的木盒，希望能对被轰炸的大炮有点帮助。与此同时，我们把身上的湿衣服脱下

---

① Saclay，法国小镇。

② Chateaufort，法国城市。

来在火上烤干。德国犯人进来后，队列中的一位长官让我们把他们遣送至德军投降的那片麦地。还好他们得以保全军人之礼，而且都幸运地保全了生命。

"这样善良的做法未免有些愚蠢，我的长官，"队中年龄最大的老兵说，"我们一定会为此付出代价的。这些犯人说他们原来是巴黎普通的上班族，可是为什么却在凌晨一点被无情地置于此境？"

"难道你会相信那种话吗？"最老的游击队员问道。

"也许是真的，因为他们昨天已经不在这里了。"我回答道。

"这群军人的谎话真让我恶心。"那个老兵说。这位老兵已经41岁了，瘦削却坚毅的脸上有着一双清澈的蓝眼睛。很少能看到他笑，但有时笑起来还挺顺眼。"就是这群德国佬射伤了我们队中的 11 个战友，还让他们受尽折磨。我也曾被他们拳打脚踢至重伤，如果这种情况换做是他们，那么他们一定会毫不犹豫地杀了我们。但反过来，我们对他们却要细心照看，多加礼遇，真是可笑至极！"

"伙计，他们并不是你的犯人，"我解释道，"是这群士兵抓住了他们。"

雨越下越小了，慢慢地变成了雨雾，不久，天便放晴了。德国卡车把这群犯人送回朗布依埃①，因为地下战事还不能在短时间内结束，于是在一个十字路口向宪兵们请示后，我们便跟在大部队后面继续开车。

在凡尔赛高速公路的小路上，我们追上了坦克，并跟着他们驶入一个幽深的山谷，那儿到处是枝繁叶茂的树木。出谷后，我们便到了一个拥有城堡的绿色牧场。我们看到坦克再次展开部署，就像

---

① Rambouillet，法国城市。在巴黎西南约 43 公里。地处著名的朗布依埃森林中。避署胜地。法国总统夏季的办公地。

看牧羊犬在草场驱赶羊群一样。他们又一次休战了，而我们也恰好想返回看看萨克莱镇的道路是否恢复畅通。在回去的路上，我们看到一辆被烧毁的坦克和3具阵亡的德国士兵的尸体。其中一具尸体很明显是被生生碾平的，这惨景不禁让你由此联想到，假若武器在战场上真发挥到极致，那么威力可真是不堪设想。

在凡尔赛高速公路主干道上，纵队行进中从波尔多①飞往马约门的中转机场废墟路过。就在这里，当停止行进的指令下达时，一位法国人跑上来，告诉我们有一辆小型的德军坦克正在通往森林的路上。我赶紧拿出望远镜仔细勘察了路况，可是并没有发现什么可疑的事物。

突然，一辆装有一支机械枪和20mm口径的机枪，装备算是齐全的重型德式吉普出现在树林中，并气势汹汹地向路这边驶来，还在十字路口不断开枪扫射。

每个人都开始向它发起集中攻击，只见那辆吉普车左闪右躲，行动利索，转眼又撤回到树林。我的司机阿齐·贝奇好像被击中了两次，但现在还暂时无法确认他是否受伤。两名伤员被送至建筑物的角落处进行抢救。游击队方面对再次交火，表现得十分乐观。

"你认为我们这次获胜的机会更大吗？"C队长问道。

"当然，"我说，"应该还有些士兵留守在城里的。"

我之所以选择战斗，只是希望自己能活着进入巴黎。我们的神经已经绷成一条直线了，巴黎就快要被拿下了。战斗时，我唯一能做的就是在巴黎的街道上东躲西藏，保全生命，当我躲在屋里或是房子的入口处时，就已经有人抢占了我身后的楼梯了。

在这之后，纵队前移的脚步越来越慢了。在我们面前，到处

---

① Villacoublay，法国西南的一个港口城市，是法国第四大城市，位列巴黎、里昂、马赛之后，是阿基坦大区的首府，同时也是吉伦特省的首府。

都是倒地的树木。坦克只能绕道而行，有时也会无端撞上，这情形就和大象伐木时的情景相似。还有的坦克在撞那些挡路的汽车的同时，自己也伤得不轻，把破碎的挡泥板也卷入了车身里。装甲车的甲板脆弱得不堪一击，很难在满是篱笆栅栏的乡下大显身手，还容易成为反坦克步枪、火箭炮的目标，威慑力并不大，在乡村小道上行进起来就和喝醉了的大象一样笨拙不堪。

在我们的左前方，一个德国武器堆那里硝烟四起，不断传来各种防空炮弹的爆炸声，还有 20mm 口径步枪的射击声。威力更大的武器会在战火愈演愈烈时登场，然后给战场重重一击。我没法知道阿齐·贝奇的确切位置，后来我发现他正向军火库进发，他以为那儿又开战了。

"那儿一定有人，老人家，"他说，"那儿一定是枪林弹雨。"

"不要一个人离开，"我告诉他，"你怎么知道我们一定会置身事外呢？"

"好了，老人家，我知道错了，海明威先生，我是和我兄弟一起去的，他说那儿打起来了。"

"天哪，真是见鬼！"我说，"你真是被那群游击队的家伙洗脑了。"

我和阿齐正一起快速跑着，从那条爆炸纷飞的路横穿过去。这个有着一头飘逸的红发、6 年常规军龄、能说点法语、掉了颗门牙的军队中的兄弟，就算头上的天塌下来，也能放声大笑。

"爆炸这种事已经不是什么稀奇的事了，老人家。"他大叫着。他略有雀斑的脸上笑得十分开心。

"他们都说这样的巴黎和小镇没什么区别，兄弟，你去过吗？"

"去过。"

我们此时正走着下坡的路，这条路我十分熟悉，所以当然知道我们会在下个转弯处遇到什么。

"在一起打仗时，我的那个兄弟和我说过这儿，我当初不以为然，"阿齐说道，"我还断言这一定是一处地狱。他还说了些关于他要去巴黎的事。这地方和他所说的巴黎简直就是天差地别，你怎么看？"

"不，阿齐，"我告诉他，"法国人之所以叫它巴黎就是因为他们是出于真心的爱。"

"我懂了，"阿齐说道，"是不是就像你并不一定用真名来叫女孩，是吗？"

"确实是这个道理。"

"我刚才不懂那家伙究竟想说什么。"阿齐说道，"现在，我想这与他们全都叫我吉姆但我的名字却是阿齐是一样的道理。"

"也许是因为他们也爱你啊。"我说。

"他们的确是群好伙伴。"阿齐补充道，"是我最好的战友。我们一起整天喝酒，但是经过这么多场仗，没有一个人是贪生怕死的，懂吗？"

"我懂。"我说，可我也不知道接下来该说些什么，此时，我只想重新把我的眼镜擦亮，因为我想看清楚脚下的这座虽布满尘埃却依旧美丽，让我无比热爱的城市。

士兵与将军

《矿工》1944 年 11 月 4 日

麦子早就熟透了，可是到现在却没人来收割。坦克碾压过的痕迹一直延伸到树篱，越过山脊，穿过伤痕累累的国度，看到了即将踏上的那座山。此时，德国人就在那个林木苍然的国家的山上。我们了解到那儿有好几个兵团，还部署着 15－40 门大炮。军队的行进速度很快，以至于左方部队无法赶上。在这个国度，你能看到那些可爱的山峦、山谷、带着农田和果园的农家庭院，镇上那些灰瓦石顶的建筑，哥特式的教堂塔，它们只向世人展示一面，却都毁于一旦。

军队整体的进度仍按照计划执行。很快就到目的地了，现在我们所占的有利位置其实早该是囊中之物。这样的情况持续了很长时间。没有人会对那些分别的日子记忆深刻，只会记住那些曾陷入疲乏与奔波的不堪的过往，死尸的气息，刚被炸药肆虐过的泥土的气息，坦克和推土机那刺耳的声响，自动步枪和机关枪的射击声，德国自动手枪断断续续的，像响尾蛇一样咯咯作响的粗糙枪声，德国轻型机关枪那种密集的扫射声等等。

我们也总是会回忆起在死亡随处可见的战斗，从低洼地到高地，穿过丛林，渐入平原，走过那些支离破碎或还算得上完整的城镇，来到我们所在的连绵的农场和广阔的原野。

所有在战场上发生的一切：老式小包、紧急口粮、空空的散兵坑和树枝上那些被摘来用作伪装的枯瘪的树叶都将会成为历史。它被打上了德军车辆、M4 中型坦克①、德制黑豹坦克，散落在路边或是树篱上，又或是果园里的德国亡军的烙印。四处散落着德军的装备，马匹任意游走，运送途中，我们便用皮带把伤亡人员捆在还未来得及撤离的吉普车顶部。不出意外，我们能够准时抵达目的地，然后在那儿等候与其他人的会合。

今天可真是个好天气，蔚蓝的天空万里无云，现在我们凝视着这个明天即将迎来两军交战的小乡村。在我们的左前方，我们的飞机还在继续和德军坦克对抗。P－47 雷电战斗机在阳光下看起来很小，还泛着银光，在离开编队俯冲轰炸之前成对盘旋，在下落过程中不断发出咆哮式的声响。你不仅能看见闪过的光影和轰炸后到处弥漫的烟，还能听到击中的重响。然后 P－47 雷电战

---

① 以"威廉·谢尔曼"，W. Sherman，将军命名的 M 系列坦克。

斗机向上飞行并再次盘旋着向下扫射，赶在他们的 8 架第五代飞机冒烟前，便能在下降时看见闪光和冒烟。在俯冲过程中，我们连那些茂盛的树叶间的明亮的斑点都能看得一清二楚，紧接着黑烟升起，飞机便在降落过程中不停歇地进行扫射。

"他们缴获了一辆栅栏式坦克，"其中的一名坦克兵说道，"这便是其中一辆。"

"你通过望远镜能看到他们吗？"另一位戴着钢盔的坦克手问我。

我说："那些树刚好掩护了他们，没法看清。"

"不出所料，"坦克兵说，"如果那群混蛋德国佬的掩护装备能够为我们所用，那么就能让更多的人去巴黎、柏林或者我们即将前往的地方了。"

"我想回家，"另一个人说，"这是我最想去的地方。总之，我对其他的一切地方都不感兴趣，反正我们总不至于流落荒野。"

"放轻松点，"另一个士兵说，"日子还要一天一天地过。"

"记者，我想给你说件事，"另一名士兵叫到我，"有一件事一直困扰着我，你能给我解答吗？如果你不是被强行拉来的，那你在这儿做什么呢？你难道只是为了钱吗？"

"当然，"我说，"只是为钱，一大笔钱。"

"我更不能理解了。"他严肃地说，"我能理解那些被迫参战的人们，但是如果只是为了钱做这个一点也不可取，就算给我再多钱，我也不会这么做。"此时，一发含有烈性炸药的德军炮弹从头顶越过，却因为导火线的损坏，在空中只留下一团黑烟，然后滚到了我们右边的地方。

"那群坏蛋射的位置太高了。"那个不为钱折腰的战士说道。

就在这时，德军炮兵部队开始对我们左边的小山进行炮轰，那里是我军第一步兵团某营驻扎的阵地。在猛烈的炮火轰炸下，半个山头在一片血泊中几乎被夷为平地。

"下面该轮到我们了，"一位坦克兵说道，"他们对我们这儿了如指掌。"

"一旦他们向我们射击，那就立即到坦克背后卧倒，"那个曾告诉其他士兵日子要一天天过的坦克老兵说，"那里是最好的位置。"

"它看起来有点重，"我告诉他，"假如你非得在瞬间撤退呢？"

"我会有怨言的。"他笑了笑。

在反炮兵火力中，105 通用直升机耍尽威风。此时，德军的炮轰刚停止，一架自制轻型飞机在头顶上缓缓飞过，而另一架立刻飞向右边。

"他们不喜欢在飞机出现的时候射击，"一个坦克老兵称，"因为它们可以识别闪光痕迹，然后我们的炮队沿迹进行反击，飞机也会随之进行追踪。"

我们在那里待了一会儿，德军也是暂时消停了一会儿，山上的驻军仍然保持着高度的警戒性，而我们并未受到德军的攻击。

"我们回去分析一下接下来该在哪儿开打了。"我说。

"好的，"正开着我们缴获的德军摩托的金布来奇说道，"出发！"

我们告别坦克兵，然后开着摩托车从麦地横穿回去。我坐在摩托车的后座绝尘而去，装甲脏兮兮地到处都沾满了灰。挎斗里放着各类装备，有武器装备，摄像装备，维修装备，战胜缴获的德军瓶装物资，还未使用的手榴弹，自动化武器。而现在都归驻扎在阿肯色州①小石城②的下士（现晋升为中士），约翰·金布来

---

① Arkansas – AR，是美国东南七州的一个州。北接密苏里州，西接俄克拉何马州，南邻路易斯安那州，西南与得克萨斯州接壤，东隔密西西比河与田纳西州和密西西比州相望。

② Little Rock，位于美国阿肯色州中部，是该州首府和最大城市，也是普拉斯基县的县府所在地。

奇所有。

这会很容易被充当梦幻精良武装游击队的广告展示，因此我时常想问金布来奇，他要在一个尚未明确归属权的活动领域采取撤退手段的情况下，怎么去部署？虽然他是个多才多艺的人，而我也很欣赏他的即兴表演能力，但是有时还是会为他集中三支冲锋枪、各类手枪、一支卡宾枪，有时还有一支德式轻型机关枪，这样可不必担忧火力分散的指挥后果。但是最后，我认为在不断深入敌方领地时，他必须借助和依靠农村武装。结果也证明了，这方法确实有很大的帮助，是值得我学习的有远见的做法。

我们从下午的原路走回城镇时，我在教堂对面的咖啡店停下了脚步。这路上到处都能听到运送武器的叮当声，充满敌意的怒吼声，坦克间愈演愈烈令人作呕的厮杀声。坦克炮塔打开，全体成员朝村子里男孩挥手，做出假意热情的回应。在路边的那个教堂的台阶上，站着一位戴着黑色毡帽，穿着一件洗烂了的衬衣，打着一条黑色领带，着一套脏兮兮的黑色大衣的法国老人，正手拿一束鲜花，挥手向每一辆驶来的坦克致意。

"那个教堂前的男人是谁？"我好奇地向咖啡店的女店主询问。此时，我俩站在门口给来往车辆让路。

"他看起来有点不正常，"她说，"但是他对国家有着绝对的忠诚和狂热，你早上来的时候他就在这儿了。他连午饭都没吃呢，他的家人都来了两次来劝他，但是他还是站在那儿。"

"那他向德国人也敬礼吗？"

"噢，不，"这位女士回答道，"我说了，他是一个坚定的爱国主义者，但是这几年，似乎有点动摇。"

就餐时，3 位士兵坐在一起享受着半满的 3 杯苹果汁。"那个该死的司机，"其中一位不修边幅、高高瘦瘦的人边享受边说，"那可真是个蠢货，如果那个司机，再往前走 60 英里，我们都会被害死了。"

"你在说谁?"金布来奇问那个士兵。

"那个司机!那个将军!"

"你认为他在我们后面多远?"金布来奇问道。

"60 英里。60 英里之后我们都会死了,全都会死。难道他不知道吗?他可真够可恶的,该死的司机。"

"你知道他从多远的地方回来吗?现在他离这里不是 3000 码了,"金布来奇说,"也许他早就往前走了。我们不久前还在路上看到他。"

"噢,你这个笨蛋,"那个不修边幅的士兵说,"你对战争知道多少啊。那个该死的司机在我们后面 60 英里。听我说,我曾经和很好的乐队一起唱歌,真的是很棒的乐队。但我的妻子背叛了我。我甚至根本不用费尽心思去找证据,因为她直接诚实地告诉了我真相。"

他指着那条坦克经过的路,那个中年法国人仍在向每个经过的坦克举花示意。那里有个穿黑衣服的牧师,走过位于教堂背后的基地。

"你能相信什么呢?那个法国男人吗?"另一个宪兵问我。

"不,我才不相信那个法国男人。"那个曾和顶级乐队合唱的人说,"我相信牧师代表的东西,相信教堂。我的妻子对我不忠很多次。但是我并不会称她心意同意离婚,因为这便是我的信仰,这也是她不会签署离婚协议的原因,这也就是我无法当一个投弹手的原因。也就是在我从投弹手学校毕业时,她背叛了我。"

"他还会唱歌,"这群宪兵中的一人告诉我,"我曾在一天晚上听过他唱歌,唱得还不错呢。"

"我对我的妻子不能说恨,"那个曾和顶级乐队合唱过的人又说,"如果她现在对我不忠,就在此刻,当我们刚刚把这座城镇攻下,我不能说恨她,即使她把我的生活毁了,也把我的投弹手之路毁了。但是我却恨将军,恨这该死的黑心司机。"

"让他哭吧，"另一个宪兵说，"眼泪或许能让他好点。"

"听着，"第三个宪兵说，"他遭遇了家庭危机，也有自己的烦恼。但是让我跟你说点其他的事吧，这是我驻扎的第一座城镇。在步兵团的时候，我们占领过它，更多的是路过。可当我们回归时，它已经被归入禁区，城里到处都是冲锋枪。直到现在，这城里除了在街角的交通要道能看到宪兵，其他的地方都看不到了。可是这真是太不公平了，因为我们从没能进来过。"

"一段时间之后……"正当我开始说，被那个曾合唱过的士兵突然打断了。

"没什么可说的，"他说，"那该死的司机会把我们都杀了的。他的所作所为只是想要出名，在他眼里他可从没把人当人看。"

"他对部队的行动不可能比我还了如指掌，"金布来奇说，"你不知道师长会干什么，或者他究竟会给你我下达什么命令。"

"好啊。那你赶紧把我们调离前线吧。既然你都明白，那就把我们调离前线啊，我想回家。如果我在家里，这一切或许都不会发生，也许我的妻子也根本不会背叛我。现在我什么都不在乎，我压根他妈的什么都不在乎。"

"你闭嘴，好吗？"金布来奇说道。

"我会闭嘴的，"那个乐队歌手说，"我可不想多说一句关于那个每天折磨我的将军的话。"

当天晚上，我们回到司令部时已经很晚了。在离开新占领城镇里咖啡馆的美国兵后，我们跟着装甲兵去了一个曾经到处埋着地雷、设有路障和反坦克火力的地方。

刚回到司令部，就有人告知我，说将军要见我。

"我等会就去。"

"不，你最好立即过去，他十分担心你。"

我赶紧去见将军，看见他穿着一身灰色的棉质连衫裤在拖车里。他看上去依旧英俊潇洒，不管是神清气爽时还是疲惫不堪时，你总能看到神采奕奕的他。他的两眼炯炯有神，用温和的嗓音慢条斯理地说道："我一直在担心你，是不是在路上遇到麻烦了？"

"确实，我们在回来的路上遇到一队装甲兵。"

"哪条路？"

我给他讲了详细的经过。

"把你今天的所见所闻说给我听吧。"他提到了步兵团。

同样，我都一一如实讲述。

"欧尼，大家都已经疲惫不堪了，"他说道，"他们需要好好休息一下，就算是一晚上也好。如果能让他们休息上四天……就四天，但这是不大可能的。"

"将军，你看起来也很疲惫了，"我说，"快去睡一下吧，别担心我的事。"

"军人是不能感到累的，"他说道，"特别是不能生病，我可要比他们精神多了。"

突然，电话铃响起，他拿起电话，用师部里将军们用的一种代码通话。

"是的，"他说道，"嗯，吉姆，你还好吗？……不，不……我让他们晚上都好好地去睡觉了，他们现在需要睡眠……不，我准备凌晨发起进攻，但不是突击。我要把他们的阵地踏平，放心吧，他们一定不敢向城镇进攻。你应该明白现在的局势……不，接下来我会占领那里……嗯，是的。"

说着，他走到墙壁那幅巨大的地图旁边，拉开帘子。他的手里还攥着电话，身上穿着灰色的羊毛内衣掩盖不住他那结实、精壮的身躯，谁能想象出他在部队战斗时的邋遢样子呢？

他还在打着电话："吉姆？……是的，你现在面临着十分棘手的问题。你必须想办法解决。你要知道人们现在都在议论这件事……是的，我明白。如果下次再发生这样的事，你再遇到我，我就把我所有的炮兵都给你，如果你需要的话……是的，当真……嗯，好……不，我当然是认真的，要不我就不会这么说……是的……好……晚安。"

他挂断了电话，脸色苍白，一副疲惫不堪的样子："刚刚这个是我们阵地左翼的一个师。他们那边进展得十分顺利，但是在他们的部队穿过森林时，遇到了些麻烦。等我们和他们会师以后，我们就可以安稳地休息4天了。特别是步兵团，太需要好好休整一下了。太好了，就快能休息了，我期待着那个美好的时刻赶快到来。"

"你现在就该好好休息休息了。"我说。

"还不行，我现在还有很多事要处理。最近，你一个人要做很多事情，好好照顾自己。"

"好的，晚安，师长，"我说，"明天一早我再过来见您。"

所有人都期待能够美美地休息4天。第二天，人们都在兴高采烈地计划着休息的时间，谈论要美美地洗个澡，结伴出去玩，跟红十字会那些女护士一起，就像惠特尼伯恩（曾出演《冷血罪行》）。虽然这是部老片子，但是我们都在等着能够美梦成真。但计划赶不上变化，德军突然开始大规模的反扑，当我记述此事时，战士们还在前线浴血奋战。

蓝色大河

1949 年 7 月

人们问你为什么住在古巴，你回答说你喜欢这里。这就和为什么在炎炎夏日中，清晨的哈瓦那①山间总是清爽宜人一样很难

---

① Havana，古巴首都。

解释。也没有必要告诉他们其中的一个理由是住在这里可以养属于自己的斗鸡，可以训练它们，也可以在任何地方斗鸡，而所有的这一切都是合法的。

也许，他们根本不喜欢斗鸡。

你可以不告诉他们的事很多。比如，农场一年四季那些珍奇可爱的小鸟；所有会路过这里的鸟类；鹌鹑清早来泳池饮水；泳池尽头，多种蜥蜴在茅草棚生活觅食；屋外的斜坡上生长着 18 种芒果等等。也不必向他们说明我们的球队是硬式棒球队，而不是垒球队。如果你年过四十，就算没有那些小伙子跑得快，你也能依然待在队里，不过，那些小伙子们可真是我们垒道上跑得最快的。

你也不用给他们说射击俱乐部的一些事，不告诉他们俱乐部其实就在路的那边，我们经常在那里用活鸽子当作靶子，同时还能赢得一大笔钱，我经常和温斯顿·盖茨、汤米·谢福林、托瓦尔德·桑切斯，还有皮雄·阿吉莱拉一起射击。当科特·戴维斯、比利·赫尔曼、奥奇·加朗和休·凯西成绩好时，我们也和布鲁克林区躲闪者队来一场比赛。用活鸽子当靶子。或许在他们眼中是不对的，而在英国，维多利亚女王也的确禁止这么做。我也不知道他们到底是正确的还是错误的。这的确是让观众感到痛苦的运动。但是我知道，最好的打赌理由始终是要选用强壮且有着超强反应的鸡。而且，这在古巴是合法的。

你可以告诉他们，在古巴生活只需要在进城的时候才穿上鞋；你还可以用废纸堵住电话分机的铃，这样就不用回应了；你也可以和其他地方的人们一样，在清爽的早晨工作。但是，那些都是十分内行的秘密，有很多事是不能说的。

但当他们和你谈到钓鲑鱼及在雷斯蒂古什钓鱼的花销时，如果他们并没有故意炫耀花销多少且你们谈得十分愉快，或者是真心很喜欢钓鲑鱼，那么你就可以在这时对他们说，你住在古巴最重要的原因就是这里有条又大又深的蓝色大河，它有 0.75 英里到 1 英里深，60 到 80 英里宽，从农舍到那里只需要半个小时的路程，穿过美丽的乡下就能到那儿，这也是我所知道的最好的渔场。

当墨西哥暖流到来的时候，河水是深蓝色的，而且会有漩涡在边缘出现。我们在一个 40 英尺的有浮桥的游艇钓鱼，浮桥由干舷控制，它的尺寸比舷外支架还大，这样才能在夏天里承受 10 磅重的诱饵。我们一共有 4 根钓竿。

有时候我们把船停在皮拉尔①，停在哈瓦那港，有时候停在哈瓦那东边 7 英里的渔村柯西玛尔。夏天把船停在港口是十分安全的做法，但冬天就不行了，因为有酷寒北风和西北强风。这艘船被我们打造成一个钓鱼机器，在变幻莫测的天气中扮演了一个优秀救生艇的角色，巡航半径只有 500 英里而已。它的罐中装有 300 加仑汽油和 50 加仑水。如果准备长途旅行，还能在驾驶室里再装 100 加仑成桶天然气和等量的坛装水。它满负荷时可载 2400 磅的冰。

纽约的惠勒船厂按我们的要求重新改造了它的船身，这样我们就可以做更多的变化。现在它真是一艘坚固的船，能适应各种各样的海域，浅浅的船尾还有一个木质滚杠来装载大鱼。浮桥十分牢固，能够让你在船顶和大鱼较量。

一般来说，我们去哈瓦那钓鱼时，会在带有日本羽毛的钓钩上放一条猪皮做诱饵，之后，我们离开港口。鱼饵是专门为大海鲢准备的，它们经常在海峡边的莫罗城堡附近游弋。同时也为无鳔石首鱼而准备，它们经常在主船河道口与河坝之上活动。在那里，离莫罗城堡不远的地方，下游的渔夫可以捕捉到鲷鱼。

鱼饵挂在 12 英寸的 10 号钢线上，9 盎司重的鱼钩固定在一个六转转轴上的 15 根细线上。我曾用这根竿钓到的最大的大海鲢有大约 135 磅重。还曾有过更大的鱼上钩，但是没钓上来，因

---

① 巴拉圭南部城镇，涅恩布库省首府。

为这里进进出出的船只、游艇太多，还有一些商贩的小渔船安装了固定的铁链发出阵阵噪音。不过当钓到大鱼时，你可以请求或是直接吓唬游艇和小贩船赶紧拿掉它。但是如果遇到油轮和货船，或者客轮来到河道，那就没办法了。所以我们常常在航道上没什么船只，或到了晚上7点之后港口没有船只进港时才离开。

出了港口，我就在浮桥上掌舵，时刻观察海面上的交通情况和通向渔场的航线。你还能沿线见到很多朋友，有你认识了多年的彩票商，你送过鱼的警官，在回力球场打赌的小贩船的小贩，还有港口和海滨林荫大道上汽车里的人，虽然距离远得让你根本认不清对面是谁，但是看到他们向你挥手你也挥手致意，尽管他们能清楚地看到你正在皮拉尔的浮桥上用羽毛钓钩钓鱼。

在林荫大道后面，是公园和哈瓦那的古老建筑，走过陡峭的斜坡和卡瓦尼亚斯堡垒的墙壁，石头已经被风化成粉色和黄色，就如同你的大部分朋友已经是政治犯的身份一样。你和奥登纳尔同行，走过莫鲁多岩石的岬，在高大的塔上，当溪水完全流淌时，就是很大的河。

有时候，当你离开港口灰绿色的水域，渐渐地，皮拉尔船进入深蓝色水域，一群飞鱼"嗖嗖嗖"地从水下飞出。

如果只是普通大小的飞鱼，那并没有什么惊奇的地方，可你要是看见像战舰般的鹰在飞鱼之后一次又一次地俯冲再急升，那就有趣了。但如果出水的是3磅大、黑色羽毛的巴伊亚鸟，尽管受伤了，但最后翱翔着放低尾部以示新信号，盘旋着，盘旋着，这就是个好兆头。所以除了鱼群，看到大巴伊亚鸟也是个信号。

现在，我的伙伴格雷戈里乌已经知道一条有货的线路。这条航线是一个小计谋，既然我已经说了出来，那么我后面还会详细讲到。他想在我们出发几百英寻前快点把底部的补丁补上，首先他要把舷外支架上的鱼饵取下，因为枪鱼会在任何时候游到船底。

早在1938年，我就和格雷戈里乌·富恩提斯在皮拉尔结为伙伴。今年夏天他就要 50 岁了，他自 4 岁开始就从由小加那利群岛的兰萨罗特岛①出发开始了航海的里程。我们初次相见是 1928 年，在现在的海龟国家公园②，当时的他是一艘渔船的船长，我们都因暴风雨被困在那儿。我们去他的船上想买些洋葱，但是他大方地送给我们，还拿了一些朗姆酒送给我们，我至今还记得他的船可能是我见过的最干净的呢。时间匆匆流逝，现在 10 年过去了，我知道他宁愿保持船的卫生，给船涂上清漆，也不愿意去捕鱼。但是我也知道，相比较吃和睡来说，他还是更喜欢捕鱼的。

在格雷戈里乌之前，我们有一个很棒的伙伴，叫作卡洛斯，但是在西班牙爆发内战期间，他在我不在的时候被别人雇走了。不过能找到格雷戈里乌真是上天的绝佳安排，因为他已经用他高超的航海技术成功地在飓风中救了皮拉尔三次。至今为止，敲敲木头，我们再也不用提出皮拉尔的一切海洋保险政策的索赔了。1944 年 10 月，外面的飓风每小时的速度达到 180 英里，小船舱和海军舰艇都被吹翻在了港口的林荫大道上和附近的小山上，但是格雷戈里乌却成为唯一一个安稳地待在船上没有落水的人，他还安然度过了 1948 年的飓风。

现在，你已经清楚了港口和格雷戈里乌知道的一条有货的航线，还有要取下舷外支架上的鱼饵，以及微风中看到飞鱼向东前进都预示着的好天气。你看到的第一条枪鱼，10 分钟内就会离开你停泊的地方，在离莫鲁很近的地方，仍能看到亮着灯的帷帐。

它就好像是徘徊在两条航线之间的那个大大的、白白的戏弄者。它可以把舷外支架的诱饵吞掉之后展示强壮的身躯，纵身入水不见了身影。或者在黑暗的水域划出一道痕迹，因为它是为了

① Lanzarote，西班牙岛屿。
② Dry Tortugas，位于太平洋，由于外形像海龟所以现在称为海龟国家公园。

飞翔而来。

当你看到它从浮桥上来，先是咖啡色的，然后变成了深紫色，它会因觅食而把胸鳍展开，呈现出淡紫色，好像是水面下展开的翅膀。在海中，它根本不像是鱼，而更像一个巨型的海鸟。

或许格雷戈里乌在四岁第一次看到这情景时，会惊讶地喊："爸爸，爸爸，快看快看，大鱼大鱼……"

而你第一次看到它时，会离开舵轮，或者交给你妻子玛丽，走向船尾，尽可能冷静地和格雷戈里乌说"大鱼"，因为他经常见到它们已经见惯不怪了。你屈身，他给你钓枪鱼的钓竿，或者他为了打趣你，给你有羽毛的钓钩和有猪肉的钓竿。

好吧，在他钓鱼时，你试图在一旁用渔网帮他。格雷戈里乌一直在想办法引它上钩。只见他用一个两英寸长的木质小圆筒片，在顶部刻有痕迹，拉它出水面的时候会跳舞出来，远离枪鱼。枪鱼想要把它抓住，就一直跟在后面等着突然的袭击。谁知枪鱼正在掉进格雷戈里乌设置的陷阱里。他在逗它，就像斗牛士斗牛一样，把诱饵放在它刚好够不到的地方，然后用渔网继续引诱它。

玛丽惊叹地说："好美啊，快看它的条纹和颜色，看它翅膀的颜色。快看！"

你说"我在看"，现在你的羽毛钓钩和戏弄者并排了，格雷戈里乌看见它了。他追捕的大家伙看起来似乎是残疾鱼，走掉了。还有它最爱的食物——乌贼。

当他钩上羽毛钓钩时，鱼张嘴咬钩了，这时，你能够把枪鱼看得一清二楚了，你把手中举得很高的钓竿放低一些，羽毛钓钩从它嘴里出来。你看见它咬钩，翻转，银闪闪的条纹也随着跳跃。

当看到它的头转向你时，你就用力去敲它，用尽全身力气去打它，好把钩重新放好。如果你看到它接下来不是跳起而是要逃掉，那你就再打它三四下，因为它可能正在试试是否被羽毛钓钩钩住了，如果没被钩子钩住的话还是会逃跑。它感觉到了钩子的存在，跳了起来。它直越水面，不停地摆动身体。它僵直跳起，仿佛银条。它会跳得又高又远，水滴迸溅，再次入水，水花好像坠入水中的贝壳。它不停地翻腾跳跃，从船的一边蹿到另一边，你只能看见水中鱼腹扫过时的线条，那速度快得好像滑冰比赛一样。

有时，它把背部弓起跳起来，再迅速回到水里，用这种方式不断地跳来跳去，你根本无法阻止它，玛丽见状立即回到皮拉尔，发动两个摩托车返回这里抓它。

你必须用很多的危险才能抓到它，它会跳起进行顽强的反抗。而在鱼腹上的线会被扯得越来越紧，这是要卷线，它会咆哮、会打滚，然后你渐渐地靠近它，把它带到格雷戈里乌那里，他能用渔叉叉住它，打它，把它拖到甲板上。

你可以趁它咆哮或打滚时，从一个侧面或尾部慢慢靠近，然后叉它打它，拖到甲板上，这也是最顺利的方法。但是，你知道，理想和现实总是有差距的。如果它一下跳到船上，那么就不得不把所有的流程要重新来过，它向西北出发，在水中欢腾，看起来就像第一次上钩，你还要再抓一次。

有时候，如果是箕作金枪鱼，你能够在船周围 30 英尺之内抓住它，它走不远，展开鱼鳍游弋，你可以从任意角度下手。如果看见你不动，它就会上上下下跳跃；如果看到你远离，它就会待在那儿，一动不动。它就是这么大，这么强壮，和这么顽固。

你可能没亲眼看到北梭鱼和枪鱼在 1 英里深的水中是怎么和渔具缠斗的。你知道北梭鱼在挣扎了 43 次后会怎么样吗？北梭鱼是鱼类中比较聪明的，保守而强壮。它能够灵活地远跳。而书中写道，不跳的鱼才是高贵的代表，就是刺鲅。并不是说它不能跳，在咬饵时，就会跳起来。北梭鱼短小精壮，大约有 400 磅重。你的鱼也许是更强壮的一只，甚至是最强壮的那只，强壮到没人想要钓。告诉我，它会跳吗？我想不会的，十分感谢。

如果你正在抓一只强壮的雄性箕作枪鱼，可是它却不给你靠近的机会，那么你就不需要看这篇专题论文了，因为这对你没有任何帮助。当然，你可以放松拖拽，顺着它，仿照鲨鱼捕食鱼类的方法，等它筋疲力尽。可是，我们比较喜欢把船接近它们，在它们强壮的时候进行捕捉。我们绝对会用渔叉叉一只没经验的鱼，它还根本不累，即使存在任何侥幸，我们也能靠得足够近。

1931年，我学会了怎样去钓起被鲨鱼盯上的鱼，至此之后，不管鲨鱼在水中什么地方，我都从没让它们从我的手中抢走过一只金枪鱼。我们试着迅速打它们，但并不粗暴。成功的秘诀对钓鱼者来说就是从不休息，因为你休息的时候，鱼也在休息。那会让鱼获得喘息的机会，或者它会潜得更深。只有从不休息，才能增加成功的机会。

那么现在，有一条和马一样强壮的金枪鱼在水下30英尺处。你所要做的就是和它待在一起，在紧张的气氛中和它玩儿，但是要轻一点，千万不要突然拉它，否则会激怒它，让它变得不好拉。它有着马一样强壮的身躯，而你要像对待马一样对待它。只要你保持最大的拉力，最终你会驯服它的。然后用渔叉叉它，温柔地打它，把它带到甲板上。

你无须杀了它，只须驯服它。想要做到如此，就到了考验你力气的时候了，刚跳上来的大鱼和脱缰的野马是一样的，放荡不羁。而你一定要保证你有一个好的身体。

捕鱼专家会教你如何使用新渔具，凡是能走上3个台阶的人，或者一只手拿着一瓶奶的人，都能钓鱼，而且是毫不费力气地钓到500磅的鱼。

你可以选择继续使用以前的渔具，它能让你在短时间内钓上大鱼，确保不会被鲨鱼袭击。但是如果你是一名渔民，那么就要学会去熟练操作各种各样的渔具。这是能带给你最多中小体型枪鱼的渔具。你不必像运动员一样使用渔具，不过你应该具备一样的是强壮的体魄。或者你决定不把在海湾流钓枪鱼当作运动。

在其他的体育运动中，需要练习力量和技巧，运动员想要知道怎么进行，至少在一些条件下具有适应能力。在钓大鱼过程中，或许之前他们还有信心能抓到是自身体重两到三倍的鱼，但是当他们来到甲板上时，恐怕就连控制 500 码的线这样简单的事也做不好。

他们之所以那么信心十足，是因为有人做到过。据我所知，在现代钓鱼技术出现之前，如果没有指导者、同事和船员的帮助，一个完全没有经验的或没有受过训练的捕鱼者是不可能成功逮到大鱼的。而现代钓鱼技术发明了绕线轮、坚固的鱼竿及其他科技，给予了任何一个捕鱼者捕到大鱼的可能。不管他本身能力是否强大，只要简单地转动绕线轮，就能够捉到一条大鱼。

美国自然历史博物馆水族馆举办的国际钓鱼大赛，给钓鱼运动制定了标准，根据那些标准诚实地从运动角度来衡量钓鱼比赛结果。标准涉及很多方面。但是有个性的船价格实在太过昂贵，指导者和捕鱼者希望有些结果，钓大鱼已经演变为比鱼的大小的战争，而不再是一场比赛了。当然，除非有钓钩有鱼，不然也算不上真正意义上的竞赛。如果一直坚持，会削弱捕鱼者的气势。

教育正在把钓大鱼变得合理，虽然过程缓慢，但还是一直稳步向前发展的。现在很少一部分指导者或捕鱼者还在用射杀或渔叉来捕鱼，用得更多的是飞镖。

在我们有货的航线上，捕鱼的致命招式是使用钢线，一定不会有漏网之鱼。即使没看到鱼露出水面，我们也能用它找到鱼在什么深度。这是个重要的实验，结果需要仔细记录，捕到什么等级的鱼，也要记下来。这些详尽的记录能够为鱼商提供可靠的信息，最后用作判断依据。捕鱼的过程也并不好过，参与其中的捕鱼者，不是舒服地坐在椅子里，而是站着捕鱼。在这种情况下，他们要有真正使用渔具的能力，可以让鱼尽情地跑、绕圈、咆哮，而且在这一个小时中始终抓着它，如果捕鱼者能够知道如何控制大鱼那就更好了。

在你孑然一身和真正的大鱼对抗时，鱼却来势汹汹，你所要做的就是不停歇地动，不给鱼留一点喘息的机会。就和拳击场上十回合的比赛一样，需要很好的体力支撑。就算是两个小时也一样不休息，不让鱼休息，这就像二十回合的比赛。

大多数体力很好又技艺精湛的捕鱼者都弄丢过鱼，因为在鱼抽打他们时，他们无法控制，最后，它们咆哮着死去。而一旦鱼死掉，鲨鱼就会过来把它们吃掉。

我们尝试着如何让渔具发挥最大用途，能够适应不同种类的鱼，小的、中等的、大的和超大的，能够在每年的不同月份都能钓鱼。因为枪鱼总会重复游，所以为安全起见要保证线的质量够好。我会在文章最后的部分进行具体的描述。但是要知道，我们在一年内有五个月的时间是出去捕鱼的，而且是在深海水域，天天刮信风，偶尔还会碰到成群出没的鲨鱼。用最轻的钓竿钓鱼，并不能证明什么，因为别人也同样能做到，但厉害的是我们有法能防止鱼死去。我们理想的情况是你确实能用钓竿钓到鱼，但是你要在能拉着它的同时尽可能给它自由的空间去游去跳。

然而，现实总是有出入，即使拿出撒手锏，用 800 码长的钢镍合金线来考验 6 英尺哈迪卷轴和第 5 号老哈迪钓竿。当把羽毛钓钩放入水时，如果放得足够长，就会有 35 英寻。你会捕到好多个月都没人捕到过的不在活跃期的刺鲅、大石斑鱼、大啮鱼、红鲷鱼、大无鳔石首鱼，还能捕到在深水处不出来的枪鱼。金属线的战斗不仅是要检验 39 根细线，还要检验的是金属线，是强壮的身体，是训练肌肉，不管是拖和拉，还是投渔叉，都需要好的体力支撑。那是精力充沛的人们，正在做骑北美野马一类的激烈运动。我们三天没有看到鱼，最后终于抓到了它。

现在我们焦虑的是八九月份的时候，那时风平浪静，大鱼都不出来，钢线会发掘出什么。当钓到枪鱼时，它就开始猛烈晃动头部，用嘴敲打，看看是否能挣脱你。如果不能，它就会露出水面来看看到底是怎么回事。我们焦虑的是，眼看着它上钩了，却又得看着它怎样逃跑。如果它足够大，是可以逃跑的。

我们的计划是让它带着我们一起跑，如果皮拉尔的转角足够急，就会到玛丽那里，这样我们就有机会抓住它。

真正的大鱼首选的逃跑方向就是西北方向。如果你在哈瓦那和迈阿密之间穿梭过，看着蔚蓝的大海，就能欣赏到野马跳崖落水般的水花，在水花后面是有着绿色千舷、斑驳甲板的船，留下的一道像珍珠透亮的白浪。

如果水花能够大到让你飞起来，它们就会去西北方，那我们就要欣喜不已了，因为正好给我们追捕大鱼做了助推。

与此同时，我们还希望鱼能够在水面觅食，这样不管是船上的乘客还是路人甲乙，只要有钓鱼经验的，就能轻而易举地钓到150磅以下的鱼。新捕鱼者只需要得到一个合适的钓竿，在看到任何30磅以上的枪鱼时都会雀跃不已。当鱼群丰富时，在古巴海岸线附近的枪鱼群会以每天20到30的数量增加。我曾在一天内最多抓到过7条，佩佩·米娜·戈梅斯和马丁·梅诺卡尔的最好纪录是12条，我才不会为了赢他们而刻意去打破纪录。

海明威的渔具单

白枪鱼：从4月到6月初

设备有羽毛钓钩，船尾部挂有去皮的猪肉：

钓竿，锤负荷达9或12盎司，渔线轮6轴承，500码15号主渔线；12英尺9号或10号柔线；型号为8/0或10/0的奥肖内西钓钩；或型号为8/0慕斯达钩，最小的日本羽毛钓钩（白色），附带3英寸的去皮猪肉（这样在水中会动，平均10只白枪鱼中有6只会咬有羽毛的钩）。

舷外支架的两竿中的第一竿（诱饵小而轻）：

钓竿，锤负荷 14 盎司；渔线轮 9 轴承，600 码主渔线；14 英尺柔线，10 号或 11 号的 10/0 慕斯达钩。

鱼饵：小鲻鱼，饵料，绑上针鱼、小鲭鱼、中小体积的飞鱼、新鲜的乌贼和碎饵料。

舷外支架的两竿中的第二竿：

钓竿，锤负荷 14 盎司；渔线轮 9 轴承，400 码主渔线；150 码 21 号柔线，放在外面，鱼靠近船时使用；14 英寸 10 号柔线，11/0 或 12/0 型号的慕斯达钩。

鱼饵：大鲭鱼、中等或大型鲻鱼，大饵料，飞鱼和上等乌贼。

钓竿上的设计是为了吸引大鱼，也偶尔会有小鱼过来。

大枪鱼：7 月到 10 月

（重量：250 磅到 1000 磅）

羽毛和之前的一样，因为大西洋枪鱼游走后，还会有金枪鱼、青花海产鱼、松鱼和海豚过来。早已经把备用的羽毛钓钩鱼竿准备好了，以防上述鱼类成群的出现。

鱼竿支架：锤负荷既能达 22 盎司又能达 24 盎司。推荐使用（这是目前为止，我发现的除了坚硬的山核桃木帕拉克娜竹子之外最好材质的，由弗兰克·奥布莱恩打造的富翁级别的装备。他的鱼竿简直令人惊叹，是目前我见过的世界上最好的鱼竿）。

绕线轮：12/0 或 14/0 硬质，和两个专门为游客准备的芬诺牌 14/0 型号的绕线轮。

如果没有任何经验的垂钓者想要钓到大鱼，那么，他们就需要这种可变化的齿轮速比绕线轮带给他们配置上的优势。

线：所有的绕线轮都将会无阻碍地顺利穿过 36 或者 39 型号的渔线。我们已经使用这种亚麻线很多年了，经过这些年的实践证明，把它放在太阳底下暴晒可以防止腐烂，而且如果有需要的话，还可以自己拼接更多。

引线是 14.5 英尺的不锈钢钢丝绳。

钓钩：型号为 14/0 的慕斯达钩，在柄的弯曲部分弯曲构型给到鱼钩的钩尖部分一个支撑。

鱼饵：最好的诱饵就属达到了 7 磅的整条的青花鱼科的海产鱼和鲣，或者是 5 至 6 磅的整条的梭鱼类。一些个头大的马鲛鱼，乌贼，大个的鲻鱼，黄鳝，鳍科鱼和颌针鱼①也可充当替代性的诱饵。而在所有的鱼饵中，整条的鲣和青花鱼科的海产鱼已经被我们证实是诱钓大条枪鱼最佳的选择。

金属线在前面的文章中已经有所描述了。

枪　击

《真相》1951 年 4 月

我们在游泳池旁边吃了午餐。现在的古巴是一个稍显燥热的季节，因为微风吹拂的时节已经过去了。游泳池由于被树荫庇护着，所以让人备感凉爽。而且如果你往更深的地方去，泳池给人的感觉是一种仅次于冰冷的凉爽。

我一直在观察翠竹和白杨树的影子在游泳池中的动静，所以没看到在凉亭下的桌子边乘凉的两位黑人朋友，当我抬头看见他们的时候，才发觉自己已经心不在焉了。虽然他们的出现或许有些悄无声息，但是我原本可以在他们出现在淋浴房的角落时就发现他们的。

我记得这两位中，其中一位魁梧强壮，坚毅的脸孔使我对其印象深刻。另一位是他的保镖，就是能够保护你，防止你后背被

---

①　一种长嘴便鳞海鱼。

击的人。能当保镖的并不需要很高很壮的人，反而通常是身材稍小的，在后面保护你。他只需要左右转动脑袋，就像是棒球投掷手在没人出局的情况下观察一个人似的。相对投掷手而言，保镖身材通常会矮小一些，拥有与投掷手一样的脖子，也像战斗飞行员在高空中遇到真正的对手却仍然存活所受到的影响一样。

这个男人看起来类似于放大版的拳王乔·沃尔科特，他对我说了一些关于他自己的话。他看起来似乎有些急躁，并且他必须很快到某个非洲国家。他受到了不公正的控诉，被指控为两车肇事致使 2 死 5 伤事件的从犯。第一辆车经过朋友的房子，朋友们正在往里进，他们想给朋友们制造一个惊喜。于是当手势举起时，他们一起射击房子。朋友们不明所以被吓得四处逃窜，虽未造成重大的伤害，但是每个人都两手交叉放在胸前，摆出了防卫的姿势。然后，第二辆车从主干道奔来，把这些刚逃出来站在外面的人都给甩在后面。

这个男人，他跟我解释说，把他控诉为主犯之一绝对是个错误的决定。他已经被错误地起诉过很多次了，但是，他声称是我的一个朋友的朋友，并且我的那个朋友在街道上被击中，当场死亡。当时死的时候，朋友的口袋里有 35 分的财产完好无缺，而且他靠实力能够获得政府的职位。所以，我想你应该清楚，在这几次中，那意味着什么。

被射死的那个朋友曾经是当地大学足球队一名优秀的后卫。他是一位技术出色的四分卫，并且还能踢中卫的位置。他死的时候，还是这个运动社团的主席。可恨的是，在这次杀人事件中，没有人受到惩罚。我朋友可能曾是刺客，但我从未听说他杀过一个不该杀的人，不管怎样，当他被那些人杀死的时候，手中并没有任何武器，兜里还有 35 分的钱，银行也没有任何存款。

所以，这张脸在我脑中印象深刻。我希望在他移居国外前，不会因为任何事情受到错误的控诉。

因此在这种荷枪实弹射击背景的前提下，我正准备着手写一篇 2000 字左右的有关射猎羚羊的文章。当你想要猎杀一头羚羊的时候，不会遭遇反击。

捕杀叉角羚羊有两种方法，说三种可能会更为准确一些。人们通常喜欢射猎以下这种羚羊：在牧场周围不断徘徊的公羊和那些竟然把自己看成是猎人朋友的傻羊。可现实是，它在这个季节开始的第一天，就被怀俄明州的纨绔子弟击中了，更令人嘲讽的是，他们手中的装备被广告宣称是羚羊的保卫者。羚羊的腹部经常会受到枪伤，受到腹伤或者拖着断腿的羚羊会拼尽全力逃脱。但是，它就生存在那个牧场，它的头脑必须明白什么才是战利品。

于是，在这片平原上，他们捕杀了这些羚羊，在加斯帕和罗林之间的一个分裂的地区怀俄明州，在（美军）指挥车的帮助下，他们还带来了更多的猎人。只有很少的吉普车能够涉猎，但是武器运载卡车①却载来了大量的猎人。但是，男人们啊，你们可是站在羚羊后面，并且射击是有保证的。你会被这些运载工具带入凶猛野兽的活动范围内。这时候，你的枪法或许能得到证明或者还未被证实。此时此刻，你需要稍微的屏气凝神，好好调整一下肩膀上扛着的枪的尖端，长钉子弹或者是对准交叉瞄准线的十字网线，然后果断地扣扳机射击。这就是一个战利品，如果你用透镜把它们瞄准，并且幸运地猎杀到了最大的公羊，没有射杀任何一只母羊的话，那么，伙计，这就是你的战利品了。或许子弹的威力只是伤到了公羊的肩膀，它仍然还活着并且试图站起来，当看见拿着刀出现的你时，它会神情专注、直勾勾地盯着你。你能从它那深邃的眼神中，猜测出这只公羊的想法："我到底做错了什么，居然会落得这样的下场？"

然后，这里还有第三种方法，你可以步行到高的地方去猎杀

---

① 美国部队用车。

它们或者是坐在马背上，不过这些地方可不一定会有羚羊。这篇文章的作者，在花了很长一段时间之后，完全承认了他的罪行，认为猎杀任何一种不具有危险性的动物都是一种罪过，当然除了我们三餐的正常食用肉外。现在，在冰箱的低温冷冻保存下，人们可以把食用肉的保存时间延长，因此，猎手的数量急剧上升。这个数量已经增长到了某一个点。如果在三天中的任何一次射击中，你或者你的马都没有被至少一次击中的话，那一定能说明你们的品格和运气很好。

而且往往在这种事情开始发生的时候都只有一个答案。尽量让自己放松下来，让大脑处在敏捷的状态下，进行低点射击。因为羚羊、鹿、麋鹿和驼鹿是不会反射回来的，那个开火的家伙，竟能理解这个最基本的原则。当然，如果你需要射击的是那些坏蛋敌人的话，不管怎样，这场涉猎事故都是意料之外的。而当他们向你开火，不用犹豫，你一定要予以反击，射回去。

还有，不管在什么时候，一定不要举任何白色的旗帜或东西。如果举了白旗，他们就可能把你当作白头鹫。或者，如果你挥舞着你手中的扎染印花大手帕，就是那种围在斯泰森毡帽（一种阔边高顶毡帽）旁边的装饰，猎人有可能会误把这当成真的猎物，他们也可能会认为这是一只狐狸或者危险分子，你就能想象出你的惨状了。不过，以上的情况我还未亲眼见到发生过，也从未见过当你反击的时候开枪的情景。

想要深入丘陵地区，那猎人最好要在背部带一个扩音器。这时候，开枪射击的时候，枪声就会只通过这个扩音器扩散开来。"快点停止开火，猎人兄弟和运动员家伙们，我可不是你的猎杀动物，我是活生生的人，并且还是依法上交了所得税的人！"

或者，他也有可能把话说得更简短有力一些，他会这样说："停下吧，冒险家兄弟，是我啊！"

但是直到我们购买了许可证，他们才把这个特有的扩音器发给我们，我曾在心里想着，如果真有哪个冒险家兄弟胆敢射击我，我才不管三七二十一，一定会敏捷地射击回去的，因为，他有可能是一位老朋友或者是童年时代的伙伴，目的也只是为了有趣而不是杀人。

这次打猎是十分有趣的。我把我的 3 个孩子都带来了，其中一个是柏林步兵团的团长，叫杰克，不过现在是渔夫，所以他希望用鲑鱼做诱饵钓到大鱼。而其他两个男孩儿，一个一直坚持他自己的计划，一个则和杰克一样没有使用鲑鱼做诱饵。

我们经过观察，最后发现高处有大批的雄鹿在活动，而它们被有些人惊吓到了。一定是某些事情出了错并且这个错误还在持续。它们能够在一英里之内看见你，还在神色紧张地提防着你的袭击。

我们在一家主人被称为是老前辈式人物的小屋落脚休息，小屋坐落在帕西梅洛里河①旁边，这件事发生时，我们还没有开始使用滴滴涕②呢。这个老前辈的小屋出现了很多难缠的昆虫而不是牛。那位 50 岁左右的泰勒·威廉姆斯被他称为"年轻小伙"，而我被称为"小孩儿"。他对我说："孩子，你要像骑士一样骑马前行，这样的话你一定会做得非常出色，会猎到很多猎物，如果你还能够取得一定名次的话，那我会为你自豪骄傲的。"

他说："孩子，如果这些真的都是你的'家伙'的话，我想你真应该给他们喝点什么。"而后，他又问我："你都带了些什么啊？"

我们都来自爱达荷的太阳谷，那里有白羊星下的夜空和凯旋之轮，我们在游泳池泡得有点软了，但是这个老前辈却让我们恢复如初。我们骑马来到山脉之巅，在这儿，我们有种会当凌绝顶，一览众山小的感觉。俯瞰萨蒙河③，穿越那座我知道的最可

---

① 这是一条 58.7 英里长的河流，坐落在美国的爱达荷。

② 白色晶体，不溶于水，溶于煤油，可制成乳剂，是有效的杀虫剂。该药因属于污染致癌物，现已禁用。

③ 美国爱达荷州中部河流，注入斯内克河。

爱的山。我们骑着马翻过了一座山，又穿越了断裂的地区，然后进入丘陵地带和平原地区。这一路上，羚羊随处可见，但是，那些羚羊都在一米开外警惕着你、盯着你小跑。泰勒骑着一匹白色骏马上山，那个老前辈看见后说他是"骑在白马上的年轻小伙，手上拿着羚羊的死亡圣旨"。

第一个晚上正值星期六，那个夜晚真是漫长。戈德伯格那儿有一些煤炭，所以一整夜篝火都是升起的。我们都在车里睡觉，威廉姆斯、我和另一个叫疯狂比尔①的男孩儿，他有着斯坦·卡显尔一样单手射击的高超本领。我们三个人一起去了戈德伯格，老前辈则待在家里，照料他的昆虫们。

虽然我躲开了所有的搏斗，但是依旧不能磨灭那是一个艰难的夜晚的事实。如果你的脾气稍微有一点暴躁的话，那么你就有可能在那个晚上战斗 10 到 15 次。泰勒没有进行一次搏斗，因为他根本就无须这样，而我也是尽量避免战斗。但是疯狂比尔就不一样了，他骑在马上和我们争吵了起来，骂了一个来自最近的小镇上的警长男孩儿，这个男孩儿拿出了铁证来说事，其中一次甚至和疯狂比尔打了起来。疯狂比尔叫他滚出去，并动起了手把他推了出去。在搏斗中，疯狂比尔可能在不经意中，射中了警长男孩儿，因为我们能听见一些声响。警长男孩儿也的确很能打。最终，警长男孩儿先放弃了。我们努力劝说疯狂比尔，让其冷静下来，并且对警长男孩采取了一些急救措施，然后开车送他回家了。这场架也让起初戈德伯格之行的欢快气氛消失得无影无踪。

第二天和第一天一样，在一英里半处的地方，他们相互盯着他们可爱的棕色肩膀，之后，当他们下来的时候，你就可以看见他们的臀部被白色羽毛环状围着。我们骑马来到了山顶，匍匐前行来到高地的边缘，俯瞰整个国家。

---

① 是对美国历史上一位枪战高手詹姆斯·巴特勒的昵称。

　　我们骑着马下坡、上坡，在小山周围四处溜达。我最小的儿子吉尼自己骑着一匹马，看上去就像是他被他的母亲扔进了马鞍里似的。泰勒·威廉姆斯，老肯塔基上校（在肯塔基被授予非正式"上校"荣誉称号的人）能够在 300 码处用一把恰巧是从别人手中接过来的来复枪百分百击中你。而且还有一件奇怪的事，只要羚羊嗅到他的气味就会立即撒腿逃离这片地区。我的坐骑是一匹脾气温和的母马，它是一匹久经沙场的老马，要比我聪明多了。

　　当我们感觉到脚踩在页岩和鹅卵石上时，已经来到了第二天晚上。我们从木桥骑马走过，看到月亮透过远方那片三角叶杨林缓缓升起，月色朦胧给周围洒下了轻纱的美丽，夜色美得让人心醉。在老先生下马的时候，他给我们讲述费舍尔的故事。我们拿出自制的一些柠檬制作威士忌酸。老前辈说他还从来没有喝过这种混合饮料，但是他决定破例尝尝鲜。

　　"老前辈，您今年贵庚？"我问道。

　　"孩子，"他说，"当他们在小大角战役中把乔治·阿姆斯特朗·卡斯特将军杀死的时候，我就是上了年纪的老人了。"

　　很显然他说的并不真实，所以我只好又问了老前辈他认为泰勒有多大年纪了。

　　"他还是一个毛头小子。"他说。

　　"那我呢？"我又问道。

　　"你，你才刚刚开始呢！"

　　"那男孩儿呢？"

　　"不管怎样，除非他们已经经过社会的考验，只有经历过坎坷曲折才能算得上是男人。"

　　"老前辈，您从哪里来？"

　　"哎呀，记不得了，上帝应该知道吧！"

　　"那您曾经在蒙大拿附近待过吗？"

　　"当然待过！"

"是在怀俄明州吗?"

"我当时还经历了打货车箱战斗,要费尽周折把木材运往当地的要塞驻地。"

这听起来根本不可能,我不相信他所说的,所以又问了他是否知道汤姆·豪。

"汤姆?我听他说过,从那里站起来在他们把头巾盖住他的时候,不!他们最后并没能给汤姆身上盖上头巾。"

他是这样说的:"先生们,我一直想要一双厚重一点的鞋子,接着就要去'见上帝了',我会原谅我所有的敌人。阿门!"在场的所有人听后都哭了,唯独汤姆例外。他就直勾勾地站在那儿,虽然落魄但带些高贵。但在这生命的最后一刻,他想要的仅仅是一双厚重一些的鞋和得体点的获刑,所以不管怎样,他都不会抗拒那条绳子。对一个真正的男人来说,抵抗绳子是世界上最可耻糟糕的事情。那时我还只是一个孩子,我看见他们把他绞死了。这个绞死是给所有人看的,是想起到杀鸡儆猴的作用,而这种复仇的方式是被法律所允许的。

我们在第二日天刚破晓的时候就给马套上马鞍出门了,带着安安静静地躺在枪筒里的枪支。此时,疯狂比尔的双手痛得厉害,并且他看起来有些不好意思。我们都心知肚明,警长男孩是不可能真的只逞口舌之争,他还记得在午夜发生的那些事情。而且这让他感到十分糟糕,因为他是一个战士,可以和任何人开战。除此之外,他还把警长男孩儿的下巴抓伤了,而我们也都听说了这件事情。他让自己疼痛的双手提醒他。

他并没有和我们一并骑马前行,只是待在小屋,为他抓伤了的下巴而懊恼不已。

我们一大早就出发了。清晨的平原被一层薄薄的青雾笼罩着。我们开始了我们的攀登之行。

"上校,你对这件事怎么看?"我问特勒。

吉尼已经在马鞍里睡着了，他让马继续干着活。

"我认为我们已经把它们逮住了，"特勒说道，"我们并没有开枪射击它们，这已经是第三天了，我想它们已经对我们的存在习惯了，其中一些大的公羊见着我们也并不像起初那样掉头就跑了。它们并不知道我们是什么，它们一直很好奇地继续探究我们的底细。"

我们像往常一样，增加了我们所占位置的高度，在完成我们的方位图后，开始向低处移动和穿越。

而后，在黄昏时，我们突然发动攻击，对象是一群正在熟睡或者正在摄取食物的羚羊。而且，我们留了一条路给它们逃走。我纵身下马，从枪筒里拔出斯普林菲尔德0.30－06步枪备战。我们和它们周旋，突然，我反应过来，到它们的必经之路去堵截它们，有200～250码的距离。果然不出我所料，当它们一窝蜂地拥向驼峰边缘的时候，我在它们身边移动着，然后子弹射穿了其中最大一头公羊的脖子，不偏不倚，我幸运地捉住了一头最大的公羊。老前辈说："我就知道你这毫不起眼的孩子，有一天会爆发，做些不同寻常的事儿的。"

特勒说："你知道你跑了多远吗？你知道你在多远的地方击中它的吗？我要去量量。"

我根本不在乎这些。我并不想当神枪手故事的主角，我只是享受在追逐奔跑的过程中的那种乐趣。当你想要纵身一跃还要屏住呼吸，努力控制自己的心跳的时候，这种感觉像吃了糖一般甜美和舒畅。匍匐前进，瞄准，扣扳机射击，一气呵成。

这就是羚羊的故事，结束了。

圣诞的礼物

《观察》1954 年 4 月 20 日，5 月 4 日

最近几周，我一直都在代替丹尼斯在肯尼亚（东非国家）的来托基托克地区扮演着临时游戏突击队员的角色。在紧急情况中，丹尼斯扎菲罗就是我们应用于战争状态下的名字，而我作为肯尼亚名义上狩猎警察，极有可能通过这个职位去支援战争。但是，不幸的是，我的妻子对我所承担的责任有些不满意。

举个例子来说，时常有紧急情况发生，导致了我们之间的情感交流每次都被打断。而且想要进入内罗比（肯尼亚首都）购买任何圣诞礼物几乎是不可能的事情。这种紧急情况始于一个马赛人的到来，这个马赛人的头部、脸部、胸部都被另外一个马赛人用枪轻微地打伤了，所以要查出那个打伤人的凶手并拘留他。而当这件事发生的时候，我们可能还在被窝里睡着美觉呢。

紧急事件开始出现的时候，我们注意到一群大象来到邻居耕地（东非）上。这片土地是关键的位置，必须要认真仔细地进行检查和探索。因为大象经常在东非的耕地迁移，并且还会把它们的迁移继续。而我作为狩猎警察，很有必要通过追踪大象的行踪来判断它们要迁居到哪儿，又是为什么要迁居。这也是我一项义不容辞的责任。

当然，还碰到其他的一些阻碍。比如，美洲豹是山羊的惯性杀手。依照我的观点，美洲豹一开始可能会故意杀死一只山羊，随后，它起身，伴随着几声撕心裂肺的惨叫，它血性的一面显露无遗，一口气又咬死了十来只山羊。

很显然，这无疑会惹恼山羊家的主人，他们决心除之而后

快。我也掏钱买过几只山羊，确实是买的，因为在非洲可不会给你免费的午餐。山羊们在白天十分活跃，总是咩咩叫个不停；而到了晚上，它们可真如一本书名"沉默的羔羊"那样，老实得不敢想象。这也是它们能保住性命，躲避美洲豹捕杀的好方法。这时候，海明威夫人说起她的圣诞礼物，其实我本该在内罗比（肯尼亚首都）就应当准备好的，只是公务太过繁忙而耽误了。之后，便乘飞机到了刚果①。尽管她已去过坦噶尼喀，甚至还去过更远的姆贝亚，以及大鲁阿哈河。我们还一起去过肯尼亚其他的不少地方，其中有些是官方安排的，有些是半官方的，还有些是私下里我们自己去的。可是这仍不能让海明威夫人尽兴，她还想到刚果去看看呢。

不过，我并不怎么迫切想去刚果，我更情愿待在来托基托克，赶紧做完还没完成的项目，也就是还没解决那只杀了好几只山羊，还没再次回到耕地（东非）的美洲豹。据我们可靠的调查，它往返的周期大致为一周。这只美洲豹喜欢在琪玛娜沼泽的草地上栖息，而不是待在树上。不过，我曾在树上看到过它，之后它像只蜥蜴一样从树上溜走了。那天下着雨，我匆忙戴上眼镜，只可惜最后一枪打偏了。这次实在是绝佳的机会，即使打不死也能伤着它，这样就不需要让整个村子的人再四处猎杀它了，它也可以躲到高原上的纸莎草地里了。

但是我们现在依旧在四处猎杀那只美洲豹，时常在那棵它白天出没的树旁蹲点，当地的一个侦察员还在那里看到过它。而当那个侦察员带着大家到那棵树时，大家只顾抬着头盯着树看。谁知我竟不幸地踩到一条眼镜蛇，幸好没被咬着，那蛇也本能地躲开了。

这也是我在乌卡巴最戏剧性的一幕，那条眼镜蛇太猥琐了，

---

① 坦桑尼亚的一部分，在非洲东部。

完全不按套路出牌。照常理来说，它本该高扬着头，或者是像一只正常的眼镜蛇那样，可是它却只是胆小地躲在一堆草丛里面。一个自以为是的家伙，可悲的是我竟然拿着手枪遇到了它两次。自此，"人蛇大战"的笑话便在乌卡巴流传了。在我向那条蛇开了几枪后，它敏捷地夺路而去，一头钻进了草丛。我很想待在乌卡巴，但我的妻子玛丽却很想去比属刚果（被公认为是非洲文明中心之一）。

我们在来托基托克开了两辆汽车行进，其中有一辆是我们儿子帕特里克的，他住在坦噶尼喀约翰角第 6 区。那辆车是经过改装的，就是把一辆车上所有损坏的零部件都拆卸后拿去用作改装另一辆同型号的车。我开着我儿子帕特里克的那辆车，不幸的是，帕特里克由于发了高烧，只能待在坦噶尼喀的伊林加一家医院，不能与我们同行。由于这辆改装车的发动机不防水，所以我们没法开车从河里蹚过，只好用另一辆同样的但发动机是完好的车，把它拖了过去。过河之后，我们便径直继续开往卡贾多。

卡贾多那个时候还没有机场，于是我们开车到了内罗比，然后搭乘赛斯纳①180 号航班去比属刚果。同时，在那里也要为海明威夫人准备圣诞礼物。在上午 11：30 左右，我们的飞机开始从西内罗比机场起飞了。之所以那么晚才出发，是因为我们一直在等一位朋友，他有重要信息要转达给我们。

我们的飞机飞越了马加迪湖，在湖上空，我们看到了很多朋友的家以及很多当地特色的商店。之后便飞越了一座山峰以便能够在丹尼斯扎菲罗所在的那个地区着陆，据说丹尼斯已在那边安营扎寨了。因为了解他的习性以及位置，我们推测他会在一个叫作马赛马拉无花果树酒店的地方，也就是翻越那座山峰后，那边有条小溪的地方。正是在丹尼斯安营扎寨的地方，他两度在小溪

---

① 英航空公司。

那边追击到了犀牛，我对那个地方印象深刻。只要沿着那条路就很容易找到那地方，我在途中得知了一个小插曲，就是马加迪①正在修建中的管道因为资金问题而暂停了。我也对这条道路记忆深刻。我们沿着这条路继续行走，来到了一处陡坡，在经过一个40度角的转弯之后，就很容易地找到丹尼斯和他的客人凯斯·考德威尔的位置，这里要介绍一下，凯斯·考德威尔绝对算是英国最好的10个飞射能手之一。在他们的营地，事情逐渐朝着正常化方向发展。我们也给他们留言，希望他们在这种情况下一切安好。

然后，我们沿着东非大裂谷②来到了玛丽小姐曾经和朋友一起待了17天，最后找到一头黑色鬃毛狮子的位置，经过一番探寻，我们也找到了那头狮子。接着，我们继续向高处攀登，在把我们现在所处的位置弄明白后，我们对捕猎这件事情做了一个万全的策划。狮子现在所处的地方对我们很有利，我们完全可以轻易地把它杀死。

我们在一块稍微平一点的地上热烈地讨论着狩猎的事情。

我说："当我们停下来的时候，就总能看见令人怦然心动的野兽目前在哪儿和要去哪儿了。"

玛丽小姐回答我说："这样的话，你和你神奇的狗伙伴可能会继续并且遇上野兽，但是按照正常人的思维来说，那几乎不存在任何可能性去继续往上登高的。"

我回答道："好，亲爱的，我们取消这件事情。下面我们沿着东非大裂谷往下走直到我们遇见口岸那边的一个小火山口，我可是早就想看看那个小火山了。"

我们认真研究了这座火山，发现它在最近一段时间刚喷发

---

① 肯尼亚南部城镇。在马加迪湖东岸。有大型碱厂，生产出口用纯碱和食盐。铁路支线终点，通蒙巴萨—乌干达干线的孔扎。

② 是全非洲最高的地带，属东非裂谷高原区，面积500多万平方公里，约占非洲面积的1/6。

过。我们穿过这个刚喷完的火山堆，看到了纳特龙湖①。这个湖的色彩很是神奇，细看一下原来是由一些海藻的颜色产生的。水牛的皮肤异常黝黑，而且公水牛还长着宽宽的牛角，让人想不注意都难，十分耀眼。这里到处都是野生禽类，我们还看到很多成群的火烈鸟，不禁让人觉得十分有趣。

之后，我们离开了此地继续去探索峭壁西侧的一座死火山。从半空中看火山坑，并没有什么乐趣可言，所以我们就继续朝前走，前往恩戈罗火山口②，那里还真是吸引了很多旅游者到此一游，还有不少人在此驻足嬉戏。匆匆看了几眼这个荒废的遗址后，我们还看见了上千头牛羚、东非狷羚和各式种类的羚羊，不过并没有看到狮子的踪影。

在离开恩戈罗火山口后，我们乘飞机飞过塞伦盖蒂平原，在这儿，我跟玛丽小姐讲述了我那位可爱的前妻波林女士猎杀一头健壮、长满鬃毛的狮子的英勇过程。马尔士先生和我还给玛丽小姐指认了当初我在打鸭子的时候用猎枪猎杀金毛狮子和土狼的地方。那条土狼突然从高高的草丛中窜出来，自然是逃不脱被猎杀的命运。

尽管土狼在电影《扎诺克的雪》中扮演着光辉的角色，深受观众好评，当然还有在很多其他电影中也是如此，再加上它那独

---

① 位于坦桑尼亚北部，靠近肯尼亚边境，在东非火裂谷沿线上。

② 位于坦桑尼亚的北部，东有马尼亚腊湖，西接塞伦盖蒂国家野生动物园，1979年被联合国列入世界遗产名录。保护区是一片辽阔的高原火山区，占地80.944平方公里，有闻名遐迩的世界最完整的火山口，沿壁海拔2286米，从空中领俯瞰恩戈罗火山宛如一个巨大的碗，碗底还有少许的水，那是已成深湖的恩帕卡艾火山口。800万年前恩戈罗曾是一座活火山，沿火山口外缘为环形，有6座海拔3000米以上的山峰拔地而起，高耸入云。火山锥陷入火山进而形成凹地，面积达160平方公里，这里有湖水、草原，动物的种类繁多，数量惊人。火山口的成湖聚集着成千上万的火烈鸟和其他鸟类。1959年人类学家在火山附近的奥杜威浅峡谷发掘出距今125万年的南猿头盖骨和距今190万年的能人化石残骸、石器，这些发现对目前复杂而有争议的人种系谱学的研究有重要价值。

特的声音，让人就算是身在内罗毕市区也忘怀不了。不过它终究不是什么善类。我们亲眼看见过一条土狼咬碎了一头刚被母象攻击过的犀牛的生殖器。接着这条土狼又和它的同伴再次攻击了犀牛，用它们的獠牙在犀牛的左半边屁股上狠狠地来了几下。

在回忆完那条斯瓦西里语称之为费什的土狼之死后，我们继续前行，飞往穆旺扎小镇去加油。我们到那儿后并没有进小镇里，而是待在飞机里，因为飞机的发电机熄火了，没法飞行了，所以得重新发动飞机，让它飞起来。

我们飞过了维多利亚湖，飞到了卢旺达—乌迪隆①的上空俯瞰，这儿还真是非洲大陆上的不毛之地，在这里，我们并没有看到传说中大群大群的黑羚羊。我们在一天的傍晚时分见到了一头上了年纪的犀牛，它看上去闲来无事，十分慵懒。此外还有四头漫无目的，正在四处张望的大象，它们的象牙还在，不过它们都没超过 90 磅。之后我们穿过卢旺达—乌隆迪地区，来到了一个人口密集的国家，这里四处可见圆锥形的小木屋，空气中弥漫了烟火的气息。在我们看来，当地居民是很懂得享受生活的。换另一种说法，就是不少人看上去和酒鬼差不多。

我们最后决定在基伏湖畔的科特曼斯维尔镇着陆。那里有顶级的旅馆，可以享受到美味的食物和舒适的住宿条件，还可以鸟瞰全湖。这个湖算是我见过的最漂亮的湖之一。虽然把不同的湖放在一块儿比较并不怎么具有说服力，不过在我看来，从基伏湖的小岛、模糊的轮廓以及湖水的颜色来说，可要比马焦雷湖、加尔达湖、之科摩湖或者是基伏湖都要漂亮多了。

第二天的早上，阳光明媚可爱，我们修好了发电机，并彻底检修了飞机，之后我们继续往北飞，穿过了卡尔·阿克力探索过的大狸狸保护区。

---

① 东非国家布隆迪的旧称。

　　当我们在两座活火山之间飞行时，飞机里的空气让人想起似乎被20毫米防空机枪击中时的那种味道。对，就是那种强烈的硫黄味儿，让人不得不打开边窗上的通风孔。火山在不断地冒烟，一片朦胧，所以我们没法去拍照记录下来。我们接着往西北方向飞去，去到我曾读过的《生命》里描述的鲁文佐里山脉看看。一路上姑娘们都在说，那里是"月亮之山"。

　　我想一定是小哈噶德爵士取的这个名字。但倒霉的是，"月亮之山"经常会被云雾遮挡，也导致我们无法清楚地观测和拍照。因此，我们只好掉转头，在恩德培市降落。那里的机场跑道不仅足够长，也很漂亮。只是那里的"彗星式"（英国人这样叫的）地面系统状况不佳，使得美丽的机场也成了摆设。

　　由于恩德培的方方面面暂时与"彗星"有着密切的关系，所以地面状况不佳确实影响很大。我们从内心期待着航线尽快恢复，这样我们就能尽快坐上返程航班，在回去的飞机上愉快地喝上一杯了。我们可以重返湖畔酒店，也可以俯瞰维多利亚湖，那种感觉真是无法形容，棒极了。这一次，我希望玛丽小姐可以克服幽闭恐惧症，从而不至于表现出像在马塞保护区和爬乞力马扎罗山时的样子。

　　一直等到薄雾散去，我们才从旅馆离开前往机场，然后乘飞机飞往阿尔伯特湖。阿尔伯特湖十分美丽，湖的西岸聚集着许多渔村。我们在那儿看到渔民们用各种方法捕鱼，有的用渔网，还有的带着当地木头做的浮标的钓鱼线作工具。渔民们撑着独木舟去拉网时，我们还惊讶地看到一条至少有200磅的尼罗河鲈鱼。

　　这条鱼可真是太大了，以至于渔民费了九牛二虎之力才把它拖上岸。渔民们都很开心这意外的收获。我们向他们致意，把飞机机翼小幅度放低，他们也挥手回应。从天上看那条鱼，感觉还真不错。

　　我们的飞机开始爬升到阿尔伯特湖西岸，接着从维多利亚尼罗河飞到默奇森瀑布①上。我们在沿岸看到很多的河马、大象。大象和水牛成群扎堆的景象是之前从未见到的。动物们相处得十分和谐，不过还有一只死掉的大河马正被鳄鱼群吞食。鳄鱼在这一区域似乎势力很大。

我们之前在坦噶尼喀南部的大鲁阿哈河沿岸，只看到一条从水中探出鼻孔的鳄鱼，因为那里的鳄鱼被严重捕杀，所以它们时刻都保持着警惕。但是，尼罗河河畔的鳄鱼则安全地待在岸上，头朝着河岸而不是水里。它们似乎是在期望着水里能发生点什么事。它们一个个都显得精力充沛。我大概数了一下，河里有 17 条 12 英尺长的鳄鱼（请注意，我是从空中往下面看的，所以不太确切，它们有可能更长）。把它们称呼为超级大鳄鱼也是名副其实。它们聚在一起，躲在河边的草丛里和树底下。这些鳄鱼体格庞大，就连飞机掠过都没把它们惊扰到。我们开始觉得这个地方有些恐怖。

默奇森瀑布确实很美丽。白花花的水从上往下一泻万丈，还带着层次感，与尼加拉瓜飞流直下的瀑布不同。我们在瀑布上空转了好几圈，准备找到一个合适的地方着陆。

罗伊·马什把飞机摇向左翼，那边有比较靠谱的着陆点。那一块儿地方到处都是灌木杂草，不过还是可以让塞斯纳 1180 型飞机以接近每小时 40 英里的速度着陆。罗伊·马什发现飞机的副翼还在运转，于是就慢慢地把它降落到柔软的草丛中。这些杂草的高度和一棵普通树木差不多。在迫降的过程中，我们突然听见了金属劈裂的声音。我们之后查看了一下飞机的损伤，幸好没什么事，我们还对从未经历过这类事情的玛丽小姐进行了安抚。尽管她并没有一下晕过去，不过我还是一度发现她的脉搏停止了跳动。这

---

① 亦称"利文斯通瀑布"。马拉维南部瀑布群。在希雷河中游。北起马托佩，南迄汉密尔顿瀑布，在 80 公里距离内，有 6 处瀑布、急流，落差 384 米。水力资源丰富，建有 3 处水电站。

个现象还真激起我的科学好奇心。当玛丽小姐的脉搏恢复到 155 帕时，罗伊已经摸清了路况，我们决定慢慢向有利地势移动，以避开大象。象群此时已经对我们的突然出现开始兴致勃勃了。

我们找到了一个以前大象偷猎者扎过帐篷的地方露营。这里掌控着象区的两条主要道路，后面是陡峭的岩石，没有大象能过得来。罗伊和我割了一些草，给玛丽小姐做了一个简易床，然后又捡了些柴火，点了篝火，之后罗伊又回去看了看飞机，至少不下五次，他得去发求救信号。这些飞机航行常用的求救信号就和以前沉船发出的 SOS 一样。每次我们一说话，大象就发出动静，这样罗伊就知道它们的具体方位，也就能最好地把它们避开。不管怎样，我们要保证自己的生命安全。首先，我们得把玛丽小姐照顾好，那会儿我们还不知道她的两根肋骨已经断了，虽然她疼痛难忍，却没有抱怨一声。其次，要好好分配我们的供给，要把唯一的一瓶水、四瓶嘉士伯啤酒和一瓶苏格兰威士忌分配好。我可不是为了要什么报酬在此打广告的。

我们决定先发出坠机求救信号，在恢复之前先等上几天，这里的地势并不适合飞机着陆，根本找不到合适的地带做跑道。

我们计划准备一条紧急着陆带，以备允许小飞机着陆。同时决定每两天，三个人喝掉一瓶嘉士伯啤酒，而威士忌就留在晚上喝。水方便从默奇森瀑布接来，所以可以随便喝。

罗伊有一个容量为 1 加仑的罐子，里面本来是装汽油的，不过现在用来从瀑布运水十分合适。水的问题解决后，我们开始讨论在这种野营情况下，拆分一下罐子用来煮水。除此之外，为了打发这漫漫长夜，我们还讨论了其他的备选方案。直到 60 头大象出现在我们面前，它们在静静地靠近和注视我们的一切。

玛丽小姐可能是惊吓过度，在草堆上睡得很香。我们把我的外套和雨衣给她盖上了，希望这样可以让她尽快好起来。我每晚都在她身旁躺着，不过大多数情况下我和罗伊一起挤在火堆旁边。我们无法确切地知道晚上的温度，但我敢肯定从没有这么冷过。

不过比起罗伊，我还算好的，至少我好歹还有一件法兰绒的衬衫和裤子来保暖。我们从没想过穿这么少在飞机外过夜，因为自从来到非洲，飞机里总是很暖和。当我们正在专注讨论那个水罐的处理方案时，一头公象突然插了进来把我们吓了一大跳。这家伙长着两颗硕大的象牙，在20码之外就露头了。很明显，它是从象区的小路过来的。它看了看对面的山脉，然后停下来研究了一下我们的篝火。还扇了扇大耳朵。这头大象的个头在我看来有60英尺，比在白天看它们要大得多。

它扬起了它的象鼻，我觉得那有几百英尺长，当然没那么夸张。它发出了一些奇怪的声音，似乎想和我们待在一起。罗伊和我被吓坏了，沉默着，大气都不敢喘一下。我们真希望它能好自为之。

果然，它没一会儿就走开了。整个晚上，好奇的大象屡屡来访，就像是例行公事一样。而在这个月夜，对付这帮不速之客的唯一方法就是屏住呼吸、再屏住呼吸，否则将会被视为对这些大象主人家的不敬。就算你对大象的来访不满，那也得以温和的方式来表达。玛丽小姐这一晚睡得很舒服，早上起来时身体也没那么疼痛了，她看上去心情要好些了，还问早饭吃什么。结果她惊讶地发现，茶还没煮好，不过意外地冒出一个苹果。

一大早，罗伊就到默奇森瀑布去取水了。瀑布哗哗的水流声让我们听不到任何飞机飞过的声响。我有好几次觉得自己好像听到了飞机的声响，至少有一次我确信确实听到了。但是瀑布的声音是顺风而下的，而且还会随着风的强度在变化，我也对这一切不太肯定。

上午罗伊去取水时，我在照看烽火信号，试图让过往的飞机能发现我们的位置，因此我得不断去找一些干木材。我们烧一些活树，把树枝折断扔在火上烧，从而尽量保持烽火继续冒烟。不过也并不是什么木材都可以，得找一些形状合适的枯木才能让火烧得更旺。不过这个工作一度无法进行，因为每次去折树枝都会被大象干扰。但是这些收集起来的小树枝却是篝火的唯一保证，树根都是从露营点附近刨出来的。有这些东西，我们的篝火才能烧得够旺，烟也才能一直冒着。

不幸的是，连着其他几个草堆也着了火。此时，夜幕降临，等月亮高高地升起，我们的同伴就彻底迷糊了。这时我一度想道："可爱的月亮，你要不爬到山上去，要不就见鬼去吧。"

这几天都是趁着早上很早的时候，就在找木材。一天，我终于到了距离露营处左侧 50 码的地方，要知道我们周围全是山脉和河流。大象们对任何收集木材的行为都十分反感。它们在绿草丛中吃着草，而折树枝的声音总会使它们受到惊吓。不过，在风声的掩护下，我还是够着了一棵十分合适的树，上面满是枯死的干树枝。就在此时，我听到大象的抱怨声，然后就看到河里有一艘汽艇。在这次旅途中，我们在日头高照时很多次见到了海市蜃楼。所以刚开始看到这艘汽艇时，我首先揉了揉眼睛确定是真的。接着我喊了玛丽小姐，告诉她有艘汽艇过来了。可是汽艇却在这时不见了踪影。所以玛丽小姐十分怀疑我的话，不过她并没有表现出生气。当我带她走到与象区隔离带的边界处时，这艘汽艇又出现了，而大象们依然在自言自语。

这艘汽艇十分漂亮，造型流线都是那种吉风样式。随后我们意外地发现这艘船在电影《非洲皇后号》里用过，那部电影的主演还是我一直的偶像，凯瑟琳·赫本，还有亨弗莱·鲍嘉（我还没在现实生活中见过他）。不过，鲍嘉在这部电影里的表演没法说，棒极了。而这艘出现在眼前的汽艇也让我身心舒畅。

我们向汽艇发出信号，这汽艇可能正在做一个月仅有的一次航行，因此遇到它纯属巧合。这群人正在爬山。他们都是非洲人，其中一个个子特别高。我给他们指引上山的路，让他们沿着西边的标记走，免得他们碰到大象。

大象似乎是嗅到了人的气息，就退到了一架飞机残骸的附近。不一会儿，象群已经被驱散了。它们认真琢磨了一下飞机，这架飞机后来被证实是由英国海外航空公司的 R. C. 裴德上尉开过的。这群大象似乎已经把这架飞机当作自己的财产了。它们并没有破坏飞机的意思，或许它们是把它当作客人了，就像它们看我们时一样。

海明威夫人与默奇森剧组来的朋友——后者声称导演过《非洲皇后号》——是从露营地过来的。他们中的一位带着一支大口径的来复枪，看上去挺能干的。我觉得玛丽小姐似乎恢复得还不错。

我想起要在露营处等罗伊·马什回来，那里是我们的集结地。他回来了，带着从那个奇妙的默奇森瀑布捡来的柴火。在看完默奇森一行人离开，并且目送玛丽小姐安全上船之后，我决定打开那瓶威士忌，然后掺点蒸馏水。这水本来是给飞机电池留的，不过现在我觉得可以随意使用了。只是唯一的麻烦是，找不到玻璃杯，身边也没有其他的容器。我只好先把一瓶嘉士伯啤酒喝完，然后把调好的威士忌倒进去。

之后，象群的突然到来把我的计划打断了。不过象群好像也没什么恶意，不过有一头母象对这个偷猎者待过的地方似乎记忆犹新，我想可能它的公象就是在这里遇害的吧。所以，我能看出来它对我们充满了敌意，扇动着耳朵，朝我们过来了。我赶紧向我们原本为玛丽小姐准备的藏身之处——陡峭的岩石那里攀爬逃命。

罗伊和我曾计划让玛丽小姐藏在岩石处，以防大象们越过它们的正常活动范围突然来攻击我们。我们并未挑衅这头母象，也不知为何，它就突然带着敌意冲过来了，似乎是不怎么待见我。它试着往岩石下的斜坡爬。不过岩石是之前为了保护玛丽小姐精心设置过的，所以我现在十分安全。我挑了些身边的岩石块儿，用左手向这头母象投过去，虽然我是右撇子，不过现在脱臼了没法用。接着，母象发出嘈杂的叫声，好像是对我占据优势的地理位置很不满。

想要击中大象，你就得从它的左眼侧扔过去，可以击中它的右眼。我幸运地砸中了大象一次，接着又扔了两个球状物。只见大象满眼怒火，高高地扬起象鼻，似乎要向我表达它的敌意，而它真的很快就能够着我了。我一直保持高度的警惕，特别是跟这头大象对峙的时候。这头母象似乎是想跟我沟通些什么，按我以前的经验来看，我明白自己现在很不受欢迎。象鼻已经很接近我了，细看一下，那可真是个可怕的东西。从我这边看过去，鼻子里面是粉红色的，不过无法具体看清楚。我现在情愿回到基马拉沼泽，和那些温顺的眼镜蛇待在一起。大象的眼睛很小，我朝它左眼扔了东西过去，这是对它的一种藐视。不过它还是继续发出那敌对的声音。嘴巴张得大大的，让我更能轻松地砸中它。

我在此就省略我跟大象间的对话吧。不过可以肯定的是，双方都十分不爽，不友好。我还记得我当时对大象说："在你宣泄之前，给我下去，你这头不会说话的大象。"大象也在用自己的语言表达着，不过我听不懂它的意思。

接着，我朝它说："去死吧，大象。"这句谚语是我从一篇战地记者的报道中读到的。当时是太平洋战争后期，美国士兵常这么形容日本人。不过我可不想把大象弄死，虽然它跟日本人的做法一样是不宣而战。

母象依然带着敌意占据它的位置，似乎语言恐吓起不到作用了，我又开始朝它扔石头。大家能想象出一个右撇子用左手扔东西的不自在。但是，我还是在它每次充满敌意地向我高喊时，朝它嘴里扔石头，而且还幸运地有 1/3 的命中率。

最终，它退回象群了。不过象群并不怎么感兴趣，虽然它们似乎在商量着——其中几头公象还扇动耳朵——准备在母象一无所获时出手。其实，大象对人类是很友好的，这头反常的大象一定是出了什么问题，或是受了什么虐待才会如此。考虑到之前它们曾被一群毫无技术又粗心大意的人伤害过，所以我也能理解这一切。我们在南坦噶尼喀时，我知道有一头大象就被杀掉了，那头大象身中 14 弹，尸体还被残忍地分割了。

那个杀掉大象的人还找到屠场，询问大象会不会发脾气。其实，在其肉体、骨头乃至骨髓被射入这么多子弹后，就算是再温和的大象也会变得危险至极，如果这样还不发怒，那才是奇了怪了。其中它的头盖骨还被射入了两发子弹。我不知道刚才的母象到底是遇到了什么事，我想大概是因为它的家族成员在刚才那个地方被射杀了，所以它才会迁怒于我。

看到大象们走向大山里，我就走了下来，去和默奇森剧组的玛丽小姐会合。此时甲板上正在举办一个欢乐的宴会，其中有一对夫妇在庆祝他们的金婚纪念日。船上还有他们的女婿、女儿及小外孙子伊恩。我们拍了照，作为飞机坠毁的证明，之后放了一把火烧了塞斯纳号飞机，这样它就不会被任何草丛中的野火点着了。

在默奇森号上，我们了解到这对金婚夫妇的女婿麦克亚当先生是一位医术高明的外科大夫。他给玛丽小姐做了个检查，发现除了两根肋骨断了，其他一切都正常，而且伤处恢复得也很乐观。

罗伊·马什回到默奇森号甲板上了，船上去游览默奇森瀑布的人也回来了。我们便拉起锚起航，顺流直下，向阿尔伯特湖前行，并决定在布蒂亚巴下船。待在游艇上的感觉可真棒，不仅环境干净，一切运行良好，还有冰箱，里面有图斯科尔啤酒和其他几种牌子的麦芽酒。船上没有烈酒。不过船上的负责人，那个印度人有一瓶戈登金酒①，不过卖给我的价格实在有些高。我看他的性格，一定能够每次喝不少，在非洲旅行，这种酒确实很难买到，他也只好控制自己，每次喝得很少。但是，由于我们仍控制着自己的钱财，我们得到了一瓶杜松子酒，这是我事先准备以备不时之需的。

我带了两把香蕉，一把熟得恰到好处，但另一把有点熟透了。当我们计划在卡巴雷加瀑布区②待一段日子时，这些可就是我们的全部家当了。

顺流而下的旅程非常愉快。你能在河两岸看到很多景象，比如，雄雌河马领着它们的孩子，还有许多的鳄鱼。顺河流左岸而下我们还见到了多种大象。在塔斯克啤酒③的芬芳下祝愿这群大象身体爽朗是件多么欢欣的事，我们也喝到了这些日子以来的第一口冰镇啤酒。让人欣喜的还有那群鳄鱼，它们并没有受赛斯纳180④坠毁的打扰，仍然冷静地头朝着河岸栖居于河岸和树下。这些使罗伊·马什受了很大的震撼，他的职责本是从河岸去打水。我数了一下，最大一群鳄鱼数目竟然达到了 17 只。我觉得我们大概一共看到了 500 只鳄鱼。

在整个沿岸而下的过程中，我们遇见了独只的大象，也有数目从 6 到 20 不等的群体大象。可能是过去两年非洲遭受了大面积

---

① 又叫杜松子酒，gin，最先由荷兰生产，在英国大量生产后闻名于世，是世界第一大类的烈酒。金酒按口味风格又可分为辣味金酒、老汤姆金酒和果味金酒。

② Murchison Falls，Murchison 亦称 Kabarega，或 Kabalega。卡巴霄加瀑布，旧称"默奇森瀑布"，距离维多利亚尼罗河汇入艾尔伯特湖处 32 公里，落差 120 米，整体瀑布分 3 级，第一级落差 40 米。

③ Tusker beer。

④ Cessna，赛斯纳飞行器公司成立于 1927 年，是世界上设计与制造轻、中型商务飞机、涡轮螺旋桨飞机，以及单发活塞式发动机飞机的主要厂商。赛斯纳以制造小型通用飞机为主，其产品从小型双座单引擎飞机到商用喷气机。公司总部位于堪萨斯州 Wichita。赛斯纳 172/182 系列是目前世界上产量最大、用于飞机驾驶员训练性能较好的飞机之一。Cessna180 属于其中的一个型号。

干旱的影响，导致了象群集中在这，这里也成了很好的狩猎地之一。一般来说，野鸟对水源很忌讳，它们宁愿在任意一处地方取雨水沉积下来的水。但是由于草场野火的肆虐，野鸟只能沿河流聚居。它们看上去都很温和，我们看到的唯一的杀戮事件是我之前提过的那只河马。

这条河最终汇入阿伯特湖①，之后河水变得浑浊，但仍有许多鸟类和鱼。我们的汽艇最大时速达到 7 海里，所以我们能够近距离地观察水域和海岸线。沿岸有很多湖鸟、鹈鹕②、燕鸥③和大量野鸭，大多是短颈野鸭和我们所谓的泥潭鸭。

我们在船上过得很开心，玛丽小姐还被允许使用浴室，这原本是要留给那对金婚夫妇的。她很开心，洗了个痛快澡，美美地睡了一觉，同时罗伊·马什也小憩了一会儿，麦克亚当先生则和我一起聊天。之后，我们来到了布蒂亚巴④，是湖畔的一座不怎么起眼的小村庄，那里除了能找到在保护领地为亚洲人开放的一间旅馆，看不到任何住宿设施。

船长是一个亚洲人，留着很长的鬓角。或许是某种部落风俗或其他缘故，他从未剪过这些鬓角，现在的长度令人侧目。有人甚至说它们硬得像篱笆，这成了他唯一可能区别旁人的标志。它们不仅从耳朵里长出来，还有从耳垂上长出来的。他向每人收取100 肯尼亚先令，作为他载我们的费用。由于可能会邀请救助对

---

① Lake Albert，非洲淡水湖。在赤道北侧刚果民主共和国和乌干达接界处。旧名艾伯特湖，1972 年改今名。由断层陷落而成。湖面海拔 619 米。西南—东北长 180 公里，平均宽约 45 公里，面积 5,350 平方公里，最深 48 米。西南面有源出爱德华湖的塞姆利基河注入，湖滨冲积平原较广；东北面有维多利亚尼罗河注入，形成沼泽密布的三角洲。湖水北流经艾伯特尼罗河供给白尼罗河。东西两侧悬崖壁立，多深沟。富鱼类、河马、鳄鱼和水鸟；湖滨多象、野牛、羚羊等野生动物。

② pelican，俗称塘鹅。

③ tern，鸟纲，鸥形目，鸥科，燕鸥亚科大部分鸟类的通称；或专指燕鸥属（Sterna）各种。因与家燕的尾型相似而得名。

④ 位于布利萨，乌干达境内。

象登船，所以船长反对包租形式。

我对海洋法很精通，知道船长有自行支配船只的权利，哪怕有相当数量的毛发从他耳朵里长出，所以我付了这份钱，而麦克亚当先生也写了正式的书面协议。我花费了一杯塔斯克酒的时间向麦克亚当先生解释说，你支付这些钱，之后当你能行使权力时可追回它们。随后，这一张 900shs. 的来自著名的机构东非铁路和港口公司的支票被证明是对的，也是该机构雇用了这个耳朵里外长满毛发的男人当船长的。

在布蒂亚巴，我们可以选择在卡巴雷加度过整晚，但玛丽小姐对这可不怎么感兴趣，因为小船只在码头停泊，这样一来她的卧室地势就会变低，通风情况就会变恶劣。或者我们可以选择开摩托车去马辛迪①。最终，我们选择了后者。我们此时恰巧碰见了一个飞行员，他已经找了我们一整天了，并急于把我们及财物直接带往恩德培②。他给一架德·哈维兰短途客机加满了油，准备起飞。我个人的反应是去马辛迪，最终我们还是骑摩托车去了。

然而，当有人被邀请到楼上我们的套房时，即快速国际体育组，建议基本呼之欲出了。雷金纳德·卡特莱特船长，也是这架飞机的飞行员，在一辆敞篷汽车就是我们通常说的卡车内对临时机场跑道迅速勘察了一下。不过显然想要在尘土飞扬，一片朦胧的情况下看到它的进展是不太可能的。对我来说，停机坪更像是南达科他州③的红山头，而且被我们视作停机坪的那条路还像洗衣板一般高低不平。

---

① Masindi，乌干达中西部城镇。西部地区经济和公路中心。
② Entebbe，乌干达城市，位于首都坎帕拉以南的维多利亚湖地区，因境内有建于 1947 年的恩德培国际机场，Entebbe International Airport，而闻名。
③ South Dakota – sc，是羹国中西部一州。北接北达科他州，东接明尼苏达州和艾奥瓦州，南邻内布拉斯加州，两边是怀俄明州和蒙大拿州。面积 195951 平方公里，在 50 州内列第 16 位。人口 4321249。首府皮尔，Pierre。

　　在飞机上，卡特莱特船长坐到司机的位上，罗伊·马什坐到右舷座上，而我则坐在第二个右舷座上来维持平衡，卡特莱特船长希望我俩身体向前倾以便随时告知我们该怎么做。当我们行了1/3的路，我开始相信我们的飞行确实不怎么顺利。然而，我们仍以最大速度继续前进，尽管飞机在悬崖峭壁间如同野山羊一样四处乱窜。突然，这个仍能被称作飞机的物体无缘无故地变得狂暴不已。庆幸地是，这个情况只存在了几秒，之后的响声很正常，我们也在之后熟悉了那种金属碰撞的声音。

　　倒霉的是，第二次的问题就棘手多了，飞机的右舷进出了些火花并烧了起来。右翼上装着足够飞到恩德培油量的油箱也着了火，更糟糕的是，火苗顺着风势殃及飞机的后部。飞机上基本没有易燃体的部件，但汽油溢出油箱并浸湿了机身，火势顺着风向越烧越猛，一发不可收拾。

　　这时，坠机事件一触即发，我想起一条老规则：在双发动机的飞机上进舱方向相同。于是我走到我们进舱时通过的那个门，发现它被造飞机的材料卡住了。我打开门并朝罗伊·马什叫喊："我把门打开了，玛丽小姐还好吗？"罗伊回答："很好。从前面走。"

　　我用头和左肩使劲撞开了门。一打开门，我便快速爬到还没着火的飞机左翼上，确定玛丽小姐、罗伊和飞行员三人从窄孔里离开飞机后，我一个人留在了最后。

　　他们也都表示同意。于是大家伙儿一起朝飞机前部走去。有些人认为飞机是因为突然的爆炸而迅速燃烧，但我能肯定地说，我从未见过烧得这么慢的飞机。它一定是一种十分粗糙的飞机种类，不然不会直到每个人都在安全的距离内才开始燃烧。

　　罗伊对我解释说，他带玛丽小姐打破窗户逃出了飞机。他和玛丽小姐体型差不多，罗伊首先去确认玛丽小姐的逃生出口，然后用最好的空乘传统帮她脱离险境。当飞机里再无他人时，雷吉从窗户逃了出来，这是尼基机组成员应该表现的方式。

关于尼基的商业性能特征的相关事宜，并不是一般人所能理解的。尼基的意思是鸟，在非洲代指飞机，与这架飞机有亲密接触的人都有种神秘的感觉。他们同样也有一套不对外宣称的道德准则。如果你注定是其中一员，那么不管发生了什么你都是。如果你不是，那你迟早会被察觉并暴露。所以假装是尼基的一员可要比惹怒一条 8 英尺长的眼镜蛇还要糟糕。这在一个以尼基为交通惯用方式的国度迟早会被察觉出的。我可以把这些事情记录下来，但拉迪亚德·基普林是个比我还出色的作家，他说，这是另一个故事了。

有很多人和几家期刊都问过我，人在临死的那一刻会想些什么，更有人问我读到别人的讣告时是怎么样的感觉。作为尼基机组中的一员，我可以十分诚恳地告诉人们，在那个飞机断裂或自燃的时刻，你唯一思考的只有技术问题。你的脑中在此时并不会播放过去的种种，全是要怎样应对紧急情况的技术问题。也许对一些人来说，濒死的那一刻过往的一切都回荡在脑中，但我至今也没有过这种感受。

在你经历过飞机断裂或自燃事件后，你的状态可以简称为"震惊"。在紧急降落的情况下，飞机相对降落轻缓，虽然震感不是那么强烈，但还是能稍微感觉到的。如果你或多或少做过一些身体接触项目的话，那你就能轻松应付这样的情况了。

在飞机刚起飞就自燃的情况下，震动是很强烈的，你或许来不及采取应对的措施，所以你最好沉稳处事。这样做起来很容易，还可以完全震住其他人。比如，当飞机坠落或自燃时，你首先要条件反射般地用心听弹药的响动。你得假装去检查飞机是否携带弹药，站在适当的距离内，留心弹药的走向。此时，非洲人们看你摆出了如此专业的姿态会对你无比膜拜和祝贺，他们会用力拍打我的右胳膊，我几乎要脱臼了。然后我听到了弹药卸载的声音。

四声"砰"地卡尔斯伯格啤酒瓶爆炸的响声也意味着我们的储备食物彻底完了。随后又传来略大的声响，连麦尼士威士忌酒瓶也炸了。这之后，我还清楚地听到了更大但不震耳的声响，一定是那瓶还未开封的哥顿金酒①也爆炸了。由于它是用金属瓶盖封紧的，所以爆炸的声响要比用软木塞堵住的麦尼士大多了。幸好麦尼士已经喝了一半了。我留心等待着更多的爆炸声，但再也没有了。

之后，我们搭乘了一位年轻警察的摩托车离开了坠机现场，他愿意载我们去马辛迪。车上还载着该警员美丽的妻子、玛丽小姐和我，我们很快适应了长达53英里的路程，途中没有烈酒，也没有任何其他饮料做伴。这是我人生中经历过的最漫长的旅途，我想玛丽小姐也一定和我有同样的想法。途中我跟她谈过一次，"玛丽小姐，我们中途不会在任何宜人的地方或零售商店停车，你受得了吗？"对尼基成员来说，坠机、自燃过后喝少量的波旁威士忌是惯例，但前提是它得降落在正常的机场。

玛丽小姐回答说："既然你能，那我也能。不过确实很难。"

我们握紧了手，顺利结束了旅程。

在我们第二次坠机事件后，出现了皇家空军②所指的肉车。他开办着一家非洲诊所，十分友好，而且看得出是一个感情细腻的人，以至于他太容易激动了，忘了自己是要管理急救医疗的人。当我们结束了去马辛迪的旅程，并被先前的哀悼者以及有生之年第一次目睹飞机燃烧的渴慕者热情的招待后，我们终于可以好好地睡一觉了。

---

①　Gordon's gin, 英国的重要国酒。1769年，阿历山在·哥顿在伦敦创办金酒厂，将经过多重蒸馏的酒精，配以杜松子、莞荽种子及多种香革，调制出香味独特的哥顿金酒。

②　R. A. F, Royal Air Force。

那晚我听到一只土狼在不停地嚎叫，我猜测它是被烧焦了的毛发气味吸引过来的，那个味道整晚充斥在我身边。我认真检查了酒店的进出口，并认定了这只或许被祝福过的野兽会一直嚎叫。

玛丽小姐还承受着巨大的断骨之痛，难以入睡。但那只野兽的叫声却让她安心不少，她仿佛又回到了在基曼娜湿地的旧时光，收到旅行中的圣诞节礼物时她还不在尼基机组。

第二天早晨，我们见到了非洲医生，他对我们能够奇迹般地从尼基里逃出来感到不可思议。他还特别请求我从种族理解和友谊的角度出发，不要用国内补救来描述这次事故。他还热心地想帮玛丽小姐包扎并治疗她的肋骨。对这位高贵的医生来说这无疑是一次有趣的经历，不过我并没有同意。因为包扎意味着必须要移除石膏，这其中的痛苦对体毛比男人稀疏的女孩儿来说实在是无法承受的。从科学角度而言，我想说的是，当肋骨被包在石膏中时，对皮肤的伤害远比这个尚有疑问的方式大得多。

我对这个高贵无比的非洲人怀有一种持久的敬慕，然后他用一把剪刀夹住我的脑袋。我不知道他有没有见过部落模型或者说，这样的剪裁是否真的实用。不管怎样，它都应该有点效果，并且令人称叹。他用了些由带状石膏组成的杀菌剂和敷料，都是上乘品。

他为我清洗并包扎了正在化脓的左腿。他检查了从五孔流出的血量，在非洲这被称为"DAMU"。他友好地宣布，我们的身体状况适合去恩德培。这也是我们的目的，因为玛丽小姐早已说过她想在那儿待几个礼拜的想法，以便她顺利康复。我们还想补几件衣服或其他有价值的东西，但它们都被我们留在酒店了，因为我不确定皇家空军扣留尼基成员的各种衣物和装备的老传统是否仍然存在，假如他们没有按时返回驻扎的中队基地的话。

实际上，我们现在应该来点在马辛迪设法得到的一些哥顿金酒。我并不是为哥顿服务的，只是这种饮料可谓是当前最强的杀菌剂。青霉素只是暂时很流行，有些人则偏爱磺胺药物，还有很多其他的抗生素。然而这些产品的药效一下就过去了。哥顿金酒的口碑颇高，人们期望它能作为强化剂和镇静剂，还用于烧灼所有内外伤口以消毒。然而，在瓦卡姆巴所指的南雅克所在的部落是禁止饮酒的，我们也绝不应去怂恿他们尝试这种饮料，因为他们并不能准确判断这种饮料的性质。这种饮料可能会导致他们犯下大错或者犯罪，从此过上糜烂的生活，而这些也都是我们强烈谴责的行为。换句话说，切记禁止小孩饮用杜松子酒。

在我们被好好招待后，便从马辛迪乘摩托车去恩德培。这段路途很是无聊，且一路上尘土飞扬，是因为北方太久没下雨的原因。等到了坎帕拉①才稍微有点看头，这的确是一个很迷人的小镇，被七座小山围绕着。这段路途长达135英里，给冥想的人提供了充足的时间。

但脑震荡阻碍了冥想，想不出什么所以然。这种类型的脑震荡有时会诱使人想到有关暴力的种种。我相信这种暴力是脑震荡的反应之一，是这次飞机事故的后遗症。不管怎样这都是该抵制的，在此我也拒绝承担这些想法的任何责任，但有些想法还是能透露一下的。

首先，我希望威斯康星州的共和党议员约瑟夫·麦卡锡在两次坠机事故发生时都在场。我一直都很好奇所有的公众人物的表现，我也对麦卡锡议员在势力范围之外的表现好奇不已。虽然他备受尊敬，但我仍有这样的好奇心。我很想知道如果没有参议豁免权，他面对这些我们一直与之做伴的野兽会不会那么不堪一击。这样的想法一直在我混乱的思绪里持续了10到12英里路的时间，这也给我带来了很多的乐趣。

---

① Kampala，千达首都，全国政治、文化和经济中心，地跨赤道，面积238平方公里。

　　然后我混乱的思绪开始追逐同一辆火车，如果它能够被称为思维的火车的话，我怀疑是不是哪里出了错，威斯康星州的共和党议员约瑟夫·麦卡锡是不是真有过错，即使是 577 口径来复枪也无法弥补的过错。

　　之后我又想起了我的一位老友，伦纳德·里昂先生，想起他和 577 口径来复枪的一些趣事。我记得我们当时在阿贝克隆比 & 费奇①的纽约地下的一间试验场里，一连发射了 20 发子弹。是为了测试一下这种老式弹药是否仍然有效。里昂先生英勇无比，体魄健壮，只是身材略矮，被 577 口径来复枪的后座冲击力弹起来抛到了试验场的铁门旁。他丢下了枪，但它完好无缺，我轻松愉悦地思考着这个小状况以及其他发生在我和伦纳德·里昂先生身上的事。里昂先生可能也会想起它们，它们真的很令人惊喜。

　　我的思绪仍然一片混乱，我又开始思索了，这次我想到的是图特·肖先生，一想起他，枯燥漫长的旅途都变得愉快多了。我记得肖先生永远那么彬彬有礼，他理应对每个人蛮横，但我发现他从未用过任何冒犯的字眼。我得以重建肖先生在我记忆中的形象，在这种情况下无疑是个壮举。肖先生的形象说明这个支离破碎的国家，发展农业实在是不怎么合适。

　　想到这一点，我又很不情愿地停止思考关于肖先生的事情。我又开始回忆起另一位朋友，乔·拉塞尔先生，或许叫他"邋遢乔"你会更为熟悉，他是一家酒馆的老板，是肖先生在基韦斯特岛②的酒馆和饭店的劲敌。乔·拉塞尔先生是我多年来投资生意

---

　　①　Abercrombie&Fitch，美国的休闲服饰品牌 A&F［Abercrombie&Fitch］，标志是一只长着巨角的麋鹿。Abercrombie&Fitch 中文名叫"阿贝克隆比 & 费奇"，但大家更喜欢直接叫简称：A&F，或者用 A&F 的昵称：小麋鹿。

　　②　Key West，距离迈阿密 260 公里。从迈阿密出来，向西南偏南，驶上美国 1 号公路，就能到被称作"佛罗里达钥匙"的一连串珊瑚小岛，这些岛犹如散落的珍珠，由四十几座跨海大桥把它们串在了一起，向加勒比海深处延伸，路的尽头就是被誉为"日落故乡"的基韦斯特了。

上的伙伴和朋友。于是我又花了几英里路程的时间来回想他的死亡方式。

然后，我又断断续续地回想起和乔治·布朗先生在第 57 西街 225 号结交后所获得的种种特权，现在回想起来，依然是很快乐的时光。从第 57 西街一直往南走，跟布朗先生工作完后坐在出租车后排，为了避免受凉，我愉快地想起了谢尔曼·比灵斯利先生。因为我们有太多的相似之处，我莫名对他有一种仁爱之心。

我并不是按照什么顺序回想这些绅士的，只是我脑部受击过重。我想起了比尔·科勒姆先生，作为美国军队最年轻的少校他是个什么模样。然后我又想知道本·芬尼先生头一年在海军服役时的模样。我曾在芬尼先生年轻的时候和他见过，当时他是圣莫里茨①第一个开登蜂牌汽车的人，实在威风至极，那也是我第一次坐在那个奇怪的车子里，享受这种待遇。想到他一直做我的朋友以及一直与可卡因作斗争的事，我就莫名地兴奋不已。

此刻，我的思绪已经游走到了 52 或者 53 号街区，我想到了厄尔·威尔逊先生和他这些年作为朋友的忠诚。我想起了华特·温切尔先生，我们过去经常同达蒙·罗原一起交谈至深夜，当时罗原先生仍然在世，他不仅是个捐助人，还是个好伙伴。我还希望华特和伦纳德·里昂能够重归旧好。

这一刻，善念充满我的脑中，我希望所有人都能够顺利。我想起了很多朋友，不管是他们可贵的优点，还是偶尔的不足都在我脑中清楚地闪现。可是我却想不起有关我过去生命的任何事

---

① St. Moritz, 瑞士东南部城市。在库尔东南、因河河谷上游。人口 15900，讲德语和拉丁罗马语。四周是壮丽的阿尔卑斯山峰，有冰川水补给莱茵河、波因河和多瑙河。国际铁路通过，是国际航空站。旅游业发达，17 世纪起成为夏季游览地和矿采疗养地，有具有医疗价值的矿泉。是世界著名冬季运动中心之一。奥林匹克冬季运动会几度在此举行。

情，这的确与报道相左。我继续想着其他人、其他地方、食物和美味的饮品。

我们准备了哥顿先生的产品，我想到这点以及它给我带来的快乐。这开启了我回想过去生命的思绪，但我有办法克制自己不去想，因为有太多悔恨。于是我开始思考经济和政治问题，虽然我的大脑是在坚决抵制。

像在这种时候，你总会有很多有意思的想象。在大街上，你会看到两个美女，尽管真实存在的只有一个。你的大脑不再仅是一个完整的器官，仿佛成了你的好兄弟。有时候你可能听不到自己的声音，但却能清晰地听到嘈杂的噪声。我的头颅和左耳间总有平稳的闷声，我让玛丽小姐给我看看是不是有些灰色的物体渗出来。她说："你知道你多没脑子吗？这只是一些我们不熟悉的液体而已。"

玛丽小姐开玩笑是非常随意的，有时候甚至更严重。也正是这个特质使得她在图特·肖先生的圈子里十分受欢迎。我可以毫不夸张地说，莫琳·康诺利小姐要用一整只手做的事情玛丽小姐几个字就可以搞定。在我们的语境下，这就意味着"她可以轻松地干掉你"。我忍受着反复无常的大脑，玛丽小姐忍着断骨伤痛，她有着毋庸置疑的勇气和犀利的言辞。终于，我们到达了恩德培。直到这个时候，我们都没看到关于我们的讣告，我原以为这些早在我们到达之前就已印得漫天飞了。

在恩德培，我们见了记者和满心疑问的人群。实际上，事情背道而驰。英国民航局这次异常小心谨慎，因为尼基的损失会导致保险公司赔钱，而拥有这架飞机的公司也有损失。为了确认飞行员身上的过失和责任，审讯过程十分深刻详尽。我本想和飞行员罗伊·马什一道接受审问，这样我也可以复苏我的记忆，它们之前并不在最佳状态。在谈话中，我一直用调查员来称呼这些审问员，他们都是十分有能耐的人。意识到我是两个人中状况最差并有可能在审讯过程中言行受检，他们立即决定先从我开始，接着是马什先生和卡特莱特船长。当你在陈述真实事件的时候，审讯会进行得很顺利，但同时你也必须谨慎，不要陷入他们的技术套路里。

我相信人们一定有某种理由对细节如此谨慎小心。我相信这些细节都被用心观察过，强度堪比自我保护意识。这是很自然的，因为任何不合乎道德的自我保护都会在审讯中被识破，这样一来，你就只做了三件事。

第一件，你试图努力保证所有乘客的生命，这样可以避免被归于"致命坠机"。而且"致命坠机"情节是十分严重的，一般是全力避免的。

第二件，你试图用完全合乎道德的方式完成审讯。也就是依据你自己的道德标准。

第三件，任凭坠机的发生，因为这样对保险公司来说受益无穷。

如果想让它看起来对保险公司有益，你必须最快最准地处理这类多幕剧。你必须牢记每一件事，比如螺旋桨的距离，即使在大型飞机上也很有必要。我们本来有最完美的照片证明我们所述一切属实，但不幸的是，它们在第二次坠机中被全部烧毁了。所以，这就产生了一个问题，即如何衡量对方话语的真实性和技术问题。

没有人能够在几天之内知道他是否通过测试。调查员是十分友好温和的，这也是伦敦警察厅的传统。但等审讯大概到了第三天时，我们开始注意到他们不再循规蹈矩，而是万分迫切了。

初审过后，我们见了媒体，确切地说，玛丽小姐急需休息便先回房了。我同样也急需休息，但我仍坚持给记者们做了尽可能详尽又有趣的报告。我保留了你们所读到的这些细节。之前我根本不想对这两次坠机的事情做任何的描述，但当我在各种新闻上看到过多荒谬的报道之后，我认为十分有必要做一个真实又准确的报告。

原本该有两个人站在这里跟媒体交谈，告诉他们坠机的经历，但此时出现在公众面前的只有我，这十分有趣。但自己在喋喋不休却偶尔听不到自己的声音说来也是件怪事。有时听不到自己的声音也是一种解脱，当然，那是因为你健谈，而不是过于强势或沉默。

罗伊·马什乘坐飞机去内罗毕向公司汇报工作，也被问了很多问题。他返回恩德培时，坐的是我们留在默奇森瀑布的赛斯纳170型飞机，这个型号的飞机一度被认为是赛斯纳180的大哥。与此同时，就在我们抵达恩德培不久，我的二儿子帕特里克在坦噶尼喀的南部高地①包租的飞机也飞向了姆万扎②。他带着1.4万先令，以与别的男人同等的速度抵达了目的地。虽然没从他们那儿得到过什么坏消息，比方说让你帮他重返部队，或者把他们从监狱里捞出来，但这也算是我的儿子们第一次不被打断行程而顺利抵达目的地的经历。他也因此成为我眼中的英雄，就像玛丽小姐是唯一的女英雄一样。而在这之前，我心目中最了不起的英雄一直是罗伊·马什。

帕特里克破了一大笔财，而罗伊·马什和我也走出了飞往内罗毕的赛斯纳飞机开始接受询问。我们留下帕特里克照顾玛丽小姐，让他带着她乘坐常规航线。在内罗毕，我们受到了热烈的欢迎，还见到了许多十分有趣的家伙。

就在那时，我开始对自己那个奇怪的恶癖反省起来。我相信它足以把一个人的内在平衡感毁掉，使一个品行良好的人丢掉自己的好名声。我一直按照人格正常的行为标准来行事，尽管有些

---

① Southern Highlands of Tanganyika，指世界第二深湖，坦噶尼喀湖南部的马拉维高地，是东非大裂谷带的最南段。

② Mwanza，坦桑尼亚西北部维多利亚湖南岸的一座港口城市。

吹牛皮不上税的浅薄自传作家总试图用别的方法来证明自己。

这个奇怪的恶癖就是阅读某人的讣告。当然，我是一定不会为我自己写讣告的。那肯定会有许多不实之处，我也配不上讣告中所提到的那些美德。倒不如说，由于我不幸的亡故，才有了这些散发着耀眼光芒的不实事迹。德国的一家媒体提到过，我曾经试图把飞机降落在乞力马扎罗山的峰顶，那座山峰我们称之为"奇波"。根据我 1934 年写的故事来看，我曾在玛丽小姐的陪同下使飞机着陆，并努力去接近一具金钱豹的尸体。那个故事叫《乞力马扎罗的雪》，还被拍成了电影。遗憾的是，我几乎没法耐下性子来告诉你最终的真相。说不定结尾就是我在玛丽小姐的陪同下，在这座山峰的峰尖上撞毁了飞机，那里大约有 19565 英尺或者 19567 英尺高，当然这要取决于你选择相信哪个勘测员才能确切知道高度。也许这座山峰会时升时降吧。

我们的任务之旅发生在拉提托基托克地区，位于这座山的斜面上，我们经常从它的侧面飞过，大约有 15000 英尺高。但是不管在任何情况下，我也绝不会把赛斯纳 180 停在乞力马扎罗山的峰尖上，这无异于"不断努力着迈向死亡"。首先，能把赛斯纳飞机开到那里就是个不小的挑战，更不用说把它给开下山来，于是我们必须走很长的路，步行回到位于拉提托基托克的家。

下山要比登山容易得多。我可以通过参加一个 15 英里的下山争夺赛来证明这一点。有一次，因为有一只狮子打扰了当地人的生活，这场比赛迫不得已中止。那次比赛可谓非常有趣，而且那只狮子最后还逃跑了。唯一的悲剧是，虽不像某人发现了百兽之王那样令人感到惊心动魄，但我们也确实被迫爬了 15 英里的山，折返回出发点。没错，这也许会让你保持健康，但绝不像晚饭后打几手桥牌那样轻松，特别是当老天爷开始下雨，而你却没带雨衣，全身被淋了个透湿。不过，在拉提托基托克，我用戈登先生那些出色的商品，把自己打扮得十分光鲜靓丽。我买了一件和库存在印度商店里的一样的衬衫，而且还卖给了那位转信基督教的拉提托基托克当地人。在我看来，他实在是个不足取的家伙，他总是在拉提托基托克街头的角落站着，穿着一双大大的合脚的鞋子，还有欧洲的体面衣服，而其他人只要穿得舒服就好，或光着脚，或穿着舒服的草鞋，斜倚在他们的矛上。

许多后迁来的市民，就是那些随身佩戴矛的各类人竟然成了很亲密的朋友。我也跟一位年长的马赛部落①酋长结交为好朋友，并一起分享了他给我的那瓶塔斯克啤酒。在他的带领下，我们还射杀了一只骚扰牛群的狮子。尽管我们也曾看过佩科斯法典②，但我实在想不出有任何理由不去跟这样一位老酋长结交，只要喝几杯酒，你就能从他嘴里了解他成为伟大统治者之后的所有事迹。而且，如果我胆敢拒绝跟他喝酒，就等于在执行一项庄严的绝交仪式。不过，他真的不该再喝那些产自种植园邻近地区的劣质啤酒了。

虽然有些啤酒的确不错，我也经常喝。特别是对那些马赛人来说，喝这些啤酒也更有益于健康。但不幸的是，为了财富，以及为了嘲笑那些不跟他们一起战斗，去杀死狮子的男人，他们养成了饮酒的习惯。这个地区的勇士们对一种产自南非，并用船运到殖民地的酒精饮料十分痴迷，这就是金吉普雪利酒③。我是拒绝喝这种酒的，不管是谁敬我的。受道德感的驱使，我在马赛部落总是不遗余力地试图劝阻他们享用这种劣质酒。

那位老酋长和我，曾与三个其他部落的首领有过短暂的交往。跟往常一样，他们开始讨论猎狮计划。猎狮日那天，还吸引了其他的勇士加入。对马赛首领来说，把狮子赶出马赛，显然要

---

① Masai，东非的一个部落，马赛人生活在非洲草原丛林，终年与野兽为伴，以放牧为生。

② the Law West of the Pecos，一部殖民地法典，禁止白人和非洲土著交往。

③ Golden Jeep Sherry，一种原产自南非的雪利酒。

比让他付奖金更让他感到开心。

我的追踪者在山脉的左侧，而且我十分肯定一个年老的象牙盗猎者是这场搜猎游戏中最棒的追踪者，他亲密的伙伴梅纳称呼他为"小阿拉伯"。他之所以愿意帮助我们指出狮子的追捕方向，其实是为他曾经犯下的一项严重的罪孽赎罪。我们所有的人都因"小阿拉伯"的救赎之举而得到解脱。他的罪孽也和消费金吉普雪利酒有关。他的任务是在中路追踪狮子的痕迹，而他的速度也和我们左路的队伍一样迅速。一旦狮子留下的痕迹换了走向，我们就不得不重新开始寻找新的痕迹，或者，一旦狮子跑向"小阿拉伯"的方向，我们就要抓住那只狮子。如果它真的跑向了"小阿拉伯"的方向，我们会尽最大努力杀它。

不管什么时候见到那只狮子，"小阿拉伯"都会尽力杀了它。还有3个最优秀的瓦卡穆巴部落的追踪者跟我在一起，其中一人有一杆12号口径的霰弹枪，还有一人拿着我的577口径来复枪，另外一个拿着矛。我手中的是配有6颗220号子弹的斯普林菲尔德0.30-06型号猎枪。我们把右侧留给了一个刚离开英格兰半年的年轻警官，他以前从来没有猎过狮的经历。一个当地的马赛人和他在一起，也是第一次参加猎狮活动。

我们的罪孽无关魔鬼的意愿，而是发自灵魂的美好乐趣，我们希望那只狮子向右突围。但实际上，它既没有向右，也没有向左，而是继续它自己原先前进的方向，直到米哈那和我的人得知它已经大大方方地从这个国家逃离了。有一次，我们曾经离它十分近了，当时它正舒舒服服地躺在那儿休息，突然一跃而起，加速逃跑，套用一个飞机的专业术语，就是它急飞而去。我们还从它突然加深的足迹和跳跃的距离，判断出它那时正在匀速小跑。我们跟着它翻过一座山脊，爬上山脊后就不见了它的踪影。我们派米哈那前去侦察，回来后，他告诉我们那只狮子已经奔跑着离开了这个国家。任务完成了，我们也返回到小山上。

那座小山也是我们的摄影师厄尔·斯森远足考察的始发地，由于实在很难记住"乞力马扎罗"这个词，又忘了用"奇波"这个词，所以人们总是称这座山为"那座让老爸挣回所有钞票的山"。在回到大山斜坡的路上，马赛人突然变得草木皆兵。他们总是突然大喊一声："它在这儿！它在这儿！"

我全身被雨水淋湿了，到处都不舒服，因此脾气有点大，当然和玛丽小姐被一个蠢货激怒时的大发雷霆还是不能相比的，但还是挺烦躁的。于是我说："好啦，我美丽的莫纳丽，为什么你不进去，把它给赶出来呢？"

马赛人还在不断地提醒我们有狮子出现，而瓦卡穆巴人都在偷笑，并尽量掩饰不让马赛人看到。"小阿拉伯"已经得到了救赎，看得出心情十分不错。明知道狮子已经不在那里了，而我又想被人视为无所畏惧的勇士，我真该从某个马赛人那里拿过一杆矛，狠狠地朝灌木击打过去，并大声地咒骂辛巴先生或女士[1]，如果它们胆敢出现的话。它们当然不会出现，不过在重复了大约12次"它在哪儿呢？它在这儿"之后，我开始琢磨，如果此时真有一只我们没有发现的狮子藏在某处，那我可真要好好地活动活动手脚了。于是我说："我们去拉提托基托克吧，瓦卡穆巴人可以在那儿解解渴，而马赛人也能畅饮牛奶和血的混合物。"

我当然知道他们一定会去喝金吉普雪利，不过我已经发过脾气了，所以现在我想表现得礼貌一些。于是我们向着拉提托基托克进发，我们的猎狮行动也就此完美的结束了。

这时，一个念头突然闯入我的脑海里，在我们的讣告里，要真实地陈述那两次坠机事故，或许还要谈谈人们在接受最终审判前、接受审判时，以及审判结束后的感受如何。

---

① Simba，指狮子。

如果说德国的讣告充满着浪漫，洋溢着仙境传说①般的奇幻色彩，极尽赞美之辞；那么意大利的讣告就会忽略很多方面。我们总会对那些把我们描述成唯一真正朋友的人不胜感激，感激他们对我们直达心灵深处的了解。

其实，我从来也不知道自己的内心深处到底在想些什么，哪怕只是一分钟，都会令我难以置信，所以这类讣告简直太令人吃惊了。事实上，我的内心深处或许才是最肮脏的所在，这样看来我倒是需要一份好的心电图报告。不管怎么说，我能够从这类讣告中感受到散发出来的浓浓友情。

我对意大利的喜爱，远远超过了我对个别意大利人的喜爱。这些"个别的意大利人"可能有些多。我们其实也并不情愿为他们写讣告。而且，我也相信，这一大群老朋友在看到尸体之前，根本不会相信我们已经死了。

我对英国报刊的了解仅限于一个朋友发给我的剪报，貌似各种观点都混杂在一起。

我觉得能让一个人感到最开心的就是读某些报纸——既不是《时代周刊》，也不是《观察家》或《卫报》——而是对一个人生活习惯和性格的描述，以及他是在何种具体的状况下死去。其中有些讣告出自著名的报刊写手之下。这让我们必须下定决心，一定要在未来的日子里努力活得对得起或值得他们的这些褒奖。

在大多数讣告中，都会强调我们这一生都在追寻死亡。你能想象出一个用一生追寻死亡的男人，在 54 岁之前仍没能发现它到底在何处吗？首先，我们或许在逼近死神的时候，能够切实地感受到它的存在；其次就是去寻找它。找到它是件很容易的事。你只须在川流不息的公路上稍不留神就会与它相遇。当然你也可

---

① 德国一种浪漫主义风格的艺术体裁。

以从一整瓶的西可巴比妥①里，从任何一种刮胡刀片下，从你自己的浴缸里，或从一场不明智的争斗中找到它。有太多的方法可以找到死亡，这里就不再继续举例了。

尽管你这一生都在尽量小心，以逃过死神的魔爪，而从另一个角度来说，是在了解死神，且留神不被它反咬一口，就好像你过去时常跟一个美貌妓女所做的那样，它能让你毫发无伤地、永久地进入梦乡，这样你就再也没有烦恼缠身了，也不必再日夜辛苦工作，这时你就可能被称作，已经了解了死神，但实际上，你并没有去寻求过死神。因为你心里知道，只要你追求死神，你就一定会拥有它，而它赐予你的荣耀就是绝症。追求死神的代价实在是太大了。

这个道理很浅显易懂，我看到每当有人必须要赶出一份讣告时，最快捷的解决方式就是套上一个复杂的主题。我所见过最复杂的主题就是"由于我是一个男人，这是一个男人的宿命"。我确定最复杂的其实是一个具有诸多道德标准的女人的一生。最近，我从报纸上看到的这些现象，似乎已经不是那么普遍了，但我知道它们还依然存在于一些懒人当中，他们不愿意在读报纸上花时间，甚至都不花时间索取赡养费。我一直认为一个严格自律的男人的一生，远比同样自律的女人的一生要来得容易。我们没有谁会存心让自己的一生在缺乏自律且丧失良好的道德标准中度过，虽然我们总是不由自主地试图那么做。

说到这儿，我现在最想去睡上一觉，然后做个美梦。我喜欢做梦，因为我的梦总是千奇百怪，弄得夜晚几乎和白天一样绚丽多姿。它们全都是一些美妙如夜歌般的好梦，充满了节日的气氛和欢声笑语，还有我最近读到的那些讣告，这是我新的恶癖，不过却充满了诱惑力。也正是因为对晚间多彩的梦境向往，所以我

---

① Seconal，一种安眠药的商标名。

从来不做白日梦。

很幸运，我的夜梦不是那种战后常会做的噩梦，就是时常在噩梦里后悔你曾在那场战争里错杀了很多人。在我的梦中，我一直是一个欢快和俏皮的人，对那类英雄主义有着朦胧的迷恋，这是我所认为最有吸引力的人格类型。在我的夜梦中，我始终是处在 25 岁到 30 岁之间，对女性和狗都有无法抗拒的魅力。在最近的一场梦境中，我甚至还迷倒了一只漂亮的母狮。

在那场遇见母狮的梦境中，她后来成了我的未婚妻，那是我从来没有梦见过的最迷人的生物。她的性格中有着玛丽小姐的某些特质，也会突然变得很彪悍。我想起她曾做过的一件十分可怕的事。我还记得那场有关玛丽小姐和丹尼斯·扎费罗一起用早餐的梦，虽然他俩听后都十分吃惊，但好像还都挺欣赏那场梦。丹尼斯请我在早餐时一起分享了一瓶啤酒，实际上我从不在早餐时喝酒，不过我还是坐下喝光了它，并想起了我跟美丽母狮共度的那个愉悦的夜晚。

我还记得在那场梦里，那只母狮为我开始了一场猎杀游戏，她想让一个男人品尝自己猎获的那些碎肉，不过并不是狼吞虎咽地吃掉那些生肉，而是把它们烹制成最美味的食物。她只是在黑斑羚的烤肉排上涂了一层黄油，同时还焖烧了黑斑羚的里脊，并在草地上招待我用餐，就和巴黎的里兹酒店用餐差不多。她甚至还问我需不需要蔬菜，要知道她可是一个绝对的肉食主义者，我婉言拒绝了她的好意。反正也没有什么蔬菜可吃。

做这类梦已经或多或少成为我的习惯，所以还不至于离奇到让你无法理解，而且弗洛伊德学派的学者们也能对我的梦做出解释。可是下面我要说的这个梦却十分奇特，那是我在大脑烧糊的状态下做的梦，我可不会为它负责。这个梦真的是太离奇了，我还能记得我那脱线的某侧大脑，曾对那些对话感到异常震惊。

在做那场梦的前几个晚上，在现实生活中，我曾经非常谨慎地赤着脚斩获了或者更确切地说，杀死了那群害人精中的一只。然后，在梦中，我看到尊敬的参议员先生站在月光下，手里还拿着他的矛。我认出了他，因为他的照片曾被登在新闻杂志上。

"嗨，参议员先生。"我说，"你好吗？"

"你身后那是什么？"参议员先生严厉地问道。

"是豺狗，"我开心地应道，"我刚猎到了一只豺狗。"

"我在追捕颠覆分子。"参议员回答说。

"有多少？"我问。

"成千上万，"他说，"你见过科恩和西恩吗？"

"没有，"我答道，"也许他们去了拉提托基托克。你能在那里买到可口的金吉普雪利酒。"

"可是他们从来不喝酒。"他再次严厉地说。

"真是可怜的家伙，"我说，"我的帐篷里还有饮料呢。"

"西恩已经不再是我的战友了。"参议员说，接着他似乎努力挣扎着补充道，"也或许是科恩。"

"真的十分不幸。"我一边说着，一边用矛托插着地面来表达我的同情。在梦中，参议员紧紧地握了一下他的矛。

为了制造话题，我问道："休伊·朗现在还好吗，参议员先生？"

"谁？"

"路易斯安那的休伊·朗（民主党人），我朋友西摩·威斯在N. O. 开了家名叫罗斯福的酒店，休伊·朗是他的好朋友。"

"哦。"参议员应了一声，他也把矛托插在了地上。

"朗参议员是一个很有发展前途的男人，"我回忆着，"他有很多追随者，他应该会走得很远。"

"他不过是个可悲的家伙，"参议员说，他看着那流转的月光补充道，"即使他是个民主党人。"

此时，由于脑震荡的缘故，这个梦开始变得有些离奇。

"你要不要把靴子脱掉？这样你就能慢慢靠近豺狗群。"我问，"我在它们经过的地方留了记号，风向也很适合靠近它们。"

"这是小孩子才玩的把戏。"参议员说。不过他没有伸出手去拔出插在地上的矛。"我出来追捕的目标是所有真正美式生活方式的敌人。"

"我就是为了追猎豺狗。"我说。

接着，我想我梦中说的话可能有些粗鲁、不爱国且冷淡无情。"如果你找到任何活着的颠覆分子，而他们还没有被土狼吃掉的话，请把他们拖出去枪毙。我要跟我的追踪者们一起继续这场追猎游戏了。我不确定我的伙伴能否跟科恩和西恩一起工作，不过他们都十分出色，很有能力。他们能从这里追踪一个男人或一辆车一直到内罗毕。"

"我把西恩给弄丢了。"参议员说。

"太不幸了，"我在梦中这么说，同时也被他深深地打动了，"他是怎么给弄丢的？"

"他被士兵抓走了。"

"参议员先生，"我在梦中说道，"我真的很同情你。对于一个对美国忠心耿耿的人来说，是怎样悲哀的命运呀！也许我可以护送你到你的营地。"

就在这时，我突然被梦中我那罪恶深重的言语惊醒了，这可是一个已确诊患了脑震荡的大脑所制造出来的奇特产物啊！接着，我开始回味，这多有意思啊！如果不是那些未知液体溢出了我的左耳和头部相连的关节处，而且还带着些许臭味，我还会赤着脚在夜里和我最好的两名矛手一起打猎呢。我第二好的矛手是拉提托基托克百货商店的罗斯翰小姐给我的。如果这也算得上叛国，我想那也只会发生在我的梦里。

你们大多数人或许都知道，非洲的夜晚跟白天差别很大。在晚上，很少有人能不借助车头灯而看见东西，不过车头灯打开会吓到动物，可能还会把它们激怒。日落后，在营地燃起熊熊的篝火，这时你最常做的事就是和你的白人猎手，还有其他伙伴们一起坐着打发时间，讨论白天发生的事情，并且计划明天要干什么。

你可以小酌一番，然后在防水布做成的浴盆里舒舒服服地泡上一个热水澡，你可以用灶火烧热洗澡水，接着，穿上宽大的睡衣和防蚊靴，披上罩袍，去火堆那里再喝上一杯，同时等待晚餐出锅。用完晚餐后，你就可以上床睡觉了。床上罩着蚊帐，你可以马上就入睡，或者在床上躺着聆听那些动物的声音，直到晨曦初现的前半个小时再沉沉入睡，不过此时也是你的随从为你沏上一杯新茶，把你唤醒的时候，当地人把这种茶叫作"chai"（音柴）。如果你不为某个白人猎手工作，那你就不用遵循这一套礼节，除了你自己的戒律之外，你也不用受制于别人定下的纪律，那么你就可以在晚上自由地做任何你想做的事，这将会是你在非洲最美妙的时刻。

在夜间，动物的行为和白天相比可完全不同。比如，在白天几乎总是很安静的公狮子，会在夜里自己默默地狩猎，还会时不时发出一阵咳嗽、咕噜或咆哮声。我一直怀疑，它是在用这种方式，跟其他的狩猎伙伴交流，也没准它只是想做个游戏，在夜里可以一边安安静静地睡觉，一边让同伴们知道它的位置。还有种可能，它总是咆哮，就像爱尔兰人在公共场合喝酒时的偶尔行为，或者是因为消化不良才咳嗽，发出咕噜声也可能是因为狩猎遇到了困难，而令它的脾气变得暴躁。

鬣狗跟在公狮子后面捡食吃，一旦公狮子或公狮子的情人们杀死了某只动物，你就能听到鬣狗之间在对话。这个时候你可能会听到鬣狗的笑声。它在夜间发出的音符一般是十分欢快的。我相信它一定是在跟其他的鬣狗交谈。

在夜间带着矛打猎，你还能听到许多其他的声音。你还能听到牛羚的警告声，造物主特地把这一类大型的羚羊设计成一只水牛或者野牛的模样。它似乎试图通过这种方式把自己扮成一种危险的野兽。在夜里，如果你在地上看到它的影子，你可以蹑手蹑脚地靠近牛羚（你也可以叫它角马），然后用矛尖捅捅它的臀部，这时，你就能看见它一跃而起，同时发出威胁的低吼。这时，你就可以大方地跟它打个招呼："嗨，牛羚老兄，是你在那里吗？"

你还能在夜里看到很多蝙蝠耳狐。这种可爱的小动物住在地洞里，你只能在夜间看到它们。它们以昆虫或者其他的"小鹿"为食。这里提到的"小鹿"并不是真正的鹿，而是《李尔王》中的人物"可怜的汤姆"落难时用来果腹的小动物们。莎士比亚研究学者吉尼·图恩先生，可以提供原作的引文。蝙蝠耳狐除了耳朵以外，看上去就好像一只真正的狐狸，它的耳朵至少是演员克拉克·盖博的三倍，当然如果和大象比，还是不自量力。

你也会听到一只金钱豹的声音，我们管它叫崔先生。它总是一边跳跃一边发出短促的低吼。你绝不会把那低沉的男低音错认为是另外一只野兽。夜里，如果你听到崔先生在你的左面出现，聪明的话你最好向右转。崔先生是一位十分重要的野兽。它也有缺点，但作为一只优秀的野兽，它可是称得上这荣誉的。

如果你听到崔先生沿着小溪或在林间工作，通过那些狒狒的喧嚣，你就能大致了解到它的行进路线。狒狒们总是被它低沉的吼声惊得四下逃窜，不时发出尖声的诅咒，提醒其他狒狒赶紧逃上最高的树梢。天亮后，跟着矛手夜猎归来，一路上我还能看到，在溪边那些无花果树的树顶上，结出的"狒狒果"竟然比无花果还要多。如若不是崔先生的功劳，谁又有能耐把它们挂在那么一个高难度的地方呢？

一想到我在被允许自由游历的这段时间里，所经历的这些美好时光和美妙夜晚，我就宁愿不再去思考未来，而下定决心将自己沉浸在对过去的美好回忆中。

这些回忆不包括那些惹我烦恼的往事，我对之前所犯过的错误，还有那些使人们陷入悲哀的横祸厌恶不已。我试着去想我所认识的那些行为良好的人，还有可爱的动物，以便能把那些令人讨厌的家伙忘掉。我还想了很久我的狗——"黑子"。在没有主人的那两个冬天，这个可怜的小东西是如何在爱达荷州凯彻姆市度过的？它显然是迷路了，也或者是被某些夏季汽车旅行者给抛弃了。我们所遭受的任何小苦难，跟"黑子"的漂泊流浪一比，都变得不值得一提。

　　我是在凯彻姆遇见"黑子"的。当时我住在一座圆木屋里。玛丽和帕特里克各自打死了一只鹿，挂在谷仓敞开的门上。另外还有一串绿头野鸭挂在了猫够不到的地方。旁边还悬着一些松鸡、鹌鹑和其他美味的鸟儿。或许我们一看上去就像是那种会在团队中精诚合作的好人，于是"黑子"做出了重大的决定，决定放弃它漫无目的的游荡生涯，而把它的命运和我们紧紧地联系在一起，从而成为我们很好的伙伴。它的忠诚的确让人刮目相看，但是它的胃口也很大。它睡在壁炉那里，完美的举止体现出良好的教养。

　　等到了要离开凯彻姆①返回古巴的日子，我面临了一项重大的道德问题，我无法知晓一直在冰天雪地里长大的厚毛小狗能不能经受得住古巴的炎热。但是小布在我们打包装车的时候就解决了会被我们扔出车外的问题。就算它真被我们扔出去，我想它也会立即跳回车里并且用那可怜女人般的眼神来看着我们。

　　"我的小黑狗，"我问它，"你会开罐头吗？"

　　布莱克给了个否定的回答，所以我决定不把它和罐头狗粮一起留在凯彻姆。那时候正是凯彻姆第一次给狗登记的时候。在以前的凯彻姆镇上，如果一个勇士身边没有狗伴随，是不会被人尊重的。不过后来几个宗教狂热分子进行了一场改革运动，在改革

---

① Ketchum，美国爱达荷州的城市。

里，赌博被取消了，而另外一个餐饮业的改革是禁止主人带狗进入公共场所用餐。我们每次经过阿尔宾的一个赌博和餐饮结合的区域时，小布总咬拽着我的裤腿跑，因为阿尔宾有整个西部最好的铁板牛排。小布很想我能点个大牛排，再说要穿过阿尔宾去一个叫特拉姆的地方太难了，虽然那儿的牛排很好吃但是有点小，所以我们还是来了阿尔宾。最后，我们决定带小布一起去古巴。

我本想把它带到非洲的，但实在是困难重重，还有我担心崔先生会吃了它，因为比起狒狒和其他的非洲当地美味，崔先生还是更喜欢狗肉。我至今也没明白真猎豹为什么那么热衷于狗肉，但是我敢肯定的是，如果你有一条狗置身于周围到处是大猎豹的环境中，那么八成你要失去它了。崔先生能在半夜三更神鬼不觉地潜伏到你枕边直到你被它那软胡子扎醒。

这是上周一位叫丹尼斯·扎菲洛的年轻人在马加迪①附近露营时遇到的例子。他滚到床底幸运地用枪对准了猎豹，杀死了它。当时那猎豹已经离他只有那支枪管那么点距离了。这类事件也给野外打猎的生活增添了很多的乐趣，我想起了一系列类似的事件，但是我不愿详说，因为没人会相信。

天刚亮，我就起来了，怕把玛丽小姐吵醒，就跑进了浴室。我在浴室点上一盏灯，检查了身上五个洞出血的情况，有些权威人士说人身上有七个洞，那是他们把鼻孔和耳朵眼都算成两个。幸好伤口基本没有什么出血的情况。我的感觉良好，可又有点感觉没醒过神来，所以我就穿上一件毛衣和一件夹克衫，再把自己裹在毯子里坐在房间的窗边观察大清早内罗毕的交通状况。

交警们坐在送他们到早班各个岗位的卡车上，打着哈欠，伸伸胳膊腿，然后下车慢悠悠地向要执勤的街道走去。当地人都是一大早去市场，很晚才回来，女人们满载着东西，男人们则走在

---

① Magadi，肯迪亚的一座城市。

一旁很敬慕地欣赏着他们妻子展现出来的力量和美貌。很多印度人跑来跑去地为金融业服务。一辆小车开过去，车顶上是鲜花。此时还没有小流氓来闹腾。旅馆门口那些执法的车也还没有行动起来，带枪站岗的士兵也还没到。成百的非洲和亚洲人骑着各式自行车在大街上穿梭不息。这时候，我要继续我那新养成的坏习惯了，开始阅读昨天没有读完的讣告。

当我正沉浸在读讣告这个能让我感到很满足的坏习惯中时，玛丽醒了，她首先说："他们还没把早茶送过来呀！你在那儿读什么呢？"

"宝贝儿，"我说，"我正在观察清晨内罗毕的交通状况呢，还有就是读几份昨天晚上送来的讣告。"

"亲爱的，"玛丽小姐说，"你还是不要再读那些讣告了。我觉得这是不太正常的。毕竟我们都还健在，所以读这个有点虚伪。我们不要去读别人的讣告，而我也真不明白我们为什么要读自己的。再者，总读讣告对你有害无益。"

"宝贝，你说得很对，"我说道，"但是这已经成了我的一个坏习惯了。"

"亲爱的，"玛丽小姐又说了，"难道你还觉得你的坏习惯不够多吗？"

"确实不少。"我说。

"还有，"玛丽说，"我们今天要去政府办公厅吃饭，我希望你能表现出最好的状态。"

我思前想后，考虑怎样才能把自己最好的状态表现出来，我还特意参考一下我的讣告，看一下我最好的状态是什么样。的确，去市政府吃饭的邀请不能太随便了，我得先省点力气，把这个读讣告的坏习惯放下，我们准备去市政府办公厅了。

在市政府过得很愉快，市长和他的妻子都穿得光鲜亮丽，我还偶遇了一对老友聊了一会儿，然后我们就返回了旅馆。我这会儿确实不再读讣告了，因为我是一个坚强、正直、说话算数的男人，并且我也答应了我亲爱的妻子玛丽小姐不去读，但是我恐怕还是改不掉这坏习惯，或许从某种意义上说是在偷偷地读，诸如，我会躲在厕所、浴室这样的小空间里读讣告。我还能在厕所的马桶座上铺张毯子，这样我就能读得舒服点。对这些过去做过的事，我得说，我后来把讣告都扔到马桶里冲走了。

当然，我还要把这最真实的情况说明一下，我承认我是把讣告剪下来保存在粘贴簿里了，其中一本粘贴簿的封面是斑马花纹的，另一个是狮子皮肤色的。有了这两本好看的小簿子，我就不容易丢弃这个坏习惯了，我打算至少一年读它个一次来激励我昂扬的斗志，来和那些从沉寂中恢复过来重新开始论战的批评家展开较量。因为我与玛丽小姐都十分同情生命，即使是最弱小的生命形式，我们希望能一起以体面的方式离世，这也给一些评论家一个休整的时间。与此同时，我们也希望能够快乐地生活并且能随时随地写作。

形势报告

《观察》1956 年 9 月 4 日

哈瓦那

"我们读得书越多，就越快察觉到一个作家真正的功能除了写出杰出的作品外更无别的了。这是显然的，而且是理所应当的，可是很少能有作家承认这一点，并准备好把自己已经获得盛名的那些光鲜的却平庸的才华抛却。写作的人都希望自己的下一本书能成为他们最好的作品，因为他们不会承认正是他们现在留恋虚名的生活使他们无法创造出一些不同或更好的作品。"

"所有的出行都是为了新闻报道、记者采访、做演说和给电影写剧本，无论这些周遭物是多么富丽堂皇，却都只是些实质上令人失望的虚名而已。把才华尽投入这些浮夸的追逐之中实在是愚蠢至极，因为这样做的话，好点子被断定是坏点子而被遗忘。这种虚浮的工作本质上不会持续长久的，所以我们根本不应该去做……"

这是西里尔·康诺利①在一本叫《不平静的坟墓》②中写的话。不管这本书已经有多少人读过了，可以肯定的是将来一定会有无数的读者。

因此，重新阅读并停下手上你所钟爱和信任的已经写了850页的手稿，然后花上4个月去写另一本你所喜爱和信任的电影剧本并去拍摄，你就知道这时，甚至直到你死，你都再也不会把手中打你出生时候就被训练的工作停下。即使几乎能在任何一个星期读到一位好友的讣告，可这算不上一种承诺，只是一种保持的习惯。

一群蠢蛋在一起既不令人兴奋也毫无益处，因此人们总会对蠢蛋避而远之。有很多方式能让你远离蠢人，而你也能学到绝大部分。但是蠢蛋和庸才、谄媚者和冥顽不灵之徒还有那些软蛋实在是太多了，新的抗生素也逐渐使这些人获得了不朽和永生，然而那些你所关注的人却每个月都有离世的，或为公众所知或默默无闻。从某种程度上来说，那些死后登载在《纽约时报》上的人要比登在《西礁民报》或《比林斯公报》上的人高兴些。

玛丽和我不仅在这儿居住还在这儿工作，一直到被访客打扰而不得不离开。在这儿的生活真是十分美好愉快，现在依然如此，每当我们去了别处之后都会回来此地。此地是家园，而且你不必逃离家园，相反你得好好守护她。西班牙和非洲都是好地

---

① Cyril Connolly，英国作家。
② The Unquiet Grave，又译作《坟前悼亡妻》《悼亡妻》。

方，但那儿已经被很多人占据了。当然还有没被完全占据的和没被破坏的地方，这就需要你自己去找。

我喜欢的怀俄明、蒙大拿、爱达荷那些地方，和那些我们可以像现在这样在 6 月底离开的地方都已经被太多人占据了，而且现在也没人知道他们老了之后是不是还会住在那儿。那些必要的发展或许会在那些人觉悟之前就破坏掉一处乡村。

我们必须在这个秋天休息一下，让欢乐和烦扰纷纷远离。这样我们才能抽出时间离开我们居住了两年的热带地区，去一些不同的地方看看。我们本打算去非洲，但是那儿上一年没下雨，而我们也不想那么快就再看到一场干旱。我们可以在下完雨后再去那儿。与此同时，这个夏天我正瞭望别墅里写书。电影的事情算是结束了，而且今后也不会再有别的电影的工作了。

至于新闻报道，每天都有，我自小就被训练写这个。而且你诚实地完成写作又不是去嫖娼，在这本书完成前也不会有新闻报道要写。

这个情况报告是关于我们回去继续写那本长篇大书之前事情的进展的。另外三本书已经完成了，这一部分可以说明事情到目前的进展，并且在一些糟糕的经历之后，我希望能高兴点。

没有人能在炎热的日子里连续数月工作而身上不发臭。为了停下手中的活，我们从春天到秋天一直都在墨西哥湾钓鱼。海上每一季的变化都和我们在陆上所见到的一样。海流的翻滚涌动让海上的生活充满着趣味，并且你根本不知道每天会遇到什么。

海潮推着湛蓝的海水涌向岸边的时刻决定着每天出海是早还是晚，当海流翻滚时，飞鱼就从我的皮拉尔船下跃出水面，你甚至还有机会抓住海豚和金枪鱼，也能抓住白皮旗鱼，再让它溜走。

当你在海里钓够了鱼就到岸边游会儿泳顺便喝一杯，这时候老伙计哥利各欧就开始做午餐。傍晚时分，要逆着海流回来，足足要到太阳落下才能到家。春天和初夏时分能抓到小枪鱼，而大的要在夏天和秋天才有。

在以前，去古巴的好理由就是去钓鱼。把手上的工作放下，好好休息个一百来天，过着日出而钓，日落而歇的日子。而现在在乡里山间的日子，想要钓鱼，可得选个日子。

在秘鲁时，我们为了拍电影而要去抓大鱼。那儿的风朝夕不停。吹到你屋里的沙子是从沙漠一路飘过来的，把门都撞得噼啪噼啪响，飘到海面形成沙滩。

我们一共钓了32天的鱼，从大清早直到光线不足无法拍摄，并且这时的海浪就和从高山顶上倾泻而下的积雪一样翻滚涌动。通过浪顶向岸上看去，沙子随着风每天冲刷着山峦。

海鸟们蜷缩在悬崖的背风面，当侦察的鸟发现从岸边游过的鱼群时，这些鸟就冲出云层深深地扎进水里抓鱼，而秃鹰们却在沙滩上吃死鹈鹕。这些鹈鹕通常是在潜水捕鱼时胀破了大嘴而死的，秃鹰沿着沙滩朝鱼群的反方向一路走，叼起一只体型巨大却没什么分量的死鹈鹕。

这儿的枪鱼挺大，而且没有古巴那儿的枪鱼那么凶猛。但是它们过大的体积和重量也阻碍了它们在水中畅游，而且你得让一条跟你的渔叉缠斗了8到12分钟的大鱼再游走，然后根据胳膊、后背、脚底的用力程度来判断这鱼的重量，等到这鱼精疲力竭时，就叫哥利各欧对准镜头用渔叉抓住这鱼，好让摄像机得到电影需要的镜头。

这些活的确把人每天都累得半死，不过还是趣味多多，因为一起工作的伙伴都很棒，再者，这一片全新的海域让我好奇不断。当然我也十分乐意回到古巴的皮拉尔船上。

回到秘鲁，这个赤道以南420英里的地方，我的玛丽小姐在这里待在主摄像机甲板上给说西班牙语的印裔船长、船员们和一群美国的摄影师当翻译，整天应付这应付那的。有天晚上，玛丽说成为她丈夫的首要条件是能否持久地战斗。

　　玛丽的确是能持久战斗的，十分能干，而且她还勇敢、迷人、幽默、热衷于观察，是一个乐于伴我周围的好妻子。她还对捕鱼十分在行、很会用枪打鸟、很会游泳、很会烹饪、很会品酒；也是一个优秀的园丁、一个业余天文学家、一位艺术门生；懂政治经济学、斯瓦西里语、法语和意大利语；她还能开船或做一个西班牙式的家庭主妇。她还有一副漂亮的嗓音，能唱优美的歌曲；她认识很多军官、海军上将、空军元帅、政客和重要分子，诸多很有意思的连长、前任营长、酒鬼、不法分子、牧羊犬、调情高手、咖啡店的谈客、沙龙光顾者、飞机驾驶员、赌徒、好的和坏的作家，还有失败者等等。

　　玛丽还能用巴斯克语唱歌，还是一位卓越的但是打得不太稳的步枪射手。她容易发火而且会说她那口漂亮的斯瓦西里语——"Tupaile chupa tupa"——把空瓶子扔了。

　　她不在的时候，瞭望别墅就像一个她没有叫人扔掉的空瓶子一样，而我就像收音机没了电池也没电可接似的无聊寂寞地住在里面。

　　但是她受不了那些愚蠢的人。她有很大的能量，也能好好工作，但她也知道如何像只猫一样地偷懒。

　　从基韦斯特到迈阿密坐快一点的飞机不到 1 小时就到了，所以想当叛国者难度有点大。我从未被要求必须成为一个爱国者，但却要经常参与战争并为之纳税。一个移民国外者（我查了查拼写），是我从未考虑过的词。我出生在伊利诺伊州的库克镇，早期就把土地割让给了一个想尽办法得到这块土地的人，卡尔·桑德伯格。然后他给了詹姆斯·法雷尔，接着又割给纳尔逊·艾格琳，在他们各自上了年纪后又传给别人。他们把那块土地经营得很好，对此我无话可说。

　　在别的地方提出一些要求是可能的，而且我很高兴并不是所有的都是突然出现的。其中一些要求在这儿。

如果你想找你的同胞，你只需下班后开车到哈瓦那的弗洛里迪塔酒吧即可。来自全美各州的人在那儿玩乐。那儿也有海军军舰、巡洋舰停泊，还有你熟识多年的海关和移民局的官员，一些刚上手或玩得好或有点背运的赌鬼们，大使馆的几个角色，有野心的作家，有收入的和生活无着落的写作者，城里医院来的到古巴开讨论会的内外科医生们，慈善俱乐部、慈善互助会、兄弟会、圣地兄弟会的成员们，美国退伍兵协会、哥伦布骑士会的朋友，漂亮的竞赛赢家，一些遇上了麻烦在门口请看门人递纸条进来的朋友，一些下个礼拜即将被干掉的朋友们，一些明年才会被干掉的哥儿们，联邦探员，天仁联邦探员，偶尔你的银行经理和其他的谁谁谁也都在，更不用说你的古巴朋友们了。

最令人高兴的夜晚，我是在弗洛里迪塔度过的。我清楚地记得当时有几支舰队在古巴停泊，带来了一年一度参与巡航的见习船员们。玛丽那晚不在，我有点寂寞无聊，也想进城去逛逛。一些读过书的见习船员下午早些时候来问我对于艾兹拉·庞德的观点。尽管这个话题是复杂的，但是这些观点很简明。关于庞德，我告诉他们，应该会从圣伊丽莎白医院放出来并且不会再干涉他写诗了。

这次来的一群海军军士长都戴着再入伍的标记，他们来看老欧内。他们怀疑这些关于庞德的讨论没准会让老欧内写不了东西，他们可绝不愿意看到这样的事情发生。

"告诉我，"一个军士长说，"他们必须要在我们到之前就离开这儿！到底哪些胆大的敢在我活着的时候来烦你？"

"欧内老兄！"这个军士长对我说，"到底是谁敢不让你思考写作？从今往后，我就是你的保镖和私人助理。放心交给我来帮你处理所有的公关事务。"

"士官！"我说，"你，我的老弟呀，你现在就是我的私人助理，我的公关助理。"

"长官，"他说，"希望我们之间能多些亲近，尽管有时我们在压力下像男人似的对话，长官，我早已经为了此机会准备多年了。"

"去弗洛里迪塔。"我说。

"你们听见了吗？"那军士长说，"还不赶紧出发去弗洛里迪塔！"

在去弗洛里迪塔的路上，我们在高速公路允许的范围内，打开了这辆克莱斯勒纽约人敞篷车门。军士长说："欧内，长官，这车还是挺不错的，除了漆得像个消防车。但就目前来看你还是希望有辆大车吧！"

"这车已经挺大了。开得稳当点！"我提醒了司机居安。

"是的，长官，"军士长说，"眼睛瞪大点，荷雷。"

那会儿，弗洛里迪塔挺挤的，但我看见公关经理从厕所边那个我们常坐的角落里轰出了几个人。

我们都坐到角落里讨论文学问题并且谈得十分深刻。另一个士官说："我最喜欢你的《下雨时节》《穆尼的六便士》还有《通天塔》。"

"麦克！"我说，"你是记错了，有的可不是我写的。"

"他大概是说《春潮》。"一个我们这儿的士官说，"我喜欢那个情节，就是那没手的印第安人打中了水塘边的棍子。"

"《穆尼的六便士》的确是本好书啊！"那个新来的士官还不服气地说。

"都是欧内写的，"我的助理说，"他只是太谦虚了，他把这些写在一本书里。但别人的都是旧版本，你很幸运地读到了，士官。"

接着我们一起切磋了会歌艺，很轻柔很意外的曲调，那是一首美丽的歌谣，"在老黄浦江畔的水塘边一起降落"。

在这时，我被那边和海军上将及其他几个人坐在一块的海军公使看到了，他们都着便装。

我曾经避开了他们一次，但这次他们又看到我，我说道："失陪一下，先生们，我必须得到那边一位看上去挺友好的朋友那儿去打个招呼，如果不去，他会觉得我很失礼。"

"小心点，长官，"我的助理说，"要我陪你一起去吗？欧内，他们看上去不那么友善！"

"不用"，我说，"你得给我好好看着这一摊子人。"

于是我去了那边一桌和我朋友坐在一起，上将见我来访，十分热情地陪着我聊天。

我们聊了一会儿，我听到耳边有人说："欧内，你做什么呢，怎么在这儿和普通老百姓待在一起浪费时间？"

上将站起来说道："抱歉，小伙子，但我是你们的将军。"

"将军，长官，抱歉，长官。我之前没见过您，长官，所以没认出，您穿的是便装。"

"不用紧张，我能理解。"上将说。

"将军，长官，我很尊敬地请求您，长官，想请欧内回我们那儿去。"

"不需要请求，"上将说，"海明威先生说他早该回去了。"

"谢谢您，长官。"

那个夜晚回想起来真是美妙无穷。最后，军士官说："欧内，我真想继续干这活呀！我把这活做得多卖力、多漂亮啊！我很适合这份工作。"

"我也觉得你做得好极了，军士！"我说，"我的私人助理和公关非你莫属，绝对的！"

"都快点站好，你们这些人！"军士官喊道，"让欧内赶紧上车，他需要回家好好睡一觉，然后好好地思考，明天好好地写书。"